韓国のみなさまに
『爆弾』をお届けできることを
とても光栄に思います。

呉勝浩

한국 독자 여러분께
〈폭탄〉을 선보일 수 있게 돼서 영광입니다!

— 오승호

폭탄

BAKUDAN

ⓒ Katsuhiro GO 2022
All rights reserved.

Original Japanese edition published by KODANSHA LTD.
Korean translation rights arranged with KODANSHA LTD.
through JM Contents Agency Co.

이 책은 JMCA를 통해 일본의 KODANSHA LTD.와 독점 계약하여
한국어판 출판권이 블루홀식스에 있습니다.
저작권법에 의해 한국 내에서 보호를 받는 저작물이므로 무단 전재와 복제를 금합니다.

폭탄

爆弾

오승호(고 가쓰히로) 장편소설 │ 이연승 옮김

블루홀6

∞∞∞∞∞∞ **차례**

일러두기

———

본문의 각주는 전부 독자의 이해를 돕기 위한 옮긴이 주입니다.

일요일에 아키하바라가 이렇게나 붐비는구나. 호소노 유카리는 기분이 가라앉았다. JR 소부선 승강장에서 에스컬레이터를 타고 내려가는 동안에도 피부가 닿는 거리에 항상 누군가 있었다. 지상에 올라가 야마노테선 승객들과 합류한 뒤부터는 숨이 가빠질 만큼 인구 밀도가 더 부풀어 올랐다. 지나가는 남자와 어깨가 부딪혀 멈칫했을 때 등 뒤에서 또 다른 누군가와 부딪혔다. 남자는 당황하며 사과하는 유카리에게 눈길 한 번 주지 않고 자리를 떠났다. 개찰구를 빠져나가자 코스프레를 한 소녀들이 사방에서 미소 짓고 있다. 남자도 있다. 이야기는 들었지만 실물로 접하니 오히려 현실감이 덜했다. 유카리는 발걸음을 재촉하면서 겨드랑이에서 땀이 배어나는 걸 느꼈다.

9월치고는 푹푹 찌는 날씨였다. 아마 기온보다 도시가 뿜어내는 열기 때문일 것이다. 차 없는 거리가 된 일부 도로를 수많은 사람들이 오가고 있는데, 각자 자신만의 즐거움을 품고 있는 것이 확연히 느껴져 묘하게 어색했다. 사이좋은 이들의 모임에 끼어든 이방인이 된 기분이다.

굳이 저렇게 주름진 치마나 패션용 안대 같은 걸 하지 않고 평범한 화장에 평범한 옷을 평범하게 입으면 더 예쁠 텐데. 유카리가 생각하는 '평범'이란 바로 그런 것들이지만 이곳에서는 보통만도 못한 기분이 들었다. 마냥 고개를 숙인 채 스마트폰 지도 앱만 확인하면서 걸었다.

빽빽이 늘어선 빌딩을 서쪽 해가 붉게 물들이고 있다. 문득 멈춰서서 고개를 돌리니 차 없는 거리가 마치 빌딩 숲 사이에 조성된 축제장 같다. 안쪽 고가도로를 달리는 전철의 창문이 석양을 반사하고 있다. 축제의 끝을 아쉬워하는 분위기와 밤을 기다리는 기대감이 뒤섞여 묘한 열기를 자아내고 있다.

유카리는 보도 쪽으로 다가가 입술을 살짝 깨물었다.

이곳에 온 목적은 동아리 술자리 참석이다. 내성적인 유카리는 같은 학과 친구를 사귀지 못해 입학 당시 권유로 들어간 동아리에만 의지했다. 그래도 술자리는 역시 부담스럽다. 성인이 되기 전 몰래 억지로 마셨던 술은 체질에 안 맞는지 전혀 맛이 없었다. 술에 취한다고 해서 기분 좋아지는 것도 아니고 그저 돈만 나간다. 그래도 가끔 이런 자리에 얼굴을 비추지 않으면 정말 갈 곳이 없어진다. 잊혀진다.

그냥 몇 시간만 맞춰 주면 되잖아.

그렇게 스스로를 다그쳐도 모임 장소가 가까워질수록 우울한 기운이 온몸에 끈적하게 들러붙었다. 갑자기 컨디션이 나빠진 것 같기도 해서 이를 핑계로 불참할까 하는 나약한 생각이 머리를 스쳤다. 그러나 한편으로 사람들을 만나 떠들썩한 분위기에 몸을 맡기고 싶은 마음도 있다. 그래도 오늘은 비교적 마음이 통하는 사람들만 모인다. 나를 잘 챙겨 주는 그 아이가 30분에 한 번은 말을 걸어 줄 것이다. 알고 지낸 지도 벌써 2년이 흐른 지금, 유카리에게 많은 것을 바라는 사람은 없다. 진부한 이야기든 따분한 에피소드든 흔쾌히 들어준다. 적어도 나쁜 사람들은 아니다.

하지만……

그때 스마트폰에 메시지가 도착해 유카리는 가슴이 덜컥했다. 좋지 않은 예감을 느끼며 조심스레 확인해 보니 역시나 예상대로였다. 나를 잘 챙겨 주는 그 아이가 오늘 하필 감기에 걸려서 못 온다는 내용이었다.

"아, 유카리!"

몇 미터 앞에 동아리 멤버들이 모여 있었다. "여기야, 여기!" 하고 손짓하는 그들을 향해 어색하게 손을 들어 화답했다. 미소를 꾸며 낸 순간 마음 한구석에 있는 어두운 그늘에서 목소리가 들렸다.

지금 당장 이 거리에 운석이 떨어지면 좋을 텐데.

제1부

1

뭐야, 당신. 아주 살맛 나나 보네.

도도로키 이사오가 그렇게 말하자 남자는 수줍은 듯이 얼굴을 붉히며 머리를 긁적였다. 검은 이끼가 자란 듯한 밤톨 머리. 그 아래로 넓은 이마가 번들거린다. 굵은 눈썹과 다박수염이 눈에 띄는 이중 턱. 볼에는 퉁퉁하게 살집이 잡혀 있다.

이런 곳에 오는 게 처음이 아닌가 봐.

네, 뭐, 부끄럽지만요.

남자의 대답을 들으며 현장에 출동한 제복 경찰관에게 건네받은 메모를 확인한다. 삐뚤빼뚤한 글씨로 남자의 이름이 적혀 있다.

스즈키 다고사쿠, 49세.

"이런 건 그만하지."

도도로키는 일부러 거칠게 메모를 철제 책상에 던졌다.

"뭘 말인가요?"

남자가 눈을 휘둥그레 떴다. 살찐 몸에 퉁방울 같은 눈이 가증스러울 정도로 잘 어울린다.

"이름 말이야. 진짜 이름을 말해."

"아, 형사님. 아닙니다. 평소에도 자주 의심을 사곤 하는데 전 정말 스즈키라고 합니다. 처음부터 끝까지 한 글자도 틀리지 않는 스즈키 다고사쿠입니다."

"이봐."

도도로키는 한숨을 내쉬며 말했다.

"그런 거 어차피 조사하면 금방 나와. 물론 거짓말한다고 해서 화낼 생각은 없고 딱히 죄가 무거워지는 것도 아니야. 그렇다고 뭐 가벼워지는 것도 아니긴 한데, 아무튼 내 말은 처음부터 좋게 좋게 가자는 거야."

남자가 둥근 눈을 더 크게 떴다.

좋게 좋게 말인가요.

감탄한 듯이 중얼거린다. 형사와 취조실이라는 공간에 당황하는 기색이 전혀 없다. 채취한 지문이 데이터베이스에 있을 확률이 커 보였다.

"됐어."

철제 의자 등받이에 몸을 기댄 채 책상에 놓인 메모를 집어 구겨 버린다. 등 뒤에서 취조를 기록하는 후배의 시선이 느껴진다. 왠지 진지하게 임하라는 질책 같기도 하지만 이렇다 할 감정은 들지 않았다.

"그래서, 스즈키 씨. 당신이 술에 취해 주류 판매점 자판기를 발로 차고 그걸 말리러 온 직원을 때렸다는 게 사실인가요?"

"네. 그것도 사실입니다. 천지신명께 맹세코 사실이죠. 부끄러운 이야기지만요."

"때린 사람의 나이와 옷차림도 기억하나?"

"네. 나이는 저와 엇비슷해 보였고 저보다는 날씬한 몸에 카라티를 입고 있었죠. 머리숱도 저보다는 많았고요."

스즈키는 "수염은 없었지만" 하고 덧붙였다. 조금 전 형사부실에서 마주한 주류 판매점 주인의 용모와 큰 차이가 없다.

"그럼 스즈키 씨. 오늘은 왜 술에 취해 있었던 거야?"

"집에서 과실주를 세 캔 마셨습니다. 형사님. 혹시 페넌트레이스를 보십니까? 야구 말입니다. 낮 경기요. 전 드래건스 팬이고 자이언츠 놈들을 제일 싫어합니다."

절대로 지면 안 되는 도쿄돔 경기를 플레이볼부터 TV 앞에 찰싹 달라붙어서 봤습니다. 그런데 말이죠. 막상 뚜껑을 열어 보니 자이언츠한테 5 대 1로 대패하고 만 겁니다. 무려 5 대 1입니다. 5 대 1. 백번 양보해서 지는 건 어쩔 수 없다 쳐도 안타를 여섯 번이나 때려 놓고 1점밖에 못 내는 게 말이 되나요? 뭐 이제는 익숙하긴 하지만 오늘은 이상하게 유독 화가 나더군요. 한심한 경기 내용 때문에 너무 억울해서 울고 싶었습니다. 시합이 끝난 뒤에도 화가 풀리기는커녕 오히려 열이 점점 더 올랐고, 이건 뭐 편의점 과실주 캔 정도로는 도저히 직성이 풀리지 않을 것 같더군요.

그래서 근처 주류 판매점에 가서 좋은 술을 사 오자, 오늘은 열 뻗치는 날이니 조금 더 달려 보자고 마음먹었습니다. 그런데 가게 앞까지 가서 비로소 깨달은 겁니다. 돈이 없다는 걸요. 주머니에 지갑이 없었던 게 아닙니다. 지갑 속에 돈이 없었던 겁니다. 천 엔 짜리 지폐 한 장, 백 엔짜리 동전 하나도요. 어떻게 이럴 수가 있나요. 정말 부끄럽고 한심해서 참을 수가 없더군요. 그래서 저도 모르게 눈앞에 있는 자판기에 그만 분풀이를.

"그 가게나 직원분에게는 어떤 원한도 없습니다. 죄송할 따름이죠. 그런데 누구나 가끔 저처럼 이렇게 욱할 때가 있지 않나요?"

"욱할 수는 있어도 실제로 때리지는 않지. 보통."

아아, 그렇군요. 네, 그 말씀이 맞습니다. 스즈키는 호들갑스럽게 고개를 끄덕이고 하하핫 웃음을 터뜨렸다. 그 모습을 보며 도도로키는 힘이 풀렸다.

참 평화롭다. 이 나라는.

"그런데 그 가게 직원도 자판기 수리비와 치료비만 주면 일을 크게 키울 생각은 없다고 해."

"그런가요. 그건 정말 다행이지만 대략 얼마 정도 들까요?"

"글쎄. 내가 자판기 제조업자나 의사는 아니다. 대충 10만 엔 정도면 면은 서지 않을까?"

"10만 엔이라."

스즈키는 느긋하게 천장을 올려다봤다. 구깃구깃한 스웨터, 싸구려 재킷. 누가 봐도 돈은 없어 보인다. 지갑에 천 엔 지폐 한 장 들어 있지 않았다는 말에는 신빙성이 있고, 외모만 보면 야구 중계를 볼 수 있는 집이 실제로 있는지조차 의심스럽다. 솔직히 경찰도 이 정도 상해를 두고 입건할 의욕은 없다. 적어도 도도로키에게는 전무했다. 피해자가 그렇게 원하기도 하니 되도록 일찌감치 합의하는 게 모두를 위해서 좋을 것이다.

스즈키에게 돈만 있다면.

"죄송하지만 탈탈 털어도 10만 엔은 불가능할 것 같네요."

그는 자조 섞인 목소리로 예상 그대로의 말을 꺼냈다.

"얼마면 가능하지?"

도도로키는 기대 없이 물었다. "글쎄요" 하는 어눌한 대답이 돌아온다.

"형사님이 조금 빌려주실 수 있을까요?"

어처구니가 없어 한숨도 나오지 않았다. 아무래도 근본부터 글러 먹은 인간인 듯하다. 뒤에서 젊은 순경인 이세가 짜증스러운 것처럼 노트북 키보드를 거칠게 두드리고 있다.

"그럼 이건 어떨까요? 제가 형사님을 도와 드릴 테니 대신 형사님께서 피해자분을 설득해 주시는 겁니다."

"돕는다니."

비아냥 섞인 비웃음이 나왔다.

"교통정리라도 해 주려는 건가?"

"당치도 않습니다. 제가 그런 짓을 했다가는 오히려 사고가 늘걸요. 전 매사 서툴기만 한 별 볼 일 없는 사람이라."

그러더니 숨을 한 번 돌리고 말을 잇는다.

"그런데 사실 제가 오래전부터 '촉' 하나만큼은 좀 자신이 있어서요. 그러니까 뭐랄까, 앞으로 어떤 사건이 일어날지 예측해서 알려 드릴 수 있을지도 모릅니다."

아직 술이 덜 깼나?

도도로키는 새삼 다시 스즈키를 바라봤지만 그의 뺨에 붉은 기는 없고 말할 때 혀가 꼬이지도 않았다. 오히려 정말로 술에 취해 난동을 피웠는지 의심될 만큼 태연한 얼굴이라 냉소 섞인 웃음이 자연히 사라졌다.

"뭐 정보라도 쥐고 있나? 어디선가 도둑질 계획을 들었다거나, 마약 거래에 대해 들은 바라도?"

"아뇨, 아뇨. 설마요. 그런 무서운 세계에 관여할 배짱은 없습니다. 태어날 때부터 워낙 소심하고 겁 많은 인간으로 살아와서요. 그런데 아, 참. 지금이 몇 시죠?"

"……10시. 앞으로 5분 후면."

"그런가요. 흐음. 뭔가 살짝 느낌이 오는 것도 같은데. 뭘까요. 왠지 사건이 터질 것 같은 조짐이. 아아, 이게 어디 쪽이려나. 아키하바라 근처일까요. 아마 그렇게 심각한 건은 아닐 것 같은데."

"이봐. 지금 무슨 소리를 하는 거야?"

"10시 정각. 아키하바라 쪽에서 분명 무슨 일이 일어날 겁니다."

"적당히 하지. 그런 농담 축에도 못 끼는 소리를."

"그런데 형사님. 10만 엔은 정말 안 빌려주실 건가요?"

"쉽게 말하지 마. 이쪽도 박봉인 몸이야."

"사실 전 한평생 월급 같은 건 받아 본 적이 없어서."

스즈키는 어깨를 축 늘어뜨렸다.

"죽은 자나 마찬가지죠."

"어이, 당신."

도도로키는 그제야 처음으로 스즈키를 정면으로 마주 봤다.

"진짜 이름이 뭐야?"

"다고사쿠라고 말씀드리지 않았습니까. 아무짝에도 쓸모라곤 없는 다고사쿠입니다."

그때, 땅의 울림이 느껴졌다. 물론 착각이다.

그러나 문득 예감 그대로 뒤에 있는 이세를 돌아봤다. 성질 급한 후배는 눈이 마주치자마자 재빨리 취조실을 빠져나갔다.

고개를 돌리니 눈앞에서 스즈키가 히죽히죽 웃고 있다. 그야말로 한심하고 비열해 보이는 얼굴이다. 그러나 역시 술에 취한 것 같지는 않았다.

"야구를 몇 시부터 봤지?"

스즈키는 즉시 "2시입니다" 하고 대답했다. 과실주를 몇 캔 마셨다고? 세 캔입니다. 시합이 끝난 건? 5시입니다.

"세 캔으로 용케 그 시간까지 버텼군."

"돈이 없으니까요. 정말 놀라울 정도로 돈이 없습니다."

스즈키는 가슴을 펴고 자랑하듯 말했다.

"그런데도 좋은 술을 사러 갔다?"

"취해 있었으니까요."

"고작 세 캔 마셨는데 그때까지 취기가 가시지 않았다고?"

"요새는 편의점에도 독한 술이 많아서요."

"……신고는 8시가 넘어서 들어왔어. 시합이 끝난 지 무려 세 시간이 지났다고."

스즈키는 싱글벙글 웃고 있다. 꼭 무해한 승려 같은 얼굴이다.

"어이, 대체 무슨 꿍꿍이야?"

그때 문이 열렸다. 거친 바람과 함께 이세가 취조실에 뛰어 들어온다. 안색이 바뀐 그는 마치 비명이라도 지를 기세로 도도로키의 귓가에 대고 속삭였다.

―아키하바라에서 폭발 사고입니다. 상세 내용은 아직 불명.

"형사님."

스즈키가 입을 열었다. 변함없이 미소 지으며.

"전 형사님이 마음에 들었습니다. 지금부터 형사님 외에는 다른 분과 말하지 않겠습니다. 그리고 제 촉대로라면 지금부터 총 3회, 이다음에는 한 시간 후에 폭발이 일어날 겁니다."

스즈키의 지문은 전과자 데이터베이스에서 잡히지 않았다. 소지품은 빈 지갑뿐. 돈이 없다는 관용어가 아닌 말 그대로 텅 빈 지갑이었다.

"주소도 못 들었다고?"

"계속 잊어버렸다고만 합니다."

자택에서 뛰어온 쓰루쿠 과장이 도도로키의 대답을 듣고 이를 바득 갈았다. 휴일 밤을 망친 남자는 전자 담배를 손에 쥔 채 스트레스를 발산하듯 뚜껑을 계속 열었다 닫았다 하고 있다.

"잊어버렸다고 하면 끝인가? 여기가 그런 억지가 통하는 곳이야?"

"통하든 통하지 않든 본인이 모르쇠로 일관하니 방법이 없습니다."

"방법을 만들라고 형사한테 혈세를 주는 거 아닌가?"

도도로키는 허리 뒤에서 손을 포개고 피부가 흰 편인 상사를 내려다봤다. 책상을 치며 날카롭게 소리치는 모습이 이토록 잘 어울리는 사람도 없을 것이다.

"아키하바라 쪽은?"

"담당이 지금 이쪽으로 오는 중이라고 합니다."

쓰루쿠가 못마땅한 것처럼 내뱉었다.

"만세뿐만 아니라 본청도 오겠지?"

고개를 끄덕이며 도도로키는 아키하바라를 관할하는 만세이바시 경찰서에 지인이 있었는지 기억을 더듬어 봤지만 떠오르지 않았다. 도도로키가 속한 노가타 경찰서와 가장 가까운 역은 JR 소부선 나카노역이다. 아키하바라까지는 야마노테선을 사이에 두고 동서로 10킬로미터 정도 떨어져 있다.

사건의 성격은 아직 정립되지 않았다. 폭발이 일어난 곳은 번화가에서 조금 떨어진 지점에 있는 대로변 빌딩의 3층 사무실. 임차인이 없는 빈 건물이라 방범 대책도 허술해 조금만 노력하면 뚫을 수 있는 수준이었다고 한다.

폭발물의 종류는 알려지지 않았다. 정황상 우발적인 사고로 보기는 어렵고 시한 장치식의 무언가가 쓰인 것으로 추정되고 있다. 전문가는 가스를 사용한 수제 폭탄으로 보인다는 견해를 밝혔다.

정확한 폭발 시간은 9월 27일 밤 10시 1분.

굉음과 함께 건물 3층 창문이 일제히 깨지면서 유리 파편이 도로에 쏟아져 내렸다. 중심부에서 떨어진 위치라고 해도 일요일의 아키하바라다. 불행히도 당시 거리를 걷던 두 사람이 폭발의 충격 때문에 그 자리에 쓰러져 유리 파편을 정통으로 맞았다. 그리고 자전거를 타고 가던 청년이 갓길에서 의식을 잃었다. 상상을 초월한 굉음은 순식간에 젊은이들의 정신을 앗아 갔다. 다행히 유리에 맞아 다친 두 사람을 포함해 피해자들의 생명에는 지장이 없는 것으로 알려졌다.

현장 주변에서 수상한 인물을 목격했다는 증언 없음. 인근 CCTV는 지금 조사 중. 범인을 자처하는 사람이나 범행 성명문도 나오지 않아서 언론에는 일단 사고 뉘앙스로 보도를 요청했지만 다음 폭발이 일어난다면 그마저 물거품이다.

현재 단서라고 할 만한 것은 같은 시각, 이곳 노가타 경찰서에 상해 혐의로 연행된 자칭 스즈키 다고사쿠라는 술주정뱅이가 조사 도중에 갑자기 폭발을 예언했다는 사실뿐이다.

키 170센티미터, 체중 80킬로그램 남짓. 일본어를 할 줄 아는 중년 남성.

"즉, 하나부터 열까지 밝혀진 건 없다는 말이군. 만세와 본청에도 그렇게 설명하고 고개를 숙이란 건가?"

"과장님 체면에 누가 되지 않도록 최선을 다해 보겠습니다."

쓰루쿠는 꼭 부모의 원수라도 되는 양 도도로키를 봤다. 할 수만 있다면 조금 더 고분고분한 부하를 두고 싶은 게 쓰루쿠의 본심일 것이다. 도도로키는 자신도 같은 생각이라며 한숨을 내쉬고 싶었다. 그러나 스즈키가 자신을 지목한 이상 강제로 이번 사건에서 하차하는 것도, 스스로 물러나는 것도 모두 리스크가 있다.

스즈키의 예언이 오롯이 우연처럼 느껴지지는 않았다. 지금으로서는 두 번째, 세 번째 폭탄이 '있다'고 가정해야 한다. 그런 상황에서 이 어처구니없는 테러를 막으려면 제 발로 경찰서에 찾아온 그 예고범의 협조를 얻는 게 가장 빠른 지름길이다. 반대로 기분을 상하게 해서 그가 입을 걸어 잠그기라도 하면 이쪽에 득 될 건 없다. 만약 그 결과 어디선가 무언가가 폭발해 누군가 목숨을 잃기라도 하면 경찰은 그야말로 만인의 적이 된다.

그때 가장 먼저 도마에 오를 사람은 나일까.

도도로키는 다시 취조실로 발걸음을 돌렸다. 시간은 밤 10시 15분을 지나고 있다. 스즈키가 예언한 두 번째 폭발까지 앞으로 45분밖에 남지 않았다.

2

도도로키가 취조실로 돌아갔을 때 스즈키는 취조실에 달린 흐린 유리창을 멍하니 바라보고 있었다. 감시 역할을 맡은 이세가 얼굴을 찌푸린 채 고개를 절레절레 흔들었다. 자리를 비운 사이 조금 더 정보를 캐 보라고 지시했지만 아무래도 헛수고로 끝난 듯했다.

"스즈키 씨. 정말 일어났다고 해, 폭발."

스즈키가 정면을 봤다. 도도로키는 철제 의자에 등을 기대고 앉아 호들갑스럽게 맥 빠진 표정을 지어 보였다.

"결국 그 촉이 맞았네. 하지만 그렇게 아슬아슬한 타이밍에 알려 줘도 소용없잖아. 어차피 터지면 조언한 의미도 없으니."

"그런가요. 아, 네. 분명 그 말씀이 맞네요. 네."

이런, 이런, 하고 자조하는 스즈키를 보면서 도도로키는 입을 열었다.

"폭발에 휘말려 큰 부상을 당한 사람이 세 명. 그중 한 명은 상태가 영 좋지 않은 모양이야."

스즈키가 이맛살을 찌푸렸다.

"그런가요."

그 말에서 동요하는 기색이라고는 찾아볼 수 없다.

도도로키는 책상에 팔을 올리고 잡담하듯 말을 건넸다.

"여자애들 두 명인데 방학을 맞아 지방에서 놀러 왔다는군. 호텔로 돌아가는 길에 사고를 당했고 둘 중 한 아이의 오른쪽 눈과 목에 깨진 유리 파편이 박혔다고 해."

"이런. 유감입니다."

이보다 더 정석적인 유감 표시가 있을까.

슬픔을 흉내 낸 목소리와 표정. 싸구려 동정이 담긴, 그야말로 교과서에 실릴 법한 허리를 구부정하게 숙인 모습.

"역시 댁한테 10만 엔은 못 빌려줄 것 같네."

"네? 왜죠?"

"인간한테 빌려줄 순 있다손 쳐도 괴물한테 어떻게 돈을 빌려주겠어? 빌려줘 봐야 한 푼도 돌려받지 못할 텐데."

"제가 비록 이런 체형에 살이 좀 찌긴 했지만 저도 엄연한 인간입니다."

"그래? 사람을 다치게 하고도 표정이 아무렇지 않은 사람을 난 인간이라 부르지 않는데."

"예? 제가요? 이런, 형사님. 잠깐만요. 그 폭발은 제가 일으킨 게 아닙니다. 전 그저 촉이 왔을 뿐이에요."

"댁이 여자아이를 죽이고 히죽거리는 폭탄 살인마든, 촉으로 범행을 예견하는 초능력자든 간에 둘 다 평범한 인간이라고 할 수는 없지 않겠어?"

"평범한 인간, 말인가요."

"그래. 이름도 얼굴도 모르지만 이 사회를 함께 구성해 가는 동료라는 연대의식이 느껴지는 사람들은 엄연히 존재해. 무뚝뚝한 택배원 아저씨도, 공원에서 비둘기 먹이를 주는 아줌마도."

"그 안에 범죄자도 포함될까요?"

스즈키의 질문에 도도로키는 팔짱을 끼고 감정을 죽였다.

"아무래도 형사님에게 전 그보다 못한 존재인가 봐요."

"현재까지는."

"어떻게 하면 저도 그 평범한 사람 대열에 합류할 수 있을까요?"

"일단 다음 폭발이 어디서 일어날지를 알려 줘."

"그럼 될까요?"

"일단은."

스즈키는 둥근 눈을 크게 뜨고 얼굴을 내밀었다.

"하지만 폭발한다고 해서 딱히 문제 될 건 없지 않나요?"

"뭐?"

"어디선가 무언가가 폭발해 누군가 죽고 누군가는 슬퍼할 테지만, 그렇다고 해서 그 사람이 저에게 10만 엔을 빌려줄 건 아니겠죠. 제가 죽어도 슬퍼하지 않을 것이고, 제가 죽는다고 해도 말리지 않을 겁니다. 분명."

스즈키의 숨결이 가까이에서 느껴져 도도로키는 무심코 몸을 움츠렸다.

"……그래도 눈앞에서 쓰러지면 구급차 정도는 불러 주지 않겠어?"

"꼭 눈앞이어야 할까요? 지금 제 눈앞에는 오직 형사님밖에 없습니다. 그럼 절 도와줄 사람도, 제가 신경 써야 할 사람도 형사님밖에 없다는 말일까요?"

가슴 깊숙한 곳이 술렁거렸다. 잔잔한 마음에 파도가 일렁인다.

도도로키는 부자연스러울 정도로 입술 한쪽 끝을 들어 올렸다. 목구멍에서 새어 나오는 마른 웃음을 감추기 위해 손목시계를 본다.

밤 11시까지 앞으로 20분.

"사실 거짓말이야. 여자애 한 명이 위태롭다는 건 거짓말. 피해자들은 모두 가벼운 부상만 입었어."

스즈키는 "그런가요?" 하고 물었지만 정말 안도하는 건지 안도

하는 연기를 하는 건지 구분되지 않는다.

"아무튼 그래서, 댁이 아직 살인범인 건 아니야."

의아해하는 스즈키에게 도도로키는 다시 물었다.

"다음 장소, 모르겠나?"

도도로키는 "촉이든 육감이든 상관없으니"라고 덧붙이고 말을 이었다.

"두 번째 때도 주변에 있는 사람들이 반드시 살 거라는 보장은 없지. 아마 높은 확률로 사망자가 나올 거야. 그럼 당신은 살인범이 돼. 그것도 묻지 마 살인범."

지그시 쳐다보며 반응을 기다린다. 어떤 말이 돌아올까. 그저 눈을 피할까.

스즈키는 처음에는 의외라는 듯이 입을 벌리더니 뒤이어 비굴하게 웃어 보였다. 그러고는 갑자기 안절부절못하는 표정으로 고개를 갸우뚱거리기 시작한다. 주시받는 상황을 쑥스러워하고 있다. 그렇게 해석할 수밖에 없는 거동이었다.

도도로키는 1분 정도를 더 참고 기다렸다가 본론으로 들어갔다.

"어떻게 해야 가르쳐 줄 거야?"

"네? 아, 형사님. 이건 가르쳐 드리고 싶다거나 가르쳐 드리고 싶지 않은 게 아니에요."

"됐고, 어떻게 해 줬으면 하는지 구체적으로 말해 봐."

"네에? 흐음. 글쎄요."

스즈키는 짐짓 고개를 갸웃거리며 "어차피 촉인걸요. 제가 완전히 통제할 수 있는 것도 아니고" 하고 과장되게 어깨를 움츠렸다.

"그런데 어쩌면 좀 더 다양한 자극을 받으면 촉이 내려올 수도 있을 것 같네요. 예를 들어 TV나 라디오. 아, 지금 저 형사님이 쓰고 계신 노트북도 괜찮겠는데요. 아이패드 같은 것도."

"당신 스마트폰은?"

"글쎄요. 어디선가 잃어버린 것 같습니다. 안타깝게도 취해서."

문득 도도로키는 의문이 들었다. 아키하바라에서 일어난 폭발은 화려하게 건물 창문을 깨뜨렸지만 한편으로 피해를 최소화하고자 노력한 느낌도 없지 않다. 인적이 드문 곳, 늦은 시간. 2층이 아닌 3층을 택한 것도 폭발의 영향을 줄일 의도 아닐까.

지금 눈앞에 있는 남자가 진정 미치광이 살인마가 아니라면.

두 번째 폭탄은, 가짜일 수도.

"안 될까요? TV."

"……안 돼. 이 안에는 안테나도 없고."

"와이파이는 되지 않나요?"

"안 된다니까."

스즈키는 "그런가요" 하고 낙담한 것처럼 고개를 숙였다. 정수리에서 10엔 동전보다 조금 더 큰 원형 탈모반이 보인다.

"뭔가 자극이 있는 편이 좋을 것 같은데."

도도로키는 손목시계를 봤다. 이제 곧 11시다.

앞으로 10초, 9초, 8초……

정각이 되자 고개를 돌렸다. 이세가 고개를 숙인 채 인터넷에 접속된 노트북을 두드리고 있다.

1분이 지나도 이세는 아무 말을 하지 않았다.

"……빗나간 것 같네, 촉."

"TV를 보고 싶었습니다. 프로야구 뉴스. 그게 제 유일한 낙이거든요."

문득 코웃음을 쳤을 때 뒤에서 쿵 하고 의자가 떨어지는 소리가 들렸다. 이세가 노트북을 들고 달려온다. 앞으로 내민 14인치 화면에서 뉴스 영상이 흐르고 있다. 음소거 상태지만 손에 쥔 종이를 내려다보는 아나운서의 표정에서 급박함이 느껴졌다.

아래쪽에 자막이 나왔다.

'도쿄돔 인근에서 폭발.'

무심코 얼굴이 스즈키에게 향했다.

스즈키는 입술을 쭉 내밀고 "그러니까 말씀드렸잖습니까" 하고 토라진 듯이 말했다.

"오늘 밤은 특집 방송 때문에 야구 뉴스를 못 볼지도 모르겠어요."

대략 한 시간 사이에 일어난 두 번의 폭발을 연결 짓지 말라는 건 무리였다. 언론은 만세이바시 경찰서와 도쿄돔시티를 관할하는 도미사카 경찰서, 그리고 경시청에 몰려가 사건의 경위를 엄중히

캐물었다.

그러나 현재 노가타 경찰서에 수감된 자칭 영능력자의 존재를 알아차린 우수한 사냥개는 역시 없었고, 도도로키에게는 그것만이 유일한 희소식이었다.

그렇다. 유일한.

"중태라는군."

쓰루쿠의 말을 도도로키는 조용히 받아들였다. 가슴 속을 살핀다. 통증, 혹은 공포가 있는지.

이번 폭탄은 도쿄돔과 도도(都道)를 사이에 둔 맞은편, 쇼핑몰과 나란히 지어진 행락 시설 옆에 설치돼 있었다. 폭심지는 시설을 둘러싼 담장 옆 나무. 80미터 상공을 달리는 롤러코스터를 구경할 수 있는 곳에서 산책 중이던 부부가 폭발에 휘말렸다.

"보도 쪽을 걷던 아내는 폭발로 생긴 폭풍의 직격타를 맞아 현재 의식 불명. 차도 쪽에 있던 남편도 가드레일에 날아가 등뼈가 으스러졌다고 해."

"화상은 아니군요."

책상 앞에 앉은 쓰루쿠가 초조한 것처럼 전자 담배 뚜껑을 연신 딸깍거리며 여닫았다. 역시 화약은 아닌 듯하다. 전문가가 예측한 대로 가스를 이용한 수제 폭탄일까.

"아키하바라 쪽에는 진척이 있습니까? 주류 판매점에 도착하기 전까지 스즈키의 행적은 밝혀졌나요?"

"왠지 신나 보이는군."

조롱 섞인 말투였다.

"중상자가 나오니 **흥분되나?**"

대답 없는 도도로키를 보며 쓰루쿠는 변명하듯 색이 옅은 입술을 일그러뜨렸다.

"그러지 않으면 자네가 의욕을 발휘할 리도 없잖아."

"과장님."

도도로키는 숨을 내쉬며 대답했다.

"지시면 지시라고 확실히 말씀해 주십시오. 무릎을 꿇든 고개를 조아리든 다 하겠습니다."

쓰루쿠의 눈이 적개심으로 불타올랐지만 도도로키에게 이 상사를 배려할 충성심은 없었다. 성질이 급하고 야비한 데다 장점이라고는 처세술과 빠른 계산력밖에 없는 상사. 통칭 '75점짜리 사나이.'

"새로운 정보가 있으면 알려 주십시오."

"필요 없어."

"……무슨 뜻이죠?"

"자네 따위가 맡을 사건이 아니라는 소리야."

등 뒤에서 인기척이 느껴졌다. 무미건조한 가죽구두 소리가 여러 개 들린다. 도도로키는 '아아, 그렇군' 하고 납득하고 고개를 돌렸다.

"경시청 수사 1과 특수 범죄 수사과의 기요미야입니다."

연회색 양복 차림의 중년 신사가 걸음을 멈추고 가볍게 눈인사를 했다. 도도로키가 자리를 양보하자 기요미야는 쓰루쿠를 보며 한 걸음 내디뎠다.

뒤에 남자 두 명이 더 따라오고 있다. 젊은 사람이 기요미야의 부하인 루이케라고 한다. 사이즈가 커서 헐렁한 양복과 새하얀 운동화. 정리되지 않은 타고난 곱슬머리에 코 위로는 동그란 안경이 보인다. 왠지 속세를 벗어난 듯한 분위기에 도도로키는 눈살을 찌푸렸다.

특수 범죄 수사과라면 실력자들만 모인다는 인상을 갖기 쉽다. 납치, 감금처럼 현재 진행형 사건을 전문으로 하며 협상과 교섭술에 능한 프로페셔널. 그러나 루이케의 흐트러진 모습은 도도로키의 그런 환상을 철저히 깨부쉈다.

또 다른 스포츠머리 남자는 경비부 소속이라 했다. 딱 바라진 어깨와 날카로운 눈매. 나이는 기요미야보다 많아 보이지만 찌든 느낌은 전혀 없다.

"피의자 조사는?"

"제가."

기요미야가 그제야 처음 도도로키 쪽으로 눈을 돌렸다.

"자네가 도도로키 형사인가."

"네. 지금 스즈키 옆에는 저희 과의 젊은 후배를 붙여 뒀습니다."

도도로키는 지금까지의 경위를 짧게 설명했다. 이미 보고받았는지 모두가 잘 안다는 표정으로 가볍게 고개를 끄덕이기만 했다.

"솔직히 묻겠네만."

설명을 마치자 기요미야가 물었다.

"스즈키가 범인인가?"

위압적이지도 거만하지도 않은 올바른 질문에는 올바른 대답이 돌아온다는 믿음이 담긴 말투였다.

도도로키는 입술에 침을 한 번 묻히고 대답했다.

"폭탄과 아예 관련 없지는 않을 겁니다."

"근거는?"

"스즈키는 두 번 다 폭발이 일어나기 직전에 폭발 장소를 암시했습니다."

처음에는 아키하바라라고 분명히 언급했고, 두 번째는 야구 이야기를 꺼냄으로써 도쿄돔을 연상시켰다.

"우연이라고는 생각되지 않습니다."

"단독범인가?"

"확실하지는 않지만, 아마도."

"왜지?"

"녀석이 누군가와 상의하며 범행 계획을 세우는 모습이 상상되지 않습니다."

이 말로 충분히 설명되지 않는다는 것은 자각했지만, 진심이었다.

기요미야가 질문을 이어 갔다.

"동기는?"

"그건…… 전혀."

스포츠머리의 경비부 남자가 화난 것처럼 코를 킁킁거렸다. 루이케는 허공을 보며 고개를 갸웃거리고 있다.

정작 당사자인 기요미야에게는 실망한 기색이 느껴지지 않았다. 관할 경찰서 일개 형사의 직감 같은 건 원래 이 정도 수준이라고 치부하고 있을지 모른다. 도도로키도 그건 동감이었다. 오히려 부하의 무능에 인상을 찌푸리는 쓰루쿠가 더 얼빠져 보였다.

"아무튼 수고했네. 나머지는 우리가 알아서 할 테니 자네는 주변인 수사에 임해 줘."

"스즈키는 저 말고 다른 사람과는 이야기하지 않겠다고 했습니다만."

"그렇군. 수고."

기요미야는 그렇게 매듭짓고 도도로키에게서 시선을 돌렸다.

"도도로키."

쓰루쿠가 소리쳤다.

"자네는 CCTV 확인이나 해."

순간 칼에 찔린 것 마냥 열이 치솟는 걸 느꼈다. 그러나 그 조짐은 금세 다시 사그라들었다. 괜찮다. 신경 쓸 일이 하나 줄은 건 좋은 것 아닌가.

"저, 도도로키 형사님."

뒤에서 누가 불러서 돌아보니 시야 아래로 부스스한 곱슬머리가 보였다. 도도로키는 위에서 내려다보는 자세로 루이케와 마주봤다. 둥근 안경 너머에서 날카로운 눈동자가 도도로키를 직시하고 있다.

"스즈키가 혼자 계획을 세우고 폭탄을 제조하는 모습은 상상할 수 있다는 뜻일까요?"

질문을 이해하기까지 한 박자, 머리를 쓰는 데 한 박자 더 필요했다.

"……아뇨, 그것도 아닙니다."

"그럼?"

"그 녀석의 성격, 아니 정체가 감이 오지 않습니다."

루이케가 말없이 설명을 요구해서 도도로키는 넥타이 매듭을 손으로 매만지며 말했다.

"흔한 스토리를 적용시키는 건 쉽겠죠. 무일푼에 자포자기하며 살다가 양심까지 마비된 중년 남자. 잃을 거라곤 없는, 소위 말하는 세상 무서울 게 없는 사람. 하지만 왠지 그것만으로는 부족한 것 같습니다. 실제로는 계산적이고 약삭빠르다 같은 것도 아니고, 뭐랄까 잘 표현하기 어렵지만……."

"어렵지만?"

"……순수함이 느껴진다고 할까요."

내뱉는 순간부터 후회했다. 스스로 생각해도 한심한 인상론이다. 루이케의 따가운 시선이 느껴져 도도로키는 "그냥 왠지 그런 느낌이" 하고 고개를 돌리며 얼버무렸다.

"어차피 제가 뭐라고 해 봐야 무슨 소용 있겠습니까. 스스로 판단해 주시죠."

"CCTV 확인은 이 안에서?"

"네? 아, 네. 아래층 영상실에서 할 겁니다."

"모쪼록 나쁘게 생각하지는 말아 주십시오."

루이케는 갑자기 손날을 세우며 연기 섞인 몸짓을 보였다.

"심정은 이해합니다. 얼마나 불쾌하실까요. 하지만 저희도 형사님을 무시하거나 깎아내리려고 이러는 건 아닙니다. 그저 조직이 정한 역할 분담에 충실할 뿐이죠."

루이케는 목소리를 더욱 낮추며 말했다.

"특히 기요미야 선배님이 그런 조직의 규율 같은 것에 아주 민감하셔서요. 전형적인 융통성 없는 관료주의자라고 할까요. 그런 면을 조금만 고쳐도 능력을 더 발휘하실 수 있을 것 같은데."

어안이 벙벙해진 도도로키를 무시하고 루이케는 재빨리 수첩에 뭔가를 써 내려갔다.

"죄송하지만 도도로키 형사님. 이번 일이 해결될 때까지는 최대한 공개적으로 움직여 주십시오. 언제든 저희와 연락이 되는 곳에 계셔야 합니다. 스즈키가 언제 또 형사님을 찾을지 모르니까요."

루이케는 "그리고" 하고 뭔가를 적은 수첩 페이지를 북 찢었다.

"이 번호로 전화 한 통 부탁드립니다. 무슨 일이 생기면 문자 주시고요. 앞으로 통화는 어려울 테니."

그가 내민 수첩 페이지 끝자락에 휴대폰 번호가 적혀 있다.

"모쪼록 잘 좀 부탁드립니다. 이거 하나만큼은 남자 대 남자로 약속하시죠."

"이건."

상사에게 돌아가려는 곱슬머리 남자를 도도로키가 다시 불러 세웠다.

"지시로 받아들이면 될까요?"

"형사님."

고개를 돌린 루이케의 모습이 꼭 고블린 같은 정체를 알 수 없는 기이한 생명체처럼 보였다.

루이케는 입술에 검지를 갖다 대고 진지하게 속삭였다.

"남자들끼리의 약속입니다."

뭐야, 저 녀석은. 도도로키는 멀어지는 뒷모습에 불신의 눈빛을 던지며 수첩 페이지를 움켜쥐었다.

어스름한 계단을 내려가며 앞으로의 전개를 예상해 봤다. 특수 범죄 수사과를 출동시킨 것으로 보아 본청에서 이번 사건을 가벼이 여기지 않는 것만은 분명하다. 루이케는 선배 기요미야를 깎아내리듯 말했지만 천하의 경시청에서 밥 벌어 먹고사는 그가 무능할 리는 없다.

현장 주도권은 수사 1과에 있다고 해도 의사 결정은 조금 더 윗선 간부들이 할 것이다. 기요미야 옆에 있던 스포츠머리 남자가 속한 경비부는 기동대를 총괄하는 부서이니 이런 사건에 투입되는 요원으로 이상하진 않지만, 한편에서는 다른 속셈도 엿보인다. 부(部)로 독립된 경시청을 제외하고 일본 모든 지역 경찰서의 경비부에는 공안과가 있다.

일본은 비교적 치안이 좋은 선진국들과 비교해도 폭탄 테러 발생 건수가 월등히 적다. 정치범, 극장형 범죄자, 광신도 등. 누가 저지른 범죄든 간에 상부에서는 최대한 신속하고 원만하게 사건이 해결되기를 바란다. 불특정 다수를 겨냥한 이런 파괴 행위는 그것이 알려짐으로써 사람들의 불안감을 조장하고 더 큰 의심과 공포를 불러일으킬 수 있다. 거기에 모방범이라도 나타나는 날에는 수습하기 어려워진다.

그렇다고 해서 정보 은폐가 피해 확대로 이어지면 책임 문제에서 벗어날 수는 없다.

도도로키는 층계참에 멈춰 서서 허공을 향해 탄식했다. 넥타이를 당겨 매듭을 조인다. 약간의 질식감을 바라는 건 쓰루쿠가 전자담배 뚜껑을 여닫는 행위에서 추구하는 것과 비슷할지 모른다.

다시 발걸음을 떼자 머릿속에 스즈키의 얼굴이 떠올랐다.

밤톨 머리, 멍청해 보이는 눈빛.

그런 녀석이 정치범이라고?

설마.

그럼 도대체 그의 정체는 뭘까.

기요미야와 루이케에게 전한 감상은 거짓이 아니었다. 무일푼으로 자포자기하며 살다가 양심까지 마비된 중년 남자. 잃을 거라곤 없는, 소위 말하는 세상 무서울 게 없는 사람. 하지만 왠지 그것만으로는 부족한 것 같다고 느낀 것도 진심이었다.

기요미야는 어떻게 판단할까. 아키하바라 사건 직후 스즈키는 '지금부터 3회' 폭발이 일어날 거라고 예언했다. 그 말을 순순히 믿으면 남은 폭탄은 두 개. 사실로 가정해도 녀석의 입을 열 수 있을까. 폭탄이 설치된 장소를 특정할 수 있을까. 못 찾는다면 다음에는 어느 정도 피해가 발생할까. 얼마나 많은 사람이 다치고, 얼마나 많은 이들이 죽을까.

아니, 그걸 떠나 애초에 녀석의 목적은 뭘까.

됐어. 쓸데없는 생각 그만하자.

난 그저 주어진 역할을 하면 된다. 스즈키의 행적과 주변인 수사. 그것은 녀석을 끌고 온 이 노가타 경찰서에서 당연히 해야 할 일.

그저 일이다.

도도로키는 계단에서 복도로 나가려는 발걸음을 멈추고 주머니에 손을 넣었다. 루이케에게 받은 쪽지가 손가락 끝에 닿았다. 물으면 쉽게 알 수 있는 일개 형사의 연락처를 이런 식으로 알아내려는 행위 이면에서는 틀에 박힌 관료주의에 반기를 들고 싶어 하는 의지가 엿보인다. 동시에 그는 이 쪽지를 통해서 나에게 묻고 있다.

당신은 어느 쪽입니까? 규율에서 벗어날 배짱이 있습니까?

가슴속에서 뭔가 꿈틀거리는 게 느껴졌다.

바로 조금 전 스스로 되뇄던 말을 배반하는, 부정할 수 없는 욕망.

다시 한번 스즈키와 마주하고 싶다.

도도로키는 스마트폰을 꺼내 쪽지에 적힌 번호로 전화를 걸었다.

3

첫인상부터 신물이 넘어왔다. 늘어진 볼, 술배, 능글능글한 미소. 이세 유키의 눈에 스즈키 다고사쿠라는 남자는 세상 모든 타락이 응축된 모습처럼 비쳤다. 스즈키가 입을 열 때마다 얼굴을 찌푸렸다. 그의 목소리에 엉겨 붙은 썩은 냄새는 7년간의 경찰 생활 동안 맞닥뜨린 사회 부적응자들과 비슷했다. 단지 입 냄새나 체취 문제가 아니다. 그들이 일삼는 말, 행동, 거기서 배어나는 유치한 가치관, 그리고 자학. '나는 이 세상에 절대 맞춰 갈 수 없어'라고 말하는 듯한 이기적인 태도.

그냥 죽으면 된다. 맞춰 갈 수 없다면.

노트북에 입력한 내용에 눈을 돌린다. 스즈키와 도도로키가 나눈 대화가 빠짐없이 적혀 있다. 문학도 시절 쌓은 타이핑 실력을 인정받아 취조 보조 업무를 맡을 때가 많았다. 솔직히 녹음과 녹화를 하는 편이 더 확실하다고 생각하지만 어차피 조서는 필요하고, 그렇다면 녹음된 음성을 옮겨 적는 것보다야 낫다. 형사과에 발령된 지 2년 동안 다양한 종류의 피의자, 관계자, 수상한 남녀노소를 접한 건 훌륭한 자산이 됐다. 물론 범인들의 말과 행동도 이 눈과 귀에 생생히 아로새겨져 있다.

선배들을 보며 범인을 상대하는 기술도 배웠다. 감탄이 절로 나오는 숙련된 기술부터 '아, 이러니 녹음을 싫어하는구나'라고 이해되는 변칙적인 방식까지.

현재 스즈키의 혐의는 주류 판매점 점주를 폭행한 것뿐이라 조사 기록 공개가 의무화된 배심원 재판 안건에 해당되지 않는다. 혐의가 바뀌기라도 하면 장비를 준비해서 품위 있게 취조해야겠지만 이세는 어차피 그런 건 무익한 짓이라 생각했다.

멍한 얼굴로 고개를 살짝 숙이고 있는 스즈키를 강렬하게 쳐다본다. 눈치가 빠른지 아니면 줄곧 이세를 신경 쓰고 있었는지 스즈키는 금세 눈치채고 고개를 갸우뚱하더니 에헤헷 하고 웃어 보였다. 겉으로는 호의적인 것 같지만 말을 걸어도 대답하지 않는다. 손으로 입을 가린 채 바보처럼 고개를 흔들 뿐이다. 그 어린아이 같은 행동을 보며 이세는 감정이 격해지는 것을 연신 참아야 했다.

도도로키 선배는 사람이 너무 무르다. 이런 녀석은 옛날처럼 때리고 발로 차며 입이 아닌 몸을 향해 물어야 한다.

"형사님."

그때 스즈키가 처음 말을 걸어서 이세는 "어?" 하고 들뜬 목소리로 반응했다.

"화장실에 좀 다녀와도 될까요?"

곤란해하는 얼굴로 묻는 스즈키에게 당황하는 기색이 전해지지 않게 이세는 일부러 헛기침을 했다.

"급하나?"

"아뇨. 그 정도는 아닌데."

"그럼 참아."

"역시 윗분에게 물어봐야 하는 건가요?"

"뭐 그렇다고 할 수 있지. 당신은 일단 중요 참고인 취급이니까."

"그런가요. 힘들겠네요."

스즈키가 안쓰러워하듯 말했다. 동정받는 것 같아 이세는 머리에 피가 쏠렸다. 스즈키는 시치미를 떼며 눈앞에 있는 생수를 꿀꺽꿀꺽 마시고 있다. 절반 정도 병을 비우더니 만족스러운 듯 트림을 꺽 한다. 가랑이 사이에 두 손을 모으고 허리를 숙인 모습이 꼭 잘못 그린 만화 캐릭터 같았다.

선배는 왜 이런 놈을 상대로 애먹는 걸까.

나 같으면⋯⋯.

"저, 형사님."

"또 뭐야?"

"형사님은 대학을 나오셨나요?"

"……그래."

"역시 그렇군요. 어쩐지 똑똑해 보이시더라. 전 그런 분은 금세 알아보거든요. 오래전부터 느낌이 오곤 했습니다. 아직 이렇게 배가 안 나오고 머리에 원형 탈모도 없던 시절이죠. 워낙 잘 맞히는 터라 다들 저를 보며 착각할 정도였어요. 사실 얘는 아주 똑똑한 아이일지도 모른다고."

헤헤헤 하고 코를 긁적이며 웃는 스즈키를 보며 이세는 그의 속을 가늠할 수 없었다. 도도로키가 취조실을 나간 지 15분.

그냥 심심해서 이러는 걸까. 아니면 뭔가를 말하려는 걸까.

스즈키가 하는 말을 타이핑하며 이세는 대화를 이어 갔다.

"당신도 머리 회전은 빨라 보이는데."

"에이, 당치도 않습니다. 전 완행열차입니다. 완행열차요. 머리부터 발끝까지 일관되게 느려 터졌죠. 저 같은 놈과 비교하면 형사님은 아마 포르셰나 페라리일걸요."

"난 의외로 완행열차도 좋아해."

그러자 스즈키가 두 볼을 올리며 웃었다. 지금까지의 쑥스러워하는 미소와 달리 왠지 친근감이 느껴지는 표정이다.

"형사님은 도쿄 출신이시죠? 발음이 아주 또박또박한 걸 보니.

그래서 그런 낭만을 즐기실 수 있는지도 모르겠습니다. 그런데 사실 완행열차라는 건 아주 형편없어요. 전 거기에 안 좋은 기억밖에 없습니다. 보통 시골은 역과 역 사이 거리가 멀잖아요? 게다가 배차 간격까지 드문드문해서 한번 열차를 놓치면 지각하는 경우가 비일비재했죠. 1분 1초가 사람 인생을 좌우할 수도 있는데."

"거기서 인생까지 나오나?"

"네, 네. 당연하죠. 형사님도 한번 생각해 보세요. 예를 들어 수능 시험 같은 거. 저 때는 공통 1차 시험이라 불렀는데, 아무튼 촌구석은 수능 시험장까지 거리도 엄청 멀거든요. 그러니 열차를 한번 놓치면 정말 인생이 뒤바뀔 수도 있는 겁니다."

"그래서 그런 곳에서는 대부분 차를 몰고 다니잖아."

"그렇게 생각하시죠? 그런데 형사님. 전 예전부터 잘 이해가 안 되는 게, 왜 그런 시험을 하필 겨울에 치르는 걸까요? 감기에 걸릴 확률이 높고 눈도 내릴 수 있는 시기에 굳이. 가을에 치르는 게 더 나을 텐데 말이죠. 안 그런가요?"

"가을도 가을 나름의 문제가 있지. 태풍이라거나."

"아, 그럴지도 모르겠네요. 모두 저보다는 똑똑하고, 또 그런 똑똑한 분들이 만든 제도이니 저 같은 사람은 생각도 못 할 이유가 있겠죠. 아무튼 그래서, 제가 말씀드리고 싶은 건 바로 눈입니다, 눈. 차를 타고 가려고 해도 폭설이 내리면 꼼짝없이 발이 묶이는 경우가 많죠. 그래서 시골은 안 되는 거예요. 뭐, 심심하면 그런 폭설이 퍼붓는 지역이니 촌구석으로 전락했겠지만요."

"……도호쿠 출신인가?"

스즈키가 입을 쩍 벌리고 눈을 둥글게 떴다.

"아니면 홋카이도나 신에쓰 쪽?"

"왜 그렇게 생각하시죠?"

"안 좋은 기억이 있는 거 아니야? 눈에."

그러자 스즈키가 대번에 두 손으로 입을 가렸다. 빤히 보이는 연기지만 의외로 자연스러워 보인다.

"출신지 정도는 괜찮잖아. 그걸 알려 준다고 당신 정체가 들통나는 것도 아니고."

"……딱히 숨기려고 한 건 아닙니다. 이름도 본명이 맞고요."

"그런데 주소는 잊어버렸다는 게 말이 돼?"

"술이라는 놈이 워낙 무서워서요."

이 자식이. 얄밉지만 어째서인지 쓴웃음도 나왔다.

"아무튼 한 가지라도 말해 봐. 그 안 좋은 추억이 뭔지."

"그럼 형사님의 성함부터 알 수 있을까요?"

"……왜지?"

"지금부터 전 사적인 이야기를 해야 하잖아요. 그런 이야기는 원래 사적으로 아는 사람들끼리 하는 것 아닌가요?"

"그 말은 곧 내가 이름을 알려 주면 나도 엄연히 당신 지인이 된다는 뜻인가?"

"그렇죠. 그러니까 지금부터 할 이야기는 저와 형사님만의 비밀 이야기라는 말이기도 합니다."

스즈키는 기대와 불안이 뒤섞인 눈빛으로 이세를 봤다. 이세는 왠지 배꼽 언저리가 저릿했다. 스즈키의 애교 섞인 눈빛은 이세가 어릴 때부터 가까운 곳에서 줄곧 접해 온 그것과 똑같았다.

"이세다. 이세 유키."

"그렇군요. 전 스즈키 다고사쿠라고 합니다. 앞으로 사이좋게 지내요."

스즈키는 기쁜 듯이 환하게 웃었다.

"뭔가 쑥스럽네요. 꼭 10대 시절로 돌아간 것 같아서."

이세는 화를 꾹 참고 미소로 화답했다. 먹잇감이 제 발로 다가오고 있는 상황이다. 굳이 멀리할 이유는 없다.

"눈과 얽힌 안 좋은 추억을 말씀드리자면."

스즈키가 얼굴을 앞으로 내밀며 운을 뗐다.

"실은 중학교 같은 반에 좋아하는 아이가 있었습니다. 피부가 하얗고 어깨가 유독 가냘픈 아이였는데 반 아이들 모두의 아이돌이었죠. 물론 저 같은 놈과는 말을 섞어 주기는커녕 거의 투명 인간 취급이었습니다만, 제가 속으로만 좋아하는 건 문제가 없고 딱히 돈이 드는 것도 아니잖습니까. 당시에는 저도 순진무구한 꼬마였기 때문에 깊이 생각하지 않고 하굣길 같은 데서 그 아이의 뒷모습을 몰래 훔쳐보곤 했죠."

"어엿한 스토커네."

"아, 면목 없습니다. 그래도 쇼와* 시절의 이야기니까요. 쇼와 시절."

쇼와든 레이와**든 관계없다. 이세는 자신의 여자 친구가 스즈키에게 미행당하는 모습을 상상하자 등골이 오싹해졌다.

"……그래서?"

"미노리라는 아이였습니다. 그런데 그 아이, 나중에 살해됐습니다만."

"뭐?"

"살해됐습니다. 폭설이 내린 날에. 촌구석이라 인적이 드문 곳이 사방에 널려 있었죠. 아니, 인적 있는 곳이 없었다고 해도 무방하겠네요. 범인은 저희 학교 선생님이었습니다. 그 지역에서는 왕처럼 군림하던 부잣집 셋째 도련님이었죠. 하굣길에 집에 가는 미노리를 납치해 원하는 대로 능욕한 후 눈 속에 얼굴을 파묻어 질식시켜 죽였습니다."

"끔찍하군."

"네. 최악이죠. 정말 최악입니다."

스즈키는 눈을 돌리지 않고 이세를 똑바로 보고 있다.

---

*   1926년부터 1989년까지의 일본의 연호.
**   2019년부터 2023년 현재까지의 일본의 연호.

"그런데 그렇다고 당신이 큰 피해를 보거나 한 건 아니지 않나?"

"아뇨. 봤습니다. 아주 큰 피해를요. 모르시겠나요? 사실 제가 그, 옹고집이라고 할까요. 벽창호라고 할까요. 뭐 하나를 정하면 지겨울 정도로 반복하는 사람 있잖습니까?"

"······그날도 미행한 건가?"

"정답입니다."

스즈키는 "하지만" 하고 슬픈 듯이 고개를 저었다.

"미노리가 신사 옆으로 끌려가는 모습을 바로 눈앞에서 봤는데도 전 아무것도 해 줄 수 없었습니다. 왜냐하면, 미노리가 싫어하지 않았거든요. 꼭 마중 나온 아빠나 오빠를 만난 것처럼 오히려 기뻐했거든요. 생각해 보면 그럴 만도 하죠. 폭설이 내리는 날 학교 선생님이 나타나서 같이 가자고 하면 안심되지 않겠어요? 게다가 그 사람은 외모도 번듯해서 어쩌면 미노리도 조금은 마음이 있었을지 모릅니다. 반대로 미노리에게 저는 한결같이 수상한 동급생일 뿐이었고요. 그러니 들키면 안 되겠다 싶어 조심조심 그곳을 떠난 겁니다."

스즈키는 "그 덕분에" 하고 조용히 이야기를 이어 갔다.

"의심을 샀죠."

그가 미노리 뒤를 따라가는 모습을 목격한 사람이 있었다. 반면 미노리를 납치한 범인을 목격한 사람은 오직 스즈키뿐이었다. 그리고 스즈키 역시 처음에는 범인이 누군지 알아보지 못했다고 했다.

"그게 다 그놈의 폭설 때문입니다. 폭설."

미노리의 통학로 부근에 살던 농가 주민은 매일같이 미노리 뒤를 졸졸 쫓아다니는 남학생을 봤다. 그러니 그날 눈이 얼마나 내렸는지와 상관없이 범인이 스즈키라고 증언할 수도 있었다.

"자업자득이라 해도 할 말 없는 상황이었죠. 그래도 말이죠, 형사님. 억울한 누명을 쓴다는 건 정말 괴로운 일입니다. 형사님은 이해하실지도 모르지만, 알지도 못하는 죄를 뒤집어쓰고 매일 주변의 따가운 눈초리를 받다 보면 가슴속에 점점 억울한 감정이 쌓이죠. '난 아무 잘못도 없는데 왜 이런 꼴을 당해야 하나. 이럴 바에는 내가 정말 저지르기라도 했으면 좋았을 텐데' 하고."

"뭐라고?"

"내가 정말 저지르기라도 했으면 좋았을 텐데, 라고 말씀드렸습니다. 그렇게 생각할 만하지 않나요? 전 그 귀여운 미노리에게 손가락 하나 갖다 대지도 못했으니까요."

이세는 강렬한 혐오감과 동시에 묘한 불안을 느꼈다. 그것은 말로 표현하기 어려운, 마치 간지러운 곳에 손톱이 박힌 듯한 감각이었다.

"저, 이세 형사님."

"뭐야?"

"이세 형사님."

문득 스스로 가늠하는 거리보다 스즈키가 훨씬 가깝게 느껴졌다.

"형사님께도 있지 않나요? 그런 거."

있다고 말해야 할까. 이 남자의 환심을 사기 위해.

아니면.

"말하실 건가요?"

"뭐?"

"미노리 이야기요. 다른 형사님들께."

둥그런 눈동자가 가만히 이쪽을 향하고 있다.

"전 이세 형사님께만 특별히 들려 드린 이야긴데."

나에게만.

그때 갑자기 문이 덜컥 열렸다. 고개를 돌려 보니 스마트한 정장 차림의 백발 남자가 취조실에 들어왔다.

"안녕하세요. 경시청의 기요미야라고 합니다."

그 뒤에서 "루이케입니다" 하고 몸집이 작은 곱슬머리 남자가 스즈키에게 눈인사를 했다.

도도로키 선배가 강판당했다. 뭐, 당연한 일인가. 이세는 그런 생각을 하며 눈앞의 노트북으로 시선을 돌렸다. 스즈키와 나눈 잡담 기록은 '아, 면목 없습니다. 그래도 쇼와 시절의 이야기니까요. 쇼와 시절'이라는 스즈키의 말에서 멈춰 있다.

이세는 손가락을 움직이려다 망설였다.

루이케가 노트북 쪽으로 얼굴을 슬쩍 들이밀었다. 둥근 안경 너머에서 반짝이는 눈동자로 이세의 보고서를 훑고 있다. 그가 철제 의자를 펼쳐 옆에 앉자 이세는 타이핑을 재개했다.

'안녕하세요. 경시청의 기요미야라고 합니다.'

4

머리는 다듬었지만 향수를 뿌리지 않았고 세수도 하지 않았다. 그것이 기요미야 데루쓰구가 스즈키 다고사쿠를 마주하고 가장 먼저 받은 인상이었다.

"지금부터는 제가 담당을 맡습니다."

기요미야의 말을 듣고 스즈키는 입을 크게 벌리고 눈을 동그랗게 떴다. 꼭 놀람을 표현하는 서투른 제스처 같다.

보풀이 눈에 띄는 스웨터와 낡은 코듀로이 재킷. 둘 다 구입 후 한 번도 세탁하지 않고 몇 년째 입고 다녔다는 것을 알 수 있다. 손목시계나 그 밖의 액세서리는 보이지 않는다.

퍼즐 조각이 탁탁 맞아떨어지는 느낌이 들었다. 언제나 그렇듯 우선 모서리에 있는 조각부터.

"조금 전 그 형사님은 어디 가셨어요?"

기요미야는 스즈키의 입가를 주시했다. 언뜻 보기에 치아 상태는 보통이다. 누렇게 변색된 것도 신경 쓰일 정도는 아니고 악취도 풍기지 않는다. 술 냄새도 없다.

"그분은 원래 하던 업무로 돌아갔습니다. 전 이런 이야기를 듣는 걸 전문으로 하고 있으며, 필요하다면 스즈키 씨의 요청에 맞춰 드릴 권한도 갖고 있습니다."

"전 그분이 좋아서 그분과만 이야기하기로 약속했는데요."

"도도로키 형사도 알고 있습니다. 그럼에도 이렇게 교대한 건 저희가 스즈키 씨를 매우 중요한 정보 제공자라고 생각하기 때문이라고 이해해 주시기를 바랍니다."

"아, 맞다. 도도로키 형사님이었죠."

스즈키의 표정이 금세 밝아졌다.

"처음에 들었는데도 까먹어서. 이러면 안 되는데 제가 원래 사람 이름을 자주 깜빡깜빡하거든요."

스즈키는 "항상 이런다니까요" 하고 수줍은 듯이 머리를 긁적였다. 묘하게 눈에 띄는 둥근 원형 탈모반이 하나.

보고받은 대로의 반응이다. 순진해 보이고 추종적, 자학적이다. 한편으로 핵심을 피해 가는 교묘한 화술. 그것이 계산된 것인지 타고난 것인지를 도도로키가 파악하지 못했다는 점도 기요미야에게는 중요했다.

이 남자의 악의를 가늠하려면.

"역시" 하고 스즈키가 다시 입을 열었다.

"도도로키 형사님을 다시 데려와 주실 수는 없을까요?"

"죄송하지만 그건 포기해 주십시오. 그만큼 저희는 스즈키 씨를 아주 중요한 정보 제공자라고 생각하고 있습니다."

같은 말을 반복하되 이번에는 조금 더 힘주어 말하고 곧 다시 목소리를 부드럽게 가다듬는다.

"아니면 도도로키 형사 앞에서라면 모든 걸 털어놓으실 건가요?"

"모든 거라고 하시면?"

"나머지 폭탄에 대해."

그러자 스즈키는 "아아" 하고 주먹으로 손바닥을 툭 쳤다.

"형사님, 그건 좀 어렵습니다. 저도 알려 드리고 싶은 마음이 굴뚝같고 촉도 오지만, 그래도 다음이 언제 어디일지는 전혀 알 수 없거든요."

굵은 눈썹으로 처량해 보이는 주름을 잡는다.

"프로 야구 뉴스를 보면 감이 잡힐지도 모르겠다고 도도로키 형사에게 말했다더군요."

"아, 네. 그때는 그랬죠. 하지만 지금은 상황이 달라졌습니다. 도도로키 형사님도 사라졌고 시간이 많이 지났잖습니까. 제 안에서 꿈틀거리는 욕망이라고 할까요, 술렁이는 불안감이라고 할까요. 어쨌든 촉에는 그런 연료가 필요합니다."

"그렇군요."

기요미야는 책상 위에서 두 손을 포갰다.

"그 촉이라는 게 평소 어떨 때 내려오고 주로 어떤 것들을 알려 주는지 가르쳐 주시면 참고가 될 것 같습니다만."

"아, 형사님. 혹시 의심하고 계시나요? 제 이야기를."

"의심한다면 이런 질문을 하지도 않겠죠."

기요미야는 스즈키를 지그시 바라보며 "시간도 제한돼 있으니까요" 하고 그의 반응을 관찰했다.

"첫 번째 폭발이 10시, 두 번째 폭발이 11시. 두 번 다 정확한 시간에 폭발했습니다. 만약 다음번도 한 시간 간격이라면 자정까지는 이제 30분도 남지 않았습니다."

스즈키는 멍하니 있다. 멍하니 있는 연기를 하고 있다. 또다시 탁 소리가 들린다. 스즈키 다고사쿠라는 퍼즐의 바깥쪽 조각이 채워진다.

"스즈키 씨뿐이라고 생각합니다. 이 잔혹한 범죄를 막을 수 있는 분은 스즈키 씨뿐입니다."

"저뿐이라고요?"

기요미야는 고개를 끄덕이고 "솔직히 말씀드리면" 하고 말을 이었다.

"지금 이 순간에 다음 폭발이 일어나도 저희에게는 방법이 없습니다. 분하고 원통하지만 손쓸 도리가 없죠."

등 뒤에서 비난 어린 시선이 느껴졌다. 노가타 경찰서 소속 젊은 형사다.

이름이 이세라고 했나.

"경찰관으로서 부적절한 발언이라고 생각하시나요? 하지만 불가능한 건 불가능한 겁니다. 안타깝지만 현실적으로, 예컨대 경찰을 총동원한다고 해도 이 드넓은 도쿄 어딘가에 있을지도 모를 폭탄을 아무 단서도 없이 찾아내는 건 불가능하죠. 그야말로 촉 같은 게 내려오지 않는 이상 그저 손가락을 빨며 기다릴 수밖에 없는 겁니다. 현재로서 저희에게 이번 사건의 범인은 단순히 신출귀몰한 묻지 마 살인범일 뿐입니다."

기요미야는 스즈키에게서 눈을 떼지 않았다.

우선 두 가지를 파악해야 한다.

첫째, 스즈키에게 예고 없이 폭발을 기다릴 의향이 있는지 여부다.

그리고 이 남자의 목적이 단순한 테러인지 아니면 테러를 구실 삼아 다른 요구사항이 있는지다.

"아무튼 힌트만 주시면 최선을 다해서 대응하겠습니다."

이 정도면 무슨 뜻인지 충분히 알아들었을 것이다.

네놈의 머리가 제대로 됐다면.

게다가 넌 제 발로 경찰서에 들어오지 않았나.

기요미야는 말없이 그렇게 따져 물었다. 일부러 주류 판매점에서 난동을 피워 성공적으로 이 취조실에 자리 잡았다. 자신의 범행을 스스로 털어놓았다. 단지 사람을 해치고 싶은 자가 할 수 있는 일이 아니다.

단순한 묻지 마 살인범일 뿐이라고 해서 자존심이 상했나? 그렇다면 이쪽이 조금 더 당황하게 노력해 봐라.

"어떻습니까? 뭔가 떠오르는 게 없나요?"

어차피 네놈이 바라는 건 게임 아닌가. 경찰과 지혜를 겨뤄 승리하고 싶은 것 아닌가.

그렇다면 따르면 된다. 너 자신의 룰에.

얼른 내놓아라. 다음 폭탄의 힌트를.

"스즈키 씨. 이래 봬도 전 승부욕이 아주 강한 사람입니다. 분명 도움이 돼 드릴 수 있을 겁니다."

스즈키의 입가에 잠시 미소가 번지는 걸 기요미야는 놓치지 않았다.

"죄송합니다."

그러나 그 미소는 곧 다시 고민하는 듯한 비루한 표정 속으로 사라졌다.

"정말 죄송하지만 역시 안 되겠네요. 조금 전부터 촉이 내려올 낌새가 전혀 없어요."

기요미야는 손목시계를 힐끗 봤다.

밤 11시 50분.

기요미야와 루이케가 투입된 시점부터 수사 정보를 공유하는 전용 애플리케이션 사용이 허락됐다. 사건에 진전이 생기면 정보가 업데이트되어 현장 지휘관과 본청 상부에 전달되는 구조다. 이미 전국 경찰서에 긴급 협조 요청이 하달돼 일본 내에서 발생한 모든 의심 사건의 정보가 집약될 예정이다. 이세가 사용 중인 노트북과 루이케의 태블릿 PC에도 열람 권한이 부여됐다.

그러나 아직 부하들의 움직임은 감지되지 않는다.

과연 자정에 폭발이 일어날 것인가.

눈앞에서 스즈키가 주뼛거리고 있다. 이쪽의 기분을 살피는 듯한 어색한 미소. 속이 훤히 들여다보인다. 가면 아래에서 혀를 내미는 얼굴도 선명히 떠오른다.

더 이상 이야기하지 않겠습니다, 라고 하는.

기요미야는 불현듯 초조해져서 잠시 눈을 감았다.

감정은 필요 없다.

난 그저 해야 할 일을 하면 된다.

경시청에 곧 수사본부가 설치된다. 거기에는 현재 스즈키가 있는 노가타 경찰서를 언론으로부터 멀어지게 하는 위장의 의미도 있다. 쓰루쿠가 지휘 중인 주변인 조사를 통해 스즈키의 자택 주소가 밝혀지면 폭탄 개수나 설치 장소도 밝혀질 공산이 크다. 물증이 나오는 대로 정식 체포해 마음껏 추궁할 수 있다. 그러나 그것은 특수 범죄과의 일이 아니다.

기요미야와 루이케의 역할은 사건이 현재 진행 중인 시간 동안에만 한정돼 있다. 그러니 최악을 가정하고 최선을 다하는 게 사명이다. 자신에게 허락된 범위 안에서 성심성의껏 움직여야 한다.

"그 촉이란 게 어떻게든 다시 작동할 수 있게 집중해 주시지 않겠습니까? 저희도 협력을 아끼지 않겠습니다. 저희가 뭘 어떻게

도와 드려야 촉이 다시 내려올지, 힘을 합쳐 가장 좋은 방법을 찾아봅시다."

부드러운 말과 달리 찢어지는 듯한 통증이 가슴을 스쳤다. 기요미야는 추궁의 속도를 늦추고 대화를 선택했다. 사실상 자정의 폭발은 손 놓고 포기하는 결정이었다.

"정 뭐하면 장소를 바꿔 보는 건 어떨까요? 환경 변화가 자극이 될지도 모릅니다."

"아, 그건 안 돼요."

스즈키의 대답은 빨랐다.

"여기가 좋습니다. 아니, 여기가 아니면 안 돼요."

기요미야를 똑바로 보며 망설임 없이 단언했다.

"왠지 그런 느낌이 들거든요. 괜찮지 않나요? 전 도도로키 형사님이 교체됐는데도 협력하고 있습니다. 이 정도는 양해해 주셔야 한다고 보는데요."

기요미야는 눈을 살짝 찌푸리고 "네. 그건 그렇죠" 하고 웃으며 스즈키의 속내를 살폈다. 경찰서 안에는 매직미러가 설치된 취조실이 반드시 하나쯤은 있다. 그러나 경범죄로 붙잡혀 온 스즈키에게 배정된 곳은 그런 시설이 없는 방이다. 언제 폭탄이 터질지 모르는 상황에서 쓸데없는 시간 낭비는 치명적일 수 있다는 생각에 망설여졌지만 가능하면 제대로 된 설비를 갖춘 취조실로 옮기고 싶었다.

그렇다고 무리하게 강요할 정도는 아니다. 스즈키의 기분을 상하게 하는 편이 훨씬 좋지 않다.

그보다 반응의 강도가 눈에 띄었다. 꼭 미리 정해 두고 있던 것처럼 대답이 즉각적이었다. 그것만큼은 양보하지 않겠다는 의지가 느껴졌다.

주도권을 잡기 위한 술수일까. 아니면 움직이면 안 될 사정이라도 있는 걸까.

그때 스즈키의 양 볼이 살짝 올라갔다.

"그러고 보니."

그는 두꺼운 혀로 입술을 한 번 핥고 말했다.

"문득 생각났는데, 언젠가 책에서 읽은 적이 있습니다. 사람의 마음에 대한 흥미로운 이야기를요."

허리를 숙이고 얼굴을 앞으로 내민다.

"어떤 책인지는 다 잊어버렸지만 아마 철학이나 심리학처럼 어려운 내용을 알기 쉽게 풀이한 책이었던 것 같네요. 저도 그런 쉬운 책은 가끔 읽기도 하거든요. 책 살 돈은 없어서 부끄럽게도 대부분 서점에서 서서 읽지만 도서관에도 갑니다. 반년에 한두 번 정도."

그리고 헌책방도. 요즘은 대형 마트처럼 넓은 헌책방도 있죠? 그런 곳에서는 부담 없이 오랫동안 책을 읽을 수도 있습니다.

"아무튼 그 책에는 이런 내용이 있었는데요. 형사님, 사람의 마음이라는 게 어떤 형태라고 생각하십니까?"

"……글쎄요. 전혀 모르겠습니다만."

"아마 조금만 생각해도 아실걸요. 형사님은 박식하시지 않나요? 머리도 저보다는 수십 배 좋아 보이고요. 그러니 분명 금방 답을 찾으실 겁니다."

"과찬입니다. 그리고 한심하지만 사람의 마음을 읽는 건 제가 유독 약한 분야라."

어깨를 살짝 움츠려 보인다.

"답이 정말 궁금하군요."

"에이, 그런 말씀 마시고 조금만 더 떠올려 보세요. 퀴즈 같은 거라 생각하시고."

기요미야는 쓴웃음을 지었다. 그 이면에서는 신경을 곤두세우고 있다.

퀴즈라.

그때 뒤에서 바닥을 툭툭 두드리는 소리가 들렸다. 루이케의 운동화가 자정을 알리는 신호였다.

"……형태라고 하면 애정이나 증오 같은 건 아니겠군요. 혹시 격언 종류일까요? 마음은 삶을 풍요롭게 한다거나, 마음을 통해서만 진정한 아름다움을 얻을 수 있다 같은."

"아뇨, 아뇨. 그런 것보다 조금 더 알기 쉽고 명확한 거예요."

"마음은 결국 뇌의 전기 신호라거나?"

"에이, 그건 너무 무미건조하네요. 감정이나 전기 신호 같은 것보다는 조금 더 구체적인 형태입니다."

"정사각형이나 이등변 삼각형 같은 걸까요?"

"네, 맞아요. 그런 겁니다. 다만 조금 더 뭐랄까, 의미 있는 형태인데."

기요미야는 일단 등받이에 몸을 기대고 생각에 잠긴 척하며 팔짱을 꼈다. 눈은 줄곧 스즈키를 향하고 있다. 스즈키도 기요미야에게서 시선을 떼지 않았다. 눈빛이 형형하게 빛나고 있다. 즐기고 있다. 도발적으로 느껴질 만큼.

최악의 소식이 전해졌을 때 취조를 맡은 자신이 피의자와 '마음의 형태' 같은 것을 두고 토론 중이라면 상사는 물론이고 여론, 그리고 거칠게 키보드를 두드리는 경찰서의 젊은 형사에게서도 가차 없는 비난이 쏟아질 것이다. 좌천이나 승진 누락도 염두에 둬야 한다. 무엇보다 사람 목숨이 걸린 일이다. 그러나 기요미야는 지금은 그 책임의 무게를 일부러 의식에서 떼어 내고자 노력했다.

"뭔가 힌트를 주실 수 없을까요?"

"힌트라."

스즈키는 허공을 봤다.

"그럼 반대로 이런 건 어떨까요. 혹시 '아홉 개의 꼬리'라는 게임을 아세요?"

"……아뇨, 처음 듣습니다."

"아, 그런가요. 역시 촌구석에서나 하던 놀이인가 보네요."

스즈키는 당황한 것처럼 두 손을 흔들며 말을 이었다.

"아주 간단한 게임입니다. 지금부터 제가 질문을 아홉 개 할 겁니다. 형사님은 거기에 대답해 주시면 됩니다. 그럼 마지막에 제가 형사님의 마음의 형태를 맞혀 보겠습니다."

"제 마음을?"

"그렇습니다. 형사님의 마음의 형태를."

기요미야는 눈을 크게 뜨고 히죽 웃는 스즈키의 얼굴을 봤다.

"원래는 도도로키 형사님과 하고 싶었는데."

시험하는 듯한 말투다. 네가 거절하면 나도 입을 다물 거야, 라고.

"혹시 이런 게임을 싫어하시나요? 아니면 형사님 앞에서는 역시 실례일까요."

"설마요."

기요미야는 미소를 거두지 않았다.

"재미있어 보이네요. 네. 지금 바로 게임을 시작하죠."

지금이 한가롭게 놀고 있을 때입니까?

등 뒤에서 느껴지는 살벌한 기운. 잠시 후 타이핑 소리가 한층 크게 울려 퍼진다. 후배의 행동을 젊은 패기로 받아들일 만큼 자신도 경험을 쌓아 왔다는 것을 기요미야는 새삼 체감했다.

어차피 스즈키의 승리로 끝날 수밖에 없는 게임이다. 죄를 짓고 붙잡히는 것을 주저하지 않는 자. 사회의 상식이 통하지 않는 아웃사이더를 완벽히 단속할 방법은 없다. 스즈키의 입을 열기 위해 모든 수단과 방법을 동원할 수 있다면 지금 당장 손톱을 뽑거나 자백약을 먹일 것이다. 그러나 현대 법치 국가는 이를 용납하지 않는다.

할 수 있는 범위에서 해야 할 일을 한다. 리스크와 기대치를 저울질한 후 최선의 선택을 한다. 망설이지 않고 실행한다. 이 단순하기 짝이 없는 방침은 상황이 시시각각 변하는 납치나 감금 사건을 다루는 특수 범죄과의 방법론을 넘어 이제는 기요미야 데루쓰구의 신념으로 거의 자리 잡았다. 덕분에 주변에서 '학자 선생님'이나 '기계' 같은 별명으로 불릴 때가 많아졌지만 이것이 나의 삶의 방식이라고 인정한 뒤부터는 잡음도 신경 쓰이지 않았다.

지금 여기서 소통의 폭을 좁히는 건 좋은 수가 아니다. 더 속 깊은 대화를 나누며 정보를 끌어내야 한다. 그렇게 결정한 이상 이 남자와 엄숙하게 마주할 뿐이다.

"이 게임이 의외로 스즈키 씨에게 촉의 원천이 될 수도 있겠네요."

"아, 네, 맞습니다. 맞아요."

스즈키는 기세가 올라 침을 튀기며 말했다.

"아아, 두근거리네요. 기뻐요. 정말 기대됩니다. 아, 참. 질문에는 정직하게 답해 주셔야 합니다. 너무 깊이 생각하지 마시고 직감을 믿으세요."

온몸으로 신이 난 것을 표현하고 있다.

천 개의 퍼즐 피스, 스몰.

기요미야는 상대를 그렇게 평가했다. 5백 피스 퍼즐만큼 쉽지는 않지만 그렇다고 3천 피스 퍼즐 정도로 난해하지도 않다. 어린 이용 라지보다는 어렵고, 그렇다고 해서 초소형 스몰 같은 어지러움도 없다. 화려하면서도 윤곽이 또렷해 비교적 쉽게 맞출 수 있는 그림이다.

"아, 그리고 혹시 대답하고 싶지 않은 질문이 나오면 주저 없이 말씀해 주세요. 그건 횟수에 포함하지 않을 테니까요. 노 카운트. 없었던 것으로 처리합니다."

"네, 알겠습니다. 시작하죠."

스즈키가 통통한 몸을 흔들며 자세를 고쳐 앉았다.

"자, 그럼 첫 번째 질문입니다. 형사님은 지금 밝고 완만한 언덕길을 걷고 있습니다. 나이는 지금보다 훨씬 어려요. 기껏해야 초등학교 저학년이나 고학년 정도일까요. 그런 형사님이 씩씩하게 언덕길을 오르고 있습니다. 학교에 가는 것일 수도, 아니면 집에 돌아가는 길일 수도 있습니다. 그런데 형사님은 혹시 어렸을 때 개에게 물려 보신 적이 있나요?"

"……그게 첫 번째 질문입니까?"

"네? 아, 예예. 맞습니다. 답변해 주시죠."

"답은 '예스'입니다. 네. 물려 본 적 있습니다. 동네 공터에 살던 유기견이었습니다만."

"오, 저도 마찬가지예요. 실례되는 말일 수 있지만 아무래도 형사님과 저는 비슷한 또래인 것 같네요. 전 마흔아홉이고 이제 곧 오십이 됩니다. 그러니 그, 제가 어릴 때는 쇼와도 쇼와지만 버블이라고 해서 경기가 엄청나게 부풀어 오를 때였죠. 제가 살던 동네도 틈날 때마다 새로운 건물이 들어섰습니다. 그래도 아직 소나무 숲이나 풀밭 같은 곳이 남아 있어서 떠돌이 개가 흔했죠. 나무 몽둥이로 개를 때려잡는 용감한 아이가 모두의 선망의 대상이 되기도 했고요. 물론 전 그런 영웅을 먼발치에서 바라보는 그 밖의 다수였습니다만."

"두 번째 질문이?"

"아, 죄송합니다. 저도 모르게 쓸데없는 소리를. 아, 그런데 형사님은 정말 대단하시네요. 이렇게 눈앞에 있으니 아무 말이나 하고 싶어져요. 이런 걸 품격이라 하나요. 관록이라 하나요. 역시 도시에서 태어나고 자란 분들은 다른 건지도."

"농담도. 방금 동네 공터에 유기견이 살았다고 말씀드렸는데."

스즈키의 입꼬리가 올라갔다.

"아무튼 친근감이 생기네요. 형사님께는 폐가 되겠지만 저는 왠지 모르게 친근감이 생깁니다."

지금까지는 단순한 시간 때우기 정도로 보인다. 손목시계를 확인하니 생각보다 시간이 흘렀다. 새로운 정보는 없다. 자정의 폭발은 괜한 걱정이었나 싶어 속으로 가슴을 쓸어내렸다.

"자, 그럼 두 번째 질문입니다. 완만한 언덕길이 계속 이어집니다. 그리고 형사님은 어느새 좀 더 자라 있습니다. 중학생 정도일까요. 슬슬 고등학교 입시를 떠올릴 나이라 영어 단어장 같은 걸 손에 들고 있을지도 모르겠네요. 그때 눈앞에 갈림길이 나타나고, 형사님은 그쪽을 향해 빨려들 듯 걸어갑니다. 길 끝으로 뭔지 모를 거대한 건물이 보였기 때문입니다. 아름다운 벽과 멋진 만듦새라 문득 안을 들여다보고 싶은 건물. 무서운 느낌은 전혀 없고 오로지 즐거움만 가득 차 있을 것 같은 곳. 그 건물은 체육관일 수도, 레스토랑일 수도 있습니다. 콘서트장이나 도서관, 영화관일 수도 있고 온천, 호텔, 게임센터 등일 가능성도. 자, 형사님. 그럼 형사님은 그곳에서 뭘 하시겠습니까? 떠오르는 대로 답변해 주세요."

"……사격."

"사격."

스즈키가 흥미진진하게 되읊었다.

"네. 정말 문득 떠오른 겁니다만."

"저도 TV 같은 곳에서 본 적이 있었던 것 같네요. 멀리 있는 기계에서 부메랑 같은 게 날아오면 그걸 빵빵 맞히는 거 말이죠?"

"아뇨. 클레이 사격이 아니라 실탄이 든 엽총 사격입니다. 제가 그걸 가지고 있어서."

"가지고 있어서."

"……야생 조류나 그보다 더 큰 사냥감을 노릴 것 같네요. 이를

테면 곰이나."

"오, 그럼 그 아름다운 건물 안은 숲이라는 말이 되겠군요. 건물 안에 숲. 이야, 재미있네요. 흥미롭고 아주 멋져요."

말 그대로 즉흥적으로 내뱉은 대답이 묘하게 마음에 든 모양이었다. 황홀해하는 스즈키의 표정을 기요미야는 정보로 처리했다.

"그럼 세 번째 질문으로 넘어가도 될까요?"

"물론입니다. 다만 조금만 짧게 해 주시면 감사하겠습니다."

"아, 죄송합니다. 원래 이런 식이라서요. 이 모든 것들을 포함해 '아홉 개의 꼬리'인 거죠."

면목 없어 하는 스즈키에게 기요미야는 옅은 미소로 응답했다.

스즈키 퍼즐의 바깥쪽은 이미 완성됐다. 이제는 안쪽, 그 안쪽에 그려진 그림을 꾸준히 짜 맞추면 된다.

모든 정보를 종합해서 한 장의 퍼즐을 완성한다. 그것이 바로 기요미야의 방식이었다. 범죄와 범인이 그려진 퍼즐. 지금껏 수사 현장을 누비며 수백, 아니 수천 장의 다양한 그림을 완성해 왔다. 큰 것부터 작은 것, 복잡한 세밀화부터 도저히 종잡을 수 없는 추상화까지. 그리고 그 모든 건 남김없이 기억의 박물관 속에 정갈하게 장식돼 있다.

기요미야가 만들어 낸 미소를 보며 스즈키는 흥분을 감추지 못했다.

"그럼 이어 가겠습니다. 괜찮겠죠?"

기요미야가 지금 느끼기에 스즈키의 퍼즐은 대략 3백 피스 정도 맞춰졌다. 나머지 7백 피스. 이번에도 범죄자들에게 바칠 교훈은 무너지지 않을 것이다.

교만한 자일수록 허세를 부린다.

"형사님은 아름다운 벽에 둘러싸인 그 건물에서 나와 다시 완만한 언덕길을 오르기 시작합니다. 형사님은 이제 중, 고등학생이 아닌 훌륭한 대학에 다니는 대학생으로 이젠 뭐 거의 다 큰 어른이라 해야겠지요. 멋진 옷도 차려입고 있습니다. 그때 눈앞에서 웃는 얼굴을 한 누군가가 걸어옵니다. 그녀는 누구일까요?"

"여성입니까?"

"네? 아아, 네. 모처럼이니."

"누구냐는 건 너무 막연하군요."

"뭐든 상관없습니다. 머리에 떠오른 대로 말씀해 주시면 돼요. 빠르게 묻고, 빠르게 답한다. 그게 바로 이 게임의 핵심입니다."

"그럼 어머니로 하죠."

스즈키가 가만히 뒷이야기를 기다리고 있다.

"이게 제 대답입니다. 더 이상의 설명은 필요 없겠죠? 어떤 여자인지 자세한 설명을 요구하신 것도 아니니까요. 그게 궁금하다면 네 번째 질문으로 부탁드리겠습니다."

"아하핫. 눈치채셨나요."

스즈키는 "역시 대단하시네요" 하고 손뼉을 짝 쳤다.

"사실 이 게임의 핵심이 바로 거기에 있습니다. 빠르게 묻고 빠르게 답한다고 하지만, 사람들은 의외로 자기 대답을 설명해 주고 싶어 하거든요. 이 질문에 난 왜 이런 대답을 했는가. 특히 논리적인 분일수록 상대를 납득시켜야 한다고 생각하시는 것 같아요."

"심리학을 공부하신 적이 있습니까?"

"네? 아뇨, 아뇨. 그럴 리가요. 이것도 다 서점에서 서서 읽으며 배운 겁니다. 앗, 이럼 안 되죠. 질문은 제가, 형사님은 대답만."

"이거 실례. 그럼 다섯 번째 질문을 부탁합니다."

"네 번째입니다, 형사님."

또다시 백 개 피스 정도가 채워졌다. 스즈키의 IQ는 평균이거나 평균을 약간 웃도는 수준. 다만 집중력이 지속적으로 필요한 분야에는 약한 느낌이다. 능력은 있지만 한곳에 오래 붙어 있지 못한다. 생활력 부족. 인내심과 지구력도 부족해 술을 끊지 못하거나 일을 꾸준히 하지 못하는 건 정신 의학 분류상 '의지 결여'에 해당하는 자들의 특징으로, 절도를 반복하는 상습범 등에게서 흔하다. 또 스즈키에게는 타인의 생명에 대한 존중이 결여돼 있다. 피해자 가족이나 지인을 향한 연민도 찾아볼 수 없다. '반사회적 인격 장애'. 그리고 왠지 자신의 말과 행동에 도취돼 있다. '발양자(發揚者)', 또는 '자기 현시자'의 특징이다.

사람들은 의외로 자기 대답을 설명해 주고 싶어 하거든요.

스즈키 나름의 심리학은 바로 그 자신을 그대로 대변하고 있다고 기요미야는 확신했다.

이 녀석은 자신이 저지른 범죄를 사랑하고, 과시하고 싶어 한다.

그러니 예측 못 할 기습적인 폭발은 일으키지 않을 것이다. 게임에서 이길 수 있다고 확신하기 때문이다.

"그럼 네 번째 질문입니다. 형사님은 이제 어른이 되어 경찰관이 됐습니다. 그러나 완만한 언덕길은 여전히 계속 이어집니다. 날씨가 좋네요. 인생이 잘 풀리고 있다는 증거겠지요. 형사님은 누군가의 손을 붙잡고 있습니다. 그 사람과 함께 언덕길을 걷고 있습니다. 그 사람은……"

얼굴을 앞으로 쭉 내민다.

기요미야는 의식적으로 입가에 미소를 띠었다.

"대답하지 않겠습니다. 제대로 질문하시기 전까지."

"하핫."

스즈키가 펄쩍 뛸 것처럼 몸을 뒤로 젖혔다.

"대단하시네요. 이런 분은 정말 처음입니다! 다들 이 트릭에 한 번은 걸려드는데."

"질문하시죠."

"네. 혹시 그 사람은 하세베 유코 씨인가요?"

"……예?"

5

고다 사라는 지금껏 태어나서 불길한 일을 알리는 징조나 예감 같은 걸 한 번도 느껴 본 적이 없었다. 돌아가신 할머니는 머리맡에 찾아오지 않았고 손거울에 비치는 건 언제나 자기 자신뿐. 영감, 신통력, 육감이나 초능력 같은 것과도 무관하다. 전생에는 분명 땅바닥을 굴러다니던 흔한 돌멩이 중 하나였을 것이다.

"무덤덤하다고 해야 할지, 느긋하다고 해야 할지. 아무튼 복 받은 성격이야, 넌."

30센티미터 위에서 들리는 목소리가 귀에 거슬린다. 야부키 다이토는 경찰모를 고쳐 쓰며 어이없어하는 얼굴로 사라를 내려다보고 있었다.

"이런 사건의 용의자를 가장 먼저 만나는 건 흔치 않은 행운인데 그걸 완전히 평상시와 똑같이 처리하다니. 어떤 의미에선 대단하다니까, 정말."

사라와 야부키는 지하 주차장에 세워 둔 경찰차로 향하고 있다. 밤 11시가 지났다. 보통 이런 시간에 경시청을 찾아올 일은 거의 없다. 더욱이 파트너와 함께 긴급하게 불려 갈 이유로는 징계밖에 떠오르지 않았다.

혹시 내가 무슨 실수라도 저질렀나?

고개를 갸우뚱거렸을 때 스즈키 다고사쿠의 이름이 귓가에 꽂했다.

자네들이 현장에 출동했지? 수사에 도움 될 정보가 있으면 보고해.

"짧게 깎은 머리에 살이 조금 쪘고 웃을 때 에헤헤 하고 웃더라…… 라니. 바보냐? 어휘력이 초등학생 3학년 수준이잖아. 좀 더 있었을 거 아니야. 어떤 점이 마음에 걸렸다거나, 어떤 부분이 눈에 확 들어왔다거나."

"원래 거짓말을 잘 못 해."

"거짓말을 하라는 게 아니라 나중에 돌이켜봤을 때 갑자기 확 떠오르는 그런 거 말이야. 훌륭한 경찰관이면 누구나 가지고 있다고, 그런 직감."

"그런 건……. 근데 야부키, 정작 그렇게 말하는 넌? 너도 그때 함께 있었잖아."

"피의자는 자신이 상대할 테니 일단 피해자한테 가서 진술을 들어보라고 한 사람이 어디 사는 누구였더라?"

그런 말을 한 사람은 물론 노가타 경찰서 산하 누마부쿠로 파출소에서 근무하는 고다 사라 본인이다.

솔직히 상대가 술 취한 아저씨라는 말을 들었을 때부터 마음의 준비를 했다. 우습게 보거나 시비를 걸면 참지 않겠다고 단단히 벼르기도 했다. 신경이 곤두서 있었다.

"그랬는데 상대가 생각보다 너무 저자세라 나도 모르게 그만."

"그만은 뭐가 그만이야. 바보."

바보, 바보만 반복하는 너야말로 어휘력이 초등학생 이하 아니
야?

사라는 그렇게 투덜거리는 대신 입술을 삐죽거리며 경찰차 조
수석에 올라탔다. 파출소에서 현장인 주류 판매점으로 출동해 그
곳에서 스즈키를 데리고 노가타 경찰서로 향했다. 그리고 파출소
에 돌아가자마자 다시 경시청에 불려 갔으니 짧은 시간 동안 꽤
이리저리 바쁘게 뛰어다닌 셈이다.

사라는 안전벨트를 매며 못마땅하게 입을 열었다.

"……야부키, 넌 그 직감으로 뭔가 눈치챈 게 있어?"

"뭔가라니?"

"스즈키라는 사람의 수상한 기운이라거나 불길한 오라 같은."

"오라라니. 설마 너, 진심으로 신경 쓰는 거야?"

"뭔가 좀 분하기도 하고. 사실 네가 말한 형사의 직감 같은 걸 오
래전부터 동경했거든."

야부키는 "하아, 이런, 이런" 하고 차 시동을 걸었다.

"형사의 직감은 단순한 감과는 달라. 현장에서 쌓아 온 경험이
안테나가 되어 말로 다 표현할 수 없는 세세한 정보를 포착해 조
금씩 상을 맺어 가는, 그런 거지."

"재능 같은 것과도 관련 있지 않을까?"

"그건 뭐든 마찬가지겠지만."

야부키가 차를 출발했다. 경시청 부지에서 사쿠라다 거리로. 그

리고 곧 황궁을 따라 우치보리 거리로.

"그런데 뭐 우리가 운동선수도 아니니까. 뛰어난 재능 같은 게 없어도 일할 수 있고, 오히려 그게 맞기도 해. 선택된 천재들로만 구성된 치안 조직은 위험할 수도 있으니."

일단은 위로해 주려는 듯 보인다.

"그보다 야부키 너, 아까부터 계속 베테랑 형사처럼 설교하는 말투가 좀 거슬려."

"시끄러워. 본청 녀석들한테 무시당하는 것보다는 백배 낫잖아."

"그렇기는 하지. 그 사람들 태도에서 '이 녀석들은 기껏해야 파출소 순경'이라고 생각하는 느낌이 물씬 풍기기는 했어."

"너의 그 내용 없는 보고 때문에 어쩔 수 없는 측면도 있었겠지만."

잔소리는 1절만 해.

"그래도 너무 드러내놓고 그러는 건 거슬리긴 하더라. 술 취한 아저씨만큼이나 널 하대하던데."

"부자연스럽게 어깨를 툭툭 두드리는 사람도 있었는데 그때는 속으로 정말 죽이고 싶었어."

"그럴 땐 그냥 죽여 버리겠다는 표정을 지으면 돼. 상대가 선배든 본청 형사든 비굴하게 굴 필요는 없어."

"오오."

사라는 짐짓 놀란 것처럼 목소리를 높였다.

"설마 야부키 선배님, 지금 질투하신 건가요? 선배님도 두드려 보실래요? 이 가련한 어깨를 한번 두드려 보시겠어요?"

"바보. 무능한 걸로 모자라 멍청한 여자였어?"

야부키와는 이렇게 스스럼없이 대화를 주고받을 수 있다. 그러나 경찰 조직이 여전히 남성 우월 사회인 건 사실이다. 성희롱을 소통으로 착각하는 상사도 있고, 현장에서는 좋든 싫든 여경은 역시 여경으로 간주되곤 한다. 사라 역시 '지금 그쪽 눈에 20대 여자는 전부 세상 물정 모르는 아가씨처럼 보이죠?'라는 말을 수없이 집어삼켰다.

그러나 그 모든 게 다 마음에 들지 않느냐고 하면 꼭 그렇지도 않고, 특히 사라는 평소 동료들끼리의 허물없는 농담과 수다를 즐기는 성격이라 선을 확실히 긋기가 어려웠다. 순수하게 능력 면에서 완력의 차이나 컨디션 관리의 어려움을 고려하는 건 이 일이 생명을 다루는 일인 만큼 당연한 것 같기도 하고, 그렇다고 해서 여자는 무조건 뒤에 물러나 있으라는 말을 들으면 역시 화가 났다.

말꼬리를 붙잡고 차별로 몰아붙이는 풍토에 갑갑함을 느끼는 한편으로 사소한 성희롱을 묵인한 탓에 결국 성범죄로 확대된 사례도 많이 봐 왔다.

"어이, 갑자기 그렇게 침묵하지 마."

"그래. 뭐 이것저것 다 귀찮아서 일단 넘어가고 보는 측면도 있기는 해."

"……나도 언제 어디에서나 화를 내려는 건 아니야."

한조몬 교차로에서 좌회전해 서쪽으로 달린다. 마주 오는 차들의 헤드라이트 불빛이 눈부시다.

"그보다."

야부키는 대뜸 목소리에 힘을 실었다.

"선배한테 '너'라고 부르는 버릇은 슬슬 고치는 게 어때? 아까도 본청 녀석들 앞에서 그렇게 부르려고 했지? 하마터면 창피할 뻔했어."

"선배라고 해 봐야 고작 세 살 차이잖아."

"까불지 마. 중딩과 고등학생의 차이라고."

"와, 속 좁은 거 보소. 야부키 씨 속은 계란 과자보다 작은 것 같아요."

"'**고작**'이라는 말로 채울 수 있을 정도로 대충 살지 않았어, 난."

두뇌파와 거리가 먼 파출소 순경치고 꽤 괜찮은 말을 한다고 사라는 은근히 감탄했다. 나이는 세 살 차이지만 경찰관으로서의 경력은 그보다 3년 더 차이 난다. 대학을 졸업한 사라와 달리 야부키가 경찰학교에 입학한 건 풋풋한 스물한 살 때였다. 고등학교를 졸업하고 바로 경찰학교에 들어가지 않은 건 시험에 낙방해서가 아닌 1년 동안 프로 농구 선수를 목표로 맹훈련을 했기 때문이다.

왠지 이런저런 만화나 영화의 영향이 느껴지지 않는 것도 아니지만 지금은 무인의 정을 발휘해 넘기기로 했다.

"너, 지금 속으로 또 이상한 생각 했지?"

"으응? 아뇨, 아뇨. 절 그렇게 보시다니 정말 뜻밖이네요. 야부키 경사님."

"뜻밖은 무슨 놈의 뜻밖. 누가 봐도 알기 쉽게 실실 웃고 있었으면서."

"훌륭한 통찰력이십니다."

"웬만큼 바보가 아니면 다 알아."

'너'라고 부르는 건 싫어해도 정작 반말로는 지금껏 한 번도 뭐라고 하지 않은 게 이 선배와 잘 맞는 부분이다. 허물없는 두 사람을 보며 남매 같다고 놀리는 동료가 많고, 어떤 사람은 연인 사이로 착각하기도 한다. 사라 자신은 앞으로도 될 수 있으면 이 편안한 관계를 이어 갈 수 있기를 바랐다.

언젠가 둘 중 한 명이 다른 곳으로 발령이 난다고 해도.

농담을 주고받을 때도 시선은 늘 창밖을 향한다. 수상한 차량이나 행인, 어울려 다니는 젊은이들. 언제나 거리의 이상 징후를 찾는 건 업무인 동시에 명백한 직업병이다. 오늘 밤은 거기에 더해 평소와 다른 찌릿찌릿한 긴장감이 감돌고 있다. 언제 어디서 무엇이 터질지 모르는 상황. 처음 겪는 비상 상황은 예상보다 더 무겁고 날카로웠다.

야부키는 안전운전에 힘쓰며 차 속도를 조금씩 높였다. 신주쿠 교엔을 지나 야마노테선 고가 도로를 통과한다. 목적지는 노가타 경찰서. 파출소는 지원팀에 맡기고 두 사람은 스즈키 다고사쿠가 저지른 것으로 추정되는 연쇄 폭발 사건의 탐문 및 잡무를 담당하는 요원으로 소집됐다.

"솔직히 형사가 되고자 하는 사람으로서 이런 기회가 달갑기는 해."

피의자와의 만남을 야부키가 '행운'이라고 부른 이유다. 파출소 순경에서 형사가 되려면 시험과 교육 이수뿐만 아니라 무엇보다 선배의 추천이 필요하다. 이번에 사라와 야부키에게 연락이 온 건 두 사람이 스즈키를 만났기 때문이다. 심지어 상대는 묻지 마 폭탄 테러범이고 아직 자택 주소조차 밝혀지지 않았다고 하니 여기서 활약상을 보여 주고 싶은 의욕이 생기는 건 당연했다.

"거기에 주도권을 우리 쪽에서 쥐고 있는 상황도 좋고."

스즈키의 인정 수사는 노가타 경찰서의 쓰루쿠 과장이 지휘봉을 잡았다. 보통 합동 수사라 하면 기세등등한 낯선 수사관들이 떼 지어 관할 경찰서에 몰려와 거들먹거리며 남의 영역을 침범하고, 또 관할 경찰서는 관할 경찰서대로 안에서 서로 공을 뺏고 빼앗으며 진흙탕 싸움을 벌이는 그림이 사라의 머릿속에 있었다. 경험이 부족한 파출소 순경의 망상일지언정 실제로도 크게 엇나가지는 않을 것이다.

"틀렸어, 바보야."

야부키는 가차 없이 잘라 말했다.

"대체 언제 적 이야기야? 요즘 TV 드라마에도 그런 건 안 나오겠다."

"그럼 다들 사이좋게 일한다는 거야?"

"자부심을 가지고 직무에 임하지 않나? 나도 잘 모르겠지만."

자기도 모르는 주제에 큰소리치기는!

사라는 말없이 면박하면서도 속으로 그럴 수도 있겠다고 납득했다. 안타깝다고 해야 할지, 다행이라고 해야 할지 최근 몇 년간 노가타 경찰서 안에서 큰 사건은 일어나지 않았다. 몇 년 전 베테랑 형사의 '수치스러운 불상사' 정도가 화제가 되었을 뿐, 사라가 부임한 이후는 물론 그전에도 범죄 다발 지역은 아니었으니 야부키의 경험도 고작 그 정도라는 뜻이다.

"뭐, 공 가로채기라면 나도 같은 식구한테 당한 적이 있지만."

가볍게 말하지만 얼굴에는 웃음기가 없다.

"그러고 보니 아까 있었지? 이세 씨."

스즈키의 신병을 인도할 때였다. 취조를 맡은 도도로키 뒤에서 노트북 화면을 쳐다보고 있는 사람이 있었다.

"조사를 돕나 봐. 기록 담당으로."

"흥, 그 녀석한테는 역시 서기가 잘 어울려."

가시 돋친 말을 들으며 사라는 내심 움찔했다. 야부키와 이세는 동기이고 대학을 졸업한 이세가 나이는 조금 더 많다. 그는 야부키보다 먼저 파출소를 졸업해 지금은 어엿한 형사 나리가 되었다.

하지만 거기에는 뒷이야기가 있는데, 어떤 사건에서 야부키가 범인 검거로 연결될 중요 단서를 찾았는데 이세가 몰래 그것을 가로채 갔다고 한다. 야부키는 격분해서 바로 이의를 제기했지만 상사 눈에는 질투심 섞인 반항으로 보였는지 제대로 된 대응은커녕 오히려 그날 이후부터 주변에서는 냉대가 쏟아졌다고 한다. 물론 진실은 알 수 없다. 야부키의 증언만 듣고 흑백을 판단할 수는 없고 애초에 사라는 이세와 접점도 없어 그가 어떤 사람인지 거의 알지 못했다.

"그 녀석이 전속 작가로 일하는 동안 스즈키의 정체는 이 몸께서 밝혀 주지."

"이미 오래전에 '형사님, 죄송합니다. 다 털어놓겠습니다' 하고 해결된 거 아닐까?"

"도도로키 선배가 취조를 맡은 이상 그럴 리는 없어."

사라는 특별히 대꾸하지 않았다. 도도로키와도 제대로 대화를 나눠 본 기억이 없다. 소문은 익히 들었고 심지어 어떤 선배 여경은 그를 '기분 나쁘다'라고 평하기도 했다. 사연이 있겠지만 그 말을 처음 들었을 때 사라는 속으로 '같은 경찰이고 같은 서에 있으니 '다양한 동료가 있다' 정도로 표현해도 괜찮지 않을까'라고 생각한 것이 사실이다.

어쨌든 도도로키는 두 번째 폭탄을 터뜨리고 말았다. 첫 번째는 어쩔 수 없었다 쳐도 두 번째는 막을 수 있지 않았을까. 윗선이나 세상 사람들 모두 그렇게 생각할 것이다.

"어이, 사라다."

야부키가 앞을 바라본 채로 고다 사라를 별명으로 불렀다.

"오늘 밤만큼은 제대로 한번 뛰어 보자. 이런 말 하기 좀 그렇지만, 마침내 찾아온 기회를 절대 놓치고 싶지 않아."

야부키는 분명 좋은 형사가 될 것이다.

출세는 힘들지언정.

"어쩔 수 없지. 그럼 이번에 내 실적은 양보할게. 훌륭한 여동생 덕 좀 보겠네."

"필요 없어. 어차피 헛소문이나 물어 올 텐데."

길 끝으로 나카노역 고가 도로가 보였다. 노가타 경찰서까지 이제 얼마 남지 않았다.

소회의실에 도착했을 때는 회의가 이미 한창이었고 쓰루쿠 과장이 화이트보드에 붙은 지도를 가리키며 목소리를 높이고 있었다. 서른 명 남짓한 멤버 중에는 처음 보는 얼굴도 있다. 인근 경찰서에서 지원 나왔을 것이다.

사라와 야부키는 맨 뒤에 서서 신경을 곤두세웠다. 지도 일부에 붉은색 동그라미가 그려진 구역이 총 아홉 곳 있다. 그 중심이 예의 그 주류 판매점이라는 것을 깨닫고 사라는 낙담했다.

곧 날짜가 바뀔 시간이다. 첫 폭발이 일어난 지 거의 두 시간이

지났다. CCTV 영상을 한창 분석 중이겠지만 여전히 의지할 곳은 주류 판매점뿐인 듯했다.

지도 옆에는 스즈키의 얼굴 사진이 붙어 있다. 그야말로 징그럽게 생긴 얼굴이다. 무방비하게 풀어진 그 표정을 보고 있자니 마치 조롱당하는 것 같아 분통이 치밀었다.

각 구역별 주의 사항과 담당자 발표를 마친 후 쓰루쿠가 다시 한번 강조했다.

"지금부터는 시간 싸움이야. 상대가 관련 없는 것으로 판단되면 괜히 시간 끌지 말고 빨리 철수하도록. 그리고 무엇보다 기자 녀석들을 조심해. 이런 사건은 시민들을 불안에 빠뜨릴 수 있으니 정보 유출은 사형이야."

그의 험한 말을 듣고 경찰서 내 베테랑 형사가 "과장님!" 하고 손을 들었다.

"스즈키가 자기 집 안에 폭탄을 설치했을 가능성은 없습니까? 주민들을 대피시켜야 하지 않을까요?"

"우선 그 집이 어딘지부터 찾아. 그건 그다음에 생각하고."

"그런데 가능성이 있는 만큼 주류 판매점을 중심으로 일대에 주의를 환기하는 게……."

"멍청한 자식!"

쓰루쿠가 화이트보드를 주먹으로 퍽 치고 침을 튀기며 말했다.

"그러다가 그곳이 아닌 걸로 밝혀지면? 시민들 사이에 불안감이 퍼지면 어떻게 수습하지? 그리고 만약 대피한 곳에서 폭탄이 터져 누가 다치기라도 하면 자네가 책임질 거야?"

베테랑 형사가 입을 다물었다. 쓰루쿠의 논리는 틀리지 않았다. 애초에 주류 판매점 근처에 스즈키의 자택이 있는지도 아직 밝혀지지 않았다.

그러는 한편 스즈키의 자택이 현 단계에서 떠올릴 수 있는 거의 유일한 폭심지 후보인 것 또한 사실이었다.

쓰루쿠가 벌레 씹은 표정으로 신음했다.

"판단은 내가 한다. 자네들은 군말 없이 움직이기나 해."

아, 이것이 바로 '75점짜리 사나이'의 본모습인가.

쓰루쿠의 지휘를 받는 건 이번이 처음이지만 첫인상란에 최악이라는 도장이 찍혔다. 이런 식의 화법을 사라는 이해할 수 없다. 좋게 말하면 특이한 우위 선점, 나쁘게 말하면 그저 직장 내 갑질이지만 동료들 중에는 이런 자세를 오히려 리더십이라고 부르는 사람도 있다고 들었다. 심지어 생각하지 말고 움직이라고 하면 사기가 더 올라가는 사람도 있다고 한다.

물론 나도 머리로 승부하는 타입은 아니지만.

팀별로 모여 인사를 나눴다. 네 명씩 총 일곱 개 팀 체제. 팀장에게서 다시 한번 주의를 들었다. 사라 팀의 팀장은 조금 전 쓰루쿠 과장 앞에서 손을 들었던 노가타 경찰서의 베테랑 형사다. 주민과 언론 대책, 탐문의 명목은 실종자 수색, 그에게 지병이 있으니 서

둘러 찾아야 한다는 설정이다. 모두에게 배포된 스즈키의 얼굴 사진을 사라는 제복 가슴 주머니에 넣었다.

"자네가 스즈키를 만났다지?"

팀장의 질문에 사라는 "네" 하고 힘주어 대답했다.

"상당한 메리트가 되겠는걸. 인상이 어떻던가?"

"아, 네. 그게…… 일부러 그러는 것처럼 보일 만큼 저자세라 조금 작위적인 느낌이 들었습니다. 수상한 기운이 물씬 풍겼다고 할까요."

"누가 봐도 수상한 그런 인물 말인가?"

"그렇다고 해서 느낌이 바로 온 건 아니었습니다. 그러니까, 평소 본성을 잘 숨기고 이웃들과도 그럭저럭 잘 지내는 그런 사람 말입니다."

팀장이 "그렇군" 하고 감탄하는 모습을 사라는 조금 뒤가 켕기는 기분으로 지켜봤다.

"그 밖에 더 알아낸 건? 직업이나 가족 구성이나."

"그게…… 나이와 이름 외에는 전부 얼버무리더군요. 소지품도 빈 지갑 하나뿐이었고요."

스마트폰도 없었습니까? 서른이 조금 넘어 보이는 남자 형사가 끼어들어 묻자 사라는 고개를 끄덕였다. 낯선 얼굴이다. 아마 인근 경찰서 형사일 것이다.

팀장은 마음을 가다듬고 모두를 향해 말했다.

"다시 한번 강조하지만 조금이라도 이상한 게 발견되면 무조건 연락부터 하도록. 단독 행동은 절대 금물이야."

잠시 후 "자, 그럼 갈까" 하고 마치 약속이라도 한 것처럼 주변 사람들이 일제히 움직이기 시작했다. 누가 공을 세우느냐를 두고 지금부터 경쟁이다. 바로 앞에는 무리 안에서 머리 하나가 빼꼼 튀어나온 야부키의 모습이 보였다. 등 뒤에서 왠지 열기가 뿜어져 나오는 느낌이다.

"필요 이상 열심히 하려다가 괜히 주위에 민폐 끼치지 마."

"뭐? 누가 할 소리를."

그렇게 서로 격려를 주고받고 있을 때.

"잠깐."

그 말에 모두가 "네?" 하고 고개를 돌렸다. 찬물을 뒤집어쓴 형사들을 쓰루쿠가 언짢은 얼굴로 쳐다보고 있다.

"……앞으로 5분. 수사 개시는 5분 후다."

사라는 고개를 갸웃거리다가 벽에 걸린 시계를 보고 순간 등골이 오싹해졌다. 쓰루쿠는 자정, 즉 오전 0시가 될 때까지 기다리라고 하고 있다. 그건 곧 다음 폭발이 일어날 수 있는 시간이 지나고 나서야 나가라는 것이다.

누군가가 "더럽군" 하고 툭 내뱉었다. 비슷한 분위기가 여기저기서 느껴졌다. 경찰만 알고 있다. 아직 두 개의 폭탄이 남아 있다는 걸. 사실상의 피의자가 그런 말을 했다는 것도.

만약 지금 당장 어디선가 폭발이 일어나 누군가 죽는다면 자정까지 이곳에 머물렀던 우리는 그 사실을 어떻게 소화할 수 있을까. 그저 피해자가 운이 나빴다고 치부할 수 있을까.

"너무 깊게 생각하지 마."

머리 위에서 야부키의 목소리가 들려 사라는 퍼뜩 정신을 차렸다. 그렇다. 쓰루쿠도 사리사욕 때문에 이런 지시를 한 건 아닐 것이다. 부하들의 안전을 확보하는 것은 상관의 사명이다.

하지만.

사라는 어금니를 꽉 깨물며 감정을 자제시켰다.

"좋아."

쓰루쿠가 시간을 확인하고 "그럼 시작해" 하고 호령했다.

노가타 경찰서에서 1킬로미터 정도 북쪽으로 올라가면 누마부쿠로 파출소가 나온다. 두 곳은 헤이와 공원 길을 따라 거의 일직선으로 이어졌고, 파출소는 공원을 조금 지나 차도와 묘쇼지강이 교차하는 다리 옆에 지어져 있다. 다리라고 해 봐야 불과 몇 미터라 풍경 감상 같은 것과는 거리가 먼 콘크리트 길이다.

문제의 주류 판매점은 파출소에서 북동쪽 방향, 주소는 누마부쿠로 1번지에 있었다. 경찰차에서 내린 사라는 지리에 밝은 강점을 살려 팀원들을 인솔했다.

세이부신주쿠선 누마부쿠로역과 연결되는 선로가 눈앞에 보였다. 곧 막차 시간이지만 번화가와 달리 인적이 드물다. 게다가 선로를 건너면 그 드문 인적마저 끊긴다. 한적한 주택가이고 일요일 늦은 밤 시간이라 사람들이 거리를 돌아다닐 이유도 없다. 평화로운 근무지로서는 만점이다. 물론 그런 점에서 아쉬움을 느끼는 야부키 같은 경찰도 많다.

하지만 사라는 평소 말하기 부끄러울 정도로 야망 같은 게 없었다. 앉아서 일하는 걸 싫어해 내근직은 꺼리지만 가끔 이대로 파출소에서 평생을 보내도 괜찮겠다고 생각한 적도 있다. 성과를 야부키에게 넘기겠다고 한 말도 절반 이상 진심이었다.

어차피 좋은 기회가 찾아올 가능성이 큰 건 야부키 쪽이다. 그가 속한 팀은 주류 판매점이 포함된 중앙 구역을 맡았다. 스즈키의 자택이 가까운 곳에 없다고 해도 그가 경찰에 붙잡힐 장소를 즉흥적으로 고르지는 않았을 것이다. 아마 사전 답사를 하지 않았을까. 운 좋으면 목격 증언을 얻을 수 있을지 모른다.

사라의 팀이 맡은 지역은 그보다 북쪽이었다. 1번지를 지나자 주소가 누마부쿠로 2번지로 바뀐다. 오른편에 아사히 거리가 있고 더 북쪽으로 가면 신오우메 가도가 나온다.

"2인 1조로 갈까."

팀장의 지시로 담당 구역을 나눠 집집마다 초인종을 누르기로 했다. 사라는 다른 경찰서에서 지원 나온 서른 넘은 형사와 한 조가 됐다. 이름은 사루하시라고 했고 와이셔츠가 부풀 만큼 탄탄한 근육질 몸매가 마치 럭비 선수 같은 남자다. 그런 그가 "잘 부탁해"라고 해서 사라는 어쩔 수 없이 초인종 담당을 맡았다. 아니, 어차피 이렇게 될 거라 예상했다. 떡 벌어진 어깨와 험상궂은 얼굴, 툭 불거진 입술. 이런 남자가 한밤중에 집에 찾아오면 누구나 112 버튼부터 누를 것이다.

제복을 입은 사라가 앞장서는 게 당연하다고 할 수 있지만 그래도 왠지 마음이 불편한 건 어쩔 수 없었다. 초인종을 눌러서 '지금이 대체 몇 시인 줄 알아!'라는 호통을 듣는 걸 즐길 사람은 아무도 없다.

집을 열 군데 정도 돌 때까지는 예상보다 수월했지만 이렇다 할 성과도 없었다.

"그쪽네 서에서 CCTV도 확실히 분석 중이겠지?"

다음 장소로 향하는 언덕길에서 사루하시가 못 참겠다는 듯이 물었다.

"이렇게 일일이 한 곳 한 곳 돌다가는 아무리 시간이 많아도 부족할 텐데."

분명 스즈키가 동서남북 어느 쪽을 지났는지만 밝혀도 한결 범위를 좁힐 수 있을 것이다. 그렇게 생각하면서도 사라는 동료의 푸념이 거슬렸다. 아무리 CCTV가 거미줄처럼 깔린 요즘도 이 근처는 기껏해야 전봇대에 달린 지자체 설치물 정도가 고작이다. 아쉽게도 주류 판매점 안에도 CCTV는 없었다.

"그렇다고 해서 아무 곳에도 찍히지 않았을 리는 만무한데."

"일부러 교란 목적으로 정해진 곳을 걸었을 수도 있지 않을까요? CCTV 사각만 골라 다녔다거나."

"거참 성가시군."

사루하시는 여전히 불만스러운 듯이 통통한 입술을 내밀었다.

"아무튼 서둘러야 해. 취조에도 진전이 없다잖아. 특수 범죄과도 요즘은 영 못 미덥다니까."

사라는 처음 듣는 이야기지만 아무래도 도쿄돔시티 폭발 이후 취조 담당 형사가 도도로키에서 본청 형사로 교체된 듯했다. 당연하다면 당연한 조치이고 사건 해결을 위해서는 환영할 일이다. 하지만 왠지 못마땅하기도 했다.

그런 김에 사라는 사루하시를 속으로 '럭비남'이라 부르기로 했다.

"팀장님도 비슷한 말을 했지만, 아무것도 모르는 일반인이 불시에 폭발에 휘말리기라도 하면 악몽이야."

이 조용한 마을에서 갑자기 굉음이 울려 퍼진다. 분명 그것은 물리적인 피해를 넘어 무척이나 흉흉한 일 같은 느낌이 들었다.

"더욱이 사망자라도 나오는 날에는……."

럭비남이 무슨 말을 더 하려는 찰나에 언덕길을 다 올랐다. 바로 왼편에 흰 벽의 2층 빌라가 있다. 어둠 속에서도 낡고 오래된 느낌이 전해진다. 입구 홀은 따로 없고 건물 옆에 콘크리트 계단이 있다. 안쪽으로 이어지는 통로에 보이는 총 다섯 개의 문. 복도 천장에 있는 형광등은 몇 개가 나가서 깜빡거리고 있다.

럭비남이 눈짓했다. 의심스럽다는 표정이다. 사라는 가볍게 고개를 끄덕였다. 지금껏 특별히 문제가 발생한 적은 없는 원룸 빌라지만 입주자가 자주 바뀌는 곳이다. 지역 관할 파출소도 모든 주민을 파악하고 있는 건 아니니 이곳에 스즈키가 살았어도 이상하지는 않다.

1층 가장 바깥쪽 집부터 초인종을 눌렀다. 인터폰은 없다. 땡동하는 진짜 종 같은 소리가 들렸다.

문 너머에서 조용히 사람이 움직이는 기척이 느껴졌다.

"실례합니다. 노가타 경찰서에서 왔습니다."

겨우 들릴 만한 목소리로 상대를 부른다. 마음 같아서는 얼굴을 마주하고 소속을 밝히고 싶지만 애초에 이 시간대에는 문을 열어주지 않을 가능성도 있다.

"……뭐죠?"

열린 문틈 사이로 젊은 남자의 얼굴이 보였다. 안경 긴 얼굴에 퍼석퍼석해 보이는 피부. 누가 봐도 집안에서만 입는 듯한 트레이닝복 상하의.

"밤늦게 죄송합니다. 누마부쿠로 파출소의 고다 사라라고 합니다. 몇 가지 여쭙고 싶은 게 있어서요."

사라가 즉석에서 지어낸 이야기를 안경남은 의심 가득한 표정으로 들었다.

"혹시 이런 분을 주위에서 보신 적이 있습니까?"

"봤으면 뭐 상이라도 주나요?"

"네?"

"현상금 같은 거요. 요즘은 분실물 하나를 찾아 줘도 주인한테 사례금을 받을 수 있는데."

사라는 순간 당황했지만 헛기침을 하며 마음을 가다듬었다.

"죄송합니다만 말씀하신 그런 사례는 어려울 것 같습니다."

"감사장 같은 것도?"

"네. 면목 없습니다만."

"뭐야. 영양가라곤 없네요."

미성년자도 아닌 것 같은데 이 유치한 면모는 뭘까.

사라는 말을 멈추고 스즈키의 얼굴 사진을 다시 들어 올렸다.

"어떤가요? 본 적 없으세요? 오늘이든 어제든 며칠 전이든 상관 없습니다만."

"흐음."

사진을 골똘히 보던 남자가 갑자기 문을 확 잡아당겼다. 허리 뒤로 숨기고 있던 오른손을 사라의 눈앞으로 내민다.

"비켜!"

럭비남이 그렇게 소리친 것과 동시에 찰칵하는 소리가 들렸다. 스마트폰 카메라 셔터 소리였다.

"경찰이 찾아왔을 때 사진을 찍어도 된다고 들었는데, 맞죠?"

남자는 아무렇지도 않게 이번에는 럭비남에게 카메라를 향했다.

"이봐, 자네. 적당히 해."

"응? 말투가 왜 그래요? 이렇게 밤늦게 선량한 시민을 불쑥 찾아와서 그래도 되는 거예요?"

럭비남이 할 말을 집어삼키는 게 느껴졌다. 아마 십중팔구 욕설이다.

"저."

사라는 잠시 숨을 고른 후 물었다.

"조금 전 촬영하신 사진에 이 몽타주 사진도 찍혔죠? 그건 역시 곤란합니다. 죄송하지만 삭제를 위해 정식 절차를 밟아야 할 것 같습니다."

"지금 협박하시는 거예요?"

"아뇨, 그럴 리가요. 다만 그런 업무 절차가 꽤나 번거롭고 시간이 많이 걸리는 건 사실입니다."

극도로 곤란해하는 사라의 표정을 보며 남자는 혀를 쯧 차고 "지우면 되잖아요, 지우면" 하고 눈앞에서 스마트폰을 툭툭 두드렸다.

"저희만 나오게 한 장 더 찍으시겠어요?"

"그딴 걸 뭐 하러 찍어요. 혹시 지금 예쁜 척하려는 거예요?"

사라는 '확 패 버릴까 보다'라는 말을 애써 삼키고 다시 물었다.

"그래서, 어떻습니까? 혹시 이분을 본 적이 있으신가요?"

"있으면 이미 말했겠죠. 지금까지 나눈 대화로 제가 아무것도 모른다는 걸 눈치채시지 않았어요? 아마 이 빌라에 사는 사람도 아닐걸요. 자꾸 어물쩍거리지 마시고 다른 데 알아보세요."

쾅, 하고 문이 닫혔다.

절로 한숨이 나왔다. 흔한 일이라고 생각하면서도 속으로 '우리는 지금 당신 같은 사람들의 평화를 위해 일하고 있어'라고 한마디 하고 싶어졌다.

"이 집 변기가 폭발하면 좋을 텐데."

옆집으로 이동할 때 그렇게 중얼거리는 럭비남을 보며 의외로 성격이 맞을지도 모르겠다고 생각했다.

사라는 두 번째 집 초인종을 눌렀다.

희미한 기대감을 가슴에 품고.

6

영상실 안에 탁한 공기가 감돌았다. CCTV 분석반 팀원들은 하나같이 초췌한 얼굴로 누군가는 눈을 비비고 누군가는 수화기를 든 채 짜증을 부리고 있다. "그러니까 그쪽은 가나가와에 물어보셔야 한다니까요" 하는 목소리가 울려 퍼진다.

그 와중에 도도로키는 팔짱을 끼고 가만히 손목을 내려다보고 있었다. 시곗바늘이 곧 자정을 가리키려 하고 있다.

"아까도 말씀드렸잖습니까. 스즈키가 택시를 탄 곳은 가와사키 역 앞이라고. 택시 회사에 확인했으니 틀림없습니다."

형사과 후배이자 CCTV 분석반을 지휘하는 이즈쓰가 지긋지긋한 것처럼 수화기에 대고 거듭 말했다. 상대는 쓰루쿠 또는 측근인 계장일까.

어쨌든 이즈쓰의 말에 거짓은 없다.

관공서 담당자들을 깨워서 입수한 영상에 수사관 네 명이 달라붙어 확인하기 시작한 게 밤 11시 무렵. 가장 중요한 주류 판매점 영상은 이즈쓰가 맡았고 중간에 참가한 도도로키는 남은 영상 중에서 적당히 골랐는데 그것이 생각도 못 한 대박을 터뜨렸다.

누마부쿠로와 신오우메 가도를 잇는 편도 1차선 도로변, 짓소인이라는 절 옆에서 택시에서 내리는 스즈키의 모습이 포착된 것이다.

곧장 택시 회사에 연락해 기사에게 물어보니 스즈키를 태운 건 저녁 7시경 가와사키역 앞이라고 했다. 역에서 누마부쿠로까지는 약 25킬로미터. 유료 구간인 야마노테 터널을 이용한다고 해도 한 시간 거리다. 스즈키는 현금으로 택시비를 결제했다. 거스름돈은 필요 없다며 만 엔 지폐를 내밀었다고 하니 돈이 없다는 스즈키의 증언은 거짓이라는 게 밝혀졌지만 그 밖의 다른 것들은 여전히 오리무중이다.

스즈키는 가와사키에 사는 걸까. 아니면 다른 지역에서 가와사키로 온 걸까. 그것을 특정하려면 가와사키역에 있는 CCTV를 확인해야 하니 가나가와 현 경찰을 거치지 않고서는 불가능하다. 상사에게 그렇게 요청하는 것 외에 도도로키를 비롯한 CCTV 분석반원이 할 수 있는 일이라곤 없었다.

그때 시계가 자정을 가리켰다. 배 깊숙한 곳이 술렁인다.

직접 들은 것도 아닌데 도도로키의 귓가에 굉음이 들러붙어서 떠나지 않았다.

"알겠습니다. 그렇게 하겠습니다."

이즈쓰가 거칠게 수화기를 내려놓고 콧숨을 씩씩거렸다.

"뭐래?"

이즈쓰에게 묻는 백발 남자는 생활 안전과 소속이다. 다른 두 명도 각각 내근직과 교통과에서 지원 나온 사람들이었다.

"계속하라고 합니다."

"계속하라고?"

"네. 계속 누마부쿠로 CCTV를 정밀 분석하라고."

눈살을 찌푸리는 백발 남자를 보며 이즈쓰가 퉁명스럽게 말을 이었다.

"위에서는 스즈키가 어디서 왔든 누마부쿠로의 주류 판매점을 목적지로 삼았다는 사실에 무게를 두고 있습니다. 거기에 반드시 어떤 의미가 있을 거라고 합니다."

꼭 수긍 못 할 이야기는 아니었다. 가능성만 놓고 보면 누마부쿠로에 자택이 있고 가와사키에 갔다가 되돌아오는 경로도 있다. 그저 교란이 목적이라면 합리성은 무시해도 좋다.

무엇보다 도도로키 자신도 가와사키라는 장소가 왠지 작위적으로 느껴졌다. 다마강을 사이에 두고 도쿄와 인접해 있고 여러 노선이 모이는 그 대형 역은 연막작전으로 쓰기에 안성맞춤이다. 조금만 상식이 있으면 일본의 각 현을 넘나드는 수사가 얼마나 번거로운지 알 것이고, 경시청과 가나가와 현경의 사이가 좋지 않다는 이야기도 인터넷 등지에 널리 퍼져 있다.

"그럼 수색대도 그대로?"

"아무것도 알려 주지 않을 거라고 합니다. 현장에서는 우리를 무능하다고 욕하겠죠."

백발 남자는 어이가 없다는 듯 숨을 푹 내쉬고 다시 물었다.

"하지만 스즈키가 누마부쿠로에 오고 나서의 행적은 대충 밝혀지지 않았나?"

"그래도 전부 확인하라네요."

"전부?"

"있는 건 전부. 오후, 오전, 어제, 그제 것도."

영상은 대략 일주일이면 데이터가 교체되니 한 대당 170시간 정도다.

"그 어딘가에 또 스즈키가 찍혀 있지 않을 거라고 장담할 수는 없겠죠. 그게 자택 주소 특정으로 이어지지 않을 거란 보장도 없고."

이즈쓰는 전형적으로 입만 산 관리직 상사처럼 말했다.

"혹시나 싶어 묻는 거지만, 지원은?"

이즈쓰가 고개를 절레절레 흔들자 영상실 분위기가 더 무거워졌다. 쓰루쿠의 지시는 한마디로 현재로서는 방법이 없다는 고백이나 마찬가지였다.

"본청은? 지원 센터는 대체 뭐 하고 있는 거야?"

"아키하바라와 도쿄돔시티 영상 분석만으로 벅차다고 합니다. 거기에 가와사키 쪽도 그쪽에 부탁하게 될 테니."

수사 분석 지원 센터. CCTV나 스마트폰, 컴퓨터 등의 디지털 정보를 정밀하게 분석하는 작업에 탁월한 능력을 발휘하는 부서다. 누마부쿠로 쪽은 범위가 좁고 시간대도 한정된 터라 급조된 다섯 명으로 어떻게든 버티고 있다. 그러나 지금보다 일이 커지면 인원도 기술력도 턱없이 부족하다.

백발 남자가 "이런, 이런" 하고 머리를 문질렀다. 내근직 남자는 입술을 깨물었고 교통과의 젊은 직원은 과장된 몸짓으로 천장을 올려다봤다.

도도로키 역시 상황이 이런데 인력 증원을 결단하지 못하는 쓰루쿠의 우유부단함에 넌더리가 나면서도 한편으로 스즈키가 누마부쿠로를 사전에 찾았을 거라는 그의 예상이 아예 틀렸다고는 생각하지 않았다. 누마부쿠로는 별 볼일도 없이 찾을 만한 명소 같은 곳이 아니다. 교통편도 좋지 않다. 세간의 주목을 받을 특별한 포인트가 없는 이 평범한 마을을 스즈키가 즉흥적으로 골랐다고 보기는 무리가 있었다.

답은 하나다.

녀석에게는 누마부쿠로를 선택한 분명한 이유가 있다. 그리고 일부러 붙잡혔다.

"혹시 뭐 생각 있으신가요?"

뒤에서 갑자기 말을 걸어 와 도도로키는 몸을 흠칫했다. 고개를 들자 이즈쓰와 눈이 마주쳤다. 선배를 향한 경의는 고사하고 오히려 또렷한 혐오가 읽힌다. 거기에 두려움. 사람 목숨이 걸린 수사에서는 절대 실수하고 싶지 않다는 형사로서의 책임감을 이즈쓰는 강하게 느끼는 타입으로 보였다.

머릿속에는 이미 떠올라 있다.

스즈키의 행동, 생각에 대한 몇 가지 가능성.

하지만.

"아니, 아무것도."

그런 이야기를 해 봐야 이 영상실에서 할 수 있는 일은 달라지지 않는다.

"자네가 말한 대로 하면 될 것 같아."

그리고 형사라는 족속들의 자존심은 때때로 수사에 대한 두려움을 잊게 하는 마력이 있다.

"어쨌든 할 수 있는 건 다 해 봐야겠지."

무심코 덧붙인 한마디를 듣고 이즈쓰의 표정이 순간 험악해졌다. 후배라고 해도 이제 막 마흔인 도도로키와 두 살 차이밖에 나지 않는다. 그래도 선배라서 일단 면을 세워 줬더니 한심하기는. 그렇게 경멸하는 소리가 들렸다.

아니, 멋대로 상상해 버렸다.

"자자, 지금은 역시 이즈쓰 자네 판단대로 가는 게 좋을 것 같아. 왜냐하면 도도로키 형사는 적어도 사망자 정도는 나와야."

백발 남자가 조롱 섞인 말투로 말하자 교통과의 젊은 남자가 비웃는 얼굴로 "그건 좀 변태 같은데요" 하고 거들었다.

"그만하십시오."

중간에 끼어들어서 타박한 사람은 이즈쓰였다.

"두 번 다시 그런 쓸데없는 소리 하지 마세요."

젊은 남자가 자기편이 돼 달라는 듯이 양손을 가볍게 들자 백발 남자가 쓴웃음을 지으며 어깨를 으쓱했다. 이즈쓰가 도도로키를 내려다봤다.

'이걸로 됐죠?'라고 묻는 듯하다.

그러나 도도로키는 뭐가 어떻든 상관없었다.

이 우스꽝스러운 촌극을 끝낼 수만 있다면.

"자, 그럼 슬슬 다시 시작하죠."

이즈쓰의 지시로 영상 분석을 재개했다. 분위기는 여전히 다운

돼 있다. 아무리 시간을 거슬러 가도 목표하는 인물이 나올 거라는 보장은 없고, 그렇다고 방심했다가는 놓칠 수 있으니 허투루 봐서도 안 된다. 뜬구름 잡는 거나 마찬가지인 이런 일에 의욕적으로 임할 사람은 없다. 특히 형사과 소속인 이즈쓰는 조금 더 실적을 낼 수 있는 곳에서 뛰게 해 달라며 속으로 불평하고 있을 것이다.

도도로키는 잡념을 떨치고 모니터에 집중했다. 담당 구역은 스즈키가 택시에서 내린 사찰이 있는 곳 주변이다. 일차선 도로의 작은 상점가여서 역 앞 정도는 아니어도 왕래가 많았다.

이곳을 기점으로 CCTV 영상들을 이어 붙인 결과 스즈키가 길을 헤매지 않고 주류 판매점까지 걸어갔다는 게 판명됐다. 별다른 짐이 없고 중간에 스마트폰이나 현금, 신분증 같은 것을 버리지도 않았다. 어떻게 보면 그의 행동은 철두철미하다. 특히 신분 은닉이라는 목적에서만큼은.

도도로키는 상점가에서 가장 번화한 곳을 골라 스즈키가 나타난 당일 새벽 0시부터의 영상을 재생했다. 오가는 사람이 거의 없는 화면을 묵묵히 바라본다. 단순 작업에 불만은 없다. 그저 명령에 따를 뿐이다.

언제부터 이렇게 돼 버렸을까.

예전에 자신은 조금 더 평범한 형사였다. 이즈쓰만큼은 아니어도 실적을 바랐고 그걸 위해 땀 흘리는 것도 마다하지 않았다. 스스로 판단하고 때로는 상사에게 반항까지 하며 성과를 냈다. 보통 형사들과 비슷한 열정과 사명감을 가지고 있었다.

지난 몇 년 동안 모든 게 변했다.

내 성격과, 동료들의 시선도.

계기는 알고 있다.

그 남자, 그리고 그 소동 때문이다.

수치스러운 불상사.

4년 전 언론은 그렇게 떠들어 댔다. 노가타 경찰서 직원, 경찰 관계자, 상사, 후배까지 누구 하나 그를 감싸는 사람은 없었다.

도도로키도 비슷했다. 그와 콤비를 이뤄 뛰었던 건 사실이고 배울 게 많은 대선배를 향한 존경심도 있었지만 드러내놓고 옹호할 생각은 없었다.

다만 조금은 납득되지 않는 부분이 있어 한마디 코멘트를 하고 말았다. 하필 주간지 기자 앞에서 "그 심정이 전혀 이해되지 않는 건 아니다"라고.

설마 그 일이 이렇게까지 꼬리를 물고 이어질 줄은 몰랐다. 모든 인격을 부정당하고 경찰서 안에서 고립될 줄은 당시만 해도 상상하지 못했다.

자신이 했던 말을 다시 떠올린다. 이름도 얼굴도 모르지만 이 사회를 함께 구성해 가는 동료라는 연대의식이 느껴지는 사람들은 엄연히 있다.

그 말을 들은 스즈키의 얼굴.

'범죄자도 포함되나요?'라고 묻는 목소리.

도도로키는 '이제 그만' 하고 상념을 떨쳐냈다.

일하자. 지금 눈앞에 있는 일에 집중하자.

이조차 못하게 되면 정말 설 자리가 없어진다.

쥐 죽은 듯이 고요한 상점가 영상으로 눈을 돌려도 한번 끊긴 집중력은 돌아오지 않았다. 문득 시곗바늘이 머리를 스쳐 간다. 이미 자정을 훌쩍 넘겨 날짜가 바뀌었지만 추가 연락은 없다. 다음 폭탄은 불발로 끝난 걸까…….

그때 바지 주머니에서 스마트폰이 부르르 진동했다. 꺼내 보니 단문 메시지가 도착해 있다. 등록되지 않은 번호지만 누군지는 알 수 있다. 특수 범죄 수사과의 그 곱슬머리 애송이, 루이케다.

"어?"

문자 내용을 읽고 무심코 목소리가 새어 나왔다. 다른 사람들이 쳐다보는 것도 잊고 도도로키는 왼손을 입가에 대고 자문했다.

설마 이게 촉이라는 걸까.

아니, 아니다.

그저 개연성 높은 우연, 그리고 추리의 귀결이다.

녀석이 누마부쿠로를 선택한 건 노가타 경찰서를 선택하기 위해서였다.

간결한 문자에는 이렇게 적혀 있었다.

'스즈키, 하세베 유코의 이름을 언급.'

하세베 유코.

방금 전 도도로키가 떠올린 대선배, 그리고 그 '수치스러운 불상
사'의 당사자.

7

쓰루쿠 다다나오에게 하세베 유코의 이름은 배 속에서 소화되
지 않은 잔뼈 같은 것이었다. 자신의 경찰 인생을 영화로 만든다면
엔딩 크레디트에 틀림없이 두 번째 또는 세 번째로 오를 주요 인
물. 현재 쓰루쿠가 형사과장이라는 자리에 앉아 있는 것도 다 그의
조력 덕분이다. 그것은 자타가 공인하는, 이제 와서 뒤집을 수 없
는 사실이었다.

그러므로 그 '수치스러운 불상사'가 일어났을 때 쓰루쿠는 누구
보다 격렬하게, 그리고 냉정하게 하세베를 비난했다. 자신의 지위
를 지키려면 그와 분명하게 결별을 선언해야 했다.

하세베는 소위 구닥다리 시절의 명물 형사라 불리는 사람이었
다. 엄격함과 부드러움을 겸비했고, 과학적 합리성과 직감이라는
두 개의 칼을 자유자재로 구사하다가 마지막에는 기합과 근성, 사
명감이 사건을 해결한다고 믿어 의심치 않는 남자였다. 그 신념을
증명이라도 하듯 아무리 어려운 수사도 결코 좌절하지 않고 계속
걷고 생각하고 조사해 실제 매년 놀라운 검거율을 기록했다. 서장

조차 눈치를 보는 형사과의 숨겨진 실력자. 그러면서도 출세에는 관심이 없고 오히려 후배들을 밀어주는 것을 삶의 보람으로 삼는 사람.

그를 존경하는 후배들은 그를 '하세코'라 불렀다. 하세베가 인정한 사람들만 부를 수 있는 별명이었다. 그가 인정하지 않는 사람이 그 별명을 입에 담으면 아무리 상사여도 무시당했다. 쓰루쿠는 형사과에 배치된 지 4년째 되던 해 작은 실적을 올린 타이밍에 굳게 마음먹고 그를 '하세코 선배'라 불러 봤다. 그리고 "뭐야?"라는 대답을 듣고 기분이 한껏 달아올랐다.

경시청에서 스카우트 이야기도 나왔다고 들었다. 신주쿠나 이케부쿠로처럼 사건 사고 다발 지역의 경찰서도 하나같이 그를 탐냈지만 그는 전부 고사했다. 노가타 경찰서에 뼈를 묻고 싶다. 그런 상식 밖의 고집이 통할 수 있었던 것도 하세코의 실적 덕분이었다. 하세베는 노가타 경찰서의 터줏대감으로 앞으로 몇 년 후 정년퇴직을 앞둔 나이까지 열심히 일했다.

4년 전 여름, 쓰루쿠는 이미 형사과장이었고 하세베와 나이 차이가 나는 상사와 부하 관계였지만 틈만 나면 둘이서 술을 마실 만큼 사이가 좋았다. 그래서 경찰서 관계자들의 전화를 받고 편의점에 달려가 주간지를 펼쳤을 때는 새하얘진 머리 한구석에서 눈앞의 기사가 요즘 유행하는 가짜 뉴스가 아닐까 의심했다. 의심하려고 했다.

'부도덕에도 정도가 있다? 현직 형사의 황당무계한 취미!'

헤드라인의 배경은 흑백 사진. 카메라를 의식 못 하고 하늘을 올려다보는 얼굴은 눈에 검은 선이 들어가기는 했지만 틀림없는 하세베 유코 본인이었다.

기사에 따르면 사진이 찍힌 장소는 얼마 전 불량 청소년들이 친구를 집단 폭행해 중상을 입힌 녹지 공원의 주차장. 시간은 늦은 밤이었다. 담당 형사 하세베는 피해자 가족들을 만나고 돌아가는 길에 그곳에 혼자 들러 천천히 바지 지퍼를 내렸다고 한다.

자위행위.

모자이크 처리됐음에도 불구하고 그의 국부에는 단순한 노상 방뇨가 아님을 알 수 있는 실루엣이 들어가 있었다.

하세베의 경력을 꼼꼼히 조사해 작성된 기사였다. 우연히 찍힌 사진이라고는 생각되지 않았다. 누가 봐도 노가타 경찰서의 터줏대감을 노리고 찍은 사진이었고, 그것은 바꿔 말해 주간지의 표적이 될 이유가 그에게 있었음을 암시했다. 즉, 이전부터 반복된 일이었던 것이다. 끔찍한 범죄가 벌어진 현장에서 남몰래 자위행위에 골몰하는 것이.

감찰관에게 불려 간 하세베는 얼굴이 백지장처럼 새하얬다고 한다. 직속 상사인 쓰루쿠에게는 결과만이 통보됐다. 그가 자신의 행위를 전부 인정하고 경찰 일을 그만두고 싶다고 했다, 라는.

만나지는 않았다. 조사 직후 형사부실에서 얼굴을 봤지만 쓰루쿠는 눈을 피했다. 하세베도 그에게 말을 걸지 않았다. 조용히 자기 짐만 챙겨서 나갔다.

연락을 끊었다. 와도 받지 않겠다고 결심했다. 배신당한 기분이었다. 신뢰를, 존경을, 지금까지의 시간을 물거품으로 만들어 버렸다고 생각했다.

"항의 전화와 편지가 물밀듯 쏟아졌죠."

숨겨 봐야 소용없었다. 쓰루쿠는 그간의 경위와 하세베와의 사제 관계를 본청 감찰관에게 솔직히 털어놓았다. 다만 양복에 하얀 운동화를 신은 애송이에게 수치스러운 이야기를 하는 상황만이 거슬렸을 뿐이다.

특수 범죄 수사과의 루이케는 뱁새눈으로 쓰루쿠를 뚫어지게 쳐다봤다. 회의실에는 몇 명의 전화 담당 직원 외에 아무도 없고 별다른 보고도 들어오지 않아 쓰루쿠는 조용한 곳에서 목소리를 낮춰 말을 이어 갔다.

"일부 협박성 발언도 있었습니다만."

"있었습니다만?"

"……루이케 형사님. 정말 거기에 스즈키에 대한 단서가 있다고 보는 겁니까?"

사물함을 뒤지러 간 직원이 곧 골판지 상자를 한 아름 안고 올 것이다. 유명 주간지가 보도한 전무후무한 뉴스라 파장은 엄청났다. 구민은 물론이고 타 지역에서도 항의 전화가 쏟아졌다. 폭력적인 위협도 적지 않았다. 흔히 알려진 면도칼이 담긴 편지나 우익 세력의 협박장, 거기에 무려 30여 장에 달하는 편지지에 붓으로 직접 쓴 의문의 경문까지. 서장과 하세베가 서로에게 자신의 국부를 보여 주는 합성 사진에 이르러서는 실소를 금치 못했고 그 음산한 노력에 소름이 돋기도 했다.

경찰서에서는 만약의 사태에 대비해 그렇게 배달된 물건을 모두 보관하고 전화 녹취록도 남겨 뒀다. 남의 말도 석 달이라는 속담이 있다지만, 현대 정보화 사회는 그런 인내심조차 없는지 폭풍은 단 일주일 만에 잦아들었다. 도도로키의 실언이 두 번째 파장을 불러일으키기 전까지는.

"최근 저희의 눈에 띄는 실책이라 하면 분명 이 일 정도입니다. 하지만 이미 4년 전 일이고, 이렇게 말하기 좀 그렇지만 누군가 사람이 죽거나 억울한 누명을 뒤집어쓴 것도 아니죠."

횡령이나 장부 조작을 세금 도둑이라 욕하는 건 이해할 수 있다. 시민을 단속하는 경찰관이 속도위반이나 절도 같은 짓을 저질렀다면 화도 날 것이다. 그러나 야외에서의 자위행위는 그 도의적인 의미를 제외하면 누군가에게 직접적인 피해를 입혔다고 보기 어렵다. 민폐 방지 조례 위반, 혹은 공연 외설죄 정도를 떠올릴 수 있겠지만 그것을 다른 누군가에게 보여 준 것도 아니다.

한마디로 추태. 그러니 '수치스러운 불상사'인 것이다.

"이 정도 일로 원한을 산다면 전철 안에서 재채기도 못 할 겁니다."

"그런 건 우리가 논의해 봐야 소용없겠죠. 스즈키가 어떤 생각을 하고 어떻게 행동으로 옮겼는지가 중요합니다. 물론 의로운 분노에 따른 범행이라고는 저도 생각하지 않습니다. 의미 없는 충동, 재미 삼아 내린 선택. 저속한 사람들이 상스러운 소재에 달려드는 건 그곳에 산이 있으니 도전한다는 산악인의 마음가짐과 비슷한 걸까요?"

정확한 이유를 설명하기 어렵지만 쓰루쿠는 이 루이케라는 남자의 말과 행동 하나하나가 왠지 거슬렸다.

"어쨌든 가능성이 있는 이상 그냥 넘길 수는 없겠죠."

"그런데 할 일을 해야 하는 건 피차일반 아닐까요? 기요미야 형사님과 루이케 형사님이 스즈키와 함께 보낸 약 한 시간. 그동안 어떤 성과가 있었습니까?"

루이케가 어깨를 살짝 으쓱했다.

"어쨌든 조용한 밤을 유지하는 데는 성공했습니다."

혀를 차려다가 애써 참았다. 쓰루쿠의 계급은 경감, 루이케는 경위. 나이도 아버지와 아들뻘만큼 차이 나지만 그래도 본청 형사 앞에서 역시 험한 말을 내뱉기는 꺼려졌다.

취조 상황은 파악하고 있다. 이세가 노트북에 입력한 기록은 공유 앱을 통해 실시간으로 열람할 수 있다.

"게임인지 심리 테스트인지를 하며 언제까지 놀아 주실 생각인가요? 너무 오래 끌지 말아 주셨으면 합니다만."

"네. 그것 역시 피차일반이겠죠. 한시라도 빨리 스즈키의 거주지가 밝혀지기를 목 빠지게 기다리고 있습니다."

엄지가 저절로 움직였다. 손에 전자 담배 기계가 없어 허공을 튕길 수밖에 없다. 최소한 볼펜 정도는 쥐고 있을 걸 그랬다.

"장소도 좁혀지지 않은 상황에서 기대해 봐야 소용없습니다."

"가와사키에서 택시를 탔다죠?"

"두 분이 못 하실 것 같으면 저희가 대신해 드릴 수도 있습니다만."

그러자 루이케가 고개를 앞으로 내밀었다.

역시 말이 너무 심했나.

화를 낼 줄 알았지만 루이케는 눈빛을 반짝이며 말했다.

"그럼 도도로키 형사님을 대기시켜 주십시오."

"도도로키를? 그 녀석이 도움 될 리 없을 텐데요. 부끄럽지만 그 녀석은 형사로서 삼류입니다."

"네. 그건 상관없습니다."

그 말에는 역시 당황하고 말았다.

"스즈키가 원합니까?"

"아뇨. 그도 그 부분만큼은 양보했습니다. 맥이 빠질 정도로 선뜻."

변죽을 울리는 듯한 말투에 쓰루쿠는 무심코 날 선 반응을 보였다.

"그럼 필요 없잖습니까."

"앞으로 뭐가 어떻게 될지 아직 모르니까요. 그리고 이건 제 직 감인데 조만간……."

루이케는 거기서 말을 끊었다. 어울리지 않게 망설이는 모습을 보인다.

"……아무튼 뭐, 일단 만약의 사태에 대비해."

쓰루쿠의 조바심 내는 모습에도 아랑곳하지 않고 루이케는 고 개를 갸웃거리며 다시 입을 열었다.

"그러고 보니 도도로키 형사님도 그 불미스러운 일에 연루돼 있 었다죠?"

"스즈키가 그것도 알고 있었다는 말인가요?"

"아뇨. 그건 역시 무관하겠죠. 노가타 경찰서에 붙잡히는 건 선 택할 수 있어도 당직 담당 형사까지 고르는 건 어려울 테니까요."

노가타 경찰서에서 근무하는 인원은 3백 명이 넘는다. 형사과로 한정하면 제법 좁혀지지만 그래도 일반인이 근무 교대 시간까지 알 수는 없다.

"어쨌든 우선순위는 신원 파악. 그것이 나머지 폭탄을 밝히는 열 쇠가 될 겁니다. 그런데 쓰루쿠 과장님. 피해자는 어땠습니까?"

"피해자?"

"주간지에 실린 사진 속 장소가 불량 청소년들의 집단 폭행 사 건 현장이었죠? 기사에는 그가 피해자 가족을 만나고 돌아가는 길 이었다고 적혀 있었습니다. 아마 피해 소년의 부모님이었을 텐데,

그분들은 그 일에 어떤 반응을 보였는지 궁금해서요."

"그거야 뭐 당연히."

쓰루쿠는 비아냥 섞인 쓴웃음을 참을 수 없었다.

심각했다. 소년의 가족들은 당연히 분노했고, 지금까지 하세베가 맡아 온 사건의 피해자와 그 가족들 중 일부도 자신이 피해를 당한 현장에서 비슷한 행위가 일어난 게 아닐까 의심하고 혐오하고 분노했다.

신경질적인 반응의 또 다른 이유 중 하나는 기사가 하세베를 상습범으로 단정했기 때문이었다. 익명의 자칭 심리 전문가는 하세베 유코가 범죄 현장에서 성욕을 느끼는 특이 성향을 가진 사람이라며 "이런 행위가 이번 한 번에 그쳤다고는 생각할 수 없다"라고 단언했다.

어느 변호사 그룹이 피해자들의 동의를 얻어 경찰에 정식 조사와 보고, 그리고 사과를 요구하는 요청서를 보냈다. 그러나 하세베는 일찍이 퇴직했고 그 불상사 자체도 범죄라고 할 수 있을지 없을지 모를 미묘한 선에 있어서 입을 다문 당사자에게 무작정 책임을 지라고 할 수도 없는 노릇이었다.

그러던 중에 하세베가 죽었다.

사건이 보도된 지 석 달째 되는 가을 어느 날, 집에서 가장 가까운 역이었던 아사가야역 승강장에서 뛰어내렸다. 노가타 경찰서의 터줏대감은 경찰서가 위치한 나카노역에서 불과 두 정거장 떨어진 곳에서 끝까지 많은 사람들에게 폐를 끼치고 세상을 떠났다.

"덕분에 조사도 마무리됐죠. 그런데 뭐 피해자들도 어디까지 진심이었는지는 의문입니다. 옆에서 부추기는 통에 들고 일어서기는 했지만 대다수는 '기분 나쁘다' 수준 아니었을까요?"

"하세베 씨의 가족은?"

"뿔뿔이 흩어졌다고 들었습니다. 아내와 아이가 둘, 그러니까 아들, 딸이 하나씩 있었는데 그때 둘 다 아직 나이가 스무 살 전후였죠."

쓰루쿠도 만난 적이 있었다. 집에 초대받았을 때 함께 식탁을 둘러싸고 앉았을 정도로 친한 사이였다. 상냥한 아내는 웃음이 넘쳤고 남매도 성격이 다정다감했다.

"지금은 어떻게 지내고 있는지 모르겠습니다."

"혹시 모르니 그쪽도 확인해 보는 게 좋을 것 같네요."

사건 보도 이후 교류가 끊겼다.

연락처가 아직 남아 있지만 아마 번호를 바꿨을 것이다.

"그러고 보니 하세베도 드래건스 팬이었습니다."

"오."

루이케가 관심을 보였다.

"다들 알고 있었나요?"

쓰루쿠는 "아뇨" 하고 고개를 흔들었다. 경찰서 안에서는 드러내지 않았다. 하세베가 열성적인 드래건스 팬이었다는 걸 아는 사람은 그의 집에 초대받아 야구 관련 용품들을 본 자신뿐인지 모른다.

그렇게 말하자 루이케는 허공을 향해 턱을 치켜들며 "그렇군요" 하고 중얼거렸다.

"하세베를 잘라 낸 경찰 조직에 대한 원망, 또는 하세베를 제대로 단속하지 못한 책임 추궁……."

중얼거리는 루이케 옆에서 쓰루쿠는 자기 말을 되새기고 있었다. 만약 내가 강간당한 현장에서 형사가 자위행위를 했다면. 내 친구가 살해된 곳에서, 내가 폭행당한 현장에서, 내 가족이 피해를 본 장소에서…….

"뭐, 어느 쪽이든 상관없겠죠."

쓰루쿠는 퍼뜩 정신을 차리고 목소리가 들린 쪽을 돌아봤다. 루이케는 눈도 깜빡이지 않고 여전히 허공을 향해 말하고 있었다.

"파고들다 보면 끝이 없고 의미도 없습니다. 하세베의 이름을 거론한 것 또한 단순한 교란 작전일 수도."

그의 시선이 다시 쓰루쿠를 향했다.

"죄송하지만 쓰루쿠 과장님. 편지와 전화 확인은 모쪼록 잘 부탁드리겠습니다. 저희도 알고 있습니다. 헛수고인 것을 알면서 하는 일만큼 허무한 일도 없으니까요. 그래도 저희에게는 해야 할 일들이 있기 마련이라. 이것도 형사로서의 관성이라고 해야 할지, 숙명이라고 할지. 아니면 세상의 이치일까요? 정말이지 나랏밥을 먹고 살기가 쉽지 않습니다."

내키는 대로 떠들다가 "혹시 무슨 일이 생기면 연락 주십시오, 꼭" 하고 출구로 향하는 루이케의 뒷모습을 멍하니 보며 쓰루쿠는 맥이 풀렸다. 그렇게 곱슬머리 남자가 떠나고 대신 다른 직원이 들어왔다. 골판지 상자를 책상에 내려놓는 그가 "사람을 불러올까요?"라고 물어서 쓰루쿠는 지금 손이 비어 있는 사람을 다섯 명 정도 추려 오라고 지시했다.

직원이 나가자 회의실에 홀로 남겨진 기분이 들었다. 상자에 담긴 종이 뭉치, 녹음테이프가 보관된 플라스틱 케이스. 그것들을 보니 머릿속에 하세베의 얼굴이 떠오르고 가슴에 씁쓸함이 퍼져 갔다. 늘 재촉하듯 똑같은 말을 들었다. 자네는 얼른 출세해. 전에는 그런 말을 듣고 순수하게 기뻐했다. 그러나 지금이라면 알 수 있다. 하세베는 나에게 선을 긋고 있었다.

형사로서, 경찰로서. 넌 절대로 하세코가 될 수 없다며.

위장 밑바닥에 소화되지 않고 남아 있는 하세베 유코라는 이름의 잔뼈. 그러나 그건 정말 잔뼈일까.

만약 그게 니트로글리세린이라면…….

시야에 들어온 직원에게 쓰루쿠가 지시했다.

"아래 영상실에서 도도로키를 데려와."

8

"예스 아니면 노로 대답하면 되는 걸까요?"

기요미야는 철제 책상 위에서 두 손을 모으고 의식적으로 입가에 미소를 띠었다.

그 모습을 스즈키가 싱글벙글 웃으며 바라보고 있다.

아홉 개의 질문에 대한 답으로 마음의 형태를 알아맞힌다는 '아홉 개의 꼬리'. 그 게임의 네 번째 질문. 학생에서 경찰로 성장한 상상 속 기요미야는 지금 완만한 언덕길을 걷고 있다. 누군가의 손을 붙잡은 채.

그 사람은 하세베 유코 씨인가요?

"네, 좋습니다."

스즈키가 몸을 흔들며 호들갑스럽게 고개를 끄덕였다.

"예스, 노로 괜찮아요."

"그럼 노, 입니다."

호기심 가득한 얼굴로 쳐다보는 스즈키를 기요미야는 말없이 응시했다.

"이것으로 네 번째 질문이 끝났군요."

흐트러진 감정은 이미 정리됐다. 완벽히 통제하고 있다.

그 느낌을 확인하며 기요미야는 탁자 밑에서 가죽 구두 뒤축을 바닥에 부딪쳤다. 등 뒤에서 루이케가 헛기침으로 응답한다. 앞으로 십여 초 후 타이밍에 맞춰 루이케가 취조실을 나갈 것이다.

하세베에 대한 정보를 얻기 위해, 쓰루쿠에게.

이 은밀한 대화를 알아차린 기색도 없이 스즈키는 기뻐하고 있다. 아마 허를 찌를 의도였을 것이다. 실제 그 전략은 기요미야를 순간적으로 당황하게 했다. 스즈키는 손에 넣었다. 한순간의 승리를 거대한 단서와 맞바꿨다.

"하세베 씨와 친분이라도?"

"형사님과 아는 사이시죠?"

기요미야의 질문에 대답하지 않고 스즈키는 시치미를 뗐다.

"당연히 아시겠죠. 한솥밥을 먹는 동료였으니."

"사실 잘 모릅니다. 부서가 달라서요."

하세베의 이름은 알고 있었다. 4년 전 여름 추태가 보도돼 가을에 스스로 목숨을 끊었다는 경위. 나이가 띠동갑 이상 차이 나는 선배와 직접 교류한 적은 없었지만 유능하다는 소문은 들었다.

가야 할 곳이 노가타 경찰서라는 말을 듣고 어느 정도 예상은 했다. 그래서 오히려 스즈키가 그 일을 확실히 언급했다는 사실이 놀라웠다.

"스즈키 씨야말로 어떻습니까? 어떤 분이었습니까? 하세베 씨는."

"형사님."

스즈키가 밤톨 머리를 좌우로 흔들었다.

"안타깝다고 해야 할지 다행이라고 해야 할지 저도 잘 알지는 못합니다. 만난 적도, 이야기한 적도, 신세를 진 적도 없죠. 다만 그분이 유명해지는 데 일조한 기사는 실시간으로 읽었습니다. 그 주간지, 저도 애독하고 있거든요. 편의점에서 서서 읽다 보면 늘 그 후쿠로토지*속이 궁금해지는데."

스즈키는 헤헤 웃고 머리를 긁적였다.

"아무튼 조사하면 금세 아실 수 있을 겁니다. 저희가 전혀 모르는 사이였다는 걸."

시치미 떼는 얼굴에서 비장한 미소가 언뜻 엿보인다.

"그건 그렇고, 형사님. 형사님 같은 엘리트분들도 그런 가십 기사를 일일이 체크하시나 봐요?"

그때 "실례합니다" 하고 루이케가 자리에서 일어났다. 나가기 전 기요미야에게 다가와 직접 쓴 메모지를 철제 책상에 내려놓는다.

'19시 가와사키 택시 → 20시 누마. 현금 결제.'

등 뒤에서 문이 여닫히는 소리를 들으며 기요미야는 메모지를 주머니에 넣었다. 저녁 7시경 가와사키에서 택시를 타고 누마부쿠로에 도착한 건 8시 무렵. 요금은 현금으로 지불했다는 내용이다.

"뭐죠?"

---

* 책장 두 장을 이어 붙여서 밀봉한 후 독자가 직접 뜯어보게 하는 제본 방식. 주로 성인 잡지 등에서 독자의 호기심을 자극하기 위해 쓰인다.

스즈키가 물었다.

"네?"

"에이, 형사님, 시치미 떼시긴. 그 쪽지를 읽는 순간 굉장히 기뻐하는 표정을 지으시던데요. 일이 완전히 원하는 대로 굴러간다는 듯이."

"그것도 촉입니까? 그럼 아직 상태가 별로 좋지 않은 것 같습니다. 이곳에는 기뻐할 소식 같은 건 전달되지 않습니다. 적어도 이 취조실이라는 곳에는."

스즈키는 멍한 얼굴로 비스듬히 고개를 기울였다.

"범인 체포 같은 소식도 기쁘지 않으세요? 피해자가 목숨을 건졌다는 소식도 일단은 안심될 것 같은데."

"일단, 말입니까?"

"아, 죄송합니다. 딱히 이상한 뜻 같은 건 없습니다. 사실 제가 원래 머릿속에 떠오른 걸 곧장 입 밖에 내뱉는 성격이라 자주 혼나곤 했어요. 부모님과 선생님, 반 친구들에게도."

"체크합니다."

"네?"

"가십 기사. 자, 이것으로 다섯 번째 질문이 끝났군요."

스즈키가 눈을 휘둥그레 떴다. 그러고는 "아차, 이런!" 하고 이마를 찰싹 때린다.

"한 방 먹었네요."

"오히려 계속 당하고 있는 건 이쪽입니다. 스즈키 씨의 위장 공작에 저희 모두 좌충우돌하고 있습니다."

"위장, 공작?"

어린아이처럼 되묻는 말에 기요미야는 또다시 머리 한구석에서 퍼즐 조각이 맞춰지는 소리를 들었다.

"술은 뭘 마시려고 했죠?"

"형사님, 질문은……."

"이 정도는 괜찮지 않을까요? 스즈키 씨만 묻는 것도 불공평하니까요. 스즈키 씨의 질문 하나에 저도 질문 하나. 이래야 공정한 승부죠."

스즈키는 눈을 더 크게 부릅뜨고 예상 못 했다는 표정을 지었다. 연기 범위 안에 드는 반응이지만 스즈키는 '승부'라는 말에는 굳이 반론을 제기하지 않았다.

"전 총 다섯 가지 질문만 하겠습니다. 노코멘트도 가능합니다. 대답하고 싶지 않은 질문, 대답할 수 없는 질문은 스즈키 씨의 판단으로 함구하셔도 됩니다."

어떻습니까? 재미있겠죠?

거절당하지 않으리라는 자신이 있었다. 스즈키는 반드시 제안에 올라탈 것이다. 그리고 언제든 뒤통수를 치려고 벼를 것이다.

보란 듯이 조롱하기 위해.

"네, 네, 좋아요."

스즈키는 힘차게 고개를 끄덕였다.

"재미있을 것 같네요."

"그때 사려고 했던 고급술은 뭐였습니까?"

"아, 그건 저도 잘 모르겠네요. 아니, 이건 노코멘트가 아니고 사실 제가 지금껏 비싼 술 같은 것과는 전혀 무관한 삶을 살아와서요. 그러니 뭐가 비싸고 싼지 그런 시세 같은 건 전혀 모릅니다. 전혀 모르니 그냥 눈에 들어온 것 중에 멋진 술병을 고르려 했죠. 그렇다고 가격이 너무 싸면 의미가 없고 기분 전환도 되지 않으니 어쨌든 좀 둘러보고 결정하자고 생각했습니다. 평소에는 맥주와 과실주를 즐겨 마십니다. 전부 캔으로요. 잔에 따라 마시는 술을 마지막으로 마신 게 언젠지 기억도 가물가물할 정도네요."

또다시 탁 소리가 들린다. 스즈키 다고사쿠라는 퍼즐이 맞춰진다. 이 남자는 말하고 싶어 한다. 들려주고 싶어 한다. 자신이 왜 이런 행동을 하고 있는지.

"자, 두 번째 질문 주세요."

즐거워하는 듯한 재촉에 기요미야는 손가락을 다시 포갰다.

"고급술과는 인연이 없어도 캔 맥주를 살 수 있고 야구 중계를 볼 수 있는 집에 거주하고 있다. 맥주나 집은 둘 다 공짜가 아니죠. 그 돈은 어디서 났습니까?"

"아, 그건 어려운 질문이네요. 저 같은 사람은 가계부 같은 걸 쓰지 않으니까요. 영수증 같은 걸 모을 의욕도 생기지 않을 만큼 하루 벌어 하루 먹고 삽니다. 계좌나 금고, 귀금속 따위를 숨기는 장롱 같은 것도 일절 필요 없는 삶이죠."

스즈키는 "그러니" 하고 이를 보이며 웃었다.

"굳이 어디서냐고 물으신다면 지갑입니다."

"그렇군요. '소방서 쪽에서 나왔습니다'*나 마찬가지군요."

"아, 농담입니다, 농담. 형사님, 화내지 마세요. 그런데 정말 기억이 안 나요. 기억 상실 때문에. 지갑에 얼마가 들어 있었고, 그걸 어디서 벌었고, 그리고 그게 언제 어디서 왜 사라졌는지가 주소와 마찬가지로 전혀 기억이 안 납니다."

한마디로 '대답할 생각이 없다'일까.

"아마 변변한 일은 안 했을 겁니다. 형사님과 정반대죠. 그렇게 살았으니, 빈둥빈둥 놀고먹었으니, 자랑할 만한 건 단 한 가지도 없었으니 잊어버린 걸 겁니다. 워낙 가치 없는 삶이에요. 비생산적인 인간이고요. 전에 지갑에 있던 지폐도 출처는 의심스럽습니다. 어제 주운 돈인지, 3년 전 어디서 슬쩍한 돈인지……."

"절도 경험이 있다?"

"기억나지 않네요."

연극의 틈새에서 달아오르는 체온이 느껴진다. 또다시 탁 하고

---

*   일본에서 80년대에 유행한 사기 수법. 사기꾼들이 집을 찾아가 '소방서'가 아닌 '소방서 쪽'에서 나왔다고 하며 소화기를 강매시켰다. '소방서 쪽(방향)'이라고 했으니 거짓말을 한 건 아니라는 논리를 펼쳤다.

조각이 채워진다.

"재산이라고 할 만한 건 스마트폰 정도네요. 그건 정말 편리한 도구죠. 약정이 끝나도 카메라로 쓸 수 있고 와이파이로 인터넷도 할 수 있으니까요."

"인터넷이나 컴퓨터에 대해 잘 아시는 듯하군요."

"요새는 PC방 같은 곳도 저렴하니까요. 시간도 남아돌아 가끔 심심할 때 들르곤 했습니다. 일용직 일자리 같은 것도 인터넷으로 구하는 시대라."

"그런데 그런 소중한 스마트폰을 어디서 잃어버렸는지는 모르 겠다. 술에 취한 탓에."

"네, 정말 안타깝게도요."

"가능하면 떠올려 주셨으면 합니다만."

"지금 열심히 노력 중입니다. 이렇게 수다를 떨다 보면 언젠가 생각날 것 같기도 하네요."

그러니 당신도 동참해라.

이 희극에.

세 번째 질문.

"다른 가족분들은 있습니까?"

"없습니다."

즉답이었다.

"없습니다. 정말이에요. **이런 거짓말은 안 합니다.**"

기요미야는 조용히 기다렸다.

"그럼 다른 거짓말은 하느냐. 그렇게 물으신다면 조금 전 한 방 먹은 걸 되갚아 드릴 수도 있을 것 같은데."

"묻지 않습니다. 어차피 노코멘트하실 테니."

"아, 그건 아니에요. 전 이렇게 대답할 생각이었습니다. '전 항상 진실만을 말합니다'라고."

"……거짓말쟁이의 역설인가요?"

기요미야의 반응에 스즈키는 만족스럽게 미소 지었다. '난 항상 거짓말을 한다'라는 거짓말쟁이의 공언은 그것이 거짓이든 진실이든 모순된다. 스즈키의 말은 의도적으로 그것을 흉내 낸 것이다.

"사실 오래전부터 의문스러웠습니다. 왜 하필 '거짓말쟁이의 역설'일까. 딱히 '정직한 사람의 역설'이라 해도 상관없지 않나요? 정직한 사람이 '난 거짓말을 한다'라고 해도 의미는 달라지지 않으니까요."

"일리가 있군요."

"하지만 안 돼요. 세상은 그런 식으로 만들어져 있지 않으니까요. 안 되는 겁니다. 정직한 사람이 거짓말을 한다. 그런 건 너무나 당연해서."

"스즈키 씨의 말도 모두 거짓이다. 그렇게 해석될 수도 있는 발언입니다."

"아뇨, 아뇨. 이건 어디까지나 일반론이지 저에 한해서만큼은 해당되지 않습니다. 저만큼 정직한 사람을 전 태어나서 지금껏 만나 본 적이 없어요. 세상 물정 모르는 어리숙한 인간이라고 바꿔 말해 도 되겠네요. 그런 성격 때문에 항상 손해만 보며 살았으니."

익숙한 자학에 망설임이라고는 없다.

"가족은 없습니다. 그리고 찾아보셔도 소용없을걸요. 족보를 계 속 거슬러 올라가다 보면 친척의 친척의 친척 정도는 있겠지만 이 멍청한 얼굴을 TV에 내보낸다 해서 누군가 나설 리도 없고요. 서 글픈 이야기지만."

"조금 전 반 친구가 있었다고 말씀하셨습니다만."

"네. 선생님도 있었죠. 하지만 어려울 겁니다. 전 전혀 눈에 띄는 아이가 아니었으니까요."

"자주 혼났는데도?"

"형사님. 사람은 말이죠. 욕을 먹을 때 고개를 드는 사람과 숙이는 사람으로 나뉘는데, 전 완전히, 백 퍼센트 숙이는 쪽에 속합니다. 그러니 절 혼낸 사람들도 모두 이 둥근 머리 정도나 기억할걸요."

스즈키는 자신의 정수리를 가리키며 "그때는 이 눈에 띄는 10엔 짜리 원형 탈모반 같은 것도 없었고요" 하고 웃었다.

"정말로 절 기억하는 사람은 없을 겁니다. 만약 있다고 해도 형 사님께 알려 드리지는 않아요. 아니, 알려 드리고 싶어도 알려 드 릴 수가 없습니다. 왜냐하면 그건 존재하지 않는 사람들이니까요. 전 알고 있습니다. 전 형사님의 의심을 살 만한 사람인 동시에 보통 사람들보다는 한참 뒤떨어지는 존재이고, 그런 멍청이를 사람들은 같은 인간으로 보지 않아요. 뭐 그래도 화제에 한번 오르면 '어떤 아이였더라?', '성격이 어땠지?' 하고 킬킬거리며 수군대기는 하겠죠. 꼭 서커스장에 있는 괴상한 동물이라도 대하듯 비웃고 욕하고 떠들며 마음껏 돌을 던질 겁니다. 모두 저라는 사람의 본모습에 대해서는 단 하나도 모르는 주제에."

스즈키는 밝게 웃으며 말을 이어 갔다.

"그래서 전 어느 순간부터 지긋지긋해져서 제가 없는 곳에서 저에 대해 이야기하는 사람들을 믿지 않기로 결심했습니다. 아니, 믿지 않을 뿐 아니라 그런 자식들은 아예 존재하지 않는다고 생각하기로 마음먹었어요. 상관없지 않나요? 어차피 피차일반이니까요."

그러니 알려 드리고 싶어도 알려 드릴 수 없는 겁니다.

스즈키의 눈을 정면으로 마주한다.

그 안에서는 일말의 흔들림도 찾아볼 수 없다.

눈은 진실을 말한다고 하지만, 그것을 곧이곧대로 믿을 만큼 인간이 간단한 존재가 아니라는 것쯤은 알고 있다. 형사로 살아오며 꼭 타고난 거짓말쟁이가 아니어도 일정 수준의 놀람과 당혹감은 각오와 배짱으로 억누를 수도 있다는 걸 깨달았다. 오히려 눈빛만으로 거짓말을 하는 자들도 있다.

그러나 사실 그 안에 감정의 아주 작은 편린 정도는 드러난다는 것을 부정하고 싶지 않은 마음도 있었다.

고요한 취조실 안에서 문득 위화감이 느껴졌다. 이세의 타이핑 소리가 사라졌다. 무슨 일인지 확인하고 싶지만 스즈키에게서 눈을 떼서는 안 된다.

설마 졸고 있는 건 아니겠지.

그때 다시 타닥타닥 하는 소리가 들렸다. 반대로 내 안에서 들리던 퍼즐 조각 소리가 사라진 것을 깨닫고 기요미야는 눈을 찡그렸다.

"아무튼 가족은 없습니다. 네 번째 질문 부탁드려요."

스즈키는 미소 짓고 있다.

"연인은 있습니까?"

"네에?"

어처구니없어하는 목소리.

"그 질문으로 정말 괜찮으시겠어요? 가족은 없다고 이미 말씀드렸는데."

"연인은 가족으로 분류되지 않으니까요. 물론 개인 정보는 비밀로 하셔도 상관없습니다. 있다, 없다. 예스, 노만 알려 주시면 됩니다."

"없습니다. 있을 리 없죠."

연기하듯 화를 내는 모습을 보며 또다시 머릿속에서 조각이 맞춰졌다.

"이 얼굴을? 이 뱃살을? 좋아해 줄 여자가 어딨겠어요! 형사님.

짓궂으시네요. 그건 정말 짓궂은 질문이에요."

"누군가에게 호감을 느끼는 건 자연스러운 일입니다. 상대가 그걸 받아들일지 말지를 떠나."

"그렇게 말할 수 있는 것도 다 형사님이 잘생긴 남자분이기 때문입니다. 저 같은 못난이에게는 그런 자연스러운 권리조차 없어요."

"스즈키 씨야말로 오해하고 계시네요. 전 타고나기를 고리타분한 성격입니다. 농담 같은 것도 잘 못해서 재미없는 남자라는 말을 몇 번이나 들었는지 모르죠. 살면서 인기 있었던 기억 같은 건 없습니다."

"그렇게 멋들어진 양복을 입고 계시는데?"

쓴웃음이 나왔다. 그 얄팍한 질문의 이면에서 스즈키가 살아온 인생이 고스란히 드러났다.

"이런 것으로 재미없는 내용물을 꾸미는 거죠. 아마 열등감의 반증일 겁니다. 어느 날 문득 떠올려 보니 유난히 옷차림에 신경 쓰는 성격이 되어 있더군요. 조금만 흐트러져도 신경이 쓰여요. 타이핀은 목에서 15센티미터 이상 떨어져 있어야 안정되고 벨트 구멍도 정해져 있죠. 심지어 그걸 바꾸고 싶지 않아 식사 제한을 하는 지경에 이르렀습니다. 이 정도면 뭐 어엿한 신경증 아닐까요."

어깨를 살짝 으쓱해 보이자 스즈키는 "헤에" 하고 흥미로운 듯이 기요미야를 봤다. 상대에 맞춰 자신을 깎아내리는 건 상대의 공감을 불러일으키고 싶을 때 쓰는 상투적인 수법이다. 그러면 협상

상대에게 동료 의식이 높아져 순순히 자수를 택하는 범인도 있다.

실제로 충동적인 인질범 등은 차라리 빨리 붙잡혀서 편해지기를 바라는 자가 적지 않다. 물러설 수 없다는 의지와 허세의 틈새에서 이 막막한 난동을 끝낼 계기를 무의식적으로 찾는 심리를 이용해 적절한 변명 거리를 제공해 주는 게 협상가의 능력이다.

기요미야는 스즈키의 동기의 핵심은 자존심일 거라고 판단했다. 세상에서 줄곧 무시당하며 살아온 인생에 대한 분노가 표출된 것이다. 계속 고개를 숙이고 있던 남자가 마침내 빳빳이 치켜든 얼굴. 진실 속 나는 결코 초라한 존재가 아니다. 무시당할 만한 바보가 아니다.

무릎이라도 꿇으면 모든 걸 털어놓을지도 모른다. 울면서 부탁하는 엘리트의 무능한 모습을 보며 우월감을 느껴 어쩔 수 없이 내가 한 사람 살려 줘야겠다고 착각할 수도 있다.

안타깝지만 경찰에 몸담은 자로서는 택할 수 없는 방법이다. 손톱 뽑기 고문을 할 수 없는 것과 비슷하다.

"그럼 다섯 번째 질문을 드리겠습니다."

천 개의 피스로 구성된 퍼즐은 이제 절반도 남지 않았다.

"머리를 자르신 지 얼마 되지 않았죠?"

순간 스즈키의 표정이 굳었다. 연기 같은 것과 다른, 불현듯 정신을 퍼뜩 차린 듯한 공백이 생긴다.

"몸가짐에 대한 집착은 상대에 대해서도 마찬가지입니다. 저도 모르게 관찰하게 되거든요. 나쁜 버릇이지만 이제 나이까지 들어서 고칠 수 없겠다며 포기하고 있습니다. 조금 전에 나간 부하 있죠? 그 역시 실력 있는 인재이기는 하지만 그 운동화만큼은 도저히 용서하기 힘들죠. 아무리 주의를 줘도 요즘 젊은이들에게는 소 귀에 경 읽기인 모양입니다."

스즈키는 미소 짓지 않고 기요미야를 가만히 바라보고 있다.

"스즈키 씨의 머리, 끝부분이 깔끔하게 정돈돼 있습니다. 뵙자마자 바로 알아차렸죠."

"……이런 밤톨 머리에 끝부분이니 뭐니가 어딨겠어요."

"아뇨, 전혀 그렇지 않습니다. 오랫동안 그런 걸 관찰해 온 저로서는 한눈에 알 수 있습니다."

기요미야는 상반신을 앞으로 살짝 기울였다.

"최근에, 그것도 꽤나 실력 있는 전문 미용사에게 맡기시지 않았나요?"

"그럼 안 되나요?"

기요미야는 관찰의 열기를 한껏 끌어올렸다. 스즈키의 온몸, 표정 속 흔들림, 손가락의 작은 움직임, 그 안쪽까지 깊이 파고들 수 있게 집중력을 가다듬는다.

스즈키가 토라져 입을 다물기라도 하면 우리의 패배다. 상대의 마음을 기민하게 읽고 원하는 방향으로 유도한다. 대등한 승부를 펼치는 척하며 주도권을 잡는다.

"네, 맞아요. 자르러 갔던 건 맞습니다. 맞히셨네요. 정답."

스즈키는 못마땅하게 인정하고 몸을 앞으로 숙였다.

"그런데 그게 뭐 어떻다는 거죠? 저도 머리 정도는 자릅니다. 문제라도 있나요? 범죄인가요?"

"아뇨. 전혀 이상할 건 없습니다. 저도 2주에 한 번은 머리를 자르니까요. 그래야 마음이 편하거든요. 다만 보통 남자들은 저처럼 그렇게 미용실을 자주 찾지는 않겠죠. 혹시 우연이 아니라면 스즈키 씨가 최근 미용실에 간 건, 어쩌면 스즈키 씨에게 오늘이 뭔가 특별한 날이기 때문이어서가 아닐까 하고 추측했을 뿐입니다."

"······미용실 같은 고급스러운 곳은 좋아하지 않아요."

"저도 본심은 그렇습니다. 누가 봐도 멋 부리려는 듯한 인테리어, 포스터. 무엇보다 미용사분들의 그 얄팍한 영업용 멘트를 참기가 힘들죠."

스즈키는 눈을 동그랗게 뜨고 조금 놀란 듯 말했다.

형사님도 그러세요?

네, 속으로 몇 번이나 소리를 지르는지 모릅니다. 떠들면서 가위 같은 걸 다루지 말라고요.

그렇게 자주 가시는데도?

네, 자주 가니 더 그렇죠.

스즈키는 "아, 그렇구나" 하고 납득한 것처럼 중얼거리고 "아무튼 저도 힘든 건 마찬가지예요" 하고 미소 지었다.

"멋쟁이들의 대화는 외국어 이상이죠. 늘 비참한 기분이 들고 땀이 줄줄 흐릅니다. 어떨 때는 화가 나기도 해요. 형사님은 아닌가요? 그런 곳에 그렇게 자주 머리를 커어트하러 간다그으? 말이 안 되게 느껴질 만큼 어울리지 않습니다."

"그런데도 갔다. 그것도 최근에."

느슨해진 고삐를 잡아당기자 스즈키가 가볍게 코웃음을 쳤다. 이 남자로서는 보기 드문 종류의 반응이다.

"제 다섯 가지 질문은 여기까지입니다. 이제부터는 번갈아 가며 질문을 하지요. 먼저 스즈키 씨, 여섯 번째 질문을 부탁드립니다."

기요미야는 속으로 '지금이야'라고 생각했다. 여기서 스즈키가 어떤 질문을, 어떤 목적으로 던질지에 따라 자신이 던진 낚싯바늘이 얼마나 잘 꽂혔는지 가늠할 수 있다.

가급적 단숨에 끝낸다.

자백까지 이끌어 낸다.

스즈키는 기요미야를 지그시 보고 있다. 단순히 쳐다보는 게 아닌 어딘지 모르게 멍하게, 그러나 진지하게 보는 느낌이다. 중구난방인 인상을 받으며 기요미야는 약간의 섬뜩함을 느꼈고, 그래서 더욱 시선을 피하지 않았다.

"형사님."

스즈키는 빙그레 웃었다.

"먼저 화장실에 좀 다녀와도 될까요?"

이세의 손에 이끌려 취조실에서 나간 스즈키와 교대하듯 루이케가 돌아왔다. 쓰루쿠의 말을 요점만 간략히 보고하고 노트북을 들여다본다. 부재중에 주고받은 대화를 확인하며 눈도 마주치지 않고 "어떻습니까?" 하고 묻는다. 예의에 어긋나지만 효율적이라 불만은 없다. 적어도 하얀 운동화보다는.

기요미야는 기요미야대로 허리를 펴고 비어 있는 스즈키의 자리를 바라봤다. 일단 범인과 마주하면 사건 해결까지 한순간도 방심해서는 안 된다. 다소 비효율적인 기요미야만의 규칙이었다.

"지능은 높아. 본인도 그걸 자각하고 있고. 그런 자신이 실력을 발휘할 환경과 성격이 갖춰지지 못한 삶에 화가 나 저지른 범행으로 추정되지만, 충동적인 건 아니고 오히려 치밀하게 계획을 세웠어. 행동에 있어서도 신중한 데다 범행이 가져올 결과와 피해, 그리고 자신의 처우까지 완전히 이해하고 있지."

기요미야는 살짝 힘주어 눈을 깜빡거렸다.

"아무튼 문제는 없어. 조금 특이하긴 한데 관심을 바라는 범죄자들에게 흔한 패턴이야."

지금 눈앞에 스즈키는 없다. 그러나 마주하고 있을 때 긴장감 그대로 자리를 노려본다.

"하세베 건은 그저 대화 소재 중 하나였을까요?"

"단정할 수 없지. 일반적인 의분이나 복수심에 불타는 타입 같지는 않지만."

스즈키는 하세베와의 관계를 단호히 부인했지만 드래건스 팬이라는 공통점은 무시할 수 없다.

"어쨌든 이로써 녀석이 노가타 경찰서를 택한 이유와 방을 옮기려 하지 않는 이유를 알 것 같아."

본청에 이송되는 것으로 착각한 것이다. 거기서는 하세베의 이름을 언급하며 생길 충격도 약해진다.

"어쨌든 하세베의 가족은 찾아야겠지. 그들을 노리고 있을 가능성을 배제할 수 없으니."

이미 의뢰를 마쳤다는 루이케의 대답을 듣고 기요미야는 다시 물었다.

"본부 쪽은 어떻지?"

"가와사키 안에 있는 CCTV 영상들을 회수하고 있습니다. 폭탄은 아키하바라와 도쿄돔에서 쓰인 두 가지가 비슷한 종류일 것으로 추정된다고 합니다. 자세한 분석에는 시간이 걸리겠지만, 어느 정도의 지식과 장비만 갖추면 아마추어도 만들 만한 수준이라고."

"스즈키 이외의 용의자는?"

"극단주의 단체, 위험 사상가, 인접 국가 공작원…… 등의 가능성을 전부 검토하고 있습니다만, 공안 소식통은 조직범죄의 가능성을 부인하고 있습니다. 범행 성명 같은 것도 없었고요."

폭탄의 느낌과 범행 장소 선정도 정치적 주장이나 파괴 공작에는 어울리지 않는다.

"물론 공범이나 협력자의 존재는 충분히 고려해 볼 수 있겠지만……."

루이케가 속을 떠보듯 말을 이었다.

"도도로키 형사는 아무래도 단독범일 것 같다더군요. 어떻게 보십니까?"

"하나의 관점일 뿐. 그 이상 그 이하도 아니야."

루이케가 "그렇죠" 하고 동의했다. 현 단계에서 기요미야는 그걸 단정 지을 생각이 없었다.

"그리고 관리관에게 감사한 전언을 들었습니다. '얼른 자백을 받아내라. 이쪽도 폭발물 처리반이 언제 어디든 출동할 수 있게 준비를 마쳤다'라고."

"의료 지원팀도?"

"그런데 실제로."

어차피 답이 뻔한 질문을 루이케는 무시하고 넘어갔다.

"스즈키는 다음 폭탄을 어떻게 할 생각일까요? 수다를 떠는 도중에 갑자기 펑 터뜨릴 가능성도 있을까요?"

"없어."

예고 없는 폭발은 윗선을 포함한 모든 관계자들의 가장 큰 걱정거리일 것이다.

"녀석의 목적은 파괴 행위 자체가 아니야. 세상을 향한 자기주장, 그리고 자신의 능력 증명이지."

그저 파괴를 추구할 뿐이라면 취조실은 필요 없다. TV 앞에서 긴급 속보를 즐기면 된다. 그걸로 부족하니 그는 가와사키에서 택시를 타고 일부러 여기까지 왔다.

지금 스즈키에게 기요미야는 곧 세상이나 마찬가지일 것이다. 기요미야는 일부러 그렇게 상황을 만들었고 그 역시 기꺼이 받아들였다.

"대등한 승부를 포기하는 건 자신의 패배를 의미한다고 생각할 거야."

물론 이 '대등'은 스즈키에게만 해당하는 이야기다. 일반 시민을 인질 삼아 규칙도 모호한 게임을 강요하는 행위를 대등하다고 말하는 건 어불성설이다.

공정함은 오직 스즈키의 머릿속에서만 성립한다.

단순히 자기중심적인 사고일까.

아니면 그가 애초에 불공정한 삶을 살아왔다고 생각해야 할까.

고민할 필요가 없는 문제다.

기요미야는 1초도 되지 않아 그렇게 결론 내렸다.

"고삐를 잘못 붙잡지 않는 이상 녀석은 반드시 폭탄의 힌트를 내놓을 거야. 심리 테스트 같은 짓을 하는 것도 거기에 딸린 부록 같은 거겠지."

"남은 네 개의 질문 중에 말인가요?"

"아니면 다음 게임을 시작할 생각일 수도 있지만."

"그건 그렇고, 그 사격 이야기는 뭡니까?"

기요미야는 질문의 뜻을 이해하지 못하고 문득 루이케를 돌아 봤다. 그와 동시에 스즈키의 두 번째 질문에 대한 자신의 대답을 가리킨다는 것을 깨달았다. 언덕길 중간에서 마주친 거대한 건물.

그 안에서 자신은 무엇을 할 것인가.

"……의미 따위 없어. 그냥 즉흥적으로 떠올랐을 뿐."

"즉흥적 말인가요."

"아직 초반이니 일단 맞춰 주려고."

"흐음."

루이케는 "그렇군요" 하고 중얼거리더니 허공을 봤다. 이 마이페이스의 부하는 평소에도 약간 젠체하는 구석이 있지만 기요미야는 지적하지 않았다. 자신 또한 몸가짐으로 상대의 인상을 가늠한다. 각자 나름대로 판단의 기준이 있는 것이다.

"참고로 말씀드리면, 인터넷에서 아무리 찾아도 '아홉 개의 꼬리'라는 게임은 검색되지 않았습니다."

"마음의 형태는?"

루이케는 어깨를 으쓱했다.

"팝송 가사까지 검색할 시간을 주신다면 찾아보기는 할 텐데."

물론 그럴 여유는 없고 필요도 없다. 어차피 게임일 뿐이다.

루이케가 노트북 화면에 얼굴을 바짝 들이밀며 말했다.

"······언어유희가 취미일까요?"

"돈이 지갑에서 나왔다는 그거 말인가."

"아뇨, 그건 정말 그냥 말장난일 테고요. 그게 아니라 마지막의 이 부분, '그런 곳에 그렇게 자주 머리를 커어트하러 간다그으? 말이 안 되게 느껴질 만큼 어울리지 않습니다.' 여기만 뭔가 문장이 어색하죠. 자기 자신을 지칭하는 거면 그냥 '어울리지 않습니다'로 끝내도 될 테니까요. 아마 일부러 억양과 단어의 길이를 바꿔 말한 게 아닐까요? 진짜 의미는 이거겠죠. "'자주 머리를 커트하러 간다.' 그 말이, 안되게 느껴질 만큼 어울리지 않습니다.'"

무심코 머리카락에 손이 갈 뻔했다. 생각해 보면 그 직전에 녀석은 일부러 강조했다. '형사님은 아닌가요?'라고. 결국 내 헤어스타일이 불쌍하게 느껴질 만큼 어울리지 않는다고 조롱한 것이다.

기요미야는 눈치채지 못했다. 이세도 자연스럽게 받아들이고 그대로 입력했다. 그 뒤에서 스즈키는 우리를 비웃고 있었을까.

"전 의외로 어울리신다고 생각합니다만."

불필요한 말을 아무렇지 않게 내뱉는 것도 이 루이케라는 부하의 특징이다. 사소한 문장 한 줄에서 느껴지는 위화감으로부터 답을 끌어내는 능력과 대인 관계의 서투름이 공존하고 있다. 아무리 주의를 줘도 변하지 않는 타고난 성격이다.

스즈키에게도 있다고 봐야 할 것이다. 무차별적으로 시한폭탄을 설치하고 제 발로 경찰에 붙잡힌 후 취조관과 게임을 즐기는 녀석

나름대로의 방식이.

말장난이든 언어유희든 어차피 장난에 불과하다. 루이케의 추리가 반드시 옳다고 할 수도 없다. 그러나 분명한 것은 스즈키는 자신의 파멸을 조건으로 내걸고 있다. 그 점을 우습게 보다가는 큰코 다친다.

기요미야는 눈을 감고 스즈키 다고사쿠의 퍼즐을 다시 한번 맞춰 봤다. 촉과 기억상실이라는 노골적인 거짓말. 사회에 적응 못하는 성격, 적응 못한 삶. 그러나 지능은 예상보다 높을 수 있다. 계획도 더욱 치밀할 수 있다. 그렇다면 '아홉 개의 꼬리'는 정말 단순한 시간 벌기용일까? 제 발로 경찰서에 붙잡힌 주제에 신분 은폐에 공을 들이는 이유는 뭘까. 간단히 밝혀져서는 안 될 무언가 특별한 사정이라도 있는 걸까.

아키하바라와 도쿄돔시티를 선택한 이유는?

하세베의 이름을 언급한 건?

폭발이 앞으로 두 번 남았다는 말은 과연 믿어도 되는 걸까.

다음은 언제 어디서 폭발할까.

그리고 그다음은.

새삼 실감한다.

시한폭탄이라는 건 정말 골치 아픈 존재다. 한 번 '있다'고 생각하면 그 뒤로는 마지막에 '없다'고 증명될 때까지 공포에 떨어야 한다. 어디선가 때를 기다리며 지금 이 시간에도 초침이 째깍거리고 있을지도 모른다는 상상을 떨칠 수 없다. 그러니 우리는 스즈키를 상대해야 한다. 그의 말을 요구하고 있다.

고민하지 마.

분석, 구축, 결정과 행동.

지금 할 수 있는 일에 최선을 다하자.

기요미야가 그렇게 마음먹었을 때.

"앗."

루이케가 노트북 화면을 들여다봤다. 기요미야가 무슨 일인지 묻기도 전에 부하는 고개를 돌리며 "새로운 정보입니다" 하고 사무적으로 말했다.

"도쿄돔 앞에서 폭발에 휘말린 부부 중 아내가 사망했습니다."

9

"왜 거짓말을 하지?"

소변기 앞에서 용변을 보는 그를 향해 이세는 말을 걸었다. 진지하게 묻고 싶었다.

스즈키는 이세 쪽을 돌아보려다가 오줌을 흘리고 "아아앗" 하고 허둥지둥한다. 그런 모습을 이세는 팔짱을 끼고 노려봤다.

스즈키의 혐의는 여전히 주류 판매점 주인을 폭행한 것뿐이다.

폭파 사건의 체포 영장이 이미 준비돼 있다고 앱에 표시됐지만, 자백이나 증거가 없으면 안 된다는 게 상부 판단인 듯하다. 이세 역시 재판 대책도 필요하지만 나중에 비판을 피하려면 얼른 스즈키를 구속해야 한다고 생각했다.

영 미적지근해.

얼굴을 반쯤 돌리고 "잠깐만요, 헤헤헤" 하고 웃는 중년 남자에게 변호사를 불러 달라느니 인권을 중시해 달라는 식의 반항적인 태도는 찾아볼 수 없다. 중요 참고인에 불과한 이상 이렇게 배설을 감시하는 행위 자체도 미묘한 경계선에 있다. 감시가 아닌 평소 자주 쓰는 변기를 쓰려고 기다리고 있었을 뿐이라는 변명도 가능은 하겠지만.

"저."

스즈키가 오줌 소리를 졸졸 울리며 조심스레 입을 열었다.

"거짓말이라는 게 대체 무슨 말씀일까요?"

"시치미 떼기는. 당신, 학창 시절 스토킹하던 여자애가 선생님 손에 죽었다고 했잖아. 그래서 자신이 의심받았다고."

도대체 뭐가 눈에 띄지 않는 아이라는 말인가. 평범한 사람은 겪지도 못할 이런 에피소드가 널브러져 있으면서.

"딱히 거짓말한 건 없는데요."

스즈키가 바지 지퍼를 올리며 말했다.

"눈에 띄지 않는 아이였다는 말은 사실입니다. 그 누구도 저에게 관심을 가져 주지 않았죠. 전 공기 같은 존재예요. 산이나 호수의 상쾌한 공기가 아닌 쓰레기장의 공기. 왠지 모르게 냄새가 나는 것 같지만 그렇다고 눈살을 찌푸릴 정도는 아닌, 그런 공기 말입니다. 덕분에 스토커 같은 행동도 몰래 계속할 수 있었던 것 같고요."

"자랑스럽게 말하지 마, 범죄를."

"아 참, 네. 그렇죠. 지당하신 말씀입니다."

히죽거리며 세면대 앞으로 간다.

"그런데 어쩌면 쓰레기 그 자체였을지도 모르겠네요. 반투명한 비닐봉지에 묶여 담긴 쓰레기 말입니다. 묶여 있으니 딱히 해가 되는 건 아니지만, 쓰레기는 역시 쓰레기이니 다들 그냥 지나쳐 가죠. 누군가 잘못 주웠다가 두 번 버려지는 것보다는 낫겠지만 아무도 봉지 속을 들여다보려고 하지 않습니다."

손을 씻는다.

"쓰레기니까요."

갑자기 짜증이 치밀어 올랐다. 팔짱을 낀 팔에 손톱이 박힌다. 스즈키의 비굴한 모습에는 이세의 내면을 파도치게 하는 힘이 있었다.

체형과 헤어스타일, 알랑거리는 미소까지.

나이를 뺀 모든 것이 닮았다. 고등학교 2학년 여름 때부터 집에 틀어박혀 밖에 나가지 않게 된 남동생과.

말투도 판박이다.

자신은 어차피 쓸모없는 인간이라고 하는 입버릇.

정말 그렇게 생각하면 제발 노력하라고 이세는 말하고 싶었다. 죽을 각오로 해 보라고. 적어도 자신의 현실을 받아들이고 할 수 있는 범위 안에서 최선을 다하라고.

'그럴 수 있으면 이렇게 힘들지도 않아.'

'어차피 나 같은 건······.'

그런 푸념 너머에 있는 건 '그래도 나한테 상냥하게 대해 줬으면 좋겠어'라는 응석이다.

이세는 동생을 부모님 밑에서 기생하는 진드기로 여겼다. 미워하고 있다. 주변에 민폐 끼치지 말고 어서 죽어 버리라고 생각한 적도 있다.

그런 동생에 대한 감정이 눈앞에서 손을 씻는 중년의 남자를 보며 똑같이 느껴졌다.

"세상을 향한 복수라고 보면 되나?"

스즈키가 손 씻는 자세로 이세를 힐끗 봤다.

"당신의 동기 말이야. 폭탄을 설치한 동기."

가만히 이세를 보고 있다. 수도꼭지에서 물이 졸졸 흐른다.

"형사님은 어떻게 생각하시나요?"

그 말에 가슴이 덜컥했다. 범행을 인정할 생각일까.

"가정해 보자는 겁니다. 가정. 만약 제가 폭탄을 설치했다면 그런 이유로 설치했을 거라고 보시나요?"

탈출구를 준비해 두기는 했지만 이세는 지금은 앞으로 한 발짝 나아가야 할 때라고 느꼈다.

"그것밖에 없지 않나? 무차별적으로 시민들을 희생시켜 누가 어떤 이득을 보지? 아니면 정치적인 주장이라도 하려는 건가?"

"아뇨, 아뇨. 전 정치나 경제처럼 그런 어려운 건 잘 모릅니다. 그저 훌륭한 분들이 알아서 똑똑하게 열심히 세상을 만들어 가고 계시겠죠."

"부패나 속임수도 많아."

"하지만 국회의원 나리들은 모두 우리 손으로 뽑은 대표 아닌가요? 모두 그렇게 납득한다면 저 따위가 불평할 자격은 없죠. 여러분께 맡길 뿐."

"무책임하군."

"네. 정말 비겁하죠. 오래전부터 그랬습니다. 관심이 없어요. 부패든, 속임수든, 정의든. 심지어 도로 표지판 하나 같은 것까지 세상을 좋게 만들 방식 같은 건 전혀 감이 오지 않습니다. 만약 누군가 저에게 당신 마음대로 해라, 당신이 시키는 대로 하겠다고 해도 난감할걸요. 거절할 겁니다. 그런 책임은 사양하고 싶으니까요. 책임을 지고 싶지 않아요. 훌륭한 사람을 목표하는 것보다 그날 하루하루를 사는 게 더 좋은, 그런 부류의 인간입니다. 지금까지 해 왔던 것처럼 그저 얌전히 따르고 싶습니다."

스즈키가 수도꼭지를 잠갔다.

"어떤가요? 형사님은 지금 이 세상이 잘못됐다고 보시나요?"

이세는 입을 다물었다. 경찰이라는 신분상 체제 비판으로 들릴 발언을 할 수 없다. 그러나 평소 이세는 다양성이나 포용 같은 건 겉만 번지르르한 말이라며 믿지 않는 편이었다.

"세상에 대한 불만이 아니라면 뭐지?"

"뭐라고 생각하세요?"

"당신한테 묻는 거야. 당신 일이니까."

"에이, 좀 봐주세요. 전 그저 자판기랑 주류 판매점 직원을 때렸을 뿐인데."

가와사키에서 택시까지 타고 온 주제에.

그 말이 목구멍까지 차올랐지만 괜한 빌미를 줄 수 있으니 참았다. 기요미야라는 특수 범죄 수사과 형사도 이 카드는 일부러 꺼내지 않고 있다. 꺼내기에 가장 효과적인 타이밍을 노리고 있을 것이다.

그건 그렇고 경시청 형사도 생각보다는 어설프다. 비싼 양복을 입고 윤기 나는 흰머리를 가지런히 빗어 넘긴 채 위엄 있는 표정을 짓고 있지만, 여기 와서 두 시간 남짓 동안 그저 스즈키의 페이스에 맞춰 수다만 떨고 있을 뿐 아닌가.

오히려 자신이 더 구체적인 이야기를 끌어내고 있다.

"왜 숨겼지? 살인 사건 이야기."

종이 타월로 손을 닦는 스즈키에게 다시 물었다.

"계속 숨길 수 있을 거라고 생각하나? 경찰에는 기록이 있어. 몇 년 전 기록이든 모조리. 살인 사건이란 그런 거야."

그러나 사실 미묘한 부분이다. 스즈키가 중학생이던 시절이라면 30년도 더 됐다. 해결된 사건은 기록이 파기됐을 가능성도 있다.

피해자의 이름은 미노리.

드물지 않지만 아주 흔하다고도 할 수 없다. 데이터베이스를 뒤지다 보면 의외로 쉽게 나올 수도 있겠지만.

"아니면 말하기 꺼림칙한 무언가라도 있나?"

"없습니다. 없습니다만, 역시 개인 정보니까요. 제 이야기면 할 수 있어도 미노리에게 형사님은 생판 남이잖습니까. 생판 모르는 남에게 다른 사람 이야기를 아무렇지 않게 떠벌리는 건 좋지 않다고 생각합니다. 그렇게 남 이야기를 아무렇게나 하는 것도, 듣는 것도 전 정말 싫어해요."

"그럼 나한테는 왜 알려 줬지?"

"이세 형사님은 특별하니까요. 우리는 사적으로 아는 사이잖아요."

스즈키가 종이 타월을 구기며 이세를 돌아봤다. 정면으로 응시한다.

순간 이세는 현기증과 비슷한 곤혹감을 느꼈다. 무언가 초점이 흐려진 느낌이다. 지금 앞에 있는 스즈키가 아닌 자신의 내면에 생긴 흔들림이었다.

"이세 형사님."

스즈키가 얼굴을 앞으로 살짝 내밀었다.

"형사님은 비밀로 해 주셨죠? 미노리 이야기를 그 형사님께는 하시지 않았잖아요. 저와의 약속을 지키려고."

아니다. 그런 약속은 하지 않았다.

보고하지 않은 건 그저 타이밍을 놓쳤을 뿐이다. 그리고 어차피 금방 밝혀질 일이다.

"얼마나 기뻤는데요. 그리고 사적으로 아는 사이가 아닌 분께 제 이야기를 하지 않은 이세 형사님은 역시 믿을 수 있는 분이라고 생각했습니다."

스즈키는 활짝 웃으며 말을 이었다.

"털어놓겠습니다. 저, 이세 형사님 앞에서라면."

이세는 무심코 침을 꿀꺽 삼켰다.

"약속만 잘 지켜 주신다면, 다음에 또 둘만 남게 되었을 때 반드시. 그러니 형사님, 모쪼록 절 배신하지 말아 주세요."

이세는 흥분을 감추며 "그래, 그러지"라고 대답했다.

10

등 뒤에서 동요가 느껴졌다. 노트북 앞에 앉은 이세가 피해자의 사망을 알게 된 것이다. 기요미야는 인간의 죽음에 대한 동요는 반사 작용이라고 생각했다. 성격과 지능, 냉정한 성격 따위도 무시하며 일어나는 생리 현상. 익숙함이나 상황에 따라 정도는 다를 수 있어도 아예 없을 수는 없다.

문제는 오히려 **어떤 종류의 동요를 느끼는가**다.

경찰관으로서 이번 사건이 이제는 살인 사건으로 전환됐다는 사실을 직시해야 한다. 살인과 기물 파손은 무게감의 차원이 다르다.

기요미야는 "혹시 뭐라도 좀 드시겠습니까?" 하고 스즈키에게 물었다.

네? 그래도 되나요?

네. 돈가스 덮밥은 역시 안 되겠지만*.

안 되나요?

농담입니다. 원한다면 시켜 드리죠.

정말인가요? 이야, 신난다.

"하지만 다이어트 중이라 사양하겠습니다."

기요미야는 역시 만만치 않은 상대라고 새삼 느꼈다. 유사시에는 정말 식사에 자백약을 섞어 먹이는 비상 수단도 필요하지 않을까 하는 불온한 생각이 머리를 스친다. 물론 경구 투여로 모든 걸 털어놓게 하는 마법의 약 같은 건 존재하지 않는다.

"샌드위치라면 왠지 좀 먹고 싶기도 하네요. 편의점에서 파는 그

---

*   일본어의 승리하다(勝つ)와 돈가스의 가스(かつ)는 '가쓰'로 발음이 같다.

달걀과 데리야키 치킨이 든 걸 정말 좋아하거든요."

"알겠습니다. 시간은 걸리겠지만 가능한지 확인해 보겠습니다."

루이케를 시켜 노가타 경찰서 직원에게 연락하게 했다. 미리 체면을 세워 줘야 한다는 판단이었다. 체포, 기소, 공판까지 진행된 후 괜히 피의자 취조에 잘못된 부분이 있었다는 시비를 잡히기 싫었다. 수사진의 사소한 실수가 형량에 영향을 미칠 수도 있다. 이 남자는 한 번에 재판장까지 데려간다. 그 입구를 자신이 맡고 있다는 걸 기요미야는 자각했다.

"자, 그럼 '아홉 개의 꼬리'를 이어 갈까요?"

기요미야는 일부러 물었다.

동의가 있으면 조사의 강제성도 약해진다.

스즈키는 기요미야를 올려다보며 눈을 크게 떴다.

"네, 물론이죠."

그 기뻐하는 얼굴은 당신의 의도를 이미 잘 알고 있다고 말하는 것 같았다.

상관없다. 단서만 얻을 수 있다면.

"제 여섯 번째 질문 차례였죠?"

스즈키는 페트병에 담긴 물을 한 모금 마셨다. 시간은 새벽 1시를 지났다. 다음 폭탄이 조용히 잠들어 있는 상태에서 밤이 깊어 가고 있다.

"……흐음."

스즈키가 말을 하려다 말고 다시 멈췄다.

"어라?"

고개를 갸웃거리며 눈을 동그랗게 뜬다. 꼭 희귀한 모양의 꽃이라도 보는 듯이 기요미야를 본다.

"어랍쇼?"

"왜 그러시죠? 혹시 질문을 패스하는 겁니까?"

"아뇨, 아뇨. 해야죠, 하겠습니다."

스즈키는 입맛을 다셨다. 그러더니 "혹시……" 하고 두툼한 입술이 거의 한계까지 벌어졌다.

"피해를 입은 분, 돌아가신 것 아닌가요?"

"……그게 여섯 번째 질문입니까?"

스즈키는 "네, 그렇습니다" 하고 눈빛을 반짝였다.

기대와 흥분.

그것을 읽은 기요미야는 탁자 위에서 깍지 낀 손가락에 힘이 들어가는 걸 막을 수 없었다.

"네. 말씀하신 대로입니다. 도쿄돔 근처에서 폭발에 휩쓸린 부부 중 한 분이 조금 전 숨을 거두었습니다."

"역시."

스즈키가 심벌즈를 치듯 손뼉을 짝 쳤다.

"역시! 그럴 줄 알았습니다. 왜냐하면 뭐랄까, 형사님에게 느껴지는 게 왠지 짙어졌거든요. 숨기려 하셨는지는 모르겠지만 전 그런 건 금방 알아챕니다. 예전부터 잘 알아차렸어요."

"뭐가 짙어졌다는 말입니까?"

"증오가."

스즈키는 망설임 없이 대답했다.

"저에 대한 증오가 엄청나게 짙어졌어요. 맞죠? 아, 대답하지 않
으셔도 됩니다. 저, 그런 건 누구보다 잘 캐치해요. 아마 날 때부터
남 눈치만 보며 살아왔기 때문이겠죠. 네, 분명 그럴 겁니다. 늘 벌
벌 떨면서 살았으니, 그러니 형사님의 변화도 금방 알 수 있는 겁
니다."

"스즈키 씨."

기요미야는 의식적으로 어깨에서 힘을 뺐다.

"하고 싶은 말은 다 하셨습니까?"

아직 통제할 수 있다.

"다음은 제가 질문할 차례입니다."

"네, 네. 알겠습니다. 하시죠."

신경이 찌릿찌릿 곤두서는 기색이 역력하다. 스즈키는 노골적으
로 태도를 바꿨다. 피상적인 행동 이면의 온도가 올라가 있다. 허
술한 베일에 가려져 있던 덩어리. 녀석의 본심, 혹은 본성. 그것들
이 조금씩 불거져 나오고 있다. 기요미야는 나쁘지 않은 징조라고
스스로 위안했다. 스즈키는 아슬아슬한 줄타기를 시작했고, 자신
은 집중력이 높아져 있다.

스즈키의 퍼즐이 중심부를 향해 또다시 50피스 정도 채워졌다.

나머지 400피스.

"그럼 여섯 번째 질문입니다. 그전에, 스즈키 씨는 제 앞에서 절대 거짓말을 하지 않으시겠죠?"

"네? 그야 물론이죠. 당연하지 않나요? '아홉 개의 꼬리'는 거짓말을 하면 안 되니까요. 게임이 성립하지 않아요. 그러니 전 형사님의 나머지 질문에 제가 대답할 수 있는 건 반드시, 반드시 정직하게 대답해 드릴 겁니다. 맹세해요. 신과 부처님 앞에서."

"그럼 묻겠습니다. 처음 이용하신 역이 어디죠?"

"예?"

"오늘, 아니 날짜가 바뀌었으니 어제군요. 가와사키역에 가기 전에 말입니다."

지금이 바로 카드를 꺼낼 타이밍이다. 스즈키는 예기치 않게 피해자의 사망 사실을 알게 됐다. 자신이 살인자가 된 사실을 압박으로 받아들일까. 아니면 여전히 기억상실로 얼버무릴까.

"신오쿠보입니다."

취조실이 정적에 휩싸였다. 침을 꿀꺽 삼키는 소리 대신 서둘러 타이핑하는 소리가 들린다.

"신오쿠보에서 야마노테선을 타고 시나가와역에 가서 도카이도 본선으로 갈아탔습니다. 가와사키에 가려면 그게 가장 편하니까요."

"……기억이, 있으시군요."

"아뇨, 아뇨. 여쭤보셔서 갑자기 생각난 거예요."

"하지만 가와사키에 볼일이 있었던 건 틀림없다."

"그냥 관광 아닐까요? 가 본 적도 없는 것 같고."

"그런 것치고 거기까지 가는 경로를 잘 알고 있다."

"물어보셔서 갑자기 떠올랐다니까요."

가려고 알아봤을 수도 있지만 기억나지 않는다며 스즈키는 여유롭게 미소 지었다.

"야구를 다 보고 나서?"

"그렇게 되겠네요. 문득 바람이라도 쐬고 싶었겠죠."

"그런데 도착하자마자 택시를 타고 다시 돌아가셨다?"

"종종 느닷없이 불안해질 때가 있죠? 낯선 곳에서 목적도 목적지도 정해지지 않아 불안한 마음에 그냥 돌아가고 싶은 그런 경험, 형사님은 없으신가요?"

"굳이 택시를 탈 필요는 없을 겁니다. 전철이 빠르고 저렴하니까요."

"그것도 아마 그냥 분풀이 같은 거였겠죠. 드래건스가 형편없이 지는 바람에 자포자기하는 심정이었을 겁니다."

"술 살 돈을 조금이라도 남겨 두는 편이 좋았을 텐데요."

"저도 모르게 대범해졌던 것 같아요. 왜냐하면 택시를 타고 현을 넘어가는 건 평소 저한테 있을 수 없는 일이니까요. 돈 많은 재벌이라도 된 것 마냥 우쭐해진 걸까요. 그런 걸 동경하기는 했습니다. 돈을 아낌없이, 꼭 내다 버리는 것처럼 펑펑 쓰는 것을. 그런 건 저에게 마치 다른 은하계만큼이나 머나먼 꿈속 이야기라."

"가와사키에도 폭탄이 있습니까?"

"에이, 질문이 너무 많아요. 1문 1답이 규칙인데 형사님, 욕심쟁이시네요."

스즈키는 곤란해하더니 금세 다시 표정이 풀어졌다.

"그런데 여기까지 잘 따라와 주셨으니 뭐, 서비스를 조금 드리겠습니다. 어디까지나 제 생각이지만 가와사키는 괜찮을 것 같네요. 원 안에 들어가지 않거든요."

"원?"

"자세한 설명은 불가능해요. 이건 어디까지나 모호한 촉이라."

너스레를 부리는 스즈키에게 맞춰 줄 여유는 없다. 관광 같은 말은 고려할 가치도 없지만 지금은 스즈키를 믿을 수밖에 없다.

가와사키는 괜찮다. 가와사키역에 간 건 역시 교란 작전이다.

그보다.

처음에는 신오쿠보.

야마노테선 서쪽에 위치한 입지를 23구 규모에서 보면 신오쿠보도 누마부쿠로에 가깝다고 할 수 있지만 부담 없이 걸어갈 만한 거리는 아니다. 누마부쿠로에는 나카노역이 있다. 혹은 세이부신주쿠선의 누마부쿠로역. 떠올릴 수 있는 가설은 두 가지다. 이 녀석이 누마부쿠로에 있는 주류 판매점에서 난동을 부린 건 역시 노가타 경찰서에 붙잡히기 위해서고, 거주지는 신오쿠보 부근. 또 하나는 거주지와 상관없이 **신오쿠보에 볼일이 있었을 경우**다.

인접한 신주쿠와는 비교할 수 없지만 그래도 그 역의 이용객도 하루 10만 명이 넘는다.

"신오쿠보는⋯⋯."

"그건 일곱 번째 질문으로 해 주세요. 제대로 대답해 드릴 테니."

스즈키는 분명하게 '대답하겠다'라고 말했다.

그것이 또 다른 예감을 불러일으킨다. 손목시계에 저절로 눈이 향한다. 2시까지 앞으로 30분도 남지 않았다.

이것이 폭발의 타임 리미트라면 더 이상 여유는 없다.

"그럼 제가 일곱 번째 질문을 먼저 하게 해 주십시오."

"아뇨, 그건 너무 독단적이에요. 애초에 순서대로 하자고 말씀하신 건 형사님이잖아요. 한 번 입에 담은 말을 그렇게 쉽게 뒤집으시면 안 되죠. 그렇죠? 그게 바로 훌륭한 어른의 자세 아닐까요?"

깍지 낀 손가락에 힘이 들어간다. 기요미야는 가슴 두근거림을 몰래 억눌렀다.

"알겠습니다. 그럼 질문하시죠."

"네. 그럼 묻겠습니다. 일곱 번째 질문이에요. 조금 전의 그 부부, 피해를 입은 부부 중 다른 한 분은 살아 계시나요?"

의도가 읽히지 않는다. 그러나 여기서 흥정해 봐야 실익은 없다.

기요미야는 정직하게 남편의 상태는 중태라고 알려 주었다.

"돌아가신 건 아니네요?"

"현재까지는."

스즈키는 "그런가요" 하고 허공을 봤다. 심호흡하듯 숨을 들이마시고 내쉰다.

"그럼 제가 의심받는 상태에서 만약 체포돼 유죄 판결을 받는다면 그 살아남은 남편분께서는 절 죽이고 싶으시겠죠. 때리고, 발로 차고, 눈알을 뽑고 최대한 고통스럽게 괴롭힌 후 죽여 버리고 싶으실 거예요."

"……심정은 그럴 수도 있겠습니다만 불가능한 상상입니다. 이 나라에서는 사적 복수가 허용되지 않으며 또 대다수의 사람들은 아무리 이유가 있어도 그렇게 쉽게 사람을 죽이지 않습니다."

"아뇨, 아뇨. 그럴 리 없어요. 죽일 겁니다. 기회만 있으면 죽일 거예요. 아니, 죽이지 않으면 안 되죠. 죽이지 않으면 그분은 아내를 사랑하지 않았다는 뜻이 되니까요."

"아닙니다."

손톱이 피부를 파고들었다.

"그건 말도 안 되는 논리입니다. 복수와 사랑은 같은 선상에 있지 않습니다."

그러자 스즈키는 "헉!" 하고 몸을 뒤로 젖히더니 허리를 꼿꼿이 세웠다.

"정말요? 그게 정말인가요? 이건 예를 들어 말씀드리는 건데, 우리나라 법률에 복수법이 있다고 가정해 보죠. 피해자와 그 유족들이 자신이 당한 걸 범인에게 그대로 되돌려줄 수 있는 법이 만들어졌다고 가정해 보자는 겁니다. 그런 상황에서 형사님의 부인이나 자제분이 무참히 살해되는 일이 발생해요. 심한 짓을 당하고, 형체를 알아볼 수 없을 만큼 두들겨 맞고, 심지어 시신까지 갈기갈기 찢어지고 말았어요. 그런데 형사님이 보복하지 않고 범인을 그대로 살려 둔다면 형사님의 가족과 지인을 비롯한 세상의 수많은 사람들, 그러니까 형사님의 아내와 자제분의 죽음을 동정하고 눈물을 흘리며 분노한 사람들은 절대 형사님을 용서하지 않을걸요. 왜 복수하지 않느냐고, 반드시 그렇게 소리칠 겁니다."

"그만하시죠."

"그도 그럴 게, 다들 생각하잖아요. 교통사고나 아동 학대, 강간 같은 걸 저지른 사람한테 집행유예가 나오거나 심지어 무죄가 나올 때가 있죠? 살인의 고의성이 인정되지 않았느니 뭐니 하면서요. 피해자가 강하게 저항했다고 인정할 만한 사실이 없다거나, 피고인이 아닌 다른 사람이 범인이 아니라고 단정할 만한 근거가 없다거나. 심신상실이니 뭐니 하면서요. 그런 걸 보며 모두들 법이 뭔가 이상하다고 느끼고 있어요. 정말 이래도 되는 거냐고 생각하고 있어요."

"그만하고 대답해. 신오쿠보에 폭탄이 있나?"

"그걸 일곱 번째 질문으로 받아들이면 될까요?"

"얼른 대답해!"

"신오쿠보에는 없습니다."

장난스럽게 덧붙인다.

"아마도."

신오쿠보에는.

"그럼 어디에."

"아, 그건 안 되죠. 안 됩니다, 안 돼요. 진정하세요. 캄 다운, 캄 다운. 그렇게 갑자기 훅 들어오시면 저, 겁먹어 버리거든요. 겁먹으면 뇌 기능이 둔해져서 촉도 더 잘 안 내려오게 돼요."

기요미야가 입을 여는 것보다 스즈키가 빨랐다.

"지금이 몇 시죠?"

"⋯⋯이제 곧 2시."

"축(丑)시네요. 아시죠? 정확히는 2시부터 2시 반 사이를 그렇게 부른다던데."

그런 건 중요하지 않아!

그런 고함이 목구멍까지 올라왔을 때,

"안심하세요. **아직**은 아니니까요."

주먹을 쥘 뻔한 걸 꾹 참았다.

스즈키가 그 모습을 보며 재미있어하듯 덧붙인다.

"아마도."

그때 머릿속에서 탁 하는 불길한 소리가 들렸다.

퍼즐 조각이 맞춰진다.

스즈키는 칠칠치 못하게 히죽거리고 있다. 새카만 밤톨 머리에 굵은 눈썹, 눈은 둥글둥글하다. 큼지막한 코와 입술, 둥근 원형 탈모반. 퉁퉁한 몸을 구부정하게 약간 숙이고 있어 겉모습만큼은 그야말로 무해한 초식 동물 같다.

그러나 이 녀석은 썩었다.

진정한 미치광이다.

"자, 이제 제 차례네요. 벌써 여덟 번째 질문이에요. 마지막 코너에 다다르고 있어요."

스즈키는 흥분이 가시지 않은 목소리로 말했다. 몸속에서 왠지 모를 시커먼 기운이 발산되는 것 같은 그를 보며 기요미야의 이마에서 땀이 한 줄기 흘러내렸다.

"시작하겠습니다. 형사님. 잘 들으셔야 해요. 형사님은 언덕길을 다 올라갔습니다. 지금까지 걸어온 언덕의 꼭대기 같은 곳에 서 있습니다. 그곳은 아주 아늑한 곳입니다. 안전한 장소죠. 주변에는 오로지 형사님 편만 있고요. 작은 새와 예쁜 꽃 등등. 자연이 싫다면 컴퓨터나 스마트폰, 침대나 소파, 스포츠카 같은 것도 상관없습니다. 여성분이 있다고 가정해도 되고, 가족이나 친한 지인이 있다고 생각하셔도 좋습니다. 어쨌든 만족스러운 장소인 거예요."

스즈키는 어딘지 모르게 황홀한 표정으로 말했다.

"그곳에서 형사님은 가끔 언덕 너머를 내려다봅니다. 저 멀리 마을이 펼쳐져 있습니다. 그곳에서는 사람들이 각자 자기 일을 바쁘게 하고 있죠. 식사 준비를 하거나, 우는 시늉을 하는 사람이 있고, 야구를 보는 사람도 있을 겁니다. 거기서는 타이거즈 시합이 시작됩니다."

스즈키가 오른손 검지손가락을 세웠다.

"그런데 프로 야구팀 이름에는 왠지 강한 생물과 약한 생물들이 섞여 있는 것 같지 않나요? 호랑이는 당연히 강할 테고 매도 왠지 위엄이 느껴지지만, 제비나 잉어는 왜 그걸 선택했는지 잘 이해가 안 되죠. 반면 거인은 뭔가 대단해 보이죠? 또 그렇게 따지면 용은 상당히 무서운 괴물인데 현실 성적은 그러지 못하니 한심할 따름이에요. 그래도 잉어보다는 페가수스, 미노타우루스, 피닉스 같은 걸 선택하는 게 더 낫지 않을까 싶네요. 세상에는 가상의 생물이 아직 많잖아요. 미노타우루스 같은 것도 강해 보이죠. 이 녀석은 우두인신이라고 해서 소 머리에 몸은 사람이라고 하더라고요. 켄타우로스는 그 반대. 상반신이 사람이고 하반신은, 소가 아니라 말이었나?

아니, 그게, 사실 예전에 자주 놀림을 받았거든요. 제가 어렸을 때 〈게게게의 기타로〉 같은 만화가 인기였는데, 거기 나오는 요괴와 닮았다며 조롱당했죠. 네, 물론 그렇다고 해서 친구가 늘어난 것도 아닙니다. 괴롭힘의 대상마저 되지 않을 만큼 사람들은 절 상대해 주지 않았어요. 왜일까요. 이렇게 괴롭히기 좋은 체질을 가진 남자는 저 말고 본 적도 없는데."

"스즈키 씨."

"아무튼 그래서 말이죠. 전 요괴들을 꽤 좋아합니다. 동료 의식이 느껴진다고 할까요. 남 일 같지가 않아요. 가끔 도서관에서 그런 도감들을 가져와 학교가 끝날 때까지 읽기도 했죠. 하지만 집에 빌려 가지는 않았습니다. 그 당시에는 지금보다 더 남의 눈치를 보던 시절이라 도서위원 아이에게 말을 거는 것조차 저에게는 큰일이었거든요. 기요미즈데라 무대*에서 뛰어내릴 만큼의 용기가 필요한 일이었어요."

"스즈키 씨."

"그런데 일본에도 반인반수 괴물은 있죠. 그것도 아주 많이. 보통 요괴라는 건 인간을 겁주기 위한 존재 아닌가요? 그러니 아무리 무섭다고 해도 짐승이 짐승 얼굴을 하고 있으면 뭐, 깜짝 놀라기는 하겠지만 뭐랄까, 마음속 깊이 와닿지는 않겠죠. 어차피 다른 생물로 느껴질 테니까요. 예를 들어 용과 마주친다고 가정하면 그야 소름은 돋겠지만, 그 공포는 지진이나 운석, 천둥이나 회오리바람을 마주하는 공포와 비슷하다고 봅니다.

---

* 교토를 대표하는 사찰인 기요미즈데라의 본당에서 산이 내려다보이는 테라스 형태의 공간.

그런데 반인반수는 좀 달라요. 그건 인간, 즉 자신과 닮았기 때문에 무서운 거죠. 인간과 비슷한 부분이 있으니 더 섬뜩한 겁니다. 마치 너 자신과 괴물은 그렇게 다르지 않다, 오히려 넌 괴물보다 못한 존재일 수 있다는 식의 두려움 아닐까 싶네요. 인간과 괴물은 별반 다르지 않다는 공포가……."

　"그만."

　"그러니 인간의 얼굴을 하고 있는 쪽이 더 무서운 겁니다. 인간은 뭐니 뭐니 해도 얼굴이니까요. 인간이 인간으로 간주되는 건 눈코입의 조형 덕분이죠. 하지만 저처럼 못생긴 사람은 그 누구에게도 동료로 인정받지 못해요. 주목하지 않고 상대해 주지도 않습니다. 오히려 얻어맞거나 발길질을 당하기도 하는데, 제 몸이 만약 소의 몸이었다면 그건 역시 무섭게 보이지 않았을까 싶네요. 주목도 쏟아졌겠죠. 게다가 저한테는 촉이라는 것도 있으니까요. 그건 미래를 예언하는 능력과 조금 비슷하지 않나요?"

　"그만하라고 했지!"

　기요미야의 고함에도 아랑곳하지 않고 스즈키가 오른손 손가락을 브이 모양으로 세웠다. 조롱하는 그를 보며 기요미야는 이성을 잃었다.

　"그게 질문인가? 촉이 예언 능력과 비슷한지 아닌지를 대답하면……."

　"선배님."

등 뒤에서 날카로운 목소리가 들려 순간 기요미야는 무심코 돌아봤다. 루이케가 손바닥을 들어서 스톱 사인을 보내고 있다. 눈은 스즈키를 향해 있다.

그냥 조용히 들으세요.

진지한 눈빛으로 그렇게 외치고 있었다.

"계속해도 될까요?"

스즈키를 돌아보자 묘한 공포가 몰려왔다.

반인반수.

그 단어를 침과 함께 집어삼킨다.

"형사님. 전 가끔 이런 생각을 합니다. 동서고금을 막론하고 인간은 다양한 곳에서 수많은 것들을 먹어 치워 왔다고 하는데, 그럼 괴물이나 요괴는 도대체 어떤 맛일까요. 어떤 부위가 가장 맛있을까요. 안창살일까요? 우둔살일까요? 내장 쪽은 어떨까요? 하지만 제 취향으로는 역시 혀를 먹어 보고 싶네요. 우설(牛舌) 같은 건 너무 비싸서 좀처럼 접할 기회가 없지만, 예전에 아주 정말 우연히 고급 고깃집에 갈 기회가 있었습니다. 그때 절 데려가신 분이 '일단 우설부터'라고 하며 번쩍이는 불판 위에 우설을 올려놓으시더군요. 고기를 구울 때도 순서 같은 게 있다는 걸 알고 놀랐지만, 아무튼 그때 먹은 우설은 제 서툰 표현력으로 도저히 전달할 수 없을 만큼 맛이 아주 절묘했어요. 쫄깃쫄깃하고 육즙이 흘러넘쳐서 뭔가를 '먹는다'는 느낌이 정말 굉장하더군요. 아아, 살아 있는 동안 꼭 다시 한번은 그런 우설을 먹어 보는 게 제 소원입니다."

스즈키가 세 번째 손가락을 들어 올려서 기요미야는 순간 흠칫
했다.

"형사님. 실은 형사님이 지금 보고 계시는 그 마을에도 고깃집이
있습니다. 고기를 굽는 듯한 연기가 자욱하게 피어오르고 있죠. 하
지만 자세히 보니 그곳은 고깃집이 아니었습니다. 다른 곳인 겁니
다. 그래서 형사님은 깨닫습니다. 이상하네. 이제 곧 송달될 텐데.
그러다 순간적으로 머릿속이 번뜩입니다. 아아, 그렇구나. 신의 말
씀은 오직 어머니와 자식뿐인가. 그러니 연기가 피어오르는 곳은
그곳이구나. 자, 그곳은 어딜까요?"

"잠깐만."

네 번째 손가락을 세우는 스즈키에게 기요미야는 말했다.

"조금만 더 자세히 설명해 주시겠습니까?"

간곡히 부탁하자 안타까워하는 대답이 돌아온다.

"죄송하지만 그건 어렵습니다. 하느님은 항상 변덕스러우니까요."

두 팔을 펼치고 어깨를 으쓱하는 스즈키를 노려본다. 손톱이 박
힌 손등에서 피부가 찢어지는 듯한 통증이 스친다.

이제는 확실하다. 이것은 질문이 아니다.

퀴즈다.

스즈키는 지금 다음 폭탄에 대한 퀴즈를 내놓은 것이다.

"형사님이 대답하실 때까지 전 입 다물고 있겠습니다. 말하지 않

을 거예요. 조금 쉬려고요. 샌드위치를 먹으면서."

11

기요미야와 루이케는 스즈키의 감시를 이세와 본부에서 지원 나온 수사 1과 형사에게 맡기고 취조실에서 나와 회의실로 이동했다.

회의실에는 열 명도 되지 않는 직원이 하세베 유코 관련 자료들을 정리하고 있었다. 그것과는 별개로 가져온 도쿄도 지도를 펼친다. 노가타 경찰서에 빨간 펜으로 동그라미를 그리고 아키하바라와 도쿄돔에도 똑같이 동그라미를 친다. 그리고 신오쿠보, 시나가와. 그 중간에 있는 신주쿠, 요요기, 하라주쿠 같은 역에도.

"녀석은 손가락을 세우는 것으로 힌트를 명확히 했습니다."

쓰루쿠와 만세이바시 경찰서 형사, 도미사카 경찰서 형사, 본청에서 함께 온 조폭 간부 느낌의 선배 경비부 수사관이 늘어선 곳에서 루이케가 스즈키의 제스처를 재현하듯 검지를 들어 올렸다.

"가장 먼저 타이거즈."

뒤이어 손가락을 하나 더 세운다.

"두 번째는 반인반수 괴물. 세 번째는 우설. 마지막은 '신의 말씀은 오직 어머니와 자식뿐인가'."

"무슨 말인지 전혀 모르겠는데."

경비부 남자가 짜증을 부렸다.

"타이거즈가 뭐 어쨌다는 거야?"

"드래건스가 아닌 타이거즈였다는 게 힌트입니다. 녀석은 처음부터 자신이 드래건스 팬이라고 공언했고 가상의 생물 이야기로 흘러간 그 이후 이야기로 미뤄 봐도 그게 드래건스여서는 안 될 이유는 없었죠. 타이거즈가 정말 필요했기 때문에 선택한 겁니다."

"만약 장소를 뜻하는 거라면 도라노몬*이겠군."

만세이바시 경찰서 남자가 말했다.

"도쿄에도 타이거즈 팬들이 모이는 가게 같은 곳이 있다고 들었습니다만."

도미사카 경찰서 남자가 끼어들었다.

"그건 아니겠죠?"

루이케는 눈빛으로만 고개를 끄덕였다.

"녀석은 이렇게도 말했습니다. '거기서는 타이거즈 시합이 시작됩니다'. 시작이라는 단어가 암시하는 건 시간이겠죠. 전후 내용을 봐도 이건 틀림없습니다."

"그럼 그게 무슨 뜻이지?"

경비부 선배가 따져 물어도 루이케는 주눅 들지 않고 대답했다.

---

* 虎ノ門, 일본어로 호랑이는 '도라(虎)'라 읽는다.

"십이지신입니다."

"앗."

쓰루쿠가 큰 소리로 맞장구를 쳤다.

"개, 돼지 같은 그런 거 말인가?"

"그렇습니다. 스물네 시간을 두 시간 단위로 쪼개서 각각에 십이지를 붙인 옛날식 시간법이죠. 녀석은 일부러 직전에 시간을 확인해 새벽 2시를 축시라고 바꿔 말했습니다."

그 역시 힌트였다는 말인가.

"자, 축, 인, 묘. 타이거에 해당하는 호랑이, 즉 인(寅)시는 새벽 3시부터 5시까지."

루이케는 스마트폰으로 검색하며 설명을 이어 갔다.

"시작과 끝의 중간 지점을 정각으로 하고 여기서 종을 친다. 인시는 새벽 4시, 종은 일곱 번. 아마 이때가 폭발 시간으로 가장 유력할 겁니다."

모두가 빨려드는 것처럼 벽시계 쪽으로 시선을 향한다.

2시 30분이 지났다.

"다음으로 괴물에 대한 힌트를 설명하겠습니다. 반인반수 이야기를 하며 녀석은 특히 사람 얼굴을 강조했습니다. 자기 몸이 소의 몸이었으면 어땠을까 하는 이야기도 했죠. 촉 때문에 예지 능력이 있는 것처럼 취급받는 자신과 겹쳐 보듯이 말했습니다."

"그래서?"

경비부 남자가 점점 짜증스러운 것처럼 물었다.

"몸은 소, 얼굴이 사람이고 미래를 예지한다는 괴물이 일본에도 있죠."

"구단* 말인가."

모두가 침묵하는 가운데 기요미야가 대답했다. 그 괴물이 재난을 불러일으키는 존재라는 전설도 떠올랐다.

누군가가 혀 차는 소리가 들렸다.

"설마 구단**을 가리킨 건가?"

우설에 대한 설명은 굳이 필요 없을 듯했다.

설은 혀. 구단의 혀는 구단시타***.

이미 인원 배치를 위한 준비는 마쳤다. 취조실을 나오자마자 루이케가 재촉했고 기요미야는 망설임 없이 그의 말에 따랐다. 이 부하의 두뇌만큼은 믿고 있으니 하얀 운동화도 참고 견디는 것이다.

"제정신이 아니군."

형사 중 한 명이 거칠게 내뱉었다.

"이런 건 난센스 퀴즈만도 못해."

"말장난과 언어유희. 녀석이 즐겨하는 놀이입니다."

"어이, 자네, 정말 자신 있는 거 맞아? 현실은 게임이 아니야."

---

*　　件, 일본의 요괴.

**　　九段, 도쿄 지요다구 서쪽에 있는 지역 이름.

***　九段下, 일본어로 아래(下)와 혀(舌)는 '시타'로 발음이 같다.

그러자 루이케가 그를 향해 얼굴을 쓱 들이밀며 말했다.

"다른 합리적인 해석이나 해답, 해결책이 있다면 꼭 한 수 가르쳐 주시죠."

형사가 기세에 눌린 것처럼 고개를 돌리자 다른 남자가 주먹으로 손바닥을 쳤다.

"그렇다고 해서 언제까지 그렇게 내버려 둘 건가? 하느님은 변덕스러우니 뭐니 하면서 우리를 가지고 놀고 있잖아."

다른 형사들이 동조하자 분노의 열기가 점차 퍼져 갔다.

그 가운데에서 루이케는 담담하게 말했다.

"문제는 네 번째 힌트인데, 이것만큼은 저도 모르겠습니다."

스즈키가 취조실 안에서 한 말은 전부 인쇄해서 나눠 줬다.

— 형사님. 실은 형사님이 지금 보고 계시는 그 마을에도 고깃집이 있습니다. 고기를 굽는 듯한 연기가 자욱하게 피어오르고 있죠. 하지만 자세히 보니 그곳은 고깃집이 아니었습니다. 다른 곳인 겁니다. 그래서 형사님은 깨닫습니다. 이상하네. 이제 곧 송달될 텐데. 그러다 순간적으로 머릿속이 번뜩입니다. 아아, 그렇구나. 신의 말씀은 오직 어머니와 자식뿐인가. 그러니 연기가 피어오르는 곳은 그곳이구나. 자, 그곳은 어딜까요?

"이 '자욱하게 피어오르는 연기'는 폭탄을 비유한 거라고 해석할 수 있을 겁니다. 하지만 '그곳은 고깃집이 아니다'와 '이제 곧 송달될 것'은 뭘까요? '신의 말씀은 오직 어머니와 자식뿐인가'도."

루이케는 중간부터 고개를 숙인 채로 거의 독백처럼 중얼거렸다.

기요미야도 고개를 갸웃거렸지만 묘안은 떠오르지 않았다. 주변 형사들도 마찬가지인 듯하다. 우선 구단시타라는 행정상의 지명은 없다. 구단 언덕 아래에 있으니 구단시타라 부를 뿐이다. 주소로 말하자면 구단기타(北)와 구단미나미(南)가 있지만 구단시타가 사람들에게 더 익숙한 별칭이라 도쿄메트로의 역 이름으로 쓰이고 있다.

"그래도 구단까지는 좁혔어. 그 일대를 샅샅이 뒤지다 보면 뭐라도 나오겠지."

만세이바시 경찰서 형사가 허세를 부리며 말했다.

"거기가 딱히 사람이 붐비는 번화가도 아니고."

도미사카 경찰서 형사도 옆에서 만세이바시 형사를 거들었다.

"멍청하기는!"

경비부 남자가 버럭 소리쳤다.

"지금 거기 입지를 알고 그런 잠꼬대를 하는 건가?"

역 옆에는 야스쿠니 신사가 있다. 황궁도 가깝다. 둘 다 무슨 일이 생기면 각계에서 비난이 쏟아질 만한 곳이다.

"혹시."

쓰루쿠가 창백해진 얼굴로 입을 열었다.

"신이라는 게 혹시 그건가?"

"천황 폐하 말인가?"

"아니, 그게 아니라 신사 아닐까."

"어머니와 자식은?"

"순산이나 자손 잉태 기원?"

"그러고 보니 귀자모신*도 있지 않나?"

"잉태라면 송달될 거라는 표현도 이해가 되는군."

여러 가지 의견이 오갔지만 기요미야에게 딱히 와닿는 건 없었다. 너무 어정쩡하다. 스즈키는 조금 더 명확한 힌트를 제시하며 경찰을 마음대로 조종할 심산일 것이다.

"그보다 부상자가 나올 만한 곳에 인원을 보내는 게 낫지 않을까?"

"24시간 영업하는 식당이나 호텔, 만화방……."

"피트니스 클럽 같은 곳도 있지."

"도쿄돔도 가깝지 않나?"

"그렇게 따지면 경시청도."

"무분별하게 해석 범위를 넓히지 마. 단순하게 생각해. 시간도 없고."

어느새 회의의 사회 역할이 경비부 남자로 정해졌다. 루이케는 여전히 혼잣말을 중얼거리고 있다.

"갓, 워드, 마더, 키즈? 키즈와 스즈키…… 아니, 이건 아니야."

---

* 鬼子母神, 순산과 양육을 수호하는 불교의 여신.

골똘히 생각에 잠긴 부하 옆에서 기요미야는 팔짱을 끼고 머릿속으로 스즈키의 말과 행동을 반추했다.

지금 눈앞에 닥친 시급한 문제와 동떨어진 고민일 수도 있다. 그러나 자신만큼은 앞으로의 일을 예상할 필요가 있다. 설령 다음 폭탄이 터져 누군가가 목숨을 잃더라도 자신은 그 괴물과 계속 맞서야 한다.

녀석은 대체 뭘 하려는 걸까.

목적이 뭘까.

완성되어 가는 퍼즐의 빠진 중심부.

그 안에 뭔가가 숨어 있다.

텅 빈 공허일까. 평범한 인간과는 거리가 먼 욕망일까.

떠올릴수록 왠지 기분이 헛헛해졌다. 경찰관으로 오랫동안 살아오며 뼈저리게 깨달은 교훈이 '절대 구제할 수 없는 인간도 있다'라는 것이다. 가해자는 물론 피해자 중에도 그런 자는 있다. 그러나 지금은 그런 평범한 냉소와는 또 다른, 옅은 그림자가 자신에게 드리워진 것을 느꼈다. 체념으로 돌이킬 수 없는 정서가 물밀듯 밀어닥치고 있었다.

"'하느님은 항상 변덕스럽다'라는 걸 스즈키가 자기 자신을 지칭하는 말로 보고 정말 넘어가도 될까요?"

모든 이들의 시선이 하세베의 관련 자료를 조사 중인 노가타 경찰서 직원의 탁자 쪽으로 쏠렸다. 이쪽을 보며 무표정한 얼굴로 손을 든 그는 맨 처음 스즈키를 조사했던 도도로키라는 형사였다.

"그 녀석은 절대 자신을 '하느님' 같은 것에 비유하지 않을 겁니다. 녀석의 기본 화술은 자기 비하입니다."

외야에서 들어온 말참견에 반발하는 분위기가 흘렀다. 그러나 기요미야는 그의 의견에 수긍했다. 자연스럽게 스즈키가 그 말을 내뱉은 직후 풍경이 머릿속에 되살아난다. 그는 손을 펼치고 있었다. 손가락 다섯 개를 세우고 있었다.

"……하늘."

루이케가 허공을 올려다봤다.

"하늘이 아니라 점인가."

"그건 또 무슨 소리지?"

그렇게 묻는 경비부 남자를 루이케가 휙 돌아봤다.

"발음이 같은 걸 이용한 겁니다. 사실 '하늘(天)'이 아닌 '점(点)'*이었습니다."

당황하는 사람들을 뒤로하고 루이케는 "그런가, 그런 거였나" 하고 곱슬머리를 손가락으로 휘저었다.

"뭐야? 어이, 설명할 거면 제대로 해!"

"여기서의 점은 탁점**. 그렇다면 '변덕스러운 건 탁점'이라는 말

---

* 　일본어로 하늘과 점은 '텐'으로 발음이 같다.

** 　일본어에서 탁음을 나타내기 위해 우상단에 붙이는 기호(〃)를 뜻한다.

이 되고, 스즈키는 거기에 회문*을 쓴 겁니다. 신의 말씀은 오직 어머니와 자식뿐인가. 이걸 일본어로 표기하면 '카미노코토바하하하토코노미카(かみのことばははととこのみか)'로 처음부터 읽나 거꾸로 읽나 똑같습니다. 차이점이라면 '하'를 '바'로 만드는 탁점의 위치가 다른 것뿐이죠."

그게 뭐 어쨌다는 거지?

모든 이들의 의문은 곧 기요미야의 의문이기도 했다.

"그러니까, 카미노코토바. 이건 신(神)이 아니라 종이(紙)**인 겁니다. 신의 말씀이 아닌 종이의 말씀, 그리고 회문."

이 시간쯤이면 곧 송달될 종이의 말.

"……신문지***."

기요미야가 그렇게 중얼거리는 것과 동시에 이해의 물결이 퍼졌다.

"조간신문."

도도로키가 입을 열었다.

"폭탄은 조간신문을 배달하는 구단시타의 신문사 또는 판매소에."

그러자 경비부 남자가 소리쳤다.

---

*   똑바로 읽으나 거꾸로 읽으나 발음과 뜻이 같은 글귀.

**   일본어로 신과 종이는 '카미'로 발음이 같다.

***   일본어로 신문지는 '신분시(しんぶんし)'라 읽으며 이는 처음부터 읽든 거꾸로 읽든 똑같다.

"배달이 몇 시부터 시작되는지 아는 사람!"

누군가가 "아마 3시쯤일 겁니다!"라고 외치자 그 일대의 판매소를 확인하라는 고성이 터졌다.

4시까지 앞으로 한 시간 정도 남았다.

"'구단시타점'이라는 판매소가 한 곳 있습니다!"

누군가의 말과 동시에 경비부 남자가 유선 전화기로 달려갔다. 경시청 직통 버튼을 누르는 걸 보며 루이케가 구단시타점을 찾아낸 직원에게 지시했다.

"그 판매소에 지금 즉시 대피하라고 연락해 주십시오."

12

경찰차를 타고 출동해 있던 사라의 팀과 야부키의 팀에 지금 당장 구단시타 신문 판매소로 가라는 명령이 떨어졌다. 새벽 3시의 약속 없는 탐문 수사는 어느덧 단순한 민폐 행위가 돼 있었다. 사라는 조수석에 거구의 럭비남, 뒷좌석에 팀장과 다른 한 명을 태우고 누마부쿠로 파출소에서 신오우메 가도로 차를 몰았다. 사이렌을 켤 수는 없지만 이 시간대에는 교통 체증이 없어 30분 정도 걸리는 거리다.

"그래도 우리는 뒷북일 거야."

팀장이 말했다. 느긋한 말투지만 긴장이 풀린 느낌은 아니다.

이미 경시청이 움직이고 있다. 판매소와 가장 가까운 곳에 있는 고지마치 경찰서도 마찬가지다. 폭탄을 찾아 처리할 시간은 충분히 있다. 아니, 그걸 넘어 도착할 때까지 처리가 끝나지 않았다면 허탕 또는 돌발 상황을 가정해야 하는데, 그럼 순경에 불과한 사라가 할 수 있는 일은 기껏해야 교통정리나 인원 통제뿐이다.

그래도 움직일 수 있는 인력은 일단 투입하고 보는 게 경찰 조직이다. 섣부른 예단은 화근을 부를 수 있고 현장에서는 어떤 일이 생길지 모른다.

야부키는 또다시 활약할 기회가 찾아왔다며 다시금 각오를 다지고 있지 않을까.

"이제 곧 3시야."

럭비남의 목소리와 함께 차 안이 조용해졌다. 고지된 폭발 예상 시간은 3시에서 5시 사이. 4시일 가능성이 가장 크다고 하지만 상부가 그 근거를 알려 줄 만큼 자상하지 않고 여유 있는 상황도 아니다.

차 안에 있는 디지털시계 숫자가 바뀌었다.

3시다.

잠시 침묵이 이어졌다. 모두 무전기에 귀를 기울이고 있다.

"휴우" 하고 팀장이 한숨을 내쉰 건 그로부터 3분 후.

일단은 위기를 모면했다고 봐도 무방할 듯했다.

"다른 곳에서도 아무 일 없었던 것 같군."

"범인이 털어놓은 걸까요? 구단이라고."

럭비남은 초조감을 감추지 못했다.

"글쎄. 그 녀석 입 말고는 나올 곳이 없을 것 같은데. 그리고 아직 피의자야."

"농담이시죠?"

"물론이지."

팀장은 무거운 분위기를 싫어하는지 유난히 밝게 말했다. 그 옆에 앉은 네 번째 팀원은 노가타 경찰서 지역과 직원인데, 일본에서 가장 말수 적은 순경이라는 별명으로 불리는 남자다. 나이는 사라보다 조금 위. 비슷한 세대이기는 해도 이 과묵남과는 거의 말을 섞어 본 적이 없다. 평소에도 죽은 사람 같은 표정을 하고 있고 아마 다시 태어나도 분위기 메이커는 될 수 없을 듯한 캐릭터였다.

"하지만 처리 완료 보고도 아직 안 들어왔습니다."

럭비남은 여전히 초조함이 가시지 않은 듯이 말했다.

"설마 도착하자마자 고지마치 경찰서가 펑, 일 리 없겠죠."

"농담?"

"물론입니다. 그런데 뭐 어차피 폭발할 거면 경찰서 쪽이 나을지도 모르겠네요."

끔찍한 발언이지만 아예 공감 못 할 말은 아니다. 수사 실책으로 일반인들이 피해를 보는 것보다는 그쪽이 그나마 낫다. 우리는 어차피 어느 정도 최악의 상황을 각오하고 있기 때문이다. 언제든 그런 일을 겪을 수 있다는 걸 모두가 이미 알고 있다.

"이렇게 시민들의 생사가 걸린 일에 직접 관여하게 된 건 처음이에요."

약한 소리는 하고 싶지 않지만 사라는 솔직한 심경을 털어놓았다. 탐문 도중에 도쿄돔시티의 피해자가 사망했다는 소식이 전해졌을 때 이루 말할 수 없는 충격을 받았다. 할 수 있는 게 아무것도 없었다. 그러나 자신이 현재 범인으로 추정되는 남자와 가장 먼저 접촉한 것만은 사실이다. 그때는 아무것도 모르고 그냥 평소와 똑같은 절차를 밟았지만, 이제 와서 그게 실수였다고 생각하는 것도 자만이다. 그때와 같은 상황을 백 번 맞닥뜨린다고 해도 자신은 백 번 다 똑같이 처리했을 것이기 때문이다.

그래도 역시 석연치 않은 기분은 남았다.

그것이 책임감인지, 의로운 분노인지, 아니면 단순히 사사로운 감정인지는 판단이 서지 않았다.

"지금껏 제가 겪은 사건은 사고사든 변사든 피해자가 대부분 이미 사망했거나 사망 직전이었던 경우가 많았으니까요. 현재 멀쩡하게 살아 있는 시민들이 앞으로 사망할 수 있는 사건을 맡는 건 처음이에요."

"나도 납치범이나 묻지 마 살인범 같은 놈들을 상대해 본 적은 없지만."

럭비남이 무뚝뚝하게 말했다.

"예전에 부부싸움을 말리러 갔다가 갑자기 싸움이 격해지는 바람에 위험했던 적은 있지. 술 취한 남편이 대뜸 칼을 꺼내 들고 아내를 찌르려고 했는데."

"어떻게 대처하셨어요?"

"그때는 정말 필사적이었어. 뛰어들고 싶어도 자칫 잘못하면 찔릴 수 있었고, 내가 쓸데없이 움직이면 남편이 더 폭주할 가능성도 있었으니까. 4평 남짓한 빌라 거실에서 두 시간 내내 진땀을 빼며 설득했지."

"성공했나요?"

"아니, 그 녀석은 느닷없이 아내를 향해 칼을 집어 던졌지. 다행히 어깨를 찌른 수준에 그쳤지만 지금 생각해도 오싹해. 그게 만약 목에 꽂혔으면 어떻게 됐을까 하고."

"어차피 다 운이야, 운."

팀장이 담담하게 말했다.

"경찰은 모두 마찬가지지. 이 짓을 오래 하다 보면 반드시 후회가 남는 사건이 생기기 마련. 그렇다고 해서 좌절하거나 분노에 눈이 멀어서는 안 돼. 그냥 운이 없었다고 생각하고, 그러면서도 앞으로 그런 운이 찾아올 수 있게 훈련하면서 버틸 수밖에."

"공부도 필요합니다."

과묵남이 옆에서 거들자 팀장은 "맞아, 맞아. 근성만으로는 안 되지"하고 맞장구를 쳤다.

사라는 지금 함께 있는 사람들에게서 동료 의식을 느꼈다.

좋아. 해 보자.

내가 할 수 있는 일을, 최선을 다해.

사라가 가속 페달을 밟자 럭비남이 "어이. 너무 의욕을 앞세우진 마. 사고 나" 하고 마치 야부키처럼 면박을 줬다.

"그건 그렇고."

팀장이 고개를 갸웃하더니 다시 입을 열었다.

"왜 아직도 폭발물을 처리했다는 소식이 안 들어오는지 모르겠네."

이유는 지극히 단순했다. 구단시타 판매소에서는 폭탄이 발견되지 않았다.

그럼 그저 엉터리 거짓말로 치부하면 될 텐데 그러지 못할 사정이 있었다. 스즈키의 사진을 본 판매소 소장이 그가 어제 아침 판매소를 찾아왔었다고 증언했기 때문이다.

"아르바이트 면접이었다고 해."

모두를 대표해 소장에게 이야기를 듣고 온 팀장이 말했다. 약속 없이 무작정 찾아온 데다가 면허증이 없어서 결국 불합격되었다고 한다.

사라의 팀은 야부키의 팀과 합류해 지원 부대로 판매소 주변 경비 임무를 맡았다. 경찰차에 뒤섞여 폭발물 처리반 차량 같은 차량이 보인다. 현장은 소란스러웠고 늦은 밤인데도 무슨 일인지 궁금해하는 인근 주민들이 모이는 바람에 약 50미터 사방에 경찰의 가림막이 쳐졌고 "접근하시면 안 됩니다", "왜요? 무슨 일인데요?", "어쨌든 접근하지 마십시오", "그럼 경찰 아저씨가 제 펩시콜라를 사다 줄 거예요?" 같은 실랑이가 벌어졌다.

위치는 좌우로 수도 고속도로와 메지로 거리가 있는 역 북쪽으로 주소로 치면 구단기타의 한 구역이었다. 주택가는 아니라 다행히 판매소 주변에는 영업을 마친 상업용 건물들만 있었다. 다만 고속도로 건너편으로 센슈대학 캠퍼스가 보였다. 젊은이라는 생명체들은 경찰관이나 경찰차를 보면 일단 다가가고 싶은 습성이라도 있는지 흥미진진해하는 얼굴로 와서 스마트폰 카메라를 들이밀었다.

"떨어져 주세요. 부탁드립니다."

당신, 폭발에 휩쓸려서 죽고 싶어?

사라는 마음 같아서는 그렇게 소리치고 싶었지만 위에서 폭탄에 대해 일절 함구하라는 지시가 내려왔다.

"무슨 일인가요?"

"이렇게 한밤중에 소란을 피우면 저희도 알 권리 정도는 있는 거 아니에요?"

그런 억지스러운 생떼에도 그저 고개를 숙이며 응했다. 그러면서 속으로 '이런 상태라면 언론 대응도 속수무책이겠네' 하고 어울리지도 않는 걱정을 했다.

이 소동을 알아냈는데도 폭탄 사건과 연결시키지 못한다면 그 기자는 기자로서 실격이다. 거기에 경찰이 세 번째 폭탄을 파악하고 있었던 것으로 추정되는 상황이라면 정보 은폐를 의심해야 한다. 시민들을 쓸데없는 위험에 노출시킨 국가 권력의 과실 운운하며 비난할 이들에게 천금 같은 기회라는 뜻이다.

안 돼, 안 돼. 너무 부정적으로 생각하지 말자.

사라는 그렇게 반성하며 무슨 일이 일어났는지 끈질기게 묻는 네 명의 남녀에게 이해를 구했다. 이럴 때 젊은 여경은 역시 무시당하기 십상이다.

나 말고 저기 야부키한테 가! 가서 한 소리 듣고 와!

간신히 네 사람을 돌려보내고 사라는 한숨을 푹 쉬며 시간을 확인했다. 3시 30분이 다가오고 있다. 윗선의 예상이 들어맞는다면 앞으로 30분 정도 후 폭탄이 터질 것이다. 설마 싶으면서도 역시 식은땀이 흘렀다.

판매소는 2층짜리 아담한 건물로 아무리 신중히 뒤진다고 해도 이렇게 오래 시간이 걸릴 리 없었다. 직원도 아닌 사람이 다락방이나 배수관 안쪽처럼 잘 알지도 못하는 곳에 폭탄을 숨겼을 가능성도 작다. 그러고 보니 학창 시절에 친구 남자아이가 신문 배달을 했다. 이른바 '신문 장학생'이라 불리는 것이다.

순간 '응?' 하고 머릿속에 찌릿한 느낌이 스쳤다. 순간적인 번뜩임에 온몸에 소름이 돋아 도저히 가만히 있을 수 없다. 사라는 옆에 선 과묵남에게 "잠깐 여기 좀 부탁해요" 하고 대답을 듣지도 않고 현장 쪽으로 뛰어갔다.

질책을 들을 미래가 눈에 선했다. 이를 악물고 떨쳐낸다. 욕을 먹어도 상관없다. 여기서 이 생각을 전하지 않았다가 그로 인해 무슨 일이 생긴다면 나는 평생 후회할 것이다.

복면 경찰차 옆에 있는, 이 안에서 가장 지위가 높아 보이는 반백 머리 사복형사에게 달려가자 그는 의아해하는 눈빛으로 사라를 봤다.

"오토바이는?"

사라는 숨을 고를 새도 없이 물었다.

"배달 오토바이와 연락이 닿았습니까?"

반백 머리 형사가 눈살을 찌푸렸다. 3시면 이미 신문 배달을 나가 있을 시간이다. 운전면허가 없다는 이유로 스즈키가 채용되지 않았다면 이 판매소는 오토바이로 신문을 배달한다는 뜻이다. 오토바이 차종은 대부분 슈퍼 커브일 것이고 커브는 차체 옆에 보관함이 있다. 혹시 스즈키의 면접이 평소 배달용 오토바이가 판매소 밖에 세워져 있는지, 그리고 그곳에 폭탄을 설치할 수 있는지를 확인하기 위한 사전 답사였다면.

사라가 굳이 설명하지 않아도 반백 머리 형사는 낌새를 챘는지 무전기를 들었다.

소장에게 확인해!

그렇게 부하에게 지시한다.

오토바이 대수, 배달 구역, 배달원에게 즉시 연락을.

그렇게 사라가 어깨의 짐을 내려놓고 안도하고 있을 때 반백 머리 형사가 사라를 봤다.

"자네 이름이?"

"아, 전 노가타 경찰서 지역과의 순경 고다 사라입니다. 그리고……."

갑자기 떠올라 부랴부랴 덧붙였다.

"순찰차를 몰고 왔습니다."

반백 머리 형사가 조금 의외라는 표정을 짓더니 눈꼬리만 들어 웃었다.

"좋아. 가서 대기해."

"알겠습니다."

사라는 주차장으로 뛰어갔다. 그곳에 도착해 경찰차 운전석에 타려고 할 때 뒤에서 "잠깐만!" 하고 외치는 소리가 들렸다. 와이셔츠 밖으로 근육이 눈에 띄는 거구의 남성이 다가오고 있다. 그는 툭 튀어나온 입술로 "잠깐만" 하고 거듭 말한다.

"럭? 아니, 사루하시 씨."

"혼자 어떻게 하려고? 내가 도와주지."

솔직히 믿음직스러웠다. 두 사람은 각각 운전석과 조수석에 올라타 지시를 기다렸다.

"이봐. 사라."

"네?"

"방금 그 '럭'은 뭐였어?"

그때 무전기에서 반백 머리 형사의 목소리가 들렸다. 배달 오토바이는 총 여섯 대. 두 대는 연락이 닿았지만 나머지 네 대는 아직 연락이 되지 않는다. 그는 그중 한 대의 차종과 색상, 번호와 배달 구역을 알려 주며 찾으라고 지시했다.

─무리는 하지 말게. 찾으면 일단 오토바이를 세우게 하고 떨어지는 거야. 주변에 시민이 있으면 보호하고.

무리 없이 할 수 있는 일 같지 않지만 사라는 일단 "알겠습니다"라고 대답했다.

시동을 걸고 주차장을 나갔다. 문득 야부키에게도 지시가 내려 갔으면 좋을 텐데 하는 생각이 들었지만, 그것은 백 퍼센트 사사로운 감정이었다.

반백 머리 형사를 필두로 한 지휘부는 연락이 된 오토바이를 1, 2호, 연락이 되지 않은 오토바이를 3호부터 6호까지로 지정하고 주요 배달 구역도 A에서 G까지 구분한 뒤 각각 경찰차를 배치했다.

사라와 사루하시가 맡은 4호 오토바이의 배달 구역은 이다바시 전역에 걸쳐 있었다. 조간 배달 부수는 배달원 한 명당 대략 100부에서 150부. 도심지에다 아파트가 메인이라면 두 시간 남짓한 시간 동안 200부는 돌릴 수 있다. 이 역시 신문 장학생인 친구를 통해 알게 된 정보다.

무전기로 새로운 정보가 속속 들어왔다. 구1에서 지휘차에 보고. 5호차, 지점 A는 배달 완료 확인. 여기는 지휘차, 알겠다. 구1은 5B로 가라.

이치3에서 지휘차에 보고.

지점 3B에서 3호차 발견.

배달원 보호 완료.

처리반 긴급 요청.

"여기에 폭탄이 실려 있으면 끝인가?"

럭비남이 혼잣말을 중얼거렸다.

"아니, 그럴 리 없겠지. 어차피 모든 오토바이를 확인하기 전까지는 눈을 못 붙일 거야."

"그냥 잠은 포기하세요."

"아아, 짜증 나."

그는 두툼한 입술을 쭉 내밀었다.

지금 사라와 럭비남이 쫓는 4호차는 아직 포착되지 않았다. 판매소에서 가장 먼 구역을 맡고 있다고 했다. 연락이 됐다는 소식도 없다. 만약 지금 눈앞 모퉁이 부근에서 4호차가 나타난다면 이치

3, 즉 이치가야미쓰케 파출소의 순찰조만큼 우리도 신속하게 대응할 수 있을까. 풍경 속에 비치는 주택이 점점 많아지고 있다. 아파트는 그나마 낫지만 단독주택이라면 피해를 고스란히 받는다. 사라는 적절한 절차를 머리에 그려 놓고 지형이 바뀔 때마다 갱신했다. 손에서 땀이 배어나지만 더운지 추운지는 알 수 없었다.

"진정해. 처리는 내가 맡을게."

아쉽기는 해도 그 말을 듣고 안심하는 자신이 느껴졌다.

괜찮다. 능력 있는 사람이 하면 된다.

내 의지 같은 건 중요하지 않다.

그때 구단시타 파출소의 경찰차에서 무전이 들어왔다.

—5C에서 5호차 발견. 배달원은 없음. 처리반 긴급 요청.

그때 "지휘차에서 모든 차량에 전달. 1호차 박스에서 정체불명의 검정 소포 발견. 현재 처리 중"이라는 연락이 들어왔다. 1호차는 처음 연락이 된 오토바이다.

내 짐작이 맞았다.

사라는 핸들을 쥔 손이 떨릴 것 같았지만 간신히 참았다.

"아직 안 끝났어."

"저도 알아요."

럭비남이 말한 대로다. 스즈키가 한 대만 골라서 폭탄을 설치했다는 보장은 없다. 오히려 여러 대에 설치했다고 보는 게 현실적이다.

4A 배달 완료.

4B 배달 완료.

4호차가 맡은 근거리 지역이 점점 채워진다. 신문 배달원은 먼 곳부터 배달하는 사람과 가까운 곳부터 배달하는 사람으로 나뉜다고 하는데 아무래도 4호차 배달원은 가까운 곳부터 배달하는 타입인 듯했다. 그런데 속도가 상당하다.

젠장. 뭐 이렇게 빨라.

"이대로 가다가는 우리가 당첨될 것 같은데."

현재 사라와 사루하시가 향하는 곳은 배달 구역에서 가장 먼 아파트였다. 여기서 놓치면 그 뒤로는 일방통행 표지판을 주의 깊게 살피며 전형적인 주택가 골목을 돌아다녀야 한다. 애초에 찾는다고 해도 차량을 그대로 방치해도 될까. 인근 주민에게 대피령을 내려야 할까.

디지털시계를 힐끗 확인한다.

3시 46분. 젠장, 전화라도 받아!

자연스럽게 분노가 치밀어 올랐다.

"도착했습니다!"

정차와 동시에 사라와 사루하시는 경찰차에서 뛰어내렸다. 그곳은 일반적인 아파트라기보다 아파트 단지에 가까웠다. 거대한 건물이 빽빽이 들어서 있다.

"오른쪽으로 가!"

럭비남이 왼쪽으로 뛰며 말했다. 사라도 달렸다. 오토바이를 찾는다. 바구니가 달린 배달용 오토바이는 한눈에 봐도 알 수 있다. 시계를 보며 달린다. 천천히 시간이 흐르지만 좀처럼 눈에 띄지 않는다. 중앙동 앞에서 럭비남과 다시 마주쳤다.

"제기랄. 마쳤나 본데."

그렇다면 다음은 주택가다.

차에 올라타 급히 출발했다. 럭비남이 지휘차에 보고한다. 주변을 계속 살피겠다고 했다.

답변이 왔다.

—누마1, 타임 리미트다. 멈춰.

"뭐?"

럭비남이 상사에게 해선 안 될 말투로 대꾸했다.

"누마1. 동의할 수 없습니다. 아직 3분 남았습니다."

—누마1, 멈춰라.

럭비남이 사라를 봤다. 사라는 힘 있게 고개를 끄덕였다.

"누마1. 알겠습니다. 대기하겠습니다."

그러나 사라는 가속 페달에서 발을 떼지 않았다. 럭비남도 별말하지 않는다. 눈에 핏발을 세우고 차 앞, 옆 유리창을 번갈아 응시한다. 단독주택들 사이에 난 길. 처마 밑 어둠 속에 늘어선 자동차, 화분, 세발자전거. 일방통행은 무시했다.

"있다!"

고함 소리. 사라는 차를 급정거했다. 남은 시간 1분.

"어이! 거기, 자네! 움직이지 마!"

럭비남은 이미 조수석을 뛰쳐나가 배달원으로 보이는 남자에게 소리쳤다. 오토바이에 올라타려던 남자가 깜짝 놀란 얼굴로 몸이 굳었다.

"거기서 피해! 어서!"

남자는 움직이지 않는다. 경찰차 전조등 불빛을 받고 있다. 거무스름한 피부가 보인다. 외국인이다.

"사라! 남은 시간!"

럭비남이 그렇게 외치고 뛰어갔다. 사라는 손목시계를 확인했다. 4시까지 앞으로 30초.

돌진하면서 럭비남이 배달원에게 소리쳤다. 몸짓으로 도망치라고 말한다. 그 거친 보디랭귀지를 이해했는지 아니면 도깨비 같은 얼굴을 보고 겁먹었는지 다행히 배달원이 도망치기 시작했다.

"20초!"

사라의 외침에도 우람한 뒷모습은 움직임이 없다.

"15초, 14, 13."

럭비남은 오토바이 핸들을 붙잡더니 "우오오오오!" 하며 주택가 바깥쪽을 향해 오토바이를 밀기 시작했다. 무모해! 저 안에 폭탄이 있다고 단정할 수는 없다. 하지만 정말 있다면. 머리로 그렇게 생각하면서도 사라의 입은 "9, 8, 7" 하고 무자비한 카운트다운을 이어 갔다.

럭비남이 모퉁이를 돌아 시야에서 사라졌다. "6, 5" 하고 외치며 사라의 다리도 자연스럽게 그쪽으로 향했다.

"4, 3."

목이 아프다.

럭비남, 이제 그만 돌아와!

"2, 1!"

모퉁이에서 럭비남이 튀어나와 머리를 감싸며 아스팔트 바닥에 몸을 날렸다.

0.

한밤중 주택가에 정적이 감돌았다. 3초 후 사라는 척추에서 힘이 빠지는 느낌을 받았다. 무심코 미소 지었다.

"멋진 시도였어요."

놀리듯 말하자 럭비남은 "됐어" 하고 멋쩍게 웃었다.

그리고 다음 순간, 굉음이 울려 퍼졌다.

사격 훈련에서조차 들어보지 못한 굉음이었다. 단숨에 몸이 공중에 떠오르는 듯한 착각에 휩싸였다. 럭비남도 엎드린 채 멍한 얼굴로 그쪽을 돌아보고 있었다.

바로 근처였다. 오토바이를 두고 온 방향.

폭탄은, 있었다.

13

1호차에서 회수된 소포 속 폭탄은 처리반에 의해 무력화됐다. 이번 사건의 몇 안 되는 물증은 즉시 과학 수사 연구소에 보내져 분석의 도마에 올랐다.

현장 봉쇄는 지금도 계속되고 있지만 당장의 위기는 벗어난 듯해 준 수사본부라 할 수 있는 노가타 경찰서 회의실에서 안도의 한숨이 흘러나왔다. 한편 4호차의 폭발은 형사들에게 공포와 분노를 불렀다. 다행히 부상자는 없었지만 폭탄이 설치된 오토바이는 형체를 알아볼 수 없을 만큼 부서졌다고 했다.

"대략적인 개요를 말씀드리자면."

새벽 5시가 되기 전, 영상 통화 모니터 너머에서 과학 수사 연구소 여성 기술관이 설명을 시작했다. 청중 맨 뒷자리에 앉은 도도로키를 보며 이의를 제기하는 사람은 없었다.

"폭약의 성분은 과산화 아세톤입니다. 신관에는 흑색 화약, 즉 폭죽에 들어 있는 것과 같은 게 들어 있었습니다. 기폭 장치는 선불 휴대 전화를 이용한 매우 간단한 타이머식 장치로 추정됩니다."

기술관은 "아마 대포폰이겠죠" 하고 긴장된 미소를 지으며 말을 이었다. 타이머식이면 굳이 통신사에 계약된 명의가 아니어도 된다. 전파도 필요 없다. 지정된 시간에 알람이 울려서 본체가 켜지기만 하면 된다.

"그 과산화 아세톤이라는 건 뭐지? 가스인가?"

경비부 남자가 물었다.

"가스? 설마요. 그럴 리 없죠. 과산화 아세톤은 TATP라 불리는 강력한 폭약입니다. 성분은 아세톤과 과산화수소 등으로 구성돼 있고……."

"그러니까 그 아세톤이라는 게 뭐냐고!"

기술관이 어이없다는 듯이 어깨를 으쓱했다.

"리무버."

그 말에 남자들이 고개를 갸웃했다.

"네일 리무버 말입니다. 남자분들은 잘 모르시려나요? 그것과 과산화수소수인데 이건 어디서나 쉽게 구할 수 있는 소독액이나 살균제 같은 겁니다. 그 밖에 황산, 염산, 질산 같은 것도 필요합니다만."

"구할 수 있는 것들인가?"

"제가 언급한 것 중에 준비 못할 게 있을까요?"

말투가 거슬리지만 그 뜻은 이해할 수 있다. 약국이나 드럭스토어에서 한꺼번에 사지는 못하더라도 약간만 노력하면 인터넷 등에서 구할 수 있었을 것이다.

"왜 가스로 착각했지?"

"착각이라는 말에는 어폐가 있습니다. 폭연이 없는 건 같으니까요. 아, 불이 나지 않는다는 뜻입니다. 아키하바라와 도쿄돔 모두 그런 현상은 확인되지 않았죠. 따라서 가능성 중 하나로 언급했을 뿐입니다. 다만 TATP를 일반인들도 그리 어렵지 않게 만들 수 있다는 건 분명한 사실입니다. 가스 같은 기체는 의외로 관리가 어렵고 '폭탄 용기'에 담는 것부터 기술이 필요하죠. 그런 점에서 TATP는 제조 시 위험한 건 혼합 재료에 산을 넣을 때 정도입니다. 거기서 실수하면 자폭할 수도 있죠. 그것도 보호 마스크와 장갑을 착용하면 크게 다치지 않고 끝날 수 있지만."

이야기만 들어보면 그리 대단한 것도 아닌 듯하지만.

"그래도 그 정도 양을 용기에 제대로 밀봉하고 신관을 준비해 확실히 터뜨리기만 하면 위력은 무시할 수 없습니다. 실제 외국에서는 테러리스트들이 이 폭탄을 써서 지금도 많은 인명을 살상하고 있습니다. 대략적인 수치로 TNT 폭탄의 70퍼센트 위력 정도는 된다고 하네요."

"TNT는 또 뭐지?"

"음, 그게, 니트로글리세린이 들어간 폭약인데…… 뭐 한마디로 분쟁 지역이나 전쟁터 같은 곳에서 애용되는 진짜 폭약이죠."

그것의 70퍼센트라면 당연히 장난으로 용인될 수준을 넘어선다.

"그런데 이 범인은 그나마 겸손한 편인 것 같네요."

"그게 무슨 뜻이지?"

"용기를 보면 알 수 있죠. 플라스틱 용기는 그다지 살상력이 높지 않습니다. 폭탄이라는 건, 특히 이 나라에서 구할 수 있는 재료로 직접 만든다면 폭발 그 자체의 위력에만 기대는 건 아무래도 부족할 수 있어요. 이건 군대나 테러 조직에서도 마찬가지인데 폭발 자체에 더해 살상력을 높이려고 사방으로 튀는 용기 파편이 흉기가 되게 만드는 경우가 대부분입니다. 참고로 화약과 폭약을 혼동하는 분들이 많은데, 화약의 연소 속도와 범위는 초당 수백 미터이지만 폭약의 폭굉은 음속보다 빠르며 그 범위가 최대 8천 미터에 달합니다."

어마어마한 속도로 용기 조각들이 날아가는 셈이다.

그것도 광범위하게.

"TATP라는 건 폭약인가?"

"네. 처음에 그렇게 말씀드렸지요. 덧붙이자면 저희가 지금 확보한 소포 속 TATP는 약 30그램입니다. 단 30그램으로 배달용 오토바이가 산산조각 난 거예요."

검정 소포의 크기는 큰 필통 정도였다. 배달원이 못 보고 지나쳤어도 이상하지 않다.

도쿄돔 때 역시 폭약은 비슷한 양, 아키하바라 폐건물 폭발 때는 조금 더 많았던 것으로 추정되지만.

"그래도 100그램은 안 되겠죠. 자, 소금이나 설탕을 예로 들자면 집에 몇 킬로그램이나 보관할 수 있을까요? 마음만 먹으면 10킬로그램은 거뜬하고 30킬로그램 정도도 여유롭겠죠? 범인의 손에 그 정도 양의 폭약이 있어도 전혀 이상하지 않다는 뜻입니다."

마지막으로 기술관은 이렇게 설명을 마무리했다.

"지식이 필요한 건 확실합니다. 설비도 필요하고요. 하지만 그건 범인에게 활자 알레르기가 있거나 그의 거주지가 3평 쪽방 한 칸이라면 어렵다는 수준의 이야기고, 평범하게 일본어를 읽고 인터넷을 사용하며 보통 원룸이나 투룸 정도 되는 곳에 살면 쉽게 만들 수 있었다는 뜻입니다. 성분과 제조법도 모두 검색하면 알 수 있는 범위, 구할 수 있는 정도. 그렇다면 남은 건 실험뿐. 그리고 노력은 보상받기 마련이죠. 과학의 신은 누구에게나 평등하니까요."

새로운 단서가 하나 더 있었다. 신문 판매소 소장의 증언이다. 스즈키와 제대로 된 대화를 나눈 유일한 증언자는 구단 현장을 담당하는 형사가 조사를 맡게 됐다.

동시에 경시청 수사 1과 투입이 결정됐다. 이로써 노가타 경찰서는 명실상부한 준 수사본부가 됐다. 언론에 숨기는 것도 이제는 끝이고 경시청 본부에서 곧 기자 회견이 열릴 예정이라고 한다. 시민들에게 주의 호소. 잇따른 폭발 사건은 아직 끝나지 않았을 가능성이 있다.

수상한 소포나 가방, 그 밖의 의심스러운 물건을 발견하면 즉시 신고해라. 절대 접근해서는 안 된다. 하지만 침착하게 행동하라. 패닉에 빠지지 말고 평소처럼 일상을 보내라.

대략 그런 내용일 것이다. 그것을 들을 사람들의 당혹감은 상상하기 어렵지 않다. 조심하라니. 어떻게 조심하라는 말인가. 방법이 없지 않나. 게다가 월요일이다. 앞으로 몇 시간 뒤면 출근 러시가 시작된다.

스즈키의 존재를 밝힐지는 마지막까지 논란이 될 것이다. 공개 수사로 전환할 수도 있다. 스즈키를 아는 사람을 찾으면 수사에 진전을 기대할 수도 있겠지만 어차피 주류 판매점 주인을 폭행한 혐의만으로는 아무것도 할 수 없다. 폭탄 살인범으로 체포해야 한다. 그러려면 물증이나 자백이 필요하다.

도도로키는 무난하게 절차를 밟는 단계는 이미 지나간 것 같다고 생각했다. 스즈키가 스스로 촉이라고 부르는 폭발 예고, 신문 판매소에 면접을 보러 간 사실도 정황 증거가 될 것이다. 위에서도 움직이고 있다. 법원이 허가를 내줄 확률이 높다.

그러나 우려도 있다. 스즈키의 존재가 세상에 알려지면 사건은 단숨에 극장형 범죄의 양상을 띠게 된다. 사람들의 이목이 쏠리고 경찰 수사와 대응도 주목받는다. 범인으로 추정되는 남자가 줄곧 경찰서 안에 있었지만 그런데도 폭발을 막지 못했다. 사망자도 한 명 나왔다.

이 사실을 언론과 시민들은 어떻게 평가할까.

제 식구 감싸기를 떠올리는 순간부터 수사 기관의 본분에서는 벗어난다. 그러나 경찰 조직도 국가 기관인 동시에 사람 사는 곳이다. 부조리한 범죄자 때문에 구성원들의 인생이 망가질 수도 있다는 의미에서는 피해자라 할 수도 있다.

물론 도도로키도 그 당사자 중 한 명이었다.

가장 신경 쓰이는 건 역시 취조실 내부 상황이다. 현재 스즈키 조사는 험상궂은 얼굴의 수사 1과 형사가 맡고 있다. 위에서 그렇게 지시했을 것이다. 이른바 채찍과 당근 수법이다. 새로운 취조관이 스즈키를 협박하듯 몰아붙인 후 기요미야가 다시 교대해 그를 달래고 기분을 풀어 준다. 마음을 열게 유도한다. 하지만 이런 구태의연한 방식이 과연 스즈키에게도 효과가 있을까.

그리고 나 같은 하급자가 앞으로 또 스즈키를 마주할 기회는 있을까.

"도도로키 형사님."

목소리의 주인공은 곱슬머리의 고블린이었다.

"하세베 관련 자료는 어땠습니까?"

인원이 늘어나 더욱 분주해진 회의실에서 자칫 방심하면 놓칠 만큼 루이케는 존재감을 감추고 있었다. 퀴즈를 풀 때의 그 진지한 모습이 거짓말처럼 느껴질 정도다.

"솔직히 말씀드리면 별거 없습니다. 그때 클레임을 제기한 분들 중 연락이 닿는 분들께 스즈키의 사진을 보여 주기로 했습니다만."

"인원수가 부족하다?"

"가용 인원을 총동원하고 있으니 인원은 어떻게든 되겠죠. 부족한 건 시간입니다."

"시간대도 안 좋고."

지금부터 한 사람씩 전화를 돌리며 주소를 묻고 약속을 잡아야 한다. 평일 아침인 지금 과연 몇 명이나 전화를 받고 동의해 줄까. 몇 명이나 시간이 날까. 그리고 그중 몇 명이 4년 전 자신이 클레임을 제기했다는 것을 기억할까.

"애도를 표하고 싶어지는 임무네요."

"비꼬려고 오셨나요?"

"기분 나쁘게 생각하진 마십시오. 장기전이 될 테니 어깨에 힘을 푸시는 게 좋을 겁니다."

"……폭탄 개수 때문에?"

루이케가 꼭 공범이라도 되는 것처럼 미소 지었다.

구단에 설치된 폭탄은 두 개다. 스즈키가 말한 '지금부터 3회'를 도도로키는 '폭탄이 세 개'라고 생각했지만 지금은 그것이 틀렸다고 확신하고 있다. 구단은 두 개로 한 번이었던 것이다.

그 자진 신고로 미뤄 볼 때 그의 게임은 이미 시작됐다. 이제는 '3회'라는 말도 의심스럽다.

"구단에서 터진 두 개로 끝날 수도 있지만 그건 역시 너무 낙관적인 견해겠죠."

도도로키는 루이케의 속내를 가늠할 수 없었다. 장기전이 예상된다고 해서 그 이야기를 내 앞에서 꺼내는 이유가 뭘까. 나이는 아래지만 계급은 루이케가 위다. 입장 차이도 있다.

"아까는 감사했습니다. 간신히 시간에 맞추게 된 건 형사님의 명쾌한 조언 덕분이었습니다."

"그냥 문득 떠올랐을 뿐입니다."

옆에서 갑자기 나섰을 때 느껴지던 사람들의 의아한 눈빛. 외부인을 비난하는 듯한 표정. 돌이켜보면 부끄러워서 고개를 돌리고 싶을 지경이다.

"아무튼 녀석이 이 정도 수준이라면 다음에는 제가 이길 겁니다."

그렇게 선뜻 호언장담하는 루이케를 보며 도도로키는 할 말을 잃었다. 분명 루이케는 그 짧은 시간 동안 해답에 도달했다. 아마 자신이라면 사흘이 걸려도 불가능했을 것이다.

그런 사실에서 희미한 위기감을 느꼈다.

"끝까지 이런 수준에 그친다는 전제지만요."

"어차피 이제는 과감히 가기로 방침을 바꾸지 않았나요? 의외로 쉽게 털어놓을지도 모르죠."

"정말 그렇게 생각하시나요?"

도도로키는 침묵으로 반응했다. 불과 두 시간 동안의 만남이었지만 단순한 협박이나 폭력에 굴복하는 스즈키의 모습은 떠오르지 않았다.

"절대 만만하지 않은 녀석입니다. 윽박지르고 때려 봐야 히죽거리기만 하겠죠. 게다가 이런 사건을 일으키기 전에 머리까지 깔끔하게 깎고 왔다고 하니까요. 범상치 않은 녀석입니다. 어쩌면 그 촉이라는 것 역시 허풍이 아닐 수도."

"루이케 형사님이야말로 정말 그렇게 생각하십니까?"

루이케는 자못 진지한 표정으로 "물론이죠"라고 했다.

"전 초능력이라는 게 아예 터무니없다고 생각하지는 않습니다. 동물이나 곤충 중에 인간은 상상할 수 없는 능력을 가진 개체들이 있죠? 그중 일부는 아마 태어날 때부터 만들어진 생명 고유의 힘이라는 해석도 있습니다. 진화 과정에서 각 종들이 취사선택을 한 결과, 편차가 있기는 해도 능력 자체는 DNA에 새겨진 채 조용히 잠들어 있을 뿐이라더군요."

당황하는 도도로키의 표정에도 루이케는 아랑곳하지 않고 "예를 들면 말이죠" 하고 가까이 다가왔다.

"다른 사람의 마음을 꿰뚫어 보는 능력이 있다고 가정해 보죠. 일본 설화 속 '사토리'라는 요괴가 가지고 있다는 능력입니다. 이건 언뜻 아주 유용해 보이지만, 곰곰이 생각해 보면 상당히 무서운 측면이 있죠. 상대 마음을 꿰뚫어 본다는 건 곧 그 상대의 더러운 부분에서 벗어날 수 없다는 뜻이 되기도 하니까요. 매일같이 주변 사람들의 추잡한 속마음에 노출돼 계속 실망만 하는 삶을 상상해 보세요. 전 도무지 제정신으로 버틸 자신이 없네요."

도도로키는 속으로 무슨 소리인가 생각하면서도 잠자코 귀를 기울였다.

"다른 사람의 속마음 같은 건 차라리 모르는 게 낫습니다. 아니, 오히려 서로서로 숨기고 보고도 못 본 척하는 게 옳죠. 그게 훨씬 행복할 테니까요. 생각해 보십시오. 인간은 누구에게나 더러운 부분이 있기 마련입니다. 이기적인 지배욕, 질투, 파괴 충동. 그런 걸 모두 당연히 가지고 있죠. 그런 것들을 일일이 꿰뚫다 보면 어떻게 소통할 수 있겠습니까? 옛날 같았으면 사소한 말다툼이 목숨을 건 싸움으로 이어지는 경우도 많았고, 다시 말해 그런 능력은 생존에 전혀 도움이 되지 않는다는 뜻입니다."

"스즈키에게 그런 허무맹랑한 능력이 있다는 겁니까?"

"물론 그냥 감이 좋은 것일지도 모르죠. 듣자 하니 두뇌의 전두엽 피질이 비대한 사람은 상대방의 감정과 생각을 읽는 능력이 뛰어나다더군요."

영문을 알 수 없다. 이 정도면 과대망상 축에 속한다. 그러나 뭔가 떨쳐낼 수 없는 상흔이 마음에 생긴 듯한 기분이 들었다.

이기적인 지배욕, 질투, 파괴 충동.

"어쨌든 어지간한 방법으로는 안 될 겁니다. 그래서 말입니다만, 도도로키 형사님. 부탁이 하나 있습니다."

"……뭐죠?"

"하세베 씨의 가족에게 연락하시겠죠?"

"네. 그쪽에서 받아만 준다면."

"연락이 되면 만나러 가는 건가요?"

"당연히 가야겠죠."

"그때 형사님이 직접 다녀와 주셨으면 합니다."

"네?"

"꼭, 반드시 부탁드립니다. 분명 헛되지 않을 겁니다."

아니, 차라리 헛된 편이 낫다. 혼자 고개를 끄덕이는 루이케를 보며 도도로키는 물었다.

"하세베와 스즈키가 직접적으로 관련됐다고 보시는 겁니까?"

"그건 아직 단언하기 어렵겠죠. 그래도 그가 이름을 언급한 특정 개인을 무시할 수는 없지 않겠습니까?"

느닷없이 상식적인 말을 한다. 하지만 그렇다면 꼭 자신이 아니어도 된다. 중요한 일일수록 수사 1과 쪽이 적임일 것이고 그걸 떠나 그들이 그런 중책을 양보하지도 않을 것이다.

"녀석은 단독범. 그리고 순수하다. 도도로키 형사님이 말씀하신 스즈키의 첫인상을 전 중시하고 있습니다."

루이케가 끈적한 시선을 보냈다.

"아무튼 꼭, 반드시 부탁드립니다."

루이케는 주문처럼 반복해서 말하더니 "그럼 잘 부탁드립니다"라고 한 번 더 강조하고 사라졌다. 그의 뒷모습이 도도로키의 눈에 왠지 스즈키와 겹쳐 보였다. 범상치 않다는 면에서는 저 곱슬머리 형사도 만만치 않다.

회의실을 나가 쓰루쿠를 찾았다.

복도를 걸으며 루이케의 과대망상을 다시 곱씹었다. 상대의 본심을 꿰뚫어 보는 능력. 사토리. 하지만 그래서 뭐 어떻다는 말인가. 스즈키가 정말 그런 힘을 가지고 있다고 해도 이제 와서 달라지는 건 아무것도 없다. 설치된 폭탄은 터지는 순간만을 기다릴 뿐이다. 저주로 사람을 죽일 수 있다거나 염력으로 위기 상황에서 탈출할 수 있다면 모를까. 다른 사람의 마음을 꿰뚫어 본다고 해서 달리 뭘 할 수 있을까. 적어도 실질적인 피해는 없다. 사람은 죽지 않는다.

그러나 동기가 될 수는 있다. 사람의 마음을 꿰뚫어 보다가 세상의 더러운 속내를 봤고, 그래서 스즈키는 이런 어처구니없는 범죄를 계획한 걸까. 그렇다면 그에게 필요한 건 정신 감정이다. 어쩌면 그것도 그의 계획에 포함돼 있을 수 있지만.

도도로키는 넥타이 매듭을 단단히 조이며 진정되지 않는 가슴을 가라앉혔다. 취조의 자세한 내용까지 자신에게 전달되지는 않는다. 루이케에게 조금 더 구체적인 이야기를 들어야 했다.

화장실 앞을 지나는 순간 누군가가 "시끄러워!" 하고 나직이 화내는 소리가 들렸다. 얼른 학교에나 가! 멍청하기는!

쓰루쿠다. 계단 층계참에 서서 스마트폰으로 통화하고 있다.

"……적당히 해! ……그래. 알겠다. ……바보! 못난 녀석!"

감정이 담길수록 목소리가 점점 높아진다. 어휘력까지 어린아이처럼 변해 간다는 걸 본인은 알고 있을까.

"이 정도면 됐잖아…… 그래. 얼른 가. 바빠."

전화를 끊고 층계참에서 다시 발걸음을 뗀 쓰루쿠가 앞에서 기다리던 도도로키를 보고 깜짝 놀라 멈춰 섰다. 그리고 어색하게 표정을 일그러뜨렸다.

"……딸이야. 이제 막 초등학교에 들어갔는데 하도 천방지축이라 속을 썩여."

화낸 것을 변명하는 모습에서 이 남자의 소인배적인 면모가 드러난다. 그러면서도 도도로키는 속으로 자조했다. 다른 사람을 비웃을 수 있을 만큼 나 자신은 훌륭한 인간일까. 가정 같은 건 한 번도 꾸려 본 적 없는 주제에.

고개를 돌리고 있던 쓰루쿠가 다시 도도로키를 봤다.

"그나저나 무슨 일이지?"

하루 이틀 함께 일한 사이가 아니다. 특별한 용건도 없이 자신을 찾을 리 없다는 걸 서로 잘 알고 있다.

"부탁이 있습니다."

"뭔데?"

"하세베의 가족을 만나러 가실 거죠?"

"내가?"

"하세베 선배 아내와 가장 친했던 사람은 과장님이니까요."

그러자 쓰루쿠는 홍 하고 코웃음을 쳤다.

"그래서?"

"제가 대신 가게 해 주십시오."

쓰루쿠는 꼭 이상한 생명체라도 보는 것처럼 도도로키를 봤다. 상대의 본심을 파악하려는 듯 미간에 주름을 잡다가 영 모르겠는지 주름이 더욱 깊어진다.

"왜지?"

"과장님은 이곳을 벗어나지 않는 게 좋을 테니까요."

"빤한 소리 하지 말고 진짜 이유를 말해."

"빤한 소리든 뭐든 사실은 사실입니다."

혀를 쯧 찬다.

"자네가 그걸 결정하나?"

"과장님이 결정해 달라고 부탁드리는 겁니다."

"내가 뭘 결정할 수 있지? 이미 1군이 투입돼서 우리는 2군, 아니 3군도 못 되는 상황인데."

의심에 가득 찬 눈빛으로 다시 묻는다.

"그 둥근 테 안경이 시켰나?"

도도로키는 대답하지 않았다.

"하세베의 가족이 과연 자네를 만나고 싶어 할까."

"과장님은 환영받을까요?"

"환영은 무슨. 누굴 환영하겠나."

쓰루쿠가 내뱉은 말이 복도 구석을 튕겨 사라졌다. 경찰은 하세베를 보호하지 않았다. 보호는커녕 잘라냈다. 멀리하며 못 본 척했다. 그전까지 그가 올린 공적들도 모두 없던 것으로 만들었다.

"어차피 자승자박, 자업자득이야."

하세베의 처우에 대한 말일까. 아니면 지금의 경찰 조직을 향한 말일까. 쓰루쿠의 본심은 알 수 없다.

"그런데 당사자들에게는 그런 정론이 통하지 않지. 그들에게 우리는 적이야. 친근감 같은 게 남아 있을 리 없어."

"그러니 제가 가겠습니다."

경찰 관계자 중 유일하게 하세베를 옹호했다. 물론 쓰루쿠 입장에서는 그런 도도로키의 행동이 꺼져 가는 불씨에 다시 기름을 부은 거나 마찬가지였겠지만.

─그 심정이 전혀 이해되지 않는 것도 아니다.

도도로키의 발언이 주간지에 실린 날, 쓰루쿠는 상부에 불려 가 호된 질책을 들었다. 부하 한 명도 제대로 컨트롤 못 하느냐며 욕을 먹었다고 한다.

"그냥 절 버리는 패라고 생각하십시오."

쓰루쿠가 도도로키를 노려봤다. 엄지를 까닥거리고 있다. 쓰루쿠 자신이 직접 갔다가 문전박대를 당하는 것도 꼴사나운 일이다. 경찰 조직에서 살아가려면 다소의 허세도 필요하다.

높은 곳을 바라는 자일수록 더더욱.

"어차피 과장님도 속으로는 그러고 싶지 않습니까."

주먹이 날아올 것을 각오한 말이었지만 '75점짜리 사나이'에게는 그런 기개조차 없다. 그는 그저 당황한 목소리로 "됐어" 하고 내뱉을 뿐이었다.

"아직 연락도 안 된 상황이야. 잠꼬대는 연락이 된 다음에나 해."

종종걸음으로 멀어지는 뒷모습을 보며 냉소 없는 동정심이 싹텄다. 쓰루쿠의 푸념은 수사 1과를 향한 적개심이나 질투 때문만은 아니다. 도도로키는 그의 모습에서 자연스럽게 뿜어져 나오는 안도감을 느꼈다. 새삼 그가 지금 무리하고 있다는 걸 알 수 있다. 묻지 마 폭탄 테러. 쓰루쿠는 그런 사건을 감당할 그릇과 능력을 갖추지 못했다. 겉으로는 인정하지 않겠지만 그 자신도 속으로는 느낄 것이다.

경찰서에서 근무하는 형사라면 누구나 승진해서 본청에 가기를 원한다. 세상에서 주목하는 큰 사건을 맡는 순간을 꿈꾼다. 직업인으로서 자연스러운 포부다. 그러나 하세베와 도도로키 때문에 쓰루쿠는 발목을 잡혔다. 노가타 경찰서의 형사과장. 이곳이 그의 종착지다.

그렇다면 나는 어떨까.

나는 이번 사건에 걸맞은 사람일까.

사실 쓰루쿠보다 미래가 더 어두운 게 사실이다. 그걸 떠나 형사로 남아 있던 최근 4년을 행운이라고 부를 만하다. 일을 크게 키우고 싶어 하지 않는 지휘관들의 무사안일주의 덕분이다. 부적절한 발언은 근신 처분으로 끝났고, 그날 이후 찬밥 취급을 당하기는 해도 의외로 그런 상황이 성미에 맞았다. 정해진 절차를 정해진 사양으로 처리한다. 주어진 지시에 따른다. 적당히 힘을 뺀다.

나는 평범한 형사다.

아니, 그전에 평범한 인간이라고 믿어 왔다. 평범하게 악을 싫어하고, 평범하게 평화를 추구한다. 남에게 피해를 주는 사람을 보면 화가 나고, 슬퍼하고 좌절하는 사람을 보면 가슴이 아프다. 경찰관 일에 보람이 느꼈던 것도 사실이다. 평화를 추구하면서도 큰 사건을 원하는, 그 모순된 욕망의 간사함을 알면서도 나름 열심히 노력해 형사가 되었다. 하세베를 만나 콤비를 이루며 그에게 많은 것을 배웠다. 하세베는 훌륭한 형사였다. 수사에 모든 걸 바치는 사람이었다. 실력과 끈기, 집념. 나는 도저히 그를 따라갈 수 없다고 뼈저리게 느꼈다. 나는 이런 형사가 될 수 없다.

이렇게까지 모든 것을 바칠 수 없다.

하세베의 특이 성향을 알게 되었을 때 마음 한구석에 뭔지 모를 덩어리가 생겼다. 검은 안개가 낀 덩어리였다. 그것이 정말 그때 생긴 것인지 아니면 줄곧 있었지만 깨닫지 못했을 뿐인지는 알 수 없다.

확신할 수 없다.

그러나 이상하게도 경멸스럽지는 않았다.

그 심정이 전혀 이해되지 않는 것도 아니다. 끔찍한 범행이 벌어

진 현장에서 자위행위를 반복하던 선배에 대한 정확한 느낌과는
거리가 있는 말이었다. 하세베의 심정은 알 수 없다.

당신도 현장에서 자위하는 거야?

시체를 보며 욕정을 느끼는 거지?

뒤에서 수군거리던 동료들의 비아냥과 달리 범죄와 성욕은 도
도로키 안에서 전혀 연결되지 않았다.

매일매일 열성을 다하던 하세베의 일 욕심은 어느덧 직무의 영
역을 넘어서 있었다. 꼭 재능이나 성격 때문이라 볼 수만도 없다.
그것을 가능하게 한 건 그 자신의 정의감 때문 아니었을까.

법률과 어깨를 나란히 하는, 그 자신만의 정의.

지금도 도도로키는 의심하지 않는다. 그는 올바른 정의를 가지
고 있었다.

그러니 신발 밑창이 닳도록 땀을 뻘뻘 흘리며 썩은 냄새가 진동
하는 범행 현장을 뛰어다녔다. 눈엣가시 취급을 당하며 탐문 수사
를 하고 위험을 무릅쓰며 범인과 맞섰다.

설령 성욕에 얽매여 있었다고 해도 그가 형사로서 행했던 정의
그 자체를 부정할 수 있을까. 그것까지 거짓이었다고는 도무지 생
각되지 않았다.

그렇다면 그의 특이한 성향에 눈살을 찌푸리고 그를 결국 사회
에서 퇴출시킨 건 뭐였을까. 그것도 '보통의 정의'일까. 의문은 해
소되지 않은 채 도도로키 안에 있는 보통의 정의에 대한 개념을

희미하게 만들었다. 무능하다고 욕먹는 중년 형사가 만들어지기까지 그리 오랜 시간이 걸리지 않았다.

도도로키 형사님, 너무 어깨에 힘주지 마세요. 형사님이 그러는 걸 보고 있으면 뭔가 섬뜩해요.

스즈키는 말했다.

어디선가 무언가가 폭발해 누군가 죽고 누군가는 슬퍼할 테지만, 그렇다고 해서 그 사람이 저에게 10만 엔을 빌려줄 건 아니겠죠. 제가 죽어도 슬퍼하지 않을 것이고 제가 죽는다고 해도 말리지 않을 겁니다. 분명.

나는 왜 루이케의 희망에 부응하려는 걸까.

도도로키는 자문했다.

명령이라서? 정말 그뿐일까.

형사의 사명감은 아니다. 공명심 같은 것도 이미 잊은 지 오래다. 평소의 나 같았으면 옆에서 불쑥 끼어들어서 떠오른 생각을 의견처럼 제시하는 짓은 결코 하지 않았을 것이다. 보통 때처럼 그냥 하던 일이나 하자고 생각했을 것이다.

그러나 지금 도도로키는 스즈키의 말을 듣고 싶었다. 스즈키 다고사쿠를 자처하는 순수한 폭탄 테러범의 진심을 알고 싶었다.

회의실로 돌아가는 발소리가 스즈키의 목소리와 겹쳤다.

'폭발한다고 해서 딱히 문제 될 건 없지 않나요?'

14

듣고 있냐! 이 돼지 새끼야!

문틈에서 분노의 고함이 울려 퍼지고 철제 책상에 주먹이 부딪히는 소리가 들렸다. 채찍과 당근 방식에서 채찍 역할로 정평이 난 수사 1과 형사가 기요미야를 보고 겸연쩍은 것처럼 어깨를 살짝 으쓱했다. 그 앞에서 스즈키는 꾸벅꾸벅 졸고 있고 샌드위치 포장지가 깔끔하게 접혀 있었다.

험악한 얼굴의 그가 자리를 박차고 일어나 기요미야에게 다가왔다. 취조실에서 나가자마자 "도저히 답이 안 나오는 녀석입니다" 하고 못마땅하게 내뱉었다.

"꿈쩍도 안 합니다. 꽤 아슬아슬한 수준까지 몰아붙였는데도."

지금껏 폭력 조직원이나 건달을 수없이 상대해 온 베테랑 형사가 당혹감을 감추지 못하는 건 역시 보기 드문 일이었다.

취조 중에 생긴 질책과 협박의 대다수는 기록을 맡는 이세의 손에서 온건한 표현으로 바뀌 쓰였을 것이고 말투가 어땠는지도 알 수 없지만 공유 앱에 올라온 내용만으로 대략 짐작은 간다. 공격적이라고 느꼈다. 아마 이세가 기록으로 남기지 못한 폭언도 있을 것이다.

그에 반해 스즈키의 대답은 한 줄도 기록돼 있지 않았다. 겁에 질린 침묵일까. 아니면 그냥 무시한 걸까. 글자로는 알 수 없었던 진실은 조금 전 스즈키가 꾸벅꾸벅 조는 모습을 통해서 드러났다.

채찍 형사가 침을 튀기며 떠들었다.

정보가 너무 부족합니다. 파고들 지점이 없어요.

아니, 그뿐만이 아닙니다. 저 자식, 정말 일본어를 알아먹는 게 맞나요?

눈이 보이는지 귀가 들리는지도 의심스러울 지경입니다. 차라리 약쟁이 녀석들이 더 말이 통할 것 같네요.

기요미야는 취조실 안으로 들어갔다. 뒤에서 루이케가 문을 닫는다. 지금 스즈키를 취조하는 방식은 대단히 이례적이다. 폭탄의 위력이 드러난 마당이라 더 이상 외양 따위 개의치 말고 과감히 나가라는 지시가 떨어졌다. 조사 과정에서 약간의 인권 문제가 생겨도 우리가 처리할 테니 너희는 사력을 다하라는 뜻이다. 비공식이지만 사실상 경찰과 검찰, 법원을 포함한 치안 권력이 총출동해 이 남자를 처단하기로 결의를 굳힌 거나 다름없다.

채찍 형사는 돌아가면서 심각한 얼굴로 주먹을 손바닥에 부딪쳤다. 곧 닥쳐올 전근대적 취조의 전조처럼 보인다. 채찍 수준을 넘어서는 폭풍우와 같은 수법. 여태껏 녹음과 녹화를 지시하지 않는 상부의 의도는 명백했다.

패배다.

기요미야는 스즈키의 정면에 앉아 힘 있게 두 손을 깍지 꼈다. 그것은 경찰의 패배다. 법치국가가 스스로 규칙을 무너뜨리고 범죄자 수준으로 전락하는 셈이다.

그런 걸 빤히 알면서도 용납할 것인가, 제지할 것인가.

모든 건 나에게 달려 있다.

"아아, 기다리다 목 빠지는 줄 알았습니다. 형사님."

스즈키의 졸린 듯한 눈동자가 확 뜨였다.

"죄송합니다. 이것저것 처리해야 할 일이 있어서."

"아뇨, 아뇨. 사실 별로 신경 안 썼습니다. 덕분에 조금 쉴 수 있었거든요. 형사님은 어떠신가요? 눈은 좀 붙이셨나요? 식사는 하셨어요? 안 하셨다고요? 에이, 그러면 안 되죠. 일에 열중하는 것도 좋지만 그보다 더 중요한 게 건강이니까요. 특히 저희 나이쯤 되면 조금만 방심해도 큰 병에 걸릴 수도 있습니다."

"명심하겠습니다. 그나저나 저 대신 들어온 분은 어땠습니까? 모쪼록 실례되지 않았기를 바랍니다만."

"아아, 조금 전 그분 말인가요? 힘이 아주 넘치시던데요. 에너제틱하다고 할까요. 꼭 고등학교 야구 응원단을 보는 것 같았습니다. 그리고 그런 분과 함께 있는 시간이 길어질수록 꼭 집에 돌아와 있는 듯한 느낌이었어요. 그거 아십니까? 고교 야구는 맨정신으로 볼 수 없다는 거. 저보다 훨씬 어린 아이들이 반짝반짝 빛나고, 그들의 미래 역시 반짝반짝 빛나는 걸 보면 정말이지 견디기 힘들죠. 그래서 술을 한잔 걸쳐야만 볼 수 있는 겁니다. 그런데 취하면 또 자연스럽게 졸음이 쏟아져요. 그걸 떠올리다가 저도 모르게 코까지 골고 말았습니다. 부끄럽네요."

"제가 여덟 번째 질문에 대답할 때까지 입을 열지 않겠다고 하셨죠."

"맞아요, 맞습니다. 전 무엇보다 약속은 정말 중요하다고 생각하거든요. 왜냐하면 이 지구상에서 약속을 주고받는 건 인간뿐이잖습니까? 물론 전 생물학자가 아니고 아마존 오지에 사는 진귀한 동물들까지 다 아는 건 아니지만, 약속을 하고 잘 지키는 건 정말 인간적인 행동이라고 봅니다. 그런데 형사님, 지금이 몇 시죠?"

"곧 아침 7시입니다. 밖에는 해가 뜨고 있습니다."

"그런가요. 벌써 시간이 그렇게 됐군요. 제가 여기 왔을 때만 해도 캄캄했는데."

"폭발은 없었습니다."

스즈키는 대번에 입을 꾹 다물었다.

"피해도 전혀 없습니다. 협조해 주셔서 감사합니다."

기요미야의 도발에 스즈키의 입술 끝이 살짝 올라갔다. 타격을 입혔다고 생각하지는 않는다. 그러나 장난스러운 연기와 구분되는 이런 표정을 끌어낸 것만으로 가치가 있다.

퍼즐 50피스 정도의 가치가.

"그건 다행이네요."

스즈키는 왠지 즐거워 보였다.

"정말 다행입니다. 그리고 도움이 되었다면 저에게 그보다 더 큰 행복은 없죠. 이런 저도 살아갈 가치가 있다고 느끼게 해 주거든요."

"신문 배달 면접을 왜 보러 가셨죠?"

역시 동요하는 기색은 보이지 않는다. 다만 동그란 눈을 살짝 가늘게 뜬다.

"기억나시지 않습니까? 그럼 알려 드리죠. 스즈키 씨는 어제 이맘때, 그러니까 아침 7시경 신문 판매소를 찾았습니다. 그곳에서 아르바이트 자리가 있는지 묻고 면접을 봤지만 면허증이 없어서 결국 채용되지 못했죠. 그때 스즈키 씨를 맞은 판매소 소장의 말에 따르면, 스즈키 씨는 중간에 배달용 오토바이를 가리키며 이렇게 물었다더군요. '누가 오토바이를 훔쳐 가거나 하지는 않나요?'라고."

평소 배달용 오토바이는 판매소 앞에 그대로 세워 둔다. 스즈키의 질문에 소장은 그렇게 대답했다. 훔쳐 갈 정도로 대단한 물건도 아니라고.

"혹시 오토바이에 폭탄이 있었나요? 그리고 설마 그걸 제가 설치했다고?"

"아닙니까?"

"기억나지 않네요. 그런데 이상하지 않나요? 아침 7시에 사전 답사를 하고 그다음에 언제 그런 걸 오토바이에 설치했다는 말이죠? 아무리 오토바이를 밖에 둔다고 해도 밝은 시간대에는 누가 볼 수도 있잖습니까. 그리고 형사님 말씀대로라면 전 가와사키에 있었어요. 그 후 주류 판매점에서 난동을 피우다가 붙잡혔고 이후부터는 줄곧 이 안에 있었죠."

"폭탄을 설치한 건 그보다 훨씬 전이다. 그리고 어제 그곳을 찾은 건 그게 혹시 발견되지는 않았나 확인하기 위해서였다."

오토바이의 절도 가능성을 물은 것도 그 때문이었다.

"어떻습니까? 제법 합리적인 설명이라고 생각합니다만."

"네. 분명 그 말씀이 맞네요. 제게 그런 기억이 없다는 점만 빼면요."

"스즈키 씨가 그곳을 찾은 건 변함 없는 사실입니다."

"그럼 아마 정말 일하려고 갔겠죠."

스즈키는 새침하게 말했다.

"생각해 보면 그렇잖아요? 그런 게 아니고서야 면접을 보러 갈 이유가 없는데. 아, 제 말을 안 믿으시는 것 같네요. 하지만 형사님. 이런 저한테도 근로 의욕 정도는 있습니다. 아니, 의욕이라기보다 미안한 마음에 가깝죠. 먹고 자고 술만 마셔 대면 이 세상에서 차마 얼굴을 들고 다닐 수 없다는, 그런 죄책감이요. 일하지 않는 자 먹지도 말라는 말이 있는데, 사실 그런 걸 꽤나 신경 쓰는 편입니다. 견디지를 못해요. 나 같은 인간은 숨 쉬는 것도 더 힘들어야 하고 남들보다 갑절은 고생해야 한다. 그래야만 하는 게 아니냐는 식으로 자꾸 생각하게 됩니다. 성실하게 일할 수 없다면 이 사회의 밑바닥 중 밑바닥에 있어야 한다고요. 도시의 한구석, 거리의 끝자락. 자리가 비었다고 해서 무턱대고 앉으면 안 되죠. 고개를 숙이고 부탁부터 해야 합니다. 여러분, 제가 살아 있는 걸 모쪼록 용서해 주십시오, 라고."

"과장이 심하군요."

"하지만 이런 제가, 일도 하지 않는 게으름뱅이인 제가 고개를 빳빳이 드는 건 역시 잘못된 것 아닌가요? 굼뜨고 무능한 인간, 지금까지 단 한 번도 노력하지 않은 데다가 뭐 하나 쌓아 올린 것도 없는 태만한 자는 보통 사람보다 힘들어야 하는 게 당연합니다. 고통받아야 해요. 피를 토하며 음식물 쓰레기통이나 뒤지는 게 어울리죠."

순간 뭐라고 반응해야 좋을지 알 수 없었다. 말도 안 되는 헛소리인 것만은 확실하다. 스즈키가 진심으로 일할 생각이었다는 건 이쯤 되면 농담거리도 못 된다.

적당히 지어낸 헛소리.

그게 분명한데도 왜 이렇게 신경에 거슬릴까.

"형사님. 형사님도 그렇게 생각하지 않으세요? 이 세상은 좀 더 공평해야 한다고. 사회 부적응자들은 그에 걸맞은 삶을 살아야 한다고요. 하지만 정작 현실은 이상한 것투성이입니다. 전 저의 이 재미없는 삶을 남의 탓으로 돌릴 생각은 추호도 없어요. 그런데 말이죠. 그런데도 역시 이상하다고 느낄 때가 있다는 말입니다. 생각해 보십쇼. 불공평하잖습니까. 저 같은 사람은 그렇다 쳐도, 저보다 훨씬 선하고 정직하고 성실하고 노력할 마음도 있는 사람들이 땀을 뻘뻘 흘리며 더러운 하수구에 손을 집어넣고 진흙탕 속을 걸어 다니죠. 그렇게 해서 하루에 7, 8천 엔 정도를 머리를 조아리면서 받습니다.

반면 똑똑한 사람들은 에어컨이 빵빵하게 켜진 사무실이나 집 안의 안락한 거실에서 키보드를 톡톡 두드리고 마우스를 탁탁 누르기만 해도 그런 사람들의 수십 배, 수백 배나 되는 돈을 벌잖아요? 물론 세상이 이렇게 돌아가는 데는 복잡한 이유가 있고, 저 역시 그런 복잡함의 혜택을 받고 있다고는 생각합니다. 하지만 그렇다고 해도 '아아, 그렇군요' 하고 순순히 납득할 수는 없는 겁니다. 하고 싶어도 할 수가 없어요. 왜냐하면 자꾸만 자꾸만 이상하다는 생각이 드는 게 사실인걸요."

문득 기요미야는 자신이 지금 인내 중인 것을 깨달았다.

작은 딱정벌레들이, 무수히 많은 검은 벌레들이 신경을 파고드는 느낌이다.

"그래서 생각을 고쳐먹었습니다. 일을 관뒀죠. 그래도 상관없을 것 같았어요. 어차피 현실이 엉망진창이라면 나 같은 쓰레기가 느긋하게 살아가는 부조리도 다 이 세상의 섭리가 아닐까 하는 생각이 들었거든요. 이제 와서 이 정도 불공평을 세상에 뿌려 봐야 새 발에 피, 다고사쿠에게 노동 아닐까 하는 생각이."

"그만하시죠. 여덟 번째 질문에 대답하면 되잖습니까."

"네, 네. 그렇죠. 형사님 말씀이 맞습니다. 자, 그럼 형사님, 연기가 피어오르고 있는 곳은 어디일까요?"

"제 대답은……."

"아니, 대답하시면 안 됩니다."

루이케였다.

기요미야는 부하를 돌아보고 그 날카로운 눈빛을 마주하며 자신의 사고가 지금 녹아내리고 있음을 깨달았다.

그렇다.

대답하면 여덟 번째 질문이 끝난다. 그럼 앞으로 남은 질문은 한 개뿐이다.

"스즈키 씨. 이번 질문은 노코멘트로 하겠습니다."

노코멘트는 노 카운트. 질문은 없었던 게 된다. '아홉 개의 꼬리'가 끝나면 스즈키는 입을 걸어 잠글지도 모른다. 세 번째 폭발을 막기 전까지는 게임을 끌고 가야 한다.

"여덟 번째 질문을 다시 부탁드립니다."

"푸핫."

별안간 스즈키가 웃음을 터뜨렸다. 히히힛 하는 상스럽게 웃음과 함께 몸을 흔들며 박수를 쳐댄다. 기요미야는 그 모습을 말없이 지켜봤다.

괜찮다.

오작동은 피했다. 통제할 수 있다.

검은 벌레는 이미 사라졌다.

"저, 형사님."

스즈키가 웃음을 멈췄다.

"불안하지 않으셨나요? 4시 폭발 이후 세 시간, 그사이 다음 폭발이 일어날 수도 있었는데."

"4시에 폭발한 걸 어떻게 알았습니까?"

"형사님을 대신해서 오신 형사님이 알려 주셨습니다. 그 응원단 같은 분께서 친절하게."

"스즈키 씨. 4시 폭발 소식은 그에게 전달되지 않았습니다."

그런 말을 듣고도 당황하는 기색은 찾아볼 수 없다. 그저 빙그레 웃으며 기요미야의 속내를 살피고 있다.

"그렇군요. 사실 이번 건 정말 촉이었어요. 가끔 놀라울 만큼 번뜩일 때가 있거든요. 정말 드물지만."

"9시 이후."

스즈키의 동공이 약간 넓어진다.

"다음 폭발은 9시 이후. 그렇지 않습니까?"

"……형사님께도 촉이?"

"안타깝게도 저에게는 그런 재능이 없습니다. 이건 촉이 아닌 추리죠. 지금까지의 상황을 놓고 보면 현재 스즈키 씨는 이번 일을 즐기고 있다는 게 느껴집니다. 그럼 7시는 너무 이르죠. 실제로 도쿄돔 폭발 이후 다음 폭발까지는 다섯 시간이나 걸렸습니다. 수다를 떨며 퀴즈를 주고받는 여유를 감안하면 최소 다섯 시간. 그 정도를 확보하지 않았을 리 없는 겁니다. 그전에 터뜨리는 건 역시 아까울 테니까요."

"잠깐만요. 지금 무슨 말씀을 하시는지 도통 이해가 안 되는데, 정말 그렇게 확신하시는 건가요?"

"그게 아니라면 퀴즈로 내 보는 게 어떻습니까?"

기요미야는 하얀 운동화를 신은 부하를 믿으며 7시를 맞이하고자 했다. 이번 사건과 관련된 수사관들 중 루이케가 스즈키의 생각에 가장 근접해 있는 것만은 확실하다.

그렇다면 상사의 위치에 있는 사람은 부하 직원의 능력을 최대한 활용할 뿐이다.

설령 7시에 폭발이 일어난다고 해도 내가 책임진다.

"만약, 이건 정말 만약에 말인데요."

스즈키가 속을 떠보듯 말했다.

"제가 그 미치광이 폭탄 테러범이라면 그렇게 예상하는 형사님의 뒤통수를 때리고 싶어서 지금 당장 펑 터뜨릴 것 같네요."

"처음에 말씀드렸을 겁니다. 상대가 단순한 묻지 마 살인마에 불과하다면 애초에 이 승부는 성립되지 않는다고요. 피해를 막지 못하는 현실을 담담히 받아들일 겁니다."

시간이 흐른다.

7시가 다가온다.

"그렇지만 패배는 아니다?"

"경찰로서는 패배겠죠. 이미 이 시점에."

하얀 운동화의 신호를 기다린다.

"그럼 형사님이 생각하시는 승리는 뭔가요?"

"범인을 규칙 쪽으로 돌려보내는 것."

거의 반사적으로 내뱉은 대답에 마치 등을 떠밀리는 듯한 느낌이 들었다.

"법이든 상식이든 상관없습니다. 행동의 결과와 책임을 정해진 절차대로 부과한다. 죄를 돌이켜보며 반성하게 한다."

"반성이라. 과연 반성할까요? 그렇게 잔악무도한 무차별 폭탄 테러범이."

"적어도 전 그렇게 해 주기를 바라고 있습니다."

발소리가 들린다. 조용히 스즈키를 마주 본다. 알고 있다. 이 녀석은 반성 따위 하지 않는다. 인간의 얼굴을 한 짐승. 그게 선천적인 것인지, 세월이 흐르면서 길러진 능력인지, 불운한 인생 때문에 강요된 것인지는 알 수 없다. 내가 이해할 수 없는 영역이고 이해할 필요도 없다. 짐승은 그저 우리 안에 가둬야 한다. 마땅한 처분을 내리고, 경우에 따라서는 목숨을 빼앗아야 할 수도 있다. 그 후 약간의 안도감과 희미한 허무함에 사로잡힐 것이다. 직무를 넘어선 인간적인 감상에 젖을 것이다.

"그럼 반성하지 않는 묻지 마 폭탄 테러범은 두말할 필요 없이 악(惡)일까요?"

"물론이죠."

"하지만 여러 가지 사정도 있을 텐데요. 사람들이 저마다 품고 있는 고통이나 원망, 다양한 가치관과 제어할 수 없는 충동 같은 거 말입니다. 그런 것들을 다 포함해서 고려해도 악이라고 단정 지으시는 건가요?"

"단정 짓습니다, 스즈키 씨. 어떤 사정이 있던 악이라고요."

기요미야는 딱 잘라 말했다. 자연스럽게 허리가 꼿꼿이 펴진다. 몸에 한 줄기 기운이 내려온 느낌이다.

당연하다.

그런 당연한 것들을 지키는 게 내 일이기도 하다.

그런 기요미야를 스즈키는 지그시 바라보고 있었다. 악이라고 부를 수밖에 없는 남자가.

철제 책상 위에서 깍지 낀 손을 한 번 내려다보고 기요미야는 침묵을 끝냈다.

"자, 여덟 번째 질문을 해 주십시오. 스즈키 씨의 그 촉이 비겁한 짓만 하지 않는다면, 저희는 몇 번이든 몇 번이든 그걸 풀어 폭발을 막을 겁니다."

취조실의 흐린 유리창을 통해 햇빛이 들어와 기요미야와 스즈키의 옆얼굴을 비추고 있다.

잠시 후 스즈키가 갑자기 "아이고" 하고 신음했다. 오른손으로 원형 탈모반이 있는 정수리 부분을 툭 치고 힘없이 고개를 흔든다. 입가에는 여전히 미소를 머금고 있다.

"사실 지금까지 좀 과소평가하고 있었어요. 체념하고 있었습니다. 이 형사님은 안 될 거라고, 내 바람을 들어주지 못할 거라고."

스즈키는 "그래서" 하더니 다시 고개를 들었다.

"지금 전 정말 기쁩니다. 그리고 반성 중이에요. 사람은 역시 겉모습으로 판단하면 안 된다고. 그동안 제가 받아 온 편견을 저 역시 가지고 있었던 겁니다. 이건 정말 대단한 발견이에요. 다행입니다. 여기 오길 잘했어요. 형사님을 만나서 정말 다행입니다."

그러고는 "아니" 하고 한마디 더 덧붙인다.

"기요미야 형사님을 만나서 다행입니다."

그때 머릿속에서 뭔가가 툭 떨어지는 소리가 들렸다. 기이하다고 표현할 수밖에 없는 당혹감이 슬며시 고개를 든다. 떨어진 건 퍼즐 조각이다. 지금까지 채워 온 머릿속 스즈키의 퍼즐. 이제 채 300조각도 남지 않은 퍼즐의 어딘가에서 조각 하나가 떨어져 나갔다.

"대체 바라는 게 뭡니까?"

"말할 수 없어요. 말해 버리면 손에 넣을 수 없을지도 모르니까요. 하지만 굳이 말씀드리자면, 서비스로 가르쳐 드리자면 그건 욕망이라고 할 수 있겠네요."

기요미야는 '욕망?' 하고 말없이 되물었다.

"그렇습니다. 욕망. 제가 바라는 건 욕망입니다. 아, 안 돼. 여기까지만 하겠습니다. 이다음은 형사님이 여덟 번째 질문을 써서 물어봐 주세요. 제 여덟 번째 질문이 확실히 끝난 후에."

기요미야는 스테이지가 한 단계 더 나아갔음을 느꼈다.

내가 스즈키에게 다가간 걸까, 아니면 스즈키 쪽에서 다가온 걸까.

어느 쪽이든 바람직한 상황인 것만은 틀림없다. 틀림없을 텐데 배 밑바닥에서 느껴지는 꿈틀거림이 거슬린다. 사라져야 했을 검은 벌레가 사체를 뚫고 다시 나올 것 같은 예감이다. 기요미야는 손가락에 힘을 넣고 침을 삼켰다. 눈을 천천히 깜빡이며 스즈키를 응시한다.

퍼즐이다. 이 녀석은 그저 퍼즐일 뿐이다.

예상도에서 다소 벗어난, 왜곡된 퍼즐일 뿐이다.

"아마 11시일 겁니다."

스즈키는 아무렇지도 않게 말했다.

"다음 폭발. 제 촉이 확실하다면."

"……믿겠습니다."

앞으로 네 시간.

"장소도 함께 알려 주시면 감사하겠습니다만."

"너무 서두르지 말아 주세요. 모든 게 그렇게 술술 떠오르지는 않으니까요. 원래 세상만사가 그렇습니다. 모든 걸 한꺼번에 얻으려는 건 사치예요. 주먹밥 하나 얻어먹기도 쉽지 않은 세상인데."

스즈키는 가만히 기요미야를 봤다.

"조금 더 이야기를 나눠 보죠. 그럼 분명 저도 떠오를 거예요."

기요미야는 배 밑바닥이 울렁거리는 것을 가라앉히며 물었다.

"어떤 이야기를?"

"기요미야 형사님의 이야기. 왜냐하면 애초에 형사님의 마음의 형태를 맞히기 위해 '아홉 개의 꼬리'를 시작했으니까요. 아까 말씀 드렸죠? 약속은 반드시 지켜야 한다고요. 그게 인간의 징표니까요."

"불필요한 질문에는 대답하지 않겠습니다."

"알겠습니다, 알겠습니다. 그건 촉을 위해 남겨 두기로 하죠. 그러니 잠시 대화를 나눠 보기로 해요. 그냥 쓸데없는 수다라도. 조금 변칙적이기는 하지만 괜찮지 않을까요? 형사님은 이미 저와 아는 사이나 마찬가지니까요. 그 정도 특혜를 준다고 해서 천벌이 떨어지거나 하지는 않겠죠. 쓸데없는 수다도 떨잖습니까? 친한 사이라면."

또다시 머릿속에 '욕망'이라는 단어가 떠올랐다.

스즈키가 추구하는 그것은 뭘까.

"기요미야 형사님. 가족분들은?"

"……있습니다."

"그런가요. 당연하겠죠. 아내분께서는 얼마나 아름다우실까요. 자제분들도 분명 귀엽고 똑똑하겠죠."

어떻게 대응해야 할까.

"아, 거짓말은 하시면 안 돼요. 그건 규칙 위반이니까요. 전 다 알아볼 수 있답니다. 저절로 알게 돼요. 사소한 일로 실망하고 싶지 않아요."

허세다.

적당히 기뻐할 만한 대답을 지어내면 된다.

그러나 묘한 압박감이 기요미야를 망설이게 했다. 혹시라도 소통이 단절됐을 때 욕설 세례를 듣고도 아무렇지 않게 꾸벅꾸벅 조는 이 남자의 입을 열 수 있을까.

"자녀들을 정말 사랑하시죠?"

"아이는 없습니다."

"네? 왜죠?"

왜냐니.

그 이상한 질문에 소름이 돋았다.

정말 알아보는 걸까.

그런 망상에 사로잡힐 뻔했다.

"사고입니다. 사고로 세상을 떴습니다. 초등학생 때."

그러자 스즈키는 "이럴 수가, 이럴 수가" 하고 동정심을 드러냈다. 하지만 기요미야의 마음은 흔들리지 않는다.

전부 거짓말이라고 하기는 어렵다. 파출소 순경으로 근무하던 시절에 스쿨버스가 덤프트럭과 충돌한 적이 있다. 많은 아이들이 목숨을 잃은 그 현장에 출동해 자식을 잃은 부모들의 절망을 목격했다. 어떤 이는 울부짖었고, 어떤 이는 망연자실했다. 그날 이후 아이를 갖고 싶다는 생각이 들지 않았다. 나중에 경찰서에서 만나 결혼한 아내도 그런 기요미야를 이해해 줬다. 진짜 속마음이 어땠는지는 알 수 없지만.

"제 이야기는 해 봐야 따분할 뿐입니다. 전형적인 직장인이니까요. 새 양복을 사는 게 유일한 삶의 낙일 정도이니."

"당치도 않습니다. 얼마나 재미있는데요. 재미있다고 하는 게 실례될지 모르겠지만."

스즈키는 아첨을 부리듯 눈을 치뜨고 머리를 긁적였다.

"전 정말 기쁘답니다. 기요미야 형사님처럼 훌륭한 분과 이렇게 이야기를 나눌 수 있는 상황이. 다양한 의견을 주고받고, 서로의 비밀을 알려 주기도 하는 이런 상황이요. 이런 건 지금까지의 제 삶에서는 상상도 할 수 없는 일이거든요. 물론 형사님께는 그저 성가실 뿐이겠죠. 저 같은 놈과 친해져 봐야 얻을 건 하나도 없으니까요. 그걸 넘어 살아갈 가치가 있는지도 의심스러운 존재니까요.

아, 괜찮습니다. 괜찮습니다. 이건 저 자신을 필요 이상 비하하거나 비꼬는 게 아니에요. 사실을 있는 그대로 말씀드리는 것일 뿐. 전 누구보다 잘 알거든요. 저 같은 무능한 사람은 남의 눈에 띄는 것만으로도 해롭다는 걸요. 돈도 벌지 못하고 사랑 같은 걸 받아 본 적이 없는 데다가 다른 사람을 즐겁게 할 줄도 모르죠. 단 하나 자랑할 수 있는 특기인 촉도 늘 상대를 기분 나쁘게 하는 걸로 끝났고."

저, 기요미야 형사님.

"생명은 평등하다는 게 사실일까요?"

"······그렇지 않다고 생각하시는 겁니까?"

"당연하죠. 왜냐면 그렇잖아요. 저와 빌 게이츠의 목숨을 비교한다고 생각해 보세요. 그 누구도 두 목숨이 똑같다고 생각하지는 않겠죠. 브래드 피트나 일본 총리, 이치로도 마찬가지입니다. 저 역시 그들과 똑같다고 보지 않아요."

"사회적 지위와 생명은 별개입니다."

"그런가요? 예를 들어 기요미야 형사님과 어디에나 있을 법한 평범한 아저씨가 둘 다 목에 폭탄이 설치된 고리를 차고 있다고 가정해 봐요. 그 둘 중 한 명만을 구할 수 있다고 한다면 전 한 치의 망설임도 없이 기요미야 형사님을 구할 겁니다. 왜냐하면 형사님은 저와 알고 지내는 사이시니까요. 그런데 기요미야 형사님과 만약, 정말로 만약입니다만 절 좋아해 주는 여성분 중 한 명을 구해야 한다면 그때는 죄송하지만 여성분을 구하겠죠.

그럼 이런 경우는 어떨까요? 제가 무인도에서 표류하고 있는데 갑자기 눈앞에서 배가 가라앉아 바다에 떨어진 사람들 중 오직 한 명만을 보트에 태울 수 있는 상황인 겁니다. 한 명은 외국인이고 다른 한 명은 일본인. 그리고 두 사람 다 일면식도 없는 땀 냄새 나는 아저씨들이라면 전 당연히 일본인을 구할 겁니다. 왜냐? 말이 통하지 않으면 불편하니까요. 무인도에서 함께 살아가야 하니 거기에 적합한 사람을 선택해야겠죠."

스즈키는 자신만만하게 미소 지었다.

"형사님도 그러실 거죠? 저와 아내분 중에서 고르라고 한다면 당연히 아내분을 구하실 거 아닌가요? 아니, 오히려 그게 아니면 이상하죠. 분명 거짓말일 테니까요. 인간은 그런 식으로 만들어져 있지 않아요."

"예시가 너무 거칩니다. 극단적인 상황을 일반화할 수는 없습니다."

"하지만 비슷한 일은 어디에서나 일어나고 있지 않나요? 학교에서도, 직장에서도, 연예계에서도, 관공서에서도. 세상 모든 곳에서 모든 사람들이 늘, 언제나 사람들의 목숨을 서열화하기 위해 애쓰고 있어요."

"그건 그럴 수 있겠죠."

기요미야는 일단 동의를 표하고 스즈키를 봤다.

"그래서 사회라는 게 있는 겁니다. 법과 제도라는 게 있는 겁니다, 스즈키 씨."

스즈키는 호기심을 감추지 않고 말없이 뒷이야기를 재촉했다.

"인간은 원래 이기적이니까, 아무렇지 않게 다른 이들에게 우열을 매기기 때문입니다. 그걸 방치하면 평온한 삶을 지킬 수 없으니 규칙을 만들었습니다. 오랜 시간 지혜를 모아, 완벽하지는 않지만 합리적인 규칙을요. 생명의 평등을 실현하기 위해."

기요미야는 힘주어 말했다.

"저는 그걸 믿고 있습니다."

"하지만 법은 절 구해 주지 않았는걸요."

스즈키의 체취가 희미하게 느껴졌다.

"사회도, 제도도 마찬가지입니다. 오히려 다들 마음 한구석으로는 이런 생각을 하고 있었던 것 같아요. 이 녀석을 무시하고, 이 녀석을 상대해 주지 않고, 이 녀석을 바라봐 주지 않는 건 결코 법률 위반이 아니다. 그러니 상관없다. 이놈이 집 안에서 고독사하든, 어디 길거리에서 객사하든, 묻지 마 살인범이 되든 그런 건 나와는 상관없다."

스즈키가 두 손을 들어 항복 포즈를 취했다.

"그런데 실제로도 상관없을 겁니다. 모든 건 자기책임이니까요. 너무 당연해서 찍소리도 못 낼 사실이죠. 그래서 뭐, 저도 이렇게 생각하기로 했습니다. 나한테도 그 사람들은 별 상관없는 사람들이다. 괜찮지 않나요? 어차피 서로 뭘 하든 상관없는 사람들끼리. 이 역시 훌륭한 평등 아닐까요?"

기요미야는 묵묵히 이야기를 들었다. 스즈키의 논리에는 한 조각 진실도 있다. 그러나 어차피 한 조각에 불과하다. 제대로 된 성인이 진심으로 입에 담을 말은 아니다.

아닐 것이다.

"그런데 말이죠. 기요미야 형사님. 전 어느 순간부터 그게 싫어졌습니다. 역시 부족하더군요. 별 상관없는 남의 일로 끝나 버리는 게."

"그래서 이런 행동을?"

스즈키는 시치미 떼는 얼굴로 고개를 갸웃거렸다. 유명한 말이 떠올랐다. '사람은 누구나 평생 15분 동안은 유명인이 될 수 있다'. 미국의 어느 예술가가 남긴 이 명언은 극장형 범죄에 대한 비아냥거림으로 해석할 수도 있다. 뒤에 이어지는 말은 이렇다.

'그 이상은 어렵다.'

웃을 수는 없다.

그로 인해 얻을 것과 잃는 것의 균형이 전혀 맞지 않기 때문이다.

"아, 형사님. 설마 경멸하시는 건 아니죠? 얄팍한 녀석이라고. 절."

"그렇지 않습니다."

"가난한 사람을 싫어하시나요? 못 가진 자의 삐뚤어진 근성을 받아들이기 어려우세요?"

"그런 건……."

"아뇨, 괜찮습니다. 당연한 거니까요. 생각해 보세요. 이 세상에는 노숙자라고 불리는 사람들이 있죠? 요즘은 그런 이들을 거리위 생활자라고 부르기도 한다지만, 아무튼 그런 사람들은 역시나 미움받기 마련입니다. 만나면 자연스럽게 더럽고 무섭다는 생각부터 드니까요. 태어날 때부터 길거리에서만 살아온 사람은 극소수에 불과할 거고 역시 뭔가 사정이 있어서 그렇게 된 사람이 많겠죠. 평범하게 살아가는 신사 숙녀 여러분들이 그들을 보며 '대체 무슨 일이 있었을까', '못된 짓이라도 저지른 게 분명해' 하고 색안경을 끼고 보는 것도 어쩔 수 없을 겁니다. 하지만 형사님. 전 그런 배경 같은 건 어차피 나중에 따라붙는 것에 불과하다고 봅니다. 외모를, 인간성을 따지기 전에 애초에 냄새가 나거든요. 그들에게서는 거의 예외 없이 악취가 풍깁니다."

스즈키의 목소리가 점차 열기를 머금는다.

"그야 당연하겠죠. 거리 위 생활자니까요. 여름에는 땀을 흘릴 테고 겨울에 그들을 어디로 데려가 냉동 보관하는 것도 아니니까요. 인간의 몸은 살아 있으면 반드시 신진대사가 일어나죠. 몇 날 며칠 목욕을 하지 않는 경우가 드물지 않을 겁니다. 매일매일 같은 옷을 입고 다니는 사람도 부지기수고요. 그러니 당연히 냄새가 날 수밖에 없죠. 형사님. 냄새라는 건 말이죠. 거기에는 이성이 개입할 여지가 없습니다. 생리적인 거예요. 그림 같은 것 중에도 엄청나게 볼품없고 초라한 거지를 그린 명화가 있죠? 시체 그림 같은 것도 있고요. 그런 그림은 으스스하고 징그럽기는 해도 마음만 먹으면 몇 시간이든 감상할 수 있을 겁니다.

그런데 말이죠. 만약 그 그림에서 냄새가 난다면 어떨까요? 슬럼가를 그린 영화에서 정말 현지의 냄새가 풍긴다면 어떨까요? 찌든 때 냄새, 오물 냄새. 과연 그 자리에 가만히 앉아 있을 수 있을까요? TV 앞에서 지그시 그걸 감상할 수 있을까요? 어렵겠죠. 냄새는 어쩔 수 없습니다. 소리라면 귀를 막을 수도 있지만 냄새는 불가능해요. 아무리 코를 틀어막아도 온몸의 피부를 통해, 점막을 통해 슬금슬금 기어들어 오니까요. 전 아주 잘 압니다. 익숙하거든요. 네, 맞습니다. 부끄럽지만 형사님. 저도 전에는 그런 사람들 중 하나였습니다."

스즈키는 "지금도 뭐 거의 다르지는 않지만요" 하고 쑥스러운 듯이 말했다.

"골판지 상자 집이나 파란 시트로 만든 하우스가 의외로 살 만하다는 걸 아시나요? 심지어 가구도 꽤나 충실해요. 카펫 같은 게 깔려 있는 곳도 있고요. 예전에 어떤 대선배 영감님께서 요새는 질 좋은 대형 폐기물이 많아졌다고 하더군요. 제가 스승님이라고 부른 분인데, 빗물 대책이나 무더위를 피하는 방법 같은 것도 다 그분께 배웠습니다. 가전제품도 의외로 다양한 종류가 갖춰져 있었어요. 라디오나 히터 같은 것까지. 전기는 죄송하지만 이런저런 곳에서 빌려서 썼습니다. 손재주가 있는 사람들은 그런 주워 온 물건들을 잘 활용해서 거의 일국 일성의 주인처럼 살기도 했죠."

스즈키는 당시를 떠올린 것처럼 오른손으로 페트병을 들어 물을 마셨다. 굵은 목울대가 꿈틀거린다.

그러고는 두 손을 다시 허벅지 사이에 끼고 몸을 앞으로 쭉 내민다.

"아무튼 그래서, 중요한 목욕에 대해 말씀드리자면 아까는 조금 과장되게 말했지만, 사실 그럭저럭 어떻게든 되긴 합니다. 샤워까지는 아니어도 공원 수도를 쓸 수 있고 옷도 요새는 저렴한 옷들이 꽤 많거든요. 가끔 일용직으로 일하거나 알루미늄 캔 모으기, 뭔지 잘 모를 일 같은 걸 도와서 용돈 정도를 벌기도 하죠. 물론 그건 대부분 먹을 것과 술을 사는 데 탕진해 버립니다.

도박을 하는 사람도 꽤 많습니다만, 전 아니에요. 영 재미를 모르겠더라고요. 딱 한 번 파친코를 해 본 적은 있습니다. 일요일에 '대출혈 서비스'라는 광고에 낚여 아침부터 가게 앞에 줄을 서서 허겁지겁 자리에 앉아 푼돈으로 게임을 했죠. 그랬는데 갑자기 기계에 '당첨!' 글자가 뜨는 게 아니겠습니까? 귀가 먹먹해질 정도로 요란한 소리와 함께 전광판이 반짝반짝 빛나더군요. 당첨될 거라고는 전혀 기대하지 않았으니 그때는 정말 놀랐습니다. 진짜 패닉 상태였어요. 심지어 무섭기도 했고요. 뭔가 나쁜 짓을 하는 것 같아 겁에 질려 얼른 이 순간이 끝나기만을 기도했죠. 그러다 결국 환전하기도 두려워서 그냥 무작정 가게를 뛰쳐나가 버렸습니다. 지갑이 텅 비어 다음 날 무료 급식소가 없었다면 아마 굶어 죽었을지도요. 그래서 전 도박은 하지 않습니다. 돈을 따도 기쁘지 않거든요. 이해하시겠나요?

세상에는 저처럼 불쑥 찾아든 행운을 견디지 못하는 인간도 있다는 걸. 겁이 많아서 두려운 나머지 꽁무니를 빼 버리는 인간이 있다는 걸 말입니다. ……음, 그런데 무슨 이야기를 하던 중이었죠? 아아, 네. 냄새 이야기를 하고 있었죠. 아무튼 물을 쓸 수 있고 옷도 갈아입을 수 있고 조금만 노력하면 세탁도 할 수 있지만, 다 쓸데없습니다. 의미가 없어요. 냄새는 이미 몸에 배어 있으니까요. 아무리 씻고 닦아도 빠지지가 않습니다. 그건 썩은 냄새입니다. 영혼이 썩은 냄새요. 전 그 썩은 냄새가 세포 하나하나에서 배어나는 거라고 생각합니다."

그러니 냄새는 어떻게 안 되는 거예요.

스즈키는 이를 보이며 씩 웃었다. 새하얗다고 할 수 없지만 그렇다고 누렇게 변색되지도 않았다.

"형사님도 싫어하시죠? 악취는."

"……좋아한다고 할 수는 없겠군요. 하지만 스즈키 씨. 그래도 최대한 사람답게 살 수 있게 돕는 복지 제도라는 게 있습니다. 스즈키 씨가 거부하는 이 사회에는요."

"네, 맞습니다. 그건 정말 맞는 말이에요. 저희가 요구하면 이것저것 필요한 물품을 챙겨 주시기도 하잖아요. 고마운 일이죠. 정말 감사한 일입니다. 하지만 형사님. 저 같은 사람에게는 절대 주어지지 않는 것도 딱 하나 있습니다. 복지 같은 걸로도 결코 따라잡을 수 없는 게 있어요. 캐딜락이나 상어 지느러미, 샤론 스톤을 달라는 게 아닙니다. 그런 사치는 바라지도 않아요."

스즈키가 두 주먹을 철제 책상에 올려놓자 기요미야는 숨을 죽였다. 모르는 사이 스즈키는 오른손 검지손가락을 하나 세우고 있다. 깍지 낀 손에 무심코 힘이 들어갔다.

손가락을 세웠다는 건 힌트의 신호다.

퀴즈가 시작됐다?

언제 손가락을 세웠을까? 어디서?

무엇이 힌트였을까.

"길거리에서 사는 사람들도 남녀노소 다양한 사람들이 있습니다. 성격이 밝은 사람, 그늘이 없는 사람, 친절한 사람과 다시 재기할 수 있는 사람. 신기하게도 그런 사람들에게서는 썩은 냄새가 나지 않죠. 체취가 심해도 코를 쥐면 참을 수 있고 피부로 스며드는 느낌은 없어요. 아직은 씻어서 없앨 수도 있다는 뜻입니다. 썩어 버린 수준까지는 가지 않은 거예요."

스즈키는 여전히 검지를 세우고 있다.

"그렇다고 해서 그런 사람들을 알아보기는 어렵죠. 그들 옆을 지나가는 회사원이나 주부들 눈에는 다 똑같아 보일걸요. 귤과 오렌지만큼의 차이도 없을 겁니다. 실제로는 재기할 수 있는지, 이미 늦었는지가 확연히 나눠지는데도요."

스즈키의 검지가 흔들리며 원을 그린다.

"정확히 저 같은 경우가 바로 그런 늦어 버린 쪽의 사람입니다. 세포 수준까지 이미 다 바뀌어 버렸죠. 이런 걸 메타모르포제라고도 한다더군요. 아무튼 저의 이 배처럼 한번 이렇게 돼 버리면 더는 돌아갈 수 없습니다. 온천물에 몸을 담그든 향수를 떡칠하든 냄새는 그대로예요. 집에 살든 택시를 타든 변하는 건 아무것도 없죠. 달라질 가능성 따위 티끌만큼도 남아 있지 않습니다."

손가락이 갑자기 딱 멈춘다.

"생각해 보면 가능성이란 참 멋진 단어예요. 동시에 잔인한 단어이기도 합니다. 이 나이가 되면 알 수 있어요. 아니, 알아 버리고 맙니다. 그것은 시간이 갈수록 점점 줄어든다는 걸. 고등학교 야구부 소년들의 노력, 그들의 땀과 활약을 제가 직시할 수 없는 것도 바로 그 때문인 것 같습니다. 한마디로 가능성의 격차라고 할까요. 그건 참 잔인해요. 정말 가차라곤 없죠."

기요미야는 신경을 곤두세웠다. 귀로는 스즈키의 목소리를 듣고 눈으로는 스즈키의 손가락을 본다. 손가락 안쪽에 있는 스즈키의 눈동자를 본다.

"특히 저희 세대에는 유독 욕심에 눈이 먼 사람들이 득실거렸습니다. 고급 차와 손목시계, 명품 가방과 마이 홈. 그런 걸 바라며 일에 모든 걸 바치는 회사원들이 살아 있던 시대죠. 요즘 젊은 사람들은 꼭 그렇지도 않다더군요. 시계는 스마트폰으로 보고, 옷은 양산품을 사 입는 게 오히려 센스 있다는 말을 듣는다면서요? 편의점 도시락으로도 먹고 살 수 있고 심지어 연애와 결혼은 가성비가 안 좋다고도 한다네요. 그 가성비라는 게 뭔지 지금도 전 감이 잘 안 오기는 하지만, 한마디로 손해 보는 걸 악이라고 생각하는 거겠죠. 심지어 이익을 위해 노력하는 것보다 손해를 보지 않게 조심하는 걸 현명한 선택이라 부른다면서요?

하지만 그래도 역시나 가능성은 줄어들기 마련입니다. 점점점점 줄어들어요. 전 이제 하늘이 뒤집혀도 아이돌 가수가 될 수 없겠죠. 고등학교 야구 선수도 못 되고요. 나이가 이미 마흔아홉이니까요. 10대가 아니니까요. 무엇이든 할 수 있는 젊은 시절에는 아무것도 하지 않는 자유가 멋져 보이지만, 아무것도 못하게 된 중년이 돼서 아무것도 하지 않은 49년을 돌이켜보는 건 정말 괴로운 일입니다. 그런 현실을 마주하기가 싫고 두려워서, 그러니 술을 마시는 것 같아요. 그 순간만큼은 안심이 되니까요. 피가 끓어오르는 감각을 조금이나마 맛볼 수 있으니까요. '그래도 난 아직 살아 있어!'라고."

두 번째 손가락은 아직 세우지 않았다.

"낮 경기가 없을 때도 가끔이지만 대낮부터 술을 마실 때가 있습니다. 고시엔* 시즌은 역시 특별해요. 야구는 보고 싶지만 젊음을 직시하고 싶지는 않다. 그러니 술로 나 자신을 속이며 야구를 보는 겁니다. 2회 때쯤부터 꾸벅꾸벅 졸기는 하지만 그 정도가 딱 좋아요. 꼭 '너희의 노력 따위 내 알 바 아니야!'라고 외치는 것 같

---

*   일본 전국 고교 야구 선수권 대회.

거든요. 기분이 아주 조금 좋아집니다. 비뚤어지긴 했지만 누구에게나 저 같은 이런 즐거움이 하나쯤은 있을걸요. 아침에 일어나면 죄책감과 피로에 시달리며 '아아, 난 정말 인간쓰레기구나' 하는 생각에 조금 슬퍼지긴 하지만."

스즈키는 기요미야의 눈길을 한 번도 피하지 않았다.

"그런데 요즘 들어 문제가 좀 생겼습니다. 평일 낮에 집 밖에서 활기찬 노랫소리가 들리기 시작했어요. 유치원인가 어린이집인가 하는 그런 시설이 생겼다고 하더군요. 평소에는 괜찮습니다. 저도 즐겁거든요. 아이들의 노랫소리에 귀를 기울이는 게. 무엇보다 아이들은 정말 최선을 다해서 노래를 부르잖습니까. 붕붕붕, 벌이 날아요. 남자아이도 여자아이도 정말 온 힘을 다해 빔을 쏘아 올리듯 노래를 부릅니다. 음정 같은 건 아랑곳하지 않고 그저 입을 크게 벌리며 목청껏 몸 안에서 솟아오르는 에너지를 폭발시키는 겁니다. 그 아이들의 생동감 넘치는 생명이 저에게도 고스란히 전해져요. 그러니 항의 같은 건 하지 않습니다. 아니, 그걸 떠나 애초에 저 같은 사람은 뭐라고 할 자격이 없죠. 그쪽에는 가능성으로 똘똘 뭉친 덩어리들이 모였고, 전 어차피 나중에 찰싹 들러붙어서 피나 빨아먹어야 할 존재니까요.

그런데 역시 고시엔 시즌 때만큼은 힘들더군요. 술을 마시고 꾸벅꾸벅 졸며 '너희의 노력 따위 내 알 바 아니야' 하고 중얼거리고 있을 때 귓가에 노랫소리가 들립니다. 붕붕붕, 벌이 날아요. 정말 최선을 다하는 붕붕붕 입니다. 말 그대로 가능성의 포효이자 미래가 활짝 열린 생명의 군가예요. 그걸 들으면 말이죠. 참을 수 없어집니다. 대낮부터 팔자 좋게 집 안에 늘어져 있는 저 자신의 초라한 모습을 마주하고 '난 대체 어디서 내 가능성을 잃어버린 걸까' 하고 무심코 떠올리게 되거든요. 이제 두 번 다시 그걸 손에 넣을 수 없다는 생각까지 드는 날에는 겁에 질려 밤잠도 못 자죠. 그러면 자고 싶어서, 잠들어 버리고 싶어서 술을 더 많이 마시게 되고, 그러다 보면 어느새 머릿속이 빙글빙글 돌고 위장도 빙글빙글 돌아서 결국 화장실에 뛰어가 우왝, 하는 결말로 끝나 버립니다. 다행히 그러면 기분은 좀 나아지는데 대신 잠기운이 또 완전히 달아나 버리죠. TV에서는 깡 하는 맑은 배트 소리가 들리고 밖에서는 경쾌한 피아노 연주에 맞춰 최선을 다하는 합창 소리.

하지만 전 방 한가운데, 전등 바로 밑에 서서 '아아, 오늘이 무슨 요일이었지? 오늘이 슈퍼마켓 포인트 두 배 적립일이었나? 아니, 그건 다음 주였나?' 같은 걸 생각하며 썩어 가는 현실을 외면해요."

스즈키는 "그래서" 하고 히죽 웃었다.

"그래서 가끔 떠올립니다. 얘들아, 좀 조용히 해 주면 안 될까, 하고."

그렇게 말하고 스즈키가 두 번째 손가락을 들어 올리자 기요미야의 얼굴에서 핏기가 가셨다.

"너 이 자식……."

"하지만 기요미야 형사님의 말이 정말 사실이라면 저와 그 아이들의 생명 역시 평등한 거 아닌가요?"

"스즈키!"

"아, 혹시 불쾌하셨나요? 이런 이야기를 싫어하시나 보네요. 그럼 그만하겠습니다. 네. 입 다물고 있겠습니다."

손등에 맞닿은 손톱이 살을 파고든다. 기요미야는 어금니를 꽉 깨물었다. 감정을 얼굴에 드러내지 않으려 노력했다.

"어떡할까요? 계속할까요? 그만할까요?"

"……계속하십시오."

목소리의 떨림은 감출 수 없었다.

어린아이.

그게 바로 다음 타깃일까.

손목시계를 확인하니 바늘은 아침 8시를 가리키고 있다.

스즈키는 "그럼" 하고 혀로 입술을 쓱 핥았다.

"평등과 반대되는 말을 꼽으라고 하면 대부분 차별을 꼽겠죠? 요즘은 성차별이나 인종차별 같은 게 문제시되고 있다고 하는데, 주간지에 실리는 독설 가득한 기사들을 읽다 보면 말이죠. 가끔 저 정도 되는 평등주의자도 없겠다는 생각도 듭니다. 전 대다수의 사람들에 비해 저 자신이 열등하다는 걸 자각하고 있어요. 성별 불문, 이성애자든, 동성애자든 상관없이 제가 그들의 아래에 있죠.

아마 생명체로서 최하층에 위치할걸요. 그리고 그런 최하층에 있는 인간이야말로 진정한 평등주의자일지도 모릅니다. 하지만 그래도 저 역시 남자는 남자예요. 남자는 역시 남자만의 특징이 있잖습니까? 적어도 동물로서 육체적으로는 수컷이니까요. 갖출 것도 갖추고 있고요. 네. 작기는 해도 있긴 있습니다. 아, 이런 저속한 이야기는 싫어하시나요? 싫다면 바로 그만하겠습니다."

기요미야가 대답하지 않자 스즈키는 수다를 재개했다.

"아무튼, 그래서 아무리 열등한 인간이긴 해도 남들만큼의 성욕도 가지고 있습니다. 여자의 알몸을 보거나 냄새를 맡으면 저도 모르게 반응이 오는 거예요. 보거나 냄새를 맡는 수준이 아니라, 조금 더 이것저것 해 보고 싶다는 생각이 안 들 수는 없죠. 사실 저역시 그런 경험이 아예 없는 건 아닙니다. 뭐 나름대로, 그럭저럭. 서는 것도 문제없고요. 다만 그럴 때 역시 저는 행복 공포증이 있으니까요. 여자의 알몸을 눈앞에 두고 있으면 꼭 온몸이 꽁꽁 묶여 버린 것처럼 됩니다. 상대 여자가 어이가 없어서 피식거릴 만큼 긴장해 버리고 마는 거예요. 그래서 전 저보다 훨씬 나이가 어리고, 훨씬 날씬한 여자에게 제가 돈을 주고 하는 상황인데도 늘 고개를 조아렸습니다. 떠받들었습니다. 그러니 말이죠. 기요미야 형사님. 여자를 무시하는 쓰레기 같은 그런 남자들과 절 똑같이 취급하는 건 역시 납득하기 어렵습니다. 말도 안 된다고 생각해요."

스즈키는 하는 말과 정반대로 얼굴을 활짝 폈다.

"이건 제 직감입니다만, 성범죄 가해자도 아무래도 남자가 많은 것 같더군요. 피해자는 대부분 여성분들 아닌가요? 어쩌면 차이가 열 배는 날 것 같은데요. 숫자는 그냥 어림짐작이지만. 아 참, 이 역시 책에서 읽은 건데, 차별과 통계는 사이가 좋다고 합니다. 예를 들어 미국에는 흑인의 범죄율이 높다는 식의 통계가 있대요. 하지만 그렇다고 해서 흑인은 범죄자다, 범죄자 예비군이라고 하는 건 통계가 아닌 차별이라더군요. 전 우락부락한 흑인들을 보면 역시 무섭지만, 그렇다고 흑인의 DNA에 범죄자 유전자 같은 게 박혀 있는 걸까 생각하면 그건 또 역시 아닌 것 같아요. 그거야말로 엄연한 차별 아닐까 생각합니다.

그렇다면 흑인의 범죄율이 왜 높을지 추측해 보면, 단순히 돈이 없어서 그런 것 아닐까요? 가난할 확률이 높고 그러니 범죄에 손을 댈 확률도 덩달아 높아지는 거죠. 그런 것들이 대대로 이어져 내려오면서 어느새 환경이 돼 버렸고, 그래서 열세 살 지미 군도 산탄총을 들고 스페인식 레스토랑을 습격할 수밖에 없는 겁니다.

뭐 적당히 지어낸 이야기지만, 그래도 느낌상으로는 왠지 이해되지 않나요? 범죄와 인종은 직접적으로 연결되지 않고 범죄율이 높은 통계에는 또 다른 이유가 숨어 있다. 그러니 통계를 근거로 뭔가를 판단하는 것에는 주의가 필요하다. 책에는 아마 그런 내용이 적혀 있었던 것 같네요."

스즈키는 "하지만 말이죠" 하고 한숨을 돌리더니 다시 말을 이었다.

"그걸 읽고 전 문득 떠올렸습니다. 조금 전 말씀드린 성범죄 비율이요. 남성 가해자 비율이 압도적으로 높은 그 문제 말입니다. 이건 아마 통계적으로는 맞을 거예요. 그렇다면 거기에도 뭔가 이유가 있는 게 아닐까. 남성이 남성이라는 것 외에 성범죄를 더 많이 저지를 만한 뭔가 다른 이유가 있는 건 아닐까."

스즈키가 얼굴을 가까이 들이밀었다.

"하나는 아마 힘의 차이겠죠. 여자보다는 역시 남자가 힘이 센 경우가 많을 테니까요. 그러니 억지로 할 수도 있는 거겠죠. 또 하나는 남자들의 발기 때문 아닐까요? 반대로 여자들은 세울 필요가 없잖습니까. 그러니 그냥 냅다 꽂으면 그만이라는 식으로 생각하는 겁니다. 좀 엉뚱할 수는 있어도 아마 조금은 맞을 것 같네요. 그런데 힘이 세고 육체적 특징도 있다지만, 왠지 또 그것만으로는 부족하다는 생각도 들어요. 뭔가 조금 더 있지 않을까. 세포 수준에서 짊어진 남자들만의 업보 같은 게. 예를 들어 이런 겁니다. 동물로서 여자들은 최고의 유전자를 원하는 반면 남자들은 자신의 유전자를 최대한 퍼뜨리고 싶어 한다. 어떻게든 널리 뿌리고 싶어 한다. 그러니 분별을 못하는 것이다. 강렬한 확산 욕구 때문에."

기요미야는 기묘한 망상이 떠올라 무심코 숨을 멈췄다. 스즈키의 얼굴을 한 무수한 미립자가 취조실에 가득 들어차 자신을 덮쳐 오는 것 같았다.

"아니, 어쩌면 남녀조차 상관없을 수도 있습니다. 누구나 가지고 있을지 모르죠. 자신을 전파하는 것, 퍼뜨리는 것, **다른 사람을 감염시키는 것**. 그 욕구, 그 쾌감. 그건 능력과 기회만 있으면 결코 거스를 수 없는 숙명적인 본능입니다."

갑자기 햇빛이 사라진다. 실내가 어두워진다.

"그리고 저 역시 그것을 가지고 있습니다. 열등한 생명체 나름대로의 성, 영혼의 발기와 사정에 지배된 욕망을요."

그러더니 스즈키는 느닷없이 "그렇다고 해도" 하고 장난스럽게 말했다.

"이제는 저도 나이가 나이인지라 성욕이 계속 줄어드는 추세이기는 하죠. 그래도 가끔 신사 같은 밤과 짐승 같은 밤, 그런 두 가지 밤이 찾아옵니다. 밤이 반복돼 귤빛이 되죠. 그럴 때는 반드시 목요일이고요."

스즈키가 세 번째 손가락을 세워서 기요미야는 혼란스러워졌다. 무심코 '잠깐만'이라고 소리칠 뻔했다.

잠깐만.

무슨 말인지 모르겠다.

그러나 듣고 있다.

문장 한 줄, 단어 하나 빠트리지 않고 이 녀석의 말을 듣고 있다.

그런데도 전혀 감이 잡히지 않는다.

반복되는 두 가지 밤? 귤빛? 목요일?

사고가 둔해진다. 검은 벌레가 방해한다.

배 밑바닥에서 혈관을 타고 올라와 서서히 온몸으로 퍼져 가고 있다.

"이성과 야성은 언뜻 서로 상반된 것 같지만, 둘이 합쳐 하나인 부분도 있지 않을까요? 아침과 밤, 해와 달처럼요. 머리와 엉덩이 정도의 거리가 있어도 아예 무관하다고 할 수는 없고, 두 가지 다 무시할 수 없는 개념이기도 합니다. 하지만 그 두 가지를 전부 고를 수는 없어요. 둘 다 선택하는 건 어렵다는 말입니다. 두 마리 토끼를 잡으려는 자, 모두 놓친다는 속담이 있죠? 태산 명동에 서일 필*이라는 고사성어도 있고요. 그런데 말이 나온 김에 하자면, 쥐라는 녀석들은 왜 그렇게 우르르 몰려다닐까요? 떼 지어 다니죠? 그러면서 찍찍찍찍 찍찍찍찍 시끄럽게 굴죠? 반면에 말은 조용하잖습니까. 나란히 서서 조용히 먹이를 먹죠. 축사 안에 질서 정연하게 늘어서지 않나요? 줄을 잘 서지 않나요? 어떤가요? 제 말이 맞죠? 이런 젠장. 시간이 갈수록 기억력이 점점 쇠퇴하는 게 느껴지네요. 아니, 그게 아니고 지금 중요한 건 말이죠. 기요미야 형사님, 형사님이 확실히 선택하실 수 있느냐는 겁니다."

손가락이 또다시 올라간다.

* 태산이 떠나갈 듯 요동쳤으나 뛰어나온 건 쥐 한 마리라는 뜻으로, 예고는 거창하게 했으나 결과가 보잘것없음을 이르는 말.

네 번째다.

기요미야는 이제는 의식하지 않고 고개를 흔들었다. 검은 벌레는 이미 뇌까지 도달해 불쾌한 열기를 내뿜고 있다.

스즈키가 이쪽을 바라보고 있다. 손가락 네 개를 세우고 미소 띤 얼굴로 상반신을 앞으로 내밀고 있다. 그 눈동자를 보고 있는 동안 온갖 상상이 머리를 스쳤다.

폭발의 굉음, 파괴의 충격, 피투성이 살점들.

작은 손, 작은 발, 작은 몸.

바로 조금 전까지만 해도 순수함밖에 모르던 아이들의 작은 머리. 내장.

울부짖는 유족들.

"……다섯 번째는?"

손가락 네 개를 세우고 있는 스즈키에게 기요미야는 간신히 목소리를 짜냈다.

"아직 안 끝났잖나. 아직 다섯 번째가 남았잖나. 계속해."

"아아, 형사님. 저도 알고 있습니다. 저도 그러고 싶은 마음이 굴뚝같아요. 하지만 죄송합니다. 완전히 사라져 버렸어요. 이건 어차피 의지할 수 없는 촉에 불과하니까요."

근육이 굳는다.

벌레가 불타고 있다. 온몸 구석구석을 태우려 하고 있다.

"뭔가 자극을 받으면 그다음이 떠오를 수도 있을 것 같긴 한데."

스즈키는 "예를 들어" 하고 미소 지었다.

"형사님. 이 손가락 중에 마음에 드는 것 하나만 부러뜨려 보시 겠어요?"

굵은 손가락이 눈앞에 다가온다. 엄지손가락만 접힌 손바닥이 보 인다. 살이 두툼히 오른 짧은 손가락. 머릿속에 순간 미래가 떠올랐 다. 이 손가락들을 한꺼번에 움켜쥐고 힘껏 비틀어 꺾는 미래가.

그러나 그것은 자신의 패배다.

"……그 수에는 놀아나지 않겠어."

"그 수? 혹시 이 손 말인가요?"

"어차피 계속할 생각도 없잖나."

기요미야는 스즈키를 노려봤다.

"네놈은 이걸 만족하나? 비겁한 승리로 충분한가 보군. 어차피 그 정도밖에 안 되는 작자이니."

"선택지는 있습니다. 이제 결단만 남았어요. 그리고 그걸 하는 건 제가 아닙니다. 형사님이죠. 기요미야 형사님."

또다시 햇빛이 들어온다. 굵은 손가락에서 솜털이 빛나고 있다. 철제 책상 위에서 포갠 손이 무심코 풀릴 뻔했지만 "선배님" 하는 루이케의 부름에 간신히 자제했다.

"곧 9시입니다."

11시라는 예고가 사실이라면 이제 남은 건 두 시간.

"어린아이."

기요미야는 스즈키를 바라보며 말했다.

"여덟 번째지? 그럼 이 답이 맞는지 말해. 타깃은 어린아이. 폭탄을 설치한 곳은 유치원 또는 어린이집이다."

"정말 대답해 드려도 될까요? 제 여덟 번째 질문이 끝나 버리는데."

"대답해. 정답인지, 오답인지."

스즈키는 네 개의 손가락을 구부리지 않고 고개만 살짝 좌우로 기울였다. 그런 몸짓을 몇 차례 반복하더니 갑자기 멈춘다.

"틀리지는 않을 겁니다, 아마도."

기요미야는 벌떡 일어섰다. 분노를 참지 못하고 취조실에서 나간다. 황급히 뒤따라오는 루이케를 돌아보지 않고 곧장 회의실로 향했다.

"선배님! 안 됩니다! 아직 부족합니다."

"뭐가 말이지? 퀴즈는 이미 나왔어. 풀면 돼."

"불가능합니다. 이대로는 패배입니다."

"자네라면 할 수 있어."

기요미야는 회의실 앞에서 멈춰 서서 루이케를 봤다.

"자네라면 할 수 있을 거야."

뭔가 할 말이 있는 것처럼 얼굴을 일그러뜨리는 부하에게 지시했다.

"풀게."

회의실로 뛰어든다.

이세가 노트북에 입력한 내용으로 상황은 이미 전달됐다.

모두 긴장하고 있다.

"장소를 특정할 수 있겠나?"

경비부 남자가 벼른 것처럼 물었다.

"도쿄에 유치원이 몇 개나 있는지 알아?"

루이케를 돌아본다. 눈으로 답을 요구한다.

고개를 숙이고 있던 부하는 마침내 체념한 것처럼 앞을 바라봤다.

"요요기입니다."

역시.

기요미야는 다시 한번 감탄했다.

존경스럽다고 해도 과언이 아니다.

두 개의 밤, 반복되는 **귤빛** 밤. 귤을 뜻하는 등(橙)과 대(代), 밤(夜)의 반복*. 그리고 목(木)요일.

즉, '요요기(代々木).'**

지령이 떨어졌다.

지금 당장 관계 기관에 연락! 대피 지시!

---

*   々, 일본어의 반복 부호.

**   일본어로 '등(橙)'과 '대'의 반복인 '대대(代々)'는 '다이다이'로 발음이 같고, 또
       '대대(代々)'는 밤의 반복인 '요요(夜々)'로 읽을 수 있다. 목(木)은 '기'라고 읽을
       수 있다.

아직 늦지 않았다. 두 시간이면 충분하다. 시부야구 요요기는 1번 지부터 5번지까지가 요요기 공원 북쪽을 둘러싸고 있다. 거기에 모토요요기초, 요요기우에하라 지구를 더하면 상당히 넓은 지역이다. 그래도 아이들을 대피시킬 수는 있다. 피해를 최소화할 수 있다.

"만약의 상황에 대비해 초등학교, 중학교, 어린이집과 학원까지 다 포함한다!"

소리치는 경비부 남자를 뒤에서 지켜보며 기요미야는 팔짱을 꼈다. 팔에 저절로 힘이 들어간다. 어금니를 꽉 깨물며 흥분을 가라앉혔다. 교대로 스즈키의 취조를 맡을 채찍 역할의 형사가 다가왔다. 그는 장소를 알아낸 걸 카드로 제시해도 되는지 반 강요조로 물었지만 기요미야는 거절했다.

모든 협상은 내가 한다.

스즈키에게 언제 어떤 정보를 어떻게 줄지도 내가 통제한다.

당신은 그저 윽박지르고 위협하는 역할로 충분하다.

채찍 형사가 화를 내며 따져도 기요미야는 끝까지 받아들이지 않았다. 험악한 밀고 당기기 끝에 결국 그는 마지못해 옆에 있던 책상을 한 번 걷어차고 회의실을 나갔다.

루이케는 그런 실랑이에도 아랑곳하지 않고 옆에서 입에 손을 얹고 사색에 잠겨 있다. 고뇌가 배어나는 그 태도에서 퀴즈를 풀어낸 사람의 믿음직함은 느껴지지 않았다.

"무슨 생각 중이지?"

"……정말 유치원이나 어린이집에 폭탄이 있을까요?"

"없다는 건가?"

루이케는 "아뇨" 하고 말을 머뭇거렸다. 어수선한 분위기를 틈타 경비부 남자가 다가왔다. 그는 기요미야와 루이케에게 스마트폰을 들이밀며 말했다.

"스즈키의 얼굴 사진을 공개하기로 결정됐어."

타당한 조치다. 스즈키에 대한 정보가 필요하다. 최소한 그의 집 주소를 밝히고 모든 소지품을 철저히 조사하기 전까지 이 사건은 해결되지 않는다.

무엇보다 피해를 막는 효과가 있다. 스즈키의 얼굴을 기억하는 이들은 주변에 주의를 기울일 것이다. 신고가 들어올 가능성도 커진다.

"느낌은 어떻지? 녀석이 폭탄을 더 설치했을까?"

"그건 솔직히 반반입니다. 다만 기습만은 하지 않을 거라고 확신합니다. 저와 대면하는 한 스즈키는 게임을 멈추지 않을 겁니다."

"흥."

경비부 남자는 언짢은 것처럼 콧방귀를 뀌었다.

"썩어빠진 자식의 승부 근성에 의지할 수밖에 없다니. 사쿠라다 몬*에서 통곡하겠어."

* 경시청 본부가 위치한 곳.

그러면서 그는 기요미야의 어깨를 툭 두드렸다. 거칠기는 해도 그 안에서 격려도 느껴졌다.

경비부 남자가 멀어져 가는 모습을 보며 기요미야는 루이케에게 물었다.

"두렵나?"

"네? 아, 그건 아닙니다만……."

"그럴 만도 하지. 지금 여기 있는 모두가 이런 사건은 처음일 테니. 하지만 익숙해져야 해. 적응해야 해. 물론 틀리면 웃음거리가 되고 자칫 잘못하다간 빼앗길 수도 있겠지. 일반 시민들의 목숨을. 그래도 받아들일 수밖에. 최악의 경우 책임은 내가 질 테니 자네가 신경 쓸 건 없어."

"기요미야 선배님."

루이케가 고개를 흔들었다.

"그런 건 상관없습니다."

괜한 허세처럼 들리지는 않아 기요미야는 두근거리는 가슴을 팔짱을 끼며 억눌렀다.

"그럼 뭐가 불만이지?"

"퀴즈는 아직 풀리지 않았습니다. 어중간한 상태입니다."

"어린이와 요요기. 그 밖에 뭐가 더 있겠나?"

돌이켜보면 스즈키가 자신에게 아이가 있냐고 물은 것도 그 복선이었을 것이다.

전화 담당 직원이 외치는 소리가 들렸다.

XX유치원, 대피 완료! ○○어린이집, 완료!

"세 번째 힌트의 답이 '요요기'라는 건 저도 확신합니다. 하지만 네 번째는?"

"녀석이 입에 담은 '태산 명동에 서일필'이라는 고사성어. 서(鼠)는 쥐. 그리고 십이지의 쥐는 '자(子)'. 누가 봐도 아이를 암시한 것 아닌가?"

"그럼 말은? 부자연스럽게 갑자기 튀어나온 말은 뭘 암시한 걸까요?"

루이케의 얼굴이 상기돼 있다.

"아니, 애초에 아이에 대해서는 그전부터 낌새를 풍기고 있었습니다. 두 번째 힌트가 그것입니다."

"진정해."

유치원, 어린이집, 완료!

완료! 완료!

"스즈키의 모든 말에 의미를 부여하지는 말게. 녀석은 허언을 일삼으며 사람들을 현혹시키고 있어. 그걸 가려내는 게 자네 임무고."

"하지만……."

"스즈키에게 휘둘리면 안 돼. 그놈을 너무 높이 사지 마. 분명 범상치 않을 놈일 수는 있겠지. 그런데 그건 미치광이 범죄자들에게 흔한 기괴함일 뿐."

어느새 두 사람은 정면으로 마주 보고 있다. 주변에서 잇달아 완료를 알리는 보고 소리가 기요미야는 조금씩 멀어지는 착각에 휩싸였다.

"첫 번째 손가락을 언제 세웠는지 기억하십니까?"

루이케의 질문에 침을 꿀꺽 삼켰다. 스즈키와 대치하는 과정에서 자신도 그것을 간과하고 식은땀을 흘렸다.

"저도 몰랐습니다. 어느새 스즈키의 여덟 번째 질문이 시작되고 있더군요. 어디서 첫 번째 힌트가 나왔는지 도무지 모르겠습니다."

고심하는 목소리를 듣고 기요미야는 기억을 더듬었다. 도중에 녀석은 물을 마셨다. 그때는 아직 오른손 손가락을 세우고 있지 않았다. 그러고 나서 두 손을 허벅지 사이에 숨겼다. 그리고 노숙자 이야기를 시작했다. 냄새 이야기. 파친코에서 돈을 딴 이야기. 영혼의 썩은 냄새, 원하는 것, 복지로는 받을 수 없는 것들.

알 수 없다.

한 번 의심하기 시작하면 모든 게 의심스러워진다.

"녀석 스스로 '아이'가 정답이라고 인정했어. 유치원이나 어린이집이라고."

"'틀리지는 않을 것이다'. 스즈키는 그렇게만 말했습니다."

"그래서 그냥 신경 쓰지 말라는 건가?"

감정이 격해졌다.

"시간도 인력도 한정돼 있어. 결단할 수밖에 없는 거야. 아닌가?"

"아뇨."

루이케는 입술을 깨물었다.

"……타깃은 어린아이. 그건 저도 확신합니다."

"그럼."

"하지만 부족합니다. 아직 부족합니다. 분명."

표정이 굳어지는 것을 막을 수 없었다. 루이케는 그런 기요미야를 쳐다보지 않고 혼잣말을 중얼거리기 시작했다.

"그 밖에 또 아이들이 모이는 장소가 있을까요? 내가 간과한 곳이 있나? 이건 마치 우리를 시험하는 듯한…….."

상기됐던 얼굴이 지금은 창백해졌다. 눈동자가 안절부절못하게 이리저리 움직이고 있다.

이 남자의 이런 모습을 보는 건 처음이다. 불안감이 엄습했다. 스즈키의 영향을 받고 있다면 이 부하를 직무에서 배제하는 결단이 필요하다. 뛰어난 두뇌에는 의심의 여지가 없다. 젊은 나이에 경시청의 특수 범죄과에 발탁된 것도 그 때문이다. 그러나 한편으로 루이케의 태도나 성격에는 우려하는 목소리도 적지 않았다. 사회인으로, 직업인으로 아직 미숙하다. 상식을 갖추지 못했다는 의견마저 있었다.

"북쪽과 남쪽으로 보이는 유치원과 어린이집들을 중점적으로 조사해 주십시오."

"뭐?"

"십이지의 쥐(子)는 북쪽, 그리고 말(午)은 남쪽을 가리킵니다."

"……그럼 토끼(卯)가 가리키는 동쪽도 주의해야겠군."

"요요기 공원도. 그 밖에도 아이들이 모일 만한 장소는 전부."

그렇게 지시한 후 돌아오자 루이케의 고장 난 로봇 같았던 얼굴이 다시 인간의 얼굴로 돌아와 있었다. 루이케가 "선배님" 하고 입을 뗐다.

"아무래도 각오하는 게 좋을 것 같습니다."

"찾을 수 있어. 유치원이나 어린이집에서 폭탄은 반드시 발견될 거야."

루이케는 대답하지 않았고, 기요미야도 더는 부하를 보지 않았다.

정보가 계속 업데이트됐다. 안전이 조금씩 확보돼 간다. 폭발물 처리반이 순차로 시설에 들어가 폭탄 수색을 시작하고 직원들을 상대로 탐문 중이다. 최근에 이런 남자를 보신 적 있습니까? 동시에 아침 뉴스에서도 스즈키의 얼굴 사진을 내보내고 있다. 사진 아래에는 '연쇄 폭발 사건의 용의자'라는 자막이 붙었다. 아나운서가 침통한 표정으로 피해자들에게 애도를 표하고 시청자들에게 주의를 당부한다. 혹시라도 이번 사건에 대해 아시는 바가 있는 분은 어떤 사소한 것도 좋으니 신고해 주십시오.

전화번호는…….

시간이 흐른다.

기요미야는 팔짱을 끼고 계속 서 있었다. 폭탄은 반드시 발견될 것이다. 그 소식을 들고 스즈키를 다시 마주하게 될 것이다. 루이케의 동요는 오히려 기요미야를 차분하게 했다. 검은 벌레는 사라졌다. 완성되지 않은 퍼즐이 머릿속에 떠오른다.

스즈키의 얼굴, 스즈키의 표정, 스즈키의 목소리, 스즈키의 말.

그것들이 모두 피스가 되어 퍼즐을 채운다.

이제 100피스도 남지 않았다.

다음에는 완성한다.

마무리 짓는다.

"11시."

루이케가 갑자기 중얼거렸다. 아직 40분 넘게 남았다.

"왜 11시일까요?"

질문은 기요미야를 향하지 않았다.

"혹시 파친코? 아니, 파친코 개점 시간은 대부분 10시일 텐데……."

그의 입에서 흘러나오는 독백을 기요미야의 귀는 받아들이지 않았다.

왜 11시일까?

그 중얼거림을 듣는 순간, 머릿속에서 다시 검은 벌레들이 꿈틀거리는 느낌에 휩싸였기 때문이다.

오래전 우에노 경찰서에서 초임 순경으로 근무하던 시절 매일매일 자전거를 타고 이곳저곳을 순찰했다. 데면데면한 성격이라

시민들을 대하는 게 어려웠고, 그래서 하루빨리 형사가 되고 싶었다. 일상의 작은 사건 사고에 흥미를 느끼지 못한다는 걸 깨달았다. 결국 그 소원이 이뤄져 경시청에서 근무를 시작했고, 특수 범죄 수사과에 배치돼…….

우에노 시절, 봉사 활동을 그만두게 해 달라는 민원에 시달린 적이 있다. 역 앞에서 진행 중인 모금 활동이 거슬린다. 시끄럽고 그 의도도 빤하다. 거리의 이미지를 손상시킨다. 진심 어린 그런 주장을 듣고 말문이 막혔던 것을 기억한다.

왜 그날이 떠오르는 걸까.

간과.

설마.

하지만 나는 지금껏 최선의 선택을 했다.

할 수 있는 모든 일을 하고 있다.

그때 전화 담당을 맡은 젊은 직원이 수화기를 들고 모두에게 소리쳤다.

"유치원 뒤뜰에서 소포 발견!"

15

이세의 마음은 흔들리고 있었다. 기요미야와 루이케가 모두 취조실을 나가는 바람에 지금 안에 스즈키와 둘만 남았다. 이제 곧 교대할 취조관이 올 것이다. 어쩌면 기요미야가 돌아올 수도 있다. 둘만 있을 시간은 그리 길지 않다.

스즈키는 나를 잘 따른다. 나에게서 친근감을 느끼고 있다. 기요 미야와 도도로키는 거두지 못한 성과다. 이 남자의 신원과 정체를 밝힐 수 있는 사람은 아마 나밖에 없다.

나라면 할 수 있다.

아니, 해야 한다.

조직의 규율을 다소 벗어나더라도.

물론 이용당할 위험성도 잊어서는 안 된다. 충분히 주의해 가며 그런 그를 내가 다시 이용하면 된다. 몇 시간 전 화장실에서 스즈 키와 대화했을 때 느낀 그 고양감은 결코 착각이 아니었다.

하지만 상황이 바뀌었다.

도쿄돔시티의 피해자가 사망했다. 원래 중태였지만 중태와 사망 은 역시 결정적인 차이가 있다.

살인자를 상대로 스탠드 플레이*가 허락될까.

불현듯 스즈키가 이세 쪽을 봤다.

눈을 마주친다.

기분 좋다는 듯이 입을 살짝 벌려 헤벌쭉 웃는다. 그런 모습을

---

* 관중의 눈에 띄기 위해 선수가 의도적으로 과장된 플레이나 기교를 보여주는 행동.

보며 이세는 초조함과 동시에 답답함을 느꼈다.

한 발짝 더 나아가야 할까, 물러서야 할까.

꼴사납게 히죽거리는 폭탄 테러범.

결정하지 못하는 상황, 정처 없이 흐르는 시간.

그 모든 것이 하나부터 열까지 불쾌했다.

"두려워하지 마세요. 이세 형사님."

"뭐?"

스즈키의 '아닌가요?' 하는 듯한 표정을 보며 속이 부글부글 끓었다.

"두려워한다고? 내가 널? 꿈도 야무지시지. 네가 그렇게 거물인 줄 알아? 넌 그냥 변태 살인마야."

기요미야 대신 들어왔던 취조관의 영향이 내 말투에서도 드러난다. 무자비한 욕설과 협박의 퍼레이드는 피의자뿐 아니라 보조관의 귀에도 박힌다. 그리고 정신을 피폐하게 한다.

소리 지르는 것만은 참았다. 누가 복도에 있을 수 있다. 지금까지 기록에 남기지 않은 우리 둘의 대화를 의심받기라도 하면 곤란하다.

"아무튼 우쭐대지 마, 스즈키."

"아, 이런. 죄송합니다. 실례가 많았네요. 형사님, 모쪼록 화를 거두어 주세요. 보다시피 이렇게 확실히 반성 중이니 부디 사이좋게 지내 주셨으면 합니다."

연신 고개를 조아리는 모습을 보며 흥분이 가라앉았다. 그러자 이번에는 시험해 보고 싶은 욕구가 불쑥 고개를 들었다.

"사과는 그걸로 끝이야?"

"네. 부족할까요?"

"부족하지. 나랑 사이좋게 지내고 싶다며?"

"네, 맞습니다, 맞습니다. 이세 형사님은 제 몇 안 되는 지인이니까요."

"그런데 아까 기요미야 선배 앞에서도 친근하게 선배를 이름으로 부르더군. 그걸 보며 뭐 이렇게 경박한 놈이 다 있을까 싶었어. 친해지고 싶다느니 뭐니 하며 결국 누구든 상관없었던 거잖아."

"아뇨, 아뇨. 그럴 리가요. 제게는 이세 형사님이 1순위입니다. 기요미야 형사님은 두 번째고요."

"그 곱슬머리 자식은?"

"그분은 인상이 별로 좋지 않던데요."

웃음이 터질 뻔한 것을 간신히 참았다.

"그럼 말해 봐. 노숙자였던 네가 어떻게 집 안에서 야구 중계를 보는 신분이 될 수 있었는지."

"그건 어떤 자상한 분 덕분이죠. 제가 조금 전에 스승님 이야기를 했죠? 저에게 많은 것을 가르쳐 주신 대선배님이요. 스승님은 발이 넓어서 여러 사람들과 친하게 지냈는데, 레스토랑 주방장이나 편의점 직원, 군고구마를 파는 아저씨들과도 친해서 종종 남은 음식을 받곤 했습니다. 그리고 감사하게 저에게도 그걸 나눠 주셨어요. 따끈따끈하고 꿀이 잔뜩 배어난 샛노란 고구마. 추운 겨울에는 꼭 보석처럼 반짝반짝 빛났죠."

"이봐. 핵심만 말해."

"아, 죄송합니다. 추억이 너무 많아서 저도 모르게 그만. 형사님도 저 정도 나이가 되면 아실 겁니다. 추억 이야기는 얼마든지 할 수 있다는 걸요. 바로 어제 일은 잊어버려도 오래전 일은 또 달라요. 거기에 이세 형사님 앞이라 그런지 형사님에게만큼은 자꾸 이야기하고 싶어지네요."

이세는 내심 혀를 차며 "됐고 계속해"라고 재촉했다.

"스승님은 제가 동경하던 분이었습니다. 밝고 친절한 데다 박식한 분이었죠. 사는 집이 없어도 풍요롭게 살아갈 지혜와 인덕을 갖추고 계셨습니다. 스승님처럼 누구와도 친하게 지낼 수 있는 분들은 정말 대단합니다."

바깥이 신경 쓰인다.

문이 언제 열릴까.

"그런데 어느 날, 사건이 일어났습니다. 당시 저희가 살던 공원에서 동네 아이들이 스승님을 습격하는 일이 벌어진 겁니다."

"어이, 설마 또 죽은 거야?"

"아뇨, 아뇨. 생명에는 지장이 없었던 것 같습니다. 저도 자세한 건 모릅니다. 스승님은 피투성이, 멍투성이가 된 채 구급차에 실려

갔고, 그날 이후 두 번 다시 만나지 못했으니까요."

"한때 유행하던 '노숙자 사냥'이란 건가."

"맞아요, 맞아요. 이 세상에는 그런 끔찍한 짓을 저지르고 다니는 녀석들이 있다죠. 그런데 뒤늦게 들은 풍문인데, 스승님은 남자아이를 좋아했다더군요."

"뭐?"

"이 역시 들은 이야기지만 가끔 마음에 드는 남자아이를 찾으면 같이 이런저런 놀이를 했다고 합니다. 그러다 점차 아이들 사이에서 스승님의 그런 취미 이야기가 퍼졌고, 결국 스승님을 손볼 사람 모임 같은 게 생겼다고 해요. 대단하죠? 스승님의 손이 닿고, 스승님의 그걸 입에 물었던 남자아이들의 친구나 형제들이 나무 몽둥이와 돌 같은 걸 손에 들고 한밤중에 스승님의 보금자리에 찾아와 스승님을 두들겨 팬 겁니다. 전 눈치채지도 못했어요. 원래 한번 잠들면 누가 업어 가도 모를 정도로."

스즈키는 허리를 숙여 상반신을 쭉 뻗었다.

"그래서 말이죠. 제가 의심을 샀습니다. 노숙자 동료들에게, 네가 아이들에게 스승님을 팔아넘긴 게 아니냐고."

이맛살을 찌푸리는 이세를 보며 스즈키는 비밀 이야기를 이어 갔다.

"또다시 억울한 누명을 쓴 겁니다. 너 같은 놈은 여기서 나가라. 순식간에 그런 분위기가 형성되더군요. 근거라곤 아무것도 없는데도요. 그런데 어차피 진실 같은 건 상관없었던 것 같습니다. 지금도 생생히 기억해요. 어제까지 함께 웃고 떠들던 사람들이, 서로서로 도와주던 사람들이 절 생판 모르는 타인처럼 바라보던 눈빛, 경멸 섞인 말. 그 안에 깃든 흥분. 그렇습니다. 그들은 즐기고 있었던 겁니다."

자신이야말로 즐기고 있는 듯한 스즈키의 웃는 얼굴을 보며 이세는 숨을 죽였다.

"뭐 익숙하기는 합니다. 딱히 억울하지도 않고요. 아아, 또 이렇게 됐군 정도의 느낌이었죠. 그런데 딱히 다른 갈 곳도 없었으니 그냥 눈에 띄지 않게 조용히 살았습니다. 그리고 그럴 때 바로 이 녀석이 뚝딱하고 만들어졌죠."

스즈키는 10엔짜리 크기만 한 원형 탈모반을 손가락으로 가리켰다.

"그래서 또 놀림을 당했습니다. 우리가 차갑게 대하니 저러나 보다 하고 뒤에서 비웃더군요. 전 정작 따돌림이나 10엔 탈모반은 아무렇지도 않았지만 멋대로 다른 사람의 마음을 재단하는 건 불쾌했습니다. 정말 질색이었어요. 견디기 힘들 정도로."

"그만해. 난 어떻게 거주지를 구했는지를 물었어."

"그러니까 그렇게 흘러간 겁니다. 저 말고도 외톨이인 사람이 있었어요. 배낭 하나 덜렁 메고 무작정 들어온 신참이었는데 삶의 의욕을 잃어버린 것 같더군요. 그렇다고 죽을 용기도 없어 보였고요.

항상 밀랍 인형처럼 무표정한 얼굴로 있으면서 말을 걸어도 전혀 반응하지 않아 다들 자연스럽게 신경을 안 쓰게 됐죠. 신경 써 준 사람은 스승님 정도였습니다. 아무튼 그런 인연으로 알고 지내게 됐고, 둘 다 낙오자라는 연대감도 있어 제가 그를 돌봐주게 됐습니다. 나름 사이좋게 지냈다고 생각해요. 그렇다고 해도 뭐 둘 다 거의 폐인이었으니 먹고 잘 때 빼고는 거의 멍하니 있기만 했지만요. 하지만 의외로 그런 게 마음 편하더라고요. 그냥 같이 있기만 하는 관계. 계산도 이용도 하지 않는 관계가."

스즈키는 "그런데 그 사람이 말이죠" 하고 어깨를 움츠렸다.

"1년도 되지 않아 공원을 나갔습니다. 돌아갈 곳을 찾았다고 했어요. 그 후 시간이 조금 더 지나고 나서 오랜만에 연락이 오더군요. 이래 봬도 저도 스마트폰을 가지고 있으니까요. 스승님이 쓰던 걸 물려받은 거긴 하지만 엄연한 스마트폰 사용자입니다. 아무튼 그분이 그렇게 갑자기 연락해서 대뜸 자기가 사는 집에 오지 않겠느냐고 제게 물었습니다. 자기 일을 조금 도와주면 남는 방에서 자도 되고 심지어 TV를 봐도 된다고도 했어요. 아, 잠깐. 그분에 대해서는 말할 수 없습니다. 이세 형사님과 아는 사이도 아닐뿐더러, 조금 이상한 말일 수는 있지만 최근 일이라 기억이 가물가물하거든요."

"최근이 언제지?"

"글쎄요. 10년 전인지, 2년 전인지, 3개월 전인지. 전 기억상실증에 걸렸고 애초에 저 같은 사람에게는 언제, 어디 같은 건 별로 중요하지도 않습니다."

이세는 소리치고 싶은 충동을 꾹 참으며 물었다.

"주소는?"

스즈키는 입을 다물었다. 가만히 이쪽을 쳐다본다. 품평하는 듯한 눈빛이 거슬린다.

너 따위한테 평가받을 삶을 살지 않았어.

"대답해. 나와 진짜 친구가 되고 싶다면."

"대답해 드리면 기뻐하실 건가요?"

"그래. 기쁘지."

"성과를 올릴 수 있으니?"

이번에는 이세가 입을 다물었다.

"아, 물론 상관없습니다. 전 전혀 상관없어요. 형사님께 실적이 생기면 저도 기쁠 테니까요. 하지만 이 세상은 원래 부조리하게 만들어져 있잖아요. 형사님의 공을 옆에서 누군가가 가로챌 수도 있죠. 스승님께 들었습니다. 회사나 조직 같은 곳에는 그렇게 뻔뻔하고 비겁한 녀석들이 수두룩하다고요."

가슴 한구석에 찌릿한 통증이 스쳤다.

"어이. 그래서, 말할 거야? 안 할 거야?"

"하겠습니다. 하고말고요. 하지만 지금부터 제가 말씀드리는 건 전부 이세 형사님의 성과가 되어야 합니다. 다른 사람에게 빼앗기

시면 안 돼요."

알랑거리는 얼굴이 은둔형 외톨이인 동생과 겹친다. 뭔지 모를 이유로 동생에게 잔소리를 할 때였다. 너처럼 못난 놈은 처음 본다며 비난하는 이세에게 동생은 비굴한 미소를 지으며 이렇게 대답했다.

그럼 써도 돼. 형의 소설에.

그렇게 해서 형에게 도움이 된다면.

문학부에 다니던 이세가 창작을 그만두고 경찰관이 된 계기였다. 동생에 대해 정말 써 버릴 것 같았다. 그리고 그걸 읽은 녀석이 혼자 멋대로 만족할 것 같았다.

"내 성과로 만들라고?"

이세는 그 기억과 함께 말을 토해냈다.

"그걸 어떻게 증명하지?"

기요미야 앞에서 '이세 형사님이 마음에 들어 다 털어놓았습니다'라고 말하게 스즈키에게 시킨다?

터무니없다.

"어차피 사건이 끝날 때까지 난 여기서 한 발짝도 못 나가."

"여기서 전화하시는 겁니다."

"……뭐?"

"여기서 전화하세요. 믿을 수 있는 분께. 이세 형사님을 절대로 배신하지 않을 분에게 전화하세요."

함정인가?

이세는 들뜨려는 마음을 경계심으로 억눌렀다.

"대신 한 가지 부탁이 있습니다. 스마트폰을 처분해 주셨으면 합니다."

"스마트폰?"

"네. 전 잃어버린 줄로만 알았는데, 아니 실제로 정말 잃어버렸는데 바로 조금 전 간신히 기억이 났어요. 그걸 어디에 두고 왔는지가. 분명 그곳이 확실하다고 머리가 번뜩였습니다. 사실 그 안에는 제 부끄러운 사이트 열람 기록이나 파렴치한 사진 같은 게 잔뜩 남아 있거든요. 이대로 제가 억울한 누명을 쓰고 잡혀가는 건 어쩔 수 없다 쳐도, 그래도 그것만큼은 다른 사람들에게 보이고 싶지 않습니다. 부탁입니다, 이세 형사님. 스마트폰만은, 모쪼록 그것만은 어떻게든 처리해 주세요. 제발. 무릎을 꿇으라면 꿇겠습니다. 그리고 형사님. 저희는 친구잖아요?"

애원하는 모습을 보고 있자 함정이든 아니든 집 주소를 밝히는 게 최우선 사항이라고 생각이 정리됐다. 스마트폰도 중요한 증거물이다. 물론 처분 따위 하지 않는다. 철저히 조사할 것이다. 그렇게 자택 주소를 알아내면 된다. 이 녀석의 자진 신고가 거짓이 아니라는 걸 확인한 후에 보고하려 했다는 변명도 아슬아슬하게 성립되지 않을까. 단독 행동의 책임을 묻지 않고 최고의 성과로 인정해 주지 않을까. 기요미야와 그 거칠고 무능하기만 한 경시청 취조관, 도도로키와 쓰루쿠까지, 날 언제든 부려 먹을 수 있는 타이피스트 정도로만 여기는 녀석들에게 한 방 먹이고 상층부에 실력을 어필할 수 있지 않을까.

하지만, 하지만.

아니, 그래도…….

"사실 주소는 아직 기억나지 않습니다만 아마 스마트폰에 메모가 있을 겁니다. 분명 형사님의 기대에 부응할 수 있을 거예요."

"……전화 같은 걸 몰래 하다가 들키면 예삿일로 끝나지 않아."

"괜찮지 않을까요? 어차피 지금 이 안에는 저와 이세 형사님밖에 없으니까요."

스즈키의 눈동자가 부드럽게 가늘어진다. 묘한 온기가 느껴진다. 가슴에 남아 있던 응어리가 슬며시 의식의 도마 위에 오른다.

나보다 머리 하나는 키가 더 큰, 동기생 남자.

"전화, 하실 거죠?"

불가항력이었다.

그때 그 녀석의 공을 빼앗은 건, 잠깐 뭐에 씌어서.

"자, 어서요."

이세는 사적으로 쓰는 스마트폰을 꺼냈다. 화면에 오전 9시 30분이 표시돼 있다. 손가락으로 주소록을 넘기며 머리 한구석에서는 지금 이곳의 문이 열렸으면 좋겠다고 무의식적으로 생각했다.

16

고지마치 경찰서가 소란스러워지기 직전 사라는 간신히 보고서 작성을 끝냈다. 옆에서 크게 기지개를 켜는 럭비남의 겨드랑이에서 역한 냄새가 풍겨 하마터면 의식을 잃을 뻔했다. 하지만 자신도 비난할 자격이 있는지 의심스럽다. 근무를 시작한 지 벌써 24시간이 넘었다. 아침부터 평상시 업무에 열중하고 스즈키를 연행한 뒤부터는 이곳저곳에 불려 다니다가 폭탄 사건에 휘말렸다. 지시 불이행이라는 질책을 듣고 지금은 작고 빽빽한 글자에 시달리며 악전고투하고 있다. 현재 염라대왕보다 더 무서운 적은 수마다. 물론 아직 샤워도 못 했다.

"남자 같은 글씨체네."

럭비남이 사라의 손 쪽을 슬쩍 들여다보며 말했다. 서류를 가득 채운 각진 글자는 보는 이들에게 비슷한 느낌을 안기는 듯했고 사라의 대답도 이미 정석처럼 굳어져 있었다.

"펜글씨를 배웠거든요. 아버지가 시켜서, 어렸을 때부터 계속."

별로 크지 않은 회사의 사무직원으로 일하던 아버지는 느긋한 성품으로 부인과 자식들에게 좋게 말하면 자상했고 나쁘게 말하면 무른 사람이었다. 꾸지람을 들은 기억도 거의 없다. 취미는 바둑, 가끔 낚시. 이따금 느닷없이 가족들에게 함께 가자고도 했지만 두 오빠와 동생, 그리고 사라는 거의 따라 주지 않았다. 그렇게 거절당해도 불쾌해하는 내색 하나 없이 "그래, 그렇구나" 하고 싱글 벙글 웃으며 "그럼 다녀오마" 하고 가볍게 집 문을 나서는 사람이 었다. 딸의 진로에 시시콜콜하게 간섭하지도 않았다. 경찰관이 되 고 싶다고 털어놓았을 때 극구 반대하는 어머니를 옆에서 달랬을 정도다.

그런 아버지가 유일한 강요한 것이 바로 펜글씨였다는 게 그야 말로 아버지답다는 생각이 들었다.

글씨는 제대로 써야 한다.

잘 쓸 필요는 없지만, 제대로 써야 한다.

네가 쓰는 글자는 누군가에게 전달하기 위해 있는 거니.

"하지만 이렇게 기진맥진한 사람들에게 서류 작성이라니. 이건 분명 징계겠죠?"

"그렇다면 효과는 확실하군."

럭비남은 아직 반도 채우지 못한 자기 서류를 못마땅하게 펄럭 거리며 말했다.

단순한 괴롭힘이 아니라는 건 알고 있었다. 새벽 4시 폭발 때 사 라와 사루하시가 지시를 어긴 건 사실이지만, 피해를 막은 공로에 비하자면 아무것도 아니다. 경찰은 그 어떤 조직보다 결과주의적 이다. 실제로 현장 책임자인 반백 머리 형사에게 불호령이 떨어졌 고 윗선에 불려 가 구두로 자세한 경위를 설명할 때도 주의를 들 었지만 모두 형식적인 것이었다. 반백 머리 형사는 마지막에는 결국 잘했다며 사라와 사루하시의 어깨를 두드려 주었다.

그러니 이 서류 작성 지시는 이번 사건에 그만큼 이목이 쏠려 있다는 증거다. 언론뿐 아니라 관련 부처, 심지어 정치인들에게까지 설명할 필요가 있다고 윗선은 보는 것이다. 모든 정보를 정확히 파악하고 있어야 한다는 강박관념은 국가 기관에서 근무하는 이상 피할 수 없다.

사건이 소강상태에 접어든 이유도 크다. 아니면 위험을 뚫고 온 병사들에게 조금이나마 휴식을 주고 싶은 지휘관의 배려일까. 그 이면에는 쉬고 난 다음에 더 열심히 뛰라는 속내가 읽히기도 하지만 여기까지 온 이상 물러설 수 없으니 사라도 바라는 바였다.

'그래도 샤워 정도는……' 하고 속으로 애원했을 때 작은 방 안에 고지마치 경찰서 직원이 뛰어 들어왔다.

"긴급 소집입니다. 다음 타깃 판명."

사라와 사루하시는 동시에 몸을 일으켰다.

시간은 아침 9시가 지났다.

유치원, 어린이집에는 요요기 경찰서에서 출동했고 지원 부대들은 초등학교, 중학교, 기타 유사 시설로 향했다. 왜 학교보다 유치원과 어린이집이 우선되는 걸까. 매번 그렇듯 설명은 없었지만 그래도 신문 판매소는 들어맞았으니 따지기보다는 군말 없이 따르기로 했다.

사라를 비롯한 노가타 경찰서 팀에 어느 초등학교가 배정돼 사라는 여기서 럭비남과 헤어지게 됐다. 요요기 경찰서 직원 두 명과 함께 현장에 가서 대피 유도를 마쳤다. 월요일이라 당연히 아이들이 많았고 체육관도 안전이 보장되지 않아 부득이 운동장에 아이들을 줄지어 앉혔다. 요요기 경찰서의 젊은 직원이 지루해하는 아이들에게 즉석 방범 강좌를 하는 동안 옆에서 교사들은 잔뜩 당황해 있었다. 수업을 어떻게 해야 할지, 학부모들에게 연락해야 할지, 아이들을 집으로 돌려보내야 할지 고민하는 듯했다.

사라를 비롯해 손이 비어 있는 인원들이 폭발물을 수색했다. 어차피 폭발물 처리반이 최종 확인을 할 테지만 그렇다고 시간을 허비할 수는 없다.

11시까지라는 제한 시간이 정말 맞는 걸까.

오폭 가능성은?

하지만 그렇게 따져도 소용없다.

팀장과 과묵남, 사라는 지금 비상사태 특유의 묘한 흥분 때문에 두려움이 옅어진 상태였다. 구역별로 나눈 건물 내부를 둘러보는 데 약 한 시간 남짓. 주변에 있는 나무들까지 샅샅이 훑었지만 결국 아무것도 나오지 않았다.

아무래도 이곳은 아닌 듯하다. 담벼락을 따라 서 있는 나무 사이사이를 살피며 가슴을 쓸어내리는 동시에 화가 불끈 치밀었다.

하필 아이들을 표적 삼다니. 정말 최악의 인간쓰레기 아닌가.

"뚱보 아재. 내가 당신 얼굴 똑똑히 기억하고 있어. 다음번에 만나면 형체를 못 알아보게 내 손으로 흠씬……."

"어이, 사라다."

깜짝 놀라 하마터면 펄쩍 뛸 뻔했지만 곧 안도의 한숨을 내쉬었다. 이런 으스스한 혼잣말을 듣고도 아무렇지 않을 사람. 고다 사라를 사라다라고 부를 사람은 이 지구상에 야부키 다이토 외에는 없다.

야부키는 주변을 힐끗거리며 사라에게 다가왔다. 그리고 속삭이듯 말했다.

"잠깐 다른 곳에 좀 다녀올게."

사라는 '뭐야?'라는 표정을 지었다. 묘하게 어색한 모습을 볼 때부터 불길한 예감이 들었지만 상상도 못 한 부탁이었다.

"혹시 누가 물으면 그럴싸하게 둘러대 줘."

"뭔데? 똥?"

일부러 던진 농담을 야부키는 진지한 얼굴로 부인했다.

"신경 쓰이는 게 있어. 아마 그리 오래 걸리지는 않을 것 같은데."

"잠깐만. 그건 안 돼. 여기가 외곽이기는 하지만 그래도 역시 빠지는 건 곤란해."

"나도 알아. 그러니 너한테 부탁하는 거야."

말도 안 된다. 백번 양보해 둘러대 줄 수 있어도 들통났을 때는 책임질 수 없다. 지고 싶어도 불가능하다.

"부탁할게. 간만에 동생 덕 좀 보자."

"무슨 일인데?"

사라가 올려다봐도 야부키는 고개를 돌렸다. 거짓말에 서툰 건 형사를 목표로 하는 야부키의 단점일 것이다.

"……유력 제보가 들어왔어. 스즈키의 정보를 얻을 수도 있을 것 같아."

"뭐? 그런 건 위에 보고해야지."

"불확실한 정보야. 그래서 확인부터 하고 싶어."

성과를 올리고 싶다. 사라의 귀에는 그렇게 들렸지만 비난하고 싶지 않았다. 합류한 뒤부터 야부키가 뭔가 이상하다는 건 눈치채고 있었다. 폭탄을 수색할 때도 정신은 다른 곳에 팔려 있는 듯했다. 친한 여동생이 스탠드 플레이로 활약한 마당이다. 다른 경찰서 소속의 또래 형사와 함께. 자신이 멍하니 경비만 서고 있던 시간에.

야부키는 절대 인정하지 않겠지만 사라는 자꾸 쓸데없는 상상이 떠올랐다. 그의 속내를 마음대로 해석하며 왠지 뒤가 켕겼다.

이 초등학교는 외곽에 있다. 만약 여기서 폭탄이 나온다고 해도 아이들은 이미 대피를 마쳤다. 사라와 야부키가 이제 할 수 있는 일은 대기뿐이다. 기껏해야 범인 검거 시범을 보이며 아이들을 웃기는 것뿐이다.

"자세한 설명은?"

"⋯⋯못 해. 그걸 떠나 넌 모르는 게 나아."

사라는 "아, 그렇구나" 하고 숨을 한 번 내쉬고 곧장 "그래"라고 대답했다.

"그런데 갈 거면 나도 데려가."

그러자 야부키가 얼굴을 찌푸렸다. 아마 속으로 '사라라면' 하고 반쯤은 각오하고 있었을 것이다. 그래도 이런 부탁은 오직 사라에게만 할 수 있다.

"갈 거면 빨리 가. 얼른 마치고 얼른 돌아오자."

사라는 대답을 듣지도 않고 걸어가며 무전기로 팀장에게 보고했다.

죄송합니다, 신문 판매소 폭발 건으로 볼 일이 있어 야부키 순경과 순찰차 좀 쓰겠습니다.

팀장이 "뭐?" 하고 물었지만 사라는 "죄송합니다. 급해서요" 하고 전화를 끊었다.

"너⋯⋯."

"전부 거짓말은 아니잖아."

내심 조금 걱정스러운 면이 없는 건 아니지만 사라는 마음을 다 잡았다. 야부키가 얻은 정보가 진짜라면 야부키는 공을 세울 수 있다. 그러나 헛수고로 모자라 제멋대로 움직인 게 들통날 경우에는 내가 함께 있어야 신문 판매소에서 내가 올린 성과와 맞바꿔 비난을 최소화할 수 있다. 만약 그렇게 되면 야부키에게 비싼 고기를 얻어먹자.

"운전은 나한테 맡겨."

"이 빚 꼭 갚을게."

어울리지도 않는 말을 듣고 사라는 속으로 기도했다.

제보가 정말 유력한 정보이기를.

야부키와 함께 도착한 곳은 동네 정보지에 나올 법한 세련된 커피숍이었다. 초등학교에서 차로 몇 분, 요요기 공원 남서쪽으로 3킬로미터 떨어진 지점. 주소는 세타가야구 이케지리다.

제복 차림의 두 경찰관을 보며 수염을 기른 커피숍 주인은 깜짝 놀라 "무, 무슨 일입니까?" 하고 당황한 목소리로 물었다.

손님이 없는 것을 확인한 후 야부키는 경찰모를 벗고 정중하게 입을 열었다.

"어제 스마트폰을 깜빡하고 두고 가신 분의 부탁으로 찾으러 왔습니다."

그러자 주인은 "아아" 하고 금세 눈치챈 듯했다. 카운터 안으로 들어가 곧장 스마트폰을 들고 돌아왔다. 한눈에 봐도 출시된 지 오래된 기종임을 알 수 있다.

야부키는 장갑 낀 손으로 그것을 받았다. 손가락에 힘이 들어가 있다. 그가 스마트폰을 조작하려고 해서 사라는 황급히 말렸다.

"잠깐만. 혹시 기폭 장치 같은 걸 수도 있잖아."

"……그런가. 그렇군."

새삼 '괜찮을까' 하는 걱정이 다시 사라의 머리를 스쳤다. 의욕이 앞서는 느낌이다.

야부키는 일단 천장을 한 번 올려다보고 스마트폰을 비행기 모드로 전환했다. 비밀번호가 걸려 있지 않아 전파를 차단한 후에 내용을 확인한다. 이번에는 어깨가 굳어 있다. 까치발을 들고 옆에서 엿보니 스마트폰 바탕 화면은 거의 비어 있다. 기본 설정 앱을 제외하면 눈에 띄는 게 없다. 파일이나 사진 등은 고사하고 주소록에 등록된 연락처도 하나도 없었다.

야부키는 천천히 호흡을 가다듬고 커피숍 주인에게 물었다.

"혹시 이걸 잃어버리신 분을 기억하십니까?"

"그 통통한 분 말이죠? 드래건스 모자를 쓰고 와서 오므라이스를 드셨던 것 같은데."

"처음 온 손님이었습니까?"

"아마 그럴걸요. 그렇게 너덜너덜한 모자를 쓰고 오는 분은 저희 단골 중에 없을 테니까요."

혹시 CCTV가 있습니까?

예? 그건 또 왜?

아, 예. 만약을 대비해서요.

주인은 별반 신경 쓰는 기색도 없이 "없습니다"라고 했다. 빈티지하게 인테리어를 꾸민 가게 안에는 조용히 재즈 음악만 흘러나

올 뿐 잡지나 TV 따위도 보이지 않는다. 스즈키의 사진을 보여 줘도 주인은 "닮은 것 같기는 한데……" 하고 말끝을 흐렸다. 언론에 공개된 스즈키의 사진도 모른다고 했다.

"아마 아침 10시경이었던 것 같네요. 가시고 얼마 안 돼 스마트폰을 두고 왔다며 전화를 거셨습니다. 내일 사람을 보낼 테니 잘 보관해 달라, 만지지 말아 달라고 하시더군요."

주인은 "설마 경찰이 올 줄은 몰랐습니다만" 하고 어깨를 움츠렸다.

"혹시 그 밖에 그분이 두고 간 건 없습니까? 예를 들어 소포 같은 거나."

주인은 고개를 갸웃거리다가 "없습니다"라고 했다.

혹시 모르니 가게 안을 살펴 주십시오. 화장실과 가게 밖도.

만약 뭔가 발견하면 절대 손대지 마시고 즉시 자리를 벗어나 경찰에 신고를.

여전히 고개를 갸웃거리며 이해 못하는 듯한 커피숍 주인에게 등을 돌리고 두 사람은 가게를 나섰다.

"그래도 성과라면 성과네."

사라가 격려해도 야부키는 열심히 스마트폰만 만지작거리고 있다. 몇 번이고 다시 확인하며 작은 힌트라도 있는지 찾는 듯했다.

역시 일이 그렇게 잘 풀릴 리 없다. 그러나 그 녀석의 소지품을 입수한 것만으로도 성과는 분명하고 스마트폰 내부가 텅 비어 있는 것도 누가 봐도 의심스럽다.

데이터를 복원하면 보물 상자로 바뀔 가능성도 있지 않을까.

좀처럼 포기하지 않는 야부키 대신 사라가 갈 때도 운전을 맡으려고 운전석 문에 손을 갖다 댄 순간 불현듯 야부키가 "앗!" 하고 멈춰 섰다. 손가락으로 스마트폰 커버를 벗겨 낸다. 그 커버 뒷면에 스티커가 붙어 있었다.

글자가 적혀 있다.

야부키가 중얼거렸다.

"……주소야."

17

도도로키는 쓰루쿠에게 하세베 유코의 가족들을 찾아갈 때 정안 되면 운전기사라도 시켜 달라고 하려고 했지만, 다음 폭발 타깃이 밝혀지며 자연스럽게 하세베 유족의 우선순위는 낮아지고 말았다. 쓰루쿠는 마치 떠넘기듯 "자네가 다녀와" 하고 도도로키에게 지시하고 파트너로 이즈쓰를 붙여 줬다. 누마부쿠로의 CCTV 확인은 우선순위가 더 급락한 데다 무엇보다 이즈쓰는 짧지만 하세베와 함께 일했던 형사였다.

노가타 경찰서를 나가 간나나 거리에서 남쪽으로 내려갔다. 이즈쓰가 운전을 맡겠다고 나선 건 선배의 면을 세워 준다기보다 불모지나 다름없는 그 영상실에서 탈출시켜 준 은혜를 갚는 것으로 보였다.

"다행히 연락이 닿았네요."

"그래."

이즈쓰는 어색한 대화를 군이 이어 가려고 하지 않았다.

무엇보다 도도로키도 자세히 알지 못했다. 인맥을 통해 의외로 쉽게 연락이 닿았다고 쓰루쿠에게 들었을 뿐이다. 생각해 보면 특별히 숨어서 살 이유도 없다. 멋대로 하세베를 부스럼 취급한 건 경찰 조직이다.

내비게이션 안내를 따라 가다가 10시가 조금 지나서야 목적지에 도착했다.

밋밋한 9층짜리 아파트였다. 길쭉한 막대기 같은 건물로 우편함을 보니 각 층마다 집이 세 집씩 있는 듯하다. 바로 앞 간선 도로에 차들이 바쁘게 오가고 있다. 오래되지는 않았지만 1인 가구에 적합한 구조로 보인다. 하세베의 가족은 이혼 후 성을 어머니 쪽 성으로 바꾸고 아내와 딸 둘이 산다고 들었다.

갑자기 마음이 무거워졌다. 형사의 직감이라고 하면 비웃을지도 모르지만, 인생의 밑바닥에 한번 떨어지면 그곳에서 평생 탈출하지 못하는 사람이 많기 때문이다.

이즈쓰가 눈짓을 보내 인터폰을 눌렀다. 얼마 안 돼 대답이 들렸고 이름을 밝히자 "네, 들어오세요" 하고 긴장한 여자 목소리가 들렸다. 자동 잠금장치가 달린 문 너머 모습은 아파트 외관만큼이나 단조로웠다.

"좁은 곳이지만."

하세베 유코의 전처인 이시카와 아스카는 아파트 4층에 살고 있었다. 예상대로 집 안은 원룸보다 약간 넓은 수준이다. 벽과 바닥, 가구들이 왠지 칙칙해 보이는 건 선입견 때문일까. 슬리퍼만 묘하게 새것 같다.

"따님은?"

그렇게 묻자 아스카는 거실 안쪽을 돌아봤다. 미닫이문 너머가 침실인 듯했다.

"이야기를 들을 수 없을까요?"

"미우는 낮부터 일하느라 바쁘답니다. 그리고 웬만하면 그 아이 앞에서 남편 이야기는 삼가 주세요."

정중한 말투 이면에서 신경질적인 분위기가 느껴졌다. 경찰이 찾아올 것을 모를 리 없는데 인사조차 하러 나오지 않는 미우의 의사는 명백했다.

차를 끓여 오겠다는 아스카의 말에 도도로키는 정중히 거절했다.

"가급적 빨리 마치고 돌아가려고 합니다."

2인용 식탁 의자를 도도로키에게 양보하고 이즈쓰는 뒤에 섰다. 정면에 앉은 아스카는 어깨를 움츠린 채 도도로키가 입을 열 때까지 기다렸다. 머리는 단정하지만 흰머리가 그대로 남아 있다. 남자인 도도로키 눈에도 신경 쓰일 만큼 피부 결도 거칠어 보였다.

약속을 잡을 때 사건의 개요는 대략 알려 줬다. 스즈키의 사진도 보여 줬지만 아스카는 이미 TV에서 봤다고 했다.

"전혀 기억에 없어요."

아스카는 도도로키를 똑바로 보며 대답했다.

"딸한테도 물어봤는데 모르는 사람이래요."

"혹시 무언 전화가 걸려 오거나 누군가에게 미행 또는 감시당한 적은?"

아스카는 "없어요" 하고 힘없이 고개를 흔들었다.

"집 안에 수상한 물건 같은 게 있는지 찾아보셨습니까?"

"네. 저희 집은 물론 건물 공용 부분과 주변도. 꼼꼼히 살피지는 못했지만요."

역시 노가타 경찰서의 터줏대감과 오랜 세월 함께한 여인이다. 삶의 고단함과 당혹감은 짙게 묻어나지만 신뢰를 주는 대답이었다.

"혹시 이웃분들께도 찾아 달라고 하실 거면 직접 가서 말씀해 주세요. 저희에 대해서는 언급하지 마시고요."

"걱정하지 마십시오. 혹시나 하는 마음에 여쭤봤을 뿐입니다."

"네. 그다음은?"

도도로키는 대답을 망설였다. 이번 방문에 얼마나 큰 의미가 있는지는 솔직히 자신도 반신반의했다. 폭탄이 없다는 게 확인된 이상 오래 머물러야 할 이유도 없다.

"역시 가서 차를 끓여 올게요."

미처 말릴 새도 없어 아스카가 일어나서 부엌으로 향했다. 여기서 바로 가겠다고 하는 건 너무 무례할 것이다. 물을 끓이는 뒷모습을 가만히 지켜보고 있자 머리 위에서 혀 차는 소리가 들렸다. 이즈쓰와 눈이 마주친다.

얼른 끝내라는 걸까.

비난 섞인 눈빛을 보며 도도로키는 피곤함을 느꼈다.

한가하게 노닥거릴 시간이 없다. 무례하건 말건 빨리 움직여야 한다. 형사라면 그게 당연하다.

하지만 거기에도 힘이 필요하다.

무신경함을 견딜 수 있는 에너지가.

"지금도 정말 죄송해요."

아스카가 대뜸 입을 열었다. 주전자에 시선을 떨군 채 등을 돌리고 있다.

"남편이 그런 행동을…… 오래전부터 그런 행동을 해 왔다는 게 드러나 노가타 경찰서 분들과 경찰 관계자분들께는 정말 면목 없을 따름이에요."

주전자에서 김이 모락모락 피어오르고 있다. 아스카는 차통을 가져와 뚜껑을 열려고 했다.

"너무나 많은 분들께 폐를 끼쳤다는 게 여전히 죄송스러워서."

"차는 역시 사양하겠습니다."

옆에서 이즈쓰가 무뚝뚝하게 말했다.

"저희에게는 아깝습니다. 한 잔을 마시는 것도 공짜는 아니니까요."

"하지만……."

"힘드시지는 않습니까? 사시는 게."

도도로키가 미처 이즈쓰를 힐끗하기도 전에 대답이 들렸다.

"그건 굳이 말씀드릴 것도 없죠."

고개를 돌린 아스카가 굳은 얼굴로 말을 이었다.

"얼마나 힘들었는지요……. 남편이 죽자마자 얼마 안 돼 철도 회사에서 연락이 왔답니다. 손해 배상 청구가. 눈앞이 캄캄해지는 액수라 도저히 감당할 수 없었죠. 결국 남편의 유산을 전부 포기했습니다. 집과 그동안 모아 온 돈, 퇴직금까지 전부."

주먹 쥔 손이 떨리고 있다.

"처음 주간지에 기사가 나왔을 때는 세상이 뒤집히는 줄 알았어요. 남편 입을 통해 설명을 제대로 듣지도 못했습니다. 그저 미안하다는 말만 하더군요. 제멋대로 헤어지는 게 낫겠다고 판단해서 저에게 서류를 내밀 때는 저도 정말 혼란스러워서…… 분명 뭔가 오해가 있을 거라고 생각했어요. 남편이 뭔가 납득할 만한 설명을 해 줄 거라고 믿었답니다. 그래서 참고 견뎠죠. 그때는 집에 무언 전화가 자주 걸려 왔고 미행당하기도 했습니다. 기자들도 저희 가족을 감시했고요. 딸은 대학생이었고 아들 역시 직장에서 곤란한 처지였을 거예요.

그래도 전 굳게 믿었습니다. 남편이 경찰 일을 그만둬도 이번 일에는 역시 뭔가 오해가 있고, 결국 가족이 함께 살 수 있는 길이 있을 거라고요. 남편도 상황이 조금 진정되면 진실을 말해 줄 거라고요. 하지만 저희의 아군은 단 한 명도 없었습니다. 그러던 어느 날 저도 아마 마지막이라는 생각으로 물었을 거예요. 주간지에 실린 그 기사가 정말 사실이냐, 무슨 사정이 있었던 게 아니냐고요. 하지만 남편은 그때 이렇게 말했습니다. '난 원래 변태였다. 수치스러운 인간이었다'라고."

아스카가 주먹으로 자신의 이마를 쳤다.

"그제야 저도 비로소 마음을 정리할 수 있었답니다. 안 된다는 걸 깨달았죠. 그리고 충격 때문에 몇 날 며칠을 누워서 지냈고, 며칠 후 남편은 전철에 뛰어들어……."

아스카가 이를 꽉 깨물었다.

"하필 죽는 것도 그렇게 죽어서! 바보같이 전철에 뛰어들어서! 차라리 조용히 집 안에서 목을 맬 것이지!"

그때 침실 안에서 "시끄러워!" 하는 여자의 고함소리가 들렸다. 아스카가 "미우, 미안해" 하고 대답했다. 도도로키와 이즈쓰가 끼어들 틈은 없었다.

아스카가 힘없이 비틀거리며 자리로 돌아왔다.

"불과 며칠 사이에 일어난 일이었습니다. 그때 제가 이혼을 주저하지만 않았어도, 제대로 된 절차를 밟아 재산만 나눴어도 적어도 이렇게 무일푼이 되지는 않았겠죠."

조금 전부터 주전자에서 김이 계속 피어오르고 있다. 환풍기가 귀에 거슬리는 소리를 내며 돌아갔다.

"아드님이 계시죠?"

도도로키가 물었다.

아스카, 미우 모녀와 마찬가지로 도도로키는 지금껏 그를 만나거나 대화를 나눠 본 적이 없다. 하세베와 콤비를 이뤄서 함께 뛰어다니기는 했지만 어차피 그와는 그 정도 관계였다.

"성함이 다쓰미 씨였나요?"

아스카는 "네⋯⋯" 하고 입을 꾹 다물었다.

"지금 사시는 곳이?"

그러자 아스카는 뭔가 켕기는 게 있는 것처럼 눈을 피했다.

"⋯⋯사실 저희 가족은 남편이 죽고 나서 뿔뿔이 흩어졌답니다."

하세베가 목숨을 끊은 후 그의 큰아들은 아예 딴사람이 된 것처럼 폐쇄적으로 변했다. 말수가 줄었고 생기를 잃은 것으로 모자라 직장을 그만두고 방 안에만 틀어박혔다. 재기할 마음이 전혀 없어 보이는 오빠를 여동생이 비난했고 싸움이 끊이지 않았다. 때때로 손찌검도 했다.

결국 견디지 못한 미우가 당시 살던 집을 먼저 뛰쳐나갔다. 뒤이

어 다쓰미도 떠났다. 하세베가 자살한 지 약 반년이 지난 봄을 앞
둔 시점이었다고 한다.

"저도 도무지 살아갈 의욕이 안 생겨서, 그 뒤로 계속 이곳저곳
을……."

아스카는 고개를 들어 절박하게 말했다.

"다쓰미는 평소 아버지를 존경했어요. 훌륭한 아버지라고 믿어
의심치 않았죠. 어쩌면 저보다 더."

아스카는 감정을 추스르지 못하고 어깨를 부르르 떨었다. 그러
더니 침실 쪽을 신경 쓰며 목소리를 낮춘다.

"저희 가족 중에는 오로지 미우만 그 일을 딛고 일어섰답니다.
제가 지금 여기 살고 있는 것도 다 저 아이 덕분이고, 저 아이가 절
받아 줬기 때문이에요."

딸이 사는 집에서 함께 살기 시작한 지는 반년 정도 됐다고 했다.

"실례지만 따님께서 현재 하시는 일이."

"스타일리스트로 일하고 있어요. 유명한 분 밑에서 배우고 있고
근무 시간은 불규칙적이죠."

아스카는 쓸데없는 상상 같은 건 하지 말라는 듯이 힘주어 말했다.

"오래전부터 그런 세계를 꿈꿔 왔다고 해요. 저도 젊었을 때 비
슷한 일을 했으니 그 영향 때문일 수도."

뒤로 갈수록 목소리가 힘을 잃는다.

"……딸에게는 그저 고마울 따름입니다. 저 아이에게만큼은 폐

를 끼치고 싶지 않아요."

입술을 꾹 깨물고 고개를 숙인 모습에서 도도로키는 조용히 눈을 돌렸다.

"이제 그만해도 될까요? 오늘은 이제 저 아이를 차로 직장까지 바래다줘야 해서요."

"도쿄에 있습니까?"

이즈쓰가 옆에서 끼어들어 물었다. 가장 가까운 신주쿠역은 차를 타고 갈 거리는 아니다.

"괜찮다면 저희가 배웅하겠습니다. 그러는 김에 이야기도."

"형사님."

아스카가 화들짝 놀란 것처럼 이즈쓰를 봤다. 눈빛으로 호소하고 있다.

더 이상 관여하지 말아 달라고.

"배려 감사하지만 다른 현에 있답니다."

그러자 이즈쓰도 더 이상 권하지는 못했다.

"만약의 상황에 대비해 다쓰미 씨의 연락처를 부탁드려도 되겠습니까?"

도도로키의 말에 아스카는 당황한 기색을 감추지 못하면서도 메모지를 가져왔다. 휴대폰 번호와 주소를 적으며 흥분한 목소리로 말한다.

"스즈키라는 사람이 뭘 하고 싶어 하는지 전 알지 못하고 관심도 없습니다. 하지만 그 사람 때문에 남편 일이 다시 언급되는 건 저희에게 민폐일 뿐이에요. 부탁이니 저희를 그냥 내버려 두셨으면 좋겠어요. 정말 간신히 일상을 다시 되찾았습니다. 이제야 조금은 마음을 다잡을 수 있게 된 거예요. 모든 게 다 내 잘못이다, 내가 사람 보는 눈이 없었다. 결국 그뿐이었다고요."

"그런 걸 왜 물었지?"

엘리베이터에 올라탄 이즈쓰가 '그런 거?'라는 표정을 지었다. 사는 게 어떠냐고 물은 것을 뜻한다. 굳이 아픈 상처를 찌를 필요가 있었나.

"자상하시군요."

엘리베이터가 움직이기 시작하자 도도로키는 입을 다물었다.

자상하다고?

형사 주제에 야무지지 못하다고 비웃는 것 같기도, 하세베를 동정한 것을 경멸하는 말처럼 들리기도 한다. 어쨌든 항변할 마음은 없었다. 피곤했다. 루이케의 제안에 응한 게 후회스러웠다. 성과다운 성과는커녕 굳이 보지 않아도 될 현실만 보게 됐다.

"왜냐고 물으신다면."

1층에 도착하기 직전 이즈쓰가 대답했다.

"말하고 싶어 하는 게 보였으니까요."

순간 허를 찔렸다. 이즈쓰는 불이 켜진 층수 버튼을 지그시 봤다.

"평소 다른 사람 앞에서 그런 푸념은 늘어놓지 못할 테니."

"……자네만의 착각일 수도 있어."

"착각이면 또 어떻죠? 상관없습니다. 그냥 그렇게 느꼈으니 그랬을 뿐입니다."

이즈쓰가 열린 문밖으로 먼저 발을 내디뎠다. 한 박자 늦게 도도로키도 뒤따른다. 하세베의 큰아들 다쓰미는 전화를 받지 않았다. 직접 찾아가는 수밖에 없어 보였다.

차를 타고 동쪽으로 이동하며 이즈쓰가 중얼거렸다.

"그런데 생각해 보면 좀 이상합니다. 아무리 명물이었다고는 해도 그래 봐야 일개 형사를 주간지에서 왜 그렇게 주목했을까요? 현장에서 자위하는 걸 우연히 목격한 걸까요?"

"……병원. 당시 선배는 병원에 다니고 있었어."

기사의 출처는 바로 그곳이다. 비밀 엄수 의식 수준이 낮고 1엔짜리 동전보다 입이 싼 의사에게 당하고 만 것이다.

이즈쓰가 비아냥거리며 말했다.

"역시 잘 아시는군요."

"내가 상담 치료를 권했으니까."

"네?"

"수사하다가 봤거든. 자위하는 모습을."

불필요한 고백이었다.

도도로키는 추궁을 피하기 위해 조수석 문에 손을 얹었다.

가슴이 두근거린다.

폭발 소리.

아키하바라 때 느꼈던 예감. 멀리서 무언가 터진 것 같은 느낌.

도도로키는 급히 주변을 둘러봤다. 이즈쓰가 의아해하고 있다. 차들이 도로를 속속 지나고 있고 상자를 든 택배원이 아파트에 들어갔다. 흔한 풍경이다.

시간은 오전 11시.

18

"요요기의 폭탄은 무사히 회수했습니다."

마주 앉은 스즈키에게 기요미야가 말했다. 스즈키는 눈을 동그랗게 뜨고 "아, 그런가요. 다행이네요" 하고 태연하게 대답했다. 교대한 형사는 이번에도 한탄을 늘어놓았다. 아무리 화를 내고 소리쳐도 졸면서 일어나지를 않았다고.

"그런데 기요미야 형사님. 11시라고 하기에는 아직 조금 이르지 않나요?"

"네. 앞으로 20분 정도 남았습니다."

"그럼 어딘가에서 또 펑 터질 수도 있겠네요."

"터지지 않습니다."

기요미야는 손가락을 세 개 세웠다.

"세 곳 모두 확실히 찾았으니까요."

첫 번째 유치원을 시작으로 나머지 두 곳까지. 역시 정원에서 소포가 발견됐다. 모두 정교하게 숨겨 둔 것은 아니다. 그냥 유치원 밖에서 집어 던진 것처럼 보였다.

"물론 지금도 최선을 다해 수색하고 있습니다. 초등학교와 중학교들까지 다 포함해서요. 한두 개 더 있다고 해도 시간문제겠죠. 설령 미처 확인 못 한 곳이 있어도 대피 해제까지는 아직 멀었습니다. 인명 피해는 없을 겁니다."

"과연. 역시 형사님이시네요."

스즈키는 활짝 웃으며 박수를 짝짝 쳤다. 긴장감이나 초조함 같은 건 찾아볼 수 없다. 기요미야는 그런 그의 모습을 순순히 인정하는 자신에게 안도감을 느꼈다. 이 녀석은 원래 이렇다. 서운한 마음조차 없이 진지하게 퀴즈 프로그램을 즐기듯 해답자의 건투를 칭찬하고 있다.

우리와 다른 종류의 인간.

반인반수.

다만 몸이 아닌 마음 쪽이.

"이로써 처음 스즈키 씨가 예상했던 폭발은 끝났습니다."

아키하바라 이후 스즈키는 도도로키에게 '지금부터 3회'라고 했다. 자연스럽게 해석하면 도쿄돔시티가 첫 번째, 퀴즈가 시작된 구단이 두 번째.

그리고 요요기가 세 번째다.

정오가 가까워 오며 햇빛이 점점 밝아지고 있다. 들어오는 빛줄기 속에 먼지 알갱이들이 날아다닌다. 청소가 제대로 되지 않았다.

본청으로 돌아가기 전에 한마디 해 주자.

스즈키가 고개를 갸웃했다.

지금까지보다 더 세게 오른쪽으로 기울인다.

"정말 끝났을까요?"

"다음 퀴즈가 더 남았다는 겁니까?"

여기서 진위를 확인하고 싶었다. 폭탄은 이미 일곱 개가 확인됐다. 비교적 쉽게 만들 수 있다고 해도 현실적으로 TATP를 대량 준비했다고 보기는 어렵다. 이걸로 끝이라면 이야기가 빠르겠지만.

"스즈키 씨. 게임을 계속할 것인가, 아니면 깨끗이 패배를 인정할 것인가. 어느 쪽입니까?"

"네? 패배라뇨. '아홉 개의 꼬리'는 아직 진행 중이잖아요?"

"그 게임은 스즈키 씨의 승리로 마무리 지어도 상관없습니다."

"아뇨, 그럼 안 되죠. 어떻게 그렇게 모진 말씀을. 모처럼 여기까지 함께 왔잖습니까. 기요미야 형사님의 마음의 형태, 제가 꼭 맞히고 말 거예요."

아무래도 조금 더 상대해 줄 수밖에 없어 보인다. 뻔뻔한 면에서 당해 낼 도리가 없다. 어차피 집 주소를 알아내고 계획의 전모를 밝힐 때까지 수사는 계속된다.

스즈키의 여덟 번째 질문에 담긴 것은 요요기 폭발이었다. 아직 폭탄이 남아 있다면 아홉 번째에서 힌트를 줄 수도 있다.

"그럼 마지막 질문을 하시죠."

"네? 저부터 해도 될까요? 형사님이 아니라."

"네. 하세요."

반짝이는 눈동자가 기요미야를 향해 성큼 다가왔다. 스즈키는 두 손을 철제 책상에 대고 "하지만"이라고 했다.

"아직 제 여덟 번째 질문이 끝나지 않았는데요."

"……그게 무슨 말이죠?"

"답을 맞춰 보지도 않았잖아요. 11시도 안 됐고."

스즈키의 숨소리가 가까이서 들린다.

"지금 제가 거짓말을 하고 있다는 건가요?"

"거짓말?"

"폭탄을 처리했다는 것 말입니다."

"아아, 그건 아마 사실이겠죠. 형사님은 그런 거짓말을 하지 않는 분일 테니까요. 전 잘 압니다. 이래 봬도 지금껏 살면서 다양한 사람들을 만나 왔어요. 대부분 저 따위에게 눈곱만큼도 관심이 없었지만. 기껏해야 저를 로봇처럼 부려 먹는 정도였지만요."

"어떤 일을 하셨죠?"

"그게 형사님의 여덟 번째 질문인가요?"

"잡담입니다."

스즈키는 눈 깜빡임도 잊은 듯이 기요미야를 뚫어지게 바라봤다.

"어차피 별일 아니에요. 당연하죠. 저 자체가 별 볼 일 없는 사람인걸요. 이 세상은 그런 부분에서만큼은 정말 훌륭하게 만들어져 있어요. 대단한 사람에게는 대단한 일이, 그러지 않은 사람에게는 그에게 걸맞은 일이 주어지죠. 그, 누구였죠? 아마 외국 뮤지션이었던 것 같은데 이런 노랫말도 있다잖아요. '모든 사람은 마땅히 받아야 할 것을 받는다'."

스즈키가 말을 멈추고 입술 한쪽 끝을 들어 올렸다.

"그러니 기요미야 형사님께서 경찰이 된 것과 제가 아무것도 아니게 된 건 같은 법칙의 결과물이라고 생각합니다."

"아무것도 아닌 사람은 없습니다."

"아뇨, 있습니다. 정확히 제가 그래요. 아니, 저만 그런 건 아니죠. 저 같은 사람, 찾아보면 꽤 많을걸요. 아무것도 할 수 없고 아무것도 생산해 내지 못하고 그 누구에게도 주목받지 못하는 존재. 길가에 널린 돌멩이 같은, 그런 존재 말입니다. 좋은 신발을 신고 걷는 사람들은 그런 돌멩이를 걷어차도 아무렇지 않겠죠? 아프기는커녕 간지럽지도 않겠죠? 그래 봐야 돌멩이니까요. 얼굴 없는 인간입니다. 놋페라보*예요. 그런 건 인간이라 할 수 없죠. 상대

---

* 얼굴에 눈과 코, 입이 없는 일본의 요괴.

해 봐야 득 될 게 없고 손해만 볼 뿐입니다. 그러니 그냥 지나치는 거예요. 기요미야 형사님도 그러시죠? 길가에 있는 존재들은 그냥 지나쳐 오셨잖아요. 단 한 번도 관심을 가져 본 적이 없으시죠?"

"전 형사입니다. 스즈키 씨보다 더 다양한 사람들을 만나 왔습니다."

"범인들 말인가요? 피의자? 아니면 그냥 수상쩍은 사람들?"

"피해자도 있습니다."

"아, 그렇겠네요. 그런데 분명 모두 이렇게 생각했을 겁니다. '아무튼 상관없잖아.'"

바로 이 화술이다.

기요미야는 배에 힘을 주었다. 이 철저한 자기 비하가 초조함을 불러일으킨다. 검은 벌레를 몸에 소환한다.

"아홉 번째 질문을 하십시오."

"서두르지 말아 주세요. 제 여덟 번째 질문이 아직 끝나지 않았다고 조금 전 말씀 드렸는데."

"끝났습니다. 폭탄은 이미 처리됐습니다."

"역시 형사님도 그쪽 사람이신 것 같네요."

"그쪽? 어느 쪽 말입니까?"

"그러니까, 그냥 지나쳐 가는 쪽이요. 저희에게 눈길 한 번 주지 않고 그냥 가 버리는 사람 말입니다."

"스즈키 씨, 적당히 하시죠. 여기서 원망만 늘어놓아 봐야 무슨 소용 있습니까? 네. 스즈키 씨 말씀이 맞습니다. 이 사회는 어떤 사람이든 그에게 걸맞은 것을 얻을 수 있도록 오랜 세월에 걸쳐 제도라는 걸 만들어 왔습니다. 의지할 곳을 찾아서 의지하면 됩니다. 혹시 자이언츠 4번 타자가 아니면 만족 못 하는 겁니까?"

"설마요. 이런 배로는 볼보이도 못할 텐데."

"그럼 방법은 있었을 겁니다. 이 사회가 스즈키 씨를 거들떠보지 않은 게 아니에요. 스즈키 씨 스스로 자신을 사회로부터 숨긴 거죠. 아닙니까?"

순간 스즈키의 몸이 굳어지는 게 보였다. 기요미야는 깍지 낀 손가락에 시선을 떨궜다.

통제해라. 당황하지 마라.

"자, 질문하세요. 스즈키 씨의 여덟 번째 질문이 끝나지 않았다면 그 이야기를 해 보세요."

"계속, 하고 있습니다."

문득 등골이 오싹해졌다. 간과했다. 유치원에서 폭탄이 발견되기 직전 가슴에 싹튼 의구심이 다시 고개를 들었다.

"11시입니다."

뒤에서 루이케가 말했다. 목소리가 긴장돼 있다.

"기요미야 형사님."

스즈키가 입을 열었다.

"사회 같은 건 상관없습니다. 전 지금 형사님과 대화 중이에요.

형사님의 이야기를 하고 있어요."

유치원에서 폭탄이 발견된 건 사실이다. 스즈키는 폭탄을 세 개나 설치했다.

아직 더 남았다고?

유치원, 어린이집, 초등학교, 중학교, 학원을 포함해 아이들이 모이는 공원까지 샅샅이 뒤졌는데. 그게 다 함정이었다고?

규칙이니 퀴즈 같은 것과 상관도 없는 단순한 테러 행위가 어딘가에서 벌어질 거라는 말인가?

그렇다면 불가능하다. 그건 막을 수 없다.

"의심하지 마세요. 제 촉은 아직 건재하니까요."

이 녀석은 정말 다른 사람의 마음을 읽을 수 있는 걸까. 아니, 지금 내 표정은 히라가나보다 알기 쉬울 게 분명하다. 그러니 이건 놀랄 일이 아니다. 그보다 지금 생각해야 할 것은 퀴즈의 답이다. 여덟 번째 질문의 답이다.

틀리지는 않을 겁니다, 아마도.

타깃이 어린아이냐고 물었을 때 이 녀석은 그렇게 대답했다. 어정쩡하게 대답한 건 촉의 명분 때문이라 생각했다. 아니었나?

그 장황한 연설을 지금도 기억하고 있다. 단어 하나하나를 놓치지 않으려고 신경을 곤두세우고 들었다. 그러나 언제부터 문제가 시작됐는가는 결국 확실하지 않다.

추잡한 성욕 이야기. 성범죄 이야기. 두 개의 밤과 목요일. 파친코에서 돈을 딴 이야기. 술을 마시며 관람한 고시엔 야구 경기. 유치원 아이들의 노랫소리. 붕붕붕 나는 벌. 욕심 없는 젊은이들. 생명의 평등. 골판지 상자 집, 썩은 냄새.

이성과 야성은 언뜻 서로 상반된 것 같지만, 둘이 합쳐 하나인 부분도 있지 않을까요? 아침과 밤, 해와 달처럼요. 머리와 엉덩이 정도의 거리가 있어도 아예 무관하다고 할 수는 없고, 두 가지 다 무시할 수 없는 개념이기도 합니다. 하지만 그 두 가지를 전부 고를 수는 없어요. 둘 다 선택하는 건 어렵다는 말입니다. 두 마리 토끼를 잡으려는 자, 모두 놓친다는 속담이 있죠? 태산 명동에 서일필이라는 고사성어도 있고요.

그런데 말이 나온 김에 하자면, 쥐라는 녀석들은 왜 그렇게 우르르 몰려다닐까요? 떼 지어 다니죠? 그러면서 찍찍찍찍 찍찍찍찍 시끄럽게 굴죠? 반면에 말은 조용하잖습니까. 나란히 서서 조용히 먹이를 먹죠. 축사 안에 질서 정연하게 늘어서지 않나요? 줄을 잘 서지 않나요? 어떤가요? 제 말이 맞죠? 이런 젠장. 시간이 갈수록 기억력이 점점 쇠퇴하는 게 느껴지네요. 아니, 그게 아니고 지금 중요한 건 말이죠. 기요미야 형사님, 형사님이 확실히 선택하실 수 있느냐는 겁니다.

"기요미야 형사님."

스즈키가 손가락을 내밀었다.

"비뚤어졌습니다, 타이핀."

뒤에서 신음 소리가 들렸다. 노가타 경찰서의 이세다.

당황한 것처럼 그는 갑자기 "이걸!" 하고 소리쳤다. 등 뒤에서 루이케가 확인하는 게 느껴진다. 타이핀을 만지려는 손을 무심코 가슴으로 뻗어 세게 툭 쳤다. 눈앞의 남자를 바라본다.

퍼즐은 거의 완성됐다. 앞으로 50피스도 남지 않았을 것이다. 그런데 가운뎃부분, 오직 그곳만 아직 채워지지 않았다. 어느새 검은 벌레들이 갉아 먹고 있다. 그 안에 있어야 할 퍼즐 조각에 벌레들이 몰려들고 있다.

"그런가……."

루이케가 중얼거렸다.

기요미야가 "어디야!" 하고 묻자 한 박자 늦게 대답이 돌아왔다.

"요요기 공원 남문입니다. 그곳에서……."

순간 머릿속에서 탁 하고 퍼즐 맞춰지는 소리가 들렸다.

아아, 하고 마음이 소리친다.

들어본 적 있다.

아주 오래전 파출소 순경으로 근무하던 시절. 근무지와 떨어져 있었지만 분명 들었다.

월요일 오전 11시, 그곳에서 무료 급식소가 운영된다는 것을.

"다행이네요. 아이가 아니어서."

스즈키의 얼굴이 바로 눈앞에 있다.

"피해자가 공짜 밥을 얻어먹는 녀석들이라 다행입니다."

기요미야와 스즈키 사이에서 오른손 검지손가락이 뾰족하게 세워진다.

"자, 그럼 아홉 번째 질문입니다. 형사님은 지금 안도하고 계시나요?"

퍼즐 조각이 힘없이 떨어져 나갔다. 대신 검은 벌레가 우르르 몰려와 모든 것을 뒤덮는다. 어느새 기요미야는 스즈키의 손가락을 붙잡고 있었다. 힘껏 비틀고 있었다. 뼈가 어긋나는 느낌이 왔다.

선배님!

그런 루이케를 신경 쓰지 않고 온 힘을 다해 손가락을.

"그만하십시오!"

뒤에서 루이케가 두 팔을 겨드랑이에 넣어 기요미야를 떼어 냈다. 스즈키는 구부러진 검지를 부여잡고 눈물을 흘리고 있다. 눈물을 흘리며, 웃고 있다. 히히힛 하며 웃고 있다.

천진난만하게, 기분 좋은 것처럼.

"진정하십시오."

어깨 옆에서 벌겋게 상기된 루이케의 얼굴이 보였다. 시야 끝에서는 보조석에 앉아 아연실색하고 있는 이세가 보인다. 스즈키는 여전히 낄낄거리며 웃고 있다. 빛이 들어오고 있다. 먼지가 흩날리고 있다.

"처음부터 선택지는 제시돼 있었습니다."

루이케가 말했다.

"그리고 계속 암시했습니다. 무료 급식을 필요로 하는 사람들의 이야기, 공원에서 살던 시절 이야기. 최초의 힌트는 그것이었습니다."

지갑이 텅 비어 다음 날 무료 급식소가 없었다면 아마 굶어 죽었을지도요.

"두 번째 힌트는 '아이들', 세 번째는 '요기'. 그리고 마지막은 '생명의 선택'."

중요한 건 말이죠. 기요미야 형사님, 형사님이 확실히 선택하실 수 있느냐는 겁니다.

"쥐와 소가 가리키는 방향, 그리고 문. 공원보다 북쪽에 있는 유치원과 남문. 두 마리 토끼를 잡으려는 자는 모두 놓친다. 깨달았을 겁니다. 그걸 알았으면 눈치챘을 겁니다. 그런데도 저는 몰랐습니다. 요기 공원 남문에서 무료 급식소가 운영된다는 사실 자체를."

목소리에서 고뇌가 느껴졌다.

"……60명 넘는 사람이 폭발에 휘말렸다고 합니다. 아마 사상자도 꽤 나오겠죠."

그 말을 듣고도 기요미야의 죄책감은 희박했다. 그리고 그런 자신이 참을 수 없이 추악했다. 나는 안도하고 있었다. 아이들이 피해를 보지 않아 다행이라고 생각했다. 그것만은 막고 싶었고, 그래서 아이들이 피해를 볼 거라고 예상한 순간 다른 선택지는 눈에 들어오지 않았다.

무의식적으로 선택하고 말았다.

"묻지 마 폭탄 테러범은 악이라고 하셨죠?"

스즈키가 눈물이 맺힌 벌건 눈으로 비웃었다.

"그럼 형사님은 어떻습니까?"

선택한 사람. 생명은 평등하다고 했으면서 결국 아이들을 선택한 나는.

"자, 보십시오. 기요미야 형사님."

스즈키가 말도 안 되는 방향으로 구부러진 검지손가락을 들어올렸다. 기요미야의 폭력의 징표를.

"이것이 바로, 형사님의 마음의 형태입니다."

순간 다리에서 힘이 풀렸다. 루이케가 필사적으로 그런 기요미야를 뒤에서 떠받쳤다. 스즈키는 울면서 웃고 있었다. 머릿속이 새카매졌다가 다시 새하얘진다. 뇌의 회로가 끊어진 느낌이다.

지금까지 맞춰 온 퍼즐.

그것이 무너져 내리기 직전 빈 공간이던 가운데 부분의 피스가 채워진다.

완성됐다.

그러나 그곳에 그려진 그림은, 바로 나 자신이었다.

"감사합니다. 형사님. 덕분에 즐거웠습니다."

기요미야는 엉덩방아를 쿵 찧었다. 더 이상 아무것도 떠오르지 않았다.

스즈키가 다시 입을 열었다.

"다음 상대는 누굴까요?"

그러자 루이케가 "다음?" 하고 되물었다.

"네. 구하고 싶지 않으세요? 선량한 시민분들을."

"……앞으로 세 번이라는 건 거짓말이었나?"

"설마요. 거짓말 같은 건 하지 않습니다. 전 정확히 이렇게 말씀
드렸어요. '지금부터 총 3회, 이다음에는 한 시간 후에 폭발이 일
어날 겁니다'. 세 번이 아닌 3회. 아키하바라에서 여기까지가 1회
예요. 1회전인 겁니다. 아, 물론 전 그저 제 측을 형사님들께 전달
하고 있을 뿐이지만요."

19

무전기를 통해 유치원에서 폭탄이 발견됐다는 소식이 흘러나올
때 사라와 야부키는 그 건물 앞에 있었다. 스마트폰 커버 뒷면에
적혀 있던 주소는 스즈키가 스마트폰을 두고 온 커피숍과 그리 멀
지 않았다. 주택가 안쪽, 나무에 둘러싸인 그 집은 꼭 서양식 저택
처럼 보이지만 잘 관리된 느낌은 없고 주변에서 고립돼 있어 오히
려 귀신의 집처럼 스산했다. 2층 창문에 커튼이 쳐져 있다.

"인터폰 담당은 너한테 맡길게."

"왜?"

"난 어젯밤에 너무 많이 해서 질렸어."

야부키가 얼굴을 찡그렸다.

"……사루하시 녀석이 시켰나 보네."

역시 신경 쓰고 있었나.

사라는 속으로 살짝 의기양양해져 쓴웃음을 지었다.

야부키가 문기둥에 달린 초인종을 눌렀다.

응답은 없다.

철문은 허리 높이로 방범용이라기보다 장식에 가깝다. 서로 눈
빛을 주고받다가 야부키가 먼저 대문 안에 들어갔다. 마당에는 잡
초가 무성하고 현관문도 겉보기에 멀쩡해 보이지만 여기저기 더러
운 자국이 눈에 띈다. 벽과 지붕도 칙칙하게 색이 바래 있다. 그래
도 전에는 이 일대에서 위용을 자랑하지 않았을까. 지금은 거의 폐
가 상태지만 현관 옆에 세워진 산악자전거에는 녹슨 부분이 보이지
않았다.

"안에 계십니까? 경찰입니다."

야부키가 초인종을 누르고 외쳤다. 한참을 기다려도 역시 응답
은 없다.

사라가 '어쩌지?' 하고 눈빛으로 묻자 야부키는 '어쩌긴 뭘 어
째?'라는 표정으로 답했다. 기왕 칼을 뽑아 들었으니 무라도 썰어

야 한다.

야부키가 현관문에 손을 얹었다. 금색 손잡이를 아래로 내리자
문은 쉽게 열렸다. 안에서 찬 바람이 새어 나온다.

실례합니다. 경찰입니다. 분실물을 전달하러 왔습니다.

야부키의 목소리가 집 안에 울려 퍼졌다.

"다들 집을 비웠나? 아니면 스즈키만 살았을까?"

"그럴 리 없지. 셰어하우스라고 하던데."

오는 길에 이 집에 대해 부동산에 전화로 물어봤다. 땅과 건물
모두 같은 사람 소유인데 스즈키와는 전혀 다른 이름이고 이야기
를 들어보니 외모와 나이도 영 딴판이었다. 그렇다면 스즈키는 그
곳에 얹혀살았을까 하고 생각한 순간 돌아온 대답이 '셰어하우스'
였다. 집주인의 취미로 10여 년 전부터 앞날이 창창한 젊은이들을
위해 집을 임대하기 시작했다고 했다.

취미로 하는 것이기에 계약은 대충대충. 집주인은 1년에 몇 번
집 상태를 보러 오기만 하고 거의 방치 상태. 세입자 입장에서는
편했겠지만 그런 집을 조사해야 할 사람으로서는 참기 힘들다. 거
주자들이 전입신고를 제대로 했는지도 의심스러웠다.

"근처에 도쿄대학도 있으니까. 아무튼 부자들은 이런 취미도 있
나 봐."

사라는 속으로 팔자 좋다고 생각했다. 그나저나 앞날이 창창한
젊은이로 49세의 스즈키 다고사쿠가 적합할까. 그건 집주인을 만

나 직접 물어볼 수밖에 없겠지만 어쩌면 스즈키가 허락 없이 이곳에 눌러앉았을 가능성도 있다.

"실례합니다!"

야부키가 목소리를 높이며 집 안에 들어갔다. 서양식 주택답게 집 안에서도 신발을 신고 다니는 구조다. 사라는 이런 집에서는 단 하루도 살고 싶지 않았다.

현관홀 좌우에 계단이 있었다. 집 안은 바깥만큼 더럽지 않고 그렇다고 깨끗하지도 않지만 사람이 살 수 있는 정도다. 불이 켜져 있지 않아도 채광창에서 들어오는 빛 덕에 시야가 환하다. 집이라기보다 별장이나 게스트하우스처럼 보였다.

야부키는 좌우로 나뉜 복도 중 왼쪽을 선택하고 "실례합니다" 하고 외치며 발걸음을 옮겼다. 복도를 사이에 두고 가운데에는 거실과 주방이 있다. 잡지와 기타, 밸런스 볼 등이 어수선하게 널려 있고 싱크대에는 식기가 가득하다. 거주하는 사람 중에 설거지를 좋아하는 사람이 없는 걸까. 벌레가 붕붕 날아다니는 걸 보며 사라는 진저리가 났다.

"냄새가 엄청나네."

야부키가 그렇게 말해서 사라도 고개를 끄덕였다. 음식물 쓰레기 냄새가 아니다. 아로마다. 집 여기저기서 향기가 풍기고 있었다. 너무 짙어서 향긋하다기보다 불쾌하다. 거기에 이 온도. 에어컨이 전력을 다해 몸을 식혀 주고 있었다.

"실례합니다. 아무도 안 계십니까?"

중간에 있는 문은 대리석 욕실로 이어졌다. 사라는 사치 좀 그만 부리라며 면박하고 싶었다. 욕조 안은 비어 있었다.

"이런 분위기면 집 어딘가에 포커 테이블이 있어도 이상하지 않을 것 같은데?"

야부키는 사라의 말에 대답하지 않고 집 가장 안쪽으로 향했다. 개인 방은 2층에 있는 듯하다. 만약 이 안에 스즈키의 정보가 있다면 그쪽에 있을 가능성이 크다.

"뭐야, 저건?"

야부키가 발걸음을 멈췄다. 안쪽 방에 문이 없고 대신 반투명 비닐 커튼이 드리워져 있다. 조심스럽게 커튼을 들춰 안을 들여다본다. 그 안은 아마 거실과 비슷한 응접실 같은 방이었을 것이다.

과거형인 것은 실제로 이미 과거이기 때문이었다.

"제기랄" 하고 야부키가 내뱉었다. 비닐 커튼 너머에 펼쳐진 것은 가지런히 놓인 실험 도구들이었다. 대학 연구실 같은 분위기다. 사라는 고등학교 때 이미 화학은 졸업했지만.

작업대, 플라스크, 색색의 스티커가 붙은 작은 병들과 가스버너. 겹겹이 쌓인 골판지 상자, 빈 깡통으로 가득한 쓰레기봉투…….

"만지지 않는 게 좋을 것 같아."

그것들을 향해 손을 뻗으려는 야부키를 멈춰 세웠다. SNS 같은 데서 본 기억이 있다. 만지기만 해도 인체의 세포를 파괴하는 약품이 있다고.

"이걸로 됐어. 본부에 보고하자."

야부키는 "그래" 하면서도 결정적인 증거를 앞에 두고 마음이 들뜬 것처럼 보였다.

그쪽 성과로 하기로 했으니 직접 보고하는 게 어때?

그렇게 물을 시간도 아까워 사라는 마지못해 무전기를 손에 쥐었다.

"잠깐만."

야부키가 오른쪽으로 몸을 돌렸다. 사라도 똑같이 돌아보자 벽에 스크린이 걸려 있는 게 보였다. 그 안에 양복 차림의 남자가 비치고 있다. 마른 체형에 머리숱이 적은 중년 남자다. 큼지막한 코. 고개를 살짝 숙인 자세로 한 곳을 가만히 응시하고 있다.

"누구?"

사라의 질문에 야부키가 대답했다.

"하세베 씨."

하세베 유코.

사라는 지금껏 한 번도 만난 적이 없다. 주간지에 실린 사진은 봤지만 흑백 사진이고 눈에는 검은 실선까지 들어가 있었다. 하물며 그 사진 속 인물과 인상이 전혀 다르다. 볼은 움푹 패 있고 온몸에서는 생기라곤 느껴지지 않았다.

"무슨 영상이지?"

하세베는 몸을 움직이지 않는다. 소리도 없다. 정지 화면인가 싶지만 자세히 보니 몸이 희미하게 흔들리고 있다.

그때 하세베가 힘없이 고개를 좌우로 살짝 흔들었다. 꼭 '이제는 끝이야'라고 하는 것처럼. 그러더니 그가 이쪽을 향해 손을 내밀자 화면이 새카매지고 영상이 바뀌었다. 바뀌기 전과 똑같은 자세의 하세베가 보인다. 방금 뻗은 손을 이번에는 반대편으로 잡아당기는 모습을 보고서야 깨달았다.

셀프 카메라다.

셀프 카메라 영상이 반복 재생되고 있는 것이다.

하세베는 고개를 숙이고 있다가 잠시 후 정면을 바라봤다. 주간지 사진 속 모습과 살짝 겹친다.

—이게 마지막이 될 테니 당신한테 전하려고 해. 내 심정을.

하세베가 힘없이 이야기를 시작하자 사라와 야부키는 넋을 잃고 영상에 집중했다.

—기사에 나온 대로야. 난 지금껏 그런 짓을 해 왔어. 도저히 그만둘 수 없었어. 상담도 받아 봤지만 소용없었어. 젊은 상담사가 쓸데없는 질문만 해대서 속으로 무시했거든. 질 나쁜 사기꾼이라면서 비웃었거든. 악의가 있었던 건 아니야. 오히려 괴로웠지. 도와 줄 거라고 기대했던 사람이 쓸모없다는 걸 깨달았으니까.

하세베가 어렴풋이 미소 짓는다. 말라붙은 고목 같은 웃음이다.

—어차피 그 녀석들은 모든 걸 매뉴얼대로만 판단해. 그러니 적

어도 당신에게만큼은 내 진심을 전하고 싶어.

이러고 있을 때가 아니다.

그런데도 사라는 영상에 시선을 고정한 채 그의 다음 말을 기다렸다.

하세베는 입술을 꾹 다물고 할 말을 고르는 듯했다. 스스로에게 질문하는 것 같기도 하다. 이후 3분 정도 그는 아무 말 하지 않았다. 계속 한 곳만을 응시하며 할 말을 찾았다. 찾지 못하고 있었다.

잠시 후 하세베는 아까처럼 또다시 이쪽을 향해 손을 내밀었다. 카메라 녹화를 멈춘다. 그대로 영상은 한 번 끊겼다가 다시 처음으로 돌아가 반복됐다.

사라는 왜인지 우두커니 서 있었다. 3분 동안의 침묵을 보며 가슴을 한 대 얻어맞은 기분이었다. 그 이유를 설명하기 어려웠다.

문득 기억의 뚜껑이 열렸다. 딱 한 번 만난 적이 있다. 경찰관이 된 지 얼마 안 됐을 때, 당사자는 아니지만 하세베의 가족을. 지역 교류 모임에 일손을 보태러 갔을 때다. 그의 아내와 함께 돼지고기 찌개를 끓였다. 경찰도 아닌데 가족이라는 이유로 도우러 와서 힘들겠다고 걱정했더니 그녀는 "괜찮아요. 전 의외로 이런 걸 좋아하거든요" 하고 밝게 웃었다. 그러고 보니 그때 쓰루쿠도 상황을 살피러 왔다. "실례되지 않게 잘해"라고 굳이 잔소리를 해서 화가 났다. 주간지 보도가 나오기 한 달 전쯤인 여름날이었다.

왜 이런 기억이 떠오르는 걸까.

불길한 예감에 휩싸인 채 '애초에······' 하고 이성적으로 물었다.

왜 이런 영상이, 이곳에서?

"······방이야."

야부키가 말한 대로다. 스크린 너머는 벽이 아닌 더 깊은 곳으로 이어져 있었다. 어차피 그 녀석들은 모든 걸 매뉴얼대로만······ 하세베가 중얼거리는 스크린을 지나 야부키가 안쪽으로 들어간다. 사라도 그 뒤를 쫓았다.

"앗!"

야부키가 놀라는 소리를 듣고 사라도 입을 틀어막았다. 작은 방이다. 아무것도 없는 작은 방이다. 그 방의 큰 창문 앞에 반투명 비닐을 뒤집어쓴 돌출부가 있었다. 의자에 앉아 있는, 사람이었다.

"괜찮으십니까!"

야부키가 뛰어갔다. 바닥에 깔린 카펫을 밟았다. 의자에 앉은 사람의 어깨에 손을 얹고 비닐을 걷어낸다. 젊은 남자다. 반투명 테이프로 의자에 둘둘 감긴 채 축 늘어져 있었다.

죽었다?

사라의 위치에서 큼지막한 코가 눈에 들어왔다. 조금 전에 본 하세베의 얼굴과 비슷한 특징.

이 청년은, 하세베의 가족?

그래서 저런 영상이······.

야부키가 침을 꿀꺽 삼켰다. 심각한 얼굴로 완전히 굳어 있다.

그 뒷모습이 당장에라도 속에 든 걸 게워 낼 것처럼 보여서 사라는 걱정되는 마음에 옆으로 다가갔다.

그 순간 의자에 앉은 청년의 정수리 부근, 테이프 틈새에서 배어 난 붉은 얼룩이 시야 끝을 스쳤다.

"오지 마!"

야부키의 외침에 사라는 '뭐?' 하고 귀를 의심했다.

지금이 폼 잡을 때야?

신경 쓰지 않고 다가가 굳어 있는 야부키의 등 쪽으로 손을 내민 순간, 야부키가 두 손으로 사라를 퍽 밀쳤다. 그 행동에 깜짝 놀라는 동시에 분노와 불만이 솟구쳤지만 그 모든 건 굉음에 파묻혀 순식간에 사라졌다. 지면에서 불어 닥친 폭풍의 직격타를 맞은 사라가 엉덩방아를 찧자 그 위로 야부키의 몸이 떨어져 내렸다. 귀에서 지잉 소리가 들리고 머릿속에 하울링이 생겼다. 의식이 희미해지고 몸에 힘이 들어가지 않는다.

잠시 후 무전기 소리가 들렸다. 시끄럽게 뭔가를 지시하는 소리.

폭발, 중상자, 요요기 공원, 구급차를…….

그런 단어를 듣고 간신히 정신을 차렸다.

폭탄이다.

폭발이 일어난 것이다.

그리고 지금 난 거기에 휘말렸다.

간신히 머리가 현실을 따라잡자 사라는 야부키의 몸 밑에서 필사적으로 몸부림을 쳤다. 무거운 몸을 힘껏 밀치고 나서야 소스라치게 놀랐다. 그의 오른쪽 다리, 무릎 아랫부분이 사라지고 없었다. 어이! 하고 그를 불렀다.

야부키!

대답이 없다. 숨은 쉬고 있다. 하지만 미약하다.

야부키! 정신 차려!

뺨을 때린다.

아니, 지혈부터. 아니, 그보다…….

패닉에 빠졌다. 무전기를 움켜쥐고 소리쳤다.

세타가야구 이케지리 민가에서 폭발! 누마부쿠로 파출소의 야부키 순경이 부상! 지금 당장 구급차를!

응답이 왔다.

이케지리? 그게 무슨 소리지? 닥치고 얼른 구급차나 불러!

인원이 부족하다. 공원에서 대량 부상자가 발생했다. 앞으로 10분 기다려라.

이 무슨 말도 안 되는 소리를.

그 10분 동안 죽기라도 하면 책임질 거야?

사라는 그렇게 외치면서 머리 한구석으로 지금의 상황을 정리했다. 하세베의 아들로 보이는 남자. 그가 앉아 있던 의자 앞, 그곳 바닥에 아마 지뢰 같은 장치가 설치돼 있었다. 야부키의 몸이 굳은 것은 시신을 보고 겁먹어서가 아니었다. 이상한 장치를 밟았음을 눈치챈 것이다. 그래서 아무것도 모르고 다가오는 사라를 밀치고 그 위에 몸을 던져 지켰다.

제기랄, 제기랄, 제기랄!

"잔말 말고 빨리 구급차 좀 불러 주세요!"

공원에서 피해자라고?

그런 건 상관없어. 그냥 놔 둬.

그보다 야부키가 먼저야.

부탁이야. 제발 야부키를 구해 줘!

"야부키! 일어나! 정신 차려!"

야부키는 기절해 있었다. 무전기에 다시 한번 주소를 외친 후 던져 버리고 인명 구조 절차를 밟는다. 기도 확보. 외상 확인. 그리고 지혈. 눈에 띄는 부상은 오른쪽 다리뿐인 것 같다. 상처 부위는 참혹하다. 다리는 어디에도 보이지 않는다. 사방에 흩뿌려진 피와 살점이 그것일까. 하세베의 아들로 보이는 남자의 것과 뒤섞여 있는 걸까. 지혈을 하려고 하면 호흡이 흐트러진다. 호흡을 도우면 피가 쏟아진다. 안 돼. 키가 너무 크다. 두 사람 다 혼자서는 감당할 수 없다. 사라는 이를 악물고 이리저리 왔다 갔다 하면서 기도했다.

제발 부탁이에요. 데려가지 마세요.

저를 사라다라고 부르는, 마음이 잘 통하는 제 친구를.

"혹시 안에 누구 있나?"

그때 구원의 목소리가 귀에 닿자 사라는 힘껏 소리쳤다.

여깁니다! 여기예요! 도와주세요!

현관 쪽에서 발소리가 들렸다. 두 남자가 들어왔다. 노가타 경찰서의 도도로키와 이즈쓰였다.

"뭐야, 이건."

"도와주세요! 다리를 잃었습니다. 응급 처치를!"

먼저 이즈쓰가 움직였다. 도도로키는 가만히 서서 넋 나간 얼굴로 이쪽을 보고 있다.

움직여!

그렇게 생각하면서도 사라는 우선 야부키의 호흡을 확보했다. 도도로키가 방 밖으로 사라졌다.

됐다. 이제는 실망할 시간도 아깝다.

도도로키는 옆에 있는 실험실에서 되돌아왔다. 바퀴가 달린 작업용 책상을 밀며 온다. 그리고 사라와 이즈쓰에게 지시했다.

"처치를 마치면 밖으로 옮겨."

"네? 위험합니다! 멋대로 움직이는 건…….

"폭탄이 더 없다고 단정할 수 없어."

소스라치게 놀랐다.

그렇다.

이곳은 스즈키의 주거지다.

그리고 실제 폭탄이 있었다. 사람 한 명의 몸과 오른쪽 다리를 날려 버릴 정도의 위력이지만, 분명 있었다. 그 밖에 다른 곳에 더 폭탄이 심어져 있어도 이상하지 않다.

셋이서 야부키를 들어 작업용 책상에 눕혔다. 진동에 주의하며 방 밖으로 이동한다. 실험실에서는 하세베의 얼굴이 여전히 스크린에 비치고 있다. 침묵하는 남자를 곁눈질하며 도도로키는 "설명할 수 있겠나?"라고 물었다.

저도 모르겠습니다.

사라는 솔직히 대답했다. 다만 작은 방 안에 흩뿌려진 살점의 대다수는 하세베 아들일 거라고 말했다.

"저희가 발견했을 때 이미 사망해 있던 것 같았습니다."

도도로키는 "그런가"라고만 했다. 당신들은 어떻게 이곳을 찾아왔냐고 물을 여유는 없었다. 이즈쓰와 사라가 밀고 있는 작업용 책상을 선두에 세우고 도도로키가 비닐 커튼을 들어 올렸다. 그곳을 지나 복도로 나가자 그제야 구급차 사이렌 소리가 들렸다. 안도의 한숨을 내쉬며 사라는 문득 가슴을 쥐어뜯고 싶었다. 야부키의 잃어버린 오른쪽 다리를 노려본다. 어쩌면 야부키가 형사가 될 날은 앞으로 영원히 오지 않을지도 모른다.

제2부

1

오전 9시가 지난 시간, 호소노 유카리는 졸린 눈을 비비며 부엌에 섰다. 냉장고에서 팩에 든 홍차를 꺼내 컵에 붓고 전자레인지에 2분 30초 데운다. 평소에는 1분으로 끝내지만 졸음을 쫓으려면 뜨거운 게 좋다. 이미 밝아진 지 오래인 젖빛 유리창이 거슬릴 만큼 눈꺼풀이 무거웠다.

전자레인지가 윙윙거리는 소리를 들으며 스마트폰을 만지작거렸다. 수면 부족의 원흉인 SNS를 켜고 '#폭발'로 검색한다. 아키하바라와 도쿄돔시티에서 발생한 폭발의 후속 보도를 읽는다.

대번에 잠이 달아났다.

'도쿄돔시티 폭발에 휘말린 여성이 사망.'

폐부 깊숙이 소름이 돋았다. 어젯밤, 유카리는 아키하바라에 있었다. 동아리 술자리 모임이 있었다. 10시가 되기 전, 2차 모임을 가는 부원들과 헤어지고 JR 소부선 승강장에서 센다가야로 향하는 전철을 탔다. 그때가 마침 폭발 시간과 겹쳤다는 걸 샤워를 마치고 침대에 누웠을 때 동아리 단체 채팅방 메시지로 알게 됐다. 멤버들과 연락을 주고받던 중에 이번에는 도쿄돔시티 폭발 소식을 접했다. 도쿄돔시티에서 가장 가까운 역은 스이도바시역인데 같은 소부선 노선에 있다. 조금만 삐끗했어도 나 역시 당사자가 됐을 수 있다. 그렇게 생각하니 마음이 급해져 친구와 대화를 마친 뒤에도 밤늦게까지 정보를 찾아 헤맸다.

땡, 소리가 들리고 전자레인지가 조용해졌다. 향을 즐길 새도 없이 기계적으로 잔을 들고 와 식탁 앞에 앉았다. 새벽에 구단에서도 폭발이 있었던 모양이다. 도쿄돔시티와 엎드리면 코 닿을 거리다. 피해자 정보를 찾아봤지만 나오지 않았다. 안도하면서도 검색하는 손은 멈추지 않았다.

팔자 좋네.

어머니가 쓴웃음을 지으며 다가왔다.

이런 시간에 티타임이라니, 부럽다.

등 뒤에서 비꼬는 말을 들으며 홍차 잔을 입에 가져간 순간 스마트폰에 메시지가 도착했다. 어젯밤 연락을 주고받던 동아리 멤버에게서 온 것이다. 동아리실에서 이번 폭탄 사건에 대해 이야기를 나누자는 초대였다. 차갑게 식어 있던 폐부 안쪽이 다시 술렁이기 시작했다. 누군가와 이야기하고 싶은 건 자신도 마찬가지다.

나갈 거니? 오늘 밤은 일찍 돌아올 거지?

유카리는 익숙한 질문에 건성으로 대답하고 2층 방에 서둘러 올라갔다.

버스를 타고 학교에 가서 동아리실에 도착한 건 아침 10시가 넘은 시간이었다. 저녁에 강의가 하나 있지만 필수도 아니고 동아리 멤버들과 얼굴을 마주하니 마음이 완전히 멀어졌다.

정말 놀랐어. 어떻게 그런 일이.

거기, 유명한 폐건물이라 인터넷에서 검색하면 바로 나온대.

폭발 당시 우리가 그 근처 건물에서 2차 중이었는데 그때는 아무 소리 못 들었는데 말이야.

네 명의 남녀가 모인 곳에서 유카리는 맞아, 맞아 하고 연신 맞장구를 쳤다. 어느새 허벅지 위에서 주먹을 꼭 쥐고 있다. 서늘함과 술렁거림이 폐부 안쪽에서 맞물린다. 누군가가 "유카리, 넌?" 하고 물어 오기를 기다린다.

넌 어땠어? 너도 그때 스이도바시 근처를 지나가지 않았니?

잘 대답할 수 있을까.

어젯밤의 그 급박한 느낌. 아침에 뉴스를 확인했을 때의 두근거림. 그것들을 최대한 정확히, 가급적이면 재미있게 모두에게 전달해야 한다.

"유카리, 넌⋯⋯"하고 누군가 입을 열었을 때 "오, 미안, 늦었네"
하고 하스미 선배가 들어왔다. 술자리에 마지막까지 남았던 그는
긴 팔을 가볍게 들어 인사한 후 빈 자리에 앉자마자 "이것 좀 봐"
하고 스마트폰을 내밀었다. 모두가 선배를 둘러싸고 스마트폰 화
면을 들여다봐서 유카리도 덩달아 함께했다. 화면에는 사진이 표
시돼 있다. 빌라 복도처럼 보이는 곳에 서 있는 젊은 여자가 찍혀
있다. 눈을 크게 뜨고 이쪽을 보고 있다. 경찰 제복 차림이다.

"집에 있는데 갑자기 들이닥쳐서."

네? 정말요? 선배, 뭐 사고라도 쳤어요?

"바보, 그게 아니라 탐문. 이것 봐. 여기 굵은 팔 보이지? 이 녀석
이 아마 형사 같은데 갑자기 카메라를 들이미니 엄청 당황하더라
고. 웃겼어."

선배는 사진을 지우는 척하며 한 장 남겨 뒀다며 입가를 올려
웃었다.

"배회자 수색이라던데 그런 한밤중에 수색은 무슨 수색이야. 어
설픈 거짓말은 안 통해. 여기, 이 여자가 몽타주를 들고 있는 거 보
이지? 아마 이번 폭탄 테러범의 사진 아닐까?"

그러자 우와 하는 탄성이 터져 나왔다. 유카리는 숨죽이고 사진
을 봤다. 사진에는 몽타주 속 짧은 머리카락만 찍혀 있지만 그래도
충분히 수상해 보인다.

선배가 어젯밤 있었던 일을 자세히 설명하자 모두가 그의 한마

디 한마디에 놀라고 즐거워했다.

"인간 말종이겠지."

선배는 단언했다.

"딱 봐도 허송세월만 보내다가 몰락한 인간 같았어. 남들에게 민폐를 끼치는 것 외에는 관심 받을 방법이 없는 인생. 대충 감이 오지? 오로지 남의 불행만이 나 자신의 즐거움인, 그런 불쌍한 녀석들 말이야. 한번 만나보고 싶기는 해. 대체 뭘 하고 싶은지, 부끄럽지는 않은지. 그리고 지금 당장 내 눈앞에서 뒈져 달라고 부탁하고 싶어."

선배의 말에 동의하는 분위기가 형성됐다.

아키하바라라면 전에도 무슨 일이 있지 않았나?

아, 그것도 끔찍한 사건이었지.

그런 이야기부터 시작해 같은 학부의 그 녀석도 그런 일면이 있다든지, 다른 동아리의 누군가가 비밀 계정으로 매일 남의 험담과 비방을 올리고 있다는 식의 일상 이야기로 화제가 넓어졌다. 유카리는 부원들의 대화를 들으며 마음이 영 불편했다.

그때 술자리 모임 장소에 도착했을 때 친한 아이가 오지 않을 거라는 소식을 듣고 지금 이 거리에 운석이 떨어졌으면 좋겠다고 바랐다. 가만히 생각해 보면 어떤 의미에서 그것은 현실이 되었다. 그렇게 생각하자 역시 가슴 안쪽이 찌릿거렸다.

물론 나와는 상관없다.

폭탄 같은 건 알지도 못하고, 설령 그때 폭파 버튼이 내 손에 쥐어져 있었다고 절대 누르지 않았을 것이다. 조금 피곤하기는 해도 술자리 정도는 참을 수 있다. 누군가를 불행하게 만들 생각은 없다.

하지만.

"그래서, 유카리는 어땠어?"

갑작스러운 질문에 "응?" 하고 얼빠진 반응을 보였다. 응, 이 아니라 혹시 역 승강장에서 폭발음 같은 건 못 들었어?

아, 응. 이미 전철에 올라탄 이후였던 것 같아.

흐음, 그렇구나. 뭐 다행이지.

대화가 다음 화제로 옮겨 간다.

연쇄 폭발 사건 같은 건 역사상 처음 있는 일 아니야?

아니, 전에도 있었을걸. 전쟁 중이라거나.

전쟁? 대체 언제 적 이야기야. 그걸 떠나 얼마 전까지만 해도 혁명이니 뭐니 떠드는 녀석들이 있었다며.

얼마 전? 그건 또 언제야?

나도 잘 모르겠지만 아마 쇼와 시대 아닐까?

"아, 근데."

유카리는 자기도 모르게 입을 열었다. 시선이 집중되자 다시 닫힐 것 같은 입술에 힘을 집어넣는다.

"뭔가 대단하기는 한 것 같아."

그러자 여자 부원이 "대단하다니?" 눈살을 찌푸렸다.

"아니, 그러니까…… 이런 일은 처음이라. 내 주변에서 사건 같은 게 있었던 적이 없어서 그런가."

"이봐, 유카리."

하스미 선배가 팔짱을 끼고 유카리를 봤다.

"아무리 그래도 대단한 건 아니지. 사람이 죽었는데."

하마터면 숨이 멎을 뻔했다.

"아, 당연히 그렇기는 한데요. 그러니까, 이건 딱히 이상한 뜻이 아니고……. 그냥 조금."

"무슨 말인지는 알겠는데 다른 사람들 앞에서 할 말은 아니지 않을까? 인격을 의심받을 수 있어."

네, 죄송합니다…….

유카리는 기어드는 목소리로 대답하고 완전히 입을 다물었다.

그런데 세 군데나 폭발했는데 사망자 한 명인 건 기적 같아요. 그 의견에 하스미 선배는 당연하다는 듯이 "아니, 정보를 통제하고 있어"라고 했다.

"인터넷만 뒤져 봐도 알 수 있어. 경찰은 처음부터 움직이고 있었어. 심지어 구단 일대에서는 폭발 전부터 도로를 봉쇄하고 있었다더라."

네? 그럼 경찰이 알면서도 막지 못했다는 건가요?

"그래. 그야말로 웃음거리지. 그것도 모자라 여전히 뭔가를 숨기고 있어. 다음 폭탄이 어디서 터질지 그 녀석들은 알고 있지 않을까?"

앗, 지금 유치원에서 대피 중이라는 속보가 떴어요!

정말? 이거 위험한 거 아니야?

초등학교에도 대피령이 떨어졌대요.

우와, 여긴 괜찮을까? 이거 완전 전쟁이나 마찬가지잖아.

휴강해야 하는 거 아니야?

유카리도 스마트폰으로 검색해 봤다. 분명 학부모와 학생으로 보이는 사람들의 의견이 보였다. 요요기 부근 유치원과 초중학교인 듯하다. 가슴이 두근거리기 시작했다.

"아."

멤버 중 한 명이 선배에게 스마트폰을 들이밀었다. 범인의 얼굴 사진이 공개된 것 같아요.

"그래, 맞아. 이 자식이야. 어제 그 여자가 가지고 있던 사진 속 멍청해 보이는 아재."

동아리실 안이 흥분의 도가니가 됐다.

정말 뭔가 위험해 보이는 얼굴이에요.

치한 같은 짓도 했을 것 같아.

그런데 선배 집에는 왜 찾아왔대요?

누마부쿠로였나? JR 역으로 치면 나카노죠?

"응? 그러고 보니 유카리네 집도 바로 그 옆 아니야?"

유카리는 침을 꿀꺽 삼키며 고개를 끄덕였다.

센다가야라 그래도 떨어져 있기는 하지만…….

정말? 가족은?

아버지는 회사원이고 어머니는 집에…….

너도 조심해. 무슨 일이 일어날지 모르잖아. 그나저나 이놈도 대단하네.

대단하네?

바로 조금 전 자신이 무심코 입에 담았다가 비난받은 말이다. 마음에 걸렸지만 유카리는 애써 집어삼켰다.

"아무튼."

선배는 의기양양한 얼굴로 말했다.

"사망자가 더 나올 거야, 분명."

숨이 가빴다. 모두 새로운 정보를 검색하고 신이 난 것처럼 떠드는 모습을 보며 유카리는 점점 안절부절못했다. 이곳에 있고 싶지만, 집에 가고 싶다. 모두와 함께하고 싶지만, 혼자 있고 싶다. 동아리실 안의 공기가 점점 그을리는 느낌이다.

"앗, 이건 또 뭐야!"

그때 누군가가 소리쳤다.

"요요기 공원에서도 폭발이 일어났대요! 어? 말도 안 돼, 으악."

동영상이 올라와 있었다. 모래 먼지가 휘날리는 가운데 여러 사람이 쓰러진 모습이 보인다. 경찰과 구급대원들이 분주하게 움직이는 영상도 있다. 도움을 청하는 소리가 들렸다. 뭔가를 지시하는 고함이 오간다. 모두가 얼굴을 찌푸리며 영상과 글을 찾는 동안 유카리는 몸을 부르르 떨었다. 이제는 더 이상 나카노 단위의 문제가 아니다. 요요기는 유카리의 집 바로 옆이었다.

거의 무의식적으로 마음이 외쳤다.

대단해.

"거 봐."

선배의 중얼거림을 유카리의 귀가 포착했다. 역시 죽은 사람이 나왔어. 내가 예고한 대로. 위로 올라간 입가를 보며 유카리는 메스꺼움을 느끼고 이제는 정말 돌아가기로 결심했다. 동시에 생각했다.

네, 저도 그럴 줄 알았어요, 라고.

2

"계속 서 계실 건가요?"

스즈키가 루이케에게 물었다. 바로 조금 전까지 기요미야가 앉아 있던 간이 의자를 향해 손바닥을 펼치고 있다.

"형사님이라면 당연히 저와 놀아 주실 줄 알았는데."

엉덩방아를 찧은 채 바닥에 앉아 있는 기요미야 옆에 서서 루이케는 스즈키를 내려다봤다.

"제 말이 틀렸나요? 전 다 알아요. 다른 사람의 마음을 느끼는 게 특기거든요. 형사님은 지금껏 옆에 서서 저와 대화하고 싶다고 생각하셨을 거예요. 나도 이 녀석과 이야기하고 싶다. 나라면 조금 더 잘할 수 있을 것이다. 기요미야 형사님 눈에는 안 보였을 테지만 제 시야에는 줄곧 형사님이 보였답니다. 초조해하는 형사님의 모습이 눈이 시큰거릴 만큼 또렷이 비치고 있었답니다. 저와 대화 중인 기요미야 형사님을 부러워하는 얼굴, 그리고 기요미야 형사님의 실패를 고대하는 눈빛까지."

루이케의 속내를 살피듯 스즈키는 눈을 크게 뜨더니 "아, 아닌가" 하고 이를 보이며 웃었다.

"형사님은 알고 계셨죠? 다 예상하셨을 것 같은데요. 기요미야 형사님은 감당할 수 없을 거라고. 조만간 좌절하고, 실패할 거라고요."

대답하지 않는 루이케를 보며 스즈키는 어깨를 으쓱했다.

"응? 혹시 겁먹으신 건 아니죠? 그럼 설마 이번에도 그 욕쟁이 형사님과 교대하는 건가요? 흐음, 괜찮을까요. 그다지 현명한 선택은 아닌 것 같은데. 거듭 말씀드리지만 제가 가진 촉이라는 건 누군가 화를 내거나 소리를 지르면 작동을 멈춰 버립니다. 분위기가 긴장될수록 자동으로 졸음이 쏟아지거든요. 아마 평생 그렇게 살아왔기 때문이겠죠. 걸핏하면 욕을 얻어먹고 혼났기 때문이겠죠. 제가 일부러 그러는 것도 아닌데, 해야 할 일을 잊어버리거나 부탁받은 일을 제대로 소화하지 못해서……."

"스즈키 씨."

루이케가 냉정하게 잘라 말했다.

"조금만 조용히 해 주세요."

그러자 스즈키는 동그란 눈을 크게 뜨더니 "끼햐햣" 하고 경련하듯 웃음을 터뜨렸다.

"네, 네. 좋아요. 알겠습니다. 분부대로 하겠습니다. 하지만 형사님, 제 사정도 조금은 고려해 주세요. 손가락이 이 모양 이 꼴이 돼서 엄청나게 아프거든요. 이건 뭐, 거의 정신이 나갈 지경이에요. 이렇게 입이라도 움직이지 않으면 바로 기절할걸요. 촉 같은 건 정말이지 앞으로 영원히 찾아오지 않을 정도로 아프답니다."

"자업자득 아닐까요?"

"와, 그렇게 말씀하실 줄이야. 형사 나리들이 하시는 일이 수사하다가 사람 손가락을 부러뜨리는 건가요? 이것 좀 보세요. 완전히 너덜너덜해져서 꼭 스파이 영화 속 고문 장면 같지 않나요?"

"잘 어울립니다."

루이케가 그렇게 내뱉자 스즈키는 함박웃음을 지었다.

"이세 형사님. 가서 의무실에서 구급함을 가져다주십시오. 진통제도."

"네?"

"얼른."

멍하니 있던 이세가 마치 스위치가 켜진 듯 자리에서 일어섰다.

취조실을 나가려는 그를 루이케가 다시 불러 세웠다.

"그리고, 이 안에서 일어난 일은 발설하지 말아 주시길 부탁드립니다."

뒤돌아본 이세가 또다시 "예?" 하고 되물었다.

"발설 금지. 일급 기밀. 침묵은 금. 아무쪼록 그렇게 부탁합니다."

이세는 불안해하는 시선으로 기요미야를 봤다. 그가 반응하기 전에 루이케는 "얼른" 하고 이세를 취조실 밖으로 몰아냈다.

"무슨 속셈이지?"

일어서려다가 몸을 비틀거리는 기요미야에게 루이케가 손을 내밀었다. 가까스로 몸을 일으켜 세우며 기요미야는 나직이 말했다.

"……쓸데없는 배려 필요 없어. 내 실패를 숨길 만큼 썩어빠지지 않았어. 책임도 확실히 질 거야."

"네. 물론이죠. 당연히 그래 주셨으면 합니다. 하지만 그 시점은 조금 미뤄도 될 것 같습니다."

무례함보다 루이케의 진의를 알지 못해 기요미야는 얼굴을 찌푸렸다.

"이 사태를 상부에 보고하면 선배님은 퇴출되겠죠. 그리고 스즈키가 말했듯 또 그 단순 무식한 형사가 투입될 겁니다. 아시다시피 그에게는 아무것도 기대할 수 없습니다. 이 녀석은 돌대가리 양아치 같은 놈들과 다릅니다. 이건 그 형사가 무능하다는 뜻이 아니라 굳이 말하자면 가위바위보의 상성과 같은 문제죠."

어리둥절해하는 기요미야를 자기 의자로 데려가면서 루이케는 가볍게 숨을 내쉬었다.

"선배님이 계속 맡으셔야 합니다."

말문이 막혔다.

말도 안 돼. 자네도 똑똑히 봤잖나. 이런 추태를 드러내놓고 또 수치스러운 꼴을 보이라는 건가?

승부는 이미 끝났다.

나는 스즈키를 당해낼 수 없다. 그를 몰락시킬 수 없다. 그리고 스즈키는 그런 사람과 승부하지 않는다. 앞으로 뭘 물어봐도 한 조각의 힌트도 주지 않을 것이다.

"난 글러 먹었다는 걸 자네도 깨닫지 않았나?"

"네. 알고 있습니다."

루이케는 "하지만" 하고 말을 이었다.

"그래도 선배님이 낫습니다."

순간 목이 탁 메었다.

분노, 굴욕감, 자조와 연민.

다양한 감정이 교차한다. 스즈키는 따분한 것처럼 구부러진 손가락을 툭툭 건드리며 아파하면서도 기다리고 있다. 그 모습을 지켜보는 것만으로 가슴이 더 크게 요동친다. 증오뿐만이 아니다. 경외심이다. 어느새 스즈키에게 경외심을 품고 말았다.

이 녀석을 상대하며 여러 사람의 목숨을 짊어지게 되는 것. 이 녀석에 의해 끌려 나온 나 자신의 본성. 마음의 형태. 그 모든 것들이 두려워서 차마 받아들일 수 없었다.

"……상부에 보고해. 그리고 지시를 기다려."

"규율대로 말인가요?"

"그래. 그러지 않으면 자네도 나처럼 될 거야."

"기요미야 선배님."

이제 그만. 이야기는 끝났다. 교대하고 인수인계를 거쳐 보고서를 올린다. 처분을 기다린다. 그것으로 충분하다. 할 수 있는 일은 그것뿐이다.

일어서려는 기요미야의 어깨를 루이케가 붙들었다.

"규율에 따라 사람이 죽어도 괜찮다는 말입니까?"

"……무슨 말을 하려는 거지?"

"길 건너편에서 폭도들에게 습격당하는 사람을 빨간불이라고 해서 방관하실 겁니까? 어쩔 수 없다면서 납득하실 겁니까?"

동안의 얼굴이 숨결이 닿을 거리까지 바짝 다가온다.

"분하지만 지금 이곳은 녀석이 만든 무대입니다. 장식용 신호등을 보며 멈춰 있을 때가 아닙니다. 선배님이 못하겠다면 제가 하겠습니다. 그러니 협력해 주십시오."

그것이 진의인가.

처음부터 이렇게 하려고 구구절절 설득한 건가.

선배가 더 낫다는 마음에도 없는 말을 해 가며.

매직미러가 없고 녹음과 녹화도 하지 않는다. 자신이 받아들이면 그다음은 이세가 조서를 작성할 뿐이다. 권한 없는 사람이 취조관을 맡아도 문서상으로는 속일 수 있다.

루이케가 대답을 기다리고 있다. 눈도 깜빡이지 않고 가만히 기요미야를 응시하고 있다.

주변에서 루이케의 성격을 우려하던 의견들이 떠올랐다. 과도한 지적 호기심. 쾌락주의적 성향. 사건의 범인이나 피해자에 대한 정서적 공감의 부족.

"제가 건너 보겠습니다. 아무리 시속 2백 킬로미터의 차들이 오가는 경주용 도로더라도."

얼굴이 희미하게 상기돼 있고 둥근 안경 안쪽의 눈은 흥분 때문에 촉촉이 젖은 것처럼 보인다. 의혹이 떠올랐다. 루이케는 진정 피해를 막고 싶은 걸까.

아니면.

그때 이세가 돌아왔다. 루이케가 몸짓으로 스즈키의 부러진 손가락을 응급 처치하라고 지시한다. 다른 사람이 들어오기라도 하면 계획은 물거품이 된다. 하지만 이세는 침묵을 지켰다. 지시한 대로 아무도 모르게 구급함만 들고 돌아왔다. 거기에 안도한 건지 아니면 두려움을 느꼈는지 기요미야의 마음이 흔들렸다.

그때 스마트폰이 요란하게 울렸다. 본청 관리관에게 걸려 온 전화다.

밖에 나가 통화 버튼을 누르자마자 "전대미문의 실수다" 하는 질책이 귀에 꽂혔다.

―대체 뭘 하고 있었지? 어떻게 책임질 거야?

기요미야는 나직이 심호흡을 했다.

"······교체입니까?"

―자네가 포기할 생각이라면.

차마 '네'라고 할 수는 없다. 관리관은 지금 넌지시 암시하고 있다. 여기서 포기하면 직업인으로서 실격 낙인이 찍히게 될 거라고. 동시에 모든 책임을 떠넘기려는 포석으로도 읽힌다. 이미 경찰 조직의 사죄는 확정됐다. 그렇다면 적어도 그 원인은 현장의 무능과 폭주로 돌리고 싶다. 간부가 고개를 숙일 이유로 아슬아슬하게 인정되는 수준. 녹음과 녹화를 하지 않은 것도 스즈키의 요청, 그리고 취조관이 그의 감언이설에 속아 넘어가 휘둘렸다는 스토리일까.

기요미야에게는 더 이상 명분도 계산도 없었다. 그만 내려오라고 하면 그 결정에 저항할 기운도 잃었다.

바로 조금 전까지만 해도.

"맡겨 주십시오."

기요미야는 목소리에 절박함을 실었다.

"반드시 스즈키의 입을 열고 말겠습니다. 아니, 녀석은 오로지 저희 앞에서만 입을 열 겁니다."

망설이는 침묵을 향해 다시 힘주어 말한다.

"결코 조직에 누를 끼칠 일은 없을 겁니다."

3초를 기다렸다.

—그래.

날 선 목소리가 들렸다.

—어떻게든 결과를 내놓게. 죽는 한이 있어도.

취조실에 돌아가 루이케와 눈이 마주쳤다. 목을 내놓을 테니 만회할 기회를 달라. 기요미야의 말은 관리관에게 그렇게 들렸을 것이다. 그에게 예정된 전개였음이 틀림없다.

설마 이 곱슬머리 꼬맹이와 취조관 임무를 교대할 거라고는 상상도 못하겠지만.

"루이케."

기요미야는 힘겹게 입을 열었다.

"잘못하면 자네도 책임져야 할 거야."

얇은 입술로 힘없이 미소 짓는다. 기요미야는 무심코 주먹을 꾹 쥐었다. 손톱이 피부를 파고든다. 스즈키에게 느꼈던 것과 종이 한 장 차이의 경외심이 느껴졌다.

이세가 스즈키의 손에 붕대를 감고 진통제를 먹였다. 루이케가 태블릿 PC를 들고 철제 책상으로 향한다. 그의 운동화가 유난히 더 하얘 보였다.

"화장실은 괜찮으세요? 여기서부터 길어질 텐데."

"괜찮습니다."

스즈키가 대답했다.

"사실 손가락이 부러졌을 때 조금 지리기는 했는데 괜찮겠죠? 제가 괜찮으니."

"네. 바라시는 대로."

루이케는 스즈키의 정면에 앉았다. 보조석에 앉은 이세에게 기요미야는 메모를 써서 보였다.

'이름은 계속 내 이름으로.'

이세가 의아해하는 표정을 지었지만 노려보자 잠시 후 조용히 고개를 끄덕였다.

"자, 그럼 시작해 볼까요. 스즈키 씨. 괴물 퇴치 의식을."

"오, 정말."

스즈키가 숨을 크게 들이마시고 파안대소했다.

"무례한 분이시네요."

"루이케입니다. 그리고 여기서 말하는 괴물은 당연히 범인을 지칭합니다. 폭탄 테러범이 아닌 사람이 화를 낼 이유는 단 하나도 없죠. 아니면 스즈키 씨는 이 정도 독해에도 설명이 필요할 만큼 멍청한 분인가요?"

"하하."

스즈키가 손뼉을 쳤다가 "아야!" 하고 얼굴을 찌푸리며 또다시 "하하핫" 하고 웃었다.

"대단하시네요. 비꼬는 실력이 일품이세요. 이게 바로 독설의 예술이란 건가요? 그런데 정말 괜찮으시겠어요? 모든 걸 제 촉에만 의지하는 상황에서."

"인사 같은 겁니다. 아니면 전통식으로 엎드려 절이라도 할까요?"

"이렇게 보니 형사님은 별로 건강해 보이지 않는 몸을 가지셨네요."

"다음번에 거울을 선물 드려야겠군요. 그리고 다시 한번 말하지만 제 이름은 루이케입니다, 스즈키 씨."

"죄송해요. 제가 건망증이 심해서요. 거기다 머리도 멍청하니."

"알고 있습니다."

작은 뒷모습이 앞으로 쏠린다. 루이케는 두 손을 책상에 내려놓고 말했다.

"자, 2라운드를 시작하죠. 설치된 폭탄을 찾아내 막으면 제 승리입니다. 그러는 김에 사건의 전모도 밝히겠습니다."

"좋은 마음가짐이지만 저한테도 메리트가 있을까요?"

"즐기시면 됩니다."

스즈키의 표정이 밝아졌다.

"자극이 없으면 촉도 안 온다고 했죠? '아홉 개의 꼬리'를 계속해도 괜찮고 아니면 다른 게임을 또 만들어 내셔도 상관없습니다. 함께해 드리죠."

"제가 만들어 낸 게 아니에요. 분명 어딘가에 확실히 있는 게임입니다. 일본 전국 어딘가에."

스즈키도 루이케처럼 상반신을 앞으로 숙였다.

"그런데 뭐, 이야기가 빨라서 좋네요. 그럼 2라운드는."

그때 옆에서 의자가 덜컹거리는 소리가 들려서 기요미야는 고개를 돌렸다. 이세가 일어서 있다. 노트북을 응시한 채로 "아……아……" 하고 입을 뻐끔거리고 있다.

"오, 이미 시작된 것 같습니다. 아니면 끝난 건가요? 이세 형사님."

기요미야는 노트북 화면을 들여다봤다. 정보가 업데이트됐다. 요요기 공원의 피해, 확인된 사망자 11명, 부상자 40명 이상. 어금니를 깨물고 주먹으로 가슴을 친다.

최악의 결말이다.

그러나 이게 이세가 이토록 혼란스러워할 내용일까.

눈을 감고 싶은 것을 꾹 참고 최신 정보를 읽는다. 세타가야구 이케지리 민가에서 폭발. 바닥에 설치된 것으로 추정되는 폭탄에 의해 노가타 경찰서 야부키 다이토 순경이 의식 불명 중태.

같은 경찰서 소속이다. 아는 사이라 해도 이상할 게 없다. 그것들을 고려해도 이세의 상태는 뭔가 이상했다.

놀라움과 불안을 넘어선 공포가 얼굴에 묻어나 있다.

루이케가 태블릿 PC를 두드렸다. 정보를 확인하고 "그렇군" 하고 스즈키를 본다.

"이세 형사를 물고 늘어졌군요."

그러자 스즈키가 입가를 펼치며 히죽 웃었다.

"물었다고요?"

익살을 부리듯 이를 드러낸다.

"죄송하지만 제가 괴식을 즐기는 편이긴 해도 사람을 물거나 인육을 먹어 본 적은 없습니다. 실은 아주 오래전에 그런 취향이 있는 여자아이한테 잘못 걸려서 깨물려 본 적은 있죠. 어쩌면 지금도 잇자국이……."

"스즈키!"

이세가 주먹으로 벽을 쳤다.

"너, 이 새끼……."

날 배신해?

그렇게 내뱉지 않아도 기요미야의 귀에는 그렇게 들렸다.

"……나도 다 공개해 주마. 그리고 미노리라는 여자아이에 대해 조사하면 네 신상도."

"미노리?"

스즈키가 어안이 벙벙한 듯이 고개를 갸웃거렸다.

"그게 누구죠?"

이세가 입을 떡 벌렸다.

이제야 깨달은 것이다. 지금껏 그의 손바닥 위에서 놀아났다는 걸.

원하는 대로 조종당하고 있었다는 걸.

"앉게."

그렇게 지시하자 이세는 울상을 지으며 기요미야를 봤다. 애원하는 것 같기도, 변명하는 것 같기도 하다. 기요미야는 됐으니 그냥 앉으라며 옷을 잡아당겨 억지로 그를 자리에 앉혔다.

그리고 실토하게 했다. 지금껏 스즈키와 주고받은 모든 이야기를.

상상할 수 있는 가장 진부하면서도 어리석은 이야기였다. 스마트폰을 두고 간 건 물론 계획된 행동이다. 장소가 밝혀지면 당연히 형사가 그곳을 찾는다. 그리고 상대가 누구든 간에 바닥에 설치된 폭탄 트랩이 작동한다. 거기서 스즈키는 이세라는 캐릭터를 발견했고 굳이 넣지 않아도 양념을 쳤다.

이세가 고개를 푹 숙인 채 어깨를 감싸고 몸을 떨기 시작했다. 부득부득 이를 갈며 눈에 눈물이 고인다. 그 모습을 보며 기요미야는 동정심도 경멸도 들지 않았다. 다만 '이 녀석은 이제 안 되겠구나' 하고 미열이 나는 머리로 생각했다. 그래도 지금의 규칙 위반을 계속하는 한 취조실에서 내쫓을 수는 없다.

"기요미야 형사님, 전……."

"입 다물고 있게. 이 문제를 어떻게든 해결하고 싶다면 그냥 여기 가만히 있어."

기요미야는 대답을 기다리지 않고 손을 움직였다. 노트북을 끌어당긴다. 이다음 내용을 기록할 사람은 이제 나밖에 없다.

"더러운 짓이나 일삼고 말이야. 다고사쿠 씨."

루이케의 말투가 갑자기 거칠어졌다. 기요미야는 흠칫 당황하면서도 입력하는 내용은 존칭어로 바꿨다. 이세가 조종당했다는 것을 숨기고 '비겁한 행동을 하셨군요, 스즈키 씨'라고.

"더러운 짓을 했다고요? 제가? 에이, 농담이시죠? 이세 형사님 이야기는 다 엉터리입니다. 전 억울해요. 정말 아는 바가 없어요."

"스마트폰을 무사히 회수한 것 같던데? 폭발 때문에 당연히 고장 날 줄 알았겠지만 요즘 전자제품들이 워낙 튼튼해서 말이야. 그 안에 당신에 대한 정보도 들어 있지 않을까?"

"글쎄요. 그게 정말 제가 잃어버린 제 것이라면 뭔가 있을 수도 있겠지만."

"흐음. 이런. 정보가 자꾸 업데이트되네. 뭐야. 폭발이 일어난 민가는 셰어하우스고 그 안에 실험 도구들이 잔뜩 있었다고?"

"루이케."

"괜찮습니다. 이 녀석한테 숨겨서 좋을 정보 같은 건 없습니다. 공개적으로 가죠, 공개적으로. 그렇지? 다고짱."

"이야, 다고짱이라니. 그렇게 친밀하게 불러 주시는 거, 저도 좋습니다. 꼭 절친 같잖아요. 이런 관계를 내내 동경해 왔습니다."

"언젠가 후회할걸. 날 만난 걸. 밤에 잠도 못 이룰 만큼."

"기대됩니다."

루이케가 코웃음을 쳤다. 기요미야가 있는 곳에서 그의 표정은 보이지 않는다.

"오, 하세베 유코의 영상이라고? 유언? 이건 또 뭐지."

"글쎄요. 저도 잘 모르겠네요. 그런 게 있다면 저도 보고 싶은데요."

"폭발로 죽은 사람이 하세베의 아들이라고 해. 발견 전에 이미 죽어 있었다는 증언도 나온 것 같고."

"안타깝네요. 누군가가 목숨을 잃는 건 정말 안타까운 일이에요. 애도를 표합니다."

"같이 살았지? 그 사람이랑."

그러자 스즈키가 "네?" 하고 눈을 휘둥그레 떴다.

"제가요? 그런가요?"

"시치미 떼지 마. 하세베의 아들이 그 셰어하우스에 살았다는 건 이미 확인됐어. 그리고 야부키 순경이 당신이 쳐 놓은 함정에 걸려 그곳으로 향했지. 모르는 척하는 건 무리 아닐까?"

"잊어버렸습니다, 형사님. 술에 취했고 기억 상실증에 걸렸다고 계속 말씀드렸잖아요."

"드래건스 시합 결과는 기억하면서?"

"건망증에는 종류가 많다고 들었습니다. 상식만으로 따라잡을 수 없는 인체의 신비예요."

"꽤나 심각한 상태일지도. 내 이름도 기억 못하는 것 같으니."

"죄송합니다. 외우기 어려운 성함이라서요."

루이케다.

루, 이, 케. R, U, I, K, E.

그러더니 루이케는 몸을 뒤로 젖히고 "이봐, 다고짱" 하고 불렀다.

"이번이 마지막 라운드, 맞지?"

"네, 그런 것 같네요. 제 촉대로라면 아마도 그럴 거예요."

"의외로 우리 인연도 오래가지 못하겠어."

"그건 슬픕니다. 모처럼 절친을 만났는데."

"3라운드의 조건은 뭐지?"

"조건?"

"일부러 '3회'로 나눈 이유가 있을 거 아니야. 1라운드가 시한식 장치. 2라운드는 트랩. 설마 마지막에도 똑같은 걸 설치하지는 않았겠지. 만약 그랬다고 해도 딱히 비웃지는 않겠지만, 아무래도 당신이 그런 것만큼은 확실히 하는 성격 같아서 말이야. 떠오르는 건 특정 조건을 충족하면 펑. 그런 거 아닌가?"

스즈키의 대답이 끊겼다.

"오, 설마 정답? 거 봐. 일단 후회 한 개는 확보군."

"후회가 쌓이면 뭐라도 받을 수 있는 건가요?"

"아까 말했잖아. 거울을 선물하겠다고."

루이케가 두 주먹을 철제 책상에 내려놨다. 어깨너비만큼 팔을 벌린 자세가 꼭 밥이 나오기를 기다리는 어린아이 같다.

"앞으로 후회가 백 개 쌓일 때까지 당신한테 과연 숨이 붙어 있을지 모르겠네."

"용감하면서도 멋지시네요! 혹시 형사님도 제 손가락을 부러뜨리실 건가요?"

"난 말이지, 다고짱. 공짜로 남이 기뻐할 만한 일은 절대 하지 않는다는 게 신조야."

"공짜가 아니면 해 주시는 건가요? 폭탄이 있는 곳을 가르쳐 드리면 손가락을 부러뜨려 주시겠어요?"

"당연히 부러뜨려 주지. 똑 하고 부러뜨려 줄게. 원한다면 잘라 줄 수도. 그걸 소시지로 만들어 브로콜리와 함께 접시에 플레이팅해도 괜찮겠군."

"기왕이면 머핀이 좋습니다. 소시지 에그 머핀."

"인터넷에서 레시피를 찾아볼게. 어때? 말할 마음이 좀 생겼어?"

"말할 마음은 처음부터 있었습니다. 다만 촉이……."

"정오에 무슨 일이 또 생기는 거 아니야?"

또다시 스즈키가 입을 다물었다.

"아무래도 당신 시간표가 꽤 촘촘하게 짜여져 있는 것 같아서 말이야. 밤 10시에 아키하바라 폭발에 맞춰 붙잡힌 후 11시 도쿄돔으로 우리를 믿게 만들었지. 주도권을 쥐고 '아홉 개의 꼬리'를 시작해 구단시타라는 힌트를 제시한 시점은 폭발이 일어난 새벽 4시의 두 시간 전. 요요기도 마찬가지야. 뭐랄까. 너무 아슬아슬해서 몸부림을 치고 싶게 만드는 절묘한 타이밍이지. 우리의 움직임을 아주 잘 계산하고 있는 느낌이랄까."

요요기에서는 유치원 세 곳에 더해 남문 무료 급식소까지 총 네

곳이 표적이 되었다. 만약 유예가 한 시간이었다면 유치원도 피해를 막을 수 있었을지 의심스럽다. 스즈키는 의도적으로 퀴즈를 풀 시간을 설정하고 있다. 반대로 말해 풀지 못할 변명 거리를 없애고 있다. 시간이 부족했다는 변명을. 그래서 남문에서 실패하고 만 기요미야의 타격도 큰 것이다.

"게다가 당신, 도도로키 형사가 교체될 것도 알았지? 이런 사건은 우리 같은 전문 부서가 맡는다는 걸 알면서도 그를 원했고 이 취조실에서 움직이지 않는 걸 거래 조건으로 내걸었어. 이 모든 걸 어디 책 같은 데서 찾아본 게 아니라면 말이야."

루이케는 의미심장하게 스즈키를 보며 말을 이었다.

"어쩌면 하세베의 아들이 조언 같은 걸 해 줬을지도?"

기요미야는 내심 소리쳤다.

그렇다.

형사의 아들이 아버지 일에 관심을 가지는 건 당연하다.

적어도 지식을 얻을 기회는 있다.

무심코 공유 앱으로 그의 이력을 다시 읽었다.

이름, 다쓰미, 27세.

아버지의 자살을 계기로 다니던 화장품 회사를 그만두고 2년 반 전부터 셰어하우스에서 살기 시작했다.

최종 학력은 이학부 화학과 졸업.

"아버지가 죽자 실의에 빠진 다쓰미는 가족 곁을 떠났다고 해.

그럼 셰어하우스에 살기 전까지 어디서 살았을까? 의외로 공원 같은 곳일 수도."

이세가 들은 이야기와 연결된다. 삶의 의욕을 잃어버린 신참 노숙자. 한때 돌봐준 인연으로 우리 집에 오지 않겠냐고 초대한 인물.

다쓰미는 피해자다.

그런 선입견이 순식간에 뒤집혔다.

"그의 소개로 셰어하우스에 살게 되었다는 거, 의외로 괜찮은 추리 같지 않아? 거기서 이상하게 서로 마음이 맞아 정신 나간 계획을 세우기 시작했을 수도."

"그 말씀은 곧……."

스즈키는 쓴웃음과 함께 입을 열었다.

"절 폭탄 테러범으로 가정했을 때 그 다쓰미라는 사람이 공범이었다는 말인가요?"

"가능성은 있지 않나? 당신 스마트폰을 찾아서 셰어하우스에 도착한 건 사실. 그 안에 다쓰미 씨가 있었던 것도 사실. 그런 그를 폭탄으로 날려 버린 것도 사실. 여기까지 모든 상황이 갖춰졌는데 의심하지 않는 건 게으르거나 무능한 거지."

공범.

그 가능성을 인정하면서도 사실 기요미야는 진지하게 검토하지 않았다. 도도로키가 말한 것처럼 스즈키가 다른 누군가와 결탁하는 모습을 상상할 수 없었기 때문이다.

그러나 상대가 다쓰미라면 이야기가 달라진다. 조각조각이 이어진다.

화학과 출신이라는 경력도 폭탄 제조에 활용할 수 있었을 것이다.

하지만 그렇다면 그는 왜 죽었을까.

"당신이 죽였어?"

스즈키는 미소를 머금은 채 고개를 살짝 갸웃거렸다.

"죽은 사람이 스스로 자기 몸을 의자에 묶었을 리도 없고 말이야. 동료 간의 불화, 배신. 아니면 처음부터 끝장낼 속셈이었나?"

"뭐가 뭔지 잘 모르겠지만 자살 가능성도 있지 않을까요? 죽고 나서 다른 누군가가 묶어 놓았다거나."

"하하, 그럴 수도 있겠네. 그리고 그게 범행 동기와 이어진다? 아버지 때문에 불우한 삶을 살다가 스스로 목숨을 끊은 친구의 마지막 유지를 이어받는 그런 스토리인가! 눈물겹네. 중2병에 걸린 녀석들이 발정 날 정도로 멋진 정신 나간 우정 이야기잖아."

스즈키의 얼굴에서 서서히 미소가 사라진다.

"이봐, 다고짱. 어설픈 연기 필요 없다니까. 어차피 당신은 동요 따위 하지 않잖아. 숨길 생각이라면 처음부터 하세베의 이름을 언급하지도 않았겠지."

"말씀이 아주 청산유수시네요, 형사님."

옅은 미소가 돌아왔다.

"그런데 정작 정오에 뭔가 있을 거라는 추측에 대한 설명은 전혀 안 되는 것 같습니다만."

"드래건스 팬이라는 것도 하세베 부자에게 빌려 온 설정이지? 당신이 야구를 좋아한다는 것부터가 거짓말 같기는 했어. 하세베 씨는 아들 이름에 용을 뜻하는 '진(辰)' 자를 넣을 만큼 드래건스의 광팬이었고, 그 뒤의 '마(馬)', 즉 말 역시 십이지에 있지*. 그리고 요요기 퀴즈에서 힌트가 된 오(午). 그거, 다음 힌트가 될 수도 있지 않았을까? 십이지신의 오시는 11시부터 13시, 정각은 12시, 좋은 아홉 번."

루이케가 보란 듯이 손가락을 아홉 개 펼친다.

"'아홉 개의 꼬리' 자체가 '정오에도 뭔가가 있다'라는 은밀한 단서였지? 하지만 너무 쩨쩨하잖아. 누가 이런 걸 눈치채겠어. 다행이네, 다고짱. 나 같은 우수한 해답자를 만나게 돼서."

스즈키는 입을 열지 않는다.

"왜 그래? 그런 건 너무 억지스럽다는 식으로 얼버무려야 하지 않아? 그러지 않는 건 내 말이 곧 정답이라고 인정하는 건가? 그야 그러겠지. 어차피 여기서 시치미를 떼도 정오에 무슨 일이 생기면 창피만 당할 테니."

"뭔가 기분 나빠졌어요. 촉이 전혀 내려올 기미가 없네요. 다 형사님 때문입니다."

---

*　'진마(辰馬)'는 일본어로 '다쓰미'라고 읽는다.

"괜찮아. 상관없어."

"괜찮다고요? 폭탄이 뻥 터져도?"

"응. 난 그런 거 신경 안 써."

스즈키가 눈을 살짝 크게 떴다. 연기를 잊은 표정이다.

"어차피 언제 어디서든 사람은 죽어. 아닌가?"

루이케가 허리를 펴고 스즈키를 위에서 내려다본다.

"여기서 관두고 싶으면 관둬도 돼. 어차피 넌 감옥에 갈 거니까. 매일매일 밤 독방에서 의기양양해하는 내 얼굴을 떠올리며 지내면 돼."

이런 방법이 옳은 것인지 기요미야는 판단이 서지 않았다. 자신이 그랬던 것처럼, 아니 그 이상 루이케는 스즈키와 관계를 맺으려하고 있다. 이 녀석에게 지고 싶지 않다는, 쓰러뜨리고 싶다는 비뚤어진 관계를.

머리로는 이해해도 마음이 불안을 떨치지 못한다.

자네, 그 말이 정말 진심이야? 사람이 죽든 말든 상관없다고?

"형사님은 정오에 폭발할 거라고 보시지 않는 건가요?"

"안 할 것 같은데. 정말 폭발한다면 당신은 분명 승부수를 띄울테니까. 그러니 정오의 장치는 기껏해야 바람잡이용 시시껄렁한 퍼포먼스. 분위기를 띄울 만큼 띄우고 메인 요리는 광고가 끝난 후에. 이거야말로 삼류 작가가 떠올릴 시나리오잖아."

"형사님, 모두에게 미움받으시죠?"

"알 바 아니야. 그리고 평소에는 얌전하다고."

그러자 스즈키가 후훗 하고 어깨를 들썩이며 웃었다.

"재밌으시네요. 형사님. 형사님은 정말 재미있는 분이에요."

그러더니 "하지만 말이죠" 하고 고개를 든다.

"친구는 될 수 없을 것 같네요. 절친 선언은 철회하겠습니다."

"난 환영인데?"

"안타깝습니다. 원래 마음이라는 건 일방통행이죠. 내가 원할 때도, 원하지 않을 때도."

"뭐가 마음에 안 드는데? 오래 알고 지내면 의외로 매력 있는 캐릭터라는 말도 자주 들어."

"형사님은 제게 절대 못 주실 테니까요."

"패배의 맛이라면 보게 해 줄게."

"그런 건 이미 질릴 정도로 많이 봐 왔습니다. 이 배를 보세요. 이 안에 잔뜩 차 있죠. 배부르다 못해 터질 지경이에요."

"뭘 원해?"

루이케의 말투에서 빈정거리는 느낌이 사라진다. 그 역시 스즈키를 꿰뚫어 보지 못하고 있다. 그리고 알고 싶어 한다.

"대답할 의무가 있지 않나? 기요미야 선배의 질문이 아직 남아 있기도 하고."

검지를 들어 스즈키를 겨냥한다.

"노코멘트로 도망칠 생각하지 마. 이번에는 내가 당신의 그 싸구려 같은 마음의 형태를 맞혀 줄 테니."

앞으로 내민 손가락을 보며 스즈키는 "흥미진진하네요" 하고 미소 지었다.

"이야, 정말 흥미진진합니다. 그런데 이제 곧 정오 아닌가요?"

"······10분 남았어."

"그런가요. 그나저나 형사님. 형사님은 혹시 사람을 죽이고 싶다는 생각을 해 본 적이 있나요?"

스즈키는 지극히 태연하게 물었다.

루이케가 팔짱을 끼고 "있지" 하고 대답했다.

"있는 게 당연하지 않나? 오히려 매일매일 해. 만원 전철 안에서 트림하는 아저씨, 독한 향수를 뿌린 여자, 편의점에서 젓가락을 넣어 주지 않는 염색 알바남. 그런 사람들을 만날 때마다 미국독도마뱀에 물려 죽어 버리라고 속으로 기도해."

"그런 일을 도마뱀에게 맡기면 어떡합니까. 열받게 하는 사람은 그냥 죽여 버리셔도 되지 않나요? 형사님이라면 붙잡히지 않을 방법도 알고 계실 테고."

"난 미키 녹스*가 아니고, 질문에 질문으로 대답하는 당신은 혹시 얼굴 거죽이 농구공 수준이야?"

---

* 올리버 스톤 감독의 영화 〈킬러(Natural Born Killers)〉에 등장하는 살인마 남자 주인공.

"친해지기 위한 소소한 잡담 같은 것으로 생각하시면 됩니다."

"귀찮으니 직접 안 나서는 거야. 수지타산이 안 맞거든. 내가 사람을 죽이지 않는 이유는 그래."

스즈키는 "그렇군요" 하고 고개를 끄덕였다.

"살인이 나쁜 짓이라 하지 않는 건 아니시다."

"아, 미안. 혹시 그런 대답이 아니면 이야기를 이어 가기 어려운 건 아니지? 그럼 포기하는 게 좋을걸. 양심을 흔드는 방식은 나한테 통하지 않으니까."

"그럴 마음은 없습니다. 다만 양심이라고 하셨는데, 옛날에는 전 세계적으로 살인이 그렇게 나쁜 짓은 아니었다더군요. 형사님도 아시죠? 옛 그리스나 중국, 남미 대륙 등지에서는 많은 민족과 부족들이 서로 경쟁하며 살았잖아요. 그러니 적을 죽이는 건 오히려 정의고, 나쁜 건 같은 동료를 죽이는 일 정도였다고 해요."

"21세기에 들어서도 전쟁 영웅은 추앙받지."

"네. 그렇습니다. 하지만 관계없는 타인까지 죽이는 건 좋지 않다는 건 의외로 최근에 형성된 사고방식이라고 해요. 아마 그렇게 생각하는 게 편해서 아닐까요? 생각해 보면 동료로 다른 사람을 구분한다고 치면, 어쩔 수 없이 그럼 '동료는 누구인가? 어디까지인가?'라는 이야기가 나와 버리니까요. 가족은 동료 같지만, 옆 마을 우체부 아저씨를 동료라고 할 수 있을까요? 이름도 얼굴도 모를 외딴섬 의사 선생님은 어떻죠? 만원 전철을 가득 채운 수많은 승객 중에는 누가 동료고 누가 동료가 아닌지 알 수도 없죠."

"우리 모두 동료 아닐까? 트림과 독한 향수도 참아 주는 사이니까."

루이케는 건성으로 대답하면서도 경청 자세를 보이고 있다. 종잡을 수 없는 이야기가 언제 퀴즈로 흘러가도 이상하지 않다. 기요미야도 긴장해서 그런지 오타가 늘었다.

"정오다."

기요미야가 사무적으로 알렸다.

"트림이나 향수는 적일까요?"

스즈키는 개의치 않고 말을 이어 갔다.

"트림이 적이라면 향수는 동료고, 향수가 적이라면 트림은 동료겠지."

루이케도 신경 쓰지 않고 그를 상대한다.

"굳이 한쪽을 고르자면 난 동료 속성을 우선할 것 같아."

"네. 아주 평화적인 답변이네요. 아아, 그러고 보니 이런 이야기도 있었죠. 어떤 책에서 읽은 것 같은데, 아니 다큐멘터리였을까요. 아무튼 평화와는 거리가 먼 아프리카나 중동 같은 분쟁과 내전이 심한 지역의 이야기인데, 소년병들 사이에 유행하는 놀이가 있다고 하네요. 적군의 임신부를 찾아내 쏴 죽이는 놀이요. 임신부는 군인이 아니라 그냥 민간인이잖아요? 그런데 왜 그런 짓을 하느냐면, 임신부를 죽여 배를 갈라서 태아가 남자인지 여자인지를 맞힌다고 합니다. 심지어 담배를 걸고 내기까지 한다고 하네요. 이건 정말 엄청난 발상 아닌가요? 그런 환경이 아니고서야 쉽게 생각해 내지 못할 발상 같은데."

거기서 스즈키는 말을 한 번 끊고 루이케를 봤다.

"형사님. 그들은 악일까요?"

루이케는 가볍게 숨을 내쉬었다.

"좋냐 나쁘냐를 따지면 좋다고 할 수는 없겠지."

"그럴까요? 하지만 그들에게 적군에 있는 인간은 인간이면서도 인간이 아닙니다. 생각해 보세요. 수렵. 그건 숲에 들어가 사슴이나 꿩, 곰 같은 걸 쏴 죽이는 행위를 뜻하죠? 필요도 없는데 단순히 즐기기 위해 동물을 쏴 죽이는 그런 행위를 서양에서는 어엿한 스포츠라고 부릅니다. 그것과 뭐가 다를까요? 사슴과 꿩, 곰은 우리의 동료가 아니잖아요. 적군에 있는 임신부도 마찬가지고요. 동료가 아닌 존재의 목숨은 없애도 괜찮은 거예요. 악이 아닙니다."

"폭탄 때문에 죽은 사람들도 동료가 아니라고 말하려는 건가?"

"전 말이죠, 형사님. 거짓말을 정말 싫어합니다. 지금까지 살면서 줄곧 거짓말에 속아 왔거든요. 모두가 저를 속이고 속임수를 가르쳐 주었죠. 거짓말쟁이들이 꼭 거짓말쟁이가 아닌 것 같은 얼굴을 하고 당당하게 가슴을 펴며 살아가고 있었어요. 그런 우스꽝스러운 세상의 섭리를 견디지 못해 거리 위로 나가서 살기도 했습니다. 정직한 사람은 살기 힘든 세상이에요. 그런데 전 말이죠. 한편으로는 그런 거짓말쟁이들이 불쌍하게 느껴지기도 합니다. 그들은 거짓말을 해요. 그러면서 남을 속일 뿐 아니라 자기 자신도 속이죠. 속임수 위에 또 다른 속임수를 덧씌우며."

"그래서 무차별 테러도 오케이다? 그리고 그런 걸 즐기는 나는 정직한 인간이다? 푸하, 스즈키 씨, 당신, 생각보다 더 시시한 인간이었잖아."

"맞습니다. 시시하죠. 제가 말씀드리지 않았나요? 전 쓰레기봉투속 쓰레기라고요. 길가에 널린 돌멩이라고요. 아무도 거들떠보지 않고 기억도 하지 않는 놋페라보라고요."

스즈키는 허리를 숙이고 루이케를 밑에서 위로 올려다봤다. 철제 책상에 턱이 닿기 직전이다.

"그런데 전 이런 생각도 합니다. 시시한 인간과 너무 뛰어난 인간은 결국 나중에 같은 결론에 도달하는 게 아닐까. 형사님과 저도사실 굉장히 가까운 곳에 있는 게 아닐까."

스즈키는 "그건 그렇고" 하고 천진난만하게 미소 지었다.

"형사님. 의외로 가지고 계시잖아요. 양심."

공유 앱 정보가 갱신됐다. 기요미야가 루이케를 부르자 루이케가 태블릿 PC로 시선을 향한다. 말없이 태블릿을 응시하다가 잠시후 조용히 내뱉었다.

"빌어먹을."

3

"빌어먹을."

경시청 형사의 욕설을 옆에 선 도도로키는 묵묵히 받아들였다.

고다 사라가 구급차에 동승한 탓에 현장에 남은 도도로키가 대신 상황을 설명하게 됐다. 이케지리 셰어하우스에 출동한 형사는 지금 같은 상황에 부상자를 따라가는 것이 무슨 도움이 되느냐며 노골적으로 난색을 표했다. 더군다나 고다 사라는 당사자다. 현장에 남는 게 당연했고 이를 묵인한 도도로키에게 비난이 쏟아지는 것도 당연했다.

형사가 사라 본인에게 전화로 사정을 묻는 과정에서 핵심인 '유력 제보'에 대해 자세히 알고 있는 사람이 지금 의식불명 상태인 야부키 다이토뿐인 것도 밝혀졌다. 도도로키는 쓰루쿠에게 연락했지만 그 역시 아닌 밤중에 홍두깨라는 반응을 보였다.

"이건 뭐 장난하는 것도 아니고."

형사가 또다시 거칠게 말했다. 돌아오라는 지시에 고다 사라가 전화를 끊어 버렸다고 했다. 무전기 너머에서는 아무 소리도 들리지 않는다.

"직무 위반의 행진이로군."

"다친 사람이 같은 파출소 동료입니다."

도도로키의 그 말은 "그래서?"라는 한마디로 일축됐다. 형사는 뒤로 빗어 넘긴 리젠트 스타일 머리를 거칠게 쓸어 올리며 "이러니 여자들은"이라고 내뱉었다.

연신 쏟아지는 날카로운 질문에 도도로키는 사무적으로 답했다. 하세베 유코의 가족을 만나러 갔다는 것, 거기서 얻은 정보에 의지해 이곳을 찾았다는 것. 스즈키와의 관련성은 알지 못했고 더욱이 폭탄이 설치돼 있을 거라고는 꿈에도 예상하지 못했다는 것.

"지금 당장 오겠다고 합니다."

셰어하우스 집주인에게 연락한 이즈쓰가 리젠트 형사에게 보고했다. 집은 메구로. 폭발 소식을 전하자 그는 경악을 금치 못했고 변호사를 대동하고 오겠다고 하길래 나중에 오라고 충고했다고 한다.

집주인에게서 영양가 있는 증언은 나오지 않았다. 다쓰미와는 입주 당시 면접에서 만나 아버지에 대한 이야기나 불안정한 심리 상태를 전해 들었지만 입주 후에는 몇 번 만나지 못했다. 사적인 이야기를 한 적도 없다. 간섭하면 싫어할 것 같아서.

"스즈키에 대해서는 전혀 모른다고 합니다. 그가 언제 어떤 경위로 이곳에 들어왔는지 오히려 저희에게 묻더군요. 평소에도 입주와 퇴거가 잦은 편이었고 살다가 갑자기 자취를 감추는 사람이 많았다고는 합니다만."

관리를 그 모양으로 했으니 집 안에 실험실을 만들고 스즈키도 몰래 살 수 있었을 것이다.

"현재 입주자는?"

리젠트 형사의 질문에 이즈쓰가 대답했다.

"다쓰미를 포함한 세 명. 나머지 두 명은……."

그때 감식반 옆에서 대기 중이던 형사가 현관 쪽에서 "계장님!" 하고 리젠트 형사에게 외쳤다.

"2층에서 시신이! 젊은 남자의 시신 두 구가 발견됐습니다!"

소란스러운 현장에서 도도로키는 이제야 숫자가 맞아떨어졌다고 묘하게 냉정히 떠올렸다. 다쓰미를 제외한 나머지 두 입주자의 시신일 것이다. 해가 구름에 가려져 짙은 녹색 나무에 둘러싸인 서양식 2층 주택에 그림자가 드리웠다.

"어이!"

리젠트 형사가 뛰어가던 발걸음을 멈추고 도도로키를 돌아보며 외쳤다.

"자네가 가서 그 누마부쿠로 여경을 데려와. 책임지고."

그렇게 현관으로 달려가는 그의 뒤를 이즈쓰가 따랐다. 자기는 여자를 달래 주는 일만큼은 사절이라고 형사의 망설임 없는 걸음걸이가 말해 주고 있다.

도도로키는 주머니에서 고다 사라에게 받은 경찰차 열쇠를 손에 쥐었다. 거부할 이유를 찾지 못해 결국 셰어하우스를 뒤로했다.

병원으로 차를 몰고 가며 '난 지금 마비돼 있는 게 아닐까' 하고 자문했다. 하세베의 아들이 죽고 거기에 젊은이 두 명이 더 목숨을 잃었다. 그런데도 이상하리만큼 분노 같은 건 느껴지지 않았다.

경찰관이 되고 형사가 되어 지금껏 여러 죽음을 목도했다. 어느 정도 익숙해졌다고는 해도 여전히 부조리한 범죄를 향한 분노는 있다. 실제로 도쿄돔시티의 피해자가 사망했을 때도 나는 동요하지 않았는가. 그것이 고작 반나절 만에 바뀌고 말았다. 정확히 말하면 바로 조금 전, 셰어하우스 폭발 현장을 목격한 이후 마음이 완전히 식어 버렸다.

하세베의 자살과 그에 따른 비난으로 희미해진 내 안의 '보통의 정의'. 그로 인해 일에 대한 열정은 식었을지언정 피해자를 향한 동정심 자체가 사라진 것은 아니었다. 자연히 그렇게 믿어 왔다.

그게 아니었던 걸까.

일에 대한 열정 때문에 연민과 분노도 느꼈던 걸까. 본연의 자신은 누가 죽고 누가 짓밟히든 어차피 남의 일로 치부할 수 있는 인간이었을까.

아니, 어차피 그런 사람은 흔하다. 사건 때마다 만나 온 관계자들. 그들은 하나같이 놀라움과 슬픔을 보이며 분노했지만, 지인이나 동료에 불과한 피해자를 바라보는 시선에서는 일종의 무심함이 묻어났다. 가끔은 흥분한 표정까지 짓고 있었다.

마치 TV 드라마를 보는 시청자처럼.

무의미한 생각이다. 그렇게 결론 내리고 떨치려고 해도 스즈키의 목소리가 방해됐다.

폭발한다고 해서 딱히 문제 될 건 없지 않나요?

대답이 흔들렸다.

그렇다.

분명 그럴지 모른다.

나에게는 가정이 없다. 오랜 연인도 없다. 본가도, 친한 친구라고 부를 만한 사람도 도쿄 안에는 없다.

그들이 이번 사건으로 피해를 볼 확률은 거의 없다. 기껏해야 동료의 안위를 걱정하는 수준이다.

아니, 지금은 그조차도.

그때 스마트폰이 진동했다. 짧은 메시지가 도착했다. 루이케에게 온 것이다. 내용에는 문장이 없고 URL 주소만 첨부돼 있다. 마침 병원에 도착해 주차장에 차를 세운 후 도도로키는 URL 주소를 클릭했다. 해외 영상 스트리밍 사이트로 접속되더니 곧 영상이 재생되기 시작했다.

야부키의 수술은 계속되고 있었다. 복도 벤치에 앉은 고다 사라가 보인다. 무릎 사이로 두 손을 모은 채 가만히 고개를 숙이고 있다.

그녀는 도도로키를 발견하고 묻기도 전에 먼저 입을 열었다. 오른쪽 다리 치료는 끝났지만 폭발의 충격으로 척추에 금이 갔다. 갈비뼈가 부러져 장기가 손상됐고 고막도 찢어졌다. 의식도 아직 돌아오지 않고 있다. 사라는 설명을 마치고 다시 고개를 숙이고 입술을 꽉 깨물었다.

경시청 형사가 자네를 부르고 있다. 설명을 요구하고 있다. 여기 있어 봐야 할 수 있는 건 기도뿐이니 지금 함께 가자.

도도로키는 뻔한 말투로 뻔한 정론을 내세우며 설득했다.

"다 저 때문이에요."

사라는 도도로키 쪽을 보지도 않고 말했다.

"제가 어리석었어요. 별 생각도 없이 다가갔고, 오지 말라고 했는데도 바보처럼 다가온 저를 야부키는 보호하려고……."

주먹을 꾹 쥐고 온몸에서 쏟아져 나올 듯한 감정을 필사적으로 억누르고 있었다.

이 여자는 경찰 일을 그만둘 수도 있다. 아니, 그러는 게 나을지 모른다.

냉정한 생각이 가슴을 스쳤다. 고다 사라는 앞으로 파란 제복을 입을 때마다 오늘 일을 떠올리게 될 것이다. 한번 뿌리박힌 후회와 두려움은 극한의 상황에서 판단을 흐리게 한다.

또 다른 실패를 낳는다.

그러나 지금은 일단 데려가야 한다.

그러기 위해서라도 힘을 북돋워야 한다. 그것이 내게 주어진 명령이기에.

"……자네는 그런 상황에서도 그를 위해 할 수 있는 모든 조치를 다 했어. 생명을 구했어."

"하지만 냉정하지 못했습니다. 형사님이 말씀해 주시기 전까지는 다른 폭탄이 있을 가능성 같은 것도 떠올리지 못했고요."

아니다. 냉정했던 게 아니다.

마비돼 있었다.

감정이 죽어 있었다.

그런 말은 해 봐야 무의미할 것이다. 지금 고다 사라가 원하는 건 위로가 아니다.

결과다.

바꿀 수 없는 과거의 결과다.

"스즈키를 잡고 싶지 않나?"

도도로키가 꺼낸 비장의 카드는 사라의 표정을 조금 바꾸어 놓았다.

"녀석이 올린 영상이야."

영상을 재생하고 스마트폰을 사라에게 건넸다.

어두운 방 안에 한 남자가 크게 비치고 있다. 머리 위에서 새하얀 빛을 받으며 쑥스러운 듯이 미소 짓는다. 스즈키다.

아아, 여러분, 안녕하십니까. 처음 뵙겠습니다. 저는 스즈키 다고사쿠라고 합니다.

그렇게 운을 떼고 그는 손에 든 종이에 시선을 떨어뜨렸다.

이 영상은 9월 28일 월요일 정오를 기점으로 예정된 SNS 계정, 블로그, TV, 라디오 방송국, 잡지, 신문사 등에 일제히 전송되고 있습니다. 또 영상이 삭제될 경우 몇 시간 간격으로 다른 계정을 통해 간헐적으로 다시 업로드되도록 프로그래밍돼 있습니다.

어눌하게 글을 읽어 내려가며 입술을 혀로 한 번 쓱 핥는다. 한 박자를 쉬고 천천히 다시 입을 뗀다.

저는 여러분께 경고합니다.

도쿄에 폭탄을 설치했습니다. 한두 개가 아닙니다. 쉽게 찾을 수 없는 곳에 조용히 숨겨져 있습니다.

어떤 조건이 충족될 때 그것들은 가차 없이 폭발합니다. 무자비하게 생명을 앗아 갈 것입니다. 문 좋게 목숨을 건진다고 해도 다시는 평범한 일상으로 돌아갈 수 없습니다. 그 정도 위력을 가지고 있습니다.

폭발은 내일 일어날 수도, 오늘 일어날 수도 있습니다. 1초 후일 수도, 10년 후일 가능성도 배제할 수는 없습니다. 비바람에도 끄떡없는 견고한 구조이며 전력 문제 또한 걱정하지 않으셔도 됩니다. 모든 폭탄이 남김없이 확실히 폭발할 것을 저는 여러분 앞에 굳게 맹세합니다.

이것은 묻지 마 테러가 아닙니다. 엄정한 심사와 정확한 선별을 거쳐 심판이 내려지는 것입니다.

부랑자를 죽일 것입니다. 냄새가 나기 때문입니다.

어린아이를 죽일 것입니다. 시끄럽기 때문입니다.

임신부를 죽일 것입니다. 면적을 차지하기 때문입니다.

페미니스트를 죽일 것입니다. 건방지기 때문입니다.

애니메이션 프로필 사진 유저를 죽일 것입니다. 성격이 글러 먹었기 때문입니다.

외국인을 죽일 것입니다. 그들은 모두 깡패 또는 스파이입니다.

전과자를 죽일 것입니다. 어차피 재범할 것이기 때문입니다.

장애인을 죽일 것입니다. 성가시기 때문입니다.

노인을 죽일 것입니다. 짜증 나기 때문입니다.

독신 귀족을 죽일 것입니다. 자손을 늘릴 생각이 없기 때문입니다.

같은 이유로 3인 가족도 죽일 것입니다. 노력이 부족하기 때문입니다.

행복한 가정도 죽일 것입니다. 불행은 함께 나눠야 하기 때문입니다.

부자를 죽일 것입니다. 질투를 유발하기 때문입니다.

유튜버를 죽일 것입니다. 유행만 좇는 자들이기 때문입니다.

인권 변호사를 죽일 것입니다. 거만하기 때문입니다.

정치인을 죽일 것입니다. 이 모든 게 다 네놈들 때문입니다.

다른 사람에게 폐를 끼치는 인간, 그런 인간들을 아무렇지 않게 넘기는 쓰레기, 늘 피해자 행세를 하는 추남 추녀, 물과 평화와 기초 생계 급여는 공짜라고 믿는 낙천주의자, 거드름을 피우는 비평가, 냉소주의자, 케이크 사진을 일일이 찍어 대는 한가한 인간, 사치스러운 교주와 그들에게 돈을 갖다 바치는 데 여념이 없는 신자들, 환경 운동가, 채식주의자, 억지 가사밖에 쓸 줄 모르는 래퍼, 영화나 소설로 세상을 바꿀 수 있다고 믿는 나르시시스트, 제 자식밖에 모르는 팔불출 부모, 그런 부모가 다 해줄 거라고 믿는 마마보이, 마마걸, 인간보다 개, 고양이를 더 좋아하는 녀석들. 그들 모두를 평등하게 죽일 것입니다. 저와 생각이 다르기 때문입니다.

그리고 유명인은 죽일 것입니다. 분위기를 돋울 수 있을 테니까요.

거기에 속하지 않는 모든 분들, 조심하세요.
모쪼록 그들에게서 멀어지시기를 바랍니다.

그는 천박한 미소를 지으며 "마지막으로" 하고 덧붙였다.

저는 지금 이 글을 강제로 읽고 있습니다.
저는 이 사건의 범인이 아닙니다.
범인에게 협박당하고 있습니다. 범인은 최면술의 달인이고 제 기억은 앞으로 전부 지워질 거라고 합니다.
이상 스즈키 다고사쿠가 나카노구 노가타 경찰서에서 전해드렸습니다. 감사합니다. 모두 안녕히 계십시오.

"언론사와 인플루언서들을 노리고 보낸 것 같아. 확산은 막을 수 없어. 패닉이 일어날 거야."

영상에서는 일부러 노가타 경찰서의 이름도 언급했다. 기자는 물론이고 시민들이 몰려갈 우려도 있다.

사라는 조용히 중얼거렸다.

"……가지가지하네요."

"그래. 정말 가지가지하고 있지."

그렇게 대답하면서도 도도로키는 여전히 물결 하나 없는 자신의 마음을 직면하고 있었다. 이 영상을 보며 공감을 느낄 건 구제 불능 바보들뿐이다. 99퍼센트가 넘는 사람들은 헛소리라며 영상에 침을 뱉을 것이다. 그리고 분노할 것이다. 폭발 사건을 아는 이들은 두려움도 느낄 게 분명하다.

그 모든 게 도도로키에게는 해당되지 않았다.

그저 '그렇군' 정도의 감상이었다.

그렇군.

무엇이 '그렇군'인지 자신도 알 수 없다. 다만 이게 비정상적인 사고인 것만은 느껴졌다.

하지만 구체적으로 어떤 부분이 비정상적인 걸까.

사라가 영상을 반복해서 보고 있다. 꾹 다물고 있던 입술을 어느새 깨물고 있다. 피가 날 만큼 세게.

도도로키는 아아, 하고 마음으로 탄식했다. '그렇구나' 하고 깨달았다. 이 여자의 모습을 보며 깨달았다. 쓰러진 야부키 곁에서 혼란에 빠져 필사적으로 그를 구하려는 모습을 보며 깨달았다. 나에게는 없다. 이 여자에게 있어 야부키와 같은 존재가 나에게는 없다. 명령을 뛰어넘을 만한 존재가 단 한 명도 떠오르지 않았다.

폭발한다고 해서 딱히 문제 될 건 없지 않나요?

수술실에서 의사가 나오자 사라가 몸을 일으켰다. 심각한 표정의 의사는 일단 야부키가 안정을 되찾았지만 예단은 금물이며 오늘 밤이 고비가 될 거라고 했다.

잘 부탁드리겠습니다.

사라는 깊숙이 고개를 숙인 후 도도로키를 향해 "가죠" 하고 손을 내밀었다. 그러더니 운전을 맡겨 달라고, 하고 싶다고 간청했다.

"괜찮아요. 제가 해야 할 일을 해야죠."

그 굳센 눈빛에 압도돼 도도로키가 열쇠를 건네자마자 그녀는 복도를 달려 나갔다. 힘차게 발소리를 울리며 순식간에 손이 닿지 않는 곳까지 멀어진다. 정신을 차렸을 때는 이미 그녀의 모습이 보이지 않았다. 도도로키는 의사에게 인사하고 사라를 쫓아갔다. 엘리베이터가 오지 않아 계단으로 내려간다. 도중에 발을 헛디뎌 넘어질 뻔했다가 간신히 자세를 유지한다. 주차장에 도착하자마자 사라가 운전하는 경찰차와 마주쳤다. 숨을 헐떡이며 그 모습을 지

켜보는 동안에도 마음은 어렴풋하게 '그렇군'이라고 중얼거리고
있었다.

4

"이것도 퀴즈의 힌트인가?"

스즈키를 향해 내민 태블릿 PC 속 영상 재생을 멈추고 루이케
는 철제 책상에 주먹을 내려놨다.

"아니면 이 자체가 퀴즈? 그게 아니면 이런 걸 이렇게 뻔뻔하게
공개할 수는 없을 텐데. 나 같으면 너무 부끄러워서 토관형 로켓을
타고 화성으로 도망치고 싶을 것 같아."

"저도 이해해요. 형사님의 심정을 충분히 이해합니다."

스즈키는 즐거운 것처럼 대답했다.

"하지만 이 영상 내용대로라면 저도 피해자 아닌가요? 범인이
억지로 읽게 한 거니까요. 협박에 의해, 강제로. 불쌍하죠? 그리고
정말 전혀 기억이 안 납니다. 기억이 다 지워져서요."

"노가타 경찰서에 붙잡힌 건 당신 의지 아니었나?"

"형사님. 혹시 후최면이라고 아십니까? 최면 속에 암시와 신호
를 심어 놓으면 그 신호를 계기로 암시가 발동되는 최면이라고 하
네요. 아마 야구 중계가 그 신호였을 겁니다. 드래건스가 진 것을

계기로 그에 맞춰 왠지 경찰에 붙잡혀야겠다는 생각이 들었던 것 같거든요. 그러니 가와사키에 간 것도 제 의지는 아니었습니다. 조종당한 거예요."

"신문 배달 면접은? 커피숍에 스마트폰을 두고 간 건?"

"그것도 최면이죠. 분명 또 다른 암시와 신호가 있었을 테고요."

"최면에 걸린 사람한테 참 편리하게 작용하는 최면이네. 만약 드래건스가 이기면 어쩔 뻔했어?"

"그런 걱정은 안 하셔도 됩니다. 기우에 불과해요."

스즈키는 "다만" 하고 호들갑스럽게 어깨를 움츠렸다.

"이 한심한 얼굴은 참 안타깝네요. 너무 안쓰러워 울고 싶을 지경이에요. 낭독 실력도 형편없고요. 특히 냉소주의자와 환경 운동가를 언급할 때 발음이 샌 건 듣고 있기 힘들었습니다."

"듣기 힘든 걸 따지자면 처음부터 끝까지 다 힘들어. 한마디 한마디가 얄팍하기 그지없고 오글거리거든."

스즈키는 흔들림 없이 루이케를 봤다. 기요미야는 '과연' 하고 속으로 의문을 품었다. 이 녀석은 어디까지가 진심일까. 루이케가 굳이 단언할 필요도 없이 논할 가치가 없는 영상이다. 엄정한 심사라고 하면서도 어설프고 모순투성이다. '애니메이션 프로필 사진'이나 '행복한 가정'을 어떻게 가려내 죽인다는 말인가. 결국 걷잡을 수 없는 황당한 악의를 발산했을 뿐이지만 상황이 이렇게 된 이상 기자들이 노가타 경찰서에 몰려올 수밖에 없다.

플래시 세례를 더 많이 받기 위해 일부러 이런 걸 촬영했을까. 그래서 머리도 잘랐을까.

앞으로 영원히 남을 자신의 초상화를, 최대한 그럴듯하게 만들기 위해.

키보드를 두드리는 손가락에 힘이 들어갔다. 인간의 얼굴을 한 괴물은 어차피 '15분 동안의 유명인'이다. 그 시시함에 오히려 내가 놀아난 걸까. 그렇게 정리하니 이 아쉬운 패배를 왠지 받아들일 수 있을 것 같았다.

손에 남은 불쾌한 뼈의 감촉만 사라진다면.

"제대로 대답해 줬으면 해. 이게 퀴즈인지 퀴즈가 아닌지. 아니면 혹시 정오를 내가 맞혀 버려서 삐진 건가?"

"삐지고 말고는 없습니다."

"그런데 그 배에는 가득 쌓여 있잖아. 실패로 점철된 인생의 증오와 불만 같은 게."

증오, 불만.

스즈키는 어이없다는 듯이 루이케의 말을 되뇌었다.

"형사님. 저에게 그런 건 없습니다. 왜냐하면 전……."

"그런 감정을 가질 자격도 없는 저속하고 무가치한 인간이라?"

"네. 바로 그겁니다. 거기에 무좀도 심하고요."

그 말에는 대답하지 않고 루이케는 태블릿 PC에 올라오는 정보를 읽으며 스즈키에게 물었다.

"야마와키라는 사람을 아나?"

"글쎄요. 그게 누구죠?"

"가지라는 사람은?"

"기억나지 않는데요."

루이케는 태블릿을 두드리며 "모른다고? 전혀?" 하고 재차 확인했다.

"네. 전혀요. 어차피 전 인간관계가 얕디얕은 인생이니까요. 지난 10년간 아는 사람이라고 부를 건 길거리에서 살던 시절의 친구들 정도입니다. 심지어 그것도 서로 본명을 알려 주지 않는 경우가 많았어요."

"그런데 두 사람 다 드래건스 선수와 성이 같잖아. 보통 선수와 이름이 같으면 자연스럽게 야구 생각부터 나지 않나? 팬이라면."

"······그랬나요? 아, 역시 기억이 흐릿해진 것 같습니다. 술 탓도 있겠지만 최면에 걸린 영향이 큰 것 같아요. 그리고 제가 선수분들과 딱히 친분이 있는 것도 아니니까요. 그쪽에는 별로 관심이 없거든요. 그저 하얀 공을 던지고, 치고, 사람들이 뛰어다니며 좋아하거나 아쉬워하는 모습을 구경하는 걸 좋아할 뿐이죠."

"야마와키 씨는 키가 크다고 하고 가지 씨는 일본계 외국인인가. 미들네임이 안드레아스라고 하니 왠지 강해 보이네. 두 사람 다 이케지리의 셰어하우스에서 살았다고 해. 독약을 먹고 죽었대."

그러자 스즈키는 "오" 하고 무심하게 반응했다.

기요미야도 옆에서 노트북으로 확인했다.

시신 두 구는 각각 집 2층 자기 방으로 추정되는 방 침대 위에서 발견됐다. 야마와키는 키 180센티미터, 몸무게 100킬로그램 이상. 가지는 일본과 네덜란드인의 혼혈이라고 한다. 둘 다 20대에서 30대 정도의 남성. 정확한 사인은 아직 밝혀지지 않았지만 검시관의 견해는 중독사. 뒤이어 다른 정보들도 업데이트된다. 셰어하우스의 집주인 말에 따르면 다쓰미와 마찬가지로 야마와키와 가지도 그곳의 정식 입주민이라고 했다.

"그곳에 살았다면 알 수도 있을 텐데."

"기억나지 않네요. 아, 기억을 잃었다고 하는 편이 더 정확하겠어요."

루이케는 "아, 그래" 하고 스즈키의 말을 흘려들었다. 망각과 촉에 이어 최면까지 거론된 마당이니 이제 이 부분을 가지고 싸우는 건 무의미하다고 기요미야도 생각했다.

그럼 이놈을 어떻게 무너뜨릴까.

"오."

갑자기 루이케가 튀어 오르듯 몸을 흔들었다. 태블릿 화면에 얼굴을 바짝 대고 "이거 대단한걸" 하고 목소리를 높인다.

"살아 있다네. 그중 한 명이."

대답이 없다. 기요미야는 순간 루이케에서 스즈키에게 시선을 옮겼다. 얼굴에서 미소가 사라져 있다.

"상태가 심각하기는 해도 간신히 목숨은 붙어 있대. 하하, 이거 운이 좋군! 뭐 가끔 이런 경우가 있긴 하지. 죽고 싶어도 죽지 못한 자살자라거나."

태블릿 화면에 집중하며 빠르게 말을 잇는다.

"사실 중독사라는 게 꽤 어려운 법이거든. 혹시 아나? 독극물의 치사량은 사람마다 다르다는 걸. 예를 들어 아비산이라는 맹독이 있는데 일반적으로는 100에서 300밀리그램이 치사량이라고 해. 뭐 감기약 한 캡슐 정도의 양이라고 할까? 하지만 현실에서는 그보다 열 배나 많은 양을 먹고도 살아남거나, 몇 배를 섭취했는데도 단 며칠 만에 기운을 차린 사례가 있어. 혼수상태로 사나흘이 지나고서야 발견됐는데 되살아난 경우도 있고. 더욱이 인터넷 등지에서 파는 독극물 같은 건 성분 자체가 의심스러운 게 많고 애초에 치사량보다 희석해서 파는 업자도 있대. 양심적이라고 할 수 있을지 좀 미묘하지만."

진지한 표정의 스즈키를 향해 추격타를 날린다.

"목숨을 건진 쪽은 그 덩치 큰 남자 아닐까? 현대 의학은 일반인이 생각하는 것보다 훨씬 뛰어나니 분명 죽게 내버려 두지 않을 거야."

루이케는 그제야 고개를 들었다.

"아무튼 그 사람한테 이런저런 이야기를 들을 수 있겠어."

두 사람의 대결을 지켜보며 기요미야는 침을 꿀꺽 삼켰다. 추격

하고 있다는 실감이 든다. 스즈키에게 이는 아마 처음 겪어 보는 불규칙한 상황일 것이다.

그러나 기요미야는 루이케의 조금 전 발언을 기록으로 남기지 못했다. 업데이트된 정보에는 이렇게 적혀 있었다.

두 사람 다 사망 후 사흘 정도 경과.

취조에서 거짓 정보를 전달하는 건 규칙에 어긋난다. 더욱이 그게 증언이나 증거에 관한 것이라면 재판에서도 불리하게 작용한다. 기요미야는 멈춰 있던 손가락을 쭉 한 번 폈다.

이것은 스즈키가 준비한 무대일까.

그리고 루이케는 아무렇지 않게 같은 링 위에 서 있다. 2군으로 물러난 자신이 할 수 있는 건 응원뿐이다. 배에 다시 힘을 주고 창작에 가까운 대사를 입력했다.

"다행이네, 다고짱. 잃어버린 기억을 그가 보완해 줄지도."

스즈키는 누가 봐도 꾸며 낸 미소를 지었다. 루이케의 말을 정말 믿고 있는지 불분명하다. 만약 스즈키가 그들을 죽였다면 이미 생사를 확인했을 가능성도 있다.

"뭐, 기운 내. 누구나 실수는 하니까."

"실수요? 제가 언제, 어떤 실수를?"

"괜찮아, 괜찮아. 아무튼 그 사람이 회복만 하면 하나부터 열까지 다 물어봐 줄게. 기대해도 돼."

"뭐 그러시건 말건 상관은 없는데, 근데 아까 누구라고 하셨죠?

야마와키 씨였나요? 설령 그분이 절 안다고 해도 제 기억이 돌아올 것 같지는 않네요. 도무지 돌아올 것 같지 않습니다. 이건 그분이 아닌 어디까지나 제 문제니까요."

"목숨을 건진 사람이 야마와키 씨라는 걸 잘 아네."

"아닌가요? 덩치 큰 사람 쪽이 살아났다고 하셨잖아요?"

"야마와키 씨가 덩치가 크다는 건 어떻게 알지?"

"형사님이 알려 주셨으니까요. 키가 크다고."

"아, 내가 그렇게 말했나? 근데 키가 크다고 꼭 덩치까지 크다고 할 수는 없지 않아? 오히려 일본계 외국인이라는 안드레아스 쪽이 훨씬 거대할 것 같은 느낌인데 말이야. 그 사람이 160센티미터대의 왜소한 청년이라고는 아무도 상상하지 않을걸. 당사자에 대해 모르는 한."

루이케는 꺼낸 스마트폰을 만지작거리며 반박할 틈을 주지 않았다.

"그런데 뭐, 됐어. 당신의 그 촉은 뭐든 잘 맞히니까."

그러더니 "아아" 하고 덧붙인다.

"미안, 다고짱. 드래건스 선수 중에 야마와키나 가지라는 성을 가진 사람은 없다고 하네."

순간 취조실 안의 분위기가 얼어붙는 것을 느꼈다. 아마도 스즈키 다고사쿠의 온도일 거라고 기요미야는 생각했다. 루이케의 공격은 정확히 스즈키의 신경을 건드렸다.

그러는 한편으로 왠지 두려워졌다. 본부에서 보낸 짧은 개요를 즉흥적으로 무기 삼아 덫을 깐 루이케의 기민함은 감탄과 동시에 기요미야에게 일종의 두려움을 안겼다.

이것은 스즈키를 바라보는 경외심과 얼마나 큰 차이가 있을까.

"어쨌든 이제는 거의 확실해졌네."

"뭐가 말이죠?"

"공범설."

스즈키의 얼굴에서 표정이 완전히 사라졌다.

한 박자 늦게 기요미야도 깨달았다. 야마와키와 가지가 죽은 건 불과 사흘 전. 어지간히 무신경하지 않은 이상 그들이 폭탄 제조 실험실을 알아차리지 못했을 리 없다.

"이번 사건은 팀플레이. 셰어하우스에 살던 네 사람이 공모하여 실행한 범죄. 그렇게 생각하면 여러 가지가 맞아떨어지지."

루이케는 "내가 말이야" 하고 눈을 치뜨고 스즈키를 봤다.

"도저히 모르겠던 게 바로 장소였어. 아키하바라, 도쿄돔시티, 구단과 요요기. 이 사이에는 통일성이 없어도 너무 없잖아. 하지만 이게 네 사람이 계획한 결과라고 하면 이해가 돼. 이를테면 구단의 신문 판매소. 거기에는 외국인 직원이 있다고 하니 예전에 안드레아스가 그곳에서 일했다고 해도 이상할 건 없겠지? 직원이라면 배달용 오토바이가 밖에 줄지어 서 있다는 것도 알았을 테고, 그 판매소에 어떤 원한 같은 걸 품고 있었을 수도 있어. 그러니 그곳이 선택된 거야. 요요기 공원은 다고짱이 원한 거겠지? 당신, 그 공원에서 살았을 테니."

스즈키는 대답하지 않는다. 루이케도 대답을 요구하지 않았다. 말하면서 태블릿 PC로 본부에 연이어 요청 사항을 보내고 있다.

지금 당장 야마와키와 가지의 경력과 이력을 조사해 줄 것.

요요기 공원의 생존자들에게 스즈키의 얼굴 사진을 보여 줄 것.

그리고 다음 타깃이 될 만한 장소에 가서……

"앞으로 꼼꼼히 조사하면 아키하바라나 도쿄돔시티의 연관성도 밝혀질지 모르지. 어쩌면 야마와키와의 갈등 같은 것도."

"허무맹랑한 이야기네요."

스즈키의 입가에 여유가 돌아왔다.

"허무맹랑하지만 아예 불가능하다고 잘라 말할 수 없다는 게 괴롭습니다. 왜냐하면 제가 영상에 찍혀 있으니까요. 제가 그들과 함께 살았고, 범죄자 집단인 그들이 열심히 폭탄을 만들어 계획을 세웠고, 그중 한 명이 희대의 최면술사였다고 해도 전혀 이상할 게 없으니까요."

"응. 나도 그렇게 생각해. 사건의 리더는 세 사람 중 한 명이고, 당신은 일개 졸병에 불과했다고."

스즈키가 눈을 살짝 찌푸렸다. 그 작은 변화가 거짓 없는 그의 불쾌감을 말해 주고 있다.

자신을 끊임없이 비하하는 남자가 언뜻 보인 자존심의 일면.

한편으로 루이케가 내린 판정이 그것을 끌어내기 위한 도발인지 아닌지는 가늠할 수 없었다. 확실히 공범이라면 주범과 종범으로 나뉘어 있었어도 이상하지 않다. 스즈키가 누군가가 시키는 대로 움직이는 들러리였을 수도 있다.

극심한 위화감이 가슴에서 고개를 들었다. 스즈키를 과대평가했을 가능성을 머리로 자각하면서도 기요미야는 그가 계획의 중심에 있지 않다는 사고방식을 받아들이기가 어려웠다.

"리더는 다쓰미."

루이케의 목소리에 망설임이라고는 없다.

"난 거기 한 표 던질게. 일단 그는 폭탄을 만들 수 있었고, 그 혼자만 시신이 폭발한 것도 의미심장하지."

"괜찮을까요? 그런 애매모호한 근거만으로 단정 지어도. 이런 사건의 주동자로 몰리면 남은 가족들이 힘들어질 텐데요."

"오. 당신이 그런 걸 신경 쓴다고?"

벌리려던 입을 다시 닫고 스즈키는 훗 하고 섬뜩하게 코웃음 쳤다.

위화감이 의심으로 바뀐다.

믿어도 될까.

루이케, 자네 추리는 정말 올바른 길을 걷고 있는 게 맞나.

루이케가 태블릿 PC를 철제 책상에 내려놨다. 두 주먹을 어깨너비로 벌리고 스즈키와 마주한다. 감정의 기미가 읽혔고, 비슷한 게

스즈키에게서도 느껴졌다. 두려움, 분노, 초조감은 아니다. 정체를
알 수 없는 고양감이 이 좁은 방 안을 가득 채우며 습도를 높이고
있다.

"슬슬 시작하지 않겠어? '아홉 개의 꼬리'."

"형사님과는 안 합니다. 거짓말을 일삼는 분과 해 봐야 의미가
없으니까요."

"내가 거짓말쟁이라고? 뜻밖이네. 이래 봬도 정직 하나 내세우
며 살아왔다고 생각하는데."

"네. 그러시겠죠. 그러니 형사님은 거짓말을 한다는 겁니다. 자
신에게 정직한 사람일수록 아무렇지 않게 남을 속일 수 있어요."

"오. 꽤 의미심장한 말이잖아."

"예전부터 형사님 눈에는 주변 사람들이 전부 바보처럼 보이지
않았나요?"

스즈키가 송곳니를 드러내며 웃었다.

"친구, 부모, 학교 선생님. 혹시 형제가 있으신가요? 있다면 형사
님은 그분도 무시했겠죠. 연인은 어떨까요? 달콤한 데이트를 진정
즐기실 수 있었나요? 하찮은 선물, 열에 들뜬 사랑의 속삭임. 그런
과정을 하나하나 밟을 때마다 자신이 점점 바보가 되어 간다고 느
끼시지 않았나요? 아니면 그저 성욕을 채우기 위한 절차 중 하나
로 보셨습니까? 결혼. 그 제도가 얼마나 어리석고 멍청한지 형사
님은 알고 계실 겁니다. 두 사람의 관계를 왜 세상에 증명해야 하

는가. 인정받아야 하는가. 애초에 서로를 구속하는 계약에 어떤 메리트가 있는가.

자녀를 가지는 것에 대해서도 형사님은 이렇게 생각하시겠죠. 아이를 얻어 생길 기쁨이 나에게 존재한다고 단정할 수 없다. 하지만 아이를 얻은 후에 생길 물리적 비용은 불가피하다. 돈, 육아에 드는 시간, 질병에 대한 걱정. 우울증에 걸릴지도 모른다. 내 아이가 범죄 피해자가 될 수도, 반대로 범죄에 손을 댈 가능성도 있다. 이런 리스크들이 기쁨과 균형을 이룬다는 보장이 없는 한 아이를 가지는 건 결코 유익한 선택이라 할 수 없다. 어떻습니까? 그렇게 생각한 적이 없으신가요?"

루이케는 묵묵히 이야기를 듣고 있다.

"예를 들어 지금 형사님의 눈앞에 버튼이 있다고 가정해 보죠. 그 버튼을 누르면 어느 나라의 도시에 폭탄이 떨어지게 됩니다. 수많은 이들이 죽겠지만 그 대신 형사님은 큰돈을 손에 넣을 수 있습니다. 심지어 형사님이 꼭 버튼을 누르지 않아도 그곳에는 폭탄이 반드시 떨어집니다. 형사님은 무턱대고 사람을 죽이고 싶지는 않으시겠죠. 하지만 내가 버튼을 누르든 누르지 않든 어차피 폭탄은 떨어질 테니, 그럴 바에야 차라리 큰돈을 손에 넣는 게 현명하다고 생각하실 겁니다. 그 돈의 일부를 피해 지역의 지원금 등으로 기부하는 게 더 낫겠다고 판단하고 형사님은 망설임 없이 버튼을 누르실 겁니다.

형사님은 주저하지 않습니다. 그것이 논쟁의 여지라곤 없는 합리적인 선택처럼 느껴지니까요. 그런 버튼을 누르는 건 제정신이 아니라고 비난하는 사람이 있어도 형사님은 일말의 고민도 하지 않아요. 오히려 멍청한 사람 다 보겠다며 혀를 내두르시겠죠. 무의미한 도덕을 앞세우는 것보다 그저 돈이 필요해 버튼을 누르는 사람이 더 낫다고, 형사님은 그렇게 생각하실 겁니다. 만약 형사님이 초심을 잊고 지원금 같은 걸 보내기 아깝다며 인색하게 구셔도 그 선택의 옳음은 흔들리지 않습니다. 왜냐하면 형사님과는 상관없으니까요. 형사님은 실제 폭탄이 떨어질 곳에 있는 사람들 개개인의 얼굴을 아는 것도 아닙니다. 고통에 일그러진 얼굴, 비명, 절망의 피바다를 형사님이 눈앞에서 직접 봐야 하는 것도 아니고, 냄새를 맡을 일도 없습니다. 에어컨을 틀어 놓은 쾌적한 방의 깔끔한 책상 앞에서 얼그레이 홍차를 마시며 컴퓨터 모니터를 들여다보고, 폭발에 휩쓸린 머나먼 도시의 참상에 아주 조금 가슴 아파한 후 어쩔 수 없다고 중얼거리며 샤워를 하러 가시겠죠. 오늘도, 내일도, 모레도 평소와 다름없이 보내실 겁니다. 부끄러워할 건 하나도 없습니다. 그게 지극히 평범한 인간의 당연한 모습이니까요."

스즈키는 "전 말이죠" 하고 말을 이었다.

"진심으로 그렇게 믿고 있습니다. 비꼬는 게 아니라 그것이 정말 당연하다고 한 치의 의심도 없이 믿고 있습니다. 이기심이야말로 인간의 참모습이니까요. 그런데 왜 숨기는 거죠? 눈앞에 예쁜 여자가 있으면 넘어뜨려 보고 싶지 않나요? 강제로 범했으면 하는 욕구가 조금은 머리를 스치지 않나요? 열받게 하는 녀석이 있으면 때리고 싶고, 약한 자를 괴롭히면 즐거울 게 당연합니다. 나를 떠받들지 않는 놈들은 모두 후회하게 만들고 싶고, 잘난 척하는 성공한 인간을 괴롭히며 비웃고 싶어 하는 게 바로 인간입니다. 남의 고통을 모른다고요? 그런 걸 어떻게 아나요? 오히려 그런 걸 안다고 생각하는 것 자체가 비정상이죠. 안 그런가요? 형사님도 그렇게 생각하지 않으세요?"

스즈키의 침이 철제 책상에 튀었다.

"우리의 인생은 내가 죽을 때까지 이어집니다. 누군가가 죽어도 계속되는 겁니다. 욕망이 다하지 않는 한 재미있게 즐길 수 있습니다. 그러고 나서 내가 죽으면 모든 게 끝이죠. 그다음은 어떻게 되든 상관없어요. 알 바 아닙니다."

"아무리 그렇다고 해도."

루이케가 한숨 섞어 받아쳤다.

"내 인생이 끝나지 않게, 최대한 오래 지속될 수 있게, 미치광이 폭탄 테러범이나 묻지 마 살인마의 손에 종지부가 찍히지 않게 그 확률을 조금이라도 낮추려고 모두 당신이 말한 그 '양심'이라는 걸 만들어 낸 게 아닐까? 껄끄럽지만 그래도 분위기를 읽으며 적당히 넘어가는, 그런 태도 말이야."

"아, 그건 그럴지 모르죠. 하지만 적어도 제 인생에서만은 적당히 넘어가는 건 너무 따분합니다."

스즈키는 갑자기 기세를 실어 루이케를 몰아붙였다.

"형사님도 그러시지 않나요? 지루하고 거짓투성이인 이 세상에 정나미가 떨어지지 않으세요?"

"함부로 단정 짓지 마."

루이케는 거칠게 머리카락을 손으로 휘저었다.

"난 당신만큼은 아니야. 기대에 못 미쳐 미안하지만 이 세상이 그렇게 쓰레기 소굴 같다고도 생각 안 해. 예를 들어 난 한가할 때 지구본을 보거나 쓰다듬는 게 취미야. 또 은하 M87에 있다는 블랙홀. 그것의 세계 최초 촬영이 어떤 결과를 불러올지도 기대되고. 내년에 출시될 VANS 사의 신제품 신발도 궁금하고, 지금 연재 중인 만화의 후속편도 읽고 싶어. 이번 일이 끝나면 포크 스테이크 덮밥을 먹을 거야. 죽은 사람처럼 푹 잠들었다가 눈을 뜰 거야. 이것들도 다 훌륭한 욕망 아닌가? 그것만으로도 충분히 살아갈 가치가 있다고."

그러더니 루이케는 피곤한 것처럼 숨을 내쉬고 물었다.

"당신한테는 없어? 단 한 가지라도 기대되는 것, 소중히 여기는 것 말이야."

쓴웃음을 지으며 '없습니다.'

그런 기요미야의 예상을 뒤엎고 스즈키는 허공을 향해 고개를 획 들었다.

"모자, 겠네요."

"모자?"

"네. 이 10엔짜리 원형 탈모반 때문에 놀림당하던 시절에 친절한 분께서 주셨습니다. 이걸 줄 테니 쓰라면서."

붕대를 감은 오른손을 들어 정수리 근처에서 빙글빙글 돌린다.

"그분 눈에도 너무 추해서 거슬렸던 게 아닐까요. 아무튼 전 그걸 쓰기로 했습니다. 모처럼 받은 물건이니 계속 쓰기로."

"드래건스 야구 모자?"

스마트폰을 두고 간 커피숍에서 주인이 목격했다는 모자다.

스즈키는 태연하게 고개를 끄덕였다.

"어디다 뒀어? 셰어하우스에서는 못 찾은 것 같던데?"

"그럼 잃어버렸겠죠."

"그렇게 소중한 물건인데?"

"네. 잃어버렸습니다. 계속 쓰고 다닐 생각이었지만 어느 순간 '이젠 됐다' 싶었거든요. 막상 벗고 나니 머리도 시원하고 아주 자유로워진 기분이었어요."

환하게 미소 짓는 표정이 후련해 보인다. 기요미야는 그 모습에서 섬뜩함을 느끼지 않을 수 없었다.

분명 다쓰미에게 받은 것이다.

드래건스 팬이었던 하세베의 선물, 아니면 아버지의 영향을 받아 다쓰미도 드래건스 팬이었을까.

그것을 스즈키는 벗어 던졌다.

'이젠 됐다.'

파멸적인 범죄를 향해 내디딘 첫걸음이 그 안에 상징돼 있다.

사회의 구석에서 사회 바깥으로.

계속 쓸 생각이었던 야구 모자.

그것을 스즈키에게 준 사람도, 벗게 한 사람도 다쓰미였을까.

그리고 셰어하우스에 불러들여 폭탄 테러를 제안하고…….

하지만 여기서 또 차마 집어삼킬 수 없는 가시를 기요미야는 느꼈다. '이젠 됐다', 그 말의 울림에서는 왠지 모를 아픔이 느껴진다. 꼭 **인간적인 무언가가**.

"그만하시죠, 형사님."

스즈키는 벌레라도 떨쳐내듯 밤톨 머리를 좌우로 흔들었다.

"형사님답지 않습니다. 그런 소소한 정론들은 따분함을 얼마든지 견딜 수 있는 평범한 사람들에게 맡기면 되죠. 저와 형사님은, 물론 능력은 하늘과 땅만큼 떨어져 있겠지만 그래도 한 바퀴 돌면 역시 가까운 곳에 있지 않을까요. 밑바닥을 알 수 없을 만큼 멍청한 남자와 지나치게 똑똑한 형사님, 그런 두 사람도 결국 도달하는 답은 같을 거라는 말입니다. 속임수를 못 본 척하며 살아갈 정도의 가치가 이 세상에는 없어요."

고요했다.

말들이 쏟아져 나오고 있는데 그 안에서 정적이 느껴져 기요미야는 오싹했다.

"거짓으로 점철되어 오래 살아 봐야 무슨 소용 있겠어요? 태어난 순간부터 마약에 취해 쾌락의 절정만 맛보고 죽는 삶을 어느 누가, 왜 불행하다고 단정 지을 수 있단 말입니까? 고작 그 정도입니다. 생명이라는 건."

"그럼 약쟁이가 되면 되겠네. 물건이라면 준비해 줄게. 마음껏 즐기다가 혼자 죽어 버려."

"매력적인 제안이지만 이제는 소용없습니다. 너무 늦었어요. 그 걸로는 만족할 수 없습니다. 성장이라는 건 참으로 죄스러운 일이에요."

"1시다."

기요미야는 최대한 사무적으로 끼어들었다. 그러지 않으면 스즈키의 말에 중독될 것 같았다. 유치하고 야만적인 감정에 끌려갈 것 같았다. 뼈가 부러지는 감촉이 이성을 갉아먹는다.

"아직 더 있지 않나?"

루이케가 묻자 스즈키는 어리둥절해하는 몸짓으로 반응했다.

"영상 말이야. 2탄이 있지? 조금 전 그 버튼 이야기, 당신은 이렇게도 생각하겠지. 평범한 사람은 그냥 버튼을 누른다. 똑똑한 사람은 자신의 행동을 정당화하여 누른다. 하지만 상상하지는 않는다. 내가 버튼을 눌러서 떨어질 폭탄이 내 머리 위로 떨어질 수도 있다는 가능성까지는."

스즈키는 즐거운 것처럼 눈을 크게 뜨고 루이케를 봤다.

"당신은 모두를 끌어들이고 싶어 해. 실제 피해를 보지 않은 사람도, 도쿄에 살지 않는 사람도 모두 다 함께 사이좋은 가해자로 만들고 싶은 거야."

루이케가 천천히 숨을 내쉬었다.

"……조회 수인가."

그 말에 "예?" 하고 목소리를 높인 사람은 지금껏 움츠려 있던 이세였다.

"영상 조회 수. 바로 그게 트리거, 즉 발동 조건이겠지? 1만 회일지 2만 회일지 모르겠지만 일정 횟수에 도달하면 기폭 장치가 작동한다. 아닌가?"

"오, 정말 흥미로운 아이디어네요. 제 머리로는 도저히 그런 방식을 실현할 수 있을 것 같지는 않지만요."

"꼭 당신이 할 필요는 없지. 다쓰미든, 야마와키든, 안드레아스든 할 수 있는 사람이 맡아서 하면 돼. 폭탄 제조도 마찬가지 아닌가? 그 임무를 맡은 사람은 이과 출신인 다쓰미겠지?"

"그 부분은 자세히 물어보시면 되겠네요. 야마와키 씨가 정신을 차리면."

스즈키의 말이 여유인지 허세인지 기요미야는 판단되지 않았다.

"하지만 형사님. 영상 조회 수로 폭발이 일어난다면 그게 언제가 될지는 알 수 없지 않을까요? 제 촉이 그렇게까지 대단하진 않아서."

장난스럽게 말하는 스즈키를 루이케가 손바닥을 들어 제지했다.

"동영상 사이트의 조회 수에 연동시켜 기폭 장치에 신호를 보내는 것. 그건 아마 어렵겠지. 준 전문가의 노력 정도로는 실현 불가능할 거야. 그러니 결국 폭탄은 시한 장치식일 테고, 그래서 더욱 다음 영상이 필요해. 사실이 드러나기 전에 공개해야 하니까. 영상을 본 사람들에게 '당신도 버튼을 누른 사람 중 하나다'라는 걸 각인시키기 위해."

그것은 다시 말해.

"다음 영상 내용은 가짜다. 그 안에서 당신은 가짜 조회 수를 근거로 폭발을 선언하겠지."

루이케가 내민 검지를 보며 스즈키는 미소 지었다. 그 만족스러운 표정이 오히려 기요미야에게 정답이라는 확신을 줬다.

"그 어떤 터무니없는 추리도 형사님 입으로 들으면 그럴싸하게 들리니 신기할 따름이네요. 혹시 형사님이 범인 아닌가요?"

"말도 안 되는 소리 하지 마. 난 이런 시시한 짓 따위 안 해. 그리고 말 나온 김에 알려 주자면, 난 정리 정돈을 잘 못하고 음료는 항상 녹차만 마셔. 그리고 여름에는 에어컨보다 선풍기를 선호하고."

"기억해 두겠습니다."

잠시 후 루이케의 예상대로 두 번째 영상이 올라왔다.

지난번과 마찬가지로 스즈키가 보인다. 정면 바스트 숏으로 머리 위에서 조명을 받고 있다. 손에는 종이를 들었다.

여러분, 안녕하십니까. 스즈키 다고사쿠입니다.

모두 건강하셨습니까? 무사하셨나요?

저는 부디 이 영상이 공개되지 않기를 바랍니다. 왜냐하면 이 영상은 조금 전 영상의 확산율이 일정 상한선에 도달했을 때 배포되도록 프로그래밍되었기 때문입니다. 그 조건이 충족됐음을 알려 드리는 영상이기 때문입니다.

확산율은 영상 재생 횟수, 공유 횟수, 스즈키 다고사쿠라는 키워드 검색 횟수 등을 기반으로 산정됩니다. 상당히 어려운 프로그램 같고 지금 여기 개요도 적혀 있지만, 영어만 잔뜩 있어서 잘 모르겠고 읽을 자신도 없으니 생략하겠습니다. 자세한 건 범인을 붙잡아 직접 물어보시기 바랍니다.

자, 결론부터 말씀드리겠습니다. 여러분의 열성적인 포교 덕분에, 그리고 여러분의 클릭 한 번 한 번 덕분에 목표는 무사히 달성됐습니다. 따라서 폭탄은 폭발합니다. 폭탄이 폭발한다는 말에는 '폭'이 연속돼 별로 기분 좋지 않습니다만, 더 좋은 표현이 떠오르지 않고 여기 그렇게 적혀 있어서 그대로 읽었습니다.

여러분. 모쪼록 조심하십시오. 폭탄은 지금부터 도쿄의 곳곳에서 폭발할 것입니다. 찾는 건 불가능합니다. 폭발에 안전한 장소도 없을 테고요. 여러분의 집도 안전하지 않습니다. 집 뒤 배수구 같은 곳에 폭탄이 숨겨져 있을 수 있고, 쓰레기장의 쓰레기가 폭탄일 수도 있습니다. 폭탄의 위력은 상당하기 때문에 동네 전체가 피해를 입게 될 것입니다.

회사도 피할 수 없습니다. 국회의사당도 피할 수 없습니다. 지금 이 영상을 보는 당신이 높으신 분이라면 지하 방공호로 피신할 것을 권합니다.

도쿄에서 안전한 곳은 오로지 나카노구의 노가타 경찰서뿐입니다. 그곳에는 폭탄이 없다는 것을 보장합니다. 그곳에서 폭발은 일어나지 않습니다. 직원 여러분들은 안심하고 업무에 임해 주셨으면 합니다.

자, 그럼 폭발을 막을 방법은 없는 걸까요. 무슨 일이 있어도 터지고 마는 걸까요.

한 가지 방법이 있습니다. 아직 비밀에 부쳐진 기술이지만, 사실 이 폭탄의 기폭 장치에는 3단계가 있습니다. 1. 기폭 장치가 작동한다. 2. 일정 시간이 흐른다. 3. 그것을 신호로 호스트 머신에 연락이 닿아 승인이 떨어지는 순간 폭탄이 터진다, 입니다. 이 연락과 승인은 말하자면 전화의 발신과 수신 같은 것으로 그리 어려운 과정은 아닙니다. 호스트 머신이 작동하고 있으면 그걸로 충분한 것입니다. 즉, 호스트 머신을 발견해 파괴하면 폭탄은 영원히 잠들게 됩니다.

그렇다면 그 호스트 머신은 어디 있는가.

정답은 바로 범인의 몸속입니다. 생체 반응으로 작동되는 참으로 신비로운 장치입니다.

알기 쉽게 바꿔 말씀드리겠습니다.

범인을 찾아내 죽이면 호스트 머신은 비활성화됩니다. 폭탄이 멈추게 됩니다.

하지만 조심하세요. 살해가 아닌 다른 방법으로 호스트 머신을 꺼내려고 하면 높은 확률로 일제히 폭발 지령이 떨어집니다. 모든 폭탄이 뻥, 터지는 것입니다.

제가 드릴 말씀은 여기까지입니다.

아, 그리고 뒤늦게 사족을 조금 덧붙이자면, 저는 지금 이 글을 강제로 읽고 있습니다. 저는 이 사건의 범인이 아닙니다. 범인에게 협박당하고 있습니다. 범인은 최면술의 달인이고 제 기억은 앞으로 전부 지워질 거라고 합니다.

그럼 또 언젠가 뵐 수 있기를 바라며, 지금까지 스즈키 다고사쿠가 전해드렸습니다.

"도대체 무슨 짓거리를 하는 거야!"

무심코 책상을 걷어찬 기요미야 옆에서 이세가 몸을 움찔하고 부르르 떨었다.

이 영상을 보며 스즈키가 정말 협박당한다고 믿는 사람은 없을 것이다. 모두가 이 녀석이 바로 진범이라고 확신할 것이다.

마찬가지로 그 엉터리 장치들에 대해서도 의심하겠지만 그러나 그쪽은 믿는 일반인이 있어도 이상하지 않다.

그리고 폭발은 일어난다. 현실에서 일어난다.

모든 거짓을 상쇄할 폭탄 테러가 일어나고야 만다.

이미 요요기 공원의 참사가 대대적으로 보도되고 있다. 경찰이 공개한 스즈키의 몽타주 사진까지 더해져 두 영상은 삽시간에 널리 퍼져 갈 것이다. 해외 사이트에 삭제 요청을 해도 시간에 맞출 수 없다. 이미 퍼진 영상을 일일이 단속하기도 어렵다.

그리고 반드시 나타날 것이다.

범인을 얼른 사형하라고 외치며 노가타 경찰서에 돌을 던지러 올 사람. 분노와 공포에 사로잡힌 군중 중에는 진심으로 그런 행동을 정의로 믿어 의심치 않고 실력 행사에 나서는 사람도 있을지 모른다.

지금껏 오판하고 있었다.

이것이 바로 스즈키가 노가타 경찰서에 머물려고 한 진짜 이유다.

"……죽고 싶은 건가?"

"네? 죽고 싶다고요?"

스즈키가 눈을 휘둥그레 뜨고 기요미야를 봤다.

"설마요. 그럴 리가요. 죽고 싶을 리 없죠. 기요미야 형사님. 전 말입니다. 끝까지 천수를 누리다가 갈 생각입니다. 그게 바로 제

유일한 삶의 보람이에요."

"오래 사는 건 무의미하다고 하는 걸 방금 전에 들은 것 같은데."

루이케의 지적에 스즈키는 가볍게 어깨를 으쓱했다.

"에이, 그건 일반론이죠. 전 소심한 인간이니까요."

스즈키는 "게다가" 하고 미소 짓는다.

"만약 제가 공격당할 것 같으면 절 보호해 주실 거 아닌가요? 형사님들이 힘을 모아서 저를."

추악했다. 정말 밑바닥까지 쓰레기 같은 놈이다.

또다시 뼈가 부러지는 감촉이 되살아났다.

그때 이 녀석의 손가락이 아닌 목덜미를 잡고 있었다면.

"움직이지 마시죠, 이세 형사님."

깜짝 놀라 고개를 돌리니 이세가 숨을 헐떡이고 있었다. 엉거주춤 일어나 주먹을 꽉 쥐고 있다. 위험하다. 바로 옆의 폭주를 눈치채지 못할 만큼 나는 지금 머리에 피가 쏠려 있다.

"어차피 때려 봐야 기뻐할 뿐입니다. 이 녀석은 역사상 손꼽힐 정도의 민폐덩어리 마조히스트 자식이니까요."

"마조히스트? 그게 뭐죠? 뭔지는 잘 모르겠지만 왠지 실례되는 말 같네요."

"내 말이 틀린가? 너희가 어떤 논의를 거쳐 역할을 분담했는지는 몰라도 지금 여기 이렇게 있다는 건 당신 목적이 애초에 그거였다는 뜻이잖아."

그 말을 듣고 기요미야도 깨달았다. 영상에 나온 것으로 보아 스즈키가 범인 역할을 맡은 건 계획대로라고 봐도 무방할 것이다. 그러나 거기에 그칠 생각이었다면 동료가 죽은 시점에 하차할 수도 있었다. 이렇게 취조실에 와 있다는 건 이런 상황을 스즈키 자신이 원했다고 해석하는 게 자연스럽다.

"붙잡히는 건 물론이고 얻어맞고 욕을 먹고 손가락이 부러지거나 사형을 선고받는 것을 넘어 집단 린치를 당하는 상황까지 마다하지 않는다. 아니, 오히려 그걸 바란다. 이건 뭐 거의 천하무적의 인간이라 할 수 있겠네."

"그게 답인가요?"

"뭐?"

"제 마음의 형태 말입니다."

루이케가 입을 다물었다. 지그시 스즈키와 마주 본다.

스즈키의 얼굴에서는 표정이 사라져 있다. 바라보는 게 아닌 가만히 상대의 내면을 응시하는 눈빛을 하고 있다.

"지금 제 마음의 형태를 맞히는 거죠? 형사님의 대답이 그건가요? 역사상 손꼽힐 정도의 민폐덩어리 마조히스트 자식."

"단판 승부라는 말은 못 들었어. 좀 더 질문하게 해 줘."

"안 됩니다. 기요미야 형사님 때를 포함해 전 이미 꽤 많은 이야기를 들려 드렸으니까요."

"……당신이 원하는 걸 맞히면 돼?"

"제 마음의 형태가 그거라면 그렇게 해 주세요."

"정답을 맞히면 보상은 뭐지?"

"아, 보상. 제 촉을 풀가동해 드리는 건 어떨까요? 어쩌면 폭탄이 설치된 곳이 뿅 떠오를지도 모릅니다."

"오, 이득이네. 갑자기 의욕이 샘솟기 시작했어."

"다행이네요. 꼭 맞혀 주셨으면 합니다. 그런데 어쩌죠. 형사님은 아무래도 맞히지 못하실 것 같은데. 왜냐하면 형사님은 그걸 가지고 있지 않기 때문입니다. 자신이 가지고 있지 않은 걸 맞히기는 어려운 법이죠. 그러니 틀려도 속상해하실 필요는 없습니다."

"황송한 배려 고마워."

루이케는 비아냥 섞어 대답하고 허공을 봤다. 주변을 잊은 것처럼 그대로 움직이지 않는다.

"······증명 욕망. 약쟁이 쪽이 더 어울리는 건가."

그렇게 중얼거리고 다시 정면을 본다.

"당신은 거짓말을 싫어해. 숙제를 했다 안 했다 같은 거짓말이 아니라 모럴이나 도덕, 상식. 그런 걸 속임수라 칭하며 증오하고 거기에 얽매이지 않는 자신이야말로 자유롭다고 믿어 의심치 않지. 인간의 본성은 잔인하고 추악하고 폭력적이며 이기적이라는 걸 온 세상에 증명하고 싶어 해. 법률조차 당신에게는 빛 좋은 개살구에 불과하겠지.

이제 곧 안전을 바라는 시민들이 이곳에 모여들 거야. 그중에는

분노하는 사람도 있을 테고, 우리는 그런 그들에게서 당신을 보호
해야 해. 그것이 규칙이자 법률이니까. 하지만 그 자리에 있는 모
두가 그걸 원하지 않는다는 걸 당신은 알고 있고, 그 우스꽝스러운
모순의 구도가 실현됐을 때 속으로 이렇게 비웃겠지. 거 봐, 내가
그랬잖아, 하고."

한낮의 햇빛이 들어오는 공간에서 싸늘한 기운이 느껴졌다. 말
로 설명하면 그야말로 얄팍한 욕망이지만 스즈키와 반나절을 보
내는 동안 이제는 웃어넘길 수 없게 됐다.

실제로 기요미야는 스즈키의 손가락을 부러뜨렸다.

폭력성이 끌려 나오고 말았다.

"의외로 괜찮은 추리 아니야? 대상 정도는 아니어도 노력상을
받을 수준은 되지 않나?"

스즈키가 오른쪽으로 고개를 툭 기울였다. 다음으로 왼쪽으로
똑같이 기울인다.

마치 진자로 움직이는 양철 인형처럼.

"초조해하지 않아도 돼."

"아뇨. 실망하는 겁니다."

스즈키가 진자 운동을 멈추고 말했다.

"형사님은 역시 제가 제일 싫어하는 타입이네요."

루이케는 잠자코 다음 말을 기다렸다.

"형사님은 똑똑하십니다. 배운 분입니다. 지금껏 잘 살아오시기

도 했습니다만, 그게 전부입니다."

스즈키는 담담하게 말을 이어 갔다.

"표면만 훑는 해석, 합리적인 분석. 그리고 왠지 모르게 기발한 설명. 안전한 논리의 미니어처에서 단 한 발짝도 벗어나려고 하지 않으시죠."

그러더니 두 손을 철제 책상에 대고 눈을 크게 뜬다.

"저를 조금 더 봐 주시는 게 어떨까요? 기요미야 형사님은 그렇게 하셨습니다. 이세 형사님도 마찬가지고요. 자, 똑똑히 보십시오. 저의 이 얼굴을."

몸을 앞으로 숙인 순간 물병이 쓰러졌지만 루이케는 미동도 하지 않았다.

"기분 나쁘신가요? 이런 얼굴은 이제 진절머리 나시나요? 하지만 말이죠, 형사님. 지금 이 눈동자에는 형사님이 비치고 있습니다. 상사의 오명을 벗겨 주기 위해 용감하게 나선 의기양양한 형사님의 얼굴이요. 저 같은 놈을 상대하는 건 식은 죽 먹기라고 생각하셨죠? 그러지 않았다면 형사님은 나서지도 않았을 테니까요. 형사님은 승산 없는 싸움은 하지 않는 분입니다. 진정한 의미에서 무모한 행동은 하지 않죠. 돌발적인 행동도 다 계산 범주 안에 있을 겁니다. 형사님은 실패를 회피하는 분이에요. 사전에 최악의 상황을 가정하고 변명 준비에 여념이 없죠. 무엇이든 딱 잘라 결론짓기까지의 준비를 소홀히 하지 않습니다. 형사님은 많은 것을 기대하시지 않아요. 기쁨, 쾌감, 낭만. 그런 건 모두 환상에 불과하다고 생각하시겠죠. 망상이라며 평가 절하하시겠죠. 형사님은 항상 이렇게 생각하세요. 세상 모든 일은 다 될 대로 되기 마련이다."

취조실 안이 스즈키의 목소리로 가득 채워진다.

"그런 태도를 냉정하게 받아들이고 그런 냉정한 자신을 보며 또 안심하시겠죠. 형사님은 그 누구에게도 뭔가를 주지 않습니다. 준다는 건 그 안에 거절당할 가능성을 내포하고 있으니까요. 형사님은 남을 아무렇지 않게 속이는 거짓말쟁이이자 자신은 절대 속고 싶지 않아 하는 겁쟁이입니다. 거짓투성이 세상에 살고 있다는 걸 자각하고 이 세상은 온통 거짓뿐이라는 식으로 자포자기하면서도, 나는 다 아는데 속아 주는 척하는 거라며 큰소리를 치는 풋내기 허세꾼입니다. 하지만 형사님은 알고 계시겠죠. 눈치채고 계시겠죠. 더 있을 것이다. 더 아름다운 것, 내 삶에 더 걸맞은 욕망이 어딘가에 존재한다는 것을."

스즈키가 어깨를 으쓱하고 루이케를 똑바로 마주 본다.

"그러나 인정하지 않습니다. 인정하는 순간 그걸 추구해야 하니까요. 거기서부터 눈을 돌릴 수 없게 되니까요. 그걸 얻기 위해 발버둥 치는 건 형사님은 두려워서 할 수가 없습니다. 그걸 얻는다는 보장이 없으니까요. 실수했을 때, 발을 헛디뎠을 때 자신의 존재가 부정당할 거라고 상상하시기 때문입니다. 형사님이 세상 무엇보다 두려워하는 건 바로 자신이 상처받는 상황입니다."

책상 옆에서 눈을 치뜬 채 루이케를 보던 스즈키가 갑자기 몸을 벌떡 일으켰다.

"그러니 형사님과 저는 영원히 친구가 될 수 없습니다."

썰물 빠지듯이 열기가 가셨다.

공중에 떠다니는 먼지에 섞여 소리의 잔향만이 맴돈다.

"연설 다 끝났나?"

루이케는 심드렁하게 곱슬머리를 만지작거리고 있었다.

"심리학자 코스프레는 만족스러웠어? 콜드 리딩. 누구에게나 조금씩 해당되는 사항을 마치 정확하게 짚어낸 것처럼 말하는, 사이비 점쟁이들의 흔한 수법이지."

"이것 봐요. 또 이러신다. 여유 만만한 척하신다. 해석과 설명으로 도망치면 그 자그마한 자존심이 지켜지나요? 재미없는 사람이라는 게 들통날까 봐 두려우신가요?"

"자꾸 동문서답하네."

"아, 팔짱을 끼셨군요. 뭘 지키시려는 거죠?"

"아사가야는 이미 수색 중이야."

"네?"

스즈키의 기세가 멈췄다.

"……아사가야? 그게 어디죠?"

"하세베가 자살한 역. 시치미 떼지 마. 보기 흉해."

소부선 아사가야역은 노가타 경찰서에서 서쪽으로 두 정거장.

하루 이용객은 신오쿠보역과 마찬가지로 10만 명 규모다.

공범설이 유력하게 제기되자마자 루이케는 태블릿 PC로 건의 사항을 전달했다. 윗선에서도 이를 받아들여 현재 철도 회사의 협조를 받아 이용객들을 대피시키고 있다.

"인생의 암흑기를 결정지은 연고지. 다쓰미가 노릴 곳이라면 거기뿐이지."

스즈키는 "흐음" 하고 의자에 몸을 기대고 배에 손을 얹었다.

"설득력은 있는 것 같네요. 그래서, 발견하셨습니까? 폭탄."

"이제 막 시작했어. 아직 시간적 여유가 있다고."

"그걸 어떻게 아시죠?"

"다음은 4시니까."

스즈키의 얼굴에서 표정이 사라진다.

"신(申)시, 같은 건 상관없겠고 단지 하세베의 자살 시간이 오후 4시였으니까."

당시 수사 기록에 따르면 하세베는 그날 아침 일찍 집을 나가 가장 가까운 역인 아사가야역에서 지바행 열차를 탔다. 그리고 오후 4시, 다시 한번 아사가야역 승강장에 내려 다음 열차가 들어올 때 몸을 던졌다. 소지품인 IC 승차권에는 입장 외의 다른 기록이 없어 반나절 가까이를 어느 역에서 보냈거나, 소부선을 왕복하고 야마노테선을 빙빙 도는 등 전철에 계속 타 있었던 것으로 추정된다.

목숨을 끊을 장소를 찾고 있었을까.

아니면 결심할 시간이 필요했을까.

"어쨌든 다쓰미가 선택할 시간으로는 더할 나위 없지. 4시라면 이용객도 많을 테니 복수하기 안성맞춤 아니겠어?"

"복수 말인가요."

"놀라울 정도로 번지수가 틀린 앙심이긴 해도 말이야. 게다가 집 바닥에 깔려 있던 그 트랩 폭탄도 마찬가지야. 그건 아버지를 버린 경찰 조직에 대한 보복, 형사들을 노린 함정. 오, 이런. 또 좋은 소식이 들어왔군. 안드레아스가 구단에 있는 신문 판매소에서 일했다는 게 확인됐어. 하하. 근무 태도 불량으로 해고됐다네. 오, 또 있군. 당신이 커피숍에 두고 간 스마트폰, 계약자가 야마와키라고? 데이터 복구도 가능할 것 같다고 해. 이거 포위망이 점점 좁혀 오는걸."

루이케는 태블릿에 향해 있던 머리를 스즈키 쪽으로 휙 돌렸다.

"내가 지적하고 싶은 당신의 실수는 우리에게 셰어하우스 위치를 너무 빨리 알려 줬다는 거야. 다고짱. 그 장소를 언제 알려 줄지는 당신이 원하는 대로 정할 수 있었을 터. 직접 주소를 흘려도 되고 그 커피숍을 넌지시 암시해도 괜찮았어. 그럼 형사들이 그곳에 뛰어들 게 분명하니까. 실제로는 그의 어머니를 통해 다쓰미가 살던 곳에 도달했지만, 그건 어디까지나 이례적인 상황이야. 아마 다쓰미의 계획대로라면 셰어하우스 폭발은 아사가야보다 나중 아니었을까? 그런데 당신은 서둘렀어. 이세 형사를 조종하는 게 즐거운 나머지 방심했을까? 물론 덕분에 공범의 존재가 밝혀지고 우리는 다음 타깃을 파악할 수도 있었지만. 그 쓸데없는 퀴즈나 측 따위에 의지하지 않고도 말이야."

확실히 한 방 먹였다. 더 이상 공범설은 흔들리지 않는다.

셰어하우스의 정보는 시시각각 업데이트되고 있다. 사건의 전모가 곧 밝혀질 것이다.

그러나 스즈키에게 동요하는 기색은 보이지 않는다. 표정이 사라진 얼굴은 오히려 차분하게 지금의 상황을 음미하고 있는 것처럼 보이기도 했다.

기요미야는 뭔가 맞물리지 않는 느낌을 받았다.

공범설.

정말 이 그림이 맞는 걸까.

이제 와서 자신이 맞추고자 한 퍼즐에 미련은 없다. 그러나 지금도 여전히 집어삼킬 수 없는 가시가 있다.

"아사가야에 폭탄은 있다. 문제는 다른 장소가 어디냐는 건데."

루이케의 지적을 듣고 현실로 돌아왔다. 셰어하우스에 있던 약품 등을 통해 전문가들은 이미 제작 가능한 폭탄 개수를 파악했다. 많아도 스무 개 남짓. 용기로 쓰인 플라스틱 케이스는 대량으로 구입한 것이고 시험 제작품으로 추정되는 네 개를 제외하면 서른 개들이 상자에 총 여섯 개가 남아 있었다. 숫자가 맞는다. 최대 스무 개라는 추측은 신뢰할 만한 수치일 것이다.

요요기 공원에서는 무료 급식소 앞에 늘어선 사람들의 행렬을 둘러싸는 형태로 폭탄 세 개가 한꺼번에 폭발했다. 유치원에서 발견된 것도 세 개다. 셰어하우스 바닥 트랩은 폭약이 적어서 카운트에 넣지 않아도 된다고 한다. 그렇다면 지금까지의 것까지 합치면 총 열 개가 폭발하거나 회수된 셈이다. 이제 남은 건 많아야 열 개. 그 모든 게 아사가야에 있다고 보기는 어렵고 여러 목표물이 설정돼 있을 가능성이 크다. 지금 가장 시급한 과제는 그것들을 무사히 회수해 무력화하는 것이다.

아사가야역에 폭탄이 설치돼 있다. 그 추론에는 이견이 없다.

하지만 기요미야는 의문스러웠다. 대체 역 어디에 설치돼 있다는 말인가. 최근 들어 전철 역사 내부 보안 수준은 현격히 높아졌다. 셰어하우스에서 세 사람이 죽고 스즈키가 붙잡힌 이상 무작정 찾아가 쓰레기통에 던져 버릴 수도 없는 노릇이다. 평범하게 생각하면 미리 설치해 뒀어야 하지만 과연 그럴 수 있었을까. 사건이 일어난 지 하루가 지나고 있다. 아무리 작은 소포라고 해도 청소나 점검의 눈을 피해 갈 수 있을까. 가장 유력한 곳은 물품 보관함, 분실물 보관소 정도겠지만.

"다섯 번째 동료가 있지 않나?"

다쓰미와 야마와키, 가지를 제외하고 또 다른 인물이 있다? 루이케의 단정적인 말투에 허를 찔렸지만 냉정하게 생각해 보면 당연히 의심해야 할 가능성이다. 공범의 숫자가 확정된 것은 아니다.

지금 이 순간에도 남은 폭탄을 손에 든 수수께끼의 인물이 거리를 배회하며 아사가야나 다른 곳에 폭탄을 설치하고 있을지 모른다.

하지만.

또다시 위화감이 밀려왔다.

논리로는 설명할 수 없는 기분 나쁜 느낌.

"동료요?"

스즈키는 꼭 기요미야의 생각을 그대로 읽은 것처럼 중얼거렸다.

"그래. 위기관리 측면에서도 버릴 수 없는 카드지만 그것과 별개로 다섯 번째 공범설은 꽤 유력한 것 같아. 왜냐하면 당신, 야마와키가 살았다는 말을 듣고 당황했지? 그전까지 거의 일관되게 유지해 오던 연극 투의 반응이 아니던데."

기요미야도 기억하고 있다.

야마와카가 살아남았다는 루이케의 거짓말을 듣고 스즈키가 보인 표정.

장난기와 자기 비하가 사라진 진지한 표정.

"분명한 건 공범이 있든 없든, 누가 무슨 증언을 하든 당신은 감옥에 가게 돼 있다는 거야. 열 명이 넘는 일반인을 무차별적으로 죽인 죄로 재판을 받겠지. 그걸 모를 리 없을 텐데 왜 그가 살아남았다는 말에 겁을 집어먹었을까? 납득되는 해답은 이거지. 당신에게는 아직 숨기고 싶은 무언가가 있다. 그리고 그걸 야마와키가 증언하면 곤란해진다. 폭탄의 위치? 당신의 정체? 그리고 거기에 다섯 번째 멤버라는 후보를 집어넣어도 이상할 건 없지 않을까?"

"형사님."

루이케의 말을 가로막듯 스즈키가 입을 열었다.

"집단 자살을 기도하는 사람들을 어떻게 생각하십니까?"

"……갑자기 그건 또 무슨 소리지?"

"그들 이야기입니다."

스즈키가 손가락으로 자신의 머리를 쿡쿡 찔렀다.

"촉이 내려왔습니다. 깜짝 놀랄 정도로 생생하게요. 그들, 즉 이 사건의 범인들은 자살했습니다."

루이케는 대답하지 않았다. 무심한 표정으로 스마트폰을 만지작거리며 듣는 자세를 취하고 있다.

"사인이 독극물이라고 하셨죠? 그들이 스스로 그걸 입에 투여했다고 해도 뭐가 이상할까요? 그들은 사는 게 싫어 모두 함께 죽기로 결심했고, 마지막에 이 별 볼 일 없는 세상에 대한 분노를 수많은 관련 없는 사람들에게까지 쏟아내고자 마음먹은 겁니다. 저세상에 갈 때 길동무 삼으려고요."

스즈키가 부러지지 않은 왼손 검지로 철제 책상을 세게 두드렸다.

"물론 전 그런 녀석들과 함께 살았던 기억이 없습니다. 없지만, 그래도 분명 이런 식이었겠죠. 그들에게는 오로지 자기 자신밖에 존재하지 않습니다. 자신과 자신 이외의 다른 존재들은 완전히 분

리돼 있고 그 사이에 투명한 벽까지 만들어져 있어서 타인과 사회, 미래 따위에는 요만큼의 애정이나 고마움이 없는 겁니다. 심지어 그들 자신의 삶조차 부록 같은 거였겠죠. 예를 들어 삼류 막장 드라마를 타성 때문에 계속 보는 느낌으로 카운트다운을 기다렸을지 모릅니다. 자의식의 허기를 느껴 가면서요. 그들이 잔혹한 범죄를 저지른 것 역시 복수처럼 고상한 이유 때문은 아닐 겁니다. 메시지 같은 것도 없고 단지 그게 조금 더 낫기 때문이겠죠. 지루한 드라마의 엔딩을 아주 조금 더 재미있게 만들어 보자는 의도였던 겁니다."

스즈키는 고개를 살짝 갸웃거렸다.

"하지만 그들이 그렇게 이상한 걸까요? 비정상일까요? 보통 사람들과 그렇게까지 차이 날까요? 아뇨, 제 눈에는 똑같아 보입니다. 그들에게 죽는 사람, 그들을 두려워하는 사람, 화를 내는 사람, 심지어 재미있어하는 사람까지 솔직히 상관없습니다. 딱히 제가 아는 사람들도 아니니까요. 전 그들을 알지 못하고 그들도 저를 모릅니다. 저를 봐 주는 것도 아니고요. 아니, 설령 눈앞에 있고 마주 보며 대화를 나눈다고 해도 그건 바뀌지 않을걸요. 함께 웃거나 화를 낼 때조차 저와 그들의 교류는 한마디로 없는 것이나 마찬가지인 겁니다. 그들에게 저는 중요하지 않은 존재이고, 저에게 그들 역시 중요하지 않은 존재죠. 저를 보지 못하는 사람들은 제 눈에도 보이지 않습니다."

그러더니 그는 "만약" 하고 검지로 책상을 툭 두드렸다.

"제가 정말 형사님이 말씀하신 그런 입장에 있다면, 즉 그 셰어 하우스에서 그들과 함께 살며 범죄 계획에 가담했는데 그것을 증언할 예상 못한 생존자가 나왔다고 가정해 보죠. 제가 조바심을 내며 두려워할 것은 오로지 그 사람이 잘 알지도 못하는 주제에 저에 대해 멋대로 지껄일 수도 있다는 가능성뿐입니다. 아시겠나요?

이 세상에 분노를 품고 있었다거나, 복수심에 불타올랐다거나, 정신 나간 쾌락 살인마나 외톨이였다 같은, 그런 설명이 나오는 상황을 저는 진심으로 혐오합니다. 단지 그 생존자가 공범의 위치에 있었다는 사실 하나 때문에 그가 저라는 사람을 올바르게 묘사하는 것처럼 세상이 인정할 상황이 너무나 너무나 견디기 힘들다는 겁니다. 추악하고 용서할 수 없는 악행입니다. 그렇지 않나요? 어차피 전 그들에게 얼굴 없는 놋페라보이고, 저에게도 그들 모두 놋페라보입니다. 저희는 동료도, 더욱이 친구도 아닌 그저 놋페라보가 모인 놋페리언즈에 불과한 겁니다."

햇빛이 너무 강렬해져 스즈키의 얼굴이 잘 보이지 않는다.

"놋페라보들 사이에는 방해나 민폐 같은 개념이 존재하지 않습니다. 인간적인 교류 같은 게 아예 없는 겁니다. 그건 형사님도 마찬가지입니다. 그들과 완전히 똑같아요. 저에게 형사님은 놋페라보입니다. 왜냐하면 형사님은."

그때 노크도 없이 문이 열렸다. 등줄기가 서늘해진다.

곧장 루이케와 자리를 바꿔 앉을 핑계를 찾았지만 그걸 찾기도 전에 파란색 제복이 시야를 맹렬하게 가로질렀다. 기요미야에게 눈길도 주지 않고 그 인물은 루이케를 밀쳐내고는 스즈키의 눈앞에 두 손을 내려쳤다. 루이케가 간이 의자에서 떨어지는 것과 동시에 "고다 사라?" 하는 이세의 중얼거림이 들렸다.

"스즈키."

고다 사라라고 불린 여자 경찰이 책상을 사이에 두고 스즈키를 봤다. 기요미야가 있는 곳에서는 옆모습만 보여서 표정까지 알 수는 없지만 작은 체구에서도 온몸의 털이 주뼛 설 정도의 강렬한 기운이 발산되는 게 느껴졌다. 꼭 상처 입은 짐승이 최후의 일격을 노리는 듯한 긴장감에 압도돼 꼼짝도 할 수 없다.

작은 빈틈마저 없애 버리겠다는 듯이 주먹을 굳게 움켜쥐고 있다. 거친 숨소리는 할 말을 찾지 못해 끙끙거리는 것처럼 들린다. 시간으로 따지면 채 1초도 되지 않는 시간, 꼭 다문 입가에서 침이 흘러내렸다.

"죽어라."

허리에 찬 경봉으로 향하는 그녀의 오른손이 유난히 느리게 보였다.

"죽여 주마."

"그만둬!"

루이케가 달려들었다.

경봉을 휘두르는 사라를 뒤에서 제압했지만 그녀는 아랑곳하지 않고 소리쳤다.

"여기 오른쪽 다리를 올려놔! 부숴 버릴 테니까!"

날뛰는 사라를 루이케가 단단히 붙들었다. 그래도 사라는 계속해서 소리쳤다.

"네 오른쪽 다리를 내놓으라고! 스즈키!"

"푸하핫."

멍하니 있던 스즈키가 갑자기 파안대소했다.

"푸하하하!" 하고 봇물 터진 듯이 웃음을 터뜨린다. 의자를 뒤로 젖힌 채 몸을 흔들며 손뼉을 치고 눈물까지 흘리며 웃었다.

"웃겨? 지금 웃음이 나와?"

"바로 이겁니다!"

배를 움켜쥐고 웃는 스즈키가 "바로 이걸 원했습니다!" 하고 루이케에게 말했다.

"이겁니다, 형사님. 제가 원했던 것, 제 소망을 이 여자분께서 이뤄 주셨습니다. 그것도 아주 극상의 것을요. 분노, 증오, 살의입니다. 지금 이분은 절 욕망하고 있습니다. 돈, 노동, 체면 같은 걸 일절 따지지 않고 그저 순수하게 절 원하는 겁니다. 농도가 짙은 순수한 욕망으로 바로 저라는 인간을! 이보다 더 행복한 일이 있을까요? 누군가가 나를 욕망하는 것. 순수한 욕망을 오롯이 온몸으로 받는 것. **진심으로 파멸을 바라는 대상이 되는 것.** 이건 거의 사랑 아닐까요? 계산이나 이용 가치 따위를 철저히 없앤, 안정과 현상 유지를 무너뜨리는 사랑입니다!"

좋아하시죠?

사실 여러분도 이런 걸 좋아하시잖아요.

"매사 이치를 따지는 형사님은 불가능합니다. 감정을 억누르는 겁쟁이들은 절대 도달할 수 없어요. 이 여자분을 봐 주십시오. 저 눈에서, 입술에서, 온몸의 모공이라는 모공에서 에너지가 뿜어져 나오고 있죠? 결코 돌이킬 수 없는 파괴의 에너지가 흘러넘치고 있잖습니까. 지금 이분의 육신과 영혼은 전적으로 저를 향해 있습니다. 오직 저라는 존재에만 쏠려 있는 겁니다. 이런 제 얼굴에! 이보다 더 기쁜 일이 어딨겠습니까? 있나요? 욕망의 대상이 되는 것보다 더 큰 쾌감이?"

스즈키는 계속 웃었다.

어느새 사라는 입을 다물고 있다. 온몸에서 느껴지는 긴장의 원천이 분노에서 두려움으로 바뀌고 있다.

"고맙습니다."

스즈키가 웃음을 뚝 멈췄다. 고개를 숙이고 몸을 살짝 부르르 떤다. 그러고는 깜짝 놀란 만큼 온화한 표정으로 고다를 올려다봤다.

"아가씨. 죄송합니다. 저, 사정해 버렸네요."

순간 사라의 온몸에서 힘이 빠지는 게 보였다. 이완된 미소가 보인다. 손에 쥔 경봉이 바닥에 떨어지고 뒤에서 제압 중이던 루이케의 팔에서도 힘이 풀린 순간 그녀는 매끄러운 동작으로 권총을 뽑았다.

"멍청한 자식!"

순식간에 루이케가 사라를 바닥에 쓰러뜨렸다. 이세가 벌떡 일어나 "우아아앗!" 하고 소리친다.

"문을!"

그런 루이케의 지시를 듣고 그제야 기요미야도 구속에서 풀려났다. 스즈키가 또다시 소리 내어 웃기 시작했다.

복도에는 무슨 일인지 구경하러 온 사람들이 있었다. 별일 아니라고 몸짓으로 전하고 기요미야는 다시 문을 닫았다.

"기요미야 형사님."

고개를 돌리자 스즈키와 눈이 마주쳤다.

"형사님이라면 이해하시겠죠? 순수한 파괴 욕망은 그걸 받는 사람 못지않게 주는 사람에게도 쾌감을 선사한다는 걸요. 형사님도 느끼셨을 겁니다. 이 손가락을 부러뜨릴 때 솔직히 어떤 느낌을 받으셨을지가 훤히 보여요. 기분 좋으셨겠죠. 아닌가요?"

화살이 다시 루이케에게 향한다.

"저, 형사님. 전 절대 인정하지 않습니다. 몇 년이든 몇십 년이든 재판을 이어 갈 겁니다. 끝까지 포기하지 않고 버티고 또 버틸 겁니다. 그럼 세상 사람들은 영원히 절 미워하겠죠? 빨리 죽여 버리라고 저주하겠죠? 상상만 해도 정신이 아득해지네요. 피해자 유족들도 방청석에 올 텐데, 그때 엉덩이라도 까 볼까요? 메롱이라도 해 볼까요? 으하하핫. 역시 증오하겠죠. 절 죽여 버리고 싶겠죠.

하지만 결국 여러분께서 절 지켜 주실 거고, 그렇게 증오는 더 커질 겁니다. 더욱더 용서받지 못할 인간이 될 겁니다. 전 승리한 형사님의 얼굴보다 그 기억을 떠올리며 독방에서 밤을 보내 보고자 합니다. 처형당하는 그날까지 정말 열심히 즐길 거예요. 그리고 애초에 전 억울한 누명을 뒤집어썼으니까요."

차라리 이 자리에서 죽이는 게 나을지 모른다.

그 생각이 너무나 고요하고도 자연스럽게 찾아와 기요미야는 멍하니 스즈키를 바라봤다.

그렇다. 네 말이 맞다.

그 순간, 규칙의 선을 넘어 네놈의 손가락을 부러뜨린 순간 나는 분명 충만감을 느꼈다. 말로 표현하기 어려운 충만감이었다. 마음 깊숙한 곳에 잠들어 있던 욕망. 억누르고 있던 야만적 충동.

이 자식은 내 동료가 아니라는 확신이 그것을 허락했다.

기요미야는 주먹을 쥐었다가 폈다. 손가락을 움직이고 다시 꾹 쥔다. 흥분한 것 같기도, 반대로 몹시 냉정해진 것 같기도 하다. 죽여 버리는 게 낫다.

다시 한번 그렇게 생각했다.

"그만해. 네 패배야."

루이케가 바닥에서 신음하는 사라에게 말했다.

"폭력은 이 녀석에게 승리를 안기지. 그래도 괜찮겠나? 이런 시시한 녀석에게 져도 괜찮겠어?"

이봐, 뭐 하는 거야?

문밖에서 목소리가 들렸다.

문 열어. 어이!

노가타 경찰서의 쓰루쿠다. 붙잡고 있는 문손잡이가 돌아가도 기요미야는 열리지 않게 저항했다.

"스즈키."

루이케가 몸을 일으키며 손가락으로 둥근 안경을 밀어 올렸다.

"내가 싫다면 이 여자에게 대답해라. 이 여자에게 받은 증오에 화답해. 그게 네 규칙 아닌가?"

스즈키는 느긋하게 간이 의자에 몸을 맡기고 있다.

"아사가야 말고 또 어디서 폭발하지?"

문 너머에서 쓰루쿠가 소리를 지르고 있다. 이세는 창백한 얼굴로 벽에 찰싹 붙어 있다. 바닥에서 사라가 철제 책상 뒤를 노려보고 있다. 그 끝에 있는 스즈키는 만족스럽게 미소 짓고 있었다.

"전부요."

스즈키는 연민마저 느껴지는 표정으로 고했다.

"도쿄의 원형을 가진 모든 역들이 폭발해 산산조각 날 겁니다."

제3부

1

다쓰미가 사건 피해자가 아닌 범인 측으로 추정된다는 소식을 도도로키가 듣게 된 건 오후 2시가 넘어서였다. 별다른 감흥도 없이 '그렇군' 하고 생각했다. 셰어하우스에서 목격한 수많은 실험 도구들의 존재가 이로써 설명이 됐다. 문득 아스카의 지친 모습이 떠올랐지만 가까운 시일 안에 또다시 그 가족을 닥칠 고난은 오로지 상상밖에 할 수 없고 그마저 너무 애매모호했다.

1시 30분, 병원에서 빈손으로 돌아온 도도로키에게 리젠트 형사는 요란하게 혀를 끌끌 차며 무능한 놈과 말도 섞고 싶지 않다는 것처럼 도도로키를 못 본 척 내버려 두었다. 별다른 지시도 없어 그대로 현장 검증이 진행되는 과정을 먼발치에서 지켜보고 있자 그가 갑자기 다시 불렀다. 고다 사라의 폭거를 보고받았는지 이번에야말로 가차 없는 질책이 쏟아졌다.

이게 다 자네가 그 여자와 함께 오지 않아서다, 대체 후배들 교육을 어떻게 하는 거냐.

말없이 이야기를 듣고 있자 그는 토해내듯 꺼지라고 했다.

의욕 없는 인간은 방해될 뿐이다. 주변 사기도 떨어뜨린다.

뭐야, 그 표정은. 뭐 불만이라도 있나.

아뇨, 없습니다.

쳇. 싱거운 녀석 같으니라고.

다음 지시는 이즈쓰를 통해서 들어왔다. 예전에 셰어하우스에 살던 학생을 만나러 간다고 해서 도도로키는 그와 함께 세단에 올라탔다. 도도로키가 운전석에 앉았다.

약속한 패밀리 레스토랑으로 향하는 길목에서 이즈쓰는 연신 떠들었다. 리젠트 형사의 뒤를 잘 따라다녔는지 입수한 최신 수사 정보를 의기양양하게 들려줬다. 다쓰미 일당에 대한 정보와 두 번째 영상, 현재 아사가야역을 수색 중이라는 소식과 다음 폭발 시각은 4시가 가장 유력하다는 것도 이즈쓰에게 전해 들었다.

"게다가 스즈키는 도쿄의 모든 역이 타깃이라고 호언장담했다고 합니다. 어디까지가 진심인지 모르겠지만."

상부에서도 골머리를 앓고 있다. 아사가야만이면 모를까 도쿄의 모든 역을 봉쇄하겠다고 하면 철도 회사에서 흔쾌히 그러라고 할 리 없다. 명확한 근거를 요구할 게 분명하고 숫자를 최소한으로 줄

여 달라고 할 것이다.

적어도 아사가야에서 폭탄이 발견되면 긍정적인 반응도 기대할 수 있겠지만 아직 그 단계에 이르지 못했다.

"노가타 경찰서도 여러모로 고생하는 것 같더군요. 서가 창설된 이래 가장 많은 인파가 몰렸다고 합니다."

"기자들 말인가?"

"시민들도. 대피하러 온 사람들과 지금 당장 스즈키를 우리에게 갖다 바치라는 이들이 뒤섞여 난장판을 벌이고 있다고 하네요. 대피 희망자들에게는 어쩔 수 없이 도장을 개방하고 있다고 합니다."

도도로키는 "그렇군" 하고 대답했다. 위기감도 분노도 느껴지지 않는다. 다만 그 인파를 뚫고 가는 고다 사라의 모습을 떠올렸을 때만은 마음에 잔잔한 파문이 일었다.

이즈쓰는 설명을 얼추 마치고 "그러고 보니" 하고 쓴웃음을 지었다.

"스기나미 경찰서의 사루하시라는 형사가 상부에 불려 갔다고 합니다. 이유가 뭔지 아시나요?"

"하세베와 관련이라도 있었나."

"아뇨, 성 때문에. 범인은 범행 계획에 십이지를 넣었다고 하는데, 4시가 신(申)시*라더군요."

---

*   원숭이를 뜻하는 '신(申)'은 일본어로 '사루'라고 읽는다.

질 나쁜 농담처럼 들리지만 범행 동기에 하세베가 엮여 있는 이상 경찰관이 용의자가 되어도 이상할 건 없다.

"당사자 입장에서는 거의 재앙이겠지만 웃어넘길 수만은 없는 게 현실이죠. 지푸라기라도 잡아야 할 만큼 단서가 너무 없습니다. 폭탄을 손에 든 다섯 번째 공범을 아무 단서도 없이 4시까지 찾으라는 건 너무 무모합니다."

푸념에서 이즈쓰의 가슴에 깃든 열기가 전해졌다. 다섯 번째 공범이 실존하는지 아직 확인되지 않았지만 어쨌든 있다고 가정하고 수사에 착수하라는 지시가 떨어졌다. 확률적으로 셰어하우스 거주자와 관련된 인물일 가능성이 크다. 막연한 탐문 수사에 비해 훨씬 중요한 임무를 이즈쓰는 손에 넣었다. 그 리젠트 형사의 눈에 들었다는 증거다.

야망을 불태우는 후배 옆에서 도도로키는 핸들을 꺾으며 한 방울 잉크 같은 의구심을 품고 있었다. 스즈키에게 공범이 있었다. 단독범이라는 직감은 보기 좋게 빗나갔지만, 거기에 이의를 제기할 생각은 없다. 정황 증거는 차곡차곡 쌓이고 있다. 언젠가 물증도 나올 것이다. 공범설은 확정이다. 기껏해야 일개 형사인 나의 관찰력이 발휘될 기회는 없다.

그래도 의심하지 않을 수는 없었다.

위에서 지시가 내려오기 직전 도도로키의 스마트폰에 루이케의 메시지가 도착했다.

'다섯 번째 공범이 있다. 스즈키에게 특별한 인물?'

정식 정보보다 한 발짝 더 들어간 내용이었다. 물론 섣부른 예단일 수 있다. 상대가 도도로키이므로 보낼 수 있는 사견일 것이다.

도도로키는 루이케에게 지금껏 한 번도 답장을 보내지 않았다. 그도 요구하지 않았다. 그럼에도 불구하고 루이케가 계속 자기 생각을 보내오는 것은 아직 스즈키가 도도로키를 강하게 원하는 전개를 완전히 떨쳐버리지 못해서일까.

취조실의 상황은 알 수 없지만 메시지가 뭘 의미하는지 대략 느낌이 왔다. 다섯 번째 인물이 문제시되는 건 그가 현재 폭탄을 소지하고 있을지 모르기 때문이다. 즉, 다쓰미 일당과 달리 다섯 번째 인물은 아직 살아 있다. 그리고 어떤 의미에서 스즈키는 그 인물에게 자신의 운명을 맡기고 있다고 해도 과언이 아니다.

스즈키가?

오직 인간의 악의만을 믿으며 살아가는 듯한 그 괴물이 도대체 어떤 인물을 신뢰한다는 말인가.

"저깁니다. 패밀리 레스토랑."

이즈쓰가 손으로 가리켜서 도도로키는 신호등 바로 앞에서 아슬아슬하게 우회전 차선에 진입했다.

월요일 오후라 그런지 가게 안은 한산했다. 금연석 한 켠에 여행 안내 책자가 놓인 테이블이 있다. 그 앞에 앉은 양복 입은 청년은 책자를 가리켜 직장 비품이라며 씩 웃었다. 반듯한 생김새를 보며 여름에는 서핑과 바비큐, 겨울에는 스노보드를 즐길 것 같다고 생각하면서 도도로키는 자신의 안이한 편견에 내심 새삼 고개를 흔들었다.

질문은 이즈쓰가 맡고 도도로키는 메모 역할에 충실했다. 이 청년이 작년 연말까지 그 셰어하우스에서 함께 살았다는 건 집주인의 증언으로 확인했다. 시기상 다쓰미와 한 지붕 아래에서 살았을 가능성이 크다.

그가 그곳에 살기 시작한 건 3년 전, 대학교 3학년이 되었을 때다. 돈에 쪼들려서가 아니라 호기심 때문에 입주했다고 한다. 그다음 해 연초에 다쓰미가 들어왔다. 그의 사정이 어떤지는 집주인이 설명해 줬다. 부친의 갑작스러운 자살로 마음의 상처를 입고 일을 그만둔 후 집에서 은둔 생활을 하고 있었다. 의사소통에 다소 어려움이 있을 수 있지만 잘 지내 줬으면 한다 등등.

"특별히 싫지는 않았습니다. 저도 당시에는 그런 색다른 만남을 바라기도 했으니까요."

청년은 담담하게 말했다. 말 그대로 적당히 좋은 관계를 유지하려고 노력했지만 인사를 주고받거나 사무적인 대화 외에는 평소 거의 교류가 없었고, 따라서 집주인이 언급한 의사소통 문제는 얼마 안 돼 그곳에 사는 모든 거주자들의 공통 인식이 되었다.

"저와 다쓰미 외에 세 명이 더 살았습니다. 모두 저보다 나이가 많은 4학년이었고 봄에는 취직해 그곳을 떠날 예정이었죠."

다쓰미가 가장 나이가 많았다고 들었지만 청년은 그를 일컬을 때 존칭을 쓰지 않았다.

"저도 졸업 전까지는 그곳에 살려고 했습니다. 제법 재미있었고 그런 별난 사람들과 함께 사는 공동생활이 의외로 성미에도 맞았거든요. 세 사람이 나간 후에 한동안 새로운 입주자가 들어오지 않아 둘이서만 지낸 시기도 있습니다. 뭐, 그 집이 뭔가 수상하긴 수상했으니까요."

청년은 "오히려 한때 다섯 명이나 그곳에 살았다는 게 기적이죠" 하고 밝게 웃었다.

"아무튼 그래서, 다음으로 들어온 사람이 야마와키였는데, 듣자하니 다쓰미가 소개했다고 하더군요. 야마와키도 저보다 나이가 많았는데 아마 서른 정도 됐다고 들었던 것 같네요. 처음에는 이런 만남이야말로 셰어하우스 생활의 묘미라고 받아들였지만, 시간이 갈수록 뭔가 점점 이상해졌죠."

가끔 함께 식탁을 둘러앉았을 때 옆에서 들리는 두 사람의 대화는 거의 세상을 향한 불만, 비아냥, 조롱으로 가득 차 있었다.

"어떨 때는 편안하게 죽는 방법에 대해 상의하기도 하더군요. 프라이드치킨을 먹으면서."

청년은 지긋지긋하다는 듯이 말을 이었다. 야마와키는 정체가 불분명했다. 일은 하는 것 같지만 무슨 일인지 정확히 알려 주지 않았다. 말을 걸어도 무시하기 일쑤였고, 세상 물정 모르는 도련님은 말해 봐야 모른다며 바보 취급을 하기도 있다. 화가 났지만 덩치가 커서 맞설 엄두가 나지 않았다. 그리고 얼마 후 네 번째 입주자가 들어왔다. 다른 대학에 다니는 같은 학년 학생으로 처음 만날 때부터 왠지 마음이 잘 통할 거라는 느낌이 왔다.

"하지만 그는 얼마 되지 않아 나가 버렸습니다. 이 집은 뭔가 공기가 탁하다고 하면서요."

이후에도 같은 일이 한 번 더 있었고, 그 후 들어온 사람이 바로 가지였다.

"키가 작은 네덜란드인 혼혈이더군요. 나이는 비슷했지만 자주 비열한 미소를 짓는 남자였습니다. 뭔가 비스듬하게 아래에서 눈을 맞추는 느낌이랄까요. 행동거지도 뭔가 수상했고 어쨌든 마음에 들지 않는 녀석이었어요. 그런데 그런 그도 유독 다쓰미, 야마와키와 모여 불평불만을 늘어놓을 때만큼은 생기가 넘치더군요. 말이 빨라지고 즐거운 듯 낄낄대기도 했고요. 그래서 집주인에게 물어보니 이 녀석도 다쓰미의 소개로 왔다고 하는 게 아니겠습니까. 뭐 특별한 건 아니고 한마디로 다쓰미가 인터넷으로 동료들을 모은 겁니다. 어디 자살 동호회 사이트 같은 곳에서."

청년은 얼굴을 찡그리며 말했다.

어느 날 세상에서 가장 잔인한 죽음이 뭘까 하는 이야기가 나왔다. 다쓰미를 비롯한 세 사람은 차마 입에 담기도 힘든 잔혹한 이야기를 마치 아이돌 그룹 이야기를 나누듯 아무렇지 않게 주고받왔다. 그 모습을 보며 이건 아니라고 느꼈다.

이곳에 함께 있으면 안 되겠다는 조바심이 싹텄다.

"결정적인 계기는 다쓰미가 앞으로 한 명이 더 올 거라는 이야기를 꺼낸 것이었습니다."

집주인이 증언한 명단에 그 인물은 나오지 않았다. 가지에 이어서 새롭게 들어온 입주자는 없는 것으로 돼 있다.

나이가 쉰 정도 되는 노숙자.

표정이 어두워진 청년에게 다쓰미는 이렇게 설명했다고 한다.

정말 딱한 사람이다. 집주인이 허락하지 않을 테니 몰래 살게 할 생각이다. 집주인에게 고자질하면 무슨 일이 일어날지 모르니 조심해라.

"딱히 협박하는 말투도 아니고 평소처럼 말하더군요. 소름이 끼쳤죠. 이러다 정말 큰일 나겠다고 생각했습니다. 그래서 퇴거를 결심한 겁니다."

그날 이후 다쓰미 일당과는 연락을 끊었다.

"그 쉰 정도 되는 노숙자 말입니다만······."

이즈쓰가 들뜬 목소리로 물었다.

"만난 적은 한 번도 없는 겁니까?"

청년은 깊숙이 고개를 끄덕였다.

"만나고 싶지도 않았습니다. 어차피 다쓰미가 데려오려는 사람이 제대로 된 사람일 리 없으니까요."

거기에 덧붙여 청년은 뉴스에서 본 스즈키의 얼굴도 기억나지 않는다고 했다.

이즈쓰가 몇 가지 질문을 더 던졌다.

"혹시 가지가 신문 배달을 했다는 걸 아셨습니까?"

"네. 그 사람은 미술 쪽 전문대에 다닌다고 들었는데 친구들이 자기와 어울려 주지 않아서 학교를 관둘 거라며 투덜댔죠. 일본은 정말 쓰레기 같은 나라라고도 했습니다. 일본인들은 갈라파고스에 갇혀 살며 남의 인격을 피부색으로 함부로 단정 짓는다. 평화에 찌들어 사리 분별을 못하고 세상 물정 모르는 애송이들이라고도 했습니다. 속으로 네가 그런 말 할 자격이 있느냐고 따졌습니다만."

가지가 그런 생각을 하게 되기까지 밟아 온 인생을 청년이 딱히 궁금해하는 것 같지도 않았다.

"신문 판매소가 구단에 있는 곳이었나요?"

"폭발이 일어난 그곳 말이죠? 아마 거기가 맞을걸요. 그쪽 일대에 사는 학생들은 수준이 낮아 뉴스페이퍼와 치즈버거 발음도 못 구분한다며 조롱하는 걸 들은 적이 있으니까요."

신문 판매소에서 해고된 후에는 일당 아르바이트를 하며 먹고 살았다고 한다.

"야마와키 씨 쪽은?"

"글쎄요. 자세한 건 몰라도 그쪽도 아마 블루칼라였을걸요. 서른이 다 된 나이에 셰어하우스 인생이었으니까요. 아, 참. 그 사람도 배달 일을 하지 않았을까요? 매일 비슷한 곳을 돌다 보면 일상이 반복돼 정신이 이상해진다 같은 말을 들었던 것 같은데."

"다쓰미 씨는?"

"그 사람은 아마 일을 안 했을 겁니다. 늘 집 안에 있었고 애초에 삶의 의욕이 제로였으니까요."

"생활비는 어떻게?"

"아마 전 직장에서 모아 둔 돈으로 살지 않았을까요. 그러고 보니 아직 4학년 선배들과 함께 살던 시절에 딱 한 번 대화한 적이 있습니다. 그때 취업 이야기가 나와서 선배가 다쓰미에게 넌 어떻게 할 거냐고 물었죠. 그런데 다쓰미는 자기는 일을 안 할 거라면서 '이제는 지긋지긋하다'라고 했습니다. 왠지 모르게 묘하게 설득력 있었던 것 같아 기억이 나네요."

하지만 4년이나 수입 없이 사는 건 쉽지 않다. 청년은 "부모님께 용돈이라도 받지 않았을까요?"라고 추측했다.

그 부모도 궁지에 몰려 있었지만.

"나머지는 아마 빚이었겠죠. 사채."

아마 그럴 것이다.

"셰어하우스에 들어오기 전에는 어떻게 살았는지 혹시 아십니까?"

다쓰미가 가족들과 헤어져 따로 살기 시작한 건 3년 전 초봄, 셰어하우스 살기 시작한 시점이 2년 전 1월. 수사본부는 그사이 1년 남짓한 공백기 동안 그가 어딘가에서 스즈키를 만났을 것으로 추정하지만, 다쓰미가 입주 당시 서류에 기재한 주소는 가족과 함께 살던 곳이었다. 집주인은 특별히 확인하지 않고 그의 말을 곧이곧대로 믿었다. 윗선에서는 다쓰미의 그 공백기 1년에 대해 반드시 밝히라는 엄명을 내렸다.

"글쎄요. 뭔가 들은 것 같기도 한데……."

청년은 고개를 갸웃거렸다.

"기억이 안 나네요."

이즈쓰가 그 뒤로도 몇 차례 더 끈질기게 물었지만 잠시 후 청년은 결국 손사래를 치며 "그런데 형사님" 하고 오히려 이즈쓰에게 되물었다.

"그 녀석들이 폭탄 테러범이 맞다고 생각해도 되겠죠?"

이즈쓰가 대답을 머뭇거리자 청년은 "괜찮습니다, 괜찮습니다. 대답 못 할 것도 있을 테니까요" 하고 밝게 웃었지만 잠시 후 "하지만" 하고 말을 이었다.

"아키하바라는 아니지 않을까요?"

"……왜 그렇게 생각하시죠?"

"셋 중에 가지가 오타쿠였거든요. 아키하바라는 이 나라에서 가장 아름다운 곳이라며 자주 추켜세우곤 했습니다."

그 밖에 다쓰미 일당이 좋아하던 곳이나 시설에 대해 물어봤지만 쓸모 있는 대답은 돌아오지 않았다.

어쨌든 그 녀석들은 불평과 원망이 가득했습니다. 그리고 밤에는 세상의 종말을 몽상하며 몽정하는 것 같았죠.

그런 녀석들과 1년 가까이 살았으니 역시 전 인간에 대한 내성이 강한가 봅니다.

"알겠습니다. 근무 중에 협조해 주셔서 감사합니다."

아뇨, 아뇨. 천만에요.

그런데 형사님. 기자가 절 찾아오면 어떻게 해야 할까요? SNS에 이 이야기를 올리면 안 되겠죠?

아, 상관없으려나. 이미 별의별 이야기가 다 나오고 있는 것 같던데.

최대한 자중해 주시면 감사하겠습니다.

무난한 이즈쓰의 부탁에 청년은 입술을 비쭉 내밀었다.

에이, 그 정도도 못 하는 거면 저만 손해네요.

"모쪼록 몸조심하십시오."

"네. 알고 있습니다. 어차피 절 노릴 이유 같은 건 전혀 없지만 그런 놈들한테는 이성이 통하지 않으니까요."

"마지막으로."

자리에서 일어서려는 이즈쓰 옆에서 도도로키가 끼어들었다. 참견할 생각은 없었지만 반사적으로 물었다.

"그들이 자살을 원했던 이유가 뭐였다고 보십니까?"

그러자 청년은 불쾌하다는 듯이 이맛살을 찌푸리며 잠시 허공을 바라보다 입을 열었다.

"글쎄요. 잘 모르겠네요. 어차피 별것도 아닌 이유 아닐까요?"

패밀리 레스토랑에서 나가자 커다란 리무진 버스가 눈앞을 지나갔다. 그 앞으로 수도 고속도로 진입구가 보인다. 평소와 다름없이 시끌벅적하게 차량들이 오가고 있다.

세단에 올라타 이즈쓰가 리젠트 형사에게 보고하는 걸 옆에서 무심히 들으며 도도로키는 거리를 바라봤다. 유모차를 밀고 가는 여자가 보인다. 오토바이를 탄 사람이 거치적거린다는 듯이 그 옆을 지나쳐도 여자는 신경 쓰지 않는 듯했다. 옆을 지나치는 순간에 오토바이 운전자가 보인 못마땅한 표정을 알아보지 못했다. 한순간 자신에게 쏠린 적개심을 모르는 채 그냥 걸어간다.

"……네. 알겠습니다."

통화를 마친 이즈쓰가 "지요다구 욘반초로 가 주십시오" 하고 도도로키에게 말했다.

"가지가 다니다가 관둔 학교에 가서 조사하라고 합니다."

"다쓰미가 아니라?"

"리더는 본청 독점이라고 합니다. 직장과 모교까지 자기들이 맡겠다고 하네요."

아스카의 집에도 다시 형사를 보냈다고 했다.

"우리는 뒤에서 볼보이나 하라는 건가."

"어쩌겠습니까. 그런 데 일일이 열 내면 이 일도 못 해 먹어요."

말과는 달리 이즈쓰는 짜증스럽게 스마트폰을 만지작거리기 시작했다. 물론 그라운드의 보이지 않는 구석에 황금 달걀이 떨어져 있는 경우도 있지만, 그런 걸 순진하게 기대할 만큼 어리지도 않고 완전히 체념할 만큼 찌들지도 않았다. 기껏해야 두 살 어린 후배와 이미 의욕이 식은 자신이 무엇이 다른지 도도로키는 떠올렸다. 모든 것이 그 하세베 일 때문이라고는 보지 않는다. 결국 나는 근본부터 썩은 인간일 것이다. 진행되던 부식이 마침내 뿌리까지 도달했다. 스즈키를 만나고 나서 더욱 속도가 붙었다.

그러나 한편으로는 이 사건에 집착하고 있다. 평소라면 절대 하지 않을 엉뚱한 질문을 중간에 끼어들어 던질 만큼.

"일단 여쭙고 싶은데, 조금 전 그는 혐의가 없다고 봐도 되겠죠? 전 그렇게 생각합니다만."

좋게 말하면 신중하고 나쁘게 말하면 소심한 이즈쓰의 속내가 엿보였다.

"그래, 나도 비슷한 생각이야. 그가 자기 인생을 거덜 낼 멍청한 짓에 가담할 것 같지는 않아."

"'별것도 아닌 이유'와도 무관하지 않겠죠."

이즈쓰가 콧방귀를 뀌고 말했다.

"괜찮은 회사에 다니는 반듯한 남자. 부러울 따름입니다. 유니폼 색깔로 따지면 저희도 어엿한 블루칼라이니."

빈정거리는 말투이기는 해도 비굴하지는 않다. 그 점에서도 이즈쓰는 역시 자신과 다르다는 걸 새삼 느꼈다.

"돈 문제에 대해서는 그의 예상이 적중했습니다."

올봄 세 사람이 모두 합을 맞춘 것처럼 여러 사채 회사에서 한 도액까지 돈을 빌린 게 밝혀졌다고 한다. 아마 폭탄 제조 자금일 것이다.

봄 시점에 아직 돈을 빌릴 여력이 있었다면 다쓰미는 그전까지 생활비를 혼자 힘으로 벌었다는 뜻이다. 회사원 시절에 모아 둔 돈으로 충분했을 리 없다.

남몰래 일을 했을까. 아니면 어딘가에서 조달했을까.

"아키하바라 건은 어떻게 보십니까?"

"……글쎄. 그건 어떻게 해석해야 좋을지 아직 모르겠군. 좋아하는 장소였으니 더 그곳을 선택했을 수도 있을 것 같고."

가지의 취미는 이미 일찌감치 확인됐다.

근거가 필요하면 그의 방 안을 한번 둘러보시라.

현장에 갔던 이즈쓰의 말이다.

반면 야마와키의 집에서는 그의 취미나 성격을 추측할 만한 소지품과 사진, 편지 같은 건 전혀 발견되지 않았다고 한다.

"녀석들이 범행 후 함께 목숨을 끊을 생각이었다면 평소 애착 있는 곳을 노릴 심리가 아예 이해가 안 되는 건 아니야."

"하지만 그런 것치고는 뭔가 어중간한 것 같기도 합니다. 폐건물 유리창을 깨뜨리는 정도로는……."

게다가 그 빌딩은 메인 스트리트에서 벗어난 외진 골목에 있었다.

"그나저나 여러모로 민폐네요. 오타쿠로 모자라 외국인 피가 섞인 폭탄 테러범이라니. 어떻게든 편견을 퍼뜨리고 싶어 하는 자들에게 좋은 먹잇감이 되겠죠. 가지 녀석 때문에 운신의 폭이 좁아질 사람들이 안쓰러울 따름입니다."

이즈쓰가 어울리지도 않는 말을 했다. 그런 도도로키의 마음이 전해졌는지 이즈쓰는 변명을 덧붙였다.

"여자 친구가 좋아하거든요. 애니메이션이나 동인지 같은 걸."

도도로키는 속으로 '그렇군' 하고 납득하면서도 과연 그런 사람이 가까운 곳에 없어도 편견으로부터 자유로울 수 있었을까 하는 의문이 자연스럽게 머리를 스쳤다.

"결국 수확은 자살 동호회 사이트뿐. 1년의 공백기에 대해서는 힌트 하나 못 얻어냈다며 한 소리 들었습니다."

"그 남자가 거짓말하는 것 같지는 않았어. 애초에 다쓰미 일당과 그리 깊은 관계가 아니었겠지."

"글쎄요. 과연 그럴까요."

도도로키는 운전 중인 것도 잊고 무심코 이즈쓰를 곁눈질했다.

"이상할 정도로 흥분해 있지 않았나요? 형사들과 대화하는 데서 오는 흥분이라기보다 두려움을 속이는 흥분처럼 느껴졌습니다."

"다쓰미 일당의 원한을 살 만한 뭔가가 있었다는 말인가."

"구체적으로 뭔가가 있었던 건 아니겠죠. 실제로 다쓰미 일당이 그를 노린 것 같지도 않고요. 하지만 당사자는 속으로 두려움에 떨고 있었을 겁니다. 죄책감 때문에. 그동안 내심 그들을 계속 얕잡아보고 있었을 테니.”

묘하게 설득력 있는 추리였다.

인상론과 비슷하면서도 또 다른 통찰처럼 느껴진다. 오늘 하루종일 도도로키는 형사로서의 이즈쓰의 능력을 다시 보게 됐다. 이런 선배에게 칭찬받아 봐야 기쁘지 않겠지만.

“그나저나 고다 사라 일에 대해서는 어떻게 생각하지?”

“어떻게냐고 물으셔도…….”

이즈쓰는 당황한 것처럼 눈살을 찌푸렸다.

“징계감이죠. 뭐가 더 있겠습니까.”

“진심으로 그렇게 생각하나?”

“무슨 말을 듣고 싶으신 겁니까?”

“아니, 됐어. 잊어 줘.”

이즈쓰가 고개를 돌렸다. 빨간불에 걸려 도도로키는 브레이크를 밟았다.

“경찰로서 미숙합니다.”

차창 밖을 보며 이즈쓰는 귀찮다는 듯이 툭 말했다.

“미숙하고 어리석어요.”

그건 도도로키도 동감이었다. 그렇게 고개를 끄덕이려고 할 때 이즈쓰가 말을 이었다.

“전 고다 사라와도, 야부키와도 그리 친한 사이는 아닙니다. 확실히 말하면 얼굴과 이름만 아는 정도죠. 하지만 그들이 제 동료인 건 사실입니다. 틀림없는 사실입니다."

마음이 전해졌다.

동료가 부상을 당했다. 보복을 바라는 게 당연하지 않은가.

경찰이 아닌 같은 인간으로서.

도도로키는 말없이 차를 다시 출발했다. 그것 역시 동감이라고 진심으로 생각했다. 동시에 그들과 스즈키의 차이는 무엇일까 하는 흐릿한 의문이 고개를 들었다.

동료가 아니기 때문에 죽여도 된다고 생각하는 남자와, 동료의 원수이기 때문에 죽여도 어쩔 수 없다는 사상이 머릿속에서 뒤섞여 불안한 색채를 만들어 낸다. 얼룩덜룩한 물감이 그로테스크한 추상화가 되고 그 불협화음은 동시에 어떤 조화를 이룬다. 자신은 아마 그 색감과 색감 사이에서 지금 숨죽이고 있는지 모른다. 묻지 마 살인의 물감과 복수의 물감은 다르다. 법에 비춰 보면 같은 불법 행위라고 해도 엄연히 다르다. 직관적으로 그 차이는 명백히 느껴진다. 그러나 구체적으로 물감의 입자 하나하나를 들여다보면 거의 다르지 않은 입자 모양에 도달할 것 같기도 했다.

마침내 나 자신이 발을 헛디디는 게 아닐까 하는 생각이 들어 도도로키는 오싹한 기운에 사로잡혔다. 발판이 무너져 내리는 듯한 오싹함. 그러나 일단 그것을 끌어안으면 그 뒤로 남는 것은 부드럽고도 고요한 정적이다.

사건의 피해자를 애도하는 마음과 범인을 쫓고 싶은 마음, 그리고 그 현장에서 자위를 하고 싶어 하는 마음이 하세베의 가슴에는 함께 자리 잡고 있었다. 그것을 부끄러워하며 숨기고 극복하기 위해 애썼다. 오싹함에 사로잡혀 있었다. 그러나 결국 포기했고, 포기하자 고요함이 찾아왔다. 그것이 바로 그 셰어하우스에서 보았던 영상, 그 안에서 가만히 웅크리고 있던 그의 침묵에 대한 답 아닐까.

도도로키가 하세베의 행위를 목격한 것은 4년 전, 주간지 보도가 나오기 반년 전쯤이었다. 한파로 꽁꽁 얼어붙은 2월 초 노가타 경찰서 관내의 한 주택에서 살인 사건이 발생했다. 본청 형사의 지휘를 받으며 도도로키는 피해자의 인간관계를 살피는 주변인 수사를 하고 있었다. 사건 발생 5일째, 그날 수사가 끝난 후 피해자 집에서 봤던 사진이 왠지 마음에 걸려 홀로 다시 그곳을 찾았다. 밤이 깊어 집에는 아무도 없을 텐데 현관문을 들어서자마자 인기척이 느껴졌다. 조용히 복도를 지나다가 마주친 사람이 하세베였다. 거실에서, 정확히는 피해자가 머리를 수십 회에 걸쳐 얻어맞은 곳에서 그는 하반신을 드러내고 있었다. 도도로키를 발견한 하세베는 순간 움직임을 멈췄다. 튀어나올 정도로 두 눈을 부릅뜨고 있었다. 창백한 얼굴에서는 입술이 바르르 떨렸고, 도도로키 역시 아마 비슷한 표정이었을 것이다. 눈앞의 상황을 도저히 받아들일 수 없었다. 만약 피해자가 젊은 여성이었다면 그나마 이해할 여지가 있었을지도 모른다. 그러나 그곳에서 살해당한 사람은 하세베와 비슷한 나이의 회사원이었다. 아내를 먼저 떠나보낸 후 자녀들을 출가시켜 혼자 사는 중년 남자였다.

하세베는 변명하지 않았다. 힘없이 바지를 올리며 한잔하러 가지 않겠냐고 물었다. 도도로키는 제안에 따랐다. 밖에 나가니 피부가 욱신거릴 정도로 매서운 바람이 불었다.

술집 개인실 안에서 마주 앉았다. 하세베는 맥주를 두 잔 연거푸 들이켜고 소주로 바꿨다. 도도로키도 그에게 맞췄다. 도저히 맨정신으로 있을 수 없었다.

자네에게 이해해 달라고 하고 싶지도 않아.

하세베는 네 잔째 소주를 따르며 마침내 입을 열었다. "나 역시……" 하고 그는 잠시 말을 멈췄다. 소주잔을 바라보며 큰 코를 찌부러뜨릴 기세로 움켜쥐었다.

나 역시도 이해 못 하겠으니까.

그러고는 그동안 이 악습을 반복해 왔음을 고백했다.

사람이 죽은 현장, 살해당한 현장, 끔찍한 일을 당한 현장. 피해자의 인격 같은 건 중요하지 않았다.

남자든, 여자든, 젊은 사람이든, 나이 든 사람이든 상관없다. 단지 그런 사건이 발생한 장소에 서고 싶어지는 것이다.

하고 싶어지는 것이다.

멈출 수 없었다.

언젠가 이렇게 될 줄 예상했다. 자네가 뭘 어떻게 하건 신경 쓰지 않겠다. 그래도 이런 내 모습을 처음 발견한 사람이 자네라서 다행이다.

왜인지 잘 설명할 수 없지만, 그래도 자네라서 다행이다…….

하세베의 성향을 알게 된 이즈쓰는 추잡하다며 그를 비난했다. 동료 대부분이 그랬다. 쓰루쿠도, 심지어 그를 '하세코'라 부르며 동경하던 사람들도.

그러나 도도로키에게는 그를 비난해야겠다는 발상 자체가 없었다. 분노도 없었다. 놀라움과 기이함, 그리고 그 못지않은 연민이 느껴졌다.

상담 치료를 조건으로 자신은 입을 다물겠다고 하세베에게 말했다.

귀찮았던 것은 아니다.

좋은 사람인 척한 것도 아니다.

난생처음 겪는 일이었다.

다른 사람의 입에서 이토록 고통스러운 속내를 들은 것.

심지어 하세베는 형사로서의 자신이 아닌 같은 인간인 자신에게 모든 걸 털어놓았다.

약간의 추측이 섞여 있기는 해도 도도로키는 그렇게 믿었다.

나는 왜 하세베를 옹호했을까.

기자 앞에서 '그 심정이 전혀 이해되지 않는 것도 아니다'라는 위험한 발언을 한 이유가 뭘까.

이제야 비로소 명확히 말할 수 있다.

그는 내 동료였다.

나에게는 규칙을 뛰어넘을 만한 가치가 있는 한 명의 동료였던 것이다.

그러나 그 길 끝에는 대가가 기다리고 있었다. 상담 치료는 실패로 끝났고 그는 제거됐다. 스스로 목숨을 끊었다. 그리고 경솔한 발언으로 도도로키도 신뢰를 잃었다.

더 이상 동료로 인정받지 못하게 됐다.

'그렇군' 하고 속으로 중얼거린다.

그렇다. 이게 바로 세상이다.

이름도 얼굴도 모르지만 동료라고 느껴지는 사람들은 엄연히 있다고 나는 말했다. 그러자 상대는 그 안에 범죄자도 포함되느냐고 물었다.

아니야, 스즈키. 하세베는 범죄자가 아니었다. 그런데도 배척되고 제거당했다. 범죄자가 아니었지만 동료에서 탈락한 것이다.

다른 사람의 본심을 꿰뚫어 보는 능력이 있으면 살아가기 힘들 거라고 루이케는 말했다.

과연 그럴까.

사람들이 본심을 꿰뚫어 보지 못했으니 하세베는 제거된 게 아닐까.

그의 고뇌가, 정의가 전달될 방법이 없었으니.

아마 다쓰미도 비슷한 일을 겪었을 것이다. 하세베의 가족이라는 이유만으로 싸늘한 시선을 받았다. 만약 다쓰미의 범행이 밝혀지면 어머니 아스카와 여동생 미우는 또다시 같은 일을 겪게 될 것이다.

이 사회의 같은 동료로서 탈락할 것이다.

쓰레기 같군.

내면에서 똬리를 튼 두 가지 색이 점점 탁해진다.

서로 다른 색감의 두 물감이 검은색 같은 파란색, 파란색 같은 검은색이 된다.

진짜 파란색은 어느 쪽일까. 진짜 검은색은…….

딱히 상관없지 않을까. 폭발해도.

당신들이 고통받고 상처 입는다고 해서 뭐 어떻다는 말인가.

애초에 누구인가, 당신들은.

얼굴도 모르는 남 아닌가. 아무것도 아닌 누군가 아닌가.

어차피 당신들은 파란색과 검은색을 동일시하며 눈살을 찌푸리지 않나.

이게 바로 스즈키의 사상일까.

다쓰미가 도달한 경지일까.

자신은 거기에 한쪽 다리만 걸치고 있다. 무감각하게 '그렇군' 하고 중얼거리고 있다.

"그러고 보니 누마부쿠로 CCTV 반 이야기 들으셨나요?"

갑자기 이즈쓰가 말을 걸어 와 도도로키는 순간 무슨 뜻인지 이해하지 못했다. 영상실에서 CCTV 영상과 눈싸움을 하던 불과 십여 시간 전이 까마득한 옛날처럼 느껴졌다.

"경찰서 상황을 알고 싶어 전화했더니 온갖 하소연을 늘어놓더군요. 일단 주류 판매점 일대를 타깃으로 어제와 그제 것까지 확인했는데 스즈키의 그림자도 못 봤다고 합니다. 쓰루쿠 과장에게 욕만 먹었다며 하필 이런 일을 맡게 됐다고 한탄했습니다."

사전 답사를 사흘 전 또는 나흘 전에 갔을 수도 있다. 팀으로 움직인 이상 스즈키 본인이 꼭 그곳에 갔다고 보기도 어렵다. 다쓰미와 야마와키, 가지의 사진을 바탕으로 또다시 같은 영상을 반복해서 봐야 할 그들에게는 안타까운 마음뿐이다.

그러다 문득 도도로키는 가슴이 찌릿했다.

셰어하우스에서 본 실험실 광경이 떠오른다.

색색의 작은 병, 가스버너, 골판지 상자, 빈 캔으로 가득 찬 쓰레기봉투.

"……야마와키가 배달 일을 했다고 했지?"

이즈쓰가 도도로키를 쳐다봤다.

"네. 아까 그 남자가 그랬죠. 방문 판매 같은 걸 했을 수도 있겠지만."

매일 비슷한 곳을 돌다 보면 일상이 반복돼 정신이 이상해진다.

"폭탄이 든 소포 크기가 어느 정도지?"

"큰 필통 정도라고 하지 않았나요?"

기폭 장치로 쓰이는 선불폰과 폭약이 든 플라스틱 용기로 구성된 단순한 구조라고 과학 수사 연구소 기술관이 설명했다.

"기껏해야 카스텔라 상자 정도?"

"목적지를 바꿔도 되겠나?"

"네?"

이즈쓰가 목소리를 높였다.

"바꾼다고요?"

당황하는 후배를 신경 쓰지 않고 도도로키는 핸들을 꺾었다. 꺾으며 자문했다.

난 지금 대체 뭘 하려는 걸까.

이런 불확실한 발상 때문에 명령을 어기려는 나는.

지요다구로 가던 길에서 벗어나는 순간 차내 디지털시계가 눈에 들어왔다.

3시 20분.

차는 나카노구 누마부쿠로로 향했다.

2

호소노 유카리가 센다가야의 집에 도착했을 때 집 안에 어머니는 없었다. 그것이 좋은 일인지 걱정할 일인지 알 수 없어 조바심만 커졌다. 2층 방에 들어가 침대에 앉아 끊임없이 스마트폰을 만지작거렸다. 넓은 거실에 혼자 앉아 TV를 보기가 싫었다. 어머니에게 '별일 없어?'라고 문자를 보냈지만 답장이 오지 않는다. 아버지에게도 보내 볼까 생각했지만 평소의 거리감이 걸림돌이 됐다. 아버지는 폭탄 사건 따위 신경 안 쓴다며 코웃음을 칠 게 뻔하다. 그리고 당분간 '딸이 날 걱정해 줬어'라며 자랑스럽게 말하고 다닐 것이다.

답장이 없는 어머니에게 슬슬 짜증이 나기 시작할 무렵, 어느 유명 블로거의 트위터에서 그 영상을 발견했다.

아아, 여러분, 안녕하십니까. 처음 뵙겠습니다. 저는 스즈키 다고사쿠라고 합니다.

어두운 방 안에 보이는 사람은 분명 공개된 얼굴 사진 속 남자였다.

스즈키 다고사쿠.

우스꽝스러운 이름이다. 뭔가 으스스한 이름 같기도 하다. 스즈키는 영문 모를 '살해 예고'를 읽어 내렸다.

끝없이, 담담하게.

영상을 보는 동안 유카리의 체온은 널뛰기를 했다. 달아올랐다가, 식었다가. 혈액이 갈 곳을 잃고 우왕좌왕하기 시작했다.

저는 지금 이 글을 강제로 읽고 있습니다.

저는 이 사건의 범인이 아닙니다.

범인에게 협박당하고 있습니다. 범인은 최면술의 달인이고 제 기억은 앞으로 전부 지워질 거라고 합니다.

이상 스즈키 다고사쿠가 나카노구 노가타 경찰서에서 전해드렸습니다. 감사합니다. 모두 안녕히 계십시오.

속이 빤히 보이는 거짓말이나 하는 비열한 자식!

유카리는 감정이 격해져 자신의 익명 트위터 계정으로 해당 동영상이 첨부된 게시물을 리트윗했다.

이런 놈은 비난받아 마땅해. 이 감정을 모두와 공유해야 해.

원본 트윗 영상의 조회수가 순식간에 급증했다. 리트윗 알림도 끊이지 않는다. 그에 호응하듯 사고 회전이 덩달아 빨라졌다. 유카리는 동영상을 첨부해 자신도 트윗을 올렸다.

'아무리 인생이 엉망진창이고 구제 불능이더라도 이런 짓은 용납할 수 없어. 남에게 폐 끼치는 것 말고는 다른 사람과 소통하는 방법도 모르는 인간이겠지. 대체 뭘 하고 싶은 건지, 부끄럽지도 않은지 물어보고 싶네. 그리고 지금 당장 죽어 줬으면 좋겠어.'

글을 올리자 잠시 후 알림이 왔다. 잇달아 스마트폰이 울렸다.

확인해 보니 조금 전 올린 트윗에 '좋아요'가 잔뜩 붙어 있다. 리트윗 역시 전례 없는 숫자로 폭증했고 동의 댓글도 많이 달렸다. 개중에는 '그렇다고 죽으라고 하는 건 너무 과하다', '그런데 범죄자의 주장을 이렇게 퍼뜨려도 돼?' 같은 의견도 있었지만 그런 사람들에게는 곧바로 반론 댓글이 달리는 걸 보며 유카리는 가슴을 쓸어내렸다. 다른 의견을 덧붙이는 건 역시나 이번 사건에 너무 집착하는 것처럼 보일까 봐 자제했지만 그 밖의 스즈키를 비난하는 글, 스즈키의 성격 분석과 추론, 이번 사건의 정보를 전하는 트윗들을 열심히 리트윗했다. 요요기 사건으로 열 명이 넘는 사람들이 목숨을 잃었다. 무료 급식소 앞에 늘어선 사람들을 노린 폭탄 테러였다고 한다.

'솔직히 노숙자들은 죽어도 상관없잖아.'

그런 트윗이 올라와 갑론을박이 펼쳐졌다. 유카리는 귀찮은 마음에 그냥 넘어갔다. 다른 정보를 통해 아이들도 표적이 되었다는 것을 알게 됐다. 그쪽을 막을 수 있었던 건 그나마 불행 중 다행일 것이다.

오후 1시가 지나자 두 번째 영상이 업로드됐다.

저는 부디 이 영상이 공개되지 않기를 바랍니다. 왜냐하면 이 영상은 조금 전 영상의 확산율이 일점 상한선에 도달했을 때 배포되도록 프로그래밍되었기 때문입니다. 그 조건이 충족됐음을 알려 드리는 영상이기 때문입니다.

확산율은 영상 재생 횟수, 공유 횟수, 스즈키 다고사쿠라는 키워드 검색 횟수 등을 기반으로 산점됩니다.

유카리는 숨 쉬는 것조차 잊고 영상에 집중했다.

자, 결론부터 말씀드리겠습니다. 여러분의 열성적인 포교 덕분에, 그리고 여러분의 클릭 한 번 한 번 덕분에 목표는 무사히 달성됐습니다. 따라서 폭탄은 폭발합니다.

도쿄의 곳곳에서 폭발할 것입니다.

영상이 끝나자 황급히 스마트폰을 두드렸다. 자신이 올린 트윗을 지우고 리트윗도 모두 해제한다. 땀이 빰을 타고 주르르 흘러내려 스마트폰 액정에 떨어졌다. 트위터에 남은 흔적을 모두 지우고 앱을 닫았다. 두 번째 영상에 대한 사람들의 반응이 궁금했지만, 그보다 비난받을 상황이 두려웠다. 내가 영상을 퍼뜨렸다는 증거, 트윗의 캡처 화면이 앞으로 인터넷을 돌아다닐지 모른다. 그것들을 삭제한 걸 두고 누군가는 도망쳤다며 비웃을 수도 있다. 다음에 무슨 일이 생기면 너 때문이라며 몰아붙일 수도 있다. 정말 폭발이 일어난다고 해도 내 책임이 아니라는 걸 머리로는 알지만 반박할

엄두가 나지 않았다.

실제로 이미 폭발은 일어나고 있다. 여러 명이 죽었다. 그것을 선언하는 영상 속 남자는 경찰이 공개한 몽타주 사진과 똑같은 얼굴을 하고 있다.

이건 장난이 아니다.

진실이 어떻든 그것만은 확실하다.

갑자기 숨이 턱 막혔다. 폐 안쪽이 욱신거렸다. 유카리는 열기와 한기를 동시에 느끼며 다시 한번 어머니에게 문자를 보냈다.

지금 어디야? 괜찮아? 답장 보내 줘!

문득 떠올렸다. 지금 이곳은 안전할까.

생생한 공포가 가슴을 스친다. 사건은 묘하게 나와 연결돼 있다. 평소 아키하바라 같은 곳에는 잘 가지도 않는데 하필 그날 폭발이 일어났다. 도쿄돔시티는 그 길목에 있었고 구단도 비슷한 위치다. 동아리 선배의 집에 경찰이 찾아왔고 요요기 공원은 바로 집 근처. 걸어서 갈 수 있는 거리 안에는 신주쿠 교엔과 국립 경기장이 있다. 유치원과 초등학교도 있다. 센다가야에서 폭발이 일어나지 않으리라는 보장이 어디 있단 말인가.

도쿄의 곳곳.

유카리는 갑자기 울음이 터질 것 같았다. 도망치려 해도 불가능하다.

안전한 곳은 오로지 나카노구의 노가타 경찰서뿐입니다.

튕겨 나가듯 벌떡 일어나 침대에서 내려갔다. 숄더백을 들고 방을 나간다. 계단을 내려가며 어머니와 아버지에게 보낼 메시지를 썼다. 두 사람이 집에 오지 않는다면 안전한 곳으로 부르면 된다. 서둘러 문자를 입력한다.

'노가타 경찰서에 있을 테니 거기로 와.'

집을 나섰다. 익숙한 주택가가 눈에 들어온다. 도로 갓길에 세워진 승용차. 저 안에 폭탄이 숨겨져 있어도 이상하지 않다. 우편함, 쓰레기통, 배수구……. 집과의 거리로 따지면 센다가야와 요요기는 그리 다르지 않다. 노가타 경찰서가 있는 나카노역은 야마노테선 역보다 서쪽에 있다. 폭발이 발생한 요요기까지 가는 건 좀처럼 발길이 떨어지지 않지만, 일부러 목적지에서 멀어지는 시간도 아깝다.

유카리는 불안감을 떨치고 요요기로 향했다. 걸을수록 점점 소란스러운 분위기가 짙어졌고 역 앞에 도착할 무렵 유카리의 피부는 달아올라 있었다. 교차로 곳곳에 부자연스러울 정도로 많은 경찰이 서 있었다. 그와 비슷하게 카메라를 든 기자들도 보인다. 길을 지나는 행인들은 어딘지 모르게 들뜬 표정으로 공원 쪽을 힐끗거렸다.

유카리도 덩달아 그들을 따라 했다. 그러나 여기서는 메이지 신궁도 보이지 않는다. 폭발이 있었던 요요기 공원 남쪽은 역으로 따지면 하라주쿠가 더 가깝다. 그런데도 이 어수선한 분위기는 뭘까. 나도 모르게 멍하니 있다가 문득 티셔츠가 땀에 흠뻑 젖은 것을 느꼈다. 공원으로 스마트폰을 향해 사진을 한 장 찍었다. 비슷한 사람들이 여럿 있다. 경찰과 방송국 기자들에게 스마트폰을 들이밀고 있는 아주머니와 회사원. 셀카를 찍으며 떠드는 젊은 남자는 유튜버일까. 경찰에게 큰 소리로 고함치며 따지는 아저씨.

범인은 붙잡았나? 왜 아직도 해결 못 하는 거야!

그 모습을 또 다른 누군가가 카메라로 찍고 있다.

멀리서 구경하는 사람, 웃으며 옆을 지나가는 사람.

축제다.

나는 지금 축제의 한가운데에 서 있다.

유카리는 거칠게 숨을 몰아쉬며 사진을 한 장 더 찍었다. 화를 내는 아저씨와 그를 바라보는 사람들의 사진. 이걸 보고 동아리 부원들은 뭐라고 할까. SNS에 올리면.

여러분의 열성적인 포교 덕분에, 그리고 여러분의 클릭 한 번 한 번 덕분에 목표는 무사히 달성됐습니다. 따라서 폭탄은 폭발합니다.

스즈키의 목소리가 되살아나 유카리는 황급히 스마트폰을 내렸다.

도쿄의 곳곳에서 폭발할 것입니다.

폐부 깊숙한 곳이 찌릿거리고 숨이 턱턱 막혔다. 유카리는 침을 삼키고 도망치듯 개찰구로 향했다.

평일 낮 3시.

승객은 짜증스러울 정도로 많다. 야마노테선을 타도 되지만 신주쿠에서 갈아타야 해서 나카노까지 한 번에 갈 수 있는 소부선을 이용하기로 했다. 승강장에 들어온 전철에 올라탔지만 꽉 차서 앉을 자리가 없다. 몇 분 지나 신주쿠에 도착했다. 어머니에게 아직 연락은 없다. 아버지도 마찬가지다. 불안한 마음으로 출발을 기다렸지만 그전에 열차 안에 안내 방송이 흘러나왔다.

―현재 아사가야역에서 차량 점검 관계로 JR 주오, 소부선 열차가 운행을 일시적으로 중단하고 있습니다. 승객 여러분들의 양해 바랍니다.

순간 '뭐?' 하고 숨이 멎었다.

아사가야. 지금 내가 가려는 나카노 바로 근처 아닌가.

문 위에 있는 노선도를 보며 두 정거장밖에 떨어져 있지 않은 것을 확인하고 유카리는 눈앞이 캄캄해졌다. 수많은 사람들이 유카리처럼 당황하며 서성거리고 있다. 스마트폰을 만지작거리거나 의미 없는 사과와 환승 안내가 흘러나오는 천장을 올려다보기도 한다. 옆에 선 회사원들의 긴장된 대화가 귀에 들어왔다.

혹시 폭탄이 나왔나?

어이, 재수 없는 소리 하지 마.

어느새 냉정한 사고가 날아갔고 SNS를 확인하고 싶지만 그것도 무서웠다. 하나부터 열까지 제대로 된 판단이 불가능하다.

이대로 전철에 계속 타 있어도 되는 걸까.

"아가씨."

순간 흠칫하고 경계하며 돌아섰다. 말을 건 사람은 노인이라 불러도 좋을 외모의 남자였다. 진녹색 재킷에 회색 바지를 입었고 피부가 햇볕에 검게 그을려 있다. 약간 노랗게 변색된 백발은 깔끔하게 빗어 넘긴 상태였다.

"잠깐 지나가도 될까?"

그제야 유카리는 자신이 문 앞에 서 있다는 것을 깨달았다. 부랴부랴 자리를 비켜 주자 남자는 가볍게 인사하고 멈춰 서서 노선도를 확인했다. 문득 그 시선을 좇았다. 그의 눈이 나카노에서 멈추는 게 느껴진다. 유카리의 시선을 눈치챘는지 남자가 유카리를 힐끗 봤다.

"나카노역 말고 다른 역을 통해서도 노가타 경찰서에 갈 수 있으려나?"

네? 아, 저도 잘 모르겠어요.

유카리가 그렇게 대답하자 노인은 "그렇군, 고맙네" 하고 인사한 후 전철에서 내렸다. 그 발걸음에 망설임이라곤 없어 유카리는 마치 이끌리듯 그를 따라갔다. 승강장도 사람들로 붐비고 있다. 역시 신주쿠다. 요요기의 혼잡함과는 비교도 되지 않는다. 선로를 사이에 두고 맞은편에 있는 야마노테선 승강장도 인파로 넘쳐난다. 이것이 평상시 상태인지, 아니면 자신처럼 노가타 경찰서로 대피하려는 사람들로 붐비는 것인지는 구분되지 않는다. 다만 모두가 비정상적인 상태에 당황하고 있었다.

노인은 자판기를 발견하고 주머니에서 동전을 꺼내 캔 커피를 샀다. 전철을 갈아탈 생각은 없는지 그 자리에 그대로 서 있다. 거리를 두고 그를 지켜보던 유카리는 왠지 모를 안타까움과 아쉬움 사이에서 흔들렸다.

열차는 전혀 움직일 기미가 없다. 시간만 속절없이 조금씩 흐른다. 연이어 승강장에 들어왔다가 떠나는 야마노테선 전철을 바라보며 노인과 함께 자판기 옆에 선 유카리는 답답한 나머지 손톱을 물어뜯었다. 결국 참다못해 검색해 보니 세이부신주쿠선의 누마부쿠로역에서도 노가타 경찰서까지 걸어갈 수 있는 거리였다. 환승이 번거롭겠지만 여기서 멍하니 기다리는 것보다 나을지 모른다. 문득 노인에게도 그 사실을 알려 줘야 할지 고민했지만 괜한 오지랖 같아 마음을 고쳤다. 이상한 사람이라 생각할 수 있고 심지어 화를 낼 수도 있다. 사실 남을 돕고 싶은 마음 같은 건 없었다. 그저 소심할 뿐이다. 견디기 힘들 만큼.

유카리가 고민 끝에 노인의 등을 향해 한 걸음 내디딘 순간, 엄청난 폭발음이 주변을 뒤덮었다.

3

"말도 안 돼."

철제 책상에 올라간 루이케의 주먹에 힘이 들어갔다. 왜소한 뒷모습에서도 초조감이 묻어난다.

그의 눈은 태블릿 PC 화면에 향해 있었다. 기요미야도 새로 업데이트된 정보를 노트북으로 확인하고 "설마" 하고 중얼거렸다.

아사가야역에서 폭탄이 발견되지 않음.

루이케의 추리가 빗나갔다고?

이럴 수가.

비단 부하의 두뇌에 대한 신뢰가 이유는 아니었다. 이번 사건이 다쓰미의 계획이라면 아버지가 스스로 목숨을 끊은 아사가야역을 선택하지 않았을 리 없다. 기요미야도 그 점만큼은 확신을 가지고 있었다.

"기요미야 선배님."

루이케가 창백한 얼굴로 입을 열었다. 화면에 새로운 댓글이 추가돼 있다.

'아사가야역의 대피 해제 지시를 요청한다.'

"말려야 합니다. 폭탄은 나올 겁니다. 반드시."

기요미야는 "하지만" 하고 입을 열었다. 아사가야역에서 수색을 시작한 지 벌써 두 시간이 넘었다. 그렇게 뒤졌지만 아무것도 찾지 못했다. 전철은 계속 멈춰 서 있다. 출퇴근 러시아워가 아니라고 해도 그 영향은 막대할 것이다.

철도 회사도 한계가 있다. 게다가 범인이 아사가야역을 노릴 거라는 예상 자체가 추론과 심증에 불과하고 물증이 없다.

"적어도 4시까지는 승객들을 들여보내면 안 됩니다."

그 시간 역시 추론의 영역을 벗어나지 않는 숫자다.

"설득의 재료가 필요해."

"어떻게든 둘러대 주십시오. 이 녀석이 그렇게 말했다고 해도 될 겁니다."

이 녀석이라 불린 당사자인 스즈키는 옅은 미소를 짓고 있다. 노가타 경찰서의 고다 사라가 쓰루쿠에게 끌려간 이후 스즈키는 말을 일절 멈추고 꼭 일광욕이라도 하는 것처럼 무기력해져 있다. 자신의 목적은 달성됐다. 아니면 이미 승리가 확정됐다고 자만하고 있는 걸까.

"구체적으로 어디 말이지? 역 어디쯤에 폭탄이 있는 거야? 그 정도도 알려 주지 못하면 설득은 불가능해."

루이케는 입을 다물었다. 모르기 때문이다. 기요미야의 머릿속에서 뜻하지 않게 부하의 퍼즐이 만들어지고 있었다. 무엇이든 꿰뚫어 보는 게 이 남자의 정체성이다. 꿰뚫어 보지 못하는 건 용납하기 힘든 패배다. 루이케가 입술을 깨무는 모습까지 선명하게 그려졌다.

"어쨌든 최대한 노력해 볼 테니 그사이에 답을 내놔."

기요미야는 자리에서 일어섰다. 취조실을 나가 스마트폰으로 전화를 건다. 관리관은 곧장 전화를 받았다.

"아사가야역 대피 해제를 조금만 늦춰 주십시오."

짜증 섞인 한숨 소리가 들렸다.

—근거는?

"다쓰미는 아사가야역을 반드시 노렸을 겁니다."

—그런 건 우리도 알고 있어. 그러니 자네들 의견을 고려해서 움직인 거고. 하지만 결국 폭탄은 나오지 않았어.

"분명 어딘가 놓친 곳이 있을 겁니다."

—현장에 있는 인원들에게 그런 말을 할 수 있겠나? 폭발의 공포와 싸우면서도 땀을 뻘뻘 흘리며 수색한 이들에게.

기요미야는 심호흡을 했다.

"폭발은 4시입니다. 적어도 그때까지 안전 조치를 취해야 합니다."

—4시가 지나면 안심할 수 있나? 아니면 신시가 끝나는 5시까지? 그 후는? 또 다른 시간을 제시하다 보면 한도 끝도 없어.

"스즈키도 역이 타깃이라는 걸 인정하고 있습니다."

—그곳이 꼭 아사가야라고 단정할 순 없겠지. 잘 듣게, 기요미야. 놈들이 죽은 지 사흘이 지났어. 만약 놈들이 역에 폭탄을 설치하고 나서 죽었다고 해도 청소나 점검에서 사흘이나 발견되지 않는 건 불가능해. 즉, 역에 폭탄이 있어도 그걸 설치한 사람은 다쓰

미 일당이 아닌 스즈키라는 뜻이지. 그 녀석도 아사가야역에 뭔가 애착이 있었나? 그게 아니면 그냥 미끼였어도 이상할 게 없어.

속이 탈 정도로 앞뒤가 맞는 말이다.

―꼭 막아야 한다면 폭탄이 설치된 곳을 말해 보게. 그러지 못하는 거면 제안도 성립하지 않아.

결국 구체적인 답변을 제시하는 것 외에는 설득할 방법이 없다는 뜻이다.

그러나 '발견되지 않는 장소 문제'를 따지자면 스즈키도 마찬가지다. 스즈키는 어젯밤부터 줄곧 취조실 안에 있었다. 전철 역사가 문을 닫기 전에 붙잡혔다. 폭탄은 청소나 점검에서도 눈에 띄지 않는 곳에 있다. 만약 다섯 번째 공범이 존재하고 그 녀석이 오늘 폭탄을 설치했다고 해도 경찰의 수색에 걸리지 않을 리 없다.

―우리는 아사가야에서 할 수 있는 모든 걸 다 했어. 그럼 다음 후보지에 전력을 보내야지. 아니면 자네는 스즈키가 시키는 대로 도쿄에 있는 모든 역을 싹 다 비우기라도 하라는 건가?

그게 가능할 리 없다. 그리고 만약 그 역시 불발로 끝날 경우 경찰에는 가차 없는 비난이 쏟아진다. 범인의 손바닥에서 놀아난 무능한 집단이라는 낙인이 찍힐 것이다.

하지만.

"스즈키가 지목했습니다. 아사가야라고."

찌릿한 통증이 정수리를 관통했다.

명백한 거짓말. 어쩌면 취조 임무를 루이케와 교대한 것보다 더 죄 깊은 거짓말이다.

—이봐. 기요미야. 자네 정신 차려.

분노 섞인 목소리였다.

—벌써 잊었나? 자네들은 요요기 건에서 이미 실패했어. 그런 자네들이 어떻게 그 녀석에게 속지 않았다고 장담할 수 있지?

가슴에 손을 얹는다. 심장을 짓누르듯 쓸어내린다. 받아칠 말 따위 없다. 희생자 숫자를 떠올리는 것만으로 다리가 후들거린다. 패배. 그런 말로는 부족하다.

내가 없앤 것은 다름 아닌 사람의 목숨이다.

그러니 기요미야는 배에 더욱 힘을 주었다.

"어쨌든 대피 해제는 최대한 늦춰 주십시오."

—이봐. 아직도 그런⋯⋯.

"이 통화는 지금 녹음 중입니다."

수화기 너머에서 숨을 집어삼키는 소리가 들렸다.

"무슨 일이 생기면 선배님도 책임져야 할 겁니다."

기요미야는 기다렸다. 융통성이 없는 부하에게 손을 물린 상사의 말을.

—너, 이 자식⋯⋯ 각오하고 하는 말이겠지?

"아무튼 마지막까지 협상을 부탁드립니다."

기요미야는 전화를 끊었다. 쓸 수 있는 수는 다 썼다. 거짓 보고,

막무가내식 협박. 성취감은 티끌도 없다. 오히려 선배 관리관의 말이 옳을 수도 있다. 아사가야역에 폭탄은 없다. 그럼 다음 역을 찾는 게 낫다. 스즈키에게 다른 힌트를 얻어내는 게 낫다.

속고 있다.

취조실로 돌아가는 발걸음이 멈췄다. 잊고 있던 그 가능성이 떠올라 기요미야는 문득 소름이 돋았다. 퀴즈 형식의 힌트는 어떤 의미에서 공정했고, 그러므로 자신은 어느새 스즈키를 신뢰하고 있었다. 촉이나 기억 상실 같은 명백하고도 유치한 거짓말이 위장 전술로 작용했다.

만약 그 모든 것들이 더 큰 거짓말의 포석이었다면.

지나친 생각이다.

아니, 하지만.

풀리지 않는 의혹을 가슴에 품은 채 취조실에 들어가니 루이케가 태블릿 PC에 얼굴을 갖다 대고 있었다. 노트북 공유 앱에 역의 도면이 표시돼 있다. 형광색으로 칠해진 곳은 이미 수색을 마친 부분일 것이다. 거의 모든 구역이 칠해져 있다.

여긴? 저긴?

루이케가 물을 때마다 현장에서 응답이 왔다.

확인 완료, 확인 완료, 확인 완료…….

"형사님. 이제는 그만하셔도 되지 않을까요? 충분히 노력하셨다고 봅니다."

스즈키가 어린아이를 달래듯 말했다.

"세상에는 재능과 노력으로도 어찌할 수 없는 일들이 있습니다. 운이라고밖에 말할 수 없는 것들. 이유를 물어도 대답할 수 없는 부조리."

에어컨 덕트 내부는?

확인 완료.

화장실 배수관은?

확인 완료.

"난 이 세상에 태어나는 것에 동의하지 않았다. 외국에는 그런 이유로 부모를 고소한 사람이 있다는 걸 아시나요? 서양인들은 역시 대단하고 감탄스럽기도 하지만, 사실 일본에서도 오래전부터 흔한 논리죠? 비행 청소년들이 부모 앞에서 자주 외치곤 하잖습니까? '날 낳아 달라고 한 적 없어!' 같은 말이요. 전 말이죠. 그 심정이 이해됩니다. 사실 누구에게나 그런 생각이 조금은 있거나 혹은 있었을걸요. 특히 없는 집에서 태어난 사람일수록 더 절실히 느낄 겁니다."

선로 옆 대피구, 승차권 발매기 안, 엘리베이터…….

"예를 들어 제가 이 골격을 제 의사로 선택했나요? 이 입술, 이 눈알, 이 이마도. 아, 뭐 이 배는 저 때문이라 칠 수도 있겠네요. 이 10엔짜리 원형 탈모반 역시 아슬아슬하게 제 책임에 속할지도."

바닥을 뜯어낼 수 있나?

말도 안 됩니다. 그런 건 불가능합니다.

"굳이 마음 상하실 필요 없습니다. 이 세상의 구조 자체가 잘못돼 있는걸요. 너무나도 서비스가 부실하죠. 그러니 형사님은 아무 잘못 없는 겁니다. 형사님은⋯⋯."

"이제 곧 4시다."

스즈키의 말을 자르듯 기요미야가 입을 열었다. 타임 리미트. 여기까지 온 이상 이제 기다릴 수밖에 없다. 부상자가 나오지 않기를 기도할 뿐이다.

폭발할 것인가. 안 할 것인가.

기요미야는 손가락을 깍지 낀 채 바짝 긴장했다. 어느 쪽이든 상사에게 반기를 든 자신은 징계 대상이 된다. 아니, 요요기 일 때 그건 이미 결정됐다. 관리관은 '각오'라는 말을 입에 담았다.

그때 드르르하고 뭔가가 진동하는 소리가 났다. 포기하지 않고 태블릿 PC를 두드리던 루이케가 스마트폰을 집어 든다. 잠시 망설이다가 스피커폰으로 통화 버튼을 누르고 폰을 다시 책상에 내려놓았다.

―도도로키입니다.

"무슨 일입니까?"

루이케는 계속 태블릿 PC를 두드렸다.

―아사가야에서 폭탄이 나왔나요?

"용건을 말씀해 주시죠."

—매점을 확인하셨습니까?

"당연하죠."

—자판기는?

"당연하잖습니까!"

거친 목소리에도 도도로키는 기죽지 않고 거듭 물었다.

—용기 안쪽도 보셨습니까?

순간, 시간이 멈췄다.

—음료수 용기 말입니다. 캔이든 페트병이든 폭탄이 들어갈 만한 크기의 용기가 있을 겁니다.

기요미야는 무심코 스즈키를 봤다. 눈을 크게 뜨고 있다. 히죽 웃으면서 얼굴을 앞으로 내밀고 있다.

—혹시 아직 확인하지 않았다면.

"감사합니다."

루이케는 곧장 전화를 끊고 다시 다른 곳에 전화를 걸었다.

"경시청의 루이케입니다. 그쪽의 대피 상황은…… 뭐라고요? 말도 안 돼!"

그때 스마트폰에서 귀를 찌르는 폭발음이 새어 나왔다. 한 박자 늦게 비명 소리도.

"말도 안 돼!"

루이케는 똑같은 말을 반복해서 외치고 스마트폰을 철제 책상에 던지려다가 아슬아슬한 찰나에 멈췄다.

"……확인되는 대로 상황 보고를."

그렇게 말하고 전화를 끊는다.

"이런, 이런."

스즈키가 어깨를 으쓱했다.

"또 형사님의 패배네요."

4

전화가 끊긴 스마트폰을 보며 도도로키는 '너무 늦었나' 하고 생각했다.

"어땠습니까?"

그렇게 묻는 이즈쓰 옆에서 스즈키에게 폭행당한 주류 판매점 주인이 걱정스러워하는 표정을 짓고 있다.

도도로키는 모르겠다고 대답했다. 피로가 느껴진다. 생각의 근거를 찾는 데 30여 분을 소비했다. 그게 실수였을까. 요점만이라도 전달해야 했을까.

누마부쿠로의 주류 판매점으로 진로를 바꾸고 나서 도도로키와 이즈쓰는 두 가지를 확인했다. 첫 번째는 과학 수사 연구소에 음료수 캔이나 페트병 사이즈의 폭탄 제작이 가능한지 문의했다. 대답은 '예스'였다. 내용물이 비어 있다는 전제로 최소 500밀리리터 캔으로 만들 수 있고 750밀리리터 크기라면 적당한 위력을 확보할 수도 있다고 했다. 기폭 장치는 꼭 선불폰이 아니어도 된다. 타이머로 열을 발산하는 전자 기기 등으로 대체할 수 있다. 예를 들어 휴대폰보다 더 작은 스마트 워치로도 가능하다.

또 하나, 주류 판매점 주인에게 사진을 보여 주며 혹시 이 남자를 아느냐고 묻자 점주는 "아아, 네" 하고 고개를 끄덕였다.

"야마와키 씨 아닌가요? 종종 자판기를 채우러 왔죠."

음료 제조 업체의 배달 기사. 바로 그것이 야마와키의 직업이었다. 배달 일을 하는 사람이라면 신품과 내용물을 폭탄으로 가공한 모조품을 쉽게 바꿔치기할 수 있다. 그것을 누군가 집어 들어 음료수 뚜껑을 따기 전까지는 들킬 확률도 낮다. 히트 상품이 아니면 사흘 정도는 가볍게 버틸 수 있다.

야마와키는 어떤 사람이었냐고 묻자 점주는 얼굴을 찌푸렸다. 사람이 영 무뚝뚝했죠. 약속 시간도 몇 번이나 어겨서 클레임을 넣은 적도 있습니다.

그것이 바로 이 가게가 선택된 이유일 것이다. 사전 답사는 야마와키가 이미 해놓은 상태였다. 그러니 지난 며칠 동안 스즈키의 모습은 누마부쿠로의 CCTV에 잡히지 않았다.

스마트폰으로 4시를 확인했을 때 어딘가 멀리서 굉음이 들렸다. 전화를 하던 이즈쓰가 깜짝 놀라 아사가야 쪽을 봤다. 폭음은 누마부쿠로에서 4킬로미터 남짓 되는 거리를 가뿐히 뛰어넘어 도도로키와 이즈쓰의 귓전을 때렸다.

"……대피했겠죠?"

그 말에도 역시 모르겠다는 답변을 반복할 수밖에 없었다.

"음료 제조 업체에서 야마와키의 재직이 확인됐습니다. 근속 5년. 금요일부터 무단결근 중이었다고 하네요."

마지막 근무일, 그는 동료와 둘이 역의 자판기를 보충했다고 한다. 그때 폭탄이 든 캔을 집어넣었다. 아사가야역에 가는 날을 기점으로 폭파 일시를 정했을 것이다.

"결근일에 사무직원이 몇 번이나 전화를 걸었다고 합니다. 저녁쯤에야 간신히 연락이 닿았는데 친척이라고 하는 사람이 전화를 받고 처음에는 어떤 회사인지도 몰라 어리둥절해했다더군요."

스즈키다. 그 시점에 야마와키는 이미 죽었다.

"그 사람은 야마와키가 지금 열이 펄펄 끓어 전화를 받을 수 없는 상태라고 하더니, 갑자기 조금 이상한 질문을 던졌다고 합니다."

실은 야마와키가 누마부쿠로에 있는 배달처에 깜빡하고 두고 온 물건이 있으니 저에게 대신 가져다 달라고 부탁했습니다. 정확한 가게 이름을 못 들었는데, 혹시 아시나요?

"담당자는 바보같이 정직하게 몇 군데 알려 줬고, 그 안에는 이 주류 판매점이 포함돼 있었습니다."

분명 이상한 이야기다.

그러나 도도로키와 이즈쓰는 질문의 의미와 중요성을 가늠할 수 없었다.

"일단 전부 보고는 해 두겠습니다."

전화를 거는 이즈쓰 옆에서 도도로키는 어렴풋이 폭발음의 여운에 사로잡혀 있었다.

이것으로 끝일까.

다쓰미는 아버지가 자살한 아사가야역을 폭파하고 모든 것을 끝낼 계획이었을까.

복수의 의미에서는 분명 완성됐을지도 모른다. 가지가 일하던 신문 판매소, 스즈키가 살던 요요기 공원. 야마와키를 고용하고 있던 음료 제조 업체도 이미지 실추를 피할 수 없을 것이다. 정말 이걸로 끝일까.

이것으로 그들은 만족할까…….

나였다면.

문득 진동을 느꼈다.

뭔가가 터지는 듯한 중저음을 피부가 희미하게 포착한다. 아키하바라나 요요기 때도 느껴진 직감이다. 순간 도도로키는 소리가 들린 쪽을 돌아봤다. 아사가야를 등지고 저 먼 동쪽으로 의식을 집중한다. 상당한 거리다. 구단이나 도쿄돔보다 훨씬 멀리 떨어져 있다. 도쿄역 부근, 신바시, 유라쿠초 방면일까. 잠시 후 또다시 중저음을 느꼈다.

그리고 얼마 있다가 한 번 더.

점점 가슴 두근거림이 격해졌다. 두 번째 중저음은 아키하바라보다 북쪽인 닛포리 부근이다. 세 번째는 작지만 확실히 들렸다. 고마고메 부근. 폭발음이다. 마침내 이즈쓰도 의아해하는 표정을 지었다. 오쓰카, 이케부쿠로 쪽을 바라본다. 폭발음이 점점 가까워지고 있다. 다가오고 있다. 아주 자연스럽게, 다음에는 바로 엎어지면 코 닿을 거리에서 폭발할 거라는 예감이 들었다.

귀청을 찢을 듯한 폭음이 그곳에서 울려 퍼졌다. 신오쿠보일까, 신주쿠일까, 요요기일까. 뜨거운 열폭풍을 맞는 듯한 느낌이 든다. 주류 판매점 주인이 깜짝 놀라 자판기에 몸을 기대고 있다.

이제는 확실하다.

다음은 하라주쿠, 시부야 장면이다. 10초 간격, 반시계 방향으로 야마노테선 역들이 차례차례 폭발하고 있다.

잠시 후 굉음이 또다시 울려 퍼졌다. 조금씩 멀어진다. 메구로, 고탄다 쪽으로. 시나가와, 다마치 방면으로.

"……미쳤어."

이즈쓰가 망연자실하게 중얼거렸다. 지금의 상황을 현실로 받아들일 수 없다는 표정이다.

미쳤다.

그렇다.

미친 게 틀림없다.

구급차 사이렌 소리가 들리기 시작했다.

뭐가 어떻게 돼 가는 거죠?

주류 판매점 점주가 울먹이는 얼굴로 물었다. 대답할 말을 찾을 수 없다. 지금 도도로키의 머릿속에 두 개의 원이 그려져 있었다. 십이지신의 원과 야마노테선의 원. 시간과 교통. 이른바 도시를 이루는 용기와 동맥. 각각의 원이 불길하게 겹치고 멀어지더니 다시 얽히고설킨다.

아사가야를 제외한 다른 역들은 보통 때와 다름없이 운영되고 있었을 것이다. 평일 오후 4시. 이용객이 적었을 리 없다.

몇 명이 죽었을까. 다쳤을까.

이곳에서는 피해 상황을 알 수 없다. 근처에서 불이 난 것도 아니고 부상자나 비명 소리도 이곳과 무관하다. 폭발음과 구급차 사이렌만이 사건을 알리고 있고, 그것만 없었다면 나에게는 아직 일어나지 않은 일일지도 모른다.

아니. 일어난 것은 알고 있다.

수많은 죽음, 절망.

가슴이 쿵쾅거리기 시작했다. 감정이 무너질 조짐이 보인다.

이러면 안 된다고 본능이 외쳤다.

이 감정은 안 된다. 이 감정에 휩쓸려서는 안 된다.

도도로키는 고개를 숙이고 두 손으로 얼굴을 감쌌다. 허리를 숙이고 이를 악문 채 온몸으로 버텼다. 물감이 튄다. 폭발에 튕겨 나가는 사람들의 형상을 그린다. 비명의 형태로 꿈틀거린다. 살점

형태로 떨어져 나간다. 그 모든 것은 누군지 알 수 없는 타인의 것이다. 얼굴도 이름도 모를 누군가다. 아무래도 상관없는 타인이다.

끔찍한 물감이 뒤섞여 물결을 일으켰다. 소용돌이가 됐다. 도도로키는 그 안에서 슬픔을 찾았지만 그것은 어디에서도 보이지 않았다. 의분, 수치심. 모든 것들이 소용돌이에 휩쓸려 사라진다. 이 모든 것은 남의 일이다.

폭발해도 상관없다. 폭발해라. 더 폭발해라.

나와 상관없는 곳에서.

이마를 손톱으로 찍었다. 피부를 찢었다. 고통에 매달렸다. 그러지 않으면 견딜 수 없다. 이 감정은 너무도 강력한 나머지 돌아갈 수 없게 된다.

억눌러야 한다. 집어삼켜야 한다.

'그렇군.' 그 말을 씹어 없애야 한다.

우리 속에 가둬야 한다.

"괜찮으십니까?"

이즈쓰의 목소리가 들렸다. 어깨에 손이 올라와 있다. 도도로키는 천천히 얼굴에서 두 손을 뗐다.

피인가.

도도로키는 손을 내려다봤다. 손톱 끝이 붉게 물들어 있다. 긁어낸 살점이 들러붙어 있다.

"……왜."

"네?"

"왜 폭파했지?"

도도로키의 정신 상태를 걱정하는 것처럼 이즈쓰의 표정이 어두워졌다.

신경 쓰지 않고 도도로키는 자신의 양손을 바라봤다. 열 손가락을 응시한다. 머릿속에 떠오른 상상에서 죽은 자들의 모습이 자신이 목격한 것들로 바뀐다.

다쓰미의 살점. 셰어하우스에서 두 눈으로 목격한 산산조각 난 신체.

왜 폭파했지?

그의 육체, 오직 **다쓰미의 육체만을**, 그렇게나 무참히. 산산이.

의문은 돌덩이가 되어 소용돌이 속으로 떨어졌다. 작은 파문이 퍼진다. 그러나 그 희미한 파문이 상을 맺어 주지는 않았다. 결정적인 무엇인가가 빠져 있다.

어긋나 있다.

그런 예감에 질식할 것 같았다.

이즈쓰에게 전화가 걸려 왔고 그가 통화하는 동안에도 도도로키는 피와 살이 묻은 자신의 손가락을 계속 내려다봤다.

"그 여행사 남자 직원입니다."

통화를 마친 이즈쓰가 분통을 터뜨리며 말했다.

"다쓰미가 셰어하우스에 오기 전 어디서 뭘 했는지가 기억났다

제3부 **475**

고 하네요. 현 외곽에 있는 자동차 공장에서 숙식 아르바이트. 이것으로 생활비의 출처 문제는 해결되지만, 그 기억이 사실이라면 이번에는 스즈키와의 접점이 사라지고 맙니다."

아니, 그렇지 않다. 사람은 어디서든 누군가를 만날 수 있다. '나이가 쉰 정도 되는 딱한 노숙자'. 그런 인물이라면 편의점이든 도서관이든 주차장이든 어디서든 만날 수 있다. 물론 공원에서도.

상처의 통증이 어디론가 날아간다.

하나, 또 하나 파문이 만들어져 서로 맞물린다. 잠시 후 맺어진 물결이 상을 맺는다. 모호한 상이다. 세부가 흐릿하게 흔들리고 있다. 그러나 그 흔들림 끝에 스즈키의 얼굴이 떠오른다.

둥근 눈, 말끔한 밤톨 머리.

폭발한다고 해서 딱히 문제 될 건 없지 않나요?

아니다. **폭발해서는 안 될 사람도 있다.**

"……스타일리스트."

"선배님. 조금 전부터 대체 무슨 말씀을."

"그것과 비슷한 직업이 뭐가 있지?"

이즈쓰가 기세에 눌린 것처럼 몸을 움츠렸다.

"……네일 아티스트나 미용사 같은 거 아닐까요?"

도도로키는 스마트폰을 꺼냈다. 루이케에게 전화를 걸려고 하다가 다른 번호를 고른다.

아마 지금 시점에 가장 도움이 될 남자의 번호를.

5

"대단해."

의자에 몸을 기대고 루이케는 숨을 내쉬었다.

"그렇군. 원인가. 도쿄돔과 구단은 도쿄의 원 안에 있고, 아키하바라와 요요기는 야마노테선 역. 신오쿠보, 시나가와, 당신이 대화 중에 언급한 역들도 전부 야마노테선 역이었어."

가와사키는 원 안에 들어가지 않으니 괜찮다. 스즈키가 했던 그 말을 기요미야도 떠올렸다. 그리고 '목표는 도쿄의 **원형을 가진** 모든 역'이라는 말도.

"잘도 그럴싸한 걸 떠올렸네. 역시 남는 시간을 주체 못 하는 사람들은 무섭다니까."

"폭발했나요?"

"안 가르쳐 줘."

"몇 명이 죽었습니까?"

"글쎄."

"백 명인가요? 이백 명?"

"모른다니까. 그렇게 빨리 확인할 수 있는 것도 아니고. 죽을 둥 말 둥 한 사람도 많을 테니."

"그런 것치고 아무렇지 않아 보이시네요."

"그럼 안 되나? 내가 말했지. 양심에 호소하는 방식은 나한테 안

통한다고."

"바로 조금 전만 해도 눈을 희번덕거리셨는데?"

"그야 지고 싶지는 않았으니까. 규칙 위반이라는 걸 알면서 선배 자리까지 빼앗은 마당에 이기지 못하면 수치스럽지 않겠어?"

루이케는 "난 말이지" 하고 자조하듯 말을 이었다.

"게임에서 지는 걸 정말 싫어해. 특히 완전 정보 게임은 더더욱. 뭔지 아나? 운의 요소가 전혀 개입할 수 없는 게임 말이야. 장기나 체스처럼 순전히 지력으로만 승부를 겨루는 게임. 상대가 어떤 사람이든 그런 게임에서 지면 살아갈 의욕을 잃을 정도야."

그러니 가위바위보 같은 건 져도 아무렇지 않지, 하고 미소 짓는다.

"그런 것치고 홀가분해 보이시는데요."

"이게 완전 정보 게임이야? 하세베에서 아사가야를 떠올리고 십이지신과 야마노테선의 유사성을 알아낸 후 야마와키의 직업을 빠르게 밝혀내고 거기에 여덟 개의 역을 전부 초능력자처럼 알아맞혔다면 막을 수 있었을까? 말도 안 되지. 무리야, 무리. 이런 건 치트키. 당신이 말한 대로 서비스가 너무 부실해."

스즈키는 관찰하듯 루이케를 바라보고 있다.

"뭐, 됐어. 어쨌든 내가 진 건 맞으니까. 앞으로 날 찾아올 자비 없는 징계 인사가 기대되네. 그런데 당신도 각오하는 게 좋을걸. 본청에서 무서운 아저씨들이 기다리고 있을 테니."

"이동하는 건가요?"

"여기 있어 봐야 소용없잖아. 게임은 이미 끝났는데."

기요미야는 침을 삼키려고 했지만 입안이 바짝 메말라 있었다. 공유 앱에서 피해 상황이 시시각각 업데이트되고 있다. 신바시, 닛포리, 스가모, 이케부쿠로, 신주쿠, 시부야, 고탄다, 시나가와……. 사망자는 과장 없이 백 명에 육박할지 모른다. 중상자까지 포함하면 이백 명은 족히 넘을 것이다. 현실감이 없다. 그저 화면에 올라오는 숫자에서 눈을 뗄 수 없었다.

그때 이세가 "앗!" 하고 소리쳤다. 창백한 얼굴로 "아홉 개……" 하고 힘없이 중얼거린다.

사실 기요미야도 깨닫고 있었다. 폭탄의 추정 잔여 개수는 열 개. 그중 야마노테선의 여덟 개 역, 아사가야를 포함해 아홉 개가 폭발한 셈이다.

아직 마지막 한 개가 남았다.

다쓰미의 계획은 완성됐다. 그는 복수를 이뤘다. 가지와 야마와키도 끝났다.

하지만 스즈키는?

녀석은 이걸로 만족할까. 요요기의 폭발, 그리고 제 발로 나서서 희대의 폭탄 테러범이 됨으로써 굶주린 자의식을 채웠을까.

또 그렇다고 해도 그가 과연 피날레를 양보할까.

야마와키와 가지의 사망이 사흘 전인 건 거의 확정됐다. 시신 손상이 심한 다쓰미는 아직 정확한 숫자가 나오지 않았지만 큰 차이 없을 것이다. 세 사람은 금요일에 죽었다. 거꾸로 말하면 일요일 밤 붙잡히기 전까지 스즈키에게는 자유 시간이 있었다는 뜻이다.

이 녀석이 폭탄 사건을 하나의 '작품'으로 생각하고 있는 것만은 확실하다. 기요미야가 머릿속에 구축한 범죄자의 퍼즐처럼 자신의 비뚤어진 세계관을 응축한 일생일대의 목숨을 건 사업. 실패는 용납될 수 없다. 그러므로 위험을 무릅쓰고 신문 판매소를 찾았다. 아르바이트 면접을 가장해 오토바이에 설치된 폭탄이 무사한지 확인했다. 아마 가지의 손에 의해 미리 설치됐을 것이다. 그것이 발견되면 불발로 끝나니 끝까지 확인해야 했다.

도쿄돔시티와 요요기 공원, 유치원의 폭탄은 아무렇게나 대충 놓여 있었다. 발각될 것을 우려해 경찰에 붙잡히기 직전, 즉 스즈키가 야구 중계를 보고 있었다고 주장하는 시간에 설치했을 확률이 높다. 다시 말해 스즈키의 손아귀에는 다쓰미 일당이 죽은 뒤에도 마음대로 사용할 수 있는 폭탄이 남아 있었다는 뜻이다.

그렇다면 야마노테선 이후 마지막 폭탄은 자신이 목표한 곳에서 마무리 짓고 싶지 않았을까.

잔여 폭탄 수가 틀린다고 해도 그건 확실하다. 요요기 공원에서는 총 세 개의 폭탄이 사용됐다. 유치원은 세 군데에 한 개씩. 숫자에 필연성이 있다고 생각되지는 않는다. 스즈키는 남아 있었기 때문에 사용한 것이다. 즉, 남길 수도 있었다. 세 개가 아닌 두 개로 하면 된다. 그럼 자유롭게 쓸 수 있는 여분이 생긴다.

기요미야는 루이케의 뒷모습으로 얼굴을 향했다.

끝나지 않았다.

폭탄은 아직…….

"축하해. 스즈키 다고사쿠. 이로써 당신은 역사에 이름을 남기겠네."

스즈키는 대답하지 않았다. 말없이 루이케를 보고 있다.

정말일까?

의심을 지울 수 없다. 이제 정말 남은 폭탄이 없는가.

루이케, 자네는 그걸 추리를 통해서 결론지었나.

루이케의 정신이, 사고가 제대로 작동하고 있다는 확증이 필요하다. 이것이 일종의 낙관과 자포자기가 아니라는 증명이 필요하다.

"작별 전에 뭐 하고 싶은 말이라도?"

그때 기요미야의 시선이 한곳에서 멈췄다. 철제 책상 위에 있는 루이케의 주먹이 굳어 있다. 체념한 듯한 목소리와 달리 살에 손톱이 단단히 박혀 있다.

설마 승부에 나서려는 걸까. 남은 한 개의 유무를 확인하기 위해.

"형사님."

스즈키가 한숨 쉬듯 루이케를 불렀다.

"형사님의 말을 그대로 다시 돌려드리겠습니다. 참 대단하시네요."

이번에는 루이케가 침묵으로 반응했다.

"실제로는 어떻습니까? 이 사건, 형사님이라면 조금 더 훌륭하게 대처할 수 있지 않을까요?"

"뭐 그렇겠지."

"안 하세요?"

"안 해. 할 리 없잖아."

"왜죠?"

"쓸모없으니까. 재미도 없고. 세상을 파괴하는 건 누구나 할 수 있는 일이야. 오히려 너무 간단해 하품이 나올 지경이지. 하지만 파괴를 막는 건 어려워. 훨씬 까다롭지. 그리고 게임은 원래 어려울수록 더 보람 있지 않나?"

스즈키는 눈도 깜빡하지 않는다.

"솔직히 말해 난 이렇게 생각해. 당신도 조금 더 잘할 수 있지 않았을까, 하고."

"……그게 무슨 뜻이죠?"

"불완전하다는 말이야. 이 사건은 불완전해. 당신은 그럴싸한 화술과 제 발로 경찰에 붙잡힌 과감한 행동, 무자비한 수법 등으로 사람들을 속이고 있지만 사실 따져 보면 꽤나 미묘한 게 많아. 일단 나라면 전부 아마노테선 관련으로 했을걸. 도쿄돔시티나 구단은 제외하겠지. 아사가야도."

루이케는 일단 말을 끊었다.

"그만큼 야마노테선 폭발은 매력적이었어."

기요미야는 귀를 의심했다. 이게 대체 무슨 소리인가. 매력적이라고? 백 명이 넘는 희생자를 낸 묻지 마 테러가?

그러나 그것이 왠지 루이케의 진심인 것 같아 가슴이 술렁였다.

"10초 간격으로 역들이 차례차례 원을 그리며 폭발한다. 응, 나쁘지 않아. 흥미진진해. 오직 야마와키만 실현할 수 있는 이 아이디어를 보며 당신도 두근두근했을 거야. 하지만 역시 뭔가 미묘해. 특히 아사가야는 더더욱. 거기는 완전히 야마노테선의 원 밖이거든. 다쓰미만큼이나 절실한 동기가 없는 사람에게는 불필요한 사치일 뿐이지."

스즈키, 당신 말인데.

"사실 아사가야는 어떻게 되든 상관없었던 거 아니야?"

루이케는 지극히 자연스럽게 물었다.

"그러니 바로 하세베의 이름을 꺼내 들었겠지. 셰어하우스의 위치도 알려 줬을 테고. 구단도 마찬가지야. 그 퀴즈는 풀려도 무방했어. 폭발하든 안 하든 상관없었던 거야. 그에 비해 요요기 쪽은 난해했지. 공정하지 않았다고 해도 좋을 만큼."

그곳만큼은 반드시 폭파하고 싶었다. 그것이 바로 '스즈키의 폭발'인 동시에 '야마노테선 폭발'이니까.

"하지만 딱히 거짓말을 했다고 하기는 어려워. 눈속임용 허언을 늘어놓으면서도 퀴즈만큼은 일단 풀 수 있게 했으니까. 그게 바로 당신 나름의 규칙이었겠지."

스즈키는 가만히 귀를 기울이고 있다.

"당신은 변태적일 정도로 집착했어. 자신이 거짓말쟁이가 아니라는 증명, 정정당당하게 승부하고 있다는 증명에."

루이케는 "그런데 말이지" 하고 비웃는 목소리로 말했다.

"야마노테선 역 이름은 왜 퀴즈로 내지 않았을까?"

순식간에 취조실 분위기가 얼어붙었다.

"손가락을 세우지 않은 이유가 뭘까?"

요요기 폭발 이후 다섯 시간이나 있었는데.

"최소한 아사가야에는 하세베라는 힌트가 있었어. 그런데 다른 여덟 개 역은 왜 '원형'이라는 단어 하나로 도망쳤을까?"

루이케는 기다리지 않는다.

"괜찮아. 대답하기 어렵지? 왜냐하면 당신은 할 수 없었으니까. 알지 못했거든."

"네?" 하고 이세가 낸 목소리는 곧 기요미야의 목소리이기도 했다.

"목표는 야마노테선. 거기까지는 알고 있었어. 하지만 역 이름까지는 듣지 못했던 거야. 그러니 퀴즈도 낼 수 없었지. **틀릴 수는 없으니.**"

퀴즈의 정답이 폭발한 역과 다르면 형사들은 이렇게 생각했을 것이다.

'이 녀석은 계획의 전모를 모르고 있다. 그저 시키는 대로 한 심

부름꾼이다.'

리더나 중심 역할이 아닌 일개 졸병에 지나지 않는다고.

"정답은 아마 야마와키 본인만 알고 있었겠지. 녀석은 동료와 둘이 역을 돌아다녔어. 옆에 제삼자의 눈이 있는 이상 개조한 폭탄 캔을 언제든 마음껏 설치할 수는 없었을 거야. 이용객이 많은 역을 중심으로 최대한 깔끔하게 원을 그리도록 균형을 맞추는 것. 그 정도의 대략적인 계획은 있었을 테지만."

실제로 어디에 폭탄을 설치할 수 있는지는 때가 닥쳐 봐야 알 수 있었던 것이다.

"하물며 야마와키는 같은 날 셰어하우스에서 죽어 버렸지. 그러니 당신은 결국 역 이름을 알 수 없었던 거고."

루이케의 논리를 좇으며 기요미야는 점점 불안해졌다. 언뜻 듣기에 일리가 있다. 그러나 어째서인지 그런 발상으로는 앞뒤가 맞지 않는 느낌이 들었다.

역 이름을 전해 듣기도 전에 야마와키가 셰어하우스 안에서 죽었다.

즉, 루이케는 지금 그들의 죽음을 스즈키와 무관한 자살로 보고 있다는 뜻일까.

"그래도 당신은 이 사건을 '내 사건'으로 만드는 걸 포기하지 않았어."

루이케는 말을 멈추지 않는다.

"이 잔인하고도 충격적인 사건을 말이야. 그래서 다쓰미와 야마와키, 가지가 죽은 후 아키하바라를 폭파시키자고 결심했지. 가지의 취향을 고려했을 때 분명 그곳은 선택받지 못할 거라고 추측하지 않았을까? 신오쿠보와 요요기를 언급한 것도 비슷해. 당신은 **신주쿠만큼은 확실하게 폭탄이 설치됐을 거라고 예상했어.** 매일 백만 명 이상이 오가는 일본 최대의 몬스터 스테이션. 그곳만큼은 확실하다고 믿었고, 그래서 신주쿠와 맞닿은 신오쿠보와 요요기까지 세 역은 폭발하지 않을 거라고 믿은 거야. 다시 말해 아키하바라와 신오쿠보, 요요기. 이 세 개 역은 당신만의 시그니처였던 거야. '나는 이 사건의 전모를 확실히 알고 있다'라는 서명."

루이케가 가볍게 고개를 흔들었다.

"하지만 시나가와에서 당신은 실수를 저질렀어. 가와사키로 가야 하니 어쩔 수 없었겠지만, 폭발과 동선이 겹치고 말았지. 어때? 뭔가 어중간하지?"

목소리에서 웃음기가 사라진다.

"다쓰미 일당이 죽고 나서 당신은 이 사건의 그런 어중간한 부분들을 어떻게든 바로잡으려고 했어. 아키하바라, 요요기, 그리고 아사가야는 소부선으로 연결돼 있어. 구단도 꼭 같은 라인으로 묶을 수 없는 것도 아니고. 이를 깨달은 당신은 스이도바시역이 있는 도쿄돔시티를 두 번째 폭심지로 선택했어. 야마노테선의 원을 가로지르는 선을 하나 잇기 위해."

깔끔한 구도를 원했기 때문이다.

"십이지신도 작품의 일관성을 높이기 위한 고육지책이었지?"

굶주린 자의식이다. 아무리 비굴한 척해도 이 녀석은 배고팠다. 굶주려 있었다.

"왜 역 이름을 듣지 못했을까? 이유는 단순해. 그들은 당신을 우습게 봤으니까. 다쓰미 일당은 당신을 이용했지만 신뢰하지는 않았어. 동료로 생각하지 않은 거야. 묻지 마 테러를 계획하는 녀석들에게조차 당신은 협력하고도 배척당했어. 놋페리언즈? 당신은 거기에 들지 못한 그저 한 마리의 놋페라보야. 무리에 끼워 달라고 응석을 부리는 외로운 놋페라보."

루이케가 상대를 깔보듯 턱을 치켜들었다.

"시시한 사람이야, 당신은."

취조실 안에 싸늘한 침묵이 깔렸다. 두 사람은 가만히 서로를 마주 보고 있다. 아니, 정말 두 사람이 맞을까. 인간이 되지 못한 두 마리. 그런 생각이 문득 머리를 스쳤다.

잠시 후 스즈키가 천천히 의자 등받이에 몸을 맡겼다.

왠지 분위기가 바뀐 느낌이다. 감정. 지금까지 거의 느끼지 못한 스즈키의 날 것의 감정이 걸쭉하게 배어져 나오는 듯했다.

이유는 알 수 없다.

진실을 간파당한 굴욕? 모욕당한 불쾌감?

기요미야가 맞추던 스즈키의 퍼즐은 이미 무너진 지 오래다. 채웠다고 생각했던 조각들이 전부 떨어져 이제는 테두리조차 남아 있지 않다.

그러나 덕분에 지금 이 남자의 본심을 접한 느낌이 들었다. 결코 채우지 못했던 중심에 다가서고 있다.

"일어나 봐. 다고짱. 당신이 일어서면 그걸로 끝이야."

스즈키는 움직이지 않는다. 가만히 루이케를 마주 보고 있다.

그 주저하는 듯한 침묵을 보며 기요미야는 '그런가' 하고 깨달았다. 이 녀석은 가르쳐 주고 싶어 한다. 자신이 떠올린 계획의 전모를 우리 앞에 선보이고 싶어 한다. 우리가 깜짝 놀라기를 바라고 있다. 그러니 자기 입으로 직접 밝히지 못하고 지금까지 퀴즈로 내왔다.

루이케는 최고의 파트너였다. 강력하고 바람직한 해답자였다. 그런 그가 끝을 선언하고 패배를 인정한 후 퀴즈 풀기를 포기했다. 재미없고 시시하다며 내팽개쳤다. 어쩌면 스즈키 자신도 예상하지 못한 일일 수 있다. 지금 만들어지는 감정은 분명 루이케가 심어 준 것이리라.

이 녀석은 루이케가 알아주기를 바라고 한다.

아직 더 남아 있는 자신의 계획을.

"왜 그래? 혹시 바지에 지리기라도 했어? 아니면 그 자리가 너무 편안한 나머지 엉덩이가 달라붙어 버렸나? 어쨌든 내 일은 이걸로 끝이야. 이제 곧 위에서 스톱 사인이 내려오겠지. 그럼 당신이 원하지 않아도……."

"저, 형사님."

힘이 실린 목소리였다. 그러나 그 입이 다시 멈춘다. 입술이 살짝 움직이더니 방황하듯 또 닫혔다.

루이케는 서두르지 않았다. 책상에 주먹을 내려놓고 나른한 얼굴로 스즈키의 말을 기다리고 있다.

스즈키의 몸에는 지금 루이케의 칼날이 꽂혀 있다. 독이 퍼지고 있다. 기요미야는 '하지만' 하고 생각했다. 목표로 삼은 여덟 개 역을 스즈키가 몰랐다는 건 생각해 보면 매우 부자연스럽다. 알려 주지 않았으니 몰랐다. 다쓰미 일당이 스즈키를 무시하고 동료 대접해 주지 않았으니 몰랐다. 그 추론은 언뜻 이치에 맞는 것 같지만 이 남자가 그 정도는 아닐 거라는 직감이 고개를 젓고 있다. 세상 일반적인 관점에서 보면 스즈키는 확실히 부족한 인간이다. 흔히 말하는 카리스마 같은 것과도 거리가 멀다. 바보 취급을 받고 멸시당하며 살아온 건 사실일 것이다. 그런 낙오자로서의 재능이 다쓰미 일당을 만나 비정상적인 범죄 계획을 세우는 순간에도 꽃을 피웠다? 기요미야는 도저히 고개를 끄덕일 수 없었다. 자신과 루이케를 농락한 이 괴물이 다쓰미 일당을 통제하지 못하고 있었다는 것. 계획의 전모를 알지 못했다는 것.

'나라면' 하고 기요미야는 불온한 상상을 했다. 내가 스즈키라면 그들이 제멋대로 목숨을 끊게 내버려 두지 않았을 것이다. 모든 계획을 실토하게 한 후 내 손으로 직접 처리했을 것이다.

의학적으로 다쓰미 일당의 죽음은 자살로도 타살로도 단정되지 않았다. 유서 같은 것도 나오지 않았다. 그러나 설령 자살이어도 다쓰미를 의자에 테이프로 묶은 인물이 있는 건 엄연한 사실이다. 그것을 스즈키로 추정하는 건 부자연스럽지 않다.

스즈키가 자신의 '작품'을 위해, 혹은 자유롭게 쓸 수 있는 폭탄을 원했기 때문에 다쓰미 일당을 죽였다고 생각하는 건 억측일까.

아니, 어쩌면 애초에 이 녀석이 선동한 게 아닐까.

다쓰미를, 야마와키를, 가지를. 죽고 싶어 하는 사람들의 우울한 감정을 이용해 모두를 자신의 말로 삼은 게 아닐까.

또다시 의혹이 고개를 들었다.

우리는 지금 이 녀석에게 속고 있는 걸까.

"요사노 뎃칸을 아시나요?"

갑자기 스즈키가 입을 열었다.

"메이지인가 다이쇼 시대의 시인입니다. 그, 5천 엔 지폐에 그려져 있던 사람의 남편이요. 아니, 잠깐. 2천 엔짜리였나? 그 여자는 히구치 이치요였나요?"

스즈키의 말투가 어딘지 모르게 어색했다. 숨길 수 없는 당혹감이 묻어난다.

"그래서 말이죠, 형사님. 저, 이것도 헌책방에서 읽은 겁니다만, 물론 저에게 교양 같은 건 티끌만큼도 없고 심미안 같은 단어는 입에 담기조차 조심스럽습니다만, 아무튼 그래도 뭔가 마음에 남았다고 할까요. 가슴에 새겨졌다고 할까요. 그런 시가 이런 저에게도 한 편은 있습니다. 분명 모두에게 한 편쯤은 있겠죠. 평생 잊지 못할 시 한 편이."

세상 모든 이들의 마음속에
한 명씩은 죄수가 있고
신음하는 서글픔

스즈키는 막힘없이 시를 암송하고 다시 입을 다물었다. 뒤에 이어질 말을 기다려도 스즈키는 꼼짝하지 않는다. 그 맑은 눈동자가 웅변하고 있다.

문제는 끝났다. 맞혀라, 라고.

루이케가 고개를 갸웃했다. 기요미야도 같은 심정이었다.

이건, 암호?

하지만 작은 실마리조차 감잡히지 않는다.

어쨌든 알아볼 수밖에 없겠다고 생각해 기요미야가 검색 창에 글자를 입력하려고 할 때 동시에 루이케가 태블릿 PC가 아닌 자신의 스마트폰에 손을 뻗었다.

"……다쿠보쿠입니다."

기요미야 옆에서 이세가 조심스럽게 말했다.

"이시카와 다쿠보쿠의 시입니다. 뎃칸이 아니라."

체온이 급격히 올랐다.

이시카와.

그 흔하디흔한 성은 순식간에 의미를 가지게 됐다. 최근 몇 시간 동안 여러 번 눈에 접했던 네 글자다. 다쓰미의 성. 즉, 하세베와 헤어진 예전 아내의 성이다.

"그 모녀가."

루이케의 몸이 굳었다.

"당신의 동기였나."

스즈키가 씩 웃었다. 이를 드러내 미소 짓고 있다. 진심으로 기쁘기 그지없다는 웃음이다. 쾌감에 몸부림치는 웃음이다. 인간의 탈을 쓴 무시무시한 괴물의 웃음.

"선배님!"

기요미야는 이미 공유 앱에 글을 올리고 있었다.

'긴급. 지금 즉시 이시카와 아스카, 미우 모녀의 신병을 확보하라. 그들에게 폭탄이 설치됐을 가능성 있음.'

얼마 되지 않아 답장이 왔다. 다쓰미의 죽음을 두 사람에게 알리러 간 형사에게서였다.

'둘 다 부재중. 연락이 안 되는 상황.'

6

저쪽을 치료하라는 지시에 사라는 거즈와 소독약을 들고 의무실 안을 급히 달려갔다. 상대는 중년 남성으로 함께 대피한 다른 시민과 몸싸움을 벌여 입술이 부어 있다. 그를 때린 남자는 지금 조사 중이라고 한다. 너무 바빠서 지푸라기라도 잡고 싶은 상황에서 정말 민폐되는 일이라 할 수 있다.

이곳에서 대기 지시를 받은 사라도 말하자면 그런 지푸라기 중한 가닥이었다. 의무실 안에서 근신하라는 어정쩡한 조치 자체가 야단법석이 벌어지는 노가타 경찰서의 현 상황을 여실히 드러냈다. 비록 피의자라고는 해도 사라는 권총을 뽑아 들고 스즈키에게 총구를 겨눴다. 시말서 수준으로 끝날 일이 아니지만 지금은 도저히 정식으로 조사할 여유가 없는 게 현실이었다.

경찰서에 모여든 시민은 그새 백 명을 넘겼다. 거기에 야마노테 선 폭발 사고 소식이 도장에 모인 그들의 불안감을 더욱 부채질했다. 불안은 불만으로 진화했고, 그 화살은 피해를 막지 못한 경찰과 시민들 간의 다툼으로 번졌다. 환기가 잘되지 않는 도장 내부 환경도 한몫하는 듯했다.

싸움뿐만 아니라 어지럼증, 구토처럼 컨디션 난조를 호소하는 사람이 늘어 의무실은 어느덧 야전 병원으로 변해 가고 있었다. 의무실장이 사라에게 대피한 시민들을 돌보라는 지시를 내리기까지 그리 오랜 시간이 걸리지 않았다. 사라 자신도 몸을 움직이는 편이 낫겠다고 생각했다. 자신이 저지른 일, 야부키의 상태, 새로운 폭발. 온통 우울한 일뿐이다. 이리저리 불려 다니며 남녀노소의 불평불만을 들어 준다. 울부짖는 아이들을 달래는 동안 자신의 미래가 틈틈이 머리를 스치기도 했다. 앞으로 경찰 일을 계속하기는 힘들 것이다. 계속하고 싶은지도 모르겠다.

"이봐. 아가씨. 살살 좀 해. 아프다고. 젠장."

중년 남자는 여전히 신경이 곤두서 있는지 험한 말을 내뱉었다.

뭐가 이렇게 서툴러? 이 여자 정말 못 쓰겠네.

한 귀로 흘려듣는다. 이미 익숙하다. 가족들에게도 종종 듣는 말이다. 위로 오빠 둘, 아래로 동생까지. 경찰 같은 걸 하고 있으니 시집을 못 가는 거라고 했다.

"에이 씨. 아프다고 했지! 여경이 왜 이런 거 하나 제대로 못해!"

상처가 욱신거리는 건 내가 아닌 약 때문이다. 또 여경이 이런 일을 잘해야 하는 법이 있는 것도 아니다. 그러나 사라는 결국 이것이 이 사람들의 본심이리라 생각했다. 비상 상황에서 몸싸움을 벌이고 다치기까지 하는 등 평소와 다르게 이상하게 대범해지면서 서서히 속내가 드러나고 있다. 숨겨 둔 본성이 고개를 드는 것이다. 사라는 이미 이 남자를 알고 있었다. 가끔 가는 도서관에서 일하는 온화한 성격의 사서 아저씨다.

"됐어. 비켜. 그냥 내가 알아서 할래."

딱히 화가 나지는 않았다. 마음은 이미 차갑게 식어 있다. 아니, 폭 고꾸라진 상태다. 사무적, 기계적으로 몸을 움직이고 있다. 그러는 게 편하니까.

"저, 화장실이?"

노파가 말을 걸어 와 위치를 알려 줬지만 그녀는 당황한 표정만 짓고 몸을 움직이려 하지 않았다.

"불친절하시네."

그 말을 듣고 하마터면 쓴웃음을 지을 뻔했다. 어쩔 수 없이 "이쪽으로 오세요" 하고 노파를 안내한다. 뒤에서 남자가 "이봐! 난 그냥 두고 가는 거야?" 하고 소리쳤다.

의무실에서 나가도 노파는 "경찰은 못 믿겠다", "불친절하다", "우리가 낸 세금으로 먹고사는 거 아니냐" 같은 불평을 늘어놓았다.

사라는 "네, 뭐 그렇죠"라고 하거나 "죄송합니다"를 반복했다. 그러자 또 같은 대답만 한다며 뭐라고 해서 사라는 그냥 입을 다물기로 했다.

화장실에 도착하자 노파는 "잠깐 거기서 기다려 줘요"라고 했다. 속으로 웃음이 터졌다.

거울 앞에 서서 얼굴을 보니 꼴이 말이 아니었다. 원래 화장 같은 건 거의 하지 않지만 아무리 그래도 너무 심하다. 열 살은 더 나이 들어 보이지 않을까. 세포 수준에서 노화해 버린 게 아닐까. 아니, 어쩌면 파괴됐을지도.

잃어버리고 말았어.

당신들을 지키고 싶은 마음.

거울 속 스스로를 향해 그렇게 말했다.

잃어버렸어. 잃어버렸어. 몇 번이고 외쳤다.

이제는 정말 끝이다. 끝. 모든 게 끝.

저 할망구의 다리를 뜯어 야부키에게 붙여 줄 수 있으면 좋을 텐데. 오히려 그 편이 이 세상에 몇 배는 더 도움 될 것이다. 아니, 도움이 되고 안 되고의 문제가 아니라 그저 야부키의 다리를 붙여 주고 싶었다.

확실한 우선순위가 생겼음을 자각했다. 가슴에 셰어하우스의 기억이 박혀 있다. 야부키에게 응급 처치를 하면서 속으로 기도했다. 빨리 구급차를 보내 달라고. 요요기에서 생긴 부상자들은 상관없으니 얼른 이 사람부터 구해 달라고.

국가의 녹을 먹는 사람이 할 기도가 아니다. 더군다나 경찰관으로서 실격이다. 그건 이미 안다. 그러니 마음이 더 식었다.

나는 우선순위를 정한다.

그게 내 본성이다.

취조실에 뛰어든 것을 후회하지는 않았다. 후회되는 건 들어가자마자 권총을 꺼내지 않았다는 것. 주저 없이 그를 쏴 죽이지 않았다는 것.

시선을 느꼈다. 옆에서 손을 씻고 있는 낯선 중년 여자가 수상쩍은 듯 이쪽을 힐끗거리고 있다.

손도 씻지 않고 뭘 그렇게 멍하니 있어? 그것도 경찰이.

벗고 싶다. 이 제복을.

거울에 지나가는 사람의 모습이 비쳤다. 칸막이 문에서 쾅 소리가 났다. 반사적으로 돌아보니 누군가가 방금 나온 듯했다. 그러나 노파도, 다른 누구도 그곳에는 없다. 안에 있던 건 조금 전에 내 뒤를 지나간 사람일 것이다. 그녀는 손을 씻지도 않고 가 버린 걸까. 내가 여기 서 있던 탓에.

불현듯 찡 하는 두통이 덮쳤다. 가슴이 쿡쿡 쑤시고 기억이 꿈틀거린다.

출구 쪽으로 시선을 향했지만 이미 아무도 없다.

어디선가 본 적 있는 얼굴이었다. 사서 아저씨와 비슷하거나 그보다 조금 덜 친숙한 얼굴.

그래도 알고 있다.

어디선가 만난 적이 있다.

딱히 드문 경우는 아니다. 길가, 슈퍼, 편의점, 미용실. 이 동네 전체가 내 근무지다. 평소에도 자연스럽게 남을 관찰하는 습관이 몸에 배었다.

하지만.

사라는 노파를 기다리지 않고 화장실을 나갔다. 좌우를 두리번거리며 조금 전 그 사람을 찾는다. 의무실 쪽에는 없다. 이상하다.

의무실까지 꽤 먼 거리인데. 반대편을 본다. 조금만 가면 벽이 나오는 막다른 길이다. 그리고 그 바로 옆에 계단이 있었다.

순간 가슴이 철렁했다. 이제 와서 뭔가 이상하다는 생각이 들기 시작했다. 그 사람은 등에 배낭을 짊어지고 있었다. 대피용 배낭이어도 이상하지는 않겠지만 이번 사태는 지진 같은 재난과 다르다. 전기, 수도처럼 국가 기간 시설이 작동을 멈춘 상황은 아니다.

저절로 다리가 움직였다. 계단 쪽으로 향한다. 층계참에 서서 귀를 기울였다. 발소리가 들린다. 위로 이동하고 있다.

"저기요."

무심코 그 사람을 향해 말을 걸었다.

"저, 지금 어디 가시는 건가요?"

어스름한 계단에 목소리가 울려 퍼졌다. 상대의 발소리가 멈춘다. 정적 때문에 숨이 조금 가빠진다.

"죄송합니다. 혹시."

순간 탁 하고 뛰어가는 소리가 들렸다. 사라도 화들짝 놀라 발걸음을 내디뎠다. 소리를 뒤쫓는다.

"잠깐만요! 저예요! 노가타 경찰서의 고다 사라입니다!"

발소리가 멈춘다. 사라가 다가가자 상대는 층계참에서 이쪽을 바라보며 서 있었다.

"오랜만에 뵙습니다. ……아스카 씨, 맞으시죠?"

"사라 씨……."

그녀는 가슴을 손으로 꾹 누르며 숨을 내쉬고 힘없이 미소 지었다.

"정말 오랜만이네요."

기억 속 모습보다 열 살은 더 늙어 보였다. 머리에는 흰머리가 늘었고 축 처진 볼에도 화장한 흔적이 없다. 수수한 바지와 겉옷은 패션보다 기능성을 중시한 것처럼 보였다.

"4년 전 여름이었나요."

"기억하세요?"

사라는 계단을 올라 그녀 앞에 섰다.

"기뻐요."

"사람 얼굴과 이름을 외우는 건 잘하거든요. 예전에 그런 일을 해서."

사라는 웃으며 맞장구쳤지만 제대로 웃었는지 자신이 없었다. 아스카도 이곳에 대피하러 온 것 같지는 않다. 아마 아들 다쓰미 일 때문에 불려 오지 않았을까.

"사실……."

입안에 쓴맛이 돌았다.

"아드님이 사는 셰어하우스에 처음 찾아간 사람이 저였어요."

그러자 아스카는 "그래요?" 하고 놀라더니 고개를 숙였다.

"뭐라고 말씀드려야 좋을지……."

"괜찮아요. 그 아이, 다쓰미는."

아스카가 갑자기 비틀거렸다. 벽에 등을 대고 그대로 주저앉는다. 놀라서 달려오는 사라를 그녀는 손바닥을 들어 제지했다.

"죄송합니다. 짧은 시간 동안 너무 많은 일이 일어나서, 대체 뭐가 뭔지⋯⋯."

이해합니다.

그 말은 집어삼켰다. 남이 함부로 건넬 말은 아니다. 자세한 사정은 듣지 못했지만 사라는 짐작할 수 있었다. 다쓰미는 이번 사건에 연루돼 있다. 적어도 무관하지는 않다. 그리고 십중팔구 가해자 측이다.

야부키의 오른쪽 다리를 빼앗아 간 가해자 측.

"정말⋯⋯ 왜 이런 일이 벌어진 걸까요."

아스카가 공허한 눈빛으로 허공을 응시하며 말했다.

"뭐가 문제였을까요. 어떻게 해야 좋았을까요."

아스카는 잠꼬대처럼 중얼거렸다. 지금 그녀에게는 위로와 동정모두 뜬구름 잡는 소리일 것이다.

"다쓰미는 착한 아이였어요. 성실한 아이였어요. ⋯⋯속은 게 틀림없어요. 못된 사람들이 옆에서 부추겼을 거예요. 분명."

더 듣고 싶지 않았다. 아스카에게는 책임이 없다. 그래도 사라의 머릿속에는 자꾸 날아가 버린 야부키의 오른쪽 다리가 떠올랐다.

사라는 "저⋯⋯" 하고 입을 열었다.

"괜찮으시다면 제가 안내해 드릴게요. 형사과에 가시나요?"

"고마워요. 하지만 형사과는 아니에요."

아스카가 일어서려다가 다시 몸을 휘청거려서 사라가 손을 내밀었지만 그녀는 고개를 가로저으며 거절했다. 그러면서 벽에 등을 기댄 채 "사라 씨" 하고 깊숙이 한숨을 내쉬었다.

"스즈키를 만나고 싶습니다."

"네?"

"그를 용서할 수 없어요."

아스카가 손을 앞으로 내밀었다. 그곳에는 선불폰이 쥐어져 있었다.

7

경찰서 내부 상황 정리만으로 모든 업무가 마비됐다. 형사들에게 들어오는 보고를 취합하고, 지시를 내리고, 언론 대응. 거기에 백여 명에 달하는 대피 시민들 케어까지. 쓰루쿠는 구역질이 났다. 배가 찢어진 것처럼 아팠다. 쓰러지면 오히려 편할 것 같다는 생각을 여러 번 했다. 모든 업무가 후순위로 밀려났다고 해도 과언이 아니다.

당연하다.

누가 이런 상황을 상상이나 할 수 있었을까.

경험할 수 있었을까.

서장부터 부서장, 본청 상급자에게까지 셀 수 없는 질타가 쓰루쿠에게 쏟아졌다. 1차 대응을 맡은 부서장이니 어쩔 수 없다고 생각하면서도 얼른 스즈키의 자백을 받아내라는 호통을 들을 때마다 '당신네 취조관한테 시키든가!'라고 소리치고 싶어졌다. 그러나 조사에 성과가 없는 것도 사실이라 결국 혀를 잘라내는 심정으로 반발을 집어삼켰다. 거기에 고다 사라의 폭거까지. 야부키 다이토의 부상도 말하자면 독단적인 행동의 결과물이라 관리 감독 책임을 물으면 입이 열 개라도 할 말이 없을 것이다.

하지만.

관리 감독 책임?

애초에 난 형사과 소속이야!

지역과 말단들까지 어떻게 챙기라는 거야!

"과장님. 죄송합니다. 기자들이 한 말씀 부탁한다고 아우성입니다."

"뭐? 기자 회견은 본청으로 일원화한다고 하지 않았나?"

"그건 그렇지만, 스즈키의 현재 상태라거나 야마노테선 폭발에 대해 현장 책임자의 설명이 필요하다고……."

현장 책임자?

수사 1과 놈들에게 부려 먹히기나 하는 내가 현장 책임자라고?

그렇게 받아치려다가 그 역시 집어삼켰다. 상황이 너무 좋지 않다. 경찰은 아사가야역을 봉쇄한 상태에서 폭탄을 찾았다. 두 시간 넘게 수색했지만 결국 발견하지 못했다. 그리고 폭발 예정 시간을 4시로 추정했음에도 역무원들이 승강장에 올라가는 것을 허용했다. 영업 재개를 준비해야 한다는 압박 때문이었지만 그래도 폭탄이 없다고 생각한 나머지 방심한 것만은 틀림없다. 그 결과, 역무원 세 명과 그 옆에 있던 경찰관 두 명이 폭발에 휘말려 중상을 입었다. 그야말로 부주의의 연속이다. 그리고 바로 직후 일어난 야마노테선 여덟 개 역에서의 연쇄 폭발. 기자들이 어떤 질문을 던질지 짐작할 수 있다.

경찰은 왜 아사가야는 알았으면서 다른 여덟 개 역에 대해서는 몰랐는가.

폭탄을 찾지 못한 이유는 무엇인가.

수사에 과실은 없었는가. 그리고 책임은?

야마노테선 폭발 사건 사망자는 지금도 계속 늘어나 백 명에 육박할 거라는 전망도 있다. 변명의 여지가 없다. 아니, 엄밀히 따지면 기자들도 나 같은 일개 과장을 상대할 마음은 없을 것이다. 그저 내 입에서 실언을 끌어내고 싶을 뿐이다. 쓰루쿠의 사고는 좀처럼 피해망상에서 벗어나지 못했다.

또다시 메스꺼운 기분에 휩싸였다.

백 명에 육박하는 사망자? 이게 도대체 무슨 일인가.

"과장님, 어떻게 할까요?"

"과장님, 도장에 대피한 시민들이 에어컨을 더 세게 틀어 달라고."

"과장님, 스즈키를 만나겠다며 난동을 부리는 사람들이."

"과장님, 대피한 시민들끼리 몸싸움을."

"과장님, 가두선전 차량이 경찰서 앞에."

"과장님."

과장님, 과장님.

"알겠어. 아무튼 어떻게든 해 봐. 어떻게든."

직원들이 실망하는 표정을 짓는다.

노골적인 경멸의 눈빛, 혀 차는 소리.

알고 있다.

그들이 뒤에서 나를 '75점짜리 남자'라고 부른다는 사실을.

회의실 앞 지휘관석에 앉은 쓰루쿠는 손가락을 튕겼다. 볼펜이 이미 세 자루나 망가졌다. 본청과 인근 경찰서에서도 지원 부대가 온 상황이다. 담배를 피우지 않는다고 해도 전자 담배를 손에 들고 있을 수는 없다.

아니, 그것도 이미 고장 났을까.

"이봐."

쓰루쿠는 정보 관리 임무를 맡은 부하에게 말했다.

"피해자 명단은?"

노트북 앞에 있는 그가 내심 지긋지긋한 것처럼 말했다.

"아직입니다."

제기랄.

쓰루쿠는 속으로 욕지거리를 뱉으며 온 힘을 다해 손가락을 튕겼다. 뼈가 부러져도 상관없다. 이 초조감을 무언가에 발산하지 않으면 머리가 터질 것 같았다.

그때 사적으로 쓰는 스마트폰이 진동했다. 쓰루쿠는 스마트폰을 집어 들고 재빨리 회의실을 빠져나갔다. 복도를 달려가 아무도 없는 계단 층계참에서 통화 버튼을 눌렀다.

—어쩌지?

아내였다.

—아직도 연락이 안 돼.

희망은 심연으로 굴러떨어졌다.

—조금 전부터 계속 전화하고 있는데…….

"당신이."

결국 짜증이 폭발했다.

"당신이 학교에 데리러 가지 않아서!"

—학원 가는 날은 항상 그랬잖아!

이를 꽉 깨물었다. 딸과 연락이 되지 않는 상황이다. 학교에서 나온 건 이미 알고 있다. 월요일에는 학교를 마치면 늘 그대로 피아노 학원에 간다. 아이를 데리러 가는 건 학원이 끝나는 시간으로 정해져 있다.

학원과 가장 가까운 역은 폭발이 있었던 스가모다.

"학원도 전화를 안 받나?"

응, 하는 힘없는 대답. 아내는 "어떡해?" 하면서 울먹이기 시작했다.

"됐어. 내가 확인해 볼게. 내가 확인할 테니 당신은 그냥 집에 있어. 전화 잘 받고."

—하지만…….

"집에서 한 발짝도 나가지 마. 찾으러 가지 마. 어차피 소용없어."

무엇보다 어디에 또 폭탄이 설치돼 있을지 모르는 상황이다.

"그리고 집에는 아무도 들이지 마. 택배도 거절해. 그냥 잠자코 있어."

그 말을 끝으로 전화를 끊었다. 다쓰미가 이번 계획의 주동자고 그 동기가 아버지의 복수라면 내가 표적이 되어도 이상하지 않다. 나는 하세베와 친했다. 여러모로 그의 신세를 졌다. 심지어 집에도 초대받았을 정도다. 그런데도 그를 버렸다. 원한을 사는 것이 당연하다.

만약 피해자 명단에 딸 이름이 있다면. 상상도 하기 싫었다. 딸이 전화를 받지 않는 건 흔한 일이다. 학교에서는 휴대폰 전원을 끄고 있어야 하는데 그 후 다시 켜는 걸 깜빡할 때도 많다. GPS에 대해 설명해도 초등학교 1학년 머리로는 아직 이해하기 어렵다.

쓰루쿠는 소용없다고 생각하면서도 자신 역시 딸에게 전화를 걸었다. 전원이 꺼져 있다는 냉랭한 ARS 음성만 흘러나왔다.

학원은 학교에서 걸어서 15분 거리에 있다. 수업까지는 아직 시간이 남았으니 거리에서 딴 짓을 하며 시간을 보내고 있을 것이다. 적어도 역에 있었을 리 없다.

그러나 범인들의 계획이 나를 노린 거라면 범인의 동료가 딸을 납치하지 않았을 거라는 보장이 없다.

망상이다. 객관적인 근거는 희박하다. 그러나 불안감이 사라지는 것은 아니다. 만약 내가 경찰청장이라면. 아니, 장관이라면 지금 당장 모든 경찰력을 동원해 딸을 수색할 것이다. 나중에 비난받아도 상관없다. 아무리 부상자가 속출하고 치료받을 사람들로 병원이 문전성시라고 해도 권력을 총동원해서 병상을 확보할 것이다. 어떤 부상에도 대응할 수 있게 의사와 간호사를 대기시키고 수술실도 전세 내어……

아래에서 계단을 올라오는 발소리가 들려 쓰루쿠는 황급히 스마트폰을 주머니에 집어넣었다. 이런 상황에서 사적인 통화를 하는 건 모양새가 좋지 않다. 발걸음을 돌리려고 할 때 주머니에 있는 스마트폰이 진동했다. 쓰루쿠는 죄책감을 잊고 즉시 통화 버튼을 눌렀다.

아내일까. 딸일까.

— 도도로키입니다.

손에 쥔 스마트폰을 하마터면 바닥에 내동댕이칠 뻔했다.

"무슨 일이지?"

―혹시 아스카 씨와 연락이 됐습니까?

뭐? 아스카? 하세베의 처 말인가?

―안 됐다면 지금 즉시 사진을 준비해 주십시오.

"왜지?"

―폭탄을 소지하고 있을 가능성이 있습니다.

초조감이 대번에 오싹함으로 바뀌었다.

"그건 또 무슨 헛소리야?"

―다쓰미의 시신이 폭발한 이유가 뭐라고 보십니까?

다쓰미의 시신? 폭발?

이 녀석은 무슨 소리를 하는 건가.

"이유라니. 함정 아닌가? 함정에 걸려들게 시신을 거기 둔 거잖아."

―단지 유인이 목적이라면 꼭 시신이 아니어도 됐습니다. 하세베를 찍은 영상으로 충분했을 겁니다.

"……반대로 시신이었어도 상관없잖나. 그냥 악취미적인 연출을 하고 싶었던 걸 수도."

―스즈키가 말입니까?

그 밖에 또 누가 있다는 말인가. 시신이 직접 자기 몸을 의자에 테이프로 묶었을 리는 없다.

―그리고 왜 하필 다쓰미만? 다른 두 사람은 2층 침대에 누워 있었죠.

"주동자라서겠지. 하세베와 가장 관련 깊은 인물이니."

─전 현장을 직접 확인했습니다. 함정에 걸려든 야부키 순경은 오른쪽 다리로 끝났지만 다쓰미는 온몸이 산산조각 났죠. 분명 노림수가 달랐습니다. 원래라면 반대가 더 어울릴 텐데.

"이봐. 헛소리에 일일이 맞춰 줄 시간 없어. 제대로 설명해!"

─다쓰미는 자살이 아닙니다. 중독사도 아닙니다. 그러니 사인을 속여야 했습니다. 시신을 폭파시켜야 했습니다. 함정에 걸려들게 하도록 시신을 이용한 게 아니라, 시신을 자연스럽게 폭파시키기 위해 함정을 이용한 겁니다.

"……자네, 대체 무슨 소리를 하는 거야?"

─스즈키가 죽인 게 아닙니다. 녀석이라면 그런 짓을 할 이유가 없습니다. 어차피 붙잡힐 몸이니까요.

"말도 안 돼!"

쓰루쿠는 버럭 소리쳤다. 믿고 싶지 않은 마음에 따져 물었다.

"설마 지금 아스카 씨가 그 짓을 했다는 건가?"

아스카가 자기 아들을 죽였다고?

"자네는 지금 아스카 씨가 다섯 번째 공범이라는 거야?"

─과장님. 그게 아닙니다.

도도로키는 거슬릴 정도로 차분한 목소리로 말했다.

─아스카 씨 쪽이 먼저입니다. 아스카 씨가 바로 그곳에서 살던 네 번째 입주민이었습니다.

말문이 막혔다. 뭐가 뭔지 영문을 알 수 없다.

―셰어하우스에 살던 예전 거주자가 증언했습니다. 다쓰미가 집주인 몰래 살게 하려고 한 인물은 '나이가 쉰 정도 되는 노숙자. 정말 딱한 사람'이었다고.

"그건 스즈키야! 누가 봐도 스즈키잖아!"

―아뇨. 그 사람이 아스카 씨여도 앞뒤는 맞습니다. 그녀 역시 길거리 생활을 했다고 생각하면.

쓰루쿠는 할 말을 잃었다.

일가족 해산, 궁핍한 삶.

그럴 때 아스카는 스즈키를 만났다?

―저도 지레짐작했습니다만, 저희가 찾아갔던 예전 거주자 청년은 그 노숙자가 남자라고는 한마디도 안 했습니다. 다쓰미가 그곳에 살게 한 사람이 아스카 씨여도 이상할 게 전혀 없다는 말입니다. 그녀는 집을 잃고 이곳저곳을 전전했다고 자기 입으로 증언했습니다. 그리고 그 시기는 다쓰미가 몰래 셰어하우스에 사람을 들인 시기와 겹칩니다.

"……말도 안 돼. 전부 자네 망상일 뿐이야."

―다쓰미가 살던 곳을 아스카 씨가 알고 있었던 건 사실입니다. 다쓰미와 스즈키의 접점을 억지로 끼워 맞추기보다 다쓰미가 아스카 씨를, 아스카 씨가 스즈키를 셰어하우스에 불러들였다고 보는 게 개연성이 더 높습니다.

510

어머니가 길거리 생활을 하고 있다는 것을 알게 된 다쓰미는 그녀를 셰어하우스에 불렀다. 그리고 얼마 후 이번 폭탄 계획을 세우기 시작했다. 함께 사는 아스카에게 그걸 숨기기는 어려웠을 것이다. 그래서 다쓰미는 방해가 되는 그녀를 다시 여동생에게 돌려보냈다.

─그게 반년 전입니다.

도도로키는 빠르게 설명을 이어 갔다. 아마 사흘 전에 아스카는 폭탄 테러 계획을 듣게 되지 않았을까. 그리고 바보 같은 짓을 하지 말라며 아들을 말리지 않았을까.

─설득에도 불구하고 다쓰미는 마음을 바꾸지 않았겠죠.

그래서 죽였다?

믿을 수 없다.

그러나 아예 터무니없다고 단정 짓기도 어렵다.

─아스카 씨는 적어도 계획의 일부를 알고 있었을 가능성이 큽니다. 그녀는 딸을 직장까지 바래다줘야 한다고 했죠. 그게 일상적인 일이었다기보다는 폭발 사건이 일어난 오늘에 한한 일 아니었을까요.

두 사람이 사는 아파트에서 가장 가까운 역은 폭발이 있었던 신주쿠다. 다쓰미가 어머니에게 계획을 털어놓은 것도 그걸 알리기 위해서였다. 적어도 그날만큼은 신주쿠역에 가지 말라고.

"왜 경찰 도움을 받지 않았지? 설득은 불가능해도 테러를 막을 수는 있었을 텐데."

―아들을 범죄자로 만들고 싶지 않았겠죠. 아들에게 전해 들은 계획도 대략적인 개요 수준이었을 테고요. 폭탄은 이미 설치되었고 그게 폭발하면 무슨 수를 쓴다고 해도 아들의 범행이 된다. 그럼 우리 가족은 또다시 세상의 비난에 직면하게 된다. 간신히 아버지의 죽음을 딛고 일어선 딸 미우까지.

하세베 사건 때문에 겪은 고통이 되살아나는 것이다.

―그러나 이미 결의를 굳힌 아들을 보며 아스카 씨는 더는 방법이 없다고 느꼈을 겁니다. 말다툼 끝에 우발적으로 벌어진 일일 수도 있지만, 그녀는 아들을 죽이고 말았습니다.

독살이 아닌 다른 방법으로.

"야마와키와 가지는? 아스카 씨가 그 둘도 죽였다는 건가? 스즈키는? 그 녀석은 어떻게 관련됐지?"

도도로키는 잠시 침묵했다.

―정확한 건 모르겠습니다. 다만 스즈키와 아스카 씨가 협력 관계였던 것만은 분명합니다. 녀석의 머리를 잘라 준 사람도 십중팔구 아스카 씨일 테고요. 그녀는 딸이 스타일리스트가 된 게 자기 영향 때문이라고 했죠. 아스카 씨는 아마 예전에 미용사로 일하지 않았을까요.

실제로 스즈키가 머리카락을 잘랐다는 정보는 취조실을 통해서 전달됐다. 그리고 그의 머리를 잘라 줬다는 사람은 아직 나타나지 않았다.

도도로키는 "여기서부터는 완전히 제 상상이지만" 하고 운을 떼고 말을 이었다.

—스즈키는 아스카 씨의 살인과 다쓰미 일당의 폭탄 테러를 모두 자신이 짊어지겠다고 제안했을 가능성이 큽니다. 아스카 씨는 지푸라기라도 잡는 심정으로 그 제안에 응했을 테고요.

그래서 쉽게 연락이 닿았다. 경찰이 찾아올 상황을 미리 각오했고, 도도로키와 이즈쓰 앞에서 자신이 아는 모든 걸 털어놓았다.

언뜻 그럴싸하게 들리기는 하지만.

"날 우습게 보지 마, 도도로키."

쓰루쿠는 스마트폰을 부술 기세로 꽉 쥐었다.

"아직 더 있지? 자네가 그런 결론에 도달한 근거를 전부 털어놔. 그러지 않으면 나도 움직이지 않아."

—과장님. 시간이 없습니다. 빨리 아스카 씨의 신병을 확보해야 합니다.

"이미 찾고 있어. 하지만 자네의 그 망상이 정말 사실이라면 진즉 도망쳤겠지."

—그럼 그나마 다행입니다만.

"뭐? 거드름 피우지 말고 확실히 말하랬지!"

—아스카 씨가 스즈키의 제안에 응한 건 그가 아들 다쓰미의 죄를 대신 짊어져 줄 거라고 믿었기 때문입니다. 딸의 인생에 미칠

피해를 조금이라도 줄이기 위해 적어도 주범에서 종범으로. 가급적이면 스즈키가 협박해서 아들이 억지로 그 일에 가담한 것으로 만들어 주기를 바라며 손을 잡았을 겁니다. 하지만 스즈키에게 아스카 씨나 미우의 미래를 지켜 주고 싶은 마음 같은 건 없었습니다. 어느 시점에 두 사람의 신뢰 관계는 무너졌겠죠.

배신은 의심을 낳는다. 아스카는 스즈키가 모든 걸 털어놓을지 모른다고 의심했다. 이번 폭발 사건을 다쓰미가 계획했다는 것, 그리고 다쓰미를 죽인 사람이 아스카라는 것까지.

도도로키는 "사실 그 두 번째 영상은" 하고 침을 한 번 삼켰다.

—스즈키가 아스카 씨에게 보내는 메시지일지도 모릅니다.

범인을 찾아내 죽이면 호스트 머신은 비활성화됩니다. 폭탄이 멈추게 됩니다. 배신당했다고 깨닫고 나서야 비로소 해독할 수 있는 메시지다.

—그걸 깨달은 아스카 씨가 어디로 향할지는 명백합니다.

노가타 경찰서인가. 스즈키가 구금돼 있고 시민과 기자들로 북새통을 이루는 이 건물 말인가.

아스카는 그 셰어하우스에 드나들었다. 그녀가 폭탄을 가지고 있어도 이상할 건 없다.

—아스카 씨를 만난 사람은 저와 이즈쓰뿐입니다. 바로 가긴 가겠습니다만.

"없어. 사진 따위 없어."

모두 처분했다. 찾으면 나올 수도 있다. 그러나 시간이 걸린다.

— 얼굴을 기억하시죠?

"몰라! 애초에 만난 것도 몇 번 안 돼!"

세월이 흘렀다. 그리고 아스카의 그간의 삶을 추측하면 예전 모습 그대로라고 생각하기도 어렵다.

도도로키는 "어쨌든" 하고 말을 이었다.

— 없으면 없는 대로 상관없습니다. 제 예측이 빗나간다면 오히려 다행이죠. 그러니 그녀를 찾아 주십시오.

"……이 추리, 확증은 있겠지?"

— 없습니다.

도도로키의 목소리는 평온했다. 패기라곤 없는 녀석이다. 그러면서도 묘하게 날카로운 면모가 거슬린다. 예전부터 싫어했다. 호감이 가지 않았다. 이 녀석뿐이다. 끝까지 하세베를 '하세코'라 부르지 못했는데도 하세베가 인정한 사람은.

"그래. 알겠어."

쓰루쿠는 신음하듯 대답했다.

"지금 바로 수배하지."

그리고 덧붙였다.

"뒷문에는 지금 기자들이 진을 치고 있어. 정문으로 당당히 들어와."

전화를 끊는다. 그러자 곧 다시 세 번째 전화벨이 울렸다.

—아빠?

하마터면 다리가 풀려 그 자리에 주저앉을 뻔했다.

"……어디니?"

—아직 학교야.

"아, 그래. 그렇구나. 얼른 엄마한테 전화해서 데리러 와 달라고 해."

—피아노는?

"쉬어. 오늘은 하루 쉬자."

그러자 "야호!" 하는 신이 난 목소리가 귓전을 때렸다.

"지금 바로 엄마한테 전화하렴. 혹시 다른 사람이 말 걸어도 대답하지 말고 엄마 말고는 그 누구도 따라가지 마."

—있지, 아빠.

"어?"

—화내 줘.

'하필 이럴 때' 하고 쓰루쿠는 얼굴을 찌푸렸다.

—화내 줘! 얼른!

"바보야! 지금이 장난할 때야!"

그러자 딸은 까르르 웃음을 터뜨렸다. 전혀 이해할 수 없지만 수화기 너머에서 아빠가 화내는 걸 듣는 게 재미있다고 한다. 가끔 전화를 걸어 와서 조를 때마다 쓰루쿠는 지긋지긋해하면서도 딸에게 맞춰 줬다.

"멍청이! 칠푼이!"

속으로 외쳤다. 다행이다. 무사해서 정말 다행이다.

"······이제 됐지? 엄마가 걱정할 거야."

그러자 딸은 한숨을 푹 내쉬고 말했다.

아빠, 일 열심히 해.

쓰루쿠는 빠르게 걷기 시작했다. 눈시울이 뜨거워졌다. 부하 앞
에서는 땀이라고 우겨야 한다.

나는 하세코가 될 수 없다. 하세베와 도도로키 같은 수사 능력은
가지고 있지 않다. 처세에 전전긍긍하는 중간 관리직이며 다른 사
람보다 딸이 더 소중하다.

기껏해야 75점짜리 남자.

그러나 75점을 지키지 않을 이유는 없다.

발걸음은 회의실이 아닌 의무실로 향했다. 그곳에서 고다 사라
가 근신 중이다. 아스카의 얼굴을 알 사람으로 가장 먼저 떠오른
게 그녀다. 두 사람은 4년 전 지역 교류 모임에서 함께 돼지고기
찌개를 만들어 먹은 인연이 있다.

8

"이 번호로 전화하면 이게 폭발한다고 해요."

아스카가 선불폰을 든 손으로 배낭을 가리켰다. 사라는 질 나쁜 농담이라도 듣는 것처럼 그 모습을 바라봤다.

"정말이에요. 스즈키가 보냈으니까요. 마음대로 쓰라는 메시지와 함께."

아스카는 당장에라도 무너질 것 같은 미소를 짓고 있었다. 입술이 떨리고 있다. 그러나 선불폰을 쥔 손은 굳건하다. 엄지손가락이 통화 버튼에 맞닿아 있다.

사라는 속으로 '왜?' 하고 생각했다.

스즈키가 왜 아스카 씨에게 폭탄을?

"사라 씨. 부탁이에요. 스즈키가 있는 곳에 데려다주세요."

"하지만."

"생각해 봐요. 그 사람은 지금 붙잡혀 있고 어차피 나중에 사형당할 거예요. 여기서 제가 죽여도 똑같잖아요."

사라는 "하지만……" 하고 대답을 망설였다.

"그 사람을 죽여서 누가 손해 봐요? 그 사람한테는 어차피 가족이 없어요. 친구도 없고요. 그리고 무엇보다 살인자예요."

주류 판매점에서 만난 스즈키의 얼굴을 떠올린다. 취조실에서 마주한 스즈키. 비열하게 미소 짓던 스즈키. 날아가 버린 다쓰미의 몸, 야부키의 오른쪽 다리.

"데려다주시지 않으면 지금 여기서 전화를 걸 거예요. 아니, 도장 안에서 폭탄을 터뜨리겠어요."

가득 찬 인파 속에서.

"그렇게 하게 둘 수는 없습니다."

그러자 아스카가 훗 하고 코웃음을 쳤다.

그럼 어떡할 건데?

그녀의 눈이 묻고 있다.

여기서 날 제지할 거야? 당신이 과연 할 수 있을까? 이 손가락이 통화 버튼을 눌러서 전파를 발신할 때까지의 몇 초 동안 빼앗아서 전원을 끌 수 있겠어?

만약 실패하면 여기서 폭탄이 터지고 우리는 죽어.

권총은 압수당했다. 무전기와 경찰봉도.

"……사람을 죽이는 건 바람직한 일이 아닙니다."

이게 무슨 얼빠진 대사인가.

진부하고 내용 없는 허울뿐인 말. 스즈키에게 총구를 겨눴던 사람이 할 말도 아니다.

"이젠 지긋지긋해."

아스카의 미소가 일그러졌다.

"앞으로 더 살아 봐야 좋을 일도 없어요. 다쓰미가 그렇게 된 시점에 이미 늦었어. 그럼 최소한 청산 정도는 하고 싶어요. 스즈키를 죽이고 저도 죽을 거예요. 그럼 조금은 낫겠죠."

뭐가 낫다는 말인가.

그러나 왠지 나은 것 같기도 했다. 어머니가 아들이 저지른 죄를 젊어지고 청산에 나선 걸 세상은 어쩌면 그럴 만했다고 인정할 수도 있다. 그런 사람들이 아예 없지는 않을 것이다.

실제로 사라 자신도 멀리서 제삼자로서 그런 이야기를 듣는다면 비슷하게 생각했을 수도 있다. 안타까운 일이라고. 그 어머니도 참 힘들었을 거라고. 칭찬받을 일은 아니지만 심정이 이해된다고.

그럼 반대로 아스카가 앞으로도 아무렇지 않게 살아간다면? 그것도 모자라 행복하게 살아간다면 나는 어떻게 생각할까. 역시나 먼 곳에 있는 제삼자의 나라면 의문을 품었을 수 있다. 이 세상에 인과응보가 사라졌다며 가슴 한구석으로 저주할지도 모른다.

"부탁이에요, 사라 씨. 꼭 좀 부탁드려요. 모쪼록 저에게 힘을 보태 주세요. 모든 걸 끝낼 수 있게 도와주세요. 제발, 제발 절 구해 주세요."

아스카는 기도하듯 선불폰을 두 손으로 꼭 쥐었다. 사라는 움직일 수 없었다. 지금 눈앞에 있는 사람이 쥐고 있는 건 선불폰이 아닌 내 목숨이다. 그 폭발음이 귓가에 생생하게 되살아났다. 방 안에 흩뿌려진 살점이 떠올랐다.

야부키의 다리, 당장에라도 숨이 멎을 듯한 힘겨운 숨소리.

"……따라오세요."

사라는 목소리를 가다듬었다.

"이쪽으로."

계단을 올라갔다.

큰딸인 미우와 연락이 됐다고 공유 앱에 보고가 올라왔다. 지금 당장 그녀가 근무 중인 곳으로 가겠다는 내용이 적혀 있다. 근무지 주소는 가와사키였다.

"역시 타깃은 아스카 쪽인가."

루이케가 못마땅하게 중얼거렸다.

미우의 이야기에 따르면 회사까지 차로 바래다준 후 어머니 아스카에게서 연락은 없었다고 한다. 차도 주차장에 돌아오지 않았다. 아스카는 어디 갔을까. 어디 있을까. 무사할까.

그런 기요미야의 조바심을 뒤로하고 루이케는 스즈키에게 말을 건넸다.

"가와사키에 간 건 미우의 상태를 살피기 위해서였나? 원하는 대로 아스카 씨를 움직일 수 있게 협박용 사진이라도 찍으려고 했나? 아니, 꼭 그게 아니더라도 아스카 씨에게 보낼 폭탄 택배에 가와사키 소인만 찍혀 있어도 충분하려나. 요요기 폭발에 맞춰 도착하게 시간을 지정하면 메시지는 충분히 전해지겠지. 당신이 움직이지 않으면 딸이 불행해질 거라고."

루이케의 추리를 미처 따라잡지 못하고 기요미야는 타이핑을 멈췄다.

그러나 지금 루이케의 상대는 오직 스즈키 다고사쿠뿐이다.

"아스카 씨에게 폭탄을 가져오게 한다. 그게 당신이 설치한 마지막 함정이었어."

스즈키는 여전히 얼굴에서 미소를 거두지 않고 있다. 동그란 눈이 형형하게 빛난다.

"아스카 씨도 그 셰어하우스에 드나들었겠지? 아니, 그곳에서 살았다고 보는 게 자연스럽나."

막힘없는 단정을 듣고 머릿속에서 퍼즐이 맞춰진다. 다쓰미가 셰어하우스에 데려오려고 한 '나이가 쉰 정도의 노숙자'. 그 사람이 스즈키가 아닌 이시카와 아스카였다고 해도 모순은 없다. 그리고 스즈키가 이세에게 언급한 '삶의 의욕을 잃어버린 신참 노숙자'. 그 역시 다쓰미가 아닌 아스카를 가리키는 것이었다면 이후 그녀가 스즈키를 셰어하우스에 초대했다는 이야기가 성립한다.

"아스카와 다쓰미. 떨어져 살던 어머니와 자식 사이에는 교류가 있었다. 그래서 아스카 씨는 눈치채고 말았어. 아들 다쓰미가 꾸미는 연쇄 폭파 계획을. 가족을 또다시 지옥의 나락으로 떨어뜨릴 그 폭거를 알게 돼 패닉에 빠진 그녀는 결국 아들을 죽이고 말았고."

잠깐만.

이야기의 갑작스러운 비약에 기요미야는 무심코 소리칠 뻔했다. 동시에 갖가지 생각이 머리를 스친다. 다쓰미의 계획을 알게 된 아스카는 아들을 죽이고 스즈키에게 도움을 요청했다. 그리고 스즈키는 이를 이용해 동료의 계획을 자기 것으로 만들려고 했다.

간신히 거기까지 이해했을 때 루이케가 다시 입을 열었다.

"당신은 그때 처음으로 다쓰미 일당의 계획을 **아스카 씨를 통해**

전해 들었던 거야."

회전하던 사고가 다시 멈춘다.

다쓰미 일당의 계획을, 처음으로? 아스카에게?

"중간중간 막연하게나마 혹시나 싶기는 했어. 당신은 왜 다쓰미
일당을 통제하지 못했는가. 왜 구단과 아사가야에서의 폭발을 허
용하고 야마노테선의 여덟 개 역을 파악하지 못했는가. 당신이 그
들 동료이고 그 셰어하우스에 살았다면 역 이름을 전해 듣기도 전
에 야마와키가 죽는 상황만은 전력을 다해 막았을 텐데."

얼굴만 마주하고 있으면 묻는 것도 간단했을 텐데.

"퀴즈로 내지 않은 건 단순한 실수였다고 주장할 건가? 그래. 분
명 여덟 개 역을 전부 퀴즈로 내는 건 중노동이겠지. 하지만 꼭 그
럴 필요는 없잖아? 정답이 '음료수 캔'인 문제를 내도 되는데. '폭탄
은 어디에 숨겨져 있을까요?' 이렇게 훌륭한 퀴즈가 또 어딨겠어?"

그럼 기요미야와 루이케도 필사적으로 그 퀴즈를 풀려고 애썼
을 것이다.

"당신은 그것도 하지 않았어. 그마저도 자신감이 없었던 거야.
폭탄이 음료수 캔으로 위장되어 있다는 사실조차."

알지 못했던 것이다. 왜냐하면 음료수 캔 폭탄은 실험실에서 이
미 제조돼 있었을 테니까.

"단순한 변칙? 얼빠진 실수? 그렇다고 해도 너무 형편없지. 야마
와키에게 숨길 이유가 있었을 것 같지도 않아. 그럼 결론은 이거

야. 당신은 야마와키에게 그걸 전해 들을 방법이 없었다. 왜냐하면 당신은 야마와키, 아니 다쓰미, 가지와도 동료는 고사하고 아는 사이조차 아닌, 엄연한 남남이었으니까."

기요미야는 아연실색하며 할 말을 잃었다.

"당신은 셰어하우스에서 **그들과 함께 살지 않았어**. 폭파 계획과도 완전히 무관했지. 당신이 이 계획을 알게 된 건 그 녀석들이 이미 준비를 끝낸 후, 아스카 씨가 다쓰미를 죽인 이후야."

아들을 살해하는 비상사태에 직면한 아스카는 한때 노숙 생활 동료였던 스즈키에게 의지했고, 그제야 스즈키는 비로소 처음 이번 사건에 참여했다.

"당신과 셰어하우스가 어떻게 연결되는가. 그 부분이 영 확신이 서지 않아 계속 반신반의했어. 당신이 다쿠보쿠 퀴즈를 내기 전까지는."

루이케는 이런 구도를 이미 머릿속에 그리고 있었다. 야마노테선 폭파를 스즈키가 퀴즈로 내지 못했다는 사실을 단서 삼아.

"당신의 능력과, 범행의 불완전함. 그 모순을 설명할 방법이 반드시 있을 것이고 바로 그것이 이번 사건을 푸는 열쇠라고 확신했지."

그러더니 루이케는 "난" 하고 목소리에 힘을 실었다.

"지금껏 단 한 번도 스즈키 다고사쿠, 당신이 그저 단순한 심부름꾼이었다고 생각한 적 없어."

다쓰미 일당과 동료였지만 그 안에서 소외당하는 처지 아니었냐고 물은 건 마지막 퀴즈를 끌어내기 위한 도발이었다. 이번 사건을 그렇게 해석할 수도 있다는 위협. 스즈키는 그것을 견디지 못했다. 다른 사람도 아닌 루이케가 자신을 그 정도로 여긴다는 것을. 그래서 그는 즉흥적으로 완성도가 낮은 퀴즈를 내야만 했다.

　"당신은 계획의 개요를 아스카 씨에게 전해 듣고, 그걸 '내 사건'으로 만들고 싶어서 계획을 가로채기로 했어. 이미 만들어진 계획을 자기 입맛에 맞게 고쳐 써서."

　다행히 사용할 수 있는 폭탄도 남아 있었다.

　"단 며칠 만에 그 방법과 시나리오를 떠올렸다는 건 놀라울 따름이야. 계획의 전모를 파악하기 위해 남겨진 메모와 스마트폰 데이터들을 총체적으로 검토했겠지? 컴퓨터도 있었을 테고. 다쓰미 일당의 당초 계획은 가지가 목표로 삼은 구단의 신문 판매소, 다쓰미가 노린 아사가야, 야마와키가 노린 야마노테선뿐이었어. 나머지는 영상을 올리는 것 정도였겠지. 그걸 보며 당신은 필사적으로 고민하며 결단을 내렸어. 이걸 나 혼자만의 범행으로 만드는 건 쉽지 않다. 그러나 내가 중심에 있는 것처럼 위장할 수는 있다, 라고."

　그렇게 아키하바라와 도쿄돔시티, 그리고 요요기를 목표 지점에 추가했다. 제 발로 경찰에 붙잡혀 퀴즈를 내며 경찰을 농락했다. 영상 두 개로 여론을 선동했다. 내가 바로 이 사건의 주동자라는 인상을 심었다.

"기존 영상에 찍혀 있던 사람은 다쓰미였지? 그걸 스스로 직접 다시 찍은 후에 업로드될 파일을 교체했겠지."

영상 속 낭독문에도 다소 변형을 줬다.

"다쓰미와 가지의 스마트폰은 망가뜨려서 어딘가에 버렸나? 야마와키 것만 이용한 건 데이터가 복원돼도 문제 될 정보가 없어서겠지. 야마와키는 일일이 뭔가를 메모하거나 동료들에게 보고하는 성격이 아니었으니까."

그 결과 스즈키는 역 이름과 폭탄을 다른 물품으로 위장하는 방법을 알아내지 못했다.

"노가타 경찰서에 붙잡힌 것 역시 당신 고유의 아이디어였지? 그럼 그 주류 판매점은 어떻게 선택된 것인가. 정보를 남기는 걸 꺼리던 야마와키의 배달 구역을 어떻게 알 수 있었는가. 답은 그가 죽은 다음 날, 그러니까 회사에 무단결근한 금요일에 회사에서 걸려 온 전화였어. 당신은 야마와키의 친척이라고 거짓말을 하고 야마와키가 회사를 쉴 이유를 적당히 둘러댄 후 이렇게 물었어. '누마부쿠로에 있는 배달처에 깜빡하고 두고 온 물건이 있으니 저에게 대신 가져다 달라고 부탁했습니다. 정확한 가게 이름을 못 들었는데, 혹시 아시나요?'"

그때 전해 들은 후보지들 중에서 그 주류 판매점을 선택했다. 깜빡하고 두고 온 물건이 있다고 한 것은 그 커피숍 수법과도 일맥

상통한다.

"참, 집 바닥의 함정 폭탄 문제도 있었지. 다쓰미의 계획 속에서 그건 하세베의 영상이 나오는 스크린을 미끼로 경찰을 유인할 장치 아니었을까? 하지만 당신은 거기에 쓰이는 미끼를 다쓰미의 시신으로 바꿨어. 왜 그런 수고를 들였는지는 대충 짐작이 되지."

아스카를 위해서다. 돌발적인 범행에서 독극물은 떠올리기 어렵다. 그녀는 독살 이외의 다른 방법으로 아들을 죽였고, 그 증거를 없애기 위해 스즈키는 시신을 폭발시켰다.

"그럼 야마와키와 가지는 언제 죽었는가. 곧 부검과 감식을 거쳐 답이 나오겠지만 아마 다쓰미보다 먼저였을걸."

루이케는 그렇게 단언한 후 스즈키의 반응을 기다리지 않고 말을 이었다.

"아스카는 아들을 왜 죽였는가. 죽여야만 했는가. 단지 폭탄 테러를 막고 싶다면 경찰에 신고하면 돼. 아직 아무도 피해를 보지 않은 단계에서 그게 최선은 아니어도 차선책이 될 거라는 건 어린아이도 알 수 있었을 거야. 하지만 당시 아스카 씨는 그런 이성을 발휘할 여유가 없는 상태였어. 왜냐하면 그 집에는 이미 시신 두 구가 있었으니까."

야마와키와 가지의 시신.

"두 사람이 죽은 당일 혹은 다음 날, 정확히 말하면 야마와키가 마지막 출근을 끝내고 다음 날 당신이 전화를 받기 전까지의 어느 시점에 아스카 씨는 아들 다쓰미와 셰어하우스에서 만나 폭탄 테러 계획을 전해 들었어. 그리고 야마와키와 가지의 시신을 목격했겠지. 어리석은 짓을 하지 말라고 말리는 어머니의 눈앞에 다쓰미가 일부러 보여 주지 않았을까? 두 사람은 자살한 것인가, 아니면 **다쓰미가 독을 먹인 후에 자살로 위장했는가.** 어느 쪽이든 아들의 진심을 확인하기에는 충분했어. 아스카 씨에게는 파멸이 아닌 다른 출구가 보이지 않는 상황이었던 거야."

시신 옆에서 내 아들이 무차별 폭탄 테러를 감행하려 하고 있다. 그런 사실을 알게 된 어머니의 심정을 상상하니 기요미야는 가슴이 턱 메었다. 정상적인 판단이 가능했을 리 없다. 머릿속이 새하얘졌을 것이다.

"어차피 앞으로 난 죽을 몸이니 무서운 게 하나도 없다. 설득해도 소용없다. 그런 결정적인 말을 다쓰미가 입에 담았을지도."

갈 곳 잃은 감정이 폭발해 아스카는 결국 충동적으로 범행을 저지르고 말았다.

"흉기는, 그래. 예를 들어 가위 같은 건 어떨까? 사실 다쿠보쿠 퀴즈가 나온 타이밍에 실력 있는 파트너에게 흥미로운 정보가 도착해서 말이야. '아스카는 미용사로 일했을 가능성 있음'. 그게 사실이라면 함께 살던 시절 돈이 없던 그녀는 직접 자기 머리를 자르고 다쓰미의 머리도 잘라 줬을 가능성이 있지. 그리고 셰어하우스 안에서 무심코 손이 닿는 지점에 있던 가위를 그녀가 집어 들고 말았다. 어때? 그럴싸한 상상 아니야? 뭐 실제 흉기가 가위든 칼이든 쇠파이프든 어차피 이미 폐기했을 테니 상관없겠지만."

루이케는 체념하듯 내뱉고 "아무튼, 다쓰미를 죽인 직후로 이야기를 되돌리면" 하고 설명을 이어 갔다.

"미우의 미래를 생각하면 쉽게 자수할 수도 없는 상황. 폭탄 테러범 오빠로 모자라 친아들을 죽인 어머니. 그건 짊어지고 가기 너무 무거운 십자가니까. 아들을 죽인 후 패닉에 빠져 정상적인 사고도 불가능했을 거야. 특히 아스카 씨는 하세베 사건 이후 주변과 교류를 끊은 탓에 의지할 사람도 없었어. 그래서 결국 노숙하던 시절 드래건스 모자를 건네준 남자에게 도움을 청하고 만 거야."

그리고 스즈키는 모자를 벗었다. 다쓰미 일당의 계획을 전해 듣고, 아스카의 예상을 뛰어넘어 사회 밖으로 나가기로 결심했다. '이젠 됐다'라고 생각하며.

"아스카 씨에게는 뭐라고 설명했지? 다쓰미 일당의 소지품을 조사해 계획의 개요를 파악한 후 당신은 이렇게 말하지 않았을까? 폭탄 테러는 막을 수 없습니다. 그 대신 제가 죄를 짊어질 수는 있습니다. 그러니 협력해 주십시오."

경찰 조직에 대해서 알려 준 사람도 다쓰미가 아닌 아스카였다.

"당신은 자신의 사건 관여 여부를 철저하면서도 뭔가 어정쩡하게 부인했어. 그러는 한편 야마와키의 스마트폰과 영상으로 자신의 범인성을 홍보했지. 사건 뉴스를 본 많은 이들은 당신이야말로 진범이라고 믿을 거야. 아니, 그걸 넘어 다쓰미 일당을 죽인 사람도 당신 아니냐며 의심하겠지."

기요미야가 그랬던 것처럼.

"그게 바로 당신의 목적이었어. 진범이 되는 것. 사람들이 품을 이미지를 이용해 진범의 영광을 차지하는 것. 사악한 흑막, 괴물을 연기하는 것. 실상은 남의 범죄 계획에 편승했을 뿐인데, 옆에서 슬쩍했을 뿐인데. 안이한 절도범에 삼류 작가일 뿐인데 말이야."

셰어하우스에서는 다쓰미 일당의 스마트폰이나 컴퓨터, 메모나 범행 일지 등은 발견되지 않았다. 자살할 생각이었다면 굳이 그것들을 처분할 이유가 없다.

그러나 스즈키에게는 있다.

자신이 남의 계획에 편승했다는 걸 숨기기 위해 증거를 인멸할 필요가 있었다.

다쓰미의 시신도 마찬가지일 거라고 기요미야는 깨달았다. 그 시신 폭파 공작으로 아스카의 범행을 숨기려 한 것 또한 그녀를 지키고 싶어서가 아닌 **자신의 범행이 아니라는 것**을 경찰이 알아차릴까 봐 두려워서 아니었을까.

"다쓰미 일당 중에서 생존자가 생기는 상황을 두려워한 것도 당신이 그저 그런 모방범이라는 증언이 나올까 봐 두려웠기 때문이야. 당신은 자신에 대한 증언을 최대한 없애려고 했어. 이 '범죄 스토리'에 괴물이 아닌 스즈키에 대해 말할 사람은 방해가 될 테니까."

자신이 세상에 전하고자 하는 스토리에 방해가 될 테니까.

"요요기 공원을 노린 것도 같은 동기였겠지? 자신을 아는 노숙자들과 무료 급식소 직원들을 처리하기 위해. 머리카락을 자른 것도 마찬가지야. 그전에는 머리를 대충 아무렇게나 기르고 수염도 더 길지 않았어? 그것들을 모두 깔끔하게 정리한 후 당신은 완전히 다른 사람으로 태어났어. 스즈키 다고사쿠. 그 누구도 아닌 존재로."

목격담도 쉽게 나오지 않을 만큼.

"그렇게 인간으로서의 당신에 대해 말할 수 있는 사람은 거의 남지 않게 됐어. 그런데 예외가 있었지. 바로 아스카 씨."

스즈키는 이세에게 말했다.

먹고 잘 때 빼고는 거의 멍하니 있기만 했지만요. 하지만 의외로 그런 게 마음 편하더라고요. 그냥 같이 있기만 하는 관계.

계산도 이용도 하지 않는 관계가.

"그녀는 가족을 지키고 싶다고 했지만, 사람 마음이 또 언제 어떻게 바뀔지 모르지. 요요기에서 벌어질 대량 학살을 용인하는 건 웬만큼 정신 나간 사람이 아니고서야 불가능하고. 그 피해 규모를 보며 당황하고 화가 나서 모든 걸 털어놓을 우려도 있어. 그러니 당신은 그녀의 딸 미우를 인질 삼기로 한 거야. 요요기 폭발에 맞춰 보낸 폭탄은 아스카 씨를 죽이기 위한 게 아니었어. 오히려 아스카 씨를 몰아붙여 그녀가 당신을 죽이게 하는 게 목적이었지."

편지나 메모 같은 걸 동봉했을 것이다. 아스카 입장에서는 스즈키가 진실을 폭로하겠다고 나서기만 해도 큰일이다. 또 미우가 일하는 가와사키에서 택배가 도착한 것도 스즈키의 진심과 악의를 믿게 할 강력한 증거가 됐을 것이다.

"하지만 아마추어가 익숙하지도 않은 폭탄을 손에 들고 오직 목표물만을 죽이는 건 쉽지 않아. 그걸 하려면 자폭을 각오해야 해. 즉, 당신은 아스카 씨에게도 선택을 강요했어. 딸의 인생인가, 아니면 그녀 자신의 목숨인가."

분명 스즈키 다고사쿠라는 괴물에게 어울리는 방식이라고 기요미야는 실감했다. 지극히 잔인하면서도 추악한 함정.

"이 건물에 있는 거지?"

이제는 무슨 뜻인지 확실히 알 수 있나.

"그러니 사람들도 모았을 테고. 누가 어디 섞여 들어가 있어도 어색하지 않은 상황을 연출하려고."

루이케가 손가락으로 철제 책상을 두 번 두드렸다.

"지금 이곳을 목표로 하고 있지?"

기요미야 옆에서 이세가 깜짝 놀라 숨을 들이켰다.

큭큭.

스즈키가 웃음을 터뜨렸다. 고개를 떨군 채 허리를 숙이고 참을 수 없는 것처럼 킥킥거린다. 그러더니 갑자기 "글쎄요" 하고 연기하듯 어깨를 으쓱했다.

"제가 알 리 없죠. 하지만 형사님. 누가 여기 들어올 수나 있겠습니까? 형사님들이 저를 지켜 주시는 이 장소에."

"고다 사라는 들어왔지."

"네. 그때는 저도 정말 놀랐습니다."

스즈키는 만족한 것처럼 고개를 끄덕였다.

"하지만 그 여자도 결국 실패했죠. 형사님들의 저지로."

"다음번에도 우리가 지켜 줄 거라고 보나?"

"지켜 주시지 않을 건가요?"

루이케는 대답하지 않았다. 그저 책상에 올려놓은 두 주먹을 움켜쥐고 있다.

"지켜 주시지 않을 겁니까? 그런데 뭐, 상관없습니다. 그게 보통이고 당연할 테니까요. 그렇죠? 형사님. 원래 인간은 그런 존재잖아요? 아니, 오히려 그러지 않으면 곤란합니다. 곤란해요. 왜냐하면 전 지금까지 계속 그런 취급을 받으며 살아왔으니까요. 무가치한 존재이자, 욕망할 자격도 없는 존재로."

스즈키가 몸을 앞으로 내민다.

"정말입니다. 형사님. 전 다른 사람의 욕망을 알 수 있습니다. 남들이 품은 욕망을 감지할 수 있어요. 심지어 한 번도 틀린 적이 없죠. 어릴 때는 욕망의 형태가 어렴풋하게 보였지만 언젠가부터 선명해지기 시작했습니다. 보고 싶지 않아도 눈에 보이게 된 겁니다.

자, 그 뒤로는 어떻게 됐을까요? 유용한 능력이라고 생각하시나요? 당치도 않습니다. 전 깨달았습니다. 이 능력 덕분에 깨닫고 말았어요. 아무도 절 원하지 않는다는 걸. 그 누구도 절, 진정한 의미에서 원하지 않는다는 걸. 심지어 아버지와 어머니조차."

스즈키가 루이케를 바라본다. 지그시 바라본다.

"그러니 곤란합니다. 여러분도 그래 주시지 않으면. 전 모두에게 똑같이 무가치해야 해요. 아무래도 상관없는 존재. 그러니 멸시받아야 마땅합니다. 구원 같은 건 절대 안 돼요. 그런 건 이치에 맞지 않습니다. 저 같은 인간조차 구원받을 수 있는 세상이라면 이미 오래전에 이 세상은 행복으로 가득 차 있을 테니까요."

하지만 그런 건 눈 씻고 찾아봐도 없죠?

"제가 원하는 건 오로지 저를 향한 욕망뿐입니다. 순수하면서도 강렬한 욕망. 그 외에 다른 건 필요 없습니다. 오직 그것만이 행복이에요. 형사님. 겁 많은 형사님은 인정하시지 않습니다. 욕망을 감추려고 하죠. 그러니 저와 친구가 될 수 없는 겁니다."

스즈키는 "하지만" 하고 미소 지었다. 부드럽고 온화한 미소다.

"그 여자는 바라고 있겠죠. 저를."

"거기에 그 여자는 진실을 말하지도 않겠지. 경찰에 붙잡힌다고 해도 당신에게 조종당했다고 주장할 거야. 그러지 않으면 자신과 아들의 범죄를 인정해야 하니. 그래서 모든 걸 당신에게 뒤집어씌우려 하고 있어. 참으로 끔찍한 사람이다. 악마 같은 인간이라고 하며.”

그런 상황은 스즈키가 지향하는 스토리를 더욱 강화해 준다. 이 녀석은 거기까지 다 계산했다.

“그런데 말이지. 스즈키. 난 알아냈어. 증명은 못 해도, 그리고 세상 사람들은 속아 넘어간다고 해도 적어도 나만은 당신이 쓰려고 하는 그 스토리의 구조를 간파했다는 말이야. 그런 사람도 있었다는 걸 당신은 아마 남은 평생 잊지 못하겠지. 내 작품의 허점을 간파한 남자의 얼굴이 꿈에 아마 계속 떠오를걸.”

“그러니 형사님의 승리다? 절 뛰어넘었다고 말씀하시려는 건가요?”

스즈키는 기뻐하며 주먹으로 책상을 두드렸다.

“그보다 괜찮으십니까? 이제 곧 그 아스카 씨니 뭐니 하는 여자가 여기 올 거라면서요. 폭탄을 품에 안고 저와 여러분들을 모두 펑 터뜨려 죽이려고.”

“없지?”

루이케가 그렇게 묻자 기요미야는 흠칫했다.

“마지막 폭탄 같은 건 없잖아. 아스카 씨에게 보낸 건 가짜. 만약 폭탄이 남았다면 이미 처분했겠지. 플라스틱 케이스와 함께.”

스즈키가 눈을 반짝이고 있다.

“나머지 한 개가 폭발하면 이 사건은 끝나. 하지만 당신은 폭탄을 터뜨리지 않고 사람들이 그걸 찾지도 못하게 할 거야. 그렇게 우리를 영원히 가두어 놓으려는 거겠지. 당신의 게임 속에."

시한폭탄의 공포는 그게 없다는 사실이 증명될 때까지 계속된다.

"없는 걸 없다고 증명하는 건 무리야. 그러니 난 움직이지 않을 거야. 아무리 아스카 씨가 온다고 해도 여기서 절대 움직이지 않아."

"이보세요, 형사님."

스즈키가 놀람과 감탄이 뒤섞인 한숨을 내쉬었다.

"혹시 살아 있는 게 허무하다고 느끼신 적 없나요? 이런 멍청한 인간들 사이에서 부려 먹히는 게 지긋지긋하다고 느끼신 적 없습니까?"

스즈키가 미소 짓는다. 눈을 가늘게 뜨고 루이케를 쏠 것처럼, 감쌀 것처럼 바라본다.

"내 능력을 마음껏 발휘해 보고 싶다고 바라신 적은? 따분한 관습이나 미사여구에 얽매이지 않고 순수하게 자신의 쾌락을 추구해 보고 싶었던 적 없으세요? 재미있고 유쾌하게, 내 방식대로."

형사님.

"저는, 악인가요?"

"악이야."

그렇게 대답한 사람은 기요미야였다.

"악이지. 넌 악이야."

단언해야 한다.

가슴에 약간의 의구심은 남더라도 지금은 단호히 말하지 않으면 안 된다.

그렇지 않나? 루이케.

자네도 얼른 대답해. 악이라고.

"형사님."

스즈키는 기요미야 쪽을 보지도 않았다.

"전 지금 루이케 형사님께 묻고 있습니다. 형사님의 대답이 궁금합니다. 속임수를 알면서도, 시시하고 따분한 삶에 질렸으면서도 그럴싸한 소논리로 무장해 따르는 척하는 형사님께요."

닥쳐.

기요미야는 소리 없이 외쳤다.

거기까지 해라. 데려가지 마라. 내 부하를.

갑자기 스즈키의 욕망이 선명하게 느껴졌다. 아마 루이케라는 남자를 만났기 때문에 비로소 고개를 든 욕망일 것이다. 일부러 계획의 전모를 풀 수 있는 힌트를 준 이유.

이 세상을 게임 속에 가둔다. 그런 건 불가능하다. 사람들은 물론 야단법석을 떨겠지만 곧 잊어버린다. 스즈키의 얼굴 같은 건 얼마 안 돼 잊어 버린다.

계속하고 싶다면 방법은 오직 하나.

두 번째가 탄생하면 된다.

두 번째 스즈키 다고사쿠가.

"어떻습니까? 형사님."

"그래, 맞아."

루이케가 입을 열었다.

"늘 생각하고 있어."

주저 없이 말한다.

"지긋지긋하다고. 이런 세상 따위, 얼른 망해 버리라고."

호소노 유카리는 그 자리에 주저앉았다. 눈에 비친 광경은 액션 영화 속에서 본 그것이었다. 그러나 화면은 아이맥스 상영관보다 크고 진동뿐만 아니라 냄새까지 풍긴다. 폭음의 습격으로 먹먹해진 귀가 현실을 더 선명하게 새기고 있지만 유카리의 의식은 좀처럼 인정하지 않으려 했다. 떨리는 손으로 스마트폰을 꺼내 카메라를 켠다. 선로 건너편에 있는 야마노테선 승강장으로 카메라를 향한다. 세상을 5.5인치 안에 담으니 지금 이것이 현실에서 일어난 비극이라는 절박감이 옅어지는 느낌이었다. 그런 반면 뜨거운 열폭풍의 직격타를 받은 피부는 따갑고 욱신거렸다.

눈앞에 있어야 할 자판기가 사라지고 없다. 열차를 기다리는 사람들도 사라졌다. 쓰러져 있다. 멀리 튕겨져 날아가 선로에 누워 있는 사람도 있다. 비명. 뛰어다니는 사람, 아연실색하게 서 있는 사람. 유카리처럼 스마트폰 카메라를 향하고 있는 사람.

유카리 주변에도 고통을 호소하는 사람이 있었다. 도움을 요청하는 목소리가 들린다. 산산조각 난 자판기 파편이 몸에 박혀 있다. 뒤늦게 유카리는 지금 자신이 무사한 게 신기했다. 유카리가 있던 곳은 소부선 승강장 쪽 자판기 옆. 바로 맞은편에서 폭발이 일어났는데도 통증은 어디에서도 느껴지지 않았다.

그러다 문득 깨달았다. 쓰러져 있는 자신의 무릎 옆, 손에 든 스마트폰 바로 아래에 있는 짙은 녹색 재킷을 입은 사람. 그 노인이 위를 바라본 채 대자로 쓰러져 있다.

아앗.

유카리는 입을 틀어막았다. 노인의 몸에 몇 개의 움푹 팬 자국들이 보인다. 피가 흐르고 있다. 그가 방패가 돼 준 덕에 지금 나는 무사한 것이다.

이름 모를 노인은 오른손으로 가슴을 쥐어뜯으며 넋 나간 얼굴로 힘없이 신음하고 있었다. 거품을 입에 물고 온몸에서 땀을 뻘뻘 흘리고 있다. 피부가 창백하게 변했다. 어떡해야 하나. 스스로에게 물어도 알 수 없다. 자칫 잘못해서 책임을 지게 될 상황이 생길까 봐 두려웠다.

야마노테선 승강장에 전철이 다가왔다. 급브레이크 소리가 들린다. 소란이 더 커진다. 선로에 쓰러진 사람을 구하려던 사람들이 발을 동동 굴렀다.

지금 이 노인을 돌볼 여유가 있는 사람은 아무도 없다. 물론 나 자신도.

도망칠까?

그냥 내버려 둘까?

아니면…….

유카리는 쓰러져 있는 노인을 내려다보다가, 잠시 후 그에게 스마트폰 카메라를 향했다.

정문 앞에도 기자들이 진을 치고 있었다. 시민들이 몰려들고 있다. 가두선전 차량이 세워져 있다. 교통 체증으로 차는 도무지 앞으로 나아갈 기색이 없다.

이즈쓰가 복면 경찰차를 억지로 갓길에 세우고 운전석에서 말했다.

"가죠."

안전벨트를 풀려는 그의 손을 도도로키가 붙잡았다.

"자네는 여기 남아서 연락을 기다려."

이즈쓰가 놀란 듯이 도도로키를 봤다.

"어차피 제시간에 맞출 확률은 낮아. 굳이 둘이나 위험에 뛰어들지 않아도 돼."

"……진심이신가요?"

"자네가 함께 가도 성공률이 높아지는 건 고작 몇 퍼센트야. 그걸 위해 목숨을 걸 이유는 없어."

"저희 일이 원래 그런 겁니다."

"그래. 그러면서 그냥 일이기도 하지."

이즈쓰에게서 시선을 뗀다.

"응. 그냥 일이야."

차 안이 정적에 휩싸였다. 바깥의 시끄러운 소음이 유난히 아득하게 들린다.

쓰루쿠는 지금 움직이고 있을 것이다. 루이케에게도 메시지를 보내 뒀다. 대략적인 내용이지만 그 남자라면 그 안에 담긴 뜻을 제대로 읽어 낼 것이다.

도도로키를 노려보는 이즈쓰의 눈빛에서 두려움이 묻어났다. 분명 머릿속에 셰어하우스의 참상이 떠올라 있을 것이다. 말이나 관념 따위가 아닌 구체적인 '죽음'이 실감으로 다가올 것이다.

"자네는 여기 남아. 지시다."

난 괜찮아.

도도로키는 그렇게 생각했다. 어차피 마음은 이미 오래전에 마비돼 있다. 쓸모없는 목각 인형이다. 그러나 이즈쓰는 제대로 된 경찰관이다. 놓치기에는 아까운 실력 있고 뛰어난 형사다.

마음이 죽은 인형은 명령에 고분고분 따르는 능력밖에 없다. 로봇처럼 그것을 따르다가 실패해도 '그렇군' 하고 중얼거릴 뿐이다. 어느 쪽을 버려야 할지, 효율이 좋을지는 굳이 고민할 것도 없다.

하지만.

난 지금 대체 누구의 명령을 따르고 있는 걸까.

법률? 지방 공무원법? 경찰 공무원 내규?

도덕. 인간의 도리.

"……명령이야. 따라야 해."

"뭘 새삼스럽게."

이즈쓰가 비웃음과 함께 내뱉었다.

"지금까지 내키는 대로 폭주하셔 놓고 이제 와서 무슨 말씀인가요."

"그래. 폭주했지. 눈앞에 퀴즈가 있어서 풀었어. 그리고 풀었다는 걸 증명하고 싶어서 마음대로 움직였어. 그뿐이야."

"혼자 폼 잡고 싶으신 건가요?"

"자기만족이지. 독선적이고 이기적인."

"원래 그런 게 인생 아닙니까."

허를 찔렸다. 팔을 붙잡은 손가락에서 힘이 빠지는 순간 이즈쓰는 안전벨트를 풀었다. 차에서 뛰어내려 힘차게 땅을 박차고 일어선다.

동시에 엉덩이가 들썩였다. 그 뒤를 쫓는다. 반사적인 반응이다. 아무 생각도 없이 정체된 차들을 뚫고 길을 건넌다. 체온이 오르자 잊고 있던 공포가 되살아난다.

죽음에 대한 공포. 폭발음의 여운.

그러나 다리는 멈추지 않았다.

경찰서 정문 앞은 북새통을 이루고 있었다.

"더 이상은 못 들어갑니다!" 하고 소리치는 직원과 "닥쳐!", "우리를 버릴 셈이야?" 같은 분노의 외침이 오가는 한복판을 지난다.

뜨거운 인파를 헤쳐 나아간다. 밀리고, 휘청거리고, 팔꿈치에 치인다.

이즈쓰가 "아야!" 하고 욕하는 소리가 들렸다.

사방에서 압박을 받아 옴짝달싹 못하게 되어 도도로키는 숨을 헐떡였다. 머리 위를 헬기가 선회하고 있다.

지금 이 모습이 전국에 생중계되고 있을까.

누군가 어딘가에서 지켜보고 있을까.

난장판을 보며 동정하거나 공감하고, 어이없어하거나 비웃고 있을까.

도도로키는 온몸에 힘을 싣고 인파 사이를 뚫쳐나갔다. 굳은 의지 같은 건 없다. 다른 사람을 목숨을 걸고 지키려는 것 역시 그게 명령이기 때문이다. 다른 이유는 없다.

지금 이 순간에도 경찰서 어딘가에서 폭발이 일어날지 모른다. 누군가가 죽을 수도 있다.

그때 나는 어떤 감정이 들까. 후회? 실망?

그걸 넘어 제대로 슬퍼할 수나 있을까.

제대로.

하세베는 슬퍼했다. 잔혹한 범죄를 증오하고 피해자를 애도했다. 그렇기 때문에 그 안에 욕망이 깃들고 말았다. 아니, 그 반대일까. 그런 욕망을 품고 있었으니 그걸 숨기고 싶어서, 부정하고 싶어서 정의로운 척한 걸까. 본심을 감추기 위해 남들보다 더 큰 정의를 가슴에 키운 걸까.

그게 뭐가 문제야?

도도로키는 힘차게 발돋움을 했다. 인파 속으로 뛰어들었다. 어차피 늦었다. 예감은 어느새 확신이 되었지만 그게 앞으로 나아가지 않을 이유가 되지는 못했다. 누군가가 어딘가에서 비웃고 있다. 어처구니없어하고 있다. 그 역시 이유가 되지 않는다.

날 재촉하는 명령.

결국.

도도로키는 억지로 길을 비집고 가며 떠올렸다. 결국 난 따르고 말 것이다. 어디에서 떨어졌는지도 모를 이 명령.

수상하기 그지없는, 발신자 불명의 명령.

"비켜 줘!"

도도로키는 소리쳤다.

"길을 비켜! 경찰이다!"

아스카는 묵묵히 사라 뒤를 따라왔다. 취조실에는 이세와 본청 형사가 두 명 있다. 여기서 무리하게 제압하는 것보다 그들의 도움을 받는 게 낫다. 아직 승산이 있다.

승산? 어떤?

계단을 천천히 오르는 동안에도 마음은 혼란스러웠다.

스즈키가 죽는다. 아스카가 죽인다.

이유 있는 살인이다. 복수, 청산. 상대는 희대의 살인마. 인간의 탈을 쓴 괴물.

무엇이 잘못됐나? 죽여서는 안 될 이유가 무엇인가?

현명한 사람은 이렇게 말할 것이다. 이곳은 법치 국가다. 재판에서 진실을 밝히는 게 중요하다. 살아 있는 그를 분석해서 얻은 식견이 미래의 수사에 도움 될 것이다. 사회 문제를 밝힐 것이다.

말도 안 되는 잠꼬대 같은 소리다. 그런 건 상관없다. 이 증오 앞에서, **내 증오** 앞에서 당신들의 하찮은 이익 따위 알 바 아니다.

죽어라. 죽어 버려라.

의미가 없어도. 그것이 야만적이어도.

견디기 힘든 건 무력함이다.

증오를 포기할 수밖에 없는 나 자신의 무력함이다.

"미안해요, 사라 씨."

취조실이 있는 층으로 이어지는 층계참 앞에서 아스카가 입을 열었다.

"사라 씨를 끌어들일 생각은 없었어요. 일이 이렇게 돼서 정말 미안할 따름이에요. 혹시 기억해요? 우리가 만든 그 돼지고기 찌개. 그때 사라 씨가 찌개에 초콜릿을 넣었잖아요. 얼마나 놀랐는데요. 그런 레시피는 듣도 보도 못했으니."

"……아버지가 알려 주셨어요. 비장의 비법이라면서."

"하지만 평판은 최악이었죠."

"그걸 넘어 부서장님께 들켜 혼쭐도 났죠. 우리를 독살할 작정이
냐며."

"그때 말리지 않은 저 역시 한패예요."

아스카는 웃으며 말했다. 그렇다. 그때 사라는 의욕이 넘쳤다.
서비스하겠다는 기분으로 가져온 비터 초콜릿을 돼지고기 찌개에
넣으려 했다. 아스카는 눈을 휘둥그레 떴다. 믿을 수 없다는 표정
이었다. "일단 맛이나 한번 보세요" 하고 그릇에 찌개를 덜어 아스
카에게 줬다. 숟가락으로 찌개를 두 번 떠먹고 그녀는 말했다. 어
머, 의외로 맛있어요.

"아스카 씨."

사라는 층계참에서 멈춰 섰다. 돌아봤다. 선불폰을 들고 있는 아
스카를 마주 본다.

"안 되겠어요. 역시 안 되겠어요."

거의 머리를 거치지 않고 말이 새어 나왔다.

"아스카 씨가 살인을 저지르게 내버려 둘 수 없어요. 아니, 내버
려 두고 싶지 않아요."

우두커니 서 있는 아스카를 사라는 껴안았다. 힘껏 끌어안았다.

짧은 침묵 후 "비켜요!" 하는 외침이 울려 퍼졌다.

비켜요! 비키라고요!

귓가에서 아스카의 목소리가 폭발한다. 그래도 사라는 그녀를

꼭 끌어안고 놓지 않았다.

폭파할 거예요. 사라 씨. 정말 그래도 되겠어요?

목소리가 계단 전체에 울려 퍼진다. 몸부림치는 그녀를 사라는 필사적으로 제지했다.

부탁이에요! 제발 부탁이니 가게 해 줘요! 그 사람을, 그 자식을 죽이게 해 줘요! 죽일 수 있게 해 달라고요!

사라는 이를 악물었다. 눈을 감는다. 자신이 왜 이런 행동을 하고 있는지 알 수 없다. 안는 것만으로는 아무 소용없다. 다음 순간 아스카가 버튼을 누를 수도 있다. 온몸이 가루가 돼 버릴 수도 있다.

멍청하다. 어리석은 짓을 하고 있다.

하지만, 이럴 수밖에 없다.

먼 곳에 있는 나라면 말리지 못한다. 아스카의 난동에 이맛살을 찌푸리는 척하며 속으로는 좋아했을지 모른다. '죽여 버려!' 하고 응원했을 수도 있다. 그러나 나는 지금 여기 있다. 이 사람은 어딘가에 있는 다른 누군가가 아닌, 짧을지언정 함께 시간을 보냈고 지금 바로 내 눈앞에 있는 사람이다. 이렇게나 가까이, 숨결이 닿을 정도로 가까운 거리에 있는 사람이다.

잠시 후 아스카의 저항이 사라졌다. 두 팔을 힘없이 아래로 떨군다.

사라 씨.

아스카는 지친 목소리로 입을 열었다.

"전 이제 정말 지긋지긋해요. 다른 사람들 때문에 고통받는 게."

미안해요. 그녀가 버튼을 누른다. 느껴졌다. 그래도 사라는 끌어
안은 손을 놓지 않았다. 멍청하다며 스스로를 욕하면서도 놓지 않
았다.

아무 일도 일어나지 않았다. 선불폰에서 통화음이 울리고 있다.
잠시 후 목소리가 들렸다.

여보세요? 응? 누구? 엄마야? 지금 경찰 아저씨가 와서.

"미우……" 하고 아스카가 신음했다. 눈물이 흘러내리고 있다.
사라는 어깨에서 눈물을 느꼈다.

"제기랄!"

아스카는 숨을 헐떡이듯 그렇게 말하고 완전히 힘을 잃었다. 힘
없이 쓰러지는 그녀를 천천히 계단 바닥에 앉혔을 때 아래층에서
"고다 사라! 어디냐!" 하는 우렁찬 목소리가 들렸다.

9

아스카의 신병이 확보됐고 스즈키의 이송이 정해졌다. 그녀의
배낭에는 테이프로 감싼 상자가 있었는데 그 안에는 포장에 그려
진 것과 똑같은 양과자가 들어 있었다고 한다.

취조실에 경시청 형사 두 명이 나타나 체포 영장을 읽었다. 그동
안에도 스즈키는 루이케에게서 눈을 떼지 않았다.

일어서라는 명령에 스즈키는 순순히 따랐고 수갑과 포승줄에 묶였다. 두 형사 사이에 끼인 채 출구로 걸어가는 그는 얼굴에 미소를 짓고 있었다. 산책하는 걸음걸이였다. 스즈키는 마지막까지 스즈키였다.

기요미야는 그 모습을 통증과 함께 받아들였다. 이제 이 녀석과 마주할 기회는 두 번 다시 없을지 모른다. 분노보다, 안도감보다 더 큰 무력감이 가슴을 파고들었다.

"그래도 살자고 생각했지?"

갑작스러운 루이케의 질문에 스즈키의 발걸음이 멈췄다.

"바라지 않는 세상에서, 바라는 사람 한 명 없는 나. 하지만 그래도 살지 뭐. 그렇게 생각하지 않았나?"

루이케는 앞을 보고 있었다. 지금은 아무도 없는, 스즈키가 앉아 있던 곳을 노려보고 있다.

"자신을 셰어하우스에 부른 아스카의 본심과 욕망. 그것이 자신의 안위와 타산 때문에 당신이 죄를 대신 뒤집어써 주기를 바라는 것임을 깨닫고 '이젠 됐어'가 되지 않았나?"

스즈키가 고개를 돌린다. 루이케를 내려다본다.

"노숙자 동료들에게 배신자로 의심받고 손가락질당하던 당신에게 모자를 건네준 사람. 그 사람마저 자신을 이용하려 한다는 것을 깨달았을 때 '그래도 살자'가 '이젠 됐어'가 되지 않았나?"

그러니 죽는 것조차 허락하지 않았다. 아스카에게 가짜 폭탄을 보내고 도피로를 없앤 후 앞으로 영원히 거짓말을 반복하며 살아가는 삶을 강요한 것이다.

"하지만 그게 정말 사실일까? 아스카 씨는 정말 당신을 이용할 계획이었을까? 그저 아들을 죽인 걸 감출 목적이라면 굳이 당신은 필요하지 않아. 그 집에는 야마와키와 가지의 시신이 있었지. 단순히 죄를 덮어씌울 생각이라면 그들에게 죄를 덮어씌워도 충분했을 거야. 한때 셰어하우스에서 함께 살던 아스카 씨라면 그들이 그런 짓을 벌일 수 있는 구제 불능 인간들이라는 것도 다 알았을 거고. 두 사람이 다쓰미를 죽인 후 독약을 먹고 스스로 목숨을 끊었다. 폭탄 테러도 모두 그 두 사람의 짓이다. 그렇게 위장하는 게 제삼자를 불러들이는 것보다 훨씬 현실적인 방법 아닌가?"

제삼자가 반드시 협조해 줄 거라는 보장도 없다. 되레 신고할 가능성이 더 크다.

그렇다면 아스카는 왜 스즈키를 불렀을까.

"사실 아스카 씨는 당신이 죄를 대신 뒤집어쓰겠다는 달콤한 제안을 꺼내기 전까지 당신 입에서 '자수해라'라는 말을 나오기를 내심 바라지 않았을까? 자신의 안위와 양심 사이에서 흔들리는 자기 자신을 포기하게 해 줄 누군가를 바라며 당신을 불렀을 가능성은, 정말 전무할까?"

루이케는 목소리를 쥐어짜며 말을 이어 갔다.

"딸 미우의 인생을 지키는 것만큼이나 폭탄 테러를 막고 싶었을 가능성은? 죄를 인정하고 순순히 경찰에 몸을 맡기는 건 정말 단한 치도 원하지 않았을까? 엄마로서 아들의 죄를 가볍게 해 주고 싶은 사심은 있었을 거야. 빠르게 결단하지 못한 것 또한 어리석고 나약하지. 그렇다고 해도 아들의 범행을 말리고 싶었던 그 마음까지 전부 가짜였다고 어떻게 단언할 수 있지? 얼굴도, 이름도 모르는 타인이지만 그들을 구하고 싶은 마음. 그런 마음이 그녀에게 있었다고 생각하는 게 뭐가 문제지?"

"······단지 형사님의 상상 아닌가요?"

"그래, 맞아. 그야말로 설탕에 절여진 달콤한 상상이지. 하지만 당신에게는 불가능해. 당신은 인간의 가능성과 이 세상이 그래도 살 만하다는 상상을 스스로 멈춘 채 눈을 돌리고 있잖아. 알면서도 인정하기가 두려워서 계속 못 본 척하고 있잖아. 그건 불완전하지 않나? 당신이 그토록 싫어하는 거짓 아닌가?"

철제 책상 위에 있는 루이케의 주먹에 힘이 들어간다.

"난 도망치지 않아. 아무리 잔혹하더라도, 아무리 그럴싸한 허울뿐이어도."

스즈키는 루이케의 뒷모습을 바라보고 있었다. 왠지 입술이 조금 움직이는 것 같지만 말은 나오지 않는다.

옆에서 형사가 "어이" 하고 재촉하자 스즈키는 맥이 풀릴 만큼 고분고분하게 취조실을 나갔다.

이세가 무너지듯 고개를 푹 숙였다. 그리고 울음을 터뜨렸다. 기요미야는 깊숙이 한숨을 내쉬었다. 끝났다. 내가 할 일은 끝났다. 이제 남은 건 몇 가지 사무 처리를 하고 잠자코 징계를 기다리면 된다.

루이케는 스즈키가 앉아 있던 자리를 여전히 바라보고 있다.

말을 걸려고 했지만 차마 입이 떨어지지 않았다. 오로지 게임에서 승리하는 것만을 목표로 한 남자는 끝까지 스즈키를 앞지르지 못했다. 자신의 본심을 드러내고 말았다.

"사망자는?"

루이케가 앞을 바라본 채로 물었다.

"야마노테선 폭발 사망자가 몇 명이죠?"

"……41명. 앞으로 더 늘어날 수도 있겠지만 상황을 고려하면 그래도 잘 수습한 편이겠지."

그런가요. 다행이네요.

루이케는 천장을 올려다봤다. 창문을 통해 주홍색 햇빛이 들어오고 있다.

기요미야는 허리를 일으켰다.

"슬슬 갈까."

"선배님."

"뭐지?"

"가서 세수 좀 하고 오겠습니다."

루이케는 안경을 벗고 일어서서 문 너머로 사라졌다.

인간이다.

기요미야는 왠지 모르게 그렇게 생각했다.

저 녀석은 인간이다.

설령 속으로 이런 세상 따위 망해 버리라고 바라고 있다고 해도, 그래도 인간이다. 머리로는 멸망하라고 생각해도 마지막 버튼은 누르지 않는다.

아슬아슬한 순간까지 망설이다가 결국 포기하는, 인간인 것이다.

"전……."

이세가 애원하는 듯한 눈빛으로 기요미야를 봤다.

"시끄러워. 응석 부리지 말게."

기요미야는 툭 내뱉었다.

"하지만 자네가 그때 고다 사라를 위해 소리쳤다는 건 나도 알고 있어."

그녀가 권총을 뽑아 들었을 때, 혹시라도 총을 쏜다면 그 총소리를 바깥에 있는 사람들이 듣지 못하도록 이세는 재빨리 고함을 질렀다. 동료를 보호했다.

결코 칭찬받을 행동이 아니다. 현명한 방법도 아니다.

하지만.

기요미야는 문득 떠올렸다. 어딘가에서 째깍째깍 시간을 새기는 플라스틱 케이스 속 폭탄. 그 옆에 함께 잠들어 있을 가위.

그리고 낡은 야구 모자.

귓가에서 스즈키의 목소리가 되살아났다.

세상 모든 이들의 마음속에
한 명씩은 죄수가 있고
신음하는 서글픔

"……앞으로 당분간 각오하는 게 좋을 거야. 나도 그럴 거고."

이세의 눈에 희미한 빛이 들어왔다. 기요미야는 그렇게 믿었다.

문으로 향하며 뼈의 감촉이 남은 손가락으로 타이핀의 위치를 가다듬었다.

복도를 따라서 스즈키가 걸어온다. 그를 기다렸다는 듯이 도도로키가 벽에 몸을 기댄 채 서 있었다.

스즈키가 도도로키를 알아차렸다.

"아아, 도도로키 형사님."

기쁜 듯이 환하게 미소 짓는다.

"다행입니다, 만나 뵐 수 있어서."

스즈키는 도도로키 앞에 멈춰 서서 몸을 돌렸다.

"여쭙고 싶은 게 하나 있었거든요."

양옆에 선 형사들이 "어이" 하고 윽박질러도 그는 기죽지 않았다.

"형사님은 아키하바라 폭발 이후에 절 응원하셨죠?"

천진난만한 미소가 도도로키를 향하고 있다.

"처음부터 느꼈습니다. 좋게 좋게 가자거나 이 사회를 함께 구성해 가는 동료라는 연대의식 운운하실 때, 이 사람은 속으로 그런걸 전혀 믿지 않고 있다고요. 그리고 형사님의 욕망이 보였습니다. 또렷하면서도 선명하게. 폭탄이 있다는 걸 알게 됐을 때 형사님은아마 이렇게 생각하셨을 겁니다. 기왕 이렇게 된 거 모조리 다 부숴 버리라고."

누군가가 가슴 안쪽을 움켜쥔 느낌이다. 정곡을 찔렸다. 그래서도도로키는 다시 한번 스즈키와 마주하고 싶었다. 내 가슴에 생겨난 불온한 욕망을 확인하고 싶어서. 부정하고 싶어서.

모조리 다 부숴 버려라.

야마노테선 폭발을 접하고 의심은 확신이 되었다.

그때 배 밑바닥에서부터 치밀어 올라온, 웃음.

분명히 깨달았다.

나는 즐기고 있다는 걸.

전대미문의 살육의 관중이 되어 안전한 특등석에서 무관심을넘어 부인할 수 없는 고양감에 휩싸였다. 흥분해 있었다.

좋아, 좀 더. 좀 더 죽여라.

그렇게 바라고 말았다.

그것이 바로 도도로키 이사오라는 사람이다. 나라는 인간의 정체다. 그걸 깨닫고 나니 두려워서 어쩔 바를 몰랐다.

"앞으로도 계속 인내하실 겁니까? 스스로를 속이며 허송세월하실 건가요?"

"그래. 당신 말이 맞아."

나는 분명 가지고 있다. 그리고 거짓말로 속이고 있다.

이대로 몇 년을 더 살아도 이 욕망은 사라지지 않을 것이다. 불온한 마음은 계속 달라붙어 있을 것이다.

솔직하게 사는 건 어쩌면 행복할지도 모른다. 본심을 거스르고 발을 헛디딜 가능성을 두려워하며 인내하고 사는 삶보다 훨씬 행복할 것이다.

"하지만 스즈키. 난 그걸 불행이라고 생각하지는 않아."

스즈키가 눈을 부릅떴다. 입을 쩍 벌렸다. 지금껏 그런 대답은 떠올려 본 적도 없다는 표정이다.

잠시 후 스즈키는 "그렇군요" 하고 중얼거렸다.

"도도로키 형사님. 그 형사님께 대신 전해 주시겠습니까? 이번에는 무승부라고요."

"……어느 형사 말이지?"

통통한 볼이 살짝 풀어진다.

"그 곱슬머리 형사 말입니다. 루이케 형사님."

양옆의 형사들에게 이끌려 스즈키가 다시 발걸음을 뗀다. 도도로키는 그 모습을 바라보다가 등을 돌렸다. 이제 이즈쓰와 함께 보고서를 작성해야 한다. 쓰루쿠에게 제출해야 한다. 앞으로도 계속 저항하기 위해.

자신이 어떻게 될지 사라는 가늠도 할 수 없었다. 규율 위반 횟수는 손가락을 다 동원해도 부족할 지경이다. 징계 면직, 희망퇴직. 다음으로는 어떤 일을 구해야 할까.

야부키는 괜찮을까. 의식을 되찾았을까. 그 녀석도 경찰을 그만둔다면 함께 데려갈 수 있을지 모른다. 같이 탐정 사무소라도 차릴까? 하하. 그것도 의외로 나쁘지 않을 것 같다.

좁은 방 안에 감시원과 둘이 있다. 이제 곧 감찰실로 끌려갈 것이다. 변명은 하지 않는다. 있는 그대로 모든 걸 털어놓을 생각이다.

그리고 가급적 아스카도 그렇게 해 주기를 사라는 바랐다. 모든 걸 공개해 주기를 기원했다. 그러나 어차피 제삼자의 이기적인 바람이다. 아스카에게는 아스카만의 사정이 있다. 나머지는 법원이 결정한다. 세상이 결정한다.

그렇게 생각하자 하마터면 허무감에 사로잡힐 뻔했다. 우리는 대체 무엇과 싸우고 있었을까. 스즈키는 뭘 원했을까. 그의 본심, 결코 가닿을 수 없는 그것을 사라는 어렴풋이 떠올렸다.

문이 열렸다.

지금 막 거대 운석이 떨어졌다는 보고라도 받은 사람처럼 쓰루쿠가 다가왔다. 얼굴이 핼쑥하다. 동시에 붉게 상기돼 있다. 하나의 얼굴에 오만가지 감정이 담긴 걸 보고 사라는 하마터면 웃음이 터질 뻔했다.

의자에서 일어서려고 했지만 그럴 기운도 없어 그대로 상사를 올려다봤다. 쓰루쿠는 무례가 신경 쓰이지도 않는 듯 눈을 돌리고 감시원을 향해 턱짓했다.

감시원이 방에서 나가자 쓰루쿠는 인상을 찌푸리며 혀를 찼다.

"야부키는 무사하다."

"네?" 하고 사라는 눈을 크게 떴다.

"의식을 회복했다는군. 그리고 첫마디가 '배고파'였다고 해."

사라는 무릎에 얼굴을 파묻었다. 온몸으로 숨을 몰아쉰다.

다행이야. 정말 다행이야.

"자네는 앞으로 어떻게 할 생각이지?"

고개를 든다. 쓰루쿠는 여전히 다른 곳을 보고 있다.

"그만둘 것인가, 계속할 것인가. 어느 쪽을 희망하나?"

"……희망 같은 걸 입에 담을 처지는 아닌 것 같습니다만."

그러자 쓰루쿠는 "그래, 그렇지"라고 했다. "당연하지"라고 덧붙인다.

"그래도 희망은 들어야 해. 그걸로 이쪽이 어떻게 대응할지도 정해지니."

순간 폭발음이 귓가에 되살아났다. 풍압을 피부가 기억한다.

죽음의 냄새. 떨어져 나간 살점들의 단면.

"……계속하고 싶습니다."

쓰루쿠가 사라를 향해 눈을 돌렸다. 사라도 그를 봤다.

"가능하다면 계속하겠습니다."

순간 딸깍 소리가 들렸다. 전자 담배를 손에 쥔 쓰루쿠가 뚜껑을 여닫고 있다. 거칠게 숨을 몰아쉬고 "그런가"라고 했다.

"아무것도 보장할 수 없어."

"알고 있습니다."

"후회하지 않겠나?"

사라는 주먹을 꾹 쥐었다.

"……모르겠습니다."

쓰루쿠는 "그런가" 하고 반복했다.

"일단 그렇게 전하도록 하지."

그는 여전히 딸깍 소리를 울리며 발걸음을 돌리더니 "정말이지" 하고 중얼거렸다.

"자네 같은 부하가 내 밑에 있으면 위장에 구멍이 뚫릴 거야."

쓰루쿠가 떠나고 사라는 혼자 남았다. 좁고 작은 방이 그 취조실과 닮았다. 창문 위치까지 똑같다.

그때. 권총을 뽑았을 때. 스즈키에게 총구를 겨눴을 때. 만약 말리는 사람이 없었다면 난 정말 방아쇠를 당겼을까.

알 수 없다.

가능성은 위태로운 천칭 위에서 흔들리고 있다. 한 발짝만 발을 헛디뎠어도 나는 스즈키를 죽였을 것이다.

그렇게 되지 않은 지금을 사라는 조용히 씹어 삼켰다.

이제 곧 감찰관이 호출할 것이다. 마음은 변함없다. 솔직히 있는 그대로를 털어놓는다. 속일 만큼 머리가 좋지도 않다.

그리고 야부키를 만나러 가자.

그에게 이야기하자. 요즘 나오는 최신 의족이면 뛰거나 점프도 할 수 있다고. 정 안 되면 안락의자 탐정을 하면 그만이라고.

우리 둘 다 머리가 좋지는 않지만.

그리고 편지를 쓰자. 언제 부칠지 알 수 없는 편지를, 아스카와 스즈키에게.

적어도 한마디라도 그들에게 무언가를 전하기 위해.

새빨갛게 물들어 곧 어둡게 가라앉을 흐린 유리창을 사라는 지그시 바라봤다.

고맙네, 라고 노인은 말했다.

그가 이송된 병원에 유카리도 동행했다. 의식을 되찾기까지 몇 시간이 걸렸다.

간호사가 "다 이 학생 덕분이에요" 하고 상냥하게 말을 걸어 줬다. 유카리는 폭발이 일어난 신주쿠역에서 구급대원에게 스마트폰 영상을 보여 줬다. 노인의 상태가 심상치 않고 고통스러워하는 모습이 어떤 병의 증상일지도 모른다는 생각에 녹화한 것이다. 예감은 적중했다. 노인은 부상보다 폭발의 충격으로 생긴 지병의 발작 때문에 고통스러워하고 있었다.

덕분에 빠르게 치료할 수 있었다며 의료진에게 고맙다는 인사를 들었지만, 과연 이런 말을 들을 자격이 있을까. 어차피 구급대원도 중간에는 알아차렸을 것이고 결국 내가 한 일이라고는 아마 추어의 얄팍한 상식, 그리고 무의식중에 나온 오지랖 아니었을까.

그러나 노인의 입에서 직접 "고맙네"라는 말을 들었을 때는 그런 감정을 아득히 뛰어넘는 안도감에 유카리는 하마터면 눈시울이 붉어질 뻔했다.

"사실 말이지."

침대에 누운 노인이 쓴웃음을 지으며 말했다.

"경찰서에 가서 항의하려고 했어. 너희 때문에 내 동료들이 죽었다고. 요요기 공원에 있던 녀석들이."

유카리는 "네?" 하고 할 말을 잃었다. 요요기 공원에서 피해를 본 사람들은 대부분 노숙자일 것이다.

그런 사람들이 이분의 동료라고? 이렇게 말끔한 차림새를 한 노인의?

"비록 얼마 전 지원 시설로 옮겼지만, 그곳 녀석들과는 오랜 세월을 함께하며 이것저것 신세를 졌지. 정말 이것저것."

노인은 그때를 그리워하듯, 그러면서도 괴로운 뭔가를 씹어 삼키듯 숨을 내쉬었다.

"폭염 때문에 죽을 뻔한 적도 있고 동료들과 함께 군고구마를 나눠 먹기도 했어. ……당당하게 말 못할 만한 일도 있었고."

믿을 수 없었다. 이토록 예의 바르고 온화한 노인이. 어디서 작은 회사라도 경영하는 게 아닐까 예상했던 사람이.

"이런, 쓸데없는 소리를 했군. 미안하네. 이 나이가 되면 추억 이야기는 얼마든 할 수 있게 되지. 바로 어제 일은 잊어도 오래전 일은 얼마든지. 잊고 싶은 일도."

노인은 눈을 감고 길게 숨을 내쉬었다.

"이제는 가도 좋아, 학생. 나에 대해서는 잊어도 되네. 하지만 학생이 한 사람의 생명을 구했다는 사실만큼은 앞으로도 꼭 기억해 줬으면 좋겠어."

병실을 나가자 복도는 오가는 사람들로 넘쳐났다. 많은 부상자가, 그 폭발에 휩쓸린 사람들이 이곳에서 치료를 받고 있다. 가족들이 무사를 기원하며 손을 맞잡고 있다.

나는 살았다.

운 좋게 목숨을 건졌다.

수많은 죽음의 곁에서.

이 감정을 표현할 말은 내 스스로 찾는 수밖에 없다.

유카리!

복도 너머에서 어머니의 목소리가 들렸다. 옆에는 양복 차림의 아버지도 보인다. 잔소리를 들을 게 분명하지만 지금만큼은 그게 기다려졌다.

사건이 일어난 지 한 달이 흘렀다.

　이시카와 아스카는 혐의를 인정하지 않았다. 그 셰어하우스에 살지 않았고 스즈키와 만나거나 대화한 적도 없다. 다만 어느 날 아들 다쓰미가 찾아와 상담했다. 이상한 남자가 집에 눌러앉아서 사람들을 세뇌하고 있다. 그래서 신변의 위협을 느끼고 있다며 두려워했다. 그녀는 폭탄 테러는 물론 아들을 비롯한 그곳 거주자들을 살해한 것까지 모두 스즈키의 소행이라고 주장하며 한 발짝도 물러서지 않았다. 혐의를 부인하는 상태로 그녀는 다쓰미를 살해한 혐의로 재판을 받게 됐다.

　스즈키 다고사쿠는 일관성 있게 촉과 기억상실, 그리고 최면을 주장하고 있다. 경찰은 결정적인 물증 확보는 고사하고 그의 본적도 확인하지 못했지만 결국 여론에 떠밀려 검찰이 기소를 결정했다. 산더미 같은 정황 증거와 이시카와 아스카의 증언, 정신 감정도 그의 책임 능력을 인정했다. 설령 재판이 길어지더라도 극형은 확실시되고 있다.

　선정적인 뉴스 보도가 잦아들면 얼마 후 사람들은 그의 얼굴을 잊을 것이다. 아무렇지 않게 전철을 타고, 자판기에서 음료수를 사 먹으며 야구 경기를 즐길 것이다.

　마지막 폭탄은 발견되지 않았다.

◇◇◇◇◇◇◇ **인용 문헌**

◈ 이시카와 다쿠보쿠 저, 이와키 유키노리 교주(校注), 『가집 한 줌의 모
   래·슬픈 장난감』, 고단샤, 1973

◈ 가와구치 가이지 작화, 가리부 마레이 원작, 『하트&루즈 1권』, 트러스
   트투, 2012

새시대의 절대악에 맞서는
가장 보통의 사람들 이야기

주류 판매점 자판기를 걷어차고 말리러 온 점주를 폭행한 상해 사건으로 경찰서에 연행돼 온 중년 남자. 그는 취조실에서 조사를 받던 중에 대뜸 자신에게 '촉'이 있다고 주장하며 곧 도쿄 모처에서 폭발이 일어날 거라는 말을 꺼냅니다. 경찰은 당초 그 말을 주정뱅이의 헛소리쯤으로 취급하고 웃어넘기지만, 그가 예언한 시간대에 정말 폭발이 발생하자 순식간에 큰 혼란에 빠집니다. 그걸로 모자라 남자는 또다시 태연하게 '지금부터 총 3회, 앞으로 한 시간 후'에 폭탄이 터질 것을 예언하고 폭탄에 대한 힌트가 담긴 퀴즈를 하나둘 제시하며 담당 조사관과 게임을 시작합니다. 그의 정체는 무엇이며 과연 경찰은 도쿄 전체를 위험에 빠뜨릴 이 폭발을 막아낼 수 있을까요. 이렇듯 짧은 시놉시스만 보면 언뜻 전형적인 연쇄 폭발 추적 스릴러물처럼 느껴질 수 있지만, 이 작품『폭탄』은 마치 오승호 작가가 쓰면 다르다는 것을 증명이라도 하듯 2022년 4월 출간 이후 단숨에 화제에 올랐고 매해 연말 그해 출간된 미스터리 소설 중 가장 뛰어난 재미를 보장하는 작품을 꼽아 발표하는 2023 '이 미스터리가 대단해!', '미스터리가 읽고 싶어!' 순위에서 모두 1위를 차지한 것으로 모자라, 일본에서 대중 소설 관련 상으로는 가장 명망 있는 나오키상 후보에『스완』,『우리들의 노래를 불러라』에 이어 노미네이트되며 같은 작가의 작품이 세 번이나 오르는 대기록을 달성합니다. 늘 그래왔듯 수많은 기성, 신인 작가들의 화제작들이 속속 발표된 2022년 일본 미스터리 소설 시장에서『폭탄』은 유키 하루오 작가의『방주』와 함께 눈에 띄는 성과를 올리며 화제의 중심에 올랐고, 보다 폭넓은 장르적 재미를 허용하는 '광의의 미스터리'는『폭탄』, 추리적인 재미를 추구하는 미스터리를 일컫는 '본격 미스터리'는『방주』가 2022년을 평정했다는 평가를 들으며 현재까지도 여전히 사랑받고 있습니다.

『폭탄』에서 무엇보다 가장 도드라지는 것은 역시 작품 속 악역인 스즈키 다고사쿠의 캐릭터입니다. 그는 지금까지 우리가 봐온 여러 매체 속 악당의 모습과는 차별화되는 눈에 띄게 특이한 악당 캐릭터입니다. 일단 화려한 외모와 뛰어난 지적 능력을 자랑하며 절대적 자의식, 자존감, 카리스마를 발산하는 그간의 전통적인 악

당 캐릭터와 사뭇 거리가 멉니다. 밤톨 머리, 퉁퉁한 몸에 축 늘어진 볼, 술배가 튀어나온 볼품없는 중년 남성의 외형에 시종일관 실실거리는 표정과 비굴한 태도. 심지어 그의 화법의 근간을 이루는 건 밑바닥을 헤아리기 힘들 정도로 철저한 자기 비하입니다. 거기에 그는 주변에 돌봐줄 가족, 친지는 고사하고 친구도 한 명 없는 '무적의 사람'이기도 합니다. 이 무적의 사람(無敵の人)은 요즘 일본에서 그들이 저지르는 범죄가 사회 문제시되며 급부상한 신조어인데, 모든 교류를 끊고 사회적으로 고립돼 범죄를 저지르고 붙잡혀도 자신은 잃을 게 하나도 없다고 생각하는 사람, 말 그대로 세상 무서울 게 없는 사람을 뜻합니다. 그런 스즈키 다고사쿠 캐릭터가 작품 속에서 그 어떤 악당 캐릭터보다 강렬하게 다가오는 이유는 그가 작품 속에서 입에 담는 이야기, 일삼는 그의 논리들이 우리가 가진 보통의 가치관을 뒤흔들며 꼭 한 조각 진실처럼 느껴지게 하는 면이 없잖다는 것입니다. 특히 짧고 강렬하고 이해하기 쉬운 논리가 소위 '팩폭'이 되어 미덕이자 진리처럼 떠받들어지기 쉽고 숙고와 이견이 점차 사라지는 요즘의 사회 분위기와 맞물려 스즈키의 사상은 깊이 생각하면 말이 안 되는 위험한 이야기인데도 불구하고 은근슬쩍 '사실 너도 나 같은 면이 있잖아?'라는 식의 그럴싸한 이치로 이야기 속 상대와 독자를 현혹시킵니다. 마치 게임하듯 우리가 가진 가치관을 흑백 논리로 재단하고 점수를 매기고 진영을 구분하는 모습이 눈살을 찌푸리게 하면서도 어딘지 모

르게 낯익기도 합니다. 오승호 작가는 『폭탄』 출간 후 잡지 인터뷰에서 스즈키 다고사쿠의 캐릭터 조형 과정을 언급하며 '요즘 인터넷 등지에서는 남들이 만든 양식과 언어에 편승한 것에 불과한데도 언뜻 그럴싸한 논리를 펼치며 민감한 사회 문제를 정의 내리는 사람이 많다. 스즈키식의 이런 논리가 특히 질이 나쁜 건 일반 시민들이 그 근간에 있는 가치관을 자기도 모르게 왠지 이해, 공감해 버릴 수 있다는 것'이라고 지적했습니다. 특히 사람 간의 소통이 점점 단절되고 AI가 알아서 큐레이팅한 내가 보고 싶고, 믿고 싶은 콘텐츠들만을 접하며 논리와 믿음을 강화하는 현대에는 우리 모두 스즈키가 선 쪽으로 넘어갈지, 멈춰 설지를 항상 시험당하고 있다고 해도 과언이 아닐 것입니다. 결국 이 스즈키 다고사쿠라는 캐릭터는 작가가 지금의 시대상을 고스란히 투영시켜 만들어 낸 새로운 시대의 절대악 캐릭터라고 할 수 있겠습니다.

반면 작품에서 그런 그에게 맞서는 캐릭터들은 지금 이 시대를 살아가는 '가장 보통의 사람'들입니다. 주인공이라 할 수 있는 도도로키를 비롯해 기요미야, 루이케, 쓰루쿠, 고다 사라까지 작품 속에서 그들은 악의 반대편에는 서 있을지언정 사명감에 불타올라 선과 정의를 내세우며 악을 처단하려 하지 않습니다. 역시 전통적인 선역 캐릭터와는 다소 거리가 멉니다. 오히려 선악의 경계선에 서서 끊임없이 흔들리며 때로는 스즈키의 논리에 무너지고, 농락당하고, 심지어 그 자신 또한 가슴속에 스즈키와 비슷한 파괴 충동과 욕망을 가지고 있음을 순순히 인정하기까지 합니다. 인간을 100점과 0점으로 나눈 후 '겉으로는 깨끗한 척하지만 가슴에 사악한 욕망을 품었거나, 지금 품고 있는 넌 어차피 나와 똑같은 0점이다', '너 또한 언제든 악이 될 수 있다'라고 유혹하는 스즈키 앞에서 경계선을 넘지 않기 위해 발버둥을 치는 25점, 50점, 75점짜리 인간들입니다. 그들은 비록 스즈키가 서 있는 어두운 바깥 편에 한쪽 다리를 걸치고 있을지언정 다 함께 살아가야 할 이 사회의 구성원이 되는 것을 끝까지 포기하지 않는 얼굴도 이름도 모를 동료들입니다. 너무나 쉽게 자타를 재단해 편을 가르고 인간으로서의 합격과 낙제 낙인을 찍는 요즘과 같은 시대에서 염세주의에 매몰되지 않고 이렇듯 인간의 가능성을 말하고, 믿는 작품은 역시 반갑기 마련입니다. 이는 작품 속 가장 극단적인 상황 속에 내몰리면서도 끝까지 '나'를 포기하지 않는 캐릭터들의 모습을 그리는 그동안의 오 작가 작품들의 특징이기도 했습니다. 이렇듯 『폭탄』은 연쇄 폭발 추적 스릴러라는 기본 뼈대 속에서 새시대의 절대악과 그에 맞서는 가장 보통의 사람들의 대결을 뜨겁고 흥미진진하게 그리며 결이 다른 오승호만의 미스터리로 완성된 작품입니다.

『폭탄』을 번역하며 새삼 느낀 것은 오승호 작가는 변화를 진화로 만들 줄 아는 작가라는 것입니다. 작가는 데뷔작 『도덕의 시간』

의 한국어판 출간을 기념하는 저자 서문에서 '삶을 짓밟는 부조리함에 대한 분노, 저항, 아슬아슬한 도덕성, 현실 사회를 기반으로 한 이야기와 대담한 트릭. 이 모든 것을 집어삼킨 채 앞으로도 이야기를 써 나가겠다'라고 약속한 바 있습니다. 이후 국내 출간된 『스완』, 『하얀 충동』, 『히나구치 요리코의 최악의 낙하와 자포자기 캐논볼』, 『라이언 블루』, 그리고 이 작품 『폭탄』에 이르기까지 오 작가의 작품을 읽어 보면 미스터리라는 틀 안에서 각기 다른 흥미로운 소재를 다루면서도 자신이 공언한 바를 고스란히 담아내고 있다는 것을 알 수 있습니다. 장르 소설로서의 순수한 재미와 스릴을 바라는 독자에게 자칫 잘못하면 진입 장벽이 되거나 교조주의로 비칠 수 있는 함정을 훌륭히 피해 가며 완성도 높은 작품을 꾸준히 내놓고 있고, 최근작 『폭탄』은 명실상부 그 정점에 오른 작품이라 할 수 있습니다.

『폭탄』은 제목처럼 우리의 머리와 가슴에 각각 하나씩 폭탄을 떨어뜨리는 작품입니다. 하나는 언제 터질지 모르는 시한폭탄의 처리 과정과 절대악과의 치열한 두뇌싸움을 통해 우리의 머릿속에서 쾌감과 스릴을 관장하는 호르몬인 도파민을 자극하는 '재미의 폭탄', 또 하나는 캐릭터들의 대사와 행동을 통해 우리의 가슴속 정의, 윤리, 상식 등의 가치관을 인정사정없이 뒤흔들며 생각할 거리를 제공하는 '의미의 폭탄'입니다. 보통 작품 속에서 이 두 가지는 어느 한쪽이 폭발해도 다른 한쪽은 불발탄이거나 아예 터지지 않고 잠들어 있는 경우가 많습니다. 두 마리 토끼를 다 잡는 건 역시 어렵다고 지레 포기하거나, 아예 둘 중의 한쪽만을 극단적으로 추구하기도 합니다.

　그러나 오승호 작가는 『폭탄』 출간 후 신문사와 가진 최근 인터뷰에서 다음과 같이 말한 바 있습니다. "장르 소설 작가인 이상 재미는 반드시 확보해야 하지만 오직 그것만으로 끝나는 작품이 돼서는 안 된다. 또한 나는 아직 서툴고 거칠어서 형태만 깔끔하게 잘 정돈된 작품은 두려워서 쓰질 못한다. 앞으로도 내가 쓰고 싶은 주제로, 써야만 하는 것들을 쓰겠다". 작가의 초심이 여전히 변하지 않았음을, 그리고 독자의 머리와 가슴에 동시에 크고 깊은 자국을 남길 시한폭탄 같은 작품이 앞으로도 작가의 손에서 만들어지리라는 것을 믿어 의심치 않게 하는 발언입니다. 지금도 째깍째깍 시간을 새기며 터질 순간만을 기다리고 있는 그것들을 여러분과 함께 기다리는 시간은, 공포가 아닌 기대와 즐거움으로 가득 차 있을 것입니다.

2023년 봄
이연승

폭탄

1판 1쇄 인쇄 2023년 5월 17일
1판 1쇄 발행 2023년 5월 29일

지은이 오승호(고 가쓰히로) **옮긴이** 이연승

책임편집 민현주 **디자인** 박진범 **제작** 송승욱 **마케터** 유인철 **발행인** 송호준

발행처 블루홀식스 **출판등록** 2016년 4월 5일 제2016-000100호
주소 경기도 파주시 회동길 483-1 **전화** (031)955-9777 **팩스** (031)955-9779
이메일 blueholesix@naver.com

ISBN 979-11-89571-99-3 (03830) **정가** 19,800원

* 저자와 출판사의 서면 허락 없이 내용의 일부를 무단 인용하거나 발췌하는 것을 금합니다.
* 책값은 뒤표지에 있습니다. 잘못된 책은 구입하신 곳에서 교환해 드립니다.